木越治 責任編集

江戸怪談文芸名作選

第五巻

諸国奇談集

〈校訂代表〉勝又基／木越俊介

国書刊行会

目次

凡例

一　本巻には、諸国奇談集に分類される作品六編を収める。『向燈賭話』は東洋大学附属図書館蔵本、『続向燈吐話』は国文学研究資料館蔵本、『虚実雑談集』は矢口丹波記念文庫蔵本、『閑栖劇話』、『玉婦伝』、『四方義草』は国立国会図書館蔵本を用い、それぞれの原文に本文校訂を施した。

二　校訂においては、原文の面影を残しつつも、読者に理解しやすく、親しみやすい本文づくりを心がけた。

三　二の方針に基づき、以下のように本文を作成した。

1. 漢字は原則として、通行の字体を用いた。
2. 原文の漢字を、適宜仮名に開いた。
3. 平仮名が続いて意味がとりにくい箇所は漢字を宛て、平仮名は振り仮名として残した。
4. 異体字・当て字などは、原則として本来の字に直した。
5. 仮名遣いは、原文通りとした。
6. 送り仮名は、適宜補った。
7. 繰り返し記号の「ゝ」「ゞ」「〳〵」「〴〵」は用いなかった。漢字の繰り返し記号

である「々」は用いた。
8. 濁点・半濁点については、本文・振り仮名ともに、必要と思われる場合は加えた。
9. 原文の左訓を含む振り仮名は、原則としてすべてそのまま残した。難読と思われる漢字には新たに振り仮名を付した。振り仮名の繰り返し記号については、7に準じて処理した。
10. 句読点は、原文にあるものを生かしつつ、読みやすさを優先させて適宜加減した。
11. 原文には段落がないが、読みやすくなるよう適宜設けた。また、句点（。）を待たず、読点（、）のあとで段落を区切った箇所もある。
12. 漢文など、返って読むべき箇所は、必要に応じて開いた。〈例〉被献→「献ぜらる」
13. 会話および心内語は、適宜「　」を補って示した。
14. 明らかな誤字・脱字・衍字については、適宜本来と思われる形に正した。
15. 脱行などが疑われる箇所については、［　］で注記した。
16. 『向燈賭話』は総目録を省略した。
17. 『続向燈吐話』は原文にない小見出しを私に加えた。

四　本文には間々、人権上好ましくない表現が見られるが、本書の歴史的な資料性に鑑みて、それらも原文通り翻刻した。

向《こう》燈《とう》賭《と》話《わ》

勝又　基・木村　迪子＝校訂

序

耳而見之所以不怪也。若以希見則無不疑駭。焉所謂信、其習見者也。古云、「博学多識有味乎」。如宋儒則謂、「怪力乱神君子不語」。蓋見之小也耳。頃者、城南隠士著『向燈賭話』数巻。余閲之、其事則奇、其言則文。施之蚩々、可以救其敞也。則隠士之勉焉、豈徒哉。隠士、名満重。我所友者也。

耳にして之《これ》を見る所は、以て怪《あや》しまざるなり。若《も》し以《もつ》て希《まれ》に見れば、則ち疑ひ駭《おどろ》かざるは無し。焉《こ》れ所謂《いはゆ》る信、其の習ひて見る者なり。古《いにし》へに云く、「博学多識は味有るか」と。宋儒のごときは則ち謂《いは》く、「怪力乱神は君子語らず」と。蓋《けだ》し之《これ》を見れば小なるのみ。頃者《このごろ》、城南隠士著『向燈賭話』数巻あり。余《よ》、之《これ》を閲《み》るに、其の事則はち奇、其の言則はち文。之を施すに蚩《し》々、以て其の敞《たか》きを救ふべし。則はち隠士の勉、豈《あ》に徒《いたづら》ならんや。隠士、名は満重《みつしげ》。我が友とする所の者なり。

向燈賭《かうとうと》話序《はのじょ》

学《まなば》ずして聖《ひじり》窓に向ひ、耕《たがやさ》ずして勘助畑に喰ふは麻布一隅の小名、余が住居、退之《たいし》が六の外民たるべし。間居《かんきよ》営《いとなみ》無く、毎夜友と燈《ともしび》に向ひ、話を賭《かけもの》にすれば、怪《くわい》有り、神《しん》有り、善悪勧懲《くわんてう》、その中にあり。然《しか》れども、記事述言、己《をのれ》が意《こころ》を以てす。「懼《をそらく》は僭妄《せんもふ》の譏《そしり》を買はん」と掻遣《かいや》り捨《すつ》れば、その友、欣《きん》然と懐にして去《さり》ぬ。日を経てその草稿《そうこう》に序を乞《こ》ふ。余が曰く、「王を談じ国家を知るは、賤夫《せんぷ》稚児《ちじ》たり。敢《あへて》当らざれども謝すべけんや」と。因《よつ》て之《これ》を筆《ひつ》して、有しままに爾云《しかい》ふ。

于時元文己未年十二月

麻布《あざぶ》の北隅《ほくぐう》に於て中村満重之《これ》を書《しよ》す。気《き》之《の》知怒《しれぬ》仁也《ひとなり》。

向燈賭話上編巻之一目録

向燈賭話上編巻之一

仙洞へ茶器を献ぜらる

いづれの御代にや、大樹より利休《りきう》の茶器《ちやき》を仙洞《せんとう》へ献《けん》ぜられしに、院の執奏《しつそう》、何の大納言とやらん云し公家《くげ》、これを請取り、御階《みはし》に起《たつ》て、「天子への捧物《ささげもの》は古器を以て最《よし》とす。何ぞ下民の手に汚《けが》れたる古器、執奏拠《よるところ》なし」との給《たま》ひて、階下《かいか》へ投《なげ》て打破れし由。その翌年《よくねん》、右の大納言、何事のおはしましけん、解官《かいくわん》せられし由。

時に合《あ》わざる人とやいはん。合《あ》つたる人とやいわん。

金沢の妖女

元禄年中《げんろくねんちう》、加賀宰相《かがさいせう》殿家士《かし》、同家中より妻女《さいじよ》を迎《むか》へけるに、挙止《きよし》温柔《をんちう》にして、婢僕《ひぼく》に恩恵を加へしかば、一家和して、悦《よろこ》びを重《かさ》ねける。

二年ばかり過《へ》て、かの士《さむらい》、武江勤仕《ゐどきんし》の番《ばん》に当《あた》り、既《すで》に発足《ほつそく》しける前夜《ぜんや》に至《いた》り、妻女《さいじよ》へ留守《るす》の用事《やうじ》など細《こま》々と申置ける次而《ついで》、「我家《わがや》の長《おとな》なる者は、その性質佞《しつねい》にして、心《こころ》のさだまらざる者なれども、

欲《よく》薄ふして、家《いへ》の取賄《とりまかな》ひ勝手《かつて》能《よけ》れば、今まで異無《ことな》く差置《さしおき》ぬ。あなかしこ、内に謀《はか》りて外に洩《もら》さず、心免《ゆる》すべからず」と語りて、明ぬれば、旅装《よそほ》ひして下りぬ。

然《しか》るにこの長《おとな》、いかなる宿世《しゆくせ》の悪縁《あくえん》か有《あり》けん、主人《しゆじん》の妻女に心を寄《よ》せ、恋慕《れんぼ》日に増《まさ》り、今《いま》は命《いのち》も絶《たへ》なんばかりに思ひ焦《こが》れ、「とても失《うせ》なん命《いのち》、不道《ふどう》にもせよ、不忠《ちう》にもなれ、夫《それ》と音信《おとづ》れて、ともかくにもなりなん」と覚悟《かくご》し、委細《いさい》、文認《ふみしたため》て、人目《め》を忍《しの》び、女の前へ差出し、物をも得《ゑ》云《いわ》ず立《たち》ぬ。披《ひら》き見れば、あらゆる神《かみ》かけて我に思ひ入たる数々。仇《あだ》し世《よ》に存生《ながらへ》ん心なしと、血《ち》に染《そめ》て書ける文なり。

怖《おそろ》しく、驚《おどろ》きながらも、夫の云置《いいおき》し事を思ひ出《いだ》して、なだめすかして、「「月日も立なば乱《みだ》れし心も鎮《しづま》るべき物を」と忘れめや。志《こころざし》の深《ふか》きこと、おろそかには思ひ受《うけ》ては、武士《ぶし》の家に生れ、二筋なき途《みち》には云ねど知りなん。外に踏越む事、天の恐れ、たらちねへの不孝、一方《ひとかた》ならぬ罪《つみ》なれば、このまま見もし、見へなんを、楽に相構《かまへ》て交り戯《たわむ》れる事、有べからず。主《あるじ》の聴《きき》に達しなば、由《ゆ》々しき大事なるべし。道ならぬ事と知りながら、外ならぬ家の錘《おもり》に浮目《うきめ》見せん事の嗟哀《かなしさ》に、心の外に返事は遣《つかはし》ぬ」と、細《こま》々と書て越《こし》ぬ。

その志《こころざし》のありがたく忝《かたじけな》きとは存《ぞんじ》よらず、「和《やは》らぎ初《そめ》たるかけはしの、雪氷解《とけ》もすらん」と、弥《いや》増《まし》に思ひ深くなりて、今はあらはに、人目《め》をもいとはず、昼《ひる》も奥《おく》へ参りて、「つれなき玉《たま》の緒《を》、いつまで絶ざらめ」と託《かこ》ち、夜は衾戸《ふすまど》一重隔《へだ》て、「とても捨《すて》なん命《いのち》、取留《とりとめ》ん人こそあらまほしけれ」

と、繰言《くりごと》の絶間《たへま》なく、狂乱《きやうらん》の如くなりければ、今は詮方尽《せんかたつき》て、妻女、親の方へ密《ひそか》に、「かかる事ぞ」と告《つげ》しかば、初《はじめ》て聞《きき》、驚きながら、主《あるじ》は留守《るす》と云《いひ》、女主《をんなあるじ》の計《はから》ひにも遠慮《ゑんりよ》ありて、かの長《おとな》をば搦《からめ》置《おき》、右の子細を目付《めつけ》まで申達しければ、やがて禁獄《きんごく》せられ、拷問《がうもん》の上、主人の妻女へ不義申懸《かけ》たる条、白状紛《はくぜうまぎれ》なく、斬罪《ざんざい》にぞ行れける。色《いろ》に迷《まよ》ひ、己が身を失ふのみか、汚名《おめい》を残し、諸人に唾吐《つばきばき》せらる。実《まこと》に人の慎むべき事なり。

この者死して後、妻女が寝屋《ねや》、泥《どろ》に濁《よご》れ、畳《たたみ》に人の足跡《あしあと》付しを、初《はじめ》の程は、「腰元《こしもと》女のいたづらにこそ」と、平に心を置合過けるに、毎夜かくのごとく汚《けが》れけるを見て、この家に年久しく仕へし六十余の老女有り、この事あまり怪《あや》しければ、目留て窺《うかが》ひけるに、例《れい》ならず妻女毎日沐浴《もくよく》しけるに心付き、とく起《おき》見るに、手足泥に染て、寝巻《ねまき》の裾《すそ》、露《つゆ》に濡《ぬれ》、夜行《やぎやう》する人のごとし。「さればこそ、この人、外に密夫《みつぷ》有りて、深更《しんかう》に外へ行通ふならん」と推量《すいりやう》し、夜一夜寝ずに隠《かく》れ居《い》て窺《うかが》ふ所、丑《うし》満《みつ》ばかりと覚へし頃、妻女《さいじよ》、寝巻《ねまき》ばかりにて起出《おきいで》、戸明《あ》け、庭面《にはも》へ出ぬ。この所、三方塀《へい》、一方板《いた》壁《かべ》にして、小さき門《もん》有り。常《つね》に錠《とざし》て出《いづ》べき道なし。老女、門《もん》せし戸の間より見るに、女《おんな》、庭《にわ》へ下《お》り、草村《くさむら》の内へ入て、たちまち姿見《み》へずなりぬ。怖《おそろ》しく身の毛弥立《よだち》ければ、始終《しじゆう》見届くるに及ばず、逃《にげ》帰りぬ。

まことに一年の過るは夢《ゆめ》のごとく、勤仕《きんし》の日数満《みち》て、主《あるじ》の士、帰国《きこく》しければ、一家無事を悦び賀《が》して、夜更《よふけ》るまで酒宴《しゆゑん》し、寝間《ねま》へ入りて、とだへし耳語《ささめごと》に、馴し懐《ふところ》の内も床《ゆか》しく、「寝ん」と云《いふ》に、

妻女、「陰門に瘡《かさ》を生じて交《まじは》り難し」と辞《じ》して、添寝だにせず。主も不審《いぶかし》ながら、いとふ草臥《くたびれ》て伏しぬ。

翌日《よく》、かの老女《ろうじよ》を呼《よ》び、「妻女が為体《ていたらく》、怪《あやし》きこと有《あ》り。心あたりはなきや」と問《と》ふに、とりあへず老女、「しかじか異《ことなる》ことの有りし」と語《かた》りぬ。「長《おとな》が殺害《せつがい》せられし訳《わけ》は先達《さきだつ》て書通にて知りぬ。夜行の有様、狐狸《こり》のなす所にあらずんば、正《まさ》しく不義に極《きはまれ》り。見届けてこそ」と、何となく昼は暮して、夜は眠《ねむら》ずに窺《うかが》ひけれど、怪《あやし》き事もなかりしかば、後には心気労《つか》れけるゆゑ、止《やめ》るとなくうち過ぬ。

一月余《あま》り有りて、また例の寝屋に足跡付きて土に汚《よご》れたりしかば、「さこそ老女が云ひしに違ひなし」と、その明《あけ》の夜、勤番《きんばん》と披露《ひろう》し、宿《やど》を立出で、老女と示合《しめし》せ、夜更帰来《よふけかへりきた》り、一間《ひとま》この方に窺ひ居ける。四方に声《こへ》なく、風一とをり吹《ふき》しきりて、やや肌寒《はだ》く覚へ、ぞつと身の毛潤《うるほ》ひ立ければ、「すはこそ」と、刀の柄握詰《つかにぎりつめ》て見れば、妻女起上り、寝屋の戸明けて、庭へ出ぬ。続いて駆出《かけ》で、庭へ下り、捕《とら》へんとするに、かき消《け》ちて見へず。「こはいかに」と家内の者ども起《おこ》し、手々《てんで》に火燈《ともし》連て尋《たづぬ》れど、出づべき所はなくて、その身は失せぬ。怪《あや》しく思ひながら、外を尋《たづね》んやうもなければ、せん方なく、「沙汰《さた》ばしすな」と口を留めて、その夜は休《ふし》ぬ。

三日過ぎて、この程の僉議《せんぎ》に屈《くつ》して、いたく寝入り、目覚め見れば、妻女いづこより入り来りけん、いつもの臥所《ぐわしよ》に、前後取乱して伏居《ふしゐ》たり。「音なせそ」とて、家内の戸を閉固《さしかため》、さて妻女を起

しければ、手足土に汚《よご》れ、顔色《がんしょく》草の葉のごとく、ただ忙然《ぼうぜん》として人気なく、「偽りて、かくするならん。水責《ぜめ》にせよ」とて、頂《いただき》より水桶打明けて、間なく流しかけければ、既に絶入《ぜつじゅ》し、漸《やや》有りて蘇生《よみがへり》、目しばたたきなんどしけるを、「不義の相手は何者にて、何国《いづく》いかなる門へ行通《ゆきかよ》ひけるや」と問ふに、「夢幻《うつつ》のごとく迷ひありき侍るのみを覚えて、その外は知らず」と云ひて、魂もぬけしごとく、惘然《ほれぼれ》と眠れるばかりなり。

かかりしかば、責問《せめと》ふべきやうもなくて、是非《ぜひ》なく妻女が父母へ、有のままに語りしかば、女の父は片意地者《いぢもの》にて、娘のかかる始末、妖怪《ようくわい》の成業《なすわざ》とは心付《つか》ず、一図《づ》に、不行跡ゆゑ親族《しんぞく》までの名を汚《よご》すことを嗔罵詈《いかりののしり》けれども、世の毀《そしり》を顧《かへりみ》て、言外《ごんぐわい》へ出さず。何となく、「娘に用事有り」とて呼寄せ、帰さず。その後、永《なが》の暇《いとま》給らんことを願ひける。夫《おっと》も他聞を憚り、承引せざりしが、病気と号して親の自《みづから》来りて咤《わび》けるゆゑ、今は否《いな》とも云がたく、終《つひ》に離別《りべつ》しける。

さて、女をば、父が方にて密《ひそか》に刺殺《さしころ》し、死骸を夜中、寺へ送りぬ。その夜、雷雨《らいう》夥《おびただ》しく、道を去あへず。「かの長《おとな》が亡霊《ぼうれい》の恨を報ふたるなるべし」といへり。

按《あんず》るに、この女の貞節《ていせつ》、鬼神《きじん》も感応《かんのう》し、などか応護《おふご》の力無《な》からんや。然るに、邪《よこしま》なる死霊の怨《うらみ》を請《うけ》て、百年の身を草露に汚《けが》し、恩愛《あい》身にも替難《かへがた》き、親子の情を断《たち》て、父が手に懸り果ける有様を勘《かんがへ》みるに、この女、面に節義を拵へ、柔和《にうわ》の相《そう》を顕しけれども、内心に不義不貞の行《かう》有りて、己が心に叶はざる者を疎み、讒訴《ざんそ》を構へ、人を殺害せしむる者、かの長と同じく数多《あまた》有つ

らんと覚ゆ。故《かるがゆへ》に家長《かちやう》が恨み骨髄《こつずい》に徹《てつ》して、深く幽陰《ゆふいん》の今まで、その怨《うらみ》を報《むく》ひけん。世俗の雑談、かならずその実を以てせず。語り伝へて、その偽を伝ふ。噫嘻《ああ》、愾歎《なげかはしき》かな。

火車の談 付 下谷の火車　吉原の火車　番町の火車　四谷の火車　富山の火車　火車の爪

俗談に、火車といへる物あり。その姿を図するを見るに、一つ、鬼形、炎車《ゑんしや》を押し、罪人、その火中に投《いつ》て叫喚《けうくわん》、苦痛絶難《たへがた》き体を書けり。或いは一悪人の頭上《づじやう》に落掛《おちかかつ》て、雲晴れて、その人を見ず。後に尋ねて死骸を得る者有り。或いは葬期《ご》に至り、青天忽ち黒気《こくき》を生じ、黒雲、棺《くわん》上に覆《おほひ》下りて、その骸を抓去《つかみさる》とも云ふ。普《あまね》く人口に云持ち伝ふれども、その何物といふことを知らざりしに、余《よ》、一日、姑蘇張睿父《こそのちやうゑいふ》が『琅琊代酔《らうやたいすい》の編《へん》』を見て、初めてこの疑ひを散じぬ。その三十九「鬼車」の目《もく》に、

楊‐用‐脩曰《ガク》、「鬼車《ハ》九‐頭‐鳥」《ナリト》。『白沢図《ノ》』《ニ》、謂《フ》二之《ヲ》蒼鸆《ト》一。『帝鵠書《ノ》』《ニ》、謂《フ》二之《これヲ》逆鶬《ト》一。夫子、子夏、見《テ》而歌《フ》レ之《ヲ》。裴‐瑜、注《シテ》二『爾雅《ヲ》』一言《いはク》、「鶬《ハ》麋鴰。是《レ》九頭鳥也。『層尨《つび》小説《ニ》』、「周公、居《テ》二東周《ニ》一、悪《ミ》レ聞《コトヲ》二此《ノ》鳥《ヲ》一、命《ジテ》二庭氏《ニ》一射《テ》レ之《ヲ》、血《ニス》二其一首《ヲ》一。余猶《ホ》九首」《アリト》。按《ルニ》、夫子『逆鶬歌《ノ》』《ニ》曰《ク》、「逆‐毛‐鶬兮、一‐身《ニシテ》九‐尾長兮《シト》」。只《ダ》言《テ》二九尾《ヲ》一、不レ言《ハ》二九頭《ヲ》一。

陸‐長‐源ガ『弁‐疑‐志』ニ、「九‐頭‐鳥、又タ名《なづ》ク二渠逸鳥一ト。淳熙間、李寿翁、守《かみ》タリ二長沙一ニ。嘗《かつ》テ募リテレ人ヲ、捕二‐得セシム之ヲ一。身、円ニシテ如クレ箕ノ、十脰、環‐簇ス。毎《ごと》ニレ脰有リレ頭。其ノ一独無クシテ、而鮮血点滴ス。毎ニレ頸各々生ズ二両翅ヲ一。当リテ二飛ブ時ニ一、十‐八‐翼霍‐霍トシテ競ヒ進ミ、不レ相二‐為サ用ヲ一。至ルレ有ルニ二争ヒ拗折シテ傷《やぶ》ル者一」。

明崇儼ガ『厭勝書』ニ、「鬼‐車九首ハ、妖怪之魁。凡ソ所ハレ遭フレ触ニ、滅シレ身ヲ、破ルレ家ヲ。故ニ一ニ名ヅク二九羅一ト。其ノ掌ルレ之ヲ者、曰ヒ二天血使者一ト、曰フ二天穴淫婦一ト」。

楊用脩が曰く、「鬼車は九頭鳥なり」と。『白沢の図』に、之《これ》を蒼鸆と謂ふ。『帝鴞の書』に、之を逆鶬と謂ふ。夫子、子夏、見て之を歌ふ。裴瑜、『爾雅』を注して言《いは》く、「鶬は麋鴰。是れ九頭鳥なり。『屠尨《つび》小説』に、「周公、東周に居て、此の鳥を聞くことを悪《にく》み、庭氏に命じて之を射て、其の一首を血にす。余猶ほ九首あり」と。按るに、夫子『逆鶬の歌』に曰く、「逆毛鶬、一身にして九尾長し」と。只だ九尾を言て、九頭を言はず。

陸長源が『弁疑志』に、「九頭鳥、又た渠逸鳥と名《なづ》く。淳熙の間、李寿翁、長沙に守《かみ》たり。嘗《かつ》て人を募りて、之を捕得せしむ。身、円にして箕の如く、十脰、環簇す。脰毎《ごと》に頭有り。其の一独無くして、鮮血点滴す。頸毎に各々両翅を生ず。飛ぶ時に当りて、十八翼霍々として競ひ進み、用を相為さず。争ひ拗折して傷《やぶ》る者有るに至る」。

明崇儼が『厭勝書』に、「鬼車九首は、妖怪の魁。凡そ触に遭ふ所は、身を滅し、家を破る。故に一に九羅と名づく。其の之を掌る者、天血使者と曰ひ、天穴淫婦と曰ふ」。

按ずるに、鬼車九首は、所謂《いはゆる》我朝に云《いひ》伝ふる、火車の類ひなるべし。

享保《きやうほ》初年、番町辺《ばんてうへん》、その姓名を聞しかど、憚《はばか》り有て記さず。死去の節、雷雨しきりに下《ふ》つて、葬《そう》礼《れい》執行《とりおこなは》ん様なく、晴間を待て、一日延引しける。翌《よく》日、少止《おやみ》けるゆゑ、用途《ど》取賄《そろ》ひて、既《すで》に出さんとしける所、俄《にはか》にまた雷鳴、電《いなびかり》し、棺おのれと動出《うごき》し、引上《ひきあげ》らるるごとく見へしまま、葬儀しける若党《わかとう》ならびに親族《しんぞく》の面々、刀を抜て棺《くわん》の上へ差挿頭《かざし》、尾花《おばな》の乱れたるごとく淫裔《ひらめかし》て居けるに、雨一しきり強《つよ》く降《ふり》、雷一声、車軸《しやぢく》も摧《くだく》るがごとく鳴霹靂《なりはためき》、黒雲一村《ひとむら》、棺《くわんの》上へ覆ふと見へしかば、棺を固《かため》し諸士《しよし》、我知らず一同にひれ伏、暫く有りて心付き、起《おき》上り棺《くわん》を見れば、いつの間にか打破《やぶ》れ、亡骸《なきがら》は見へず成りしとぞ。

また、いつの頃やらん、四谷十人火《ひ》消《けし》御役屋《や》敷《しき》におゐて、ある夜《よ》、番人、火の見櫓《やぐら》に登《のぼ》りて見るに、夜更《ふか》ふして銀河明《めい》々と一点《てん》の雲《くも》も懸らず。虫の這《は》ふさへ見へぬべき星月夜《ほしづきよ》なりしかば、四方を見晴して居ける所、北方に一村《ひとむら》の雲《くも》起《おこ》り、その内より火の光見へしゆゑ、「出火にや」と心を付け見渡せば、かの黒雲《くろくも》、そのはやきこと風のごとく、程なく櫓《やぐら》の上を行過る。その中に、頭《かしら》は牛《うし》に似て、手足ただ炎《ゑん》々たる火鬼、車の上に座して、白き装束《せうぞく》したる人を抓《つま》み持行く体《てい》を見て、此《この》もの正気を失ひ、絶入《ぜつじゆ》しける。これぞ、かの火車、鬼車ともいへる成《なる》べし。

正徳《しやうとく》年中、越中国《ゑつちうのくに》富《と》山の片山里におゐて、葬《とむらい》の刻、火車《くわしや》、棺上《くわんのうへ》へ覆ひ下つて、死《し》骸《がい》をば取得ず、付添《そひ》来りし一僧の片腕《うで》を引抜き、抓《つか》み去る由、その里に住せしもの、余《よ》が近隣に住して語るを聞《きけ》り。

世に語り伝へしは、諏訪《すわ》家の老臣、死後その骸《から》を抓《つか》み去らるること、既に三代に及ぶ。四代目の士、これを愁《なげ》ひて、その子に遺言《ゆいごん》しけるは、「かならず、その難を遁《まぬが》れてよ」と云置けるゆゑ、その子悲歎《ひたん》に絶《たへ》ず、「親と云ひ、祖《そ》と云ひ、屍《しかばね》を取去らるること、その恥辱《ちじよく》、誰かこれを忍ぶべき。況《いわん》や子々孫々たる者、存命《ぞんめい》して人に面《かほ》を合《あは》すべけんや」と思ひ切り、殉死《じゆんし》の覚悟《かくご》にて葬《そう》の供《とも》しける。案のごとく、雷鳴霹靂《かみなりはためき》、一村の黒雲、棺《くわん》の上へ覆《おお》ひ、既《すで》に抓《つかみ》取られんとしける時、その子、腰刀を抜て、虚空《こくう》無尽《むじん》に切払ひける。孝心《かうしん》、天にや通じけん、手ごたへして、大地も烈《さく》るばかりに、雷一声鳴《なる》よと思へば、忽ち《たちま》雲納《くもおさま》り、雨止《あめやみ》ぬ。

さて、「切たるよ」と覚へし所を見れば、黒き毛、針《はり》のごとく生《は》へ、鷹《たか》の爪《つめ》のごとくなる物、節《ふし》際《ぎわ》より切落し有けり。「これこそ火車《くわしや》の爪《つめ》なるべし」とて、取持せ帰りて、家の至宝《しいほう》と成《なせ》し由《よし》。

按ずるに、この話《わ》、耳に喧《かまびすし》く世の人の美歎《びたん》する所なれども、その説慥《たしか》ならず。余が友に、信州上諏訪の者有り。「領主の家に火車の爪有りと聞く。実《まこと》なりや」と尋ねしに、「年久しくその物語をば承りしが、その主、その人を知ず」と云り。その事有りや否《いな》や。

浜野の雷火

上下総州《そうしう》の境《さかい》に浜野《はまの》といへる里《さと》有り。その所の百姓、七十余歳の老母に事《つか》へ、孝行の聞《きこ》へ有り。

家貧《まづし》ければ、路人《ろじん》の荷物を背負《せおい》、または所の者に雇《やとわ》れ、奴僕《ぬぼく》の業《わざ》を成《なせ》ども恥《はじ》とせず。日毎に夜いまだ明《あけ》ざるに、起《おき》て食事を調《ととの》へ、母の目覚《さめ》るを待て、これを進《すす》め、さて出る時には、「いづれの方に何事を致さん」と、存《ぞんず》る由を申置き、帰る時は、その賃銭《ちんせん》の内を省《はぶき》て、母が好《す》ける物を買《かい》求め、袖より出して母の心をよろこばしめ、あるいは神社《じんじや》の祭礼《さいれい》、あるいは寺院において説法《せつぽう》有れば、行程《かうてい》の遠近《ゑんきん》を厭《いとは》ず、己が背《せなか》に母を負《を》ふて参詣しける。その孝行を感《かん》じて、隣家《りんか》の者ども、米穀《べいこく》、野菜《やさい》の類ひまで送《おく》り与《あた》へし程に、母を養ふ渡世の糧《かて》も事欠《かか》ずなん有ける。

その隣《となり》の百姓は、母がためには従弟《いとこ》なりしが、飽《あく》まで邪見放逸《じやけんはういつ》にして、一生人に物施《ほどこ》したることなく、隣家の男の、母へ孝行なるを見ては、「これ猿楽《さるがく》の芸《げい》にて母を面《めん》に被《かぶ》り、舞踊《おどり》、人を欺《あざむ》き施《ほどこ》しを請《うく》る物なり」と嘲《あざけ》り笑ひ、常に出入をもせざりしが、貧福《ひんぷく》は行跡に寄らざるにや、この者、家富《とみ》、財宝《ざいぼう》、蔵に満《みち》て、并《なら》ぶ人もなし。

ある時、嫡子《ちやくし》へ娵《よめ》を迎《むかへ》しとて、その祝儀に一村の上下、押なべて呼集《よびあつめ》、一日酒宴《しゆゑん》しけるに、従弟《いとこ》の老母親子をば呼ばず。剰《あまつさ》へ、己が門外に塵芥《ちりあくた》捨たるを見付け、「必定《ひつじやう》彼が仕業《しわざ》ならん」と、理不《りふ》尽《じん》に家内へ押入り、打擲《てうちやく》しけるゆゑ、老母、中へ入り、「全《まつた》く我子の致したる義にあらず。昔より、かかる婚礼、祝儀の節は、石打《いしうち》、水かけなんどして若人の遊戯《ゆげ》なすこと、都鄙《とひ》に限らず、まま多き事なり。この塵芥《ちりあくた》捨しも、その類ひにて、尋なば、その人は知れなん」と、取縋《すがり》留めけれど、聞入れず。己《おの》が僻《ひがめ》る心に、却つて直《すなを》なる人をうたがひ、「今日の祝義に己を饗応せざるを遺恨《いこん》に思ひ、

わが門を汚《よご》したる条、紛《まぎれ》なし」とて、下男等に下知して老母を引退《のく》るとて、過《あやまつ》て石臼に躓《つまづ》き倒《たを》れて、腰骨《こしぼね》を打折りぬ。

孝心深かりし身にて、眼前母が手負たるを見て、などか堪《こらゆ》べき。傍《かたはら》に有ける藁打槌《わらうちつち》をもつて、隣《となり》の男の眉見《みけん》を打破り、下男の内、一人は左の腕《うで》、一人は左の臑《すね》へ疵《きず》付けて、なほ狂ひ廻りけるを、大勢取囲《かこみ》て搦《からめ》置き、すでに公《おおやけ》の御沙汰にぞ及びける。

げにや日月の光り浮雲《ふうん》に覆れ、殊玉の石中に埋籠《うづもるる》ごとく、かの者の旧悪《きうあく》、金銀の賄賂《わいろ》に覆《おほわ》れ、老母親子に与《くみ》する者もなく、道理持ちながら、罪に沈《しづ》みて、牢獄《らうごく》の身と成けるこそ悲《かな》しけれ。然れども、相手の疵《きず》、幾程《いくほど》なく平愈《ゆ》しければ、その科《とが》を宥《なだめら》れ、やがて出牢《しゆつらう》しけれども、人に立まじはるべきやうもなく、雇《やと》ふ人も希《まれ》なれば、詮方《せんかた》なくて、磯辺に出で、鱖《あさり》・蚶《あかがひ》を取りて銭に替ふ。

ある時は他村へ越て他の田畠の地を穿《うが》ち、ある時は道路に捨し馬糞《ふん》を拾ひ、売代《うりしろ》なして母を養育《はごくみ》けるに、腰折りて後は従弟が邪見《じやけん》の仕方を憤《いきどほ》り、平生、神棚《かみだな》、仏間《ぶつま》に向ひては、「神や仏に成らん望なし。感応《かんおう》正に空《むな》しからずんば、我《われ》死して火車となり、難面《つらかり》し人を殺《ころ》しめ給へ」と、涙血《なみだち》に染《しみ》、気色凄《すさまじく》なりて祈りけるを見て、その子啼《ない》て諫《いさ》めけるは、「仏経《ぶつきやう》にも「一念五百生、仮念無量劫《けねんむりやうごう》」と申して、罪《つみ》の深重《しんてう》なることを説《とか》れ侍る。「悪き者は生《いけ》て見よ」とこそ、諺《ことはざ》にも申伝へたれば、人の悪行を見て、却《かへ》つてこの方の善知識《ぜんちしき》と成るべし。その念慮止められ、後世の直《すぐ》なる道を尋ねて、安養浄土へ至らんと思しめさずや。外道の障礙《しやうげ》は仏成道の端《はし》と成るものを」と、折にふれ、事によ

そへて云けるに、聞入《ききいれ》て、「まことに、思へば我心の曲《まが》れるゆゑに、人の悪をも恨むるならん。以来は何事も打捨て、仏陀《ぶつだ》の御名より外《ほか》は申さじ」と答へながら、一念の発《おこ》る所、留《とどま》るに拠《よんどころ》なく、「ただ鬼に成りて、怨《あだ》を報はん」とのみ願ひて身退《みまかり》ぬ。

この子、悲《かなし》みの余り、母が亡骸《なきがら》を三日三夜置て、常のごとく給仕し、香花《かうはな》を備へ、作善《さぜん》しける。然るに、老母が死ける夜より、この一村、雷鳴渡《らいなりわた》り、雨、篠《しの》をつくごとくに降《ふり》て、他村には曽《かつ》て怪《くわい》異《い》なし。葬送《そうそう》しける寺は二十余町有りて、家内を出て既《すで》に寺門へ至着《いたりつか》んとせし刻、黒雲漩《うづ》巻き下りて、棺《くわん》中より一つの火光迸《ほどばし》り出で、雷霹靂夥《へきれきおびただ》しくして、耳底《じてい》へ落るごとく響《ひび》き渡りければ、棺に付居ける僧も人も、倒《たを》れ伏しぬ。孝子何某ばかり泰然《たいぜん》と棺の傍《かたはら》に付添ひ居ける。暫く有りて雲晴《くもはれ》、青天朗《ほがらか》にして、無異《ことなく》葬礼執行しけるとぞ。

然《しか》るに、雷鳴《めい》の凄《すさまじ》く聞へし時刻に、かの従弟なりし男、炉に向ひ平居《へいきょ》し、妻子もろとも四方《よも》山の話《わ》を談じ、余念なかりし所、雷、この者の頭上へ落ちて、たちまち焦《こがれ》死ぬ。雷火の余炎《よゑん》さかんに燃《もへ》あがり、資財雑具《しざいぞうぐ》、悉《ことごと》く煙りとなり、百年の貯へ、一時に亡び失《うせ》たるよし。「これ老女が一念、火車と成り、怨《あだ》を報《むく》ひたるなり」といへり。尤《もつと》も見る人各《おのおの》かんじけるとなり。

評に云く、本屋見料を取《と》らば、不届きならんか。出さずば、あたじけなしと言《い》へるなるべし。

向燈賭話上編巻之一終

向燈賭話上編巻之二

羽州温泉の刃傷

余《よ》が友《とも》の同国《どうこく》とて、それが所《ところ》に旅宿《りよしく》せし廻国《くわいこく》の僧有《そうあ》り。一夕《せき》、この僧《そう》と談話《だんわ》、刻《こく》を移《うつ》して、感情《かんぜい》、夜《よ》の更《ふく》るをも知《し》らざりし。今《いま》や三四年以前《いぜん》にも有《あり》つらん。耳《みみ》に残《のこ》れるを、ここに記《しるし》ぬ。

かの僧《そう》の語《かた》りしは、先年《せんねん》、廻国《くわいこく》の序《せつ》、「出羽国山形《でわのくにやまがた》の近辺《きんぺん》に温泉《をんせん》有りて、近国《きんごく》より湯治《とうじ》の人数《にんじゆ》少なからず」と聞て、立寄しに、その折節、佐竹《さたけ》家の老士《らうし》、十三四歳の幼孫《ようそん》を同道し、この所へ来り、湯治し居《ゐ》ける。この少《しやう》人、美麗《びれい》なる生質《せいしつ》いふばかりなく、見し人顧《かへりみ》ざるはなかりし。

ここに先達《せんだつ》て逗留《とうりう》し入湯《にうたう》しける仁《じん》、水戸侯《みとこう》の家士と称して、いづれも時権《じけん》を振《ふる》ひ、諸人《しよにん》の障《ささは》りと成り、目合《めあい》、袖引《そでひき》、悪《にく》み合《あい》ける。その内に、二十三四歳の男、この美少年の容色《やうしよく》に魂《たましい》を奪《うばは》れ、返り合《あわせ》に袖を引、入湯の刻は間近来《まぢかくきた》りて手通《しゆつう》などして、不礼度重《たびかさな》りけれども、旅客《りよかく》と云《いひ》、かかる入込《いりこみ》の場所悪《ばしよあし》ければ、さ有《あ》らぬ体《てい》にもてなし、老人《ろうじん》へも知らせざりけるに、いよいよ募《つのり》て、ある日《ひ》、少人《せうじん》、後《うしろ》の山《やま》へ登《のぼ》り、風景《ふうけい》を楽《たの》しみ、古歌口号《くちずんじ》など居ける所へ尋来り、日頃《ひごろ》の思《おも》ひ、数々口説咤《くどきわび》て、命も絶《たへ》なん言の葉、せちに聞へければ、少人打瘶《うちしはぶき》て、「数ならぬ身に御意《こころざし》の程《ほど》、忘《わす》れ難く、思ふ事なくば御返事《へんじ》の致《いた》し方も有べきに、仕へし家にて男色《なんしよく》の道、堅制禁《かたくせいきん》申付られ、罪を犯《おか》せる者は、刑《けい》、

三族《さんぞく》に及ぶなれば、御用捨《しや》に預《あづか》りたし」と打笑《うちわら》ひ答《こた》へぬ。

かの侍《さむらい》、面色《めんしよく》を替《か》へ、「神《かみ》に祈《いの》り、仏《ほとけ》に願《ねが》い、一命《めい》かけし恋《こひ》なれば、思ひ切なん義、存寄らず。この上は、御祖父《そふ》へ申入れ、表向《おもてむかい》より申請《うけ》ん。承引《せういん》なくんば首級《しゆきう》になりて、是非《ぜひ》一方は申請べし」と、威《おど》し賺《すか》し振舞《ふるまい》けれども、少人驚《おどろか》ず。増て思惟《しゆい》にも及ばず、「御覚悟《かくご》の旨《むね》、承知《せうち》致しながら、主人の為《ため》に養《やしな》ひ置れし身を、正なき業《わざ》に果《はた》さんは、本意に非《あら》ず。祖父《そふ》も「家《いへ》の法度《はつと》を壊《やぶ》り、傾契《けいさ》せよ」とは申まじ。然れども、「仰聞られん」と有《ある》を止《とどめ》申さんやうなし。御勝手《かつて》次第たるべし」と、袖《そで》を払ひて静《しづか》に下山《げざん》しける。この侍も、云寄《いいよ》るべき詞《ことば》なくて、苦々《すごすご》と帰《かへ》りぬ。

少人帰りて祖父《そふ》に向ひ、しかじかの物語《ものがたり》して、「かかる不敵者《てきもの》なれば、不慮《りよ》の事至来《とうらい》し、御老体《ろうたい》に過ちも有りなば、悔《くやむ》るに甲斐《かい》なかるべし。一時も速く御帰国《きこく》然るべし。御供《とも》仕るべけれども、逃《にげ》隠《かく》れしなんどし、彼等《かれら》に後指《うしろゆび》さされんは、父祖の名を汚《けが》すなるべし。残《のこ》り留《とま》つてうち果《はた》し侍らん」といふ。

祖父、大きに感心《かんしん》、落涙《らくるい》して、「武士《ぶし》のならひ、不忠《ちう》と知《し》りて、不時《じ》の口論《こうろん》、刃傷《にんじやう》に及ぶは、比《ひ》興《けう》を恥《はぢ》て名惜《をし》むゆゑなり。悴《せがれ》が方より汝《なんじ》を預り来り、打捨帰りて、子ながらも面目《めんぼく》なからん。今宵《こよい》、汝《なんじ》を召連《めしつれ》、帰国《きこく》せば、一旦難《たんなん》は遁《のが》れなん。然《しかれ》ども、湯治《とうじ》の人数多《ひとあまた》あれば、誰伝《たれつと》ふるとなく、主君《しゆくん》の聴《きき》に達《たつ》しなば、我家《わがいへ》、断滅《だんめつ》の基《もと》ひならん。よくよく理《り》不尽《じん》に申来らんに於《おゐ》ては、立向ひ、切死に死なんより外は有まじ。我《われ》は七十に近《ちか》き老《をい》の命《いのち》、惜《おし》むべきに非ず。汝《なんじ》は幼若《ようじやく》の身、盛《さかり》を見ずして失《うしなわ》

んこと、残念《ざんねん》ながら、これまでを一生の期《ご》とあきらめ、尋常《じんじやう》に死《し》ねよ」と教《おし》へられしこそ、「さすがは老士《らうし》の一言《いちごん》なれ」と、物影《ものかげ》にて聞ける旅宿《りよしゆく》の主《あるじ》、後《のち》に人へも語《かた》り聞せしとぞ。

その夜《よ》、案内乞《あんないこ》ふ者有り。「それぞ」と察《さつ》し、請《しやう》じ入《いれ》て見るに、その身は来らず、傍輩《ほうばい》の侍《さむらい》を以て、初対面《はつたいめん》の辞儀《じぎ》を演終《のべおはつ》て、少人《せうじん》を申請《うけ》たき由、余義《よぎ》もなく申出しければ、老人暫《しばら》く物を云はざりしが、ややありて、「年若《としわか》き節は、誰《たれ》とても叶《かなわ》ぬ義理《ぎり》に意地《いじ》を立て、道《みち》ならぬ義をも仕る物なり。幼童《やうどう》御所望《しよもう》の段《だん》、過分《くわぶん》には存ずれども、悴《せがれ》も一子の義なれば、外へ遣すこと、結《けつし》て罷《まかり》成らず。その うへ男色の道、主人屋敷《やしき》、厳《きび》しく法度《はつと》申付られ、なほ以て叶ひ難し。この段、貴方《きほう》よろしく御取成《とりなし》に預りたし」と云ふ。

使の侍の曰く、「傍輩《ほうばい》の由身《よしみ》、遁《のが》れがたく相頼《あいたのま》れ、身命《しんめい》に替《かへ》て罷越《まかりこし》ぬる上は、是非《ぜひ》申請ん覚悟《かくご》なり。御思案《しあん》有られよ」と、ひざ立直しけるを見て、老人笑嘘《あざわらい》ながら、「御短慮《たんりよ》と申べき。御思慮《しりよ》浅《あさ》きとや申さん。承《うけたまわ》れば水戸公伺候《かうしかう》の御衆中とやらん。後聞《かうぶん》も如何《いかが》なり。成程《なるほど》相対ならんにおいては、彼方《あちら》も之《これ》有るべし。貴方は使の一通《とおり》、余人《よじん》に向ひ、刃傷《にんぜう》に及ばんこと、「人を頼みて鬱憤《うつぷん》を遂《とぐ》る」なんどと、他人の評《ひやう》を請給はば、当人の恥辱《ちじよく》はいかばかりならん。この座は異《こと》なく御帰り有りて、御当人へ異見然《いけんしか》るべし」と云捨立《いいすてたち》入ければ、かの丈も道理《どうり》に服《ふく》し、その辺白眼《にらん》で帰《かへり》ぬ。

この噂《うはさ》、温泉邑中《おんせんゆうちう》に隠《かく》れなく、奥州《おうしう》より参合《まゐりあは》せ居ける士《さむらひ》両人、老人の隣家《りんか》に旅宿《りよしゆく》し、兼《かね》て出合《であい》、近付《ちかづき》なりしかば、かかる災難《さいなん》に逢《あ》ひけるを愁《うれ》ひ、我身《わがみ》の上《うへ》のごとく思ひ、「何卒《なにとぞ》取嗳《とりあつかい》済し見ん」

と両人《りやうにん》申合せ、水戸《みと》三人の方へ行き、対面《たいめん》を遂げ、右の趣《おもむき》申談じ、「互《たがい》に主を持ちたる者は、自然《しぜん》の時、用に立《たて》ん命《いのち》なれば、かかる小事《せうじ》に捨《すて》んこと、武士の本意《ほんい》たるべからず」と、種々《しゆじゆ》異見《いけん》をぞ加《くわ》へける。

かの侍《さむらい》答へ申けるは、「その道理《どうり》、誰《たれ》かは弁《わきま》へ知らざらん。併《しかし》、存立《ぞんじたち》たる初一念、翻《ひるがへ》さん心なし。この上は公《おおやけ》の御《ご》裁判《さいばん》たりといふとも、相留《とまる》べきやう存知《ぞんじ》寄らず。かつ老人が申す条、甚だ奇怪《きくわい》の至りなれば、少人ともに討果《うちはた》さん覚悟《かくご》、決定《けつじやう》致したり」と、両腰抜《こしぬき》出し、金打《きんてう》して見せける。

両人も案酌果《あぐみはて》、「然らば、老人《ろうじん》へ申聞せ、得心致せば、この一義、浪風もなく納る道理《どうり》なり。一応《おふ》も再《さい》応も異見申べし。夫まで日限延引《ゑんいん》有べし」と、いつともなく日を延《のば》し、両人は立帰り、直《すぐ》に老人《ろうじん》が旅宿《りよしゆく》へ案内《あんない》し、その心底《しんてい》を見とどけて、これも覚悟《かくご》と見へて、いささか悪《わる》びれたる気色《けしき》もなく見へず有し次第、所存《しよぞん》残らず語《かた》りければ、両人も詞《ことば》を揃《そろ》へ、「かかる時節《じせつ》に参《まい》り合せたるは我が武運《ぶうん》たり。この日頃《ひごろ》隣家《りんか》に有りて懇《ねんごろ》に御意《ぎよい》得しも、然るべき宿縁《しゆくゑん》あらめ。何方《いづかた》までも御見届《みとどけ》致すべし。さりながら、一人は老人、一人は少人。御立合の程、慮外《りよぐわい》ながら気遣《きづかは》し。武芸《ぶげい》においては御得《ゐ》物《もの》はし侍るか」と問《と》ふ。

老人申しけるは、「幼少《やうせう》の時《とき》より長刀《なぎなた》を好《この》みて、少し遣《つか》ひ覚侍れども、この時節《じせつ》持合せず。頗《すこぶる》望を失《うしな》ふ」由を申す。両人点頭《うなづき》、「御心あれ。我《われ》々在所《ざいしよ》は程近《ほどちか》ければ、一昼夜《ちうや》には立帰《たちかへり》なん。僕《ぼく》一人差遣《つかは》し、取寄《とりよせ》て御門出《かどで》を祝《しゆく》し申さん。それまでは、かの者《もの》どもを偽《すかし》寄置んに、何条障《ささはり》か有らん。

期日、首尾好《しゆびよく》、御手練《しゆれん》の手際《ぎは》、見物《けんぶつ》致さん」と、頼母《たのも》しく介抱《かいほう》しければ、老人、大きに悦《よろこび》、「在所《ざいしよ》秋田《あきた》へ申遣しなば、得物《ゑもの》の道具《どうぐ》得《ゑ》べきこと、最安《いと》けれども、倅《せがれ》が承りなば、「親《おや》の難《なん》を救《すくは》ん」と存知、いかなる不忠《ちう》の働《はたらき》をや致しなんと、それゆゑ、黙《もだ》し罷《まか》り有りし所、御深志《しんし》の程《ほど》、生々世々《せいぜいよ》忘《わす》れがたし」と謝礼して別れぬ。

水戸三人よりは、「有無《うむ》の返答《へんとう》いかがぞ」と催促《さいそく》度々に及ぶといへども、彼是《かれこれ》申し、時日《じじつ》を延《のば》し、既《すで》に在所へ遣したる人帰り来り、右の長刀持参《じさん》しける程に、急《いそ》ぎ老人方へ持行《もちゆき》、「老後《ろうご》の一興《けう》、御餞《はなむけ》たるべし」とて差出しければ、取て戴《いただ》き、感涙《かんるい》数行《すげう》しけるとぞ。

かくて両人方より何程申聞せても、老人得心《とくしん》致さず、「この上は御存分《ぞんぶん》に御はからひ有るべし」と申送りしかば、堪《こら》へ兼て、明白昼《めうはくちう》に温《おん》泉の側《かたはら》なる芝原《しばはら》におゐて出合ひ、「少人申請《う》くるか、この方の首《くび》進上致すか、両義一跡。白刃を以て勝負《せうぶ》を決《けつ》せん」と、果《はた》し状をぞ付ける。老人方よりも相心得し旨《むね》返答《たう》して、兼て支度《したく》し、出立ぬ。奥州《おうしゆう》の士両人も、見届《みとどけ》として同じくその場《ば》へ立合ひけり。かくと聞《きき》しより、入湯《にうとう》の貴賤《きせん》は云に及ばず、その近在《きんざい》の者ども達、ここの山影《やまかげ》、かしこの岸根《きしね》、梢なんどに登り居て、見物《けんぶつ》の人夥《ひとおびただ》しくぞ有ける。

水戸三人は同様に白帷子《しろかたびら》を着し、白布《しろぬの》を以て手襷《たすき》鉢巻となし、いづれも長《なが》き刀を帯《おび》たり。老人も少人も白衣にて、長刀《なぎなた》と小鎌《かま》を持ちけり。鎌《かま》は少人、常《つね》に習《なら》ひ覚《おぼへ》しとて、これまでも持来《もちきた》りける由。その容貌《ようばう》の美《び》なる有様、姿《すがた》にも似ず、甲斐《かい》甲斐しき風情《ふぜい》を見て、見物しける人々、「あはれ天道《てんどう》の

加被《かひ》ありて、老人勝負《ろうじんせうぶ》に打勝《うちかつ》てよかし。少人安穏《しやうじんあんおん》にあれよ」と、心中《しんじう》に思はぬ者もなかりしとぞ。

老人、長刀横《よこ》たへ出ければ、水戸《みと》三人、一所に双《なら》び立向ふ。「あはや」と少人鎌引提《かまひきさげ》て、祖父《そふ》に引添《ひきそい》、既《すで》に勝負を決《けつ》せんとする所、奥州《おうしゆう》の両人《りうにん》、中《なか》へ入、少人を制《せい》して、はるかこの方《ほう》に引分置《ひきわけおき》、さて三人に向ひ申しけるは、「互《たがい》に目当《めあて》の相手同士、立合んは定れる事なり。御両所助太刀《りうしよすけだち》せられんにおゐては、見殺《ごろ》しには罷《まかり》成らじ。身、不肖《ふしやう》なれど、我《われ》々御相手《あいて》成らん」「さあれば、遺恨《いこん》もなき身に無《む》益《ゑき》の罪《つみ》を設《もふく》る道理《どうり》なれば、御見届《みとどけ》ばかりに御差控《さしひか》へ有べし」と云《いわ》れて、この詞《ことば》に恥入《はぢいり》、後《うしろ》にイ《たたずみ》、拳《こぶし》を握《にぎ》り、唾《つば》を呑《のみ》ながら、控居《ひかへい》ける少人をば、奥州の両人、左右《さゆう》より手を取り囲居《かこみい》て、同じく勝負《せうぶ》を伺《うかが》ひ居《い》る。

然るに、老人、かの侍《さむらい》と一時ばかり打合《うちあい》けるが、初《はじ》め強勇《がうゆう》なる詞《ことば》にも似《に》ず、長刀《なぎなた》のするどき術《じゆつ》に気《き》を奪《うばは》れ、尻込《しりごみ》して芝原《しばはら》の土溜《つちだまり》にけし飛《とび》、仰向《あをのけ》に倒《たを》れし所、付入《つけいり》に、刀を持ちし腕《うで》、伐落《きりおと》し、起上《おき》らんとせし右《みぎ》の肋《あばら》より、左《ひだり》の肩先《かたさき》まで、揚様《あげざま》に切込まれ、二つになりて見へしその死骸《しがい》に股《また》がり、心静《こころしづか》に留《とど》めを刺《さし》けるを見て、傍輩《ほうばい》の二人、この形勢《ありさま》に気や後《おく》れけん。行衛《ゆくへ》も知らず逃失《にげうせ》ぬ。

山上、または梢《こずへ》に登《のぼ》り居《い》たる見物《けんぶつ》の者ども、「したりや御手柄《てがら》、見事なる御振舞《ふるまい》」なんどと罵詈《ののしり》て、山《やま》も動《うご》くばかり、暫《しばらく》は鳴《なり》も鎮まらず。

両人の侍《さむらい》、扇《おうぎ》を披《ひら》き、大音声《だいおんじやう》に申しけるは、「降涌《ふりわい》たる珍事《ちんじ》とは申しながら、討死《うちじに》の仁《じん》も有り、面《めん》々の難儀《なんぎ》請《うけ》ん事もはかりがたし。長居《ながい》して我等《われら》ばし恨《うらみ》られなよ」と呼《よば》はり呼はり、その辺《へん》二三度

廻りしかば、これを聞《きい》て、「実《げに》さも有りなん」といふ声《こへ》のみして、さしもの大勢《おうぜい》、蜘《くも》の子を散《ち》らすがごとく、暫時《しばし》の間、一人も残らず退去《のきさり》ぬ。

老人は死骸《しがい》に腰打《こしうち》かけ、切腹《せつぷく》せんとしけるを、両人押留《をしとど》め、「相手は水戸侯《みとかう》の家中《かちう》の由。然《しか》らんにおゐては、公義《かうぎ》へ対《たい》し奉《たてまつ》り、その恐《おそ》れすくなからず。貴方ここにて自殺《じさつ》せば、子細《しさい》申し開《ひら》かん者《もの》なく、我《われ》々主人へ申訳《わけ》立ち難し。これまでは御見継《みつぎ》致したり。これより以後《いご》は我々をまた御見継《みつぎ》に預りたし。しばらく存命《ぞんめい》して、始終《しじゆう》を定《さだめ》られよ」といふに、「誠《まこと》に誤《あやま》り入侍る。御両人の御為《ため》とあらんには、身を粉《こ》に砕《くだ》きても報じ尽し難し。如何様《いかやう》とも御はからひに任《まか》せん」と、刀《かたな》を納め、夫《それ》より三人走り廻り、所の者ども呼集《よびあつ》め、事落着《ことらくじやく》まではこの死骸番《しがいばん》人付置《つけおき》、「麁略《そりやく》すべからず」と申渡《わたし》、老人ならびに少人へは付人《つけびと》として一人残り、今一人は直に発足《ほつそく》、秋田《あきた》へ注進《ちうしん》として罷越《まかりこし》ぬ。

城下《じやうか》に至り、右の趣、書面《しよめん》に認《したた》め、逐一披露《ちくいちひろう》しければ、大守《たいしゆ》、甚だ感《かん》ぜられて、かの仁《ひと》をば城内《じやうない》に請《じやう》じて、種《しゆ》々馳走《ちそう》仰せ付けられ、かつまた、使者《ししや》を以て、水戸侯老臣《ろうしん》の面《めん》々まで、「しかじかの事有りて、公の近臣を殺害《せつがい》せし段、言語道断《ごんごどうだん》の至り、謝せん詞《ことば》なし。自分家来《じぶんけらい》の義は召捕置《めしとりおき》ぬ。御下知次第、刑罰《けいざい》申付べき」由、仰遣《おふせつか》はされしに、その御返答《へんとう》に曰《いわく》、「水戸家中の者、一切他国《たこく》へ差出さず。しかし三家の家頼《けらい》と号し、近国徘徊《きんごくはいくわい》せしむる輩これ有る条、注進《ちうしん》の者有りて、先月中旬、三両輩成敗《はいせいばい》申付け候ひ畢《おわん》ぬ。頃日、金銀押領露顕《おふれうろけん》の上、出奔《しゆつぽん》せしむる者有り。もし右の者たらんにおゐては、この方毛頭構《もうとうかまい》これ無し。賞罰時宜《しやうばつじぎ》に随ひ、佐竹《さたけ》家の御はからひ次第たるべし」と仰聞《おほせきけ》ら

れしかば、早速道中警固《さつそくどうちうけいご》として騎馬《きば》十騎《き》、足軽《あしがる》五十人差添《さしそへ》られ、両人ともに、秋田城中へ引取られける。

「右見届の両士へは、残る所なき神妙《しんびやう》の致し方、感悦浅からざるの旨、御褒美《はうび》品々下され候。かつ御主人への御届、御礼等、仰せ遣はされ候ひしとぞ。今以て語り伝へ、称美《しやうび》しける」と、かの僧の語りき。

鶏《にわとり》の毒飼《どくかい》

常陸国《ひたちのくに》の者《もの》の語《かた》りしは、笠間郡《かさまがうり》の内に住《す》める百姓《ひやくせう》、常《つね》に鶏卵《けいらん》を好《この》みて鶏数多《にわとりあまた》飼置《かいお》き、それが産《う》める鶏卵《たまご》を取り喰ふに、足《た》らずもや有りけん、外より買求《かいもと》め増飼《ましか》ふほどに、その費夥《ついへおびただ》しくして、後《のち》には鶏《にはとり》、家《いへ》に充満《じうまん》して、家内の愁《うれひ》を成すのみならず、隣家《りんか》の軒下《のきした》を掘穿《ほりうが》ち、田畠《でんばく》をあらし、穀《こく》物《もつ》を損《そん》じさしめ、一方《いつぽう》ならぬ害《がい》を成しけるゆゑ、この百姓《ひやくせう》を悪《にく》まぬ者はなし。

その内に、月々《つきづき》大きなる卵《たまご》を産《うみ》ける鶏《にはとり》有り。秘蔵《ひぞう》して飼養《かいやしな》ひけるに、その卵《たまご》を取る時、この鳥、甚だ悲《かな》しみて、羽《は》たたき鳴《ない》て喰《くらは》ず。

ある時、この男、この鶏の卵を取りて喰ひけるに、たちまち悩乱《のふらん》して叫び狂《くる》ひしが、血《ち》数升《すしやう》を吐《はい》て死《しし》ける。家内驚《かないおどろ》き周章《しうしやう》し、悲しめど甲斐《かい》なし。「もし、鶏卵《たまご》の中に怪《あやし》き事や有りしか」とて、鳥《と》

屋《や》を尋《たづね》みるに、「残りたる卵、みな青色《あをいろ》にして、青き蝘蜓《とかげ》を寸々《ずんずん》に喰切《くいきり》て、その中へ交へ置きたり。されば こそ、この毒《どく》にあたりたるなり」と、その鶏をば密《ひそか》に縊殺《くびりころ》し捨《すて》けるとぞ。

常《つね》に卵《たまご》を取喰《くらは》れし恨《うらみ》を報はむとて、毒虫を知りて、かかる妖孼《はざわい》を成しける。鳥類《てうるい》といへども、その怨報、かくのごとし。後人常に慎《つつし》むべき事なり。

油煙の白蛇

奥州《おうしゆう》をしろし召《めし》ける御方、ある夜《よ》、しきりに児小姓《ちご》を召て、燭台《しよくだい》の火《ひ》、燈《とも》し替させらるること、すでに五度に及べり。

怪《あや》しく思ひけれども、「いかなる御事におはしけん」と伺ひなんも恐れ多く、差控へ居るに、翌《よく》日《じつ》、右の者を召呼《めしよば》せられ、「昨夜《さくや》、燈火《ともしび》の中《なか》に怪《あやし》き姿《すがた》ありつるを見たるや」と御尋《たづね》あり。「五度ながら燭《しよく》を点《てん》ぜしは拙者《せつしや》なれども、別義存知《べつぎぞんぢ》奉らず」答《こた》へければ、「さもこそ有りなん。我、昨夜、徒《と》然《ぜん》なるままに異国本朝《いこくほんてう》のあらゆる怪談《くわいだん》の書に心を移《うつ》し、やや時移《ときうつる》までこれを見《み》けるに、気労《きづか》れて忙《ぼう》然《ぜん》たるがごとし。しばらく休息《きうそく》せんと思ひ、燈火《ともしび》に向《むか》へば、油煙の中に蟠蜿《わだかまれる》白蛇《じや》の形あり。怪《あや》しく心の乱れしゆへ、汝《なんじ》に申付け、点《てん》じ替《かへ》さすること五度、然《しか》と覚ゆ。然《しか》れども、その姿消失《すがたきへうせ》ず、さて止ぬ。睡眠《すいみん》して後見れば、常のごとくにして、別に怪みなし。これ怪談に心を移し労《つか》れたる気に

夢《ゆめ》を見たるなるべし。万事《ばんじ》これに類《るい》して、怪しむべきにあらず」と仰せられしよし。大名には、ぬけた人多し。

死霊《しりやう》と偽《いつわ》り盗《ぬすみ》をなす

余が隣家《りんか》に好事の者有り。下総《しもおさ》の国片鄙《へんぴ》の生れにて、物云ひ患《ふつつ》かに声訛《こへなま》り、言詰《ことつま》り、常に片辺の笑ひを催しける。ある日、「雨降《あめふ》り、淋《さび》しかりければ」とて、三人《みたり》四人《よたり》打寄り、四方山《よもやま》の物語《ものがた》りし居《い》ける所へ、かの男来り、例の訛りの在所詞《ざいしよことば》にて、「かかる事《こと》有りし」と語《かた》るを聞《きけ》ば、初め可笑《おかし》かりける噺《はなし》の、後《のち》には面白《おもしろ》く感心《かんしん》しけるまま、反古《ほうご》の裏《うら》に書置けるを拾《ひろ》ひ見れば、下総《しもおさ》の奥《おく》へ近《ちか》き辺土《へんど》に、或夜《あるよ》、庄屋方《せうやかた》の日待《ひまち》とて、村中《むらぢう》の若《わか》き者、大勢集《おうぜいあつま》り、夜更《よふけ》るまで雑談《ぞうたん》しける。その中に、一人、「松嶋茂平次《まつしまもへいじ》が妻女は死したるよし、実《まこと》なるか」といふ。側《そば》より申しけるは、「人の死したるに虚説《きよせつ》申すべきか。元来かの者の妻女《さいじよ》は、癩病《らいびやう》を煩《わづら》ひ、目《め》も見《み》へず、耳《みみ》も聢《しか》と聞へざりしかば、人の交《まじわ》り叶ひ難く、引籠居《ひきこもりい》ける。茂平次、妾《めかけ》を召抱《めしかか》へて、密《ひそか》に呼入けるを、妬《ねた》み憎《にく》みて、ある夜《よ》、小刀《こがたな》を懐《ふところ》に隠《かく》して、妾《めかけ》を前へ呼《よ》んで、刺殺《さしころ》さんとしけるを、茂平次見付け、やがて押伏《おしふせ》、刃物《はもの》を奪《うば》ひ取り、一間の柱《はしら》に搦《から》め付け、それより食事《しよくじ》を与《あた》へず、湯水《ゆみづ》をさへ断《たち》ければ、飢《き》渇《かつ》にせまり、日を経《へ》て死《しし》ける由。妻女《さいじよ》に親類縁族《しんるいゑんじや》もなき他国《たこく》者なれば、跡弔《あととむ》らはん人も有まじ。も

し霊あらば、かかる者こそ恨《うら》みをも成《なし》なん」と密々《ひそひそ》耳語《ささやき》ける所に、

近国《きんごく》よりこの村へ椀売《わんうり》に来り、庄屋《せうや》某が方に旅宿《りよしゆく》し居ける男《おとこ》、初めより日待連衆の物語《ものがたり》、耳《みみ》を澄《すま》して聞《きき》けるが、末座《ばつざ》よりにぢり出て、「さてさて哀《あはれ》なる義、累《かさね》、与右衛門が昔語《むかしがたり》に劣《おと》らぬ噂《うはさ》なるべし。この恨《うらみ》はかならず幽魂《ゆふこん》あらはれ出で、怨を成すものなり。我も身に差構《さしかまい》なければ、当所に暫《しばら》く逗留《とうりう》し、怪異を見物致したきものなれども、旅商《たびあきな》ひ致す身は、居住定《きよぢうさだ》め難《がた》し。重《かさね》て参《まいり》て、跡《あと》の噂《うはさ》を承るより外はなし。若《わか》き時分《じぶん》はかやうの事聞き侍れば、夜更《よふけ》て墓所《はかしよ》へ参り、印建置《しるしたておく》ことも有り。または卒都婆《そとわ》なんど引抜帰《ひきぬきかへり》しこと、数度《すど》有りしかど、今や老《おひ》の坂へ一両年踏《ふみ》入りぬれば、他人のかかる義を申すさへ、異見《いけん》致したき気になりしは、まことに人の心程変化《へんげ》する物はあらじ」と、態《わざ》と余《よ》所《そ》に譬《たと》へて、若人《わかうど》へ無益《むあき》の意地《いじ》を持せ語《かた》りければ、

物に堪へぬ血気《けつき》の若者ども、「これはよき慰みならん。その妻女を葬《とむらい》たる所へ行き、闇夜《あんや》なれば人も知るまじ。墓所《はかしよ》に建《たて》たる七本卒都婆《そとば》の三日目を抜《ぬき》来たれ」といふ。「もつとも面白《おもしろ》からん」「誰《たれ》行く」「彼《かれ》行かん」と諍《あらそ》ひ果《はて》しなければ、「鬮《くぢ》取りにせよ」とて、人数程紙撚《こより》撚《ひねり》て差出しけるに、我《われ》よ人よと押合《おしあい》取ける中に、いらざる事申出したる旅《たび》の椀売《わんうり》に、長き鬮《くじ》はあたりける。「我等《われら》、所《ところ》の案内《あんない》知らねば、途中《とちう》まで誰《たれ》ぞ一人見送《みおく》りに預《あづか》りたし」といへば、その村にて異名《いめう》さへ「向《むか》ふ見ずの九蔵」といふ不敵者《ふてきもの》、「我《われ》こそ案内《あんない》致すべけれ」と望《のぞ》み出で、両人、直《ただち》にかの墓所《はか》へ行きぬ。

跡《あと》に残りし者ども評《ひやう》しけるは、「勢ひ猛に見ゆれば、卒都婆《そとば》は抜《ぬき》もせざらめ。見よかし。三日と有る書付は、怖《おそろ》しさに取違へてこそ帰り来らん」と嘲弄笑《あざけりわら》ひ居ける所へ、九蔵、椀売、息《いき》を切つて走《はし》り帰り、「言葉《ことば》にも似《に》ず、旅人は心後《おく》れ、墓所までは得行かず。腰抜《こしぬけ》て途中に居たるを引立てて参りたり。これ見よや、三日目の卒都婆、約束《やくそく》の証拠《せうこ》は九蔵こそ取得たり」と、座中へ投出《なげ》し、鬼《おに》の腕《うで》取たるごとく、罵詈喚《ののしりわめき》ければ、皆々手を打ちて称歎《しやうたん》しける。兎《と》角《かく》して夜明《よあけ》ければ、己《おのれ》が家《いへ》々に帰《かへ》りぬ。

その翌《よく》日、昨夜寄合《よりあひ》し者ども、その村《むら》の寺院《じいん》へ集《あつま》り、九蔵が骨折《ほねおり》を賀《が》するとて、酒盛《さかもり》しけるに、椀売は風邪《ふうじや》に犯《おか》され「起《たつ》こと能《あた》はず」とて来らず。「臆《おく》病風にこそ」と笑《わら》ひて、夜更《よふけ》てぞ各々退散《たいさん》しける。九蔵は数《す》盃《はい》に酔乱《あいみだ》れて、踏足《ふむあし》も地に着《つ》かず。かの墓所《はかしよ》は己《おの》が家路へ往来《ゆきき》の道筋《みちすじ》なれば、何心なくその所を通りける所、白衣に髪引《かみひき》ちらし、面体《めんてい》、しかと見へわかぬ者、墓所の木影《こかげ》に顕《あらわ》れ出《いで》、「もしもし」と呼《よ》ぶ声《こへ》、いと凄《すさ》まじく、世《よ》の常《つね》の人ならんには、忽《たちまち》そこに倒《たお》れなんに、不敵強勢《がうせい》の男、酒には酔《あい》たり、振仰向《ふりむき》て、「何者ぞ」と問《と》う。「我等《われ》は茂平次が妻女なる。夫《おっと》や妾《めかけ》がつらかりし恨、骨髄《こつずい》に入りて晴れがたし。これによつて、家内へ伺ひ入り、怨をなさんと思へど、子細《しさい》有りて今まで本意《ほんい》を達せず。大丈夫《だいぜうぶ》の気象を見請け、頼みたきことあり。請合ひたまはらんや」といふ。九蔵聞きて、「我、茂平次に恨《うら》みなし。しかし、「頼む」と有るを、「否《いな》」といわんも男道の義を欠《か》くなれば、世の譏《そしり》、人前恥辱《ちじよく》とさへ成らざらんには、望を達し得させん」といふに、かの霊近く来

り、小声《ごへ》になり、「茂平次が家は、門戸堅く鎖《とざし》て、出入自由《じゆう》ならず。その御方は勝手《かつて》能《よく》知《し》り給へば、我《われら》を手引し、家内へ入れ給はらんにおゐては、怨報心の儘《まま》にせん」といふ。「それは最安《いとやす》きことなり。さあらば、我跡《わがあと》に付来たれ」とて、先に立ちて歩行《あゆ》めば、かの霊《れい》もまた随《した》ひ来りぬ。程《ほど》なく茂平次が門に至り着き、兼《かね》て覚へし台所戸際《だいどころとぎは》の壁《かべ》を穿《うが》ち、手を差入れ、鏁外《かきがねはづ》して、幽魂《ゆいこん》を押入《おしいれ》ければ、「忝《かたじけな》し」と耳語《ささやき》て入りぬ。

伝《つた》へ聞《き》く、亡霊《ぼうれい》、戸守《とまもり》に怖れ、人を頼みて取捨させしやうも有り。この霊、守護《しゆご》札数十枚張付け見ゆれど、怖《おそ》るる気色《けしき》も見へず。また、世を去りて怨念《おんねん》顕れ出なば、神変《じんべん》の術《じゆつ》も有るべきに、門戸を明ることさへ勝手知らずといふ。「かたかた不審《いぶかし》き幽霊《ゆふれい》かな」と思へど、後難《かうなん》は知らず、目前《もくぜん》の我身《わがみ》の難儀《なんぎ》にもあらねば、「それまでよ」とて、九蔵はこれより宿所《しゆくしよ》へ帰《かへ》りて伏《ふし》ぬ。

夜明《よあ》けて、人の立騒《たちさわ》ぐを聞《きく》に、夕部《ゆうべ》、茂平次方へ盗人《ぬすびとの》忍び入り、日頃貯《ひごろたくわ》へ置《おき》し金銀《きんぎん》、衣類《いるい》さへ盗《ぬす》み取られしとて、召仕《めしつかい》の人は勿論《もちろん》、村中《むらぢう》かり集《あつ》め、方々《ほうぼう》方々尋《たづね》るにぞ有りけり。九蔵、これに心付《こころづき》て、「さては幽霊《ゆいれい》と偽《いつわ》り、我《われ》をたぶらかし、門戸明けさせしは、この盗賊《とうぞく》なるべし。「かく」と告《つげ》なば、「我《われ》もその同類《どうるい》ならん」と疑《うたが》ひ請《うけ》んも迷惑《めいわく》なり。ただ何《なに》となく、その者《もの》を尋出《たづねいだ》し、その時節《じせつ》、申訳《わけ》せんより外《ほか》あらじ」と分別《ふんべつ》し、さて勘《かんが》ふるに、「かの霊《れい》が声色《こわいろ》、何《なに》とやらん、旅《たび》人の椀売《わんうり》が声《こへ》に似《に》る所あり」と思ひしかば、急《いそ》ぎ庄屋《や》方へ行き、かの者《もの》を尋《たづね》けるに、「今未明《みめい》に発足《ほつそく》して、何方《いづかた》へか行《ゆき》ぬ」といふに、力《ちから》なく、それと知《し》りても詮方尽《せんかたつき》てぞ、しらぬ風情《ふぜい》して過《すぎ》ける。

程経《ほどへ》て、かの旅人《たび》、下野国《しもつけのくに》日光山の片山里《かたやまざと》にて辻切《つじきり》して召捕《めしとら》へられ、拷問《がうもん》の上、下総《しもおさ》の国にてかかる盗《ぬす》みせし旨、白状《はくぜう》に及《およ》びしとて、その噂伝《うわさつたへ》聞ければ、九蔵も今は隠《かく》し遂《とげ》られず、茂平次へ旨趣《しゆい》を語《かた》りて、「我等《われら》いらざる勇気《ゆうき》を出して、人に損失《そんしつ》かけたりし」と懺悔《ざんげ》しけるとぞ。

向燈賭話上編巻之三〔ママ〕終

向燈賭話上編巻之四目録

向燈賭話上編巻之〔ママ〕

子《こ》に愛《めで》て罪《つみ》を悔《くや》む

上総《かづさ》の国夷隅郡《くにいじみごおり》の内《うち》、その浦《うら》の名は忘れぬ。毎年尾州《びしう》、紀伊《きい》両国の漁《ぎよ》人来り、鰯《いわし》を取りて稼業《かげう》をなす。その浜《はま》に庄助《しやうすけ》といへる町人有り。その妻《つま》は年来《としごろ》二十五六歳にて、容色美麗《ようしよくびれい》なれども、生質《せいしつ》荒《かう》婬《いん》にして欲深《よくぶか》く、気象強彊《きしやうがうきやう》なること、男子《なんし》に勝《すぐ》れり。

宝永《ほうゑい》六、七年の頃ならん、隣家《りんか》の富《とめ》る者の悴《せがれ》、この女と同年なりしに、己が好《このめ》る道にや寄《よら》ん、または金銀貪《むさぼ》り取《とら》ん工《たくみ》にや、女方より慕《したが》い寄《より》て密通《みつつう》しける。初《はじめ》こそ斯《か》くあらめ、後には自《みづか》ら真実《しんじつ》の恋《こひ》となりて、心の色も濃染付《こくそめつき》ければ、庄助も髣髴《ほのかに》これを知《し》り、「他人《たにん》は白地《あからさま》に指《ゆび》差し譏《そし》る者多かりければ、衆口を塞《ふさ》ぎ、夫の云訳《いいわけ》にせん」とや思ひけれ、密夫《みつぷ》と謀《はか》りて尾州《びしう》より来《きた》りし鰯網《いわしあみ》の船頭《せんどう》、この家《や》へ心安《こころやす》く出入《でいり》しけるを、俄《にわか》に親《した》しみ近付て、目に知らせ、詞《ことば》にふくませて、思《おも》ひ有気《ありげ》に見《み》せければ、色《いろ》に迷《まよ》ふは人の常《つね》にて、この風情《ふぜい》に心移《うつ》りて、手を取れば足も入て、火燵《こたつ》を中立にして燃付《もへつき》初めし船頭が胸《むね》の火を、情《なさけ》の露《つゆ》に湿《しめ》して逢見《あいみ》てん由をば云ながら、いまだ下紐《したひも》は解《とか》ず。

この船頭、思《おも》ひに狂浮《あこがれ》、日夜《にちや》、幾度《いくたび》か来《きた》りて、人目立ちけるを幸《さいわ》ひと悦《よろこ》び、妻女密《ひそか》に夫《おっと》へかたりけるは、「かかる事《こと》の有《あ》りと申すも恥《はじ》がましく侍《さうら》へど、理《り》不尽《じん》に道《みち》ならぬ義をもなしなば、悔《くやむ》る甲《か》

斐《い》なかるべし。船頭《せんどう》、我身《わがみ》へふかく思《おも》ひ入《いれ》、命《いのち》を抛《なげうち》てこの日頃《ひごろ》口説《くどき》詫《わび》けるゆへ、「折《をり》こそあらめ」と賺《だま》し置侍《さうら》ふ。今は一途《づ》に忍《しの》び逢《あわ》んとのみ思ふなれば、我身《わがみ》つくづく思慮《しりよ》をめぐらすに、彼《かれ》は旅人《たびびと》の身《み》にて、冬《ふゆ》来り、初夏《はつなつ》に帰《かへ》る者なれば、何かくるしかるべき。今宵《こよい》外へ出て、「留守《るす》なり」と欺《あざむ》き寄《よ》せ、寝屋《ねや》へ入りて伏《ふし》なん折《をり》を見合《みあわ》せ、外《そと》より帰《かへ》りし体《てい》にもてなし、捕《とら》へ置き、不義徒《いたづら》を申立て、折檻打擲《せつかんてうちやく》せば、他聞《たもん》を憚《はばか》り、金銀出し侘《わび》んは必定《ひつじやう》なるべし」と、手に取るやうに謀《はかり》ければ、たちまち欲心《よくしん》発《おこ》り、「霜枯《しもがれ》の年末《としすへ》に、よき得物こそ有れ。然《しか》らば今宵《こよひ》、兎《と》して角《かく》ありて」と示《しめし》合せて、態《わざ》と外へ出けり。

かかる工《たくみ》ありとは知らず、「夫《おつと》は実《げ》に留守《るす》なり」との知らせに心も空《そら》になりて、踏足《ふむあし》も地《ち》に着《つか》ず、その夜《よ》忍《しの》び来《きた》りけるを、外面《そとも》に出《いで》て手を取り、寝屋《ねや》へ誘引《いざなひ》行き、しめやかに物語《ものがたり》して居る所へ、庄助立帰り、態《わざ》と驚《おどろ》きたる体《てい》にて二人を柱《はしら》に搦《からめ》置き、「夜明《あけ》なば町所へ披露《ひろう》し、一所に首刎《くびはね》て腹居《はらゐせ》ん」と脇差取《わきざしとり》出し、寝刃《ねたば》合《あわ》せなんどしければ、この船頭《せんどう》、鰯《いわし》を取りては大丈夫《だいぜうぶ》なれども、日頃《ひごろ》大臆《おく》病《びやう》者にて、思はず密夫《みつぷ》の難《なん》を請《うけ》て、命《いのち》を失《うしなわ》ん悲《かな》しさに、物《もの》をも得《ゑ》云《いわ》ず震《ふる》ひ戦《はなな》き居けるが、漸《やうやう》思ひ付きて、「不義の科《とが》申訳《わく》るに拠《よんどころ》なし。然《しか》れども夜《や》中《ぢう》人も知らざれば、率爾《そつじ》ながら持合《もちあわ》せし金子《きんす》有り。首代《くびだい》に参《まい》らせん。慈悲《じひ》を垂《たれ》て助命《ぢよめい》給はれ」と手を合せ、涙《なみだ》を流し詫《わび》けるを能図《よきづ》にして、「然《しか》らば「互《たがい》に隠密《をんみつ》にして他言《たごん》せまじ」と誓《ちか》ひをせば、命助けなん」と、あらゆる神の名を書かせて、金をば己れは請取らず、妻女が懐《ふところ》に納《おさめ》させ、船頭《せんどう》を放《はな》ち帰《かへし》ける。

かくありし後《のち》は、庄助も妻ゆゑに渡世《とせい》も心安く暮《くら》しければ、それと知りながらも打捨置《うちすておき》しまま、誰憚《はばか》る者もなく、かの隣家《りんか》の男《おとこ》と弥増《いやまし》深くかたらひしかば、果《はて》は人目《ひとめ》の関洩《せきもれ》て、昼《ひる》も密夫《まおとこよ》呼び、酒《さけ》呑《のみ》うた唄《うた》ふて楽《たの》しみける程《ほど》に、庄助も堪《こら》へかねて折《おり》を見合《みあわせ》居ける所、かの尾州の船頭方より手紙《がみ》を以て、参会《さんくわい》致したきよしを申越《こし》けるゆゑ、不審《しん》に思ひながら、否《いなや》とも云《いい》がたく、「過つる一義、遺《い》恨《こん》に含《ふく》み、かく呼けんもはかりがたし」と、一腰脇挟《こしわきばさ》み、彼《かれ》が住家《すみか》の納屋《おなや》へ行《ゆき》けるに、「ここは他聞もあれば、いざや船中《せんちう》にて御意得《い》ん」と、酒肴携《さけさかなたづさ》へ船《ふね》に乗《の》り、沖《おき》へ押出《おしいだ》し、

船頭《せんどう》申しけるは、「旧冬《きうとう》、道《みち》ならぬ行跡《かうせき》有りて、貴方《きほう》には怒《いか》りを発《おこ》さしめ、我等《われら》も一生の恥辱《ちじよく》を蒙《かふむ》り侍るなり。然るに内室平生《ないしつへいぜい》の不義放埒《はうらつ》、あげて計尽《かぞへつく》し難《がた》し。殊更隣家《ことさらりんか》の少年と密契、一朝一夕《てうせき》の義にあらず。一町誰《たれ》知らざる者もなし。かかる婬《いん》女をかたらひ具《ぐ》して、我《われ》のみに恥《はぢ》を与《あた》へらるること、遺恨深《いこんふか》く忘《わす》れ難《がた》けれども、他国《たこく》より参《まへ》り居《い》侍る身《み》なれば、心の外に用捨有《ようしやあつ》て時《とき》を延《のば》しぬ。所《しよ》詮支《せんし》配《はい》の方へ訴出《うつたへい》でて、同罪《ざい》の科《とが》を請《うけ》なば、せめての宿意《しゆくい》を晴《は》らす期《ご》も有らんと存詰《ぞんじつめ》申すなり。しかし一通り御所存《しよぞん》をもうけ給り、その上《うへ》の思慮《しりよ》に任《まか》せんと、かくはからひ侍るなり」と、まことに思ひ切たる体《てい》に見へければ、道理《どうり》に服《ふく》し至惑《とうわく》しけるが、やや有りて、「御鬱憤《ごうつぷん》の段、もっとも至極《しごく》せり。先境《せんきやう》、妻女が謀計《ばうけい》に乗《のせ》られ、貴方へ科《とが》を負《おお》せ、邪《よこしま》なる金まで貪《むさぼ》り取りし為体《ていたらく》、今日再《ふたた》び面《かほ》を合《あわ》せ、汚《よご》れたる面を脱《ぬぎ》捨つべき致方《いたしかた》なし。妻女が不義の様子《やうす》は、このほど実正見届置《じつせうみとどけおき》ぬれば、思案《しあん》一図《づ》に極《きわ》め、覚悟《かくご》、この帯《たい》せし一腰《こし》の魂《たましい》に込置《こめおき》たり。その片付《かたづき》を御見届《みとどけ》に預《あづか》り、せめて遺《い》恨《こん》を晴《はら》し

給るべし」と、後悔色《こうくわいいろ》に顕《あらは》れ見へければ、船頭もこの一言《ごん》に、頃日の鬱念晴《うつねんは》れて、「さあらんにおゐては、貴方に毛頭恨《もうとううらみ》なし。この上《うへ》は余所《よそ》ながら始末《しまつ》を見聞致《みききいた》さん」と、辞義《じぎ》を演《のべ》て別《わか》れぬ。

庄助《しやうすけ》は宿所《しゆくしよ》へ帰《かへ》り工夫《くふう》を廻《めぐ》らし、「拠《よんどころ》なく人《ひと》に頼《たの》まれ、九十九里へまかるなり」とて、妻女《さい》を賺《すか》し置きて、旅《たび》の調度《てうど》認《したた》め、宿《やど》を出《いで》、道《みち》にて日を暮《くら》し、夜《よ》に入り帰り来《きた》り、我家《わがや》への辺り徘徊《はいくわい》し様子《やうす》伺《うかが》ひけるに、計《はか》りしに違《ちがわ》ず、宵《よい》より密夫《みつぷ》を呼《よん》で酒宴《しゆゑん》に夜《よ》を更《ふか》し、寝屋《ねや》へ入り密談聞《みつだんきき》しより、怒気胸《どきけう》中《ちう》を断《た》つごとく、表《おもて》の戸《と》蹴《け》放《はな》し、走《はし》り入ける音《おと》に、驚《おどろ》き起《をき》上る所を、続《つづ》けざまに伐付《きりつけ》けれども、脇《わき》差《ざし》は奈良《なら》物《もの》、皮《かわ》ばかり切《き》れて通《とう》らざりければ、力に任《まか》せ、伐《きり》たり突《つき》たり。三十九ヶ所、手を負《おわ》せ、叫喚《うめきさけ》びけるを取りて押《おさ》へ、切先喉《きつさきのんど》へ押当《おしあ》て、両手を以て突入《つきいれ》ける程《ほど》に、鍔本《つばもと》まで差貫《さしつらぬ》きける。

妻女をも捕《とらへ》置き、同じく刺殺《さしころ》さんとせしその手にすがり付き、「今までの不義不行跡《ぎやうせき》の申訳《わけ》に、せめて夫《おつと》の手にかかり死《し》なんは、罪《つみ》の内の楽ならん。然《しかれ》ども、我《われ》を殺《ころ》しなば御身の上に罪科《つみとが》かからん。その故は、密夫《みつぷ》の懐中《くわいちう》に金子《きんす》有《あ》り。その員数《いんじゆ》、我《われ》ならで知《し》る人なし。「不義に事寄《ことよ》せ盗《ぬす》み取りし」なんどと、かの者の親族《しんぞく》より申立てられなば、云訳立難《いいわけたちがた》かるべし。我《われ》を捕《とら》へ置き、証人《せうにん》となし、領主《りうしゆ》の御仕置《しおき》に任《まか》せて、この難儀《なんぎ》を遁《のが》れ給ふべし。わが身の苦《くるし》みを顧《かへり》みず、かかる事《こと》申置《お》くも、我《わが》子の不便《びん》さ忘《わす》れ難《がた》く、夫《おつと》の恵《めぐ》みを請《うけ》させん為《ため》なれば、悪《にくし》み深《ふか》き母《はは》が末期《まつご》の一言《ごん》に愛《めで》て、この子が爾時五歳男子行末頼《ゆくすへたのみ》参らする」とて、櫛笥《くしげ》の底《そこ》より袋《ふくろ》に入《いり》たる物《もの》取出し、「邪《よこしま》と知りながら多《おお》くの人を誑惑《たぶらか》し、設溜《もうけため》し金五十両、この子に譲《ゆづ》り与《あた》へ、末《すへ》の栄《さかへ》を待つのみ。恩愛《おんあい》の欲《よく》に迷《まよ》ひ、隠《かく》し置《をき》し罪障《つみさはり》の程《ほど》

を御渡し申すなり」と庄助が膝《ひざ》に置《お》き、「やがて憂目《うきめ》を見んと思へど、子ゆゑと思ひ返せば悔《くや》む心なし」と、我《われ》と後手《うしろで》に廻《まわ》して夫《おっと》に搦《から》めさせければ、「速《とく》より心底明《しんていあか》しなば、致方《いたしかた》も有《ある》べきものを」と、ともに落涙《らくるい》しけるが、「片時《へんじ》も遅引《ちいん》すべきにあらず」と、急《いそ》ぎ庄屋《しやうや》五人組へ達《たっ》し、領主《りうしゅ》の役所《やくしょ》へ訴出《うったへい》で、則ち検使《けんし》申請、御せん義の内、妻女は入牢《じゆらう》仰付られ、密夫が死骸《しがい》は酒《さけ》に浸《ひた》し、その所《ところ》へ御預《あづけ》有りける。

いかなる鳴呼《おこ》の者が仕たりけん、庄助が家の前に落書立置《らくがきたておき》ける。

山取の鼻《かか》を失ひこのすへのながながし夜を何と庄助、

女の名をぬいと云ければ又《また》、

つづけざま十九刀ぞ刺《ささ》れけりそれは鵺《ぬえ》ゆゑこれはぬいゆゑ

かくて一月程《ほど》有りて罪科《ざいくわ》極り、女は穢多《ゑた》の手に渡り、断罪《だんざい》にぞ行れける。「その成敗《せいばい》の場所《ばしょ》へ行き、目辺《まのあたり》に見し」とて、その所《ところ》の者のかたりぬ。

岸《きし》の和田《わだ》の仙《せん》

和泉《いづみ》の国《くに》、岸《きし》の和田《わだ》の近辺《きんぺん》に、竜王山といへる有り。山深くして、諸木生茂《しょぼくはへしげ》り、老樹《らうじゅ》、水滴《したた》り、木《こ》の葉《は》、蛭《ひる》を生ず。常《つね》に猛獣《もうじゅ》ありて人を害《がい》すと云伝《いいつた》へ、この山奥《やまおく》へ行者《ゆくもの》なし。

岡部美濃守殿家士《おかべみののかみかし》に、殺生《せつせう》を好《この》み、山野《さんや》を家《いへ》となす者あり。人の制止《せいし》を顧《かへり》みず、ある日、僕《ぼく》一人召連《めしつ》れ、この山へ入りて、終日狩暮《しゆうじつかりくら》しけるが、中途《と》に僕《ぼく》が行方《ゆきがた》を見失《みうしな》ひ、立帰《たちかへ》らんとするに、山路《やまじ》の方角《ほうがく》を失《うしな》ひ、出《いづ》べき道《みち》を知らず。「流《なが》れに随《したが》ひ人里《ひとざと》を得る」といへる古事を存出《ぞんじいだ》して、水音《みづおと》を便《たより》に、流《なが》れに添ふてぞ行きける。とある谷合《たにあい》に至《いた》り、何かは知らず、太《ふと》く逞《たくまし》き一物、谷より谷へ桟渡《かけわた》し、電光眼《でんかうまなこ》を遮《さへぎつ》て、何となく身の毛《け》弥立《よだ》ち、怖《こわ》かりければ、さし覗《のぞ》きみるに、両眼《りうがん》は日月《じつげつ》のごとく、総身《そうみ》黒《くろ》く焦れたる大蛇《だいじや》にぞ有けり。さすが強勇《がうゆう》の武士《もののふ》なれども、兼《かね》ての噂《うわさ》と云、目前の怪異《くわいい》に魂《たましい》を奪《うばわ》れ、立僵直《たちずくみ》になりて気絶《きぜつ》しける。

遠寺《あんじ》の鐘《かね》も聞《きこ》へざれども、日は既《すで》に暮《くれ》なんとしける頃、鉄砲《てつぽう》の火《ひ》縄《なわ》、次第《しだい》に尽《つき》て、己《おのれ》が手に燃付《もへつき》けるに、正気《せうき》付きて起《おき》上り、四方を見れども、山は森《しん》々と狐猿《きつねさる》叫《さけ》び、松柏颯々《せうはくさつさつ》と、人なくして声をなす。身に染て凄《すさま》じかりしかど、「よしや命限《いのちかぎ》りに人里《ひとざと》を尋出《たづねいで》なんものを」と志《こころざ》して、なを谷底《たにぞこ》へ下りける所、向ふの岨《そわ》に当り、火の影《かげ》髣髴《ほのか》に見へしまま、それを目当《めあて》に漂着《ただよいつき》ぬ。

庵《いほり》は木《こ》の葉《は》をもつて葺《ふき》、出入の戸《と》は、藤《ふじ》かづら幾重《いくへ》か折曲《おりまげ》て緘付《とぢつけ》たるにぞ有ける。「深山幽谷《ゆうこく》の中、もしや妖怪《ようくわい》の物にや」と、垣《かき》の透間《すきま》より覗《のぞ》き見けるに、大きなる炉《ろ》に枯木《かれき》打くべて、年来七十有余《ゆうよ》の老人《ろうじん》、髭《ひげ》は膝《ひざ》までも過《すぎ》なんと思ふ程打乱《うちみだ》して、炉辺《ろへん》に打ひろがりて、あたり居たり。不審《ふしん》ながらも案内乞《あんないこひ》ければ、老人、頭《かしら》を擡《もた》げ、「怪きや、人の声《こへ》すなる。何にもせよ、対面《たいめん》せん」と、側《そば》に建置《たてお》きたる刃《は》の七八寸もあらんと見へし斧《をの》を引提《さげ》出《い》で、戸へ寄《よ》せ懸《か》けし大石《たいせき》、軽々《かるがる》と片手《かたて》にては

ね退《の》け、藤戸《ふじと》押開《おしひらき》て、「はや通られよ」とて、家の内へ入れぬ。跡《あと》は以前のごとく、大石取りて、斜《ななめ》に戸を押へ置《おき》、かの士《さむらい》を炉辺へ伴《ともな》ひ、火のあかりに照《て》らし、不思議《しぎ》そうに面体見上《めんたいみあげ》、見下《みくだ》し、暫《しばら》く詠《なが》め居たりしが、「この所は往古《おうこ》より、杣猟人《そまかりうど》も来らず。見れば武士なるが、連立《つれだち》し者もなし。如何《いかが》して来れるぞ」と問《と》ふ。山路《やまじ》に踏迷《ふみまよ》ひし有様、妖蛇に気を奪《うばわ》れし事まで、委物語《くわしくものがたり》せしに、ただ点頭《うなづい》てのみ居たり。

その内、白石を穿《うが》ち、器《うつわ》となしたる物に、湯《ゆ》を入れて差出しぬ。一日飢渇《きかつ》にせまりしかば、悦んで押戴《おしいただ》き、腰《こし》につけたる焼飯《やきめし》取出し、これへ移《うつし》て喰ふに、老人、浦山《うらやま》しげに打詠《うちなが》め、「久しく五穀《こく》の類を食《しよく》せず。今見れば昔《むかし》忍ばしく侍《さぶら》ふ」と云ふ。「御所望《しよもう》たらんには給《た》べ。荒《あら》しても苦《くる》しからずば進《まい》らせんが」といへば、「いやいや穀《こく》を断《たつ》こと数十年、雲水に任《まか》する身なれば、口に入ると病根《びやうこん》を生ず」と、頭髑打振《うちふつ》て居たり。

士、焼飯食終《やきめしくいおわ》りて後、煙草《たばこ》取出し吹《すい》ければ、「それはいにしへ南蛮《なんばん》国より渡《わた》りし煙草ならん。「相思ふ草」と書きし由。その草《くさ》は替《かわ》らざれども、世替《よかわ》り時移《ときうつ》りて、その人を見ず」と、うち瘷《しはぶ》きて涙《なみだ》を含《ふく》みぬ。

さて、「いかがしてこの所にはおわしましけるぞや。御生国《しやうこく》はいづれの方、いづれの人にか仕へ給ひし」と尋《たづね》ければ、老人答《こた》へて、「我等《われら》は紀伊殿家来《きいけらい》にて、神君《じんくん》の御目にも留《とま》り、諸家《しよけ》の人にも知られし者なり。聊《いささか》のこと有りて、国を立退《たちのき》、この所へ来《きた》り。住居《ぢうきよ》なせしかど書記《しよき》すべき物もなけ

れば、四季《しき》の変化《へんげ》を詠《なが》むるばかり、数十年の春秋空《むな》しく、一瞬《しゆん》の夢《ゆめ》のごとし。主君《しゆくん》も我《わが》ことは尋出《たづねいだ》して、またもや召仕《めしつか》ひなんやうにも思召《おぼしめし》有りし由聞《きき》しかど、世に交《まじわ》るべきのぞみもなければ、かかる山人とはなり侍る」と、終夜《しうや》語《かた》り明《あか》して、翌朝《よくちやう》、老人申しけるは、「蝮蝎余々《うわばみあまた》住《す》んで通路《つうろ》の妨《さまたげ》をなす。我等《われら》案内《あんない》致し進《まい》らせん」とて、右の斧《おの》を振《ふり》かたげ、「此方《こなた》へ来ませ」と、山の腰を伝ひ登《のぼ》りて、また下りぬと覚ゆれば、麓《ふもと》へ出ぬ。

これより老人は暇乞《いとまごひ》して別《わか》れぬ。最初分入《さいしよわけいり》し時見失《みうしな》ひし僕《ぼく》も、主人を尋《たづ》ね、この所に止《とどま》り居たりしが、尋《たづ》ね逢《あ》ひて、主従《しうじう》無事に宿所《しゆくしよ》へ帰《かへ》りぬ。この事、傍輩《はうばい》へも語《かた》り伝《つた》へ、「再《ふたた》び老人《ろうじん》の有家《ありか》尋ね入らん」と云ひしを、「又いかならん災《わざわい》にか出合はん。人の好《この》んで行《ゆく》べき所にあらず」と制止《せいし》留《とめ》しゆへ、行《ゆか》ずなん有りし、と、かの士《さむらい》の語《かた》りしとて、犬飼氏《いぬかいうじ》の語《かたら》れし。

猿《さる》の藤葛《ふぢかづら》

ある時《とき》、怪異《くわいい》の事跡《じせき》を談《だん》じて一夜《いちや》明《あか》しけるに、鳥獣の物語《ものがたり》に及び、亀鶴《かめつる》の齢《よはひ》、蜉蝣《ふゆふ》の一時はさらなり、「鼬《いたち》は年《とし》を経《へ》て貂《てん》となり、猿は千年に及んで悪虎《あくこ》より猛《たけ》し。蝙蝠《へんぷく》の大きなるをば、夜衾《よぶすま》と号《がう》して人を取喰《とりくろ》ふ。狼《おおかみ》、百年を過て人に変《へん》ずる」なんど語《かた》り続《つづ》けて興《きやう》じけるに、信濃国《しなののくに》の者、その座《ざ》に有りて語《かた》りけるは、「獣余多《あまた》有りといへども、猿《さる》ほど賢《かしこ》き物はあらじ。諺《ことわざ》に「三筋足《すじたら》ずして人

に及ばず」とは、尤《もつとも》なる事なり。我等《われら》在所《ざいしよ》は山中《やまなか》の村《むら》にて、猿《さる》、夥《おびただ》しく住《す》み、梢《こずへ》は木《こ》の実《み》の生《な》りたるがごとく、その数算《かずかぞ》へ尽《つく》しがたし。中秋、稲《いね》の実《みの》りたる時は、一群《むれ》に数百疋《すひやつぴき》集《あつま》り、腰《こし》に藤葛《ふじかづら》を纏《まとい》付《つ》け、田《た》の面《おも》に出《いで》て稲穂《いなぼ》を抜取《ぬきと》り、かの纏付《まといつ》けたる藤葛《ふじかづら》にさし挟《はさ》み、腰《こし》の廻《まわ》り、さながら餝藁《かざりわら》のごとし。人、是《これ》を見付《みつ》け、追時《おうとき》は山上、または梢登《こずへのぼ》りて捕得《とりう》ることあたはず。然れども、畜類《ちくるい》の浅《あさ》はかなるは、かの藤かづらの根《ね》を切《き》らずして纏《まと》ひ付《つけ》たるゆへ、是《これ》にからまれて去《さる》ことを得ず。田主《たぬし》、捕《とら》へて是《これ》を殺《ころ》し、その生肝《いきぎも》を取りて喰《くろ》ふに、その味至《あじいたつ》て味《うま》し」と語りぬ。

猿《さる》、鉄砲《てつぽう》を盗《ぬす》み、質《しち》に置《お》く

その座《ざ》に、越後《ゑちご》の者有《ものあり》て申《もうし》けるは、「御物語《ものがたり》に付《つき》、存出《ぞんじいだ》したる事こそ侍れ。我在所《わがざいしよ》も山中《やまなか》にて、猟人《かりうど》も多《おお》く住《すみ》し内《うち》に、一人、「山にのみ住《す》む」といへる心にて、名《な》は呼《よば》ずして、「山住《やまずみ》」と異名付《いみやうつけ》たる猟師有り。

ある時《とき》、一日狩暮《かりくら》し、草臥《くたびれ》しかば、少《すこ》し平《たい》らかなる岸影《きしかげ》に休《やす》み居《い》ける所《ところ》へ、猿《さる》、余多来《あまたきた》りて、いつ見習《みなら》ひしやらん、角力《すもう》をあらそひ、ある時《とき》ねぢ倒《たお》し、あるひは足《あし》を取り、腰《こし》を押《お》しなんどして遊《あそ》びし体《てい》の、いと興《きやう》有りければ、我知《われし》らず、その近《ちか》くへ這寄《はいより》しかば、初めは怖れて谷《たに》へ下り、梢登《こずへのぼ》りなんどしけるが、この男、手合せ、足踏《ふ》んで、寝《ね》つ起《おき》つ、相撲取組《すもうとりくみ》し仕方《しかた》をなして見《み》せけるを見て、

後《のち》には近《ちか》く来り集《あつま》り、山住《やまずみ》を取廻《まわ》して、足《あし》へ取付《とりつ》き、手《て》へすがりしを、かしこへなげ、そこへ突倒《つきたお》せば、身は軽《かろ》く飛廻《とびまわ》りて、肩《かた》へ背《せなか》へまはり、踊狂《おどりくる》ひし有様《ありさま》、感《かん》に絶《たへ》て面白《おもしろ》ければ、前後《ぜんご》を忘じて遊《あそ》び居《い》けるが、きつと思ひ付き、「鉄砲《てつぽう》の火縄《ひなわ》や燃立ち、薬に移《うつ》りけんか」と気遣《きづかわ》しく、その辺尋《ほとりたづね》ど、なし。「こはいかに。何者か取《とり》つらん」と動転至惑《ぎやうてんとうはく》しながら、梢《こずへ》を見上《みあげ》れば、いつの間に提行《さげゆき》けん、大きなる猿《さる》、五疋《ひき》にて、大木《たいぼく》の垂《たれ》たる枝《ゑだ》へ鉄砲《てつぽう》もたせかけて、打体《うつてい》を学《まな》び居《い》けり。「いかがして取返《とりかへ》すべき」と思惟《しゆひ》しけるが、やがて山刀《やまがたな》の柄《つか》を鉄砲《てつぽう》になぞらへ、火蓋《ひぶた》切《きつ》て火縄《ひなわ》さしつくる真似《まね》をしければ、かの猿《さる》も同じく斯《かく》の如《ごと》くしける所《ところ》、薬《くすり》に火《ひ》移《うつ》り、しかと猪目《ゐめ》に込置《こめおき》たる玉《たま》薬《くすり》なれば、その音凄《すご》く、山に響《ひび》き渡《わた》りしかば、この音《おと》に驚《おどろ》き、持《もち》たる手を放《はな》して、鉄砲は地《ち》に落《おとし》たり。今《いま》まで梢に群《むらが》り居《い》たりし猿《さる》ども、何方《いづかた》へか逃失《にげうせ》けん、一疋も見《み》へずなりぬ。山住《やまずみ》、「得物はなけれども、興有遊《きやうあるあそ》びをなし慰《なぐさみ》ぬる」と、常《つね》に語《かた》りて笑《わら》ひける」となん、もつとも大わらひなり。

老猪《らうちよ》

今俗《ぞく》、猪《ぶた》の字《じ》を以て野猪《いのしし》とする者は、はなはだ誤《あやまり》なり。然れども昔より用来れるに依て、豕《ぶた》はこれ公《おおやけ》にも賀日《がじつ》を玄猪《げんちよ》と称す。玄狗《げんく》とも号す。

出羽《でわ》の国《くに》の者のかたりけるは、「先年《せんねん》、我国《わがくに》にて、老猪を打留《うちとめ》侍りぬ。なべて猪《いのしし》の首《くび》は横《よこ》へ向《む》く事あたはず。もし横《よこ》へ走《はし》らむと欲《ほっ》すれば、遠《とお》く輪《わ》を廻《めぐ》らし行くゆゑに、手負《てお》ひ怒《いか》りて人を追《お》ふ時《とき》も、かれが横《よこ》へ立《たち》廻れば、その害《がい》を遁《のが》るると云《いへ》り。両《りやう》の牙尖《きばするど》にして利《り》剣《けん》のごとく、これを以て木《き》の根《ね》を穿《うが》ち、土石を崩《くず》す。怒《いか》り猛《たけ》つて走《はし》る時《とき》は、この牙《きば》にあたれる草木《そうもく》、ばらばらと切《き》れ落《おち》て、青草《あをくさ》を薙《な》ぐがごとし。

ある時《とき》猟人、萱野《かやの》において大《を》きなる猪《いのしし》を見付《みつけ》、つづけざま三度鉄砲放《てつぽうはな》しけるに、手ごたへして、「覘《ねら》ひは外《はづ》れざるよ」と思へど、少《すこし》も弱《よわ》らず、怒《いか》り猛《たけ》つて追来《おひきた》りしゆへ、谷合《たにあい》の岸《きし》なれば、横《よこ》へ走《はし》るべき道《みち》なく、松《まつ》の古木《こぼく》を見付《みつ》け、鉄砲腰帯《てつぽうこしおび》に挟《はさ》み、火縄《ひなわ》を口《くち》に嚙《くわ》へ、この木《き》へよぢのぼり居ける所、かの猪《いのしし》、天文字《いちもんじ》に走来《はしりきた》り松《まつ》の根《ね》を掘穿《ほりうが》ち、既《すで》に倒《たお》さんとせしゆゑ、「倒《たお》れなば助《たす》かりがたし、運《うん》に任《まか》せて、上より十放打《はなし》むには」と、筒先《つつ》逆《さかしま》に、腹に覘《ねら》ひ放しけるに、過《あやま》たず中《あた》りて、手足《てあし》を空《そら》ざまにして倒《たお》れしが、また起《おき》直り、松の木へ総身《そうみ》を持《もた》せかけ、押倒《おしたお》さんと狂《くる》ひし下腮《したあご》の、打よげに見へしまま、また下打に放《はな》しける。この玉《たま》、肝《きも》のたばねにや通《とお》りけん、この一放《ひとはなし》にぞ打留《うちとめ》ける。

さて、木《き》より下《お》り、人夫《にんぷ》をやとひ、荷《にな》わせ帰《かへ》り、皮剝《かわはぎ》なんどし見るに、毛《け》は白《しろ》く生立《はへたち》、針《はり》に似《に》たり。皮肉《ひにく》の間《あいだ》に玉百余《たまひやくよあ》有り、悉《ことごと》く砕《くだけ》て平目《ひらめ》になり、丸《まろ》きはなし。皮《かわ》の厚《あつ》さ二寸有《あり》しとなん。

牛、狼を刺殺《さしころ》す

狼《おおかめ》は火《ひ》に怖《おそ》る。旅人《たびびと》、これが用心《ようじん》に、常《つね》に火《ひ》縄携《なわたずさ》へ行《ゆ》くとぞ。上総海上郡《かづさうみかみごほり》の百姓《ひやくせう》、黄昏時《たそがれどき》、牛《うし》に乗《の》り山道《やまみち》を行《ゆ》くに、狼出《おおかめいで》て、牛《うし》の背《せ》を人《ひと》どもに飛越《とびこ》へ、谷《たに》へ下《お》りて、叫《さけ》び吠《ほへ》ける音《ね》の凄《すさまじ》かりしかば、牛《うし》はおどろき、はね上りて走行《はしりゆき》ける。百姓《ひやくしやう》は馭落《はねおと》され、すでに谷《たに》へ落《をち》むとしけるが、岩角《いわかど》に足留《あしとま》り、草《くさ》の根《ね》に取付《とりつ》き這上《はい》り、漸本道《やうやうほんみち》へ出《いで》ぬ。兼《かね》て用心《ようじん》に持《もち》ける火縄打振《ひなわうちふり》打振帰《かへ》るに、火《ひ》にや怖《おそれ》けん、叫《さけ》ぶ声《こへ》のみ聞《きこ》へて、恙無《つつがな》く宿《やど》へ着《つき》ぬ。牛《うし》は先達《さきだつ》て帰《かへ》り居《い》けるとなん。

その夜《よ》は草臥《くたびれ》て前後《ぜんご》も知らざりしに、夜明《よあけ》んとする頃《ころ》、女房《にようぼう》やや動《うごか》して夫《おつと》を起《おこ》しけるゆへ、目覚《めさま》し、「何事《なにごと》にや」と問《と》ふに、「先刻《せんこく》より、牛部屋《うしべや》の騒《さわが》しく牛《うし》の呻猛《うなりたけ》る声《こへ》に弥増《いやまし》たる物《もの》の叫《さけ》び吠るおそろしさに、何程か起《おこ》し侍《そうら》ひしかど、答《こたへ》だになかりしゆゑ、生《いき》たる心《こころ》はせざりし」といふに驚《おどろ》き、とく起《おき》て牛部屋《うしべや》へ行《ゆき》みれば、大きなる狼《おおかめ》、腹《はら》を牛角《ぎうかく》に破《やぶ》られ、腸乱《てうみだ》れ出《いで》て、牛《うし》は吭《のど》の辺深く喰《くい》ちぎられて、二疋《ひき》ともに死居《ししい》たり。

「これ、宵《よい》の狼《おおかみ》の覘《ねら》ひ来《きた》りたるなるべし。油断《ゆだん》せし物《もの》かな」と思《おも》へど甲斐《かい》なし。この牛鎖《うしつなぎ》たる縄《なわ》の短《みじか》く働《はたら》き自由《じゆふ》ならざるゆゑ、あへなく喰《く》ひ殺《ころ》されたり。「総《そうじ》て馬《むま》をつなぎ置《おき》たる所へは狼かならず伺《うかが》ひ来《きた》りて害《がい》をなすといへども、牛《うし》は猛《たけ》く勇《ゆふ》にして取得《とりゑ》ざる物《もの》なり」とかたりき。

厠《かわや》の貂《てん》

享保《きやうほ》十五年中夏《ちうか》、真田弾正忠《さなだだんじやうのちう》殿、上屋《かみや》鋪《しき》の内《うち》、総雪隠《そうせつゐん》へ人行《ひとゆ》く時《とき》は、溜《ため》の内《うち》より異形《いぎやう》の物出《ものいで》て、面《かほ》を撫《な》で、手足《てあし》を舐《ねぶ》りなんどしけるゆゑ、「化生《ばけもの》出る」と云《いい》ふらして、参《まい》るものなし。

その隣長屋《となりながや》に住《すみ》ける士《さむらい》、この沙汰《さた》を聞《き》き、「何条別義《なんじやうべつぎ》有《ある》べき。犬猫《いぬねこ》の出《いで》て戯《たわむ》れしを驚《おどろ》き逃《にげ》たるなるべし。この噂《うわさ》ゆへ、わが長屋《ながや》へ訪来る者さへ稀《まれ》なるこそ奇怪《きくわい》なれ。殊《こと》に、「この異事に襲《おそは》れ、病《びやう》死《し》したる足軽《あしがる》等有《あ》り」と聞《きけ》ば、打捨置《うちすておか》んは不忠《ちう》なり。かつ武道《ぶどう》薄《うす》きに似《に》たり」と、我《われ》のみ勇者《ゆふしや》の名《めい》誉《よ》ある者《もの》のごとく覚《おぼへ》て、毎夜《まいよ》この雪隠《せついん》へ行《ゆき》うかがひける所、ある夜《よ》、溜《ため》の内《うち》より飛出《とびいで》る者有《ものあ》り。見《み》れば鼬《いたち》の形《かたち》にて、その大きさは、これを三ばかりも合《あはせ》たる程《ほど》の物《もの》なり。

「すはこそ」と刀引抜《かたなひきぬ》き、打掛《うちかけ》ければ、早《はや》きこと飛鳥《ひちやう》のごとく、何方《いづかた》へ行《ゆき》けん、姿見《すがたみ》へず。この士《さむらい》、逸足《いちあし》出し、追懸《おつかけ》しが、石《いし》に躓《つまづ》き転《ころ》んで胸板《むねいた》を打《う》ち、起《おき》もあがらざりしを、僕《ぼく》きたりて介抱《かいはう》し、長屋へ帰り、療養《りうよう》つくせど、甲斐《かい》なく、日《ひ》を経《へ》て死《しし》ぬ。これよりして、化生再《ばけものふたた》び出《いで》ず。

「この一物、世《よ》にいふ貂小僧《てんこぞう》なるべし。これより四、五町東《ひがし》に溜池有《ためいけあ》り。この池水《いけみづ》に住《すみ》けん」と云《いい》けらし。「この士、平生殺生《へいぜいせつせう》を好《この》み、在国《ざいこく》の折《おり》からは余多《あまた》の生類《せうるい》を殺《ころ》しける報《むく》ひなるべし」と、その折節《をりせつ》、児女《にじよ》の評《ひやう》せしは不運《うん》と云《いい》つべし。

向燈賭話巻之四終

向燈賭話上編巻之五目録

向燈賭話上編巻之五

父兄の讐《あだ》を報ふ女子

いつの頃やらん、国の守《かみ》に仕《つか》へし人、聊《いささか》の事にて口論《かうろん》の上、刃傷《にんじやう》に及び、相手へ疵《きず》は課《おお》せながら、その身は討《うた》れぬ。敵はその場より立退《たちの》き、行方知れず。討れたる者に、その節十八歳の男子あり。父が敵討《かたきうた》んこと願ひ、暇《いとま》申請《う》け、母ならびに幼少なる妹を伴ひ、所縁に付て隣国へ立越ける。年を経て、「敵、美濃国に知辺《しるべ》の寺有り、それに隠れ居る」と告知《つげし》らする者有り。能《よく》その有る家聞届けて後、江戸にてその所安定《さだか》に知らず。八百屋《やおや》なりし者へ母の妹の嫁《か》して有けるを尋ね下り、爾《しか》々の旨を語り、母と妹を預け置き、その身は、それまでも召具せし僕《ぼく》一人連《つれ》て、また引返し、美濃路へぞ趣きける。

その時節、敵討の願ひ奉行所へ訴へ出ける所、運の尽《つき》ぬる印にや、大勢相詰《つめ》し訴訟《そしやう》人の内に、敵の由縁《ゆかり》者居合せ、この願を聞けるが、夜を日に継《つ》ぎ、飛脚を以て美濃へ申送りしかば、同伴かたひ、道に待伏しけるを、夢にも知らず、一図に敵を討んとのみ志して急ぎ行ける所を、不意に出て切かけければ、初太刀に急所を伐《き》られ、敵の肩先へ二三寸切付けれど、叶得《かなひえ》ずして、終《つひ》に返り討《うち》に討れぬ。僕《ぼく》も甲斐甲斐《かい》しく働き、右の手の指《ゆび》三つ切落され、合期《がうご》せず逃去りぬ。敵は、これよりま

た跡を闇《くらま》し、行衛知らずなりぬ。

かくて母は、「いかがしぬらん」と案じ煩ひ、そよ吹風《ふく》も「美濃路の便か《たより》」と侍詫《わび》しに、僕《ぼく》帰りて、かくと語りければ、終《たえ》も入なん程に歎《なげ》き悲しみけるを、八百屋夫婦とかく慰め劬《いたは》りて、「これも定まれる先の世の報ひにや侍るらん。何事も思召切りて、亡人《なき》の後世菩提訪《とむら》ひなんこそ肝要《かんよう》なれ」と諫《いさ》めけれども、夫の別れ、愛子の無安《あへな》く討死せし事をいたふ悼《いたみ》て病ひとなり、今は死ぬべく覚へければ、娘の十六歳になりけるを病床へ招き、「いにしへの賢女を多《おほ》く書置《おけ》るを見るに、女の身にして敵を討ち、家名を発《おこ》せし者、和漢《わかん》その類《たぐ》ひ少なからず。汝、もはや幼稚《ようち》の闌《たけなは》にもあらず。女なれば敵も心ゆるしなん。我亡跡《わがなき》にて敵を討ち、父や兄へ手向くれなば、いかなる善根なしたらんには増りて孝行なるべし。もしや夫《おっと》を持ちなば、武士の義理をも弁《わきま》へ、力を添へて本意を遂げん人を見立て、かたらふべし。父が討れたる時は、汝おさなかりしかば、敵の面体、年恰好《かっかう》も知るまじ。顔丸く、額尖《ひたいとが》り、大兵《だいひやう》にして色白く、痩形容《やせかたち》なり。父が疵つけし跡は、額《ひたい》に有るべし。兄が返り討にせられたる時、肩《かた》先へ切込しと聞ぬれば、いづれも最期の切先《きっさき》にて、無念の利刃《りじん》深く入ぬらんと思へば、疵跡に心を付て、かならず人違ひすべからず。年来《としごろ》を勘《かんが》ふるに、五十有余なるべし。これは兄が敵討ん為に用意せし金子なれば、外事にゆめゆめ遣《つか》ふべからず。自然の時、この物なくて叶ふべからず。伯母一家へも隠して所持せよ」とて、取出してこれを渡し、後の事ども細々と云置きけるに、娘は泣々《なく》答へて、「艱難《かんなん》身を粉に砕《くだ》かるるとも、この身有らん限り、敵の行衛尋廻り

て、本意達し侍《さう》らはん」と誓《ちか》ひ言して、母の心を安《やす》め慰めければ、「うれしや」と云ひしを世の名残にして、終に身退《みまかり》ぬ。娘の歎き、たとへん方なし。力なく仇《あだ》し野の烟りとなし、一塊《いつくわひ》の塚の主となりぬ。

その後、この娘、伯母の方に居て、武家方、町の差別なく、口入頼《くちいれ》み、水仕《みずし》、端女《はした》、腰元なんどいへる奉公に出けるに、手馴《なれ》ぬ賤《いや》しき稼《わざ》をも露いとふ心なく、主人を尊み敬《うやま》ひ、傍輩に最愛《いとおしみ》、擾《なつき》ければ、何方《いづかた》にてもこれを惜み、「幾年もその家に置なん」とのみ云しに、病気と号し、または、「身に難義出来し」とて願ひ、あるいは半季、あるいは一両月有りて晦乞請《いとまこひうけ》しかば、「尻《しり》のすはらぬ」といへる心にて、「栄螺殻《さざいがら》のくめ」と異名しけり。くめとは、この女の名なりけり。

ある時、上野元三大師《ぐわんざんだいし》へ、朝速《と》く起て参詣しける。人多き中に、「その人に似たる者も有りや」と心を付けるに、腰屈《かが》みて老人と見ゆる侍の、編笠深々と世を忍べる体にて跡先《あとさき》になり、これも大師へ参詣しける。この者、何とやらん心に懸りければ、「見失はじ」と付纏《つきまと》ひて、大師のおわしましける寺へ着ぬ。編笠取て、仏前へ詣《もうで》、念珠押揉《も》み、「さて御鬮戴《くじいただ》かん」とて、僧どもの居ける方へ行けるを見れば、左の額《ひたい》に頬《ほう》をかけて、三寸ばかりの疵有り。「あはや、これぞ」と嬉しく、同じく立寄り、御鬮戴き、「これこそ大師の引合せ」と伏拝《おがみ》見るに、御鬮は大吉と有り。「たとひ凶《けう》にもあれ、念力いかで届《とどか》で有べき」と門外へ出で、待けるに、かの侍も同じく出ぬ。

女思ひけるは、「額の疵有ればとて、強《あなが》ちその人と極め難し。何卒《なにとぞ》兄が打付たりし肩の疵跡を見

届けてこそ、本意は達しなん。この者、何方へ行くやらん。有る家を見置きて、後の思案こそあらめ」と、はるか跡に引下り、編笠を目当にぞ行きける。多くの町を過ぎて、所はいづこやらん、右に浅草寺の塔見へて、本願寺もその側に有りし。その所にて、幕下《ばつか》、御旗本の屋敷へぞ入ける。門番の族《やから》、腰折りて最敬《いとうやま》ふ体なりしかば、「さてはこの屋敷に由緒ありて囲《かくま》ひ置けるよ」と思ひて、さあらぬ体《てい》にて、その辺の町屋へ立寄り、屋敷、その人の名なんど尋聞て帰りける。

これより奉公の口入しける者どもへ、「彼方《かしこ》の御屋敷にて人や抱《かかへ》られんに、いかやうのいやしき奉公にても勤なん。肝煎《きもいり》て給へ」と、幾人《いくたり》となく頼み置きける。「例の栄螺《さざゐ》」とは思ひながら、請合て聞合《ききあは》せけるに、半季の口はなくして、翌年の三月、出代《でがはり》の節に至りて、この女を同道し、目見《まみえ》させけるに、然るべき天の加護にや、勤むべきにぞ定りぬ。かの待はその屋敷の家長《おとな》にて有けり。かかる願ひ有る身なれば、費《ついゑ》をも厭《いとは》ず、傍輩《はうばい》は勿論、若党、中間体《ちゆうげんてい》まで、それぞれに「これをこそ進《まい》らせん」「かれをこそ参らする」と、物惜みせざりければ、欲には傾《かたむ》き安く、「この人の頼《たのま》んとならば、主人の勤を欠《かい》てなりとも達しなん物を」と思はぬ者もなかりし。

ある日、湯風呂へ主人御夫婦入せられて後、かの家長《おとな》来りて入けるに、久米、湯殿へ参り、「垢《あか》流し参らせん」といふに、さまざま辞退しければ、「かならず御訝《いなみ》遊ばすべからず。わが身の父は今年六十《むそじ》余り、御形容《かたち》のその儘《まま》に似させられぬれば、父への孝行と存知《ぞんぢ》て、劬《いたわ》り仕へ侍《さぶら》ふなり。女の身に便《たよ》るべき母は、いとけなきおりから死て、今は頼みなき身なり」と、いと哀《あはれ》に語りければ、

老《おい》ては涙脆《もろ》く、この詞《ことば》に打とけて、「然らば兎も角も頼み入る」と、背差《せなか》出しけるを、首筋より弱《よは》腰まで、叮嚀《ていねい》に洗ひながら探《さぐ》り見るに、左の肩先《かたさき》、鍛《そぎ》取りたる程の疵跡あり。「さては、この者に極まりし」と思ふ心のせきのぼるを押鎮《しづ》め、そこそこに洗ひ済して、「風ばし引せ給ふな」と浴衣《ゆかた》着せなどして労《いたは》りければ、かかる事有りとは露思ひよらず、「また異《こと》有まじき志の女なり」と主人へも吹聴《ふいてう》しけるゆゑ、内外首尾よく、一年勤めけれども、折なくて本意を達せず。「今年も居よかし」と留るを幸ひに、ここに勤めけり。

然るにその屋敷、小間使の中間に与助といへる、年来《としごろ》二十四五歳ばかりにて、心さがさがしき者なりしが、この久米《くめ》に思ひ泥《なづ》み、少し物など書きければ、心の丈《たけ》、筆に云せて艶《ゑん》書数通越《よこ》し、命を的になして慕《した》ひ寄りけるを、「これぞ天の助けならん」と思ひけれども、「寔《まこと》の志《こころざし》をも知らで大事打明し、後の仇ともなりなば、悔《くゆ》ると甲斐あらじ」と思ひ返して、ある時返事しけるは、「岩木ならぬ心の底は、汲なばなどか知らざらん。しかしながら、真実の一つをも見まいらせず。この方の志をも知らせ申したく、おなじ御事をくりかへし御尋申存じ候」と申遣しけるに、与助絶《たえ》かねてや有りけん、小指《ゆび》に鬢《びん》の髪切りて送り、「この上「命をくれよ」とおぼしめし侍らんには、思ひ初《そめ》しより進じ置し身なれば、生死はそこの御心に任せ置侍る」とある文なれば、これを見、心落着き、「よすが求め立ながら、逢見て心さへ替《かわ》らずば、逢瀬は折こそあらめ」と云かわして、これより後は、平に心の中に思ひを含み、つらき中の楽しみに明し暮して、

その年の卯月上旬、しばしの暇《いとま》願ひて、久米は伯母方へ行けるが、中合置て、途《と》中の茶屋にて与助に初めて逢ひけるに、久米申しけるは、「仮初《かりそめ》ならぬ縁《ゑにし》にて、未来までも替らぬ夫婦となりぬれば、「生死共に同じうせん」といふ印の盃、とり替《かは》し侍らはん」とて、久米呑みて男へ遣し、仮《かり》の祝言の学び取納めて後、父兄の敵、何某を尋廻りし始末、今現在目辺《まのあたり》に差置き、得討たで時日《じじつ》を送る無念の形勢《ありさま》、語り聞せければ、与助はらはらと泣きて、「思案にも及ばず、女義の身にてかかる大望の企《くはだて》、驚き入りたることとなり。たとへ火水の中までも連立《つれだ》ち、本意遂《とぐ》べし。さりながら、敵は何方《いづかた》に居住せしぞ」と尋ねければ、「かの家長《おとな》こそ、その敵なる」と語る。手を撲《うつ》て悦び、今まで絶忍《たえしの》び、卒爾《そつじ》の振舞なかりしを感《かん》じ、「この上は両人ともに前後の差別《しやべつ》は有りとも、主人へ暇《いとま》を乞請け、主従の由身《よしみ》を返し、他人とならば、大法の咎《とが》を遁《のが》るる道理なり。その願ひの品は、いづれにも工夫せん。差当つて敵討《うた》んに一つの手立有り。毎年六月末に至り、用金調《ととの》への事に付き、かの家長《おとな》、主君の知行所に、伊豆、三崎辺へ罷《まかり》越すなれば、その道に待請けて、尋常《じんじやう》に名乗《なのり》逢ふて勝負せん。委《くはし》きことは書中にて」と互に示《しめ》し合せて別れぬ。

かくて与助はその月の末つかた、親類の不幸有りて在所へ退《まかり》たき由を願ひて暇を取り、久米は五月中旬、病気と号して、これも首尾よく暇《いとま》出て宿へ下りぬ。かかりしかば、人知らず両人出合て、敵討《うた》んその計略《けいりやく》のみに日を過しに、すでに六月下旬、かの家長、例のごとく用意して豆州へ趣きける所、伊豆、相模の境、その村の名は知らず、両人待請け、名乗懸て神妙なる敵討、近代希なる事

なりし。付随ひし若党一人、中間三人、その内一人は鑓持《やりもち》にて、道具持ちながら逃失《にげう》せ、影も見へず。敵この鑓を以て働きなば、両人討得べきこと難《かた》からん。運の極る時節なるべし、かく落失《おちう》せしぞ是非なけれ。

かの侍も、女の身にて、これまで付覘《ねら》ひし心底を感じ、父兄を討し意趣を語り、心静《しづか》に用意して、老人なれば常々古身の短き刀を帯しけるが、これを以て討合しに、与助は左の太股《ふともも》に四五寸ばかり疵を蒙り、久米は腕《うで》一ヶ所、頬《ほう》先一ヶ所、切先《きつさき》はづれの疵《きず》請しかど、浅手なれば事ともせず。命限り踏《ふみ》込み踏込み切付けるに、相手は老人と云《いひ》、道理の剣先するどく、七ヶ所手負《てお》ひ、倒れけるを、与助走り寄り、取て押へ、久米に留《とど》めを刺《ささ》せける。

かく有りて後、久米、与助へ向ひ申しけるは、「これまでの御志、生々世々忘れがたし。その上、未来まで夫婦の固《かた》め致し置ぬれば、女の夫に随ふ習ひ、我身、我物ならず。しかし幼少にて父に後れ、兄に離れ、母が末期の一言に依て、女の身ながら心を尽し、かくのごとく本意を達し侍《さうら》ふは、諸天の加護《かご》とは思ひながら、一つは御見継ぎのゆゑに依れり。かかる不幸、罪障《ざいせう》の重《かさ》なれる身なれば、この上世に立交るべき心底にあらず。尼になりて親兄の菩提を弔ひたく侍るまま、ながく別離のいとま給はるべし」と懇《ねんごろ》に願ひけるゆゑ、「かくまで思ひ詰し上は、留《とど》むるとも留《とどま》るべからず。これまでの縁にて有るべし。ともかくも心任せにせられよ」といふに、手を合せて三拝九拝し、遣《つか》ひ残りし金子一包取出し、「これは「兄が路用の残り」とて母の与へられしかば、今までかれこれ

取賄ひし、その残り。もはや我が身に入用なし。これにて御身の経営《いとなみ》遊ばせ」とて、与助へ渡し置て、直《ただち》に松が岡へ走り込み、しかじかの断《ことはり》申入れ、尼になりけるとぞ。

按ずるに、この事跡《じせき》、享保十五六年の頃、都鄙《とひ》専ら風聞有り。「生国は」と問へど、得知らず。姓名を問へど、また欠《かけ》り。敵の有家、男女の住所、これを尋ぬれど、知れず。いづれより聞き、何者か語りけん、その人さへ知らざるは、大方ならず。虚説ならんと思へど、世の人口に普《あまね》く伝へて耳に喧《かまび》すしく、止むことを得ず、ここに記し侍る。異を以て異を伝ふ、小説虚談、信ずるに足らず。怪《あやし》むに絶たり。

蝙蝠《へんぷく》の怪

市ケ谷《いちがや》定火消御役屋鋪におゐて、ある番人、火の見櫓《やぐら》に登り居けるに、時は丑満《うしみつ》ばかりに、ばたばたと物を以て肘を撲《うつ》ごときの音聞へしまま、「何物ならん」と顔差出しける所、櫓の四方、袋にて引包みたるやうに闇《くら》くなり、この番人が首筋を攫《つか》み、強くしめつけける程に、息詰りて絶がたきゆゑ、脇指を抜《ぬ》き、空《そら》ざまにかの袋を突破りければ、攫《つか》みし首筋を放ち、又ばたばたと羽音致して飛び去りぬ。

翌朝、相番人の来りしに、この物語しけるに、この者、老人にて、「聞伝へし」とて語りしは、

年経たる蝙蝠《かうもり》、常に空中に飛行し、或いは火の見櫓、或いは辻番所なんど、人家はなれし所を窺ひ、己が羽翼《うよく》を以て天井を覆ひ、爪を以て吭《のど》を摯《つか》み、呼吸《こきう》を留め、人を殺害せしこと数多あり。この一物、妖怪をなすこと一方ならず。木曽の山中におゐては、白昼にも顕れ出で、杣人《そまびと》猟人《かりうど》などの眼をくらまし、頭を毟《むし》り、身体を掻《かき》破りなどすること、まま多き由なり。彼等は「それぞ」と兼《かね》て知りたるゆゑ、かかる怪異に逢へるとても、少しも驚かず、持合せし山刀《やまがたな》、または棒などにて、その羽翼を払ひ退《のく》れば、その所を去行きて、その害を遁るると云り。

「まさしく昨夕《ゆふべ》の妖怪は、かの蝙蝠《かうもり》なるべし」と語りし由、樋口某、余《よ》へ語りき。

亡霊、女の家に来る

武州川崎の宿に近き所、一寺有り。寺号も聞しが、僧侶《りよ》の噂、児女子《じぢよし》の忌嫌《きげん》を憚《はばか》りて記さず。その住職の僧、年来《としごろ》四十ばかりなりしに、寔《まこと》にはなれがたきは、かの一つの惑ひなるべし。この僧、年久しく、品川新宿某が家の、梅といへる抱《かかへ》女に馴染《なじみ》て、あさからぬ契《ちぎり》をなしけるが、僧、労痎《らうがい》の病症を請て、医術さまざまにつくせども、しるしなく、今は憔悴《やせかじ》け、頼みすくなく見へける。かかる大病の上にも、何助とやらんいいて、幼少より召仕ひし僕《ぼく》の有りしが、品川通ひの供にも召連れ、内外知りて心易かりしかば、彼を病床へ招きて、梅が噂のみ明暮《あけくれ》語りて、執着《しうじやく》の念慮、止む時もな

かりし。

ある日、この寺に居ける十二三歳の所化《しよけ》、煎薬を茶碗に入れ、僧が病床へ持行きしに、この茶碗を取りて一口呑みしが、何とやらん気色替り、眼、利鬼《いららげ》、拳《こぶし》を握《にぎ》り、屏風に向ひ息吹《いきふき》かけしに、その息の内より、径《わたり》一寸ばかりの赤色の玉、闘《あら》はれ出、屏風の上へ揚《あが》らんとしては畳へ下り、また上らんとしては下り、二三度しけるを見て、所化は震《ふる》ひ戦《わなな》き逃帰《にげかへ》り、かの何助へ、しかじか語りて、戸の透間より覗き見けるに、この玉、あなたこなたと飛廻り、築山《つきやま》の方、障子の少し破れたる所より、外面《そとも》へ出て行衛なくなりぬ。これ則ち、魂のもぬけ出たるなるべし。かくの如く、病気を窺ひ、寝巻ながら起立ち、ひとへ帯しどけなく結び、貯へし金子懐中して忍び出しを、その門前に酒商売しける者、途中にて逢しかど、慥《たしか》に「その人よ」とは思ひしかど、「九死一生の病ひを請し人の、よもや夜行はせじ」と余所に見成《みな》して通り侍りしが、「さては病気に狂乱し、呻《さまよ》ひ歩行《ありき》しものにこそ」と後に人にも語《かた》りしとぞ。

その夜、何者の仕業にや、品川松右衛門といへる非人、小屋の後にゐて、この僧を縊《くび》り殺し、衣類残らず剝取《はぎ》り、剰へ《あまつさ》死骸を畑の内へ投入《なげいれ》置し由、その近所、かつ縁の者有りて、面を見覚へければ、かの寺の住侶と知りて、早速人遣し告越ければ、驚き周章《あは》て、死骸引取り葬りけれども、放蕩《はうとう》の行跡を厭《いと》ひて、「病ひに犯され、乱心致し迷ひ出《いで》し」と披露して、かの僧の殺されしは近辺駕籠舁《かき》の悪行とは知れども、僉議をもせざりけり。

ここに不思議なりしは、その夜、品川新宿かの梅が客、宵より連立し者有りて、一座賑しく、二階に并《なみ》居て、酒興異様《ことやう》に、小《こ》唄《うた》染《しみ》て面白かりければ、その座起《たち》得ず居たりしに、かの僧、久しく頭剃《そら》ざれば、山伏のごとく生茂り、形容《かたち》憔悴《せうすい》し、徒倚《よろぼひ》ながら見世へ腰かけけるゆゑ、下男出て挨拶し、栈子《はしご》の下に起《たつ》て、梅を無約《せわしなく》呼ければ、「何事かは」と急ぎ走り下り、見世へ出れば、この日頃、愛褻《なつかしく》思ひ咤《わび》し人なれば、見しにあらぬ有様、「御最愛《いとおし》や」とすがり付きしに、ふりはらひて立出しを、「遠ざかりしこの身を恨みてにや、余所に住する身の住ならぬは御存知の事なるものを」と駆出《かけいで》見れども、人影もなし。「もしや隣家へおはせしにや。久しくとだへし栈《かけはし》を踏《ふみ》も見ず、帰らせらるる御志《こころざし》こそうらめしけれ」と、女は泣《なく》々人走らせなどして尋れども、知れず。「その夜死《しし》たる」と後に聞て、あさましく怖《おそろ》しく、身の罪障も思《おも》ひやられて悲しく、梅は勤の間々に法花《ほつけ》首題書写し、かの僧、頓証菩提《とんしようぼだい》のため、池上本門寺の祖師堂へ納ける由。

「愛執の念ほど怖《おそろ》しき物はなし」と、かの梅が客なりし人の語りぬ。

赤坂《あかさか》の蜘《くも》の囲《い》

享保十八年、中夏の頃、赤坂田町五丁目、伊勢屋八兵衛といへる者、同所新町四丁目に親有り。それが俄《にはか》に煩《わづら》ふ由を告来りしゆゑ、取る物もとりあへず、闇夜《あんや》なれども、ひとり行きしに、相良遠

江守殿と杉田源左衛門殿の屋鋪は往還を隔てて向ひ合せておはしましける、その所を通りしに、後より何かは知らず、八兵衛が背《せなか》を強く押しけるゆゑ、思はず大下水の内へ突落され、泥によごれけれども、親の事の気遣しく、その儘《まま》にて走り行き見れば、病気異なる様子にもあらねば、安途して道を替《かへ》て帰りぬ。

翌晩も、親の方へ見廻りけるが、つらつら思ふに、「「先年よりこの所にて下水へ突落されし者、余々有《あまた》り」と聞きぬ。若人の徒事《いたづら》よと思ひしが、夕べの為体《ていたらく》、正しく狐狸の妖怪をなすと覚へぬ。正体をあらはして、人の疑ひをも晴らさん」と、身を固め、一腰帯し用心してぞ行きける。闇夜《あんや》なれば、物の色合も見分られざりしゆゑ、心を配り、背《せ》を僂《くぐ》め窺ひ見けるに、かの所、屋敷と屋敷の間へ、蜘《くも》の囲《い》と覚しき物、網を張りしごとく往還を塞《ふさ》ぎ、その囲、面体へ纏《まと》はれ、通ること能《あた》はず。暫く立留り居ける所、頭上に磐石《ばんじやく》を落すがごとき響き聞へて、我知らず尻居《しりゐ》に居り、五体強直《すくん》で働きがたかりしかば、家を出し時の勇気、頓《とん》に折《くじ》け、恐怖《けうふ》して這々《ほう》引違へ、田町表通り廻りて、漸《やうや》く新町へ行しが、その夜は親のもとに一宿して、夜明てぞ帰りし。この蜘の囲、何物か化したるにや。

犬を殺して怪を去る

下総の国の者、通り三丁目に住居せしが、元文初年、それが語りしは、わが国と上総の国の境に、その村をも慥《たしか》に知り侍れど、いまにも人存命にて、しかも縁拠《えんこ》の者も間近《まぢか》き町に住めば、顕《あら》はには云《いひ》がたし。そのもの数代の百姓にて、召仕も多く、金銀こそ多からね、米穀乏《とぼ》しからで暮しぬ。妻女は三平二満《おとごぜ》の悪女なれども、親の云名付《いひなづけ》ゆゑ、是非なく父母存生《ぞんじやう》の内は異なる事もなくかたらひ成しけるが、二親退《まかり》て後は、俄《にはか》に右流左苦悪《うるさくにく》かりければ、幾度か離別せんと思ひしが、人の譏《そし》りを恥《はぢ》て止みぬ。今は妻といへる名ばかりにて、客なんどのごとく会釈《あしら》ひ、添伏《そひぶし》さへせざりける。

然《しか》るに、この家に幼少より召仕ひし下女有り。主《あるじ》、徒然《つれづれ》なるままに、仮初《かりそめ》に戯れ寄りしが、終《つい》一度といいし仮言《かごと》も、重なればふかき縁となりて穂にあらはれ、それとはなしに、内所は妻同前に閨《まくら》のこと賄《あがなは》せけるにぞ、妻女はいとふうらみて妬み、身の不幸とを悔みて、積りて病ひになり、療養尽せど印《しるし》なくて、終《つい》に死《しし》ぬ。忌日過るを待ちて、誰に憚ることもなく、この下女を取上るとなく、おのづから妻女とはなしぬ。

その年は何の恙《つつが》なくて、翌年、亡妻が一周忌なりとて、仏事作善《さぜん》執行《とりおこな》ひ、その夜、夫婦、いつもの伏所へ入りて寝《いね》けるに、枕の間に怪物の蹲踞《うづくまり》居けるゆゑ、驚き覚えて、よくよくすかし見るに、亡妻が姿、顕然《けんぜん》と夫婦が面を詠め居たり。わつと魘《おそわ》れ絶入しけるが、暫く有りて気付き、起上れば、その影みへず。翌夕、寝屋を替て伏しけるに、また姿あらはれて、前夜のごとし。かくの如くなること三夜に及び、絶《たえ》がたくおそろしければ、近き辺に修験者《しゆげんじや》の山伏有けるを請じ、しかじかの物語

して、亡霊退去の加持をたのみけるに、この山伏、くわしく聞済して、「いと安きことなり。幽魂《ゆふこん》ふたたび来らざる様に請合《うけあ》ひて加持致すべし」と、札書きて門戸に張置き、帰りぬ。

その夕《ゆふべ》に至り、山伏また来りて、一尺ばかりの懐剣を男へ渡し、「今夜、何にても有れ、枕に当らん物をこの剣にて切留めよ。われ側《かたはら》に付添《つきそひ》有るべし。少しも怖《おそ》る事あるべからず」と云教へけるまま、その旨に任せて、その夜も例のごとく伏て、夜既に明んとする頃、少し真眼《まどろみ》ける所、何かは知らず、毛の生茂《はへしげ》れる手足、夫婦が顔を撫《なで》ける間、おどろき起て、教《をしへ》のごとく、かの懐剣を持ちて、只中と覚しき所、一刀つらぬき、手ごたへしけるまま、声を立て、呼起しければ、家内周章《あはて》騒ぎて、火を点して来りみるに、少《ちいさ》き犬の死たりし骸《むくろ》なり。「あやしき事かな」と取々《とりどり》沙汰して、かの犬をば川へ流し捨てける。これより後、亡霊かつて来らず。山伏の修験、掲焉《いちじるき》ことを感じあへり。

ある日、男参りて尋ねけるは、「如何様《いかさま》の加持神呪《しんじゅ》にて、かかる怖《おそろし》き霊の、たちまち退去いたしぬらん。いまに不審晴れず」といふに、山伏笑ひて申しけるは、「加持祈禱の奇特《きどく》は有るにもせよ、その折節の事は自然の道理を以て、我等が男女の気を転々替《かへ》さしめたるゆゑ、霊おのづから退《しりぞ》きしものなり。その故は、男は先妻の悪女を疎《うとん》じ、廉略せし悔みを思ひ、妻女は一端主人と頼みたる人の病死を悦び、今一家の上《かみ》へのぼりしかど、「もしや知る事あらば、亡人の恨やあらんか」と憂喜《ゆうき》二つに胸中を戦《たたか》はしめ、炎気上《かみ》へ登り、逆気下り、心神和《わ》せざる内、一周忌をむかへ、先妻につらかりし事を思ひ出し、虚心を増生じたる、その虚に乗じて幽霊は顕れ出たり。我これを察し、懐剣

を与《あた》へ、犬の子の死たるを拾《ひろ》ひ、密かに持行き、眠れるを見て不意に寝所へ投入しを、刺貫《さしつらぬ》き、たちまち陽気を生じ、幽陰の気は消失しけるぞや。これ以後、少しも怪しき事あらじ」といへるよし。かかる事は聞置くべき事なり。

向燈賭話巻之五終

続《ぞく》向《こう》燈《とう》吐《と》話《わ》

勝又　基・森　暁子＝校訂

続向燈吐話序

虚《きよ》々実《じつ》々は天地《てんち》の変異《へんい》、実《じつ》々虚《きよ》々は武人《ぶじん》の謀略《ぼうらく》。これを分《われ》ては、虚《きよ》は老荘釈氏《らうしやうしやくし》および商家《しようか》の売語《ばいご》、たわれ女《め》、物《もの》もらひの常談《じやうだん》となる。孔孟《こうもふ》より以下《いげ》、恩愛《をんあい》の情欲《じやうよく》、復讎《ふくしう》の志《こころざ》し、節夫《せつぷ》の馬鹿夫《ばかをつと》へ尽《つく》す心《こころ》なんどを、実《まこと》とはいふなるべし。その実虚《じつきよ》の間《あいだ》に孕《はらま》れて生《むま》り出《いで》たる物《もの》を、奇怪《きくわい》の奴《やつばら》と号《がう》し、世人《せけん》はなはだ忌《い》みきらふ。誠《まこと》に、「悪《にく》まれ子《ご》、国《くに》にはびこる」ことわざに偽《いつは》りなくして、この子孫《しそん》、種々《しゆじゆ》にわかれて、語《かた》るにはてしなく、書《か》き留《とめ》んにいとまあらず。その一二見聞《けんもん》せし事跡《じせき》を記《をこ》し、『賭話《とわ》』と名《な》づく。今年《ことし》また漏《も》れたるをあつめて、『続吐話《ぞくとわ》』を成《な》すものは、人《ひと》の耳目《にもく》にあづからんにはあらず。僕《やつがれ》虚心《きよしん》にして、物《もの》わすれ多《をを》きをはぢず、寸紙《すんし》に写《うつ》し、実《じつ》々の丈夫《じやうぶ》に紛《まぎ》れんとする虚《きよ》々なりと爾云《しかいふ》。

元文庚申年初春《げんぶんかのへさるのとししよしゆん》　資等書《しとうしよす》

続向燈吐話巻之一

目録

続《ぞく》向《かう》燈《とう》吐《と》話《わ》巻《かん》之一

蕣花《あさがほ》の内より骸《むくろ》出る事

一、岡田将監殿家中《おかだしやうげんどのかちう》に、はなはだ蕣花《あさがほ》を愛《あい》する士《し》あり。毎秋花《まいしうはな》の頃《ころ》は寝食《しんしよく》をわすれ、更《ふく》るまで、まがきに立《たつ》て、つるをまとわせ、葉《は》を直《なを》し、朝《あさ》は明《あ》けざるにおき出《いで》て、花《はな》のひらくるを待《ま》ちうけては、ひとり悦《よろこ》び、日《ひ》に向《むか》ひ、しほるるを見《み》てはうれへ、喜憂時《きゆうとき》をかへ、日《ひ》のあるときは内《うち》にのみ閉《とぢ》籠《こも》りて、外《ほか》へ出《いで》ざるゆへに、屋敷中《やしきうち》してこの士を「土竜生《どりやうしやう》」と異名《いみやう》をつけ、笑《わら》ひあへり。

ある時《とき》、夕暮《ゆうぐれ》に、「下葉《したば》の枯《か》れたるを取《と》らん」とて庭《にわ》へ出《いで》けるに、蕣花《しゆんくわ》をおしわけて来《きた》るものあり。蔓《つる》をそこなわんことをいたみて、「いそぎ是《これ》を追《を》ひはらわん」とおもひ、まがきのほとりへ立《た》ちより見《み》るに、首《くび》なきむくろ計《ばか》り、蟇《ひき》のごとく這来《はいきた》るを見《み》て、身《み》の毛《け》よだち、おもわず後《あと》じさりして、椽《えん》の上《うへ》へしりぞき、戸《と》の辺《へり》より見《み》れば、このむくろ、我《わ》が庭《にわ》を這《は》ひ過《めぐり》て、隣家《りんか》は老臣《らうしん》の居宅《いたく》なりしが、この家《いへ》の垣《かき》を越《こ》へて、座敷《ざしき》の椽《えん》の下《した》へ這入《はいい》りけり。奇怪《きくわい》の事《こと》におもへど、告《つ》げ知《し》らすべきにも、「たしかに是《これ》ぞ」と証拠《しやうこ》なき事《こと》を申出《もふしいだ》し、結句《けつく》わらわれんもいかがぞ」とさしひかへ、やうすをうかがひ聞《きき》けるに、隣家《りんか》のあるじ、その夜《よ》より煩《わづら》ひ出《いだ》し、翌未明《よくみめい》に病死《べうし》しける。

「さればこそ」とひとりうなづき、かの妖怪《やうくわい》の事《こと》をおもふに、「この老臣《らうしん》、将監殿領知美濃国《しやうげんどののりやうちみののくに》にあり、その所《ところ》へ行《ゆ》きし折《をり》から、百姓《ひやくしやう》の内《うち》にて無罪《むざい》の者《もの》を、あやまち殺害《せつがい》しける事《こと》あり。そのもの、死《し》にいたるまで、うらみののしりて、「魂魄《こんぱく》くちずしてあらば、死《し》しておもひ知《し》らせん」といひしに、もしこの死霊《しれい》の怨《をん》をむくひけるにや」と心《こころ》つきて、にわかに蕣花《あさがほ》を愛《あい》せし事《こと》の、うるさくいやになりて、その日中《にちちう》、残《のこ》らず根《ね》を掘《ほ》り、引捨《ひきすて》けるに、その折《をり》から、予《よ》が知《し》れもの、この士《し》と入魂《じゆつこん》なりしが、たづね行《ゆ》き、この体《てい》を見《み》て、「日《ひ》ごろすきける花《はな》を、無下《むげ》に何《なに》とて斯《かく》はするぞ」と問《と》ひしに、「しかじかの事《こと》ありて、此《この》あさがほの中《うち》より妖物出《やうもついで》たれば、「いとどさへ愁気《しうき》をもよふすあだ花《ばな》なる物《もの》を」と、おもふにつけて、しきりにこの花《はな》いまいましくなりぬるゆへ、とり捨《すつ》るなり」といひしとなり。

この後《のち》かの士《し》は、あさがほ嫌《ぎら》ひとなりて、外《ほか》にうゆる人《ひと》さへ制止《せいし》けるとなり。

椿木《つばき》の妖《えう》の事

一、渡辺越中守殿《わたなべえつちうのかみどの》、長戸馬場《ながとばば》の屋敷《やしき》の内《うち》に、古木《こぼく》の椿《つばき》あり。幾年《いくとし》ふるとも知《し》らず。近習《きんじゆ》の若《わか》士《さむらひ》、雨《あめ》ふりける時《とき》、この木《き》のほとりをありきしに、俄《にわか》に風吹《かぜふ》き来《きた》るかとおぼへて、我知《われし》らず足《あし》あがり、地《ち》をはなれたり。踏《ふ》みしむれども、とどまらず。ただ傘《からかさ》をちからに、両手《りやうて》をもつて握《にぎ》りつめ

しに、書院《しよいん》の棟瓦《むねがわら》に足《あし》かかりて踏《ふみ》とめ、からかさを捨《すて》、瓦《かわら》にしがみつきて居《い》たりけるを、人見《ひとみ》つけ、やうやうにして降《お》ろしけるとぞ。これ椿《つばき》の精化《せいげ》して、妖《やう》をなせしなりとぞ。

榎木の精化《せいげ》の事

一、近《ちか》き事《こと》にや。高木主水正殿《たかぎもんどのしやうどの》、渋谷口屋敷《しぶやぐちやしき》に、榎《えのき》の古木《こぼく》、中《なか》ほどより二本《にほん》にわかれたるありけり。坊主一人《ぼうしゆいちにん》、夕《ゆふ》ぐれに庭《にわ》へ出《いで》て、「終日勤仕《ひめもすきんし》の労《らう》を休《やす》めん」とて、たち休《やすら》ひける処《ところ》に、白髪《はくはつ》の老《らう》人二人《にんにん》、この榎《えのき》の二《ふた》またの所《ところ》に座《ざ》して、蜘《くも》の巣《す》のごとく、方直《ほうちよく》なる物《もの》をかけ置《をき》て、これを詠《なが》むる体《てい》なり。かの坊主《ぼうしゆ》これを見《み》つけ、いそぎはしり入《いり》て、わかき者《もの》どもへ、「かく」と告《つ》げしかば、あり合《あわせ》し士《し》、四五人来《にんきた》り、障子《しやうじ》の開《ひら》きしすきより覗《のぞ》き見《み》けるに、しだいに腰《こし》より消《き》へて、あとかたなくなりぬ。「榎《えのき》の精霊《せいれい》にや」と、見《み》しものの語《かた》りしなり。

火中に死人出る事

一、越後国《えちごのくに》の事《こと》なりしよし。ある老女《らうによし》死して、野辺《のべ》の送《をく》りし、火葬《くわそう》しけるに、幾度《いくたび》火を付《つく》れども、水《みづ》をかくるごとく消《き》へて、焼《や》けず。「物《もの》の見入《みい》れしにや」とおもへど、せんかたなく、四方《よも》に萱《かや》を

つみて、これへ火《ひ》をかけければ、この火《ひ》もへ付《つ》きて、「すでに棺焼《くはんやけ》ぬるよ」と見《み》へし所《ところ》に、中《うち》より死人《しにん》、頭《かしら》を出《いだ》し、けらけら笑《わら》ひして立《たち》あがりければ、「わつ」といひて、あつまり居《い》たるものども、蜘《くも》の子《こ》を散《ち》らすがごとく、逃《に》げうせけり。

田舎《いなか》のならひ、火屋《ひや》の用意《よふい》もなく、業《わざ》として焼《や》く人《ひと》もなければ、おのづから墓所《むしよ》へ葬《ほうむ》り、あつまる人《ひと》、これを焼《や》くにぞありける。かくありければ、この火葬《くわそう》たれありて「焼《やき》にゆかん」といふ者《もの》なく、その子《こ》、これをなげき、「定《さだ》めて夜《よ》の間《ま》に、死骸《しがい》は何方《いづかた》へか行《ゆき》ぬらん。死後《しご》に悪相《あくそう》をあらわし、恥《はじ》を見《み》る事《こと》のかなしさよ。何《なに》とぞ人《ひと》しらず死骸《しがい》をたづね出《いだ》して、密《ひそ》かに我《わ》が手《て》にて焼《や》きなんものを」とおもひ、その夜《よ》葬《ほうむ》りたる所《ところ》へ行《ゆき》て見《み》るに、いつの間《ま》に焼《やけ》けん、骨《こつ》ばかり残《のこ》りありけるとぞ。いかなるものの見入《みいら》れけん、知《し》らず。

狼の恩報の事

一、安房《あわ》、上総《かづさ》の境《さか》ひ、市《いち》が坂《さか》といへる所《ところ》、山《やま》あひの細道《ほそみち》、つづらおりなる坂《さか》あり。岩石《がんせき》そばだち、両方《りやうはう》より山《やま》おほひて道《みち》を隠《かく》し、たとへば掘《ほ》りぬける闇穴《あんけつ》のごとし。日蓮上人《にちれんしやうにん》の難《なん》にあひし岩屋《いわや》も、そばにあり。三十年来《ねんらい》、この所《ところ》に一寺《じ》を建立《こんりやう》して、岩窟山《がんくつやま》と号《がう》す。今《いま》は山《やま》あひも掘《ほ》りくづし、道《みち》もたいらかに成《な》りて、人馬《にんば》の通《かよ》ひ自由《じゆう》なるよし。

元禄十年《げんろくじうねん》あまり、上総国《かづさのくに》より、安房国《あわのくにこ》小みなと誕生寺《たんしやうじ》へ、行程《ゆくほど》十里《り》ばかりある所《ところ》を、月毎《つきごと》に参詣《さんけい》しける百姓《ひやくしやう》あり。その妻懐胎《さいくわいたい》して、しかも臨月《りんげつ》なりし。安房国《あわのくに》へ祈《いの》りのため、夫婦《ふうふ》つれだち詣《もふ》でけるに、文月《ふみつき》二十日《はつか》あまりの頃《ころ》にて、朝出《あさいづ》るときは天気快晴《てんきくわいせい》にて、一《ひと》むらの雲《くも》もなかりしに、帰路《きろ》に及《をよ》び、俄《には》かに大雨《をうあめ》、車軸《しやじく》を流《なか》すごとくなり。雨具《あまぐ》の用意《よふい》もなく、殊《こと》さら妊婦《にんぷ》をつれたりしかば、道《みち》の程《ほど》気づかわしく、「雨《あめ》の小止《こやみ》をまちて帰《かへ》らん」とおもひ、大門《をうもん》に立《たち》やすらひ居《い》ける。たそがれ時《どき》になりて、雨《あめ》はやみぬ。

旅宿《りよしゆく》もとめなんにも、まづしき身《み》なれば、その値《あたひ》さへ持《も》ちあわせず。「闇夜《あんや》なれど、知《し》れる道《みち》なれば、まよふべきにあらず。夜明《よあく》るまで心《こころ》しづかに、ひろい帰《かへ》りなん」とて、手《て》を取《と》りかわし、たどり行《ゆ》くに、市《いち》ヶ坂《さか》まで来《きた》りしときは、夜五半過《よるいつつはんすぎ》ると覚《をぼ》へし折《をり》こそあれ、かの妻女《さいによ》、この所《ところ》にて産《さん》の気《き》しきりにて、一足《あし》もひかれねば、かの岩窟《がんくつ》へ入《い》れて、夫《をつと》かいがいしく取《とり》まかなひ、腰《こし》などいだきあげて、看病《かんべう》しながら申《もふし》けるは、「これこそ我祖師《わがそし》の御難《ごなん》にあひ給ひし岩窟《がんくつ》なれば、この年月《としつき》あゆみを運《はこ》びし善根《ぜんごん》、日《ひ》ごろとなへし首題《しゆだい》の功力《くりき》にても、安産《あんざん》せであるべきか。この山中《やまなか》に、我二人《われにん》居《い》ると思《おも》ふべからず。「法花守護《ほつけしゆご》の諸天善神《しよてんぜんじん》、この岩屋《いわや》を守《まも》り給ふ」と、有《あり》がたく思《をも》ひ、心《こころ》をたしかに出産《しゆつさん》せよ」と、力《ちから》を添《そ》へ、くるしき中《なか》にもたのもしく、夫婦《ふうふ》たなごころを合《あわ》せて、ただ妙法蓮花経《みやうほうれんげきやう》の五字《ごじ》を、よもすがら唱《とな》へけるに、その信心天《しんじんてん》にや通《つう》じけん、やすやすと、しかも男子《なんし》をぞ産《う》みける。

子《こ》をとりあげる水《みづ》もなければ、岩屋《いわや》の口《くち》に、参詣《さんけい》の人《ひと》、樒《しきみ》を入《い》れける手桶《てをけ》のありけるを見《み》つけ、「是《これ》をもちて谷水《たにみづ》を汲《く》み来《きた》らん」とて、夫《をつと》はふもとへぞ来《きた》りける。妻女《さいによ》ひとり残《のこ》り、いとどさへ物《もの》さびしき山中《やまなか》に、猿《さる》のなく声しきりにして、樹間《じゆかん》に聞《きこ》ゆる風《かぜ》の音《をと》は、さつさつと布《ぬの》をさくごとく、草《くさ》むらにすだくむしの音《をと》は、しつしつと豆《まめ》を煎《に》るよりかまびすし。

ただ赤子《あかご》のなける声《こへ》をたよりに、とろとろと眠《ねむ》りける所《ところ》へ、面青《をもてあを》き色《いろ》にして、まなこは丸《まろ》く、口《くち》とがりたる物来《ものきた》りて、岩屋《いわや》の口《くち》をさしのぞき、「この赤子《あかご》を取食《とりくは》ん」とや思《おも》ひけん、走《はし》り入《い》らんとしては立《たち》とどまり、二三度《ど》かく出入《いでいり》しける。妻女《さいぢよ》は「夫《をつと》の帰《かへ》りたるよ」とばかり心得《こころゑ》て、心気《しんき》のつかれに、妖物《やうもつ》の面《かを》さへ見《み》ず、うつむき居《い》たりしに、俄《にわか》にこの穴《あな》のうち鳴動《めいどう》して、鬼《き》のさけび、猿《さる》の吠《ほ》へいかる声《こへ》、耳《みみ》に入《いつ》ておどろき、顔《かを》ふりあげて見《み》るに、かの妖物《やうもつ》、赤子《あかご》を取《と》らんと間近《まぢか》く来《きた》れば、大《をふ》きなる猿《さる》、かたわらに伏《ふ》し居《い》て、これを追《を》ひ退《しりぞ》くる音《をと》なり。

これを見《み》て、血狂《ちくる》ひ、気《き》さかのぼりて、妻女《さいによ》は倒《たを》れて絶入《ぜつにう》しけり。やや更《ふ》け過《すぎ》ぬる頃《ころ》、夫《をつと》、水汲《みづくみ》て帰《かへ》りけるに、妖《よう》怪はいづかたへ行《ゆき》けん、見《み》へず。猿《さる》は猶《なを》、岩屋《いわや》の口《くち》にうづくまりて、この人《ひと》々を守《まも》り居《い》る体《てい》なり。常《つね》ならば恐《をそ》れて近《ちか》づく事《こと》なかるべきに、妻女《さいによ》が事《こと》のみ気《き》づかわしければ、狼《をうかみ》の害《がい》をもかへり見《み》ず、ふみまたぎて、うちへ入《い》りて、息《いき》をつぎて見《み》るに、妻《さい》は息《いき》もたへだへなるを助《たす》けおこし、水《みづ》をふき入《い》れければ、やうやう人心《ひとごこ》ち付《つき》けり。

さて、ありし怪異《くわいい》、猿《さる》、狼《をうかみ》の難《なん》をすくひし事《こと》ども、夫《をつと》へかたりけるに、「是《これ》に心《こころ》つきて思《おも》ひあた

りしは、往《いに》んしころ、馬屋《むまや》のさわがしければ、起出見《をきいでみ》るに、狼《をうかみ》、馬《むま》を食《くは》んとして、あやまちて馬《むま》の手綱《たづな》につなぎ置《おけ》る綱《つな》なるべし胴《どう》を巻《ま》かれて、走《はし》る事《こと》あたわず。立《たち》すくみ居《ゐ》けるを殺《ころ》さんも、不便《びん》におもひ、「かさねてかかる悪業《あくごう》なすべからず」といひふくめて、助《たす》け帰《かへ》せしに、その後《のち》、月毎《つきごと》に参詣《さんけい》、夜《よ》に入《い》りぬれば、狼《おふかみ》出《いで》て、あとを慕《した》ふ。かかる事《こと》とは思《おも》ひつかずして、「我《われ》を食《く》わんとて、かくは付《つ》きまとふらん」とおもひて、夜道《よみち》をば、それよりかつてせざりしに、さてはこの狼《をふかみ》、恩《をん》をむくゐんと思《おも》ひて、我《われ》につき添《そ》ふものならん」と、「畜類《ちくるい》ながら奇特《きとく》なる事《こと》かな」と感涙《かんるい》を流《なが》し、「かへつて今《いま》は、妻子《さいし》が命《いのち》をたすけられし恩謝《をんしや》ぞ」と、手《て》をあわせて、猿狼《さるをふかみ》を拝《はい》しけるこそ、もつともなれ。

かくて下着《げちやく》を脱《ぬい》で赤子《あかご》をつつみ、ふところへ入《い》れ、妻女《さいによ》を負《をふ》て、岩屋《いわや》をたち出《いで》、帰《かへ》りけるに、この狼《をうかみ》、夜《よ》のあくるまで、夫婦《ふうふ》が跡《あと》につきて、山路《やまぢ》をぞ送《をく》りけるとなり。

「ゆふにやさしき、狼《をうかみ》のふるまひなり」とて、その在所《ざいしよ》のもの、かたりぬ。この妖怪《やうくわい》は、いかなる物《もの》ならん、知《し》るものなし。ただ「鬼《き》」とばかり、今《いま》に云《い》ひつたふるよし。

江戸見坂の怪説の事

一、赤羽根橋近所《あかばねばしきんじよ》に、左官頭《さくわんがしら》七兵衛《べうへ》といふもの、稲垣安芸守殿御《いながきあきのかみどのおん》やしきへ出入《いでいり》しけるが、このもの力量《りきりやう》、常人《つねひと》に勝《すぐ》れ、人《ひと》を人《ひと》とも思《おも》わず、傍若無人《ぼうぢやくむにん》のふるまひ多《おほ》かりし。

ある日《ひ》、芝神明《しばしんめい》へ参詣《さんけい》して、帰《かへ》りは日暮《ひく》れけれども、御屋敷《おんやしき》へ用事《ようじ》もあれば、「たち寄《よら》ん」とおもひ、江戸見坂《どみさか》へかかり、「少《すこ》し登《のぼ》り候《そろ》」とおぼへし所《ところ》に、うしろより肩《かた》を引抓《ひきつか》んで動《うご》かさず。あまりつよく押付《をしつけ》て、尻居《しりい》に引《ひき》すへられしゆへ、「何者《なにもの》なれば、夜中《やちう》らうぜきするぞや」と、抓《つかみ》たる手《て》をねぢ折《を》らんと、うしろ手《て》に廻《まは》しながら、ふり返《かへ》り見《み》るに、その体《てい》異相《いそう》なる山伏《やまぶし》、頬骨《ほうぼね》あれて高《たか》く、まなこは鏡《かがみ》のごとく照《て》りかがやき、くわつと睨《にら》みつけたるすさまじさ、日ごろ高慢《かうまん》せし力量《りきりやう》も出《いだ》せばこそ、「あつ」といふて倒《たを》れふし、しばし消入《きへい》りたりしが、やうやう心付《こころつ》き、起《をき》あがりたるを見《み》るに、あたりを見《み》るに人《ひと》かげもなく、辻番所《つじばんしょ》のあんどんの火《ひ》も、「かの山《やま》ぶしのまなこの光《ひかり》か」とうたがわれて、おづおづ這《は》ひあがりて、安芸守《あきのかみ》御《を》やしきへ、息《いき》つきあへず走《はし》り込《こ》み、「かかる事《こと》ありし」と物《もの》がたりせしに、聞《き》ける人々《ひとびと》、「天狗《てんぐ》ならん」といふもあれば、「狐《きつね》の化《ば》けぬるならん」といへるもありて、今《いま》に一決《いつけつ》せずとなん。

非人姥《うば》が怨念の事

一、酒井《さかい》雅楽頭殿《うたのかみどの》家士《かし》に、自然《しぜん》と試《ためし》ものを好《この》ける者《もの》あり。あるいは刑《けい》に行《をこな》われし科人《とがにん》のむくろを取来《とりきた》りては、これを縫《ぬい》つづりて切《き》るときもあり。ある時《とき》は野伏《のぶ》せりの乞食《こつじき》、非人《ひにん》に銭《ぜに》とらせ、悦《よろこ》びたつを伐《き》りふせなどして、なぐさみとしける。

あるとき、厩橋城下《むまやばしじやうか》の町《まち》はづれに、七十に近《ちか》き非人《ひにん》の姥《うば》、ふし居《い》けるを呼《よ》び起《をこ》して、銭百文《ぜにひやくもん》をとらせ、「我《わ》が先《さき》に立《た》ちて、あゆみ行《ゆ》け」といふに、力《ちから》なく行《ゆか》んとせしが、この姥《ばば》、心《こころ》やつきけん、とかく辞退《じたい》しけるを、「申付《もふしつけ》る事《こと》、異儀《いぎ》に及《をよ》びなば、伐《き》り殺《ころ》し捨《す》てん」といふに、力《ちから》なく立《たつ》て、跡《あと》ふり返《か》へりふり返《か》へり、おづおづ先《さき》へ行《ゆき》けるを、刀引《かたなひき》ぬき、よこざまに、首《くび》はらひおとしける。この首《くび》、跡《あと》へ飛《とび》かへりて、かの士《し》の足《あし》の際《きわ》へぞおちける。髪束《がんづか》抓《つか》んで面《をもて》を見《み》るに、歯《は》たたきし、眼《まなこ》をむき出《いだ》し、恨《うら》めしそふに見《み》けるまなこ、光《ひかり》のすさまじさ、身《み》をこがすごとくおぼへて、思《おも》わずかしこへ首《くび》なげすて、身《み》ぶるひして立帰《たちかへ》りけるが、その夜《よ》より、姥《ばば》が首《くび》、眼目《がんもく》あきらかに目《め》のさきへ付《つき》てあらわれ、狂乱《きやうらん》もんぜつし、三日《か》あかで死《しし》けるよし。「怨念《をんねん》ほど恐《おそ》ろしきものはあらじ」と語《かた》りぬ。

佐渡国老狸の事

一、佐渡国金山御用《さどのくにきんざんごよう》につき罷越《まかりこ》しける人《ひと》の語《かた》りけるは、金山《かなやま》に近《ちか》きほとりの町《まち》に外科《げくわ》あり。名誉《めいよ》、国中《こくぢう》に知《し》られしものなり。

ある夜《よ》、かの医者《いしや》の門《もん》を扣《たた》き、「急病人《きうべうにん》ありて何某《なにがし》かたより参《まい》りし」といふは、日頃心《ひごろこころ》やすく出入《いでいり》しける町人《てうにん》の家なれば、夜《よ》ふけたれど拠《よんどころ》なく、「行《ゆか》ん」とおもひて、使《つかへ》の者《もの》を呼《よ》び入《い》れ見《み》るに、

常《つね》に見《み》なれしその家《いへ》の小童《こわらべ》なり。駕《かご》の者《もの》、その外《ほか》の人数《にんじゆ》あまた召《め》しつれ来《きた》れば、「御薬箱《をんくすりばこ》の物等《ものとう》の類《るい》、もたせ参《まい》るべし。夜中《やちう》御人《をひと》めし連《つれ》らるるに及《をよ》ばず」といふ。「然《しか》らば、とも斯《かく》もせよ」と、いそぎ駕籠《かご》に乗《の》り、てうちんも、その人《ひと》の紋《もん》なれば、疑《うたが》ふべきにあらず行《ゆ》くに、つねの往来《をうらい》とは事《こと》かわりて、山路《やまじ》のかたへ舁行《かきゆ》きけるまま、「その挑灯《てうちん》、しばらくまたれよ。方角違《はうがくちが》ひたるとおぼゆるぞ」といふ声《こへ》を聞《きい》て、たちまち挑灯《てうちん》の火《ひ》も消《き》へ、闇夜《あんや》となり、駕《かご》かき、前後《ぜんご》の人《ひと》も無言《むごん》にして走《はし》り行《ゆ》きければ、「あわや」といへど、せんかたなくて、かれらが行《ゆ》くままに任《まか》せけるが、はるか過《すぎ》て山中《やまなか》へかき入《い》れ、一かまへある屋敷《やしき》の門《もん》へ入《い》りて、玄関《げんくわん》へ着《つき》ぬ。

若侍両人出《わかざむらいりやうにんいで》て、いとうやまひたる体《てい》にて平伏《へいふく》せり。是《これ》より、あんないの士《し》さきに立《たつ》て、奥座《おくざ》敷《しき》へ通《とを》れば、金屏風《きんべうぶ》かがやき、奇麗《きれい》なるに、言《い》ふばかりなし。あるじは年来《ねんらい》四十ばかり、威《い》あつて、しかも柔和《にうわ》に見《み》へたり。辞義《じぎ》のべて後申《のちもふし》けるは、「貴方《きはう》を遠路《えんろ》これまで招請申《てうしやうもふ》すこと、余《よ》の義《ぎ》にあらず。一人《にん》の娘《むすめ》、このあいだ足《あし》に瘡生《かさしやう》じて、苦痛《くつう》見《み》るにたへかね、療治《りやうじ》御たのみ申《もふし》たきゆへなり。こなたへ御越《をんこし》あれ」と請引《しやういん》して、なを奥《をく》へ行《ゆ》きけるに、女《をんな》あまた左右《さゆう》にならび居《い》て、十一二歳《さい》ばかりの娘《むすめ》、足《あし》に小瘡出来《こがさでき》て、痛忍《いたみしの》びがたき体《てい》に見《み》へたり。

脈《みやく》をうかがひ、膏薬《かうやく》をのべて瘡《かさ》にはり、服薬調合《ぶくやくてうがう》して侍女《じぢよ》へわたし、その後《のち》あるじに向《むか》ひ、「御《ご》息女御病気《そくぢよごべうき》を見《み》るに、賢慮《けんりよ》を労《らう》するに足《た》らず。この薬《くすり》ならびに膏薬《かうやく》をもちひなば、平癒《へいゆう》すみやかならん。夜中《やちう》なれど用事《よふじ》あまたあれば、暇《いとま》たび候へ」といふ。あるじ悦《よろこ》べる顔色《がんしよく》にて、「仰《をふ》せらるる

通《とを》りなれば、安心《あんしん》いたしながら、恩愛《をんあい》のすてがたさ、わづかの痛所《つうしよ》なれど、いかほどか苦労《くらう》いたし病《や》める娘《むすめ》よりは、見《み》る親《おや》は寝《ね》ずにあかし候。とても御事《おんこと》、明夕《みやうゆう》まで御滞留《ごたいりう》ありて、やうす御覧下《ごらんくだ》され候へ」と、達《たつ》てとどめぬ。

この山中《やまなか》、かかる人《ひと》のありしとも聞《き》かざれば、あやしく思《おも》ひけれど、一人帰《ひとりかへ》りぬべきにも方角知《はうがくし》らざりしかば、是非《ぜひ》なく一昼夜《いちちうや》ここにぞ居《い》ける。座敷《ざしき》の内《うち》より詠《なが》めやるに、人《ひと》の通路《かよひぢ》もなりがたき程《ほど》の深山《しんざん》にて、谷水《たにみづ》の音《をと》しんしんと肝《きも》にこたへ、鹿猿《ししさる》のこゑは時《とき》ならぬ秋《あき》をむかへて、物《もの》さびしさ、たとへんかたなし。

翌日《よくじつ》一日居《にちい》て、たへず薬《くすり》を用《もち》ひさせけるに、その日《ひ》の暮《くれ》に至《いた》り、小女《こをんな》のいたみ、ことごとく退《しりぞ》き、平生《へいせい》のごとく笑《わら》ひたわむれ、あそびければ、外科《げか》も安途《あんど》し、「このうへ保養《ほやう》のため」とて、薬十帖《くすりじつてふ》ばかり調合《てうがう》し置《を》きける。あるじ大《ををい》に悦《よろこ》び、礼物《れいもつ》とて盆《ぼん》に金《きん》二十両《りやう》のせて出《いだ》しぬ。「過当《くわとう》のいたり、かゑつて迷惑《めいわく》」のよし辞退《じたい》しけれども、「この恩報《をんぽう》、珠玉《しゆぎよく》をもつてするとも足《た》らじ。いわんや、わづかの金子《きんす》、寸志《すんし》を表《へう》するのみ」といひて、無理《むり》にふところへ入《い》れぬ。

外科《げか》かさねて申《もふ》しけるは、「数十年来《すじうねんらい》この国《くに》に住居《ぢうきよ》いたし候へども、貴宅《きたく》いまだ存《ぞん》ぜず。いかなる方《かた》にておわしますぞや。御姓名《ごせいめい》承《うけたまは》りたし」と問《と》ふに、しばし詞《ことば》もなくして赤面《せきめん》しけるが、ややありて申《もふ》すには、「かかる大恩《たいをん》かふむりし上《うへ》は、何《なに》をかつつみ隠《かく》し候わん。我《われ》らはこの金山始《かなやまはじま》りしより以来《いらい》、この所《ところ》に住《す》む老狸《らうり》なり。あなかしこ、人《ひと》にもらし給ふな」といふ。「まことに年経《としへ》ぬれば、

変化《へんげ》は心《こころ》のままなるべけれど、この金子《きんす》はいかがして所持《しよじ》候や」とたづぬるに、狸《たぬき》こたへて申《もふし》けるは、「われら類族《るいぞく》あまたありて、人《ひと》に変《へん》ず術《てだて》、おのおの得《え》たり。あるときは商人《あきびと》の売《う》り物《もの》を荷《にな》ひて里《さと》へ出《いで》、その利潤《りじゆん》を得《う》。または金山《かなやま》へ入《い》る人夫《にんぶ》となりて賃《ちん》をもとめ、あるひは奴僕《ぬぼく》となり、一年半《ねんはん》季《き》つとめ、給分《きうぶん》を取《と》り、あるひは人《ひと》のたくわへを犯《をか》して取溜《とりため》たる金子《きんす》なれども、畜類《ちくるい》の身《み》として外《ほか》に遣《つか》ふべき人《ひと》もなければ、今貴方《いまきはう》へまいらするなり」といふ。

さて日《ひ》くれて後《のち》、昨日《きのふ》のごとき人来《ひときた》り、駕《かご》にのせ、山中《やまなか》をかき出《いづ》るまま、十里《り》ばかりとおもへば、忽然《こつぜん》とおのれが居宅《きよたく》の前《まへ》へ出《いづ》るとぞ。

同国隠れ里の事

一、同国《どうこく》の内《うち》にて、百姓《ひやくしやう》の召《め》し仕《つか》ひ年来《ねんらい》十歳《さい》ばかりの者《もの》、一日行衛《にちゆくえ》なく失《う》せけるゆへ、色々《いろ》たづぬれども、見《み》へず。「定《さだ》めて死《し》したるにこそ」と、立出《たちいで》し日《ひ》をその日《ひ》にさだめ、僧《そう》を招《しやう》じ、菩提《ぼだい》をとぶらひなんどしける。

三年過《ねんすぎ》て星《ほし》まつりの夕《ゆふ》べ、かの童帰《わらべかゑ》り来《きた》りぬれば、おどろきながらも、まづは喜《よろこ》び、「この年月《としつき》、いづかたに居《い》けるぞ」と問《と》へば、「名《な》も知《し》らぬ山中《やまなか》にて、人《ひと》の家《いへ》へ入《い》りて養《やしなわ》れたる」とのみ言《い》ひて、余事《よじ》をいわず。

「久《ひさ》しく外《ほか》にありて心気《しんき》も疲《つか》れたらん」とて、この家《や》のあるじ、なさけふかく、二ヶ月余《げつあま》りは心任《こころまか》せに放《はな》しありかせて、使《つか》わずなんありけり。然《しか》るにこの童《わらべ》、毎日外《まいにちほか》へ出《いで》てあそび、帰《かへ》るときは、みやげとて、主人《しゆじん》の幼息《ようそく》へ、菓子《くわし》、手遊《てあそ》びやうの物《もの》を持参《じさん》しけるゆへ、「もしや盗《ぬす》みなどして斯《か》くするか」と、うたがひ吟味《ぎんみ》すれど、家内《かない》のものに失《うしな》ひたる物《もの》はなし。

あやしく思《をも》ひ、此《この》わらわが出《いで》たる跡《あと》にて、妻女《さいによ》、かれが所持《しよじ》しける物《もの》をさがし見《み》るに、ちいさき枕箱《まくらばこ》より外《ほか》は、何《なに》もなし。「この内《うち》に金《かね》などたくわへ置《を》けるか」とひらき見《み》れば、銭《ぜに》一文緡《もんざし》に通《とお》してあり。これを取《と》りて、ひそかに隠《かく》し置《を》けり。

これより後《のち》は、童外《わらべそと》へ出《いづ》れど、土産《どさん》もち来《きた》らず。手《て》をむなしくして帰《かへ》りしゆへ、いよいよいぶかしく思《おも》ひ、前《まへ》へ呼《よび》て、かの一銭《せん》を取出《とりいだ》して見《み》せ、この銭《ぜに》の出所《しゆつしよ》きびしくたづね問《と》われ、今《いま》はつつむにより所《どころ》なく、くわしく語《かた》りけるは、

「三とせ以前《いぜん》のありし日《ひ》、門《かど》に出《いで》て遊《あそ》び居《い》たるに、異相《いそう》の人来《ひときた》りて、「我《われ》につき来《きた》れ。銭取《ぜにと》らせん」といふ。よろこんで随《したが》ひゆくに、道《みち》のほど果《は》てしなく、足《あし》いたみ、気疲《きつか》れて、かたわらの芝原《しばはら》にすわり見《み》れば、四方皆深山《しはうみなしんざん》にて、人既《ひとすで》にまれなる所《ところ》なり。俄《にわか》におそろしくなり候ゆへ、声《こへ》をあげ泣《な》き候へば、かの異相《いそう》の人《ひと》、手《て》を引《ひい》て、「もはやいく程《ほど》もなし。我《わ》が住《す》むかたへ行《ゆき》なば、たのしみ限《かぎ》りなきぞ。かく来《きた》れ」と引《ひき》たつるに、せんかたなく、また立《たつ》て行《ゆき》しに、広々《ひろびろ》たる家居《かきよ》ありて、その内《うち》へいざなひ入《い》りぬ。人《ひと》あまた出入《いでいり》して、富貴《ふつき》なる体《てい》なり。我《われ》をば奥《をく》へ入《い》れて、珍菓美味《ちんくわびみ》を食《くわ》し

め、夜《よ》はふすまをあたたかに着《き》せて、いたわり育《はごく》むうれしさ、古郷《こきやう》の事《こと》うちわすれて、日《ひ》もたち月《つき》をむかへ、年《とし》の往《ゆ》くをも知《し》らず。この家《や》のうちに遊《あそ》びたわむれ居《い》たりしに、衣類《いるい》も四季《しき》にかへて着《き》せ、食事《しよくじ》、五穀《こく》はまれにして、大《をう》かたは木《き》の実《み》なり。魚鳥《うをとり》は食《くら》へども、獣《けもの》のたぐひは食《くら》わず。ある日《ひ》、暑《あつ》かりしに、初来《はじめきた》りし折《をり》から着《き》たる衣《い》のやぶれたるを見《み》つけ出《いだ》して、しきりに古郷《こきやう》のこと心《こころ》にうかみ、やるせなく、ゆかしかりければ、あるじにむかひて、泣《な》きながら帰《かへ》らん事《こと》を願《ねが》ふに、許《ゆる》さざりしかば、再三《さいさん》に及《をよ》び食事《しよくじ》もたへ、泣《なき》さけび、うち伏《ふ》し居《い》けるを見て、あわれがりて、「今《いま》は兎《と》も角《かく》もせよ」とて、はなし出《いだ》しぬ。帰《かへ》らん方角知《はうがくし》れざれば、行《ゆ》きなん道路《どうろ》を尋《たづ》ね聞《きき》しに、あるじ最《さい》初《しよ》つれ来《きた》りし人《ひと》に下知《げち》して、「この者送《ものおく》り帰《かへ》せ」といふに、其《その》もの前《まへ》へ来《きた》りて、うづくまり居《い》たり。「汝年《なんじとし》をへて、この所《ところ》に住居《ぢうきよ》せしめば、後栄《こうえい》あるべきに、気《き》みぢかく、こころ労《らう》して今帰《いまかへ》ること、不便《びん》なり。これを得《え》させん」とて、ちいさきまくら箱《ばこ》に、一銭緡《せんざし》に通《とお》したるを入《い》れ、「百《ひやく》に満《み》てざらん銭《ぜに》は、心《こころ》のままに使《つか》ひなん。かならず我在所《われざいしよ》、此《この》おもむきを、人《ひと》にもらすべからず」といふて、くれぬ。これを取持《とりもち》て、道《みち》しるべせし人《ひと》にしたがひ来《きた》るかと思《おも》へば、もとの家路《いへぢ》へ帰《かへ》りぬ。右《みぎ》の銭《ぜに》一文残《もんのこ》し、余《よ》は日々《ひび》につかひ果《はた》せども、あくる日《ひ》はまた、もとのごとくあり。しかれども、主《あるじ》が教《おし》へにたがわず、皆百《みなひやく》より内《うち》の員《かづ》なり」といふ。

この物《もの》がたりを聞《きき》て、亭主夫婦《ていしゆふうふ》、大《ををい》に驚《おどろ》きあやしみ、「これぞ世《よ》にいふ隠《かく》れ里《ざと》ならん。汝《なんじ》さづかりし宝《たから》、我方《わがはう》に置《を》きなんも、恐《をそ》れなきにあらず」とて、かの銭《ぜに》をわらわに返《かへ》し与《あた》へけるに、人《ひと》にも

らしける故《ゆへ》にや、この後《のち》はかつて母銭《はゝぜに》、子《こ》を生《しやう》ぜずして、ただ一銭《せん》のみ箱《はこ》にとどまりありけるとぞ。右《みぎ》の二事《じ》、金山《かねやま》へ役《やく》にかられし人《ひと》の語《かた》りけるなり。

木曽山中妖の事

一、尾陽公御家中《びやうこうごかちう》に、自然《しぜん》と殺生《せつしやう》を好《この》みける士《し》あり。あながち是《これ》を得《え》て、口中《こうちう》をあまんぜんためにはあらず。ただ狩猟《かりうど》の他《た》に異《い》におもしろく、勤仕《きんし》のいとまの日《ひ》は、近《ちか》き山野《さんや》に狩《か》りくらし、猪鹿《いしか》を殺《ころ》しては、その所《ところ》の百姓《ひやくしやう》に取《と》らせ、小鳥《ことり》をとりては稚子幼童《ちしやうどう》にあたへ、得物《えもの》を捨《すて》て殺《ころ》し、得《う》る事《こと》を楽《たのし》みにぞしける。

六十有余《ゆうよ》にして致仕《ちし》し、家督《かとく》その子《こ》に相続仰付《そうぞくをふせつけ》られ、誠《まこと》に隠居《いんきよ》の号《な》に叶《かな》ひ、こころを養《やしな》ひ労《つかれ》をいとふべき身《み》の、結句殺生《けつくせつしやう》古《いにしへ》にいや増《ま》して、寝《ゐぬ》る間《あいだ》のみ宿所《しゆくしよ》にありて、終日山野水沢《ひめもすさんやすいたく》に狩《かり》くらし、奔走強勇《ほんそうがうゆう》、壮若《そうにやく》の人《ひと》のごとし。

あるとき、一族《ぞく》の内《うち》にて、信州木曽山御領知《しんしうきそやまごりやうち》へ、御用仰付《ごよふをふせつけ》られ、下《くだ》るものあり。この老人《らうじん》、大《をを》きによろこび、「我《われ》いまだ木曽山中《きそやまなか》を一見《けん》せず。よき折《をり》からなれば」とて、言上《ごんじやう》す。願《ねが》ひ叶《かな》ひて上下《じやうげ》四人《にん》、身《み》がるに出《いで》たち、一族《ぞく》とつれだち下《くだ》りける道《みち》すがらも、猿《さる》をうち、小鳥《ことり》を取《と》り、興《きやう》じ行《ゆ》くほどに、木曽《きそ》の御領分《ごりやうぶん》へ着《つ》きぬ。百姓《ひやくしやう》の家《いへ》を旅宿《りよしゆく》とし、鉄炮《てつぱう》、弓《ゆみ》、竹鑓《たけやり》の類《るい》を取《とり》もたせ、毎日山中《まいにちさんちう》へ

出《いで》て鳥獣《とりけだもの》を狩《かり》けるに、尾張国《をわりのくに》には事《こと》かわり、得《え》ものおびただしく有《あり》ければ、知行珠玉《ちぎやうしゆぎよく》を取得《とりえ》たるやうにおもひ、罪《つみ》もむくひも忘《わす》れはて、なを山《やま》ふかく入《い》らんことを欲《ほつ》す。

ある日《ひ》出《いで》て、一物《もつ》をも得《え》ず。甚《はなは》だ不興《ふきやう》し行程《ゆくほど》に、かまわず山路《やまじ》をわけ入《い》るに、兎《うさぎ》一疋《ぴき》見《み》つけ、鉄《てつ》砲《ばう》うちかけけれども、当《あた》らず。山《やま》の腰《こし》をのぼり、いただき右《みぎ》の岨《かた》へ走《はし》るを目《め》にかけ、息《いき》をかぎりに逸足出《いつそくいだ》し追《を》ひけるに、いつしか見失《みうしな》ひ、日足《ひあし》を見《み》れば入相《いりあひ》に及《をよ》び、帰《かへ》らん方角《はうがく》さへ知《し》れず。二三町《てう》は往来《をうらい》して見《み》けれども、しだいに暗《くら》くなりて、道《みち》も見《み》へず。

忙然《ばうぜん》として岩間《いわま》に腰《こし》かけ、主従《しうじう》あきれはてて居《い》たり。若党申《わかとうもふし》けるは、「今朝出《こんてういで》しより以来《いらい》、手足《てあし》の労《つかれ》を計《はか》りかんがへけり。およそ七八里《り》も来《きた》り候《そふら》ふべし。この暗夜《あんや》、遠路《えんろ》を行《ゆか》んとして山中《さんちう》にまよひ候はんより、風《かぜ》をよけ、かたわらに一宿《いつしゆく》して、明朝御帰《みやうてうをんかへ》りあらんにしくはなし。最前見《さいぜんみ》候に、この山《やま》の腰《こし》に洞《ほら》あなあり。口《くち》せばく、内広《うちひろ》し。これ屈強《くつきやう》の御《をん》やどりなるべし」といふ。「それこそ幸《さいわ》ひ。その洞《ほら》に伏《ふ》して、寝鳥《ねとり》、伏《ふ》す猪《い》をねらわんは、またなき慰《なぐさ》みなるべし」とて、中間《ちうげん》二人《にん》に下知《げじ》して檜《ひのき》の枝《えだ》を切《き》らせ、この葉《は》を洞《ほら》の内《うち》へ敷《し》かせ、木葉《きのは》をあつめ、火縄《ひなわ》の火《ひ》を吹《ふ》きつけ、これを焼《たか》せ、昼《ひる》の調度《てうど》のやき飯《いい》の残《のこ》りなんど引《ひき》ちらして食《しよく》し、飢《う》へを凌《しの》ぎ、主従《しうじう》四人《にん》、火《ひ》を取囲《とりかこ》み、あたり居《い》けるに、夜《よ》のふくるにしたがつて、次第《しだい》に物《もの》さびしく、洞《ほら》の奥《をく》より吹《ふ》き出《いで》の、冷《ひや》やかにして身《み》にしみわたりければ、「定《さだ》めてこの奥《をく》は、ここよりなを広《ひろ》かるべし。いかなるやうす、火《ひ》にててらし見《み》よ」とて、灯《ともしび》さしふりて、そのへんを見《み》るに、大《をふ》きさ十一二文《もん》ばかりの足袋《たび》、片《かた》々あなの口《くち》にあり。

「ふしぎや、妖物《やうもつ》の住《すめ》るにや」「しかし化生《けしやう》のかかる物《もの》を所持《しよじ》せんやうはなし」「もし人《ひと》を取《と》り来《きた》りし時《とき》、とられし人《ひと》の足袋《たび》にやあらん」と、とりどり評《へう》して居《い》たる所《ところ》に、奥《をく》にて何《なん》やらん、物《もの》おと聞《きこ》ゆ。耳《みみ》をすまして伺《うかが》ふに、火《ひ》をたき、水《みづ》をこぼし捨《す》つる音《をと》など、たしかに人《ひと》の住居《ぢうきよ》を覚《おぼ》へしかば、鉄砲《てつぱう》の火《ひ》ぶたをとり、火《ひ》なわさしつけ、弓《ゆみ》、竹鑓《たけやり》の具足《ぐそく》をむけ、「「すわ」ともいわば、放《はな》しつかん」と用意《よふい》し、老人《らうじん》この洞《ほら》の奥《をく》に向《むか》ひ、「人《ひと》か妖怪《やうくわい》か、じんぜうに出《いで》よ。隠《かく》れて我《われ》をあやまたんとせば、たちまち目《め》にもの見《み》せん」と呼《よば》わりけるに、奥《をく》よりこたへ、「聊爾《りやうじ》あられな。しばらく御待《をんまち》あるべし。それへただ今罷《いままか》り出《いで》ん」といふは、たしかに人《ひと》の声《こゑ》なり。

「なを油断《ゆだん》すべからず」と、いよいよ引《ひき》もふけて待《ま》つ所《ところ》に、六尺《しやく》ばかりの大《だい》の男《をとこ》、尻《しり》ねぢからげ、山刀《やまがたな》おとしざしに帯《たい》して、洞《ほら》の口《くち》まで、のさのさと現《あらわ》れ出《いで》、老人《ろうじん》が前《まへ》に膝《ひざ》おりかがめ、手《て》をつき、「かく御覧《ごらん》つけられし上《うへ》は、包《つつ》むべきやうなし。拙者《せつしや》はこの洞《ほら》に十年余《ねんよ》住居《すまい》いたす盗賊《とうぞく》にて候が、ある時《とき》ぬすみ取《と》りし物《もの》を、ふとこの所《ところ》へ持来《もちきた》り、隠《かく》し置《を》きしより、「人《ひと》かつてし知らぬ隠《かく》れ里《ざと》とは、かかる所《ところ》をや申《もふ》すらん」と、ひとり悦《よろこ》び、「一日《にち》二日《か》、ここに足《あし》をとめん」とぞんじ候ひしに、いつとなく、まことの住家《すみか》となり、ひるは里《さと》へ出《いで》て、犯《をか》し奪《うば》ふことを業《わざ》とし、夜《よる》は帰《かへ》りて爰《ここ》に休《やす》みぬ。しかれども、今《いま》まで人《ひと》にも知《し》られずして、安楽《あんらく》に住《す》み候処《ところ》、かくのごとくの幸《しあわ》せ、自業自得果《じぎやうじとくはた》して候へば、一命《めい》を御《を》たすけ下《くだ》されなば、向後《こうご》この所《ところ》を退去《たいきよ》いたすべし」と、口《くち》にはあやまりをのべ、その面《つら》つきは、とても叶《かな》わざらん時《とき》は切《き》り殺《ころ》しをもせん面《つら》だましい、覚悟《かくご》を極《きわ》め見《み》へたり。

老人《らうじん》うちうなづき、「神妙《しんべう》の申《もふし》かた、かく名《な》のり出《いづ》るうへは、汝《なんぢ》が一命《いつめい》を取《と》ること、ゆめゆめあるべからず。しかし我《われ》、致仕《ちし》の身《み》と申《もふ》せども、せがれは正《ただ》しく尾陽公《びやうこう》の家士《かし》なり。その禄《ろく》を食《くら》ひながら、御領地《ごりやうち》に徘徊《はいくわい》をなす盗賊《とうぞく》のありかを知《し》りながら注進《ちうしん》せざらんは、これまた不忠《ふちう》たるべし。帰《かへ》りなば、同道《どうどう》の士《し》へ語《かた》りて、汝《なんじ》を召捕《めしとら》へさすべし。然《しか》れども、その期《ご》の日数《ひかず》、三日《か》を廻《まは》し得《え》させん。そのあいだに資財雑具《しざいぞうぐ》をはこび隠《かく》して、いづかたへも立去《たちさ》るべし。これ、我《わ》が汝《なんぢ》へ寸志《すんし》の心《こころ》ざしなり」といひ聞《きか》せければ、盗賊《とうぞく》は涙《なみだ》を流《なが》し、「御厚恩《ごかうをん》、謝《しや》せん詞《ことば》なし」とて、悦《よろこ》びにたへず、おのれがつねに住《すみ》ける洞《ほら》の奥《おく》へ誘引《ゆうゐん》し、燭《ともし》を点《てん》じ、食物《しよくもつ》をこしらへ、干瓢《かんぴやう》など調味《てうみ》して、膳《ぜん》を進《すす》む。

その居《い》れる内《うち》を見《み》るに、平生《へいぜい》の家居《かきよ》に替《かわ》らず、畳《たたみ》、板戸《いたど》の類《るい》はあれども、天井《てんじやう》より水《みづ》したたり落《をち》て、雨《あめ》のふれるが如《ごと》し。この所《ところ》湿《しつ》ふかくして、夜《よ》は竈《かまど》にて火《ひ》をたき、その前《まい》に伏《ふ》して、しのぎ候よし、盗人《ぬすびと》かたりぬ。是《これ》より思《おも》ひよらぬものに逢《あ》ひて伽《とぎ》をもふけ、炉《ろ》を真中《まんなか》に取巻《とりまき》て、四方山《よもやま》のはなしに時《とき》をうつしける。

ややありて老人《らうじん》たづねけるは、「深山幽谷《しんざんゆうこく》のうちには、かならず陰気《いんき》こりかたまりて、妖怪《やうくわい》ありと伝《つた》へ聞《き》く。年久《としひさ》しくこの山中《やまなか》に住《す》み、何《なに》にても怪《あや》しきことは無《な》かりしや」と問《と》ふに、こたへて曰《いわ》く、「ここに不思議《しぎ》なる事《こと》あり。末《すへ》々までこの所《ところ》に住居《じうきよ》いたしなば、口外《こうぐわい》へ出《いだ》しがたけれど、一両《りやう》日《にち》の中《うち》に立《たち》さり候身《そろみ》なれば、つつまず御物《おんもの》がたり仕《つかまつ》り候。拙者始《せつしやはじめ》てこの洞《ほら》の内《うち》へ入《い》りしより今日《こんにち》まで、見《み》ざる所《ところ》はこれより奥《をく》の間《ま》にて候《そろ》。この内《うち》に年来《ねんらい》はたちばかりの美婦人《びふにんす》住んで、昼《ひる》はわが前《まい》を

ふみ通《とを》り、洞《ほら》の口《くち》へ出《いで》、夜《よ》ふけて帰《かへ》るときは必《かならず》自然《しぜん》と燭《とも》し火《び》消《き》へて、その姿《すがた》を見《み》ず。しかれども帰《かへ》りて奥《をく》へ入《い》るとき、いつも叫《さけ》び悲《かな》しむこゑ聞《きこ》ゆ。これ人《ひと》を取《と》り来《きた》るか、さなくば、けだものを殺《ころ》し食《く》ふなるべし。朝夕《てうせき》わが食事《しよくじ》せしむるときは、まづ初尾《はつを》をもりて膳《ぜん》をそなふ。一粒《りう》も残《のこ》る事なし。初《はじめ》は前《まい》を通《とお》るときは、肝《きも》たましいも消失《きへう》するやうに恐《おそろ》しかりつるが、今《いま》は馴《な》れけるゆへか、恐怖《をそれ》のこころ止《や》みたり」と語《かた》る。

これを聞《きき》き、若党《わかとう》、中間《ちうげん》は舌《した》ふるひして恐《をそ》れけるに、老人《らうじん》しばらく案《あん》じ、盗人《ぬすびと》に向《むか》ひ、「蠟燭《らうそく》はなきか」とたづぬれば、「闇穴《あんけつ》の内《うち》に候へば、右体《みきてい》の物《もの》はたくわへ用意《よふい》いたしたり」とて、数《す》十挺《てう》取《と》り出《いだ》し、前《まい》に置《を》きぬ。「さあらば、これを灯《とも》しつれ。その妖女《やうじよ》が住居《ぢうきよ》する所《ところ》へ、汝案内《なんじあんない》せよ」とありければ、「「数年《すねん》の内《うち》、かれに近《ちか》づき敵対《てきたい》いたすまじき」とちかひを立《たて》候へば、御免《ごめん》をかふむるべし」と、しりごみす。

老人笑《らうじんわらふ》て、「いらざる老《をい》のうでだてなれども、老若《らうにやく》によらず武士《ぶし》たる者《もの》、くせ物《もの》の住家《ぢうけ》を知《しつ》て聞《きき》捨《すて》なば、「恐《をそ》れて逃《に》げ帰《かへ》りし」と人の評《へう》をうけて、子孫《しそん》の恥辱《ちじよく》たるべし。そのともしび持《もち》て」と、ひとりの中間《ちうげん》に下知《げち》し、若党《わかとう》には鉄砲《てつぱう》、今《いま》ひとりの中間《ちうげん》は竹鑓《たけやり》もたせ、その身《み》は弓矢《ゆみや》たづさへ、奥《をく》を目《め》にかけ二足《あし》三足《あし》あゆみ行《ゆく》に、風《かせ》はげしく吹《ふ》き出《いで》、らうそく消《き》へけるゆへ、又《また》たち帰《かへ》り、前《まい》の竹《ちく》林《りん》へ入《いり》て、枯《か》れたる竹《たけ》を伐《き》りとり、長《なが》さ二間程《けんほど》に囲《かこへ》、二尺《しやく》ばかりの松明《たいまつ》をこしらへ、これに火《ひ》を付《つけ》ければ、洞中《ほらのうち》ほがらかに見《み》へて、間昼《まつびる》のごとし。

さて奥《をく》を伺《うかが》ひ、用心堅固《よふじんけんご》に身《み》をかため、寄《よ》せあわせ行《ゆ》くに、洞《ほら》の行《ゆ》き留《どま》りまで凡《をよ》そ十二三間《けん》もあるべしと見《み》へて、奥《をく》のかた隅《すみ》に物影見《ものかげみ》へけるゆへ、たい松《まつ》さしかざし、よくよく見《み》れば、顔長《かをなが》く、真白《まつしろ》に化粧《よそを》ひ、白衣《はくい》を着《ちやく》したる女《をんな》、うづくまり居《い》たり。老人《らうじん》きつと若党《わかとう》に目《め》くわせしければ、心得《こころえ》て二つ玉込《たまこみ》たる鉄砲《てつぱう》さし向《むく》るよりはやく、真只中《まつただなか》をねらひ放《はな》しけるに、蝶《てう》などのごとく、かろく飛《と》びあがりながら、まづかけ来《きた》り、若党《わかとう》が首筋《くびすじ》を、ながき手《て》にて抓《つか》むまではたしかに見《み》たりけるが、霧《きり》かすみのごとく、たち去《さ》るやうに、若党《わかとう》もろとも姿《すがた》かきけして見《み》へず。

「今《いま》までここに有《あ》りつる物《もの》を。ここよかしこ」とあわてさわぎ尋《たづ》ぬれども、知《し》れず。あまりふしぎさに、天井《てんじやう》を見《み》あぐれば、八寸《すん》ばかりの丸《まろ》き穴《あな》あり。竹鑓《たけやり》をもつて突《つ》きこころみけるに、この穴深《あなふか》くして、かぎり知《し》られざりければ、是非《ぜひ》なくうち捨《すて》、夜《よ》あけて後《のち》、洞《ほら》のうへとおぼしき山《やま》へのぼり見《み》れば、さしわたし五六尺《しやく》の穴《あな》ありて、下《しも》へ通《とを》りたると見《み》へたり。「是《これ》よりもれ出《いで》て、遁《のが》れたるなるべし。不便《びん》や若党《わかとう》は、かれが餌食《えじき》となりぬらん」と、かなしみけれど甲斐《かい》なし。かくて盗人《ぬすびと》に案内《あんない》いたさせ、やうやうその日《ひ》、未《ひつじ》の刻《こく》に里《さと》へ出《いで》て、旅宿《りよしゆく》へ着《つ》きける。

さて約《やく》せしごとく、三日《か》過《すぎ》て、「しかじかの事《こと》ありし」と一族《ぞく》の士《し》へ物《もの》がたりしければ、「捨置《すてを》くべきにあらず」と、足軽《あしがる》四五人《にん》、百姓《ひやくしやう》数《す》十人《にん》召《めし》つれ、かの洞《ほら》の口《くち》より込《こ》み入《い》り、たづねけれども、盗人《ぬすびと》はとく逃《にげ》うせ、雑具《ざうぐ》見事《みごと》に取《と》りのけて、芥《ちり》一本《ぼん》残《のこ》らざりけり。奥《をく》までことごとく探《さが》せど、妖物《やうもつ》は見《み》へず。ただ、しやれたる白骨《はくこつ》おびただしく積《つ》み置《をき》けるとぞ。これぞ世《よ》にいふ、山姥《やまうば》のたぐひな

るべし。

続向燈吐話巻之一終

続向燈吐話巻之二

目録

続向燈吐話《ぞくかうとうとわけん》巻之二

弓町亡霊の事

一、御役者《をんやくしや》、かどの九郎兵衛《ろうべうえ》は、弓町《ゆみまち》に住居《ぢうきよ》す。享保年中《きやうほうねんぢう》の事《こと》にや、妻女病死《さいぢよべうし》しけるが、かねて通《つう》じけんも知《し》らず、召仕《めしつか》ひの女《をんな》を引《ひ》きあげ、後妻《こうさい》となしける。

ある時《とき》、この女《をんな》、部屋《へや》へ入《い》りて化粧《けしやう》しけるに、前《まへ》なる鏡《かがみ》に先妻《せんさい》の影《かげ》あらわれけるゆへ、ふり返《かへ》り見《み》れば、いとうらみたる体《てい》にて、すごすごと立《たち》たりしありさま、むかしの姿《すがた》に少《すこし》も変《か》わらず。後妻《こうさい》これを見《み》るより、俄《にわ》かにぞつとして、背《せ》をつかみたつる様《やう》におぼへければ、そのまま伏《ふ》したをれ、「ああこわや」といふ声《こゑ》を聞《きき》つけ、人々《ひとびと》「何事《なにごと》やらん」と、いそぎ部屋《へや》へかけつけけるに、人《ひと》かげもなく、後妻《こうさい》ばかりうつぶし居《い》けるまま、薬《くすり》など吹《ふ》きいれ、正気《しやうき》つきてのち、様子《やうす》をたづねしに、「かかる事有《ことあ》り」と物《もの》がたりしけるよし。

これ先妻《せんさい》のうらみによつて、霊魂来《れいこんきた》りたるなるべし。

薬《や》げん坂幽霊の事

一、いつの頃《ころ》にやありけん、御留守居同心《おんるすいどうしん》二人《にん》づれにて、青山《あをやま》やげん坂《ざか》を通《とを》りける処《ところ》に、白《しろ》きしやうぞく着《ちやく》せる者《もの》、向《むか》ふのかたより来《きた》る。その内《うち》、若《わか》き同心《どうしん》、気《き》はやなるものにて、「何《なに》ならん、とく見《み》ばや」と思《おも》ひて、つれに先立《さきだ》ち、ひとり進《すす》んで近《ちか》づきよりて見《み》るに、かね黒《くろ》く、顔真白《かをまつしろ》に化粧《けわひ》たる女《をんな》、片手《かたて》には笹《ささ》の葉《は》に引《ひき》さき紙《がみ》をゆひつけたるを持《も》ち、片手《かたて》には七本卒塔婆《ほんそとば》の墨《すみ》くろぐろと書《か》きしをかかへ、この同心《どうしん》と顔《かほ》を並《なら》ぶるやうに立並《たちなら》び、にこにこ笑《わら》ひける体《てい》のおそろしさ、我知《われし》らず、しりゐに座《すわ》るを覚《をぼ》へず。あとより来《きた》れる同心《どうしん》、走《はし》り付《つ》き見《み》れば、この女《をんな》のすがた、たちまち消《き》へうせ、跡《あと》かたもなく成《なり》しよし。

「何物《なにもの》の所為《しわざ》にや、ふしんはれず」とかたりき。

石州浜田名作の瑞《ずい》の事

一、石見国浜田《いわみのくにはまだ》の城主《じやうしゆ》、松平周防守殿老臣《まつだいらすをうのかみどのらうしん》、岡田竹右衛門《をかだたけへもん》といへるは、三千石領《ぜんごくりやう》して随一《ずいいち》の人《ひと》なり。この家《いへ》に代《だい》々つたわりし刀《かたな》あり。疵《きず》七ヶ所《しよ》ありけれども、名作《めいさく》にて、さまざま奇瑞《きずい》などあり。秘蔵《ひぞう》して所持《しよじ》しける。これを無銘《むめい》にて、ただ「七所刃切《しよはき》れの刀《かたな》」と号《がう》し、国中名《こくちうな》にふれし刀《かたな》なり。

三十年《ねん》ばかり以前《いぜん》、「さび出《いで》たり」とて、浜田城下《はまだでうか》の細工人《さいくにん》へつかわし、研《と》がせけるに、「大切《たいせつ》の刀《かたな》なれば」とて、若党《わかとう》一人《にん》、右《みぎ》とぎやへ刀《かたな》の番人《ばんにん》に差《さ》し置《をき》けるよし。

然《しか》るに、この研屋《とぎや》の家内《かない》、鳴動《なりさわぎ》すること三日《か》。「これ、刀《かたな》の所為《しはざ》なるべし」と心付《こころづ》き、しかも病人《にん》ありて、「当分返進《とうぶんへんしん》いたし、かさねて研磨《とぎみがき》いたし差上《さしあげ》候はん」とことわりをたて、刀《かたな》を若党《わかとう》へわたし、竹《たけ》右衛《へ》門《もん》かたへ返《かへ》しぬ。

その翌日《よくじつ》、隣家《りんか》より出火《しゆつくわ》、城下《でうか》町々残《まちまちのこ》らず類焼《るいしやう》し、かの研屋《とぎや》も一番《いちばん》に焼《やけ》ければ、「さてこそ刀《かたな》の霊《れい》、瑞《ずい》いちじるく、この災難《さいなん》をかねて告《つげ》たるなるべし」と思《おも》ひあわせ、いよいよ秘蔵《ひぞう》せられけるとぞ。

山鳥、雛のあだを報る事

一、飛騨国天野郡《ひだのくにあまのごをり》の内《うち》にて、百姓《ひやくしやう》山中《やまなか》へ木《き》こりに出《いで》て、山鳥《やまどり》の雛《ひよこ》一羽《は》を捕《とら》へ、帰《かへ》りて家内《かない》これを煮《に》てくらひける。またの日《ひ》、つれありて、同《をな》じ山《やま》へ行《ゆ》ける所《ところ》に、このたびは大《をう》きなる雉《きじ》一羽《は》、すすきの中《うち》より尾《を》をさし出《いだ》し遊《あそ》び居《い》けるを見《み》つけ、かの百姓《ひやくしやう》、「これを捕《と》らへん」とこころざし、指《さし》足《あし》してねらひ行《ゆ》くに、発《た》たず。其《その》あいだ三尺《しやく》ばかりになりて、ずかずかと走《はし》りて先《さき》に立《たつ》て遊《あそ》ぶこと、前《まい》のごとし。かくして、「この鳥《とり》を捕《とらへ》ん」とばかり、よそ目《め》もふらず走《はし》り行《ゆ》けるまま、つれの百姓《ひやくしやう》、過《あやま》ちあらん事《こと》をかへり見《み》、とをく声《こゑ》かけて、「さなせそ、うち捨《す》て置帰《をきかへ》り来《きた》れ」なんど呼《よ》びけれど、耳《みみ》にも入《い》らざりけん、はるか山《やま》を越《こ》へてぞ追《を》ひ行《ゆき》ける。やや時《とき》うつりけれど、彼《かの》もの帰《かへ》らざりける

ゆへ、つれの百姓《ひやくしやう》も心《こころ》せきて、追《を》ひ走《ばし》りしあとを慕《した》ひ行《ゆ》き見《み》るに、山越《やまこし》の谷《たに》あいに池《いけ》ありけるが、いかがして落《を》ち入《いり》けん、とく死《し》して、死骸《しがい》ばかり浮《う》きあがりありける。「これ、山鳥《やまとり》の雛《ひよこ》を捕《と》られ、其《その》あだを報《むく》ひんために、此《この》ものが眼《まなこ》をくらまし、引《ひき》つれて、この池《いけ》へおとし入《い》れけるならん」と、かの国《くに》のもの語《かた》り侍《はべ》る。

龍道淵《りうどうがふち》の大蛇の事

一、いづれの国《くに》にや、こまかに聞《きき》けれど、その人《ひと》さへ今《いま》は亡《ほろ》びて、問《と》ふべきかたなし。里《さと》の名《な》ばかり覚《をぼ》へぬ。朝《あさ》なし村《むら》といふ所《ところ》なり。高山《かうざん》ありて、この山《やま》よりあさ日《ひ》さしのぼり出《いづ》るに、山《やま》に隠《かく》れて、やうやう巳《み》のときに日《ひ》の光《ひか》りを見《み》るゆへに、かく名《な》づけたるなるべし。その山《やま》より流《なが》れおつる谷川《たにがわ》の下《しも》に、淵《ふち》あり。いかほど深《ふか》きやらん、丈《たけ》を計《はか》り知《し》る事《こと》を得《え》ず。俗《ぞく》に、「龍宮《りうぐう》へぬけ通《とを》りたる」とて、「龍道《りうどう》が淵《ふち》」といふ。水青々《みづあを》として、うづを巻《ま》き、左右《さゆう》に竹生ひ茂《しげ》り、昼《ひる》もこの淵《ふち》へのぞむ者《もの》なし。

夏《なつ》のころ、ここより一里《り》ばかり上《かみ》の村《むら》のもの、釣《つり》に出《いで》て面白《をもしろ》くやありけん、うかれありきて、おもわずこの淵《ふち》へ来《きた》り、釣《つり》をたれけるに、折《おり》ふし竹《たけ》の子生《こは》へ出《いで》て、しかも太《ふと》く見事《みごと》なる筍《たけのこ》の、あまたありけるを見《み》つけ、小刀《こがたな》をぬき、根《ね》をさし、引《ひき》ぬきけるほどに、数《す》十本取《ぼんとつ》たり。

これを抱《かか》へ出《いで》ける所《ところ》を、近《ちか》き畑《はた》にありける者《もの》ども見《み》つけ、「その淵《ふち》はつねに人《ひと》の往来《をうらい》せぬ悪所《あくしよ》なり。はやく外《そと》へ退《しりぞ》かれよ」と声《こへ》かけければ、この者はまた、「筍《たけのこ》をぬすみたるを見《み》とがめける」と心得《こころへ》、逃《に》げ出《いづ》るとて、あやまちて、この淵《ふち》のうちへ落入《をちい》りぬ。彼《かの》よびかけし者《もの》、はるかにこの体《てい》を見て、「たすけ上《あげ》ん」と思《をも》ひ、走《はし》り来《きた》り、淵《ふち》をのぞき見《み》れば、径《わた》り十余間《よけん》の淵《ふち》いつぱいに蟠《わだかま》りたる大蛇《だいじや》、かの男《をとこ》のかしらより胴中《どうちう》まで呑《の》み入《いり》て、口《くち》をうごかし、舌《した》をさじなどの如《ごと》くまげて、人《ひと》の手《て》足《あし》をまき込《こみ》て、程《ほど》なく呑《の》みしまゐたり。淵《ふち》の水色《みづいろ》は見《み》へずして、皆《みな》ことごとく大蛇《だいじや》のすがたばかり見《み》へしゆへ、大《をを》きにきもを消《け》し、這々《ほふ》逃《に》げ帰《かへ》りけるとぞ。

狐、人を救ふ事

一、相州鎌倉《そうしうかまくら》のもの、商売《しやうばい》の事《こと》につき上京《じやうきやう》して、四月下旬《しぐわつげじゆん》に至《いた》り帰国《きこく》しけるに、四条河原《しでうがはら》の辺《ほとり》より道《みち》づれに成《な》りける男《をとこ》あり。年来《としごろ》は四十有余《じうあまり》に見《み》へ、色《いろ》しろく、肥《こ》えふとり、物《もの》いひ声《こえ》せわしく、心《こころ》をつけざれば、しかと聞《きき》わけたる事《こと》なし。「いづ方《かた》よりいづ方《かた》へ御通《おんとを》り候や」と問《と》へば、「武州《ぶしう》のものにて、このほど京都《きやうと》に候らひしが、用事《よふじ》ととのひ、今日下《こんにちくだ》り候《そろ》。「ひとり旅《たび》ほど物《もの》うきものは外《ほか》にあらじ」とおもふに、よき人《ひと》をもふけて、よろこび、げにこの上《うへ》はなし」と答《こた》ふ。「われらも同《をな》じひとり旅《たび》、殊《こと》さら荷物《にもつ》も候《そうら》ひて、馬《むま》のあとにつき参《まい》り候へば、ひとかたならぬ心《こころ》づ

くしの道中《どうちう》いたし候。「御《おん》つれになり、所《しよ》々の名所風景《めいしよふうけい》をも詠《なが》め、御《を》はなしをも承《うけたまは》り候はば、辛苦《しんく》もわすれ候わん」と、いかばかり大慶《たいけい》に存《ぞんじ》候へども、宿《やど》々馬《むま》つぎにて、この荷物《にもつ》ゆへに隙《ひま》を費《つい》やし、道中御《どうちうおん》いそぎの御仁《ごじん》は、かへつて御苦労《ごくらう》そゆるに同《をな》じければ、「この段《だん》いかが」と、いと気《き》のどくに存《ぞんじ》候」と、顔色《がんしよく》に見《み》へぬ。

かの者申《ものもふ》すは、「幸《さいわ》ひの事《こと》にて候。われら天性犬《てんせいいぬ》をきらひ、その形《かたち》を見《み》ても魂《たましい》を消《け》しくらまし候。殊《こと》さら道中辺《どうちうへん》は、盗賊《とうぞく》の用心《ようじん》とて、飼犬《かいいぬ》あまた是《これ》あるゆへ、とりわけ難義《なんぎ》に存《ぞん》じ、達者《たつしや》なる身《み》にて馬《むま》に乗《の》り候《そうら》へば、結句《けつく》くたびれはて、心《こころ》をいため候《そろ》。いかほど日《ひ》をつゐやし候とても、急《いそ》ぐべき用《よふ》もなく、さきに待《まつ》べき人《ひと》もたぬ身《み》にて候まま、ゆるゆる御《おん》つれになりたし。ただし道《みち》すがら、犬《いぬ》ども御払《おんはら》ひ下《くだ》され候《そうら》へ」と頼《たの》みけるゆへ、「その段心得《だんこころえ》候」とて、これより宿《やど》々泊《とま》り泊《とま》り、かねて知《し》れる人《ひと》のごとく、心《こころ》やすく語《かた》りあひ、道《みち》すがらも手《て》を取《と》りかわし、笑《わら》ひたわむれ、旅行《りよかう》の労《つかれ》をはらし、行《ゆく》々藤枝《ふぢえだ》に着《つ》きぬ。

おりふし彦根《ひこね》の城主《でうしゆ》の御泊《おんとま》りにて、一宿《いつしゆく》一面《めん》に宿札《しゆくさつ》懸り、旅宿《りよしゆく》せん所《ところ》なく、この宿前《やどまい》に白子村《しらこむら》といへる在所《ざいしよ》へ帰《かへ》りて、そこに泊《とま》りぬ。昼《ひる》のつかれに、たびの用心《ようじん》をもわすれ、よくねむり、壁《かべ》を破《やむ》る音《おと》に目《め》をさまし、枕《まくら》をあげ見《み》れば、小山《こやま》のごとくなる大男二人《をうをとこににん》、切《き》り破《やむ》りし穴《あな》より這入《はひい》る。さて、かの旅人《りよにん》を捕《とら》へ、「声《こゑ》たてなば、たちまち切《き》り殺《ころ》すぞ」と、刀《かたな》をぬひて胸《むね》へ押《お》しあてければ、ただ口《くち》の内《うち》にて、「ああ」とばかり震《ふる》へわななきける内《うち》に、一人《にん》は荷物《にもつ》を一《ひと》つにからげ、うばひ取《と》り出《いださ》

んとしける。

旅人《りよじん》は赤裸《あかはだか》にてひざまづき居《い》、物言《ものい》わん事《こと》さへ叶《かな》わず、四《よつ》の宮河原《みやかわら》よりつれになりし男《をとこ》も、寝入《ねい》りける内《うち》に、いづかたへ行《ゆき》けん、見《み》へず。「もしやこの者《もの》、盗賊《とうぞく》の手引《てびき》をやしけん」とうたがひながら、心中《しんちう》に仏神《ぶつしん》の御名《みな》をとなへ、しばらく目《め》をふさぎ観念《くわんねん》しける所《ところ》へ、たれ人《ひと》か告《つ》げ、何《なに》ものか来《きた》りけん、俄《にわ》かに家内《かない》さわぎたち、あるじを初《はじ》め、その外《ほか》大勢《をうぜい》あつまり、家《いへ》の外《そと》を取囲《とりかこ》み、かの盗賊《とうぞく》ども、のがれ出《いづ》べき方《かた》なし。「はだかなる旅人《りよじん》を質《しち》に取《とつ》て、すき間《ま》もあらば逃走《にげはし》るべき」と、うろうろして見《み》へたるを、勝手口《かつてぐち》より捕手《とりて》とおぼしき人《ひと》四五人《にん》、声《こへ》かけて込《こ》み入《い》り、なんの手《て》もなく両人《りやうにん》の夜盗《よとう》を引《ひ》きふせ、縛《しば》り上《あ》げ、「われらは井伊家《いいけ》のものにて、「この宿《やど》に狼藉《ろうぜき》もの有《あ》り。加勢願《かせいねが》ひに付《つき》、早《さつ》そく召捕《めしとら》へ、宿《やど》の長《をとな》に預《あづ》け帰《かへ》るべし」と、役人《やくにん》どもより申渡《もふしわた》され、下知《げち》にしたがひ、むかひたり。盗賊《とうぞく》ども事《こと》は、汝《なんじ》らが心任《こころまか》せに計《はか》らふべし」と、則《すなは》ち引渡《ひきわた》し帰《かへ》られける。これによつて、藤枝一宿《ふじえだいつしゆく》のものども、よりあひ一決《いつけつ》して、盗賊《とうぞく》どもは領主《りやうしゆ》の役所《やくしよ》へ引《ひき》わたし、旅人《りよじん》にかまひなければ、翌日発足《よくじつほつそく》しける。

然《しか》るに、「井伊家《いいけ》の役人《やくにん》へ願《ねが》ひ出《いで》、また宿長《しゆくてう》へ「かかる者《もの》あり」と触《ふ》れ知《し》らせしは、いかなる者《もの》にや」と、あまねく尋《たづ》ねけれども、その人《ひと》さらに知《し》れざりけり。かくて旅人《りよじん》は危《あや》うき難《なん》をまぬがれ、半《なか》ばはよろこび、半《なか》ばは夢《ゆめ》を見《み》しごとく覚《をぼ》へ、岡部《をかべ》の駅《えき》より馬《むま》をつぎ、酒店《さかだな》へたち寄《よ》り、心祝《こころいわ》ひに一盃《さかづき》の興《きやう》をもよふしける折《をり》から、かの連《つ》れになりし男《をとこ》、この所《ところ》へたづね来《きた》り、同《おな》じく腰《こし》かけ、昨《さく》

夜安穏《やあんをん》にのがれたる悦《よろこび》をいふ。

旅人《りよにん》はしばらく物《もの》をも言《い》わざりしが、ややありて、「「一樹《じゆ》のかげ、一河《が》の流《なが》れも他生《たしやう》の縁《えん》」と聞《き》く。ましてや此《この》ほど御同道《ごどうどう》いたし、「御《を》たがひの助成《じよせい》にも」と存《ぞん》じ候処《ところ》に、ゆふべ盗賊《とうぞく》ども押入《をしい》りしを見《み》て、ひとりまぬがれ出《いで》、今《いま》さら御《をん》たづねに預《あづか》り候段《さうらうだん》、いたみ入《いり》候。一夕《せき》ねむらざれば、疲《つか》れたへがたし。次《つぎ》の駅《さと》にて、昼《ひる》のうちしばらく一睡《すい》いたしたく候間《そろあいだ》、道路《どうろ》の緩怠《くわんたい》、御《をん》つれにはなりがたし、先《さき》へ御越《おんこ》し候《さうら》へかし」と、それとはいわねども、恨《うら》みを詞《ことば》にふくませ申《もふし》ければ、かの者《もの》うちわらひ、「喜怒色《きどいろ》にあらわるるは、人心《じんしん》の常《つね》。「その座《ざ》をにげたり」と一図《づ》におもふゆえ、恨《うら》みもまた深《ふか》かるべし。彦根《ひこね》城主《でうしゆ》の役人《やくにん》へ願《ねが》ひ、一宿《いつしゆく》のものへ告知《つげし》らせしは、則我《すなわちわれ》なり。かねて知《し》らせざりしは、この横難《をうなん》は天数《てんすう》なり。人《ひと》の手《て》をかりて、罪《つみ》を施《ほどこ》さしむは、変《へん》なり。天災《てんさい》いかでか凡慮《ぼんりよ》に知《し》らん。誠《まこと》は我《われ》は、数百年《すひやくねん》経《へ》し老狐《らうこ》なるが、京都稲荷《きやうといなり》へ官位叙任《くわんいじよにん》の事《こと》に付《つ》き、先《さい》つころ登《のぼ》りしが、望《のぞ》みの通《とお》り成就《じやうじゆ》し、すでに下《くだ》らんと欲《ほつ》するに、道路《どうろ》、犬《いぬ》を防《ふせ》ぐべき術《てだて》なし。京登《きやうのぼ》りの節《せつ》は、備前《びぜん》の大《たい》守《しゆ》の胴勢《どうぜい》にまじわり、この難《なん》をのがれ、このたびは又《また》、貴方《きはう》にたすけられ、異《い》なく藤枝《ふじのえだ》まで来《きた》りし所《ところ》、不時《ふじ》の災難《さいなん》。われ手《て》を動《うご》かすこと叶《かな》ひがたく、身《み》を変《へん》じて里人《りじん》となり、旅客《りよかく》の力《ちから》を借《か》りて、その恩《をん》を報《むく》ひしぞや。以来《いらい》なを子孫《しそん》に及《をよ》び加護《かご》せん。いまだ貴方《きはう》の厄難《やくなん》消《き》へず。とく急《いそ》がるべし」といふ。

旅人《りよにん》大《をを》きにおどろき、手《て》をあわせ三拝《さんぱい》し、これより詞《ことば》をあらため尊敬《そんきやう》し、おのれが国在所《くにざいしよ》まで同《どう》

道《どう》し、色々《いろいろ》馳走善美《ちそうぜんび》をつくし、武州王子《ぶしうをうじ》まで、この老狐《らうこ》を送《をく》りけるとぞ。この後《ご》、このもの子孫《しそん》に不時《じ》の難義《なんぎ》出来《いできた》らんとする時《とき》は、老狐来《らうこきた》りて夢《ゆめ》に告《つ》げ知《し》らせ、絶《た》へて災難《さいなん》なしとぞ。今三代《いまさんだい》に及《をよ》びけるよしなり。

撞鐘半《つきがねなかば》を盗む事

一、出羽国上《ではのくにかみ》の山近辺《やまきんぺん》に一寺《いちじ》あり。号《な》をも聞《きき》しかど、失念《しつねん》せり。ある夜《よ》、この寺《てら》の釣鐘《つりがね》をはづし、半分《はんぶん》ぬすみ取《と》り、半分《はんぶん》はかたわらに残《のこ》し置《をい》たり。翌朝《よくてう》、住僧《じうそう》これを見《み》つけ、大《をを》きにあやしみ、その残《のこ》りたる鐘《かね》を見《み》るに、刀《かたな》をもつて瓜《うり》を切《き》りたるごとく、龍頭《りうとう》きわより、たてに断《た》ち切《き》り、口《くち》にふすぼほれる欠見《かけみ》へたり。

「この鐘《かね》をぬす取《と》りしもの、重《をも》くして持行事《もちゆくこと》を得《え》ず、二つに破《やぶ》り、両度《りやうど》に運《はこ》ばんとしたるならん。人《ひと》の見《み》とがめたるか、夜《よ》や明《あ》けししか、半《なか》ば捨《す》て帰《かへ》りぬ。さるにても何《なに》をもつて、かくは切《き》りし」と、この半鐘《はんしやう》の下《した》に、古《ふる》き卒土婆《そとば》を焼《やき》しと見《み》へて、灰《はい》に交《まじ》わり、四五寸《すん》ばかりの焼《もい》さし残《のこ》りてあり。

いよいよ不審《しん》はれず、「この一本《ぽん》の卒塔婆《そとば》をたき、鐘《かね》の分《わ》くべきにあらず。いかなる術《じゆつ》、いかなる神奇《しんき》ありて、かかる盗《ぬすみ》をばしける」と、鐘《かね》をとられしをば憂《うれ》へず、この断切《たちき》りし事《こと》をのみ、一村《いちむら》こぞつて不思議《ふしぎ》がりける。

その中《なか》に老人《らうじん》ありて申《もふし》けるは、「我幼少《われようしやう》のとき、祖父《そふ》たるものの語《かた》りしは、「古《ふる》き卒塔婆《そとば》に火《ひ》をつけて、その火《ひ》をもつて釣鐘《つりがね》を焼《や》き、其《その》あとを利刀《りとう》にて伐《き》るときは、鉛《なまり》を切《き》るがごとし。或《あるい》は、半《なか》ば切《き》らんと欲《ほつ》すれば、火《ひ》をその切《き》らんとする所《ところ》へ廻《まわ》し焼《や》き、あるひは粉《こ》にくだかんとすれば、残《のこ》らず是《これ》を焼《や》くに、心《こころ》の欲《ほつ》する所《ところ》のごとくなる由《よし》なり」といへり。しかれども、いまだその術《てだて》をほどこし見《み》ざる」と語《かた》りしが、「さては盗人《ぬすびと》、この術《てだて》をおぼへて、かくは図《はか》らひたるらん」と申《もふ》せば、「げにや、さもこそありけん」と、その妙術《みやうじゆつ》を感《かん》じあひけるとぞ。

怨念、門をたたく事

一、享保年中《きやうほうねんぢう》の事《こと》なりし。牛込御旗本家《うしごめをはたもとやしき》へ、つねに出入《いでいり》候座頭《ざとう》あり。あるとき来《きた》りけるゆへ、一《いっ》宿《しゆく》させ、夜《よ》もすがら音曲《をんぎよく》、四方山《よもやま》の物語《ものがたり》など、いたさせ聞《き》かれしに、その夜《よ》、殊《こと》の外《ほか》あたたかなりければ、この座頭《ざとう》は、うわぎの小袖《こそで》をぬぎて、次《つぎ》の間《ま》にさし置《を》きしが、夜《よ》ふけ、やや寒《さむ》くなりけるまま、「これを着《き》ん」とおもひ立《たつ》て、次《つぎ》の間《ま》へ来《きた》り、たづね探《さぐ》るに、小袖《こそで》なし。「もし慰《なぐさ》みに、若侍《わかざむらい》の内《うち》にて、隠《かく》し置《を》きけんも知《し》らず」と、内証《ないしやう》にて人々《ひとびと》へたづねけれども、知《し》れず。是非《ぜひ》なくこの段《だん》、この宿《やど》の主人《しゆじん》へ申入《もふしい》れしかば、「盲人《もうじん》の余慶《よけひ》なき身《み》にて、不時《じ》の損失《そんしつ》、不便《びん》なり」とて、みづから定紋《でうもん》の付《つき》たる小袖《こそで》を、この座頭《ざとう》にたまわり、「我家《わがいへ》に盗人《ぬすびと》あり」と、さがな

き人《ひと》の口《くち》の言《い》ひたてられんも恥《はづかし》がまし。急度《きつと》詮義《せんぎ》いたすべきむね申《もふし》つけられしかば、めんめん心《こころ》を置《を》き、あひあひ互《たが》ひに、それと心《こころ》づきしものをば、吟味《ぎんみ》いたしあひける。

ここに、茶道坊主《ちやどうぼうず》より近習《きんじゆ》に取《と》りたてられし、左市郎《さいちらう》といひしもの、その節《せつ》十五歳《さい》になりしに、座頭《ざとう》が小袖《こそで》ぬぎ置《を》ける所《ところ》に、宵《よい》より音曲聞居《をんぎよくききい》たりければ、「まさしく此《この》もの存《ぞん》じあるべし」とて、伴助《ばんすけ》といへる傍輩《ほうばい》の侍《さむらい》、大勢列座《をうぜいれつざ》しける中《なか》にて、左市郎《さいちらう》に対《たい》し、「紛失物《ふんじつもの》の儀《ぎ》、汝《なんじ》より外《ほか》、知《し》るべき者《もの》なし。すみやかに申《もふ》せ」なんど言《い》ひて、折檻《せつかん》しけるに、幼少《やうしやう》ながら、さすが武《もののふ》の意地《いぢ》つよく、伴助《ばんすけ》をにらみつけ、「小腕《こうで》なれば、かく手込《てごめ》にせらるるといへども、この恨《うら》み、時《とき》を得《え》てむくゐん。あくまで、かく主人《しゆじん》の禄《ろく》を食《くら》ひ、何《なに》を不足《ふそく》に盗《ぬすみ》をばいたすべき。我《われ》をさして責問《せめとわ》るる段《だん》、証拠《しやうこ》ばしあるか」といふに、あり合《を》ふ人々《ひとびと》、「うち捨置《すてを》きなば、小心《こころ》ながら、いかなる難事《なんじ》をか仕出《しいだ》さんも知《し》れず」と、走《はし》りより、押《お》しわけて、「その座《ざ》に宵《よひ》より詰《つめ》たるゆへに、伴助《ばんすけ》がうたがふ所《ところ》も一理《り》あり。難題《なんだい》をうけて迷惑《めいわく》たる申分《もふしぶん》、これまた左市郎《さいちらう》が道理《どうり》なり。いづれも主人《しゆじん》の家《いへ》を思《をも》ひ、はげみ合《を》ふ忠義《ちうぎ》なれば、この座切《ざぎ》りに遺恨《いこん》あるべからず」と、何《なに》となく双方《そうはう》をなだめ、その分《ぶん》に事済《ことすま》しけり。

然《しか》るにその翌朝《よくてう》、そうじ番《ばん》のもの、沓《くつ》ぬぎの下《しも》より、右《みぎ》の座頭《ざとう》が小袖《こそで》を見付出《みつけいだ》し、いそぎ「かく」と注進《ちうしん》したりければ、「さては盗《ぬす》みし者《もの》、きびしき詮義《せんぎ》に隠《かく》すべき所《ところ》なく、その所《ところ》に捨置《すてをき》つらん。侍《さむらい》にもせよ、下々《しもじも》にもせよ、盗《ぬす》み取《と》らんとおもふ心《こころ》にて、又《また》かく捨《す》つるなどとは、大人《おとな》にてはあるまじ。子《こ》どものわやくにてあるべし」と評判《へうばん》して、さて過《すぎ》ぬ。「小袖《こそで》ひとつ紛失《ふんしつ》せしとて、一

家中騒動《かちうそうどう》させしこと、座頭《ざとう》が上《かみ》へ申入《もふしいれ》たるより、事起《ことをこ》れり。かやうの者《もの》は、近《ちか》づけぬこそよけれ」とて、これより後《のち》、出入《いでいり》を止《と》めぬ。

四五日過《にちすぎ》て後《のち》、右左市郎《みぎさいちらう》いかが思《おも》ひけん、夜《よる》九つ時分《じぶん》、ひそかに門《もん》をしのび出《いで》、この屋敷《やしき》の向《むか》ひに明屋敷《あきやしき》ありけるへ行《ゆ》き、切腹《せつぷく》は見事《みごと》にいたしけれども、いまだ死《しせ》ず、のどかわき、水《みづ》や好《この》ましかりけん、明《あき》やしきのうち、古井《ふるいど》ありしへ這《は》ひ行《ゆ》き、車井《くるまい》の中《なか》へ落入《をちいり》て、つるべ縄《なわ》に両手《りやうて》をかけて、疵《きず》のいたみ甚《はなは》だたへがたく、叫《さけ》び呼《よび》ける。

その音《をと》に、近所《きんじよ》の犬《いぬ》どもおびへ、夥《おびただ》しくあつまり吠《ほい》かかり、騒《さわ》がしかりければ、辻番《つじばん》のものども聞《きき》つけて、提灯《てうちん》にてすかし見るに、日頃見《み》なれし左市郎《さいちらう》なるゆへに、さつそく門《もん》まで相届《あいとど》けるゆへ、驚《おどろ》きさわぎ、まづ屋敷《やしき》へ引取《ひきと》り、さまざま介抱《かいほう》し、「いかなるゆへに自滅《じめつ》しけるぞ」とたづねけるに、「寒風疵《かんぷうきず》の口《くち》へしみわたり、その苦《くる》しさ、詞《ことば》にのべがたし。口中渇《こうちうかわき》して、舌《した》もつれ候《そろ》まま、水《みづ》たべたき」と望《のぞ》みけれども、「手負《てを》ひに水《みづ》は禁物《きんもつ》たり。息引《いきひき》とらぬ内《うち》に、旨趣《ししゆ》を問《と》へ」とて、あへて水《みづ》をばあたへず。ただ、がたがたふるへて色青《いろあを》ざめ、物言《い》ひは確《たし》かなれど、声《こへ》かれて、その人《ひと》とは聞《きこ》へず。

「私義《わたくしぎ》は、御知行《ごちぎやう》いやしきものの倅《せがれ》なるを、御《おん》とりたて、御近習《ごきんじゆ》の列《れつ》へ召加《めしくわ》へられ、御高恩《ごかうをん》、海《うみ》山《やま》より高深《かうしん》にして、「行《ゆく》すへ永《なが》く奉公仕《ほうこうつかまつ》り、御用《ごよう》にもたち候《そうら》はん」と、かねて心《こころ》がけ罷《まかり》あり候処《そろところ》に、さる頃《ころ》、座頭参《ざとうまい》り、よもすがら音曲《をんぎよく》いたし候《そろ》に付《つき》、「夜遊《やゆう》の御《をん》とぎに、かれが小袖《こそで》ぬぎ置《をき》しを隠《かく》し

置《をき》、尋《たづね》んを見《み》て一興《いつきやう》にいたし候《そうら》わん」と、ふと出来心《できごころ》にて、取《と》り隠《かく》し候所《そろところ》、おもわず上沙汰《かみざた》に及《をよ》び、俄《にわ》かに御《ご》せんぎ仰付《をうせつけ》られ候ゆへ、なまじいに「かかる事《こと》いたせし」と、披露《ひらう》も仕《つかまつ》りがたく、沓《くつ》ぬぎの下《しも》へ捨置《すてをき》候ひしに、それなる伴助《ばんすけ》、我《われ》らを捕《とら》へ、折檻《せつかん》いたし、人前《ひとのまい》にて恥《はじ》をあたへ候事《そうろうこと》、うらみ骨髄《こつずい》に徹《てつ》し、わすれがたく、「座頭《ざとう》に刺違《さしちが》へて死《しし》候はん」と存《ぞんじ》つめしに、伴助《ばんすけ》が強力《がうりよく》に組伏《くみふ》せられ、身体《しんたい》はたらき得《え》ざりしゆへ、「折《をり》こそあらめ」と取《と》りしづめらるるを幸《さいわ》ひに、その座《ざ》は立《たち》わかれぬ。翌日小袖《よくじつこそで》、沓《くつ》ぬぎの下《しも》より出《いで》しに、「大人《おとな》たるものの所為《しわざ》にあらず。子《こ》どもの業《わざ》たるべし」と人々沙汰《ひとびとさた》あるにつけても、「いよいよ一家中《いつかちう》、我《われ》を目《め》あつる」と、そら恥《はづ》かしく、「生《いき》て人《ひと》に面《かを》をさらさんより、自滅《じめつ》いたし候《そうら》はん」と、覚悟《かくご》きわめ候《そろ》。当座《とうざ》の敵《てき》なれば、「伴助《ばんすけ》を討《うつ》て捨《すて》ん」とぞんじ、この三日《か》、心《こころ》をつくし狙《ねら》ひ候へども、その意《え》を得ず。是非《ぜひ》なく今宵《こよい》、かくの如《ごと》く切腹《せつぷく》に及《をよ》び候《そろ》。この上《う》へにも未練《みれん》なる事《こと》ながら、ただ一言申置《いちごんもふしをき》たき事《こと》の候。丈助殿《でうすけどの》やおわする。御目《をめ》にかかりたし」と、苦《くる》しげに呼《よび》けり。

この丈助《でうすけ》といへるは、左市郎《さいちらう》か傍輩《ほうばい》にて、つねづね兄弟《きやうだい》のごとくちなみ深《ふか》く、内外申《ないぐわいもふし》あわせけるゆへ、この言葉《ことば》を聞《き》くより、とく走《はし》り寄《よ》り、「いかにやいかに。丈助《でうすけ》にてあり。死《し》する覚悟《かくご》ならば、など我《われ》には知《し》らせざりつる。日頃申《ひごろもふし》かわせし詞《ことば》には相違《そうい》したり。今《いま》さら恨《うら》みて益《えき》なき事《こと》ながら、「思案《しあん》もあるべき事《こと》」と思《おも》へば、とり分名残《わけなごり》おしきぞ」といふに、ふるへながら手《て》をさし出《いだ》し、「声《こえ》はそれぞと聞《きこ》ゆれど、もはや目《め》くらみて、さだかに見《み》へず候《そろ》」と、丈助《でうすけ》が手《て》をしかとにぎり、「御《をん》

知《し》らせ申《もふ》さぬは、御為《をため》を存《ぞん》じての事《こと》なれば、御《を》うらみ下《くだ》されまじ。外《ほか》に頼《たの》まんかたも無《な》ければ、末《まつ》期《ご》の一言《いちごん》、貴方《きはう》へ申残《もふしのこ》し候《そろ》。古郷《こきやう》に老母《らうぼ》の候《そろ》が、この年月文《としつきふみ》して音《をと》づれ承《うけたまわ》るより外《ほか》、久しく対面《たいめん》いたさず。ゆかしさ身《み》にあまり候《そうら》へども、勤仕《きんし》の身《み》にて候《そら》へば、ちから及《をよ》ばず。ただ母《はは》の現世安穏《げんぜあんをん》、後生善所《ごしやうぜんしよ》をいのり候ひし。所《しよ》々の守札《まもりふだ》、名師智識《めいしちしき》の名号《みやうがう》、守袋《まもりぶくろ》へ入《い》れ、葛籠《つづら》の内《うち》へ入《い》れ置《をき》候。これを、たよりもあらば、母《はは》がかたへ送《をく》り給《たまは》り候《そうら》へ。くれぐれ頼《たの》み入候《いりそろ》」と、歯《は》をがたがた鳴《な》らし、こぶしを握《にぎ》りつめ、苦痛《くつう》たへがたき体《てい》を見《み》て、丈助《でうすけ》はじめ、あり合《あ》ふ者《もの》ども、稚《わか》き心《こころ》にも義理《ぎり》の死《し》をとげ、今《いま》は際《きは》まで母《はは》をおもひやる心《こころ》の切《せつ》なるを見《み》て、泪《なみだ》こぼさぬ人《ひと》はなかりしとぞ。本外《ほんぐわい》の医《い》をもつて、薬《くすり》を用《もち》ひ、疵《きず》を縫《ぬ》ひなんどしけれども、深手《ふかで》ゆへ養生叶《よふじやうかな》わず、つゐに其夜《そのよ》、明《あけ》七つに死《し》けるこそ、あわれなれ。

然《しか》るに、その明夜《あけや》より、この屋敷《やしき》のうら門《もん》をたたき、さも苦《くる》しげなる声《こへ》にて、「たのみ入《いる》たのみ入《いる》」といふ。番人《ばんにん》、「誰《たれ》ぞ」と問《と》ふに、「左市郎《さいちらう》なるが、母《はは》が方《かた》への形見《かたみ》の物《もの》は、たしかに送《をく》りたび候《そろ》か」と、毎夜毎夜来《まいよまいよきた》り、かくの如《ごと》く言《い》ひけるゆへ、番《ばん》の者《もの》、用人《よふにん》かたへ参《まい》り、「かかる事《こと》あり、勤《つとめ》がたく候《そろ》。余人《よにん》へ番《ばん》の義《ぎ》、御申《をんもふし》つけ下《くだ》されかし」と願《ねが》ひければ、「いかがせん」と用人《よふにん》もあきれ居《い》けるに、知行所《ちぎやうしよ》のものに、勘介《かんすけ》といへる強勇《がうゆう》不敵《てき》の者《もの》あり。この事《こと》を聞《き》き、「何条《なんでう》その幽霊恐《ゆうれいをそ》るべき。生《いき》たる内《うち》さへ伴助《ばんすけ》に手込《てごみ》にあひ、働《はたら》き得《え》ざりし小《こ》うでの青《あを》二才《さい》、そのたましゐ、うかれ来《きた》りたらんにおゐては、打倒《うちたを》し捨《すて》んものを」と、この役望《やくのぞ》みて裏門《うらもん》へ行《ゆ》き、その夜《よ》、番《ばん》しけるに、夜《よ》ふ

け、人《ひと》の往来《をうらい》も絶《たい》たるに、案《あん》のごとく門《もん》をたたき、いとかなしき声《こえ》にて、前夜《ぜんや》のごとく呼《よび》けるまま、門《もん》を開《ひら》けば、人《ひと》なし。閉《とず》ればまた呼《よ》ぶ。その恐《おそ》ろしさ、背《せ》をつかみたつるやうに覚《をぼ》へ、さすが荒言《あらごと》いひしにも似《に》ず、はふはふ逃《に》げ帰《かへ》り、舌《した》ぶるひして、「かく」と告《つげ》けるゆへ、この後《のち》、誰行《たれゆか》んといふものなし。

これによつて、家中《かちう》の人《ひと》を尽《つく》し、大勢門《をうぜいもん》に集《あつま》り、夜《よ》もすがら念仏題目《ねんぶつだいもく》にまぎらかし、眠《ねぶ》らずして番《ばん》しければ、面《めん》々つかれ果《はて》て、退屈《たいくつ》してぞ見《み》へける。「この上《うへ》は、智識《ちしき》におほせて、後世弔《ごしやうとも》らひつかわせ」とて、その辺《へん》に居《い》ける、地蔵院《ちぞういん》といへる祈禱者《きとうしや》を請《しやう》じ、三日《か》大般若経《だいはんにやきやう》をくらせ、怨霊退散《おんれやうたいさん》、仏果《ぶつくわ》の法《ほう》を執行《しゆぎやう》し、かつ又《また》、かたみの物《もの》は飛脚《ひきやく》をしたて、知行所《ちぎやうしよ》、母《はは》が方《かた》へ送《をく》らせければ、それより亡魂《ぼうこん》、ふたたび来《きた》らざりしとぞ。

一とせ、公儀《こうぎ》より新田御用《しんでんごよふ》にて、この御旗本《をんはたもと》、近国順見《きんごくじゆんけん》せられし事《こと》あり。「つゐでなれば」とて、自分知行所《じぶんちぎやうしよ》をも廻《まわ》られけるに、かの左市郎《さいちらう》が母《はは》、途中《とちう》へ出《いで》むかひ、馬《むま》のくつわにすがり、「何科《なにとが》ありて、我子《わがこ》をば切腹仰付《せつぷくをふせつけ》られしぞや。ただ一子《いつし》にて、末《すい》をたのみてこそ、宮仕《みやつか》へをもいたさせ侍《はん》べれ、もはや老《をひ》くれし女《をんな》の身《み》、生《い》きがひもなく候《そろ》まま、もろとも御成敗下《ごせいばいくだ》され給《たま》へ」と泣《な》きさけび、つきまとひけるまま、近習《きんじゆ》の侍《さむらい》、一度《ひとたび》はいかり退《しりぞ》かしめ、一度《ど》はなだめすかして帰《かへ》せしよし。この後、この所《ところ》をば、かつて通《とを》られず。はるか遠《とを》く悪所《あくしよ》なりしかども、道《みち》をまわりて、この母《はは》に逢《あわ》ざらんやうにせられけるとぞ。

甲州の雪女の事

一、甲州《かうしう》の内《うち》、一在所《ざいしよ》にて、雪《ゆき》ふりける夜《よ》、ある百姓《ひやくしやう》の妻《さい》、近所《きんじよ》へ行《ゆき》けるに、その住《すみ》ける家《いへ》よりは、はるか隔《へだ》たり、雪《ゆき》に道《みち》も知《し》れざるゆへ、足駄《あしだ》はき、杖《つへ》つき、遠《とを》く行《ゆ》く所《ところ》に、厠《かわや》より四五間《けん》まへに、立《たち》はだかり居《い》たるものあり。

雪《ゆき》かげに見《み》れば、たけ高《たか》き女《をんな》の、顔長《かをなが》く色真白《いろまつしろ》に、ふり乱《みだ》したる髪《かみ》の、雪中《せつちう》いとど黒《くろ》く見《み》へ、衣類《るい》は白衣《はくい》を着《ちやく》し、腰《こし》より下《した》は雪《ゆき》にうづもれ、見《み》へず。妻女《さいぢよ》を見《み》て、にこにこ笑《ゑ》める顔色《がんしよく》、尋常《じんじやう》の人《ひと》の怒《いか》るより、なをすさまじかりければ、これを見《み》るより、「あつ」と玉《たま》ぎり、そこに伏《ふ》し倒《たを》れぬ。

この百姓《ひやくしやう》、妻女《さいによ》が行方《ゆくかた》なきをいぶかしく思《おも》ひ、ただ家内《かない》をたづねて、厠《かわや》へ心《こころ》もつかざりけるゆへ、やや時《とき》うつり、しだいに雪吹《ゆきふき》はげしく、寒風《かんぷう》はだへを犯《をか》し、妻女《さいによ》は則《すなはち》絶入《ぜつじゆ》しけるを、はるかありて見《み》つけ出《いだ》し、雪《ゆき》おしわけ、たすけ起《をこ》し、やうやう宿《やど》へ抱《かか》へ来《きた》りて見《み》つけ出《いだ》し、たき火《び》にあかめなんどして、あかつきには、人心地《ひとごこち》つきにける。

妻《さい》が物《もの》がたりを聞《き》き、其《その》あけの日《ひ》、彼女《かのをんな》の立《た》ちたるとおぼしき所《ところ》へ行見《ゆきみ》るに、その所《ところ》二間《けん》四方《はう》ばかりは、雪《ゆき》をはらひけるやうに、土《つち》あらわれ見《み》へけるとぞ。これ、雪《ゆき》の化《け》したるなるべし。世《よ》にいふ雪女《せつによ》といふ物《もの》にや。

玉より尾を生ずる怪の事

一、麻布谷町《あさぶたにまち》、御《を》たんす町《まち》、そのむかしは南《みなみ》のかたに、御《を》はた本渡辺氏《もとわたなべうじ》の屋敷《やしき》あり。その外《ほか》、今《いま》の相馬《そうま》、鳥井《とりい》等《とう》の屋敷《やしき》は、中《なか》むかし迄《まで》は明地《あけち》にて、いまだ相渡《あいわた》らざる以前《いぜん》の事《こと》なりし。やうやう四軒《けん》ならで、家居《かきょ》なし。よつて、この所《ところ》を四家《よつや》と名《な》づけしといへり。

御《を》たんす同心《どうしん》の母《はは》、四家《よつや》辺《へん》へ用事《ようじ》ありて罷《まか》り越《こ》し、今《いま》の妙称寺《みやうしやうじ》といへる日蓮寺《にちれんでら》の建《たち》し明地《あきち》を通《とを》るに、闇夜《あんや》、星《ほし》かげにちらめき、ころころ、鞠《まり》のやうにころび行《ゆ》く物《もの》あり。よくよくすかし見《み》れば、黒《くろ》く真丸《まんまる》なる玉《たま》に、布《ぬの》を引《ひき》たるごとくの尾《を》ありて、この老母《らうぼ》のさきへ立《たち》、止《とど》まれば止《とど》まり、行《ゆ》けば行《ゆ》く。さながら影身《かげみ》に添《そ》ふがごとし。あやしく恐《をそ》ろしかりければ、これより取《とつ》て返《かへ》し、南部家《なんぶけ》の屋《や》敷前《しきまい》より、坂《さか》を下《くだ》りて帰《かへ》りけるとぞ。いかなる物《もの》ならんかも知《し》らず。

黒坊主の怪の事

一、佐々木万次郎《ささきまんじらう》は、西久保城山《にしのくぼしろやま》に住居《ぢうきょ》せり。その家《いへ》に召仕《めしつか》ひけるもの、夫婦《ふうふ》あり。ある夕《ゆう》ぐれがた、かの召仕《めしつか》ひの夫《をつと》、仏間《ぶつま》へ行《ゆ》き、看経《かんきやう》しける。婦《ふ》は台所《だいどころ》、見《み》まつべ物《もの》など取《と》りあつめて、いそ

がしく立廻《たちまわ》りける折節《をりふし》、夫《をつと》、「あつ」といふ声《こえ》しけるまま、おどろき急《いそ》ぎ、仏間《ぶつま》へ来《きた》り見《み》れは、夫《をつと》はうつぶしに倒《たを》れて、前後《ぜんご》を知《し》らず。

その後《うし》ろに、たけ二尺《しやく》ばかりの小坊主《こばうず》、全体墨《ぜんたいくろずみ》をぬりたる如《ごと》きもの、手《て》をさしかざし、招《まね》くやうに見《み》へたり。この女《をんな》の来《きた》るを見《み》て、あわただしく走《はし》り出《いで》、障子《しやうじ》の破《やむ》れたる穴《あな》よりくぐり、いづくへ行《ゆく》ともなく見《み》へずなりぬ。

家内《かない》へ知《し》らせ、其《その》ものをたづねけれども、知《し》れず。召仕《めしつか》ひの男《をとこ》は、しばしありて人心地《ひとごこち》つき、二三日過《にちすぎ》て快気《くわいき》を得《え》たるとぞ。

続向燈吐話巻之二終

続向燈吐話巻之三

目録

続《ぞく》向燈吐話《かうとうとわ》巻《けん》之三

粟津《あはづ》の妖女の事

一、五畿内《ごきない》に近《ちか》き国々《くにぐに》は、旧都陵《くとれう》、その外名所古跡《ほかめいしよこせき》おほくして、歌人《かじん》、俳諧師《はいかゐし》などは、行程《ゆくほど》の遠《とを》きをわきまへず、己《おの》れが身《み》のつかれを忘《わす》るる程《ほど》に、ほぼありける。

また三十年《じふねん》ばかり以前《いぜん》の事《こと》にや、京都《きやうと》の刀鍛冶《かたなかじ》なりしものの父《ちち》、禅門《ぜんもん》となり、みづから浮生《ふしやう》と号《がう》し、世《よ》すて人《びと》の部《ぶ》に入《いつ》て、近《ちか》きあたりの名所《めいしよ》、旧跡《きうせき》、見《み》ざらん所《ところ》もなく、いたらざるを恥《はぢ》とのみ思《おも》ふ。堂上《どうしやう》かたへ出入《いでいり》て、歌《うた》の道《みち》も少《すこ》しおぼへ、俳諧《はいかい》は芭蕉《ばしやう》が流《なが》れにわたりて、さのみ功者《こうしや》ならねども、すける事《こと》とて、花《はな》に詠《えい》じ、月《つき》に興《けう》じて、実《まこと》に浮生《ふしやう》の号《な》に叶《かな》へり。

然《しか》るに、「江州石山寺《ごうしういしやまでら》は、数度《すど》参詣《さんけい》しけれども、名《な》にしあふ八月《ぐわつ》十五夜《や》の湖水《みづうみ》へうつる月影《つきかげ》をいまだ見《み》ざれば」とて、ただひとり思《おも》ひ立《た》ち、四五日前《にちまへ》より支度《したく》して行《ゆ》きける。

かくして観音《くわんをん》へ詣《もふ》で、古紫式部《いにしへむらさきしきぶ》がこの所《ところ》に通夜《つうや》して得《え》たる源氏《げんじ》の巻《まき》々など思《おも》ひつづけ、仏前《ぶつぜん》にしばらくうつぶして居《い》けるが、「満月《まんげつ》は明夜《めいや》なれば、ここにまち明《あか》さんも物《もの》うし。此《この》つゐでに、近《ちか》きほとり廻《まは》りて見《み》ばや」と思《をも》ひて、漁船《ぎよせん》をたのみ、真野《まの》の入江《いりえ》、鹿飛《ししとび》、米《こめ》かしなどいふ瀬《せ》を詠《なが》めて、竜神《りうじん》の宮《みや》、俵藤太《たわらとうだ》の社《みや》へ参詣《さんけい》し、それより瀬田《せた》の橋《はし》を半《なか》ば渡《わた》りける所《ところ》を、年《とし》のころ十七八と見《み》へし

女《をんな》、十三四歳《さい》の女《をんな》のわらわを友《とも》なひしが、右《みぎ》に見《み》ゆる石山寺《いしやまでら》をゆびさして、「明日《みやうにち》は名月《めいげつ》なればとて、かくなん忍《しの》び出《いで》たる道《みち》のべ、人《ひと》の見《み》る目《め》もはづかし」なんど云《い》ひ云《い》ひ、行《ゆ》き過《すぎ》けるを、浮生《ふしやう》、女《をんな》の袖《そで》をひかへ、「汁潮《しるしほ》もなき老人《らうじん》なれば、わかき女郎《ぢよらう》の御手《をて》にすがらんも、あながち理《り》不尽《じん》とは思《おぼ》しめさるまじ。ちよと承《うけたまは》りたき事《こと》あり。石山御参詣《いしやまごさんけい》のやうに見《み》うけたり。我《われ》も同《をな》じこころがけにて、二三日以前《にちいぜん》より彼寺《かのてら》へもふでしが、月待間《つきまちま》の気散《きさん》じ、この辺《へん》へうかれ来《きた》り侍《はべ》り。くるしからずば、御《をん》つれとなり、老木《をいき》の枝《えだ》に、つぎ穂《ほ》のさくら咲《さ》かせ候《そら》わん」といふに、にこにこ笑《わら》ひながら、「一樹《じゆ》のやどりも他生《たしやう》の縁《えん》とうけたまわれば、御《を》こころざしにほだされ、ともかくも任《まか》せさぶらふ。わが身《み》は、人《ひと》の宮仕《みやづか》へいたしおりながらも、たのみし方《かた》へ、いとま申入《もふしい》れて、あすの夜《よ》ばかり限《かぎ》りある身《み》。すこしのいとまも惜《お》しく、此《この》あたりをさすらひさむらふ。是《これ》より石山《いしやま》へは、いづかたより参《まい》り候《そう》らわん」と問《と》ふ。

「この先《さき》の御霊《ごれい》の宮《みや》より、右《みぎ》のかたへ行《ゆ》けば十三町余《てうよ》も候《そうろう》よし。いざこなたへ」と、浮生《ふしやう》さきへ立《た》ちてあゆむに、踏《ふみ》なれし道《みち》なれども、けふ見《み》れば、かわりたるやうに覚《をぼ》へて、とぼとぼ杖《つえ》にたすけられ、たどり行《ゆ》くに、御霊《ごれい》の宮《みや》もいづこならん、方角《はうがく》さらにわきまへがたく、道芝《みちしば》のうへに腰《こし》うちかけ、息《いき》つき居《い》たり。

女立寄《をんなたちよ》り、「わが身《み》はさきほども申《もふし》さむらふとをり、ひと日《ひ》二《ふ》た日《ひ》のゆるしうけたる身《み》なれば、一時《とき》もはやく、かの山《やま》へ参《まい》りたく、この童《はらは》はおさなけれども、この辺《へん》の生《うま》れなれば、勝手《かつて》よくおぼ

へ居《い》候まま、かれに案内《あない》任《まか》せられよ」とて、これより女主従先《をんなしうじうさき》に立《た》ち行《ゆ》くを目《め》あてに、浮生《ふしやう》も立《たち》あがり、行《ゆ》く行《ゆ》く小女《こむすめ》にたづねけるは、「この原《はら》はいかなる所《ところ》にや。年老《としを》ひぬれば、知《し》れる道《みち》さへ忘《わす》れたり」といふ。「これこそ粟津《あわづ》が原《はら》にてさむらふ。あまりくたびれ候へば、この近《ちか》きほとりに知《し》れる者《もの》あり。立《たち》よりて、しばし休《やすら》ひ候はん」とて、浮生《ふしやう》が手《て》を取《と》りて、異《い》なる方《かた》へつれ行《ゆ》くに、程《ほど》なく家居《かきよ》きれいなるかたへ至《いた》るに、小女《こむすめ》は、つかつか内《うち》へ入《い》り、ややありてたち出《いで》、主人《しゆじん》の女《をんな》と浮生を誘引《さそい》して、奥《をく》へ請《しやう》じ入《い》れぬ。

座敷《ざしき》は画図《えづ》かがやきて目《め》はゆく、器物目《きぶつめ》なれぬ物《もの》ばかりなれば、浮生も「いまだつたへ聞《きか》ざる所《ところ》に、かかる家居《かきよ》もある物《もの》かわ」と、あやしくおもひ、色《いろ》々くだものも出《いで》けれど、あへて食《くら》わず。程《ほど》なく日《ひ》くれければ、燭《ともし》をてんじ、人《ひと》あまた出《いで》て、唐木《からき》の膳《ぜん》に珍味《ちんみ》もりならべ、食事《しよくじ》をすすむ。浮生、「是《これ》もこのましからず」と辞退《じたい》して食《しよく》せず。主人《しゆじん》の女《をんな》は、いと興《きやう》ある体《てい》に見《み》へて、物《もの》どもや食《しよく》しおわり、家具《かぐ》とり納《をさめ》てのち、小女《こをんな》、こしたかき台《だい》の上《うへ》に、黒《くろ》くひかりある物《もの》をつみたるをもち出《いで》、「これは水生石《すいしやうせき》と申《もふ》すものにて、石中《いしのうち》に水《みづ》をたもち、諸魚《しよぎよ》この水《みづ》に住居《じうきよ》をなす。近《ちか》く御覧候《ごらんそうら》へ」とて、前《まい》に置《をい》て内《うち》へ入《い》りぬ。

主人《しゆじん》の女《をんな》、浮生《ふしやう》に会尺《えしやく》して、この石《いし》を手《て》に取《と》り、廻《まは》し見《み》けるが、「わつ」とおびへて悶絶《もんぜつ》しければ、小女《こをんな》をはじめ、家内大《かないをう》きにおどろき周章《しうしやう》して、大勢《をうぜい》走《はし》り出《いで》、介抱《かいはう》しける内《うち》、この石中《いしのうち》にうごうごする物《もの》ありて、その光金魚《ひかりきんぎよ》のごとく、竪《たて》になり、横《よこ》になり、しばらく踊《おど》ると見《み》へしが、俄《にわか》に大雨《をふあめ》、

車軸《しやじく》を流《なが》すがごとく降《ふ》り来《きた》り、家《いへ》の内《うち》に座《ざ》したれども、浮生《ふしやう》が衣類《いるい》、ことごとく雨《あめ》にぬれて、頭《かしら》よりしただる水《みづ》に、目《め》もあかれざりければ、払《はら》ひのけ、払《はら》ひのけ、ただ、かの石《いし》を、あやしく詠《なが》め居《い》たりけるに、しばらくありて、板《いた》を破《やむ》るごときの響《ひび》きして、これ二つにさけ、中《うち》より二寸ばかりの小蛇《こへび》出《いで》て、座敷《ざしき》を這《は》ひ廻《まは》りければ、主人《しゆじん》の女《をんな》、小女《こをんな》をはじめ、あり合《を》ふ家内《かない》のものども、「あつ」といふ声《こへ》のみ聞《きこ》へて、かき消《け》すやうに失《うせ》ぬ。

家居《かきよ》と見《み》へしは芝原《しばはら》にて、浮生《ふしやう》はただ忙然《ぼうぜん》となり居《い》たりしに、かの小蛇《こへび》、少《すこ》しの草《くさ》に取付《とりつき》て、一尺《しやく》ばかり登《のぼ》るかと見《み》へしが、そのたけ俄《にわ》かにのびて、雲間《くもま》に入《い》るかと思《をも》へば、稲《いな》びかり頻《しき》りにかがやき、程《ほど》なく雨《あめ》は止《やみ》ぬ。

浮生《ふしやう》はやうやう其夜《そのよ》の内《うち》、膳《ぜ》所《ぜ》の町《まち》へ着《つき》て、翌日《よくじつ》、石山《いしやま》へもふでけるとぞ。「石中《せきちう》に見《み》へし小蛇《こへび》は、龍《りう》なるべし。かの主従《しうじう》の女《をんな》は、いかなる妖怪《やうくわい》ならん。知《し》れる者《もの》なし」と、京都《きやうと》より下《くだ》りし人《ひと》のかたりけるを聞《き》き、ここに記《しる》す。

八王子の酢屋《すや》の事

一、武州《ぶしう》八王子《をうじ》に、野菜穀物等《やさいこくもつとう》の市《いち》あり。ある日《ひ》、何業《なにはざ》しける人《ひと》とも見《み》へぬ異人《いじん》、ひとり住《ずみ》しけるものの家《いへ》へ来《きた》り、「独活《どつくわつ》を買《かい》くれ」とたのみけるを、其《その》もの家《いへ》にも独活《どつくわつ》少《すこ》しはありけれども、足《た》

らず。走《はし》り廻《まは》り、買《か》ひととのへ遣《つかは》しければ、悦《よろこ》べる顔色《がんしよく》にて、「あまり銭《ぜに》、一貫文《いつくわんもん》あり。もち帰《かへ》らんも重荷《をもに》となりて苦《くる》しければ、差置《さしをき》候へ」とて、彼《かの》ものに預《あづ》け帰《かへ》りぬ。

その後《のち》、程過《ほどすぎ》てまた来《きた》り、前《まい》のごとく独活《どつくわつ》をたのみ買《か》ひ調《ととの》へ、また残銭《のこりぜに》五百文《ひやくもん》あづけ置《をき》て行《ゆき》ぬ。此《この》もの、へんくつなる者《もの》にて、「この銭《ぜに》あづかり置《をい》て、ひとり住《ずみ》の身《み》なれば、留守《るしゆ》の間《あいだ》に盗《ぬす》み取《と》られんも知《し》れず。さもなきとても、跡《あと》を気《き》づかふ心遣《こころづか》ひもよしなし」と思《おも》ひ、向《むか》ふとなりの者《もの》は妻子《さいし》もありて心安《こころやす》くせしかば、この銭《ぜに》を持参《じさん》し、「かかる人《ひと》の独活買《どつくわつか》ひに来《きた》られ、残銭《のこりぜに》を我《われ》にあづけ置《をき》ぬれども、あばらなる家《いへ》に取置《とりをき》候べきかたなければ、貴殿預《きでんあづか》り置《を》き、我留《われる》守《しゆ》たらんとても、その人《ひと》来《きた》りなば、渡《わた》し給《たまは》り候へ」とて、この者《もの》へまた預《あづ》け置《をい》て、外《ほか》へ出《いで》けり。

然《しか》るに、異人《いじん》かさねて来《きた》りけるとき、いかがして知《し》りけん、最初《さいしよ》たのみたる者《もの》のかたへは行《ゆ》かずして、今《いま》の銭預《ぜにあづか》りたる男《をとこ》のかたへ来《きた》り、「先日独活《せんじつどつくわつ》の残銭《のこりぜに》、向《むか》ふの人《ひと》より爰《ここ》もとへ預《あづ》け置《をか》れ候はん。この以後《いご》は貴殿《きでん》をこそたのみ、買物《かいもの》いたすべし。まづ独活《どつくわつ》ととのへ給《た》べ」とて、代物取出《だいもつとりいだ》し、「此《この》たびは沢山《たくさん》に買《か》ひ候て、この独活《どつくわつ》わが方《かた》までもち来《きた》り候べし」とたのみければ、「いとやすき事《こと》」とうけあひ、これを負《を》ふて行《ゆ》くに、異人先《いじんさき》へたち案内《あんない》しけるが、かの男《をとこ》、心忙然《こころぼうせん》となり、道路《どうろ》を分《ぶん》明《みやう》におぼへず。ただ夢路《ゆめじ》をたどる如《ごと》し。

「はるか来《きた》りぬらん」とおもふ所《ところ》に、家居《かきよ》ありて、門《かど》に着《つ》きぬ。異人《いじん》この門《かど》をおし開《ひら》きて内《うち》へ入《い》りければ、つづいて男《をとこ》も入《い》りぬ。背負《かいをい》し独活《どくくわつ》をおろさせ、玄関《げんくわん》よりあがり、かの男《をとこ》を座敷《ざしき》へまねき入《い》

れぬ。その辺《へん》を見《み》わたすに、外《ほか》に人《ひと》は一人《にん》も見《み》へず。はるかありて、奥《をく》より異人《いじん》たち出《いで》、盆《ぼん》に黄金《おうごん》うづたかく積《つ》みたるを手《て》に提《さ》げ、「はるばる此所《このところ》まで荷物《にもつ》送《をく》られし段《だん》、過分《くわぶん》なり。さて、ここもとへ同道《どうどう》いたしたる事《こと》は、貴殿《きでん》へこの金《かね》を遣《つかわ》すべき方《はう》便《べん》ぞ」とて、男《をとこ》が前《まへ》に置《をき》けり。うれしさ限《かぎ》りなく、取《とつ》ていただき、懐中《くわいちう》へ納《をさ》めぬ。

異人《いじん》かさねて申《もふ》しけるは、「金子《きんす》おろかにつかい捨《すつ》べからず。商売《しやうばい》はいたつて「多《おほ》く儲けなん」とするゆへ、損《そん》あり。すこしづつ買物《かいもの》とゝのへ、利《り》を見《み》て、自然《しぜん》にひろくひろむる物《もの》を見《み》たて、商《あきな》ふべし。小《しやう》より大《だい》には至《いたり》りやすく、広《ひろ》く取《と》り散《ち》らし、又《また》せまくちぢめん事《こと》はいたしがたき、商家《しやうけ》の売物《うりもの》ぞかし。この事《こと》わするべからず。いざや送《をく》り帰《かへ》さん」とて、門《かど》を出《いで》て、さきへ立《た》ち案内《あんない》しけるゆへ、かの男《をとこ》もまた従《したが》ひ行《ゆ》くに、始《はじめ》のごとく、とかくあゆみ来《きた》る道《みち》をおぼへず。心《こころ》ほれぼれとなり、往還《をうくわん》へ出《いで》ぬ。

「これより家《いへ》に帰《かい》るべし」とて、異人《いじん》はわかれて姿見《すがたみ》へず。かの男《をとこ》は八王寺《をうじ》の住家《すみか》へ帰《かへ》りて、異人《いじん》の教《をし》へし詞《ことば》を思《をも》ひ出《いだ》し、つくづく勘《かん》がへ見《み》るに、「何《なに》とぞ人《ひと》の心《こころ》つかぬ下直《げじき》なる物《もの》をとゝのへて、少《すこ》しづつ商売《しやうばい》いたし見《み》ん」とおもひ、あるとき市《いち》へ出《いで》けるに、年《ねん》々蔵《くら》の下積《したづみ》に成《な》りて腐《くさ》りたる米《こめ》を、下直《げじき》に売《う》りけるを見《み》て、「これを買《か》ひ取《と》り、酢《す》につくらばや」とおもひ付《つき》、わづか一俵《いつぴやう》調《ととの》へ、帰《かへ》りてつくり見《み》るに、殊《こと》の外《ほか》能《よ》く出来《でき》て、うり立《たて》し代銭《だいせん》、倍《ばい》に成《な》れり。これより思《をも》ひつき、酢《す》をつくり初《はじめ》て、段《だん》々売弘《うりひろ》め、富《とみ》その所《ところ》に並《なら》ぶものなく、家名《いへな》を酢屋《すや》と号《がう》して、今《いま》に繁昌《はんじやう》しけるとぞ。

四谷の見越《みこし》入道の事

一、大井《をうい》河《がわ》某《なにがし》物《もの》がたりに、四つ谷辺《やへん》の町人《てうにん》、天王《てんをう》の社近所《みやきんじよ》へ用事《よふじ》ありて行《ゆ》き、夜《よ》ふけて帰《かへ》りけるに、何《なに》とやら背《せなか》に水《みづ》かけらるるやうに、ぞつと身《み》の毛《け》よだちて、おそろしくなり、頭上《づじやう》へ物《もの》のおほひかかるやうに覚《おぼ》へしゆへ、ふり仰《あを》のひて見《み》れば、大《をを》きなる法師《はうし》の頭《かしら》、まなこの光《ひかり》かがやきわたり、首筋《くびすじ》小蛇《こじや》の如《ごと》くのびて、うしろより、この男《をとこ》を見越《みこ》したるなり。

これを見《み》て、「あつ」とさけび倒《たを》れて、絶死《ぜつし》しける。しだいに夜《よ》ふけて、寒風《かんぷう》はだへを犯《をか》すに、気《き》づき起上《をこりあが》り、「さきに見《み》しは、世《よ》にいふ見越入道《みこしにうどう》ならん。いまだその辺《へん》にあるかなきか」と、気《き》も転動《てんどう》して、ふるひふるひ逃《に》げ帰《かへ》り、宿《やど》の戸《と》せわしなく叩《たた》きける音《をと》に目《め》を覚《さま》し、妻女《さいによ》おき出《いで》、「あつ」といふて戸《と》を開《ひら》きながら、仰《あを》のけにたをれ、息《いき》もたへだへなるを、水《みづ》ふき入《い》れ、いだき起《をこ》し、少《すこ》し気《き》しづまるを待《まち》て、「何《なに》ゆへ我《われ》を見《み》て、かくは驚《おどろ》きたる」とたづぬるに、妻女申《さいによもふ》しけるは、「「ここ開《あ》けよ」とありしゆへ、出《いで》て戸《と》をひらき見《み》るに、其《その》かたちの、大《をを》きなる法師《はうし》となり、首《くび》をのばし、我《われ》を見越《みこ》さんとせられしばかり覚《をぼ》へて、うちたをれ、その後《のち》は知《し》らず」といふ。「是《これ》はふしぎなる事《こと》かな。われも天王《てんをう》の辺《へん》にて、妖物《やうもつ》にあひ来《きた》れり。その妖物《やうもつ》に、わが姿《すがた》の似《に》たるも、ひとかたならぬ怪異《くわいい》なり」と、あやしみ疑《うたが》ひながら、寝《いね》ぬ。

それより夫婦《ふうふ》、同《おな》じ病症《べうしやう》をうけて、起《を》きざりければ、大井氏《ををいうじ》へこの物《もの》がたりして、療治《りやうじ》をたのみしに、正気散《しやうきさん》へ人参《にんじん》を加味《かみ》して用《もち》ひぬれば、いくほどなく快気《くわいき》を得《え》たり。「実《まこと》に「正気《しやうき》」の薬銘《やくみやう》にたがわざりけり」と、物語《ものがたり》せられき。

松山の貍《ねこまた》の事

一、伊予国松山《いよのくにまつやま》の城主《でうしゆ》、松平讃岐守殿《まつだいらさぬきのかみどの》家士《かし》、物頭役《ものがしらやく》にて、高三千石領《たかさんぜんごくりやう》しける仁《じん》、城外《でうぐわい》に居住《きよぢう》せられけるに、「この居宅《いたく》の奥座敷《をくざしき》に妖怪《やうくわい》有《あ》り」と、たれ言《い》ふともなく、近所《きんじよ》にてもつぱら人《ひと》の評判《へうばん》しける。

あるじはこの座敷《ざしき》へつねに出入《いでいり》し、または客来《きやくらい》是《これ》あるときは、諸人群集《しよにんくんじう》しけれども、かつてあやしき事《こと》も見《み》へず。家内《かない》のものども、ほのかにこの沙汰《さた》を聞《きい》て伺《うかが》ひ見《み》れば、外《ほか》に「これぞ」と思《おも》ふあやしき怪異《くわいい》もなく、ただ猫《ねこ》あまた来《きた》りて、狂《くる》ひ遊《あそ》ぶばかりなれば、「世《よ》には虚説《きよせつ》を申《もふ》すものかな」と、かへつて、評《へう》しけるものを誹《そし》り笑《わら》ひける。

然《しか》るに、ある夜《よ》、内宝《ないほう》より用《よふ》の事《こと》ありて、腰《こし》もと一人《いちにん》、この座《ざ》しきへ遣《つかわ》しけるに、大勢《をうぜい》の声《こへ》して、この向《むか》ふの寺号《じがう》を呼《よ》べば、「是《これ》にあり」とこたへて、あゆみ出《いづ》る音《おと》しけるまま、障子《しやうじ》のすきより覗《のぞ》き見《み》れば、あるじのつねに秘蔵《ひぞう》して、手飼《てがい》に、幾《いく》とせ経《へ》しとも知《し》らぬ、背《せ》のはげたる猫《ねこ》ありしが、

この猫《ねこ》、座上《ざじやう》にすわり、近《ちか》きあたりの猫《ねこ》ども、一《いち》々名《な》をよびあつめて、前《まい》にあり。その内《うち》、寺号《じがう》を名乗《なの》りしは、住僧《じうそう》の飼猫《かいねこ》なり。

これを見《み》て、腰元《こしもと》は肝《きも》を消《け》し、早《さう》々にげ帰《かへ》り、室家《しつか》へ「かく」と告《つ》げしかば、頓《やが》て主《あるじ》へ、しかじか物《もの》がたりし、「かかる妖猫《やうべう》、そのままさし置《を》きなば、いかなる悪事《あくじ》をかなしなん。然《しか》るべく計《はか》らひたまへ」とすすめければ、あるじも日頃《ひごろ》愛《あい》せし心《こころ》もかわりて、おそろしくなり、「うち殺《ころ》し、捨《すつ》べき物《もの》を」とおもひて、若党四人《わかとうよにん》ありけるを呼《よ》びて、手立《てだて》を申《もふし》ふくめ、その用意《よふい》をなさしめ、さて猫《ねこ》の聞《きき》ける所《ところ》まで、あるじ高声《かうせう》に、「奥《をく》へ人《ひと》の出入《いでいり》、かたくいたすべからす。今宵《こよい》は殊《こと》さら勤番《きんばん》にて、登城《とでう》するあいだ、留守《るしゆ》よくせよ」とて、宵《よい》より外《ほか》へ出《いで》て遊《あそ》び、夜《よ》ふけて、ひそかに立帰《たちかへ》り、かの座敷《ざしき》、一方《いつはう》は壁《かべ》、一方《はう》は雨戸《あまど》あり、二方障子《はうしやうじ》をたて切《き》りたる所《ところ》より、少《すこ》し穴《あな》あけてのぞき見《み》るに、案《あん》のごとく、我《わ》が家《いへ》の老猫《をいねこ》、座上《ざじやう》して、その下《しも》、左右《さゆう》に、猫《ねこ》四五十疋《びき》ならび居《い》て、座上《ざじやう》の猫《ねこ》を、敬《うやま》ひかしづく体《てい》なり。

ややしばらくありて見《み》る内《うち》に、座上《ざじやう》の猫《ねこ》、真中《まんなか》へあゆみ出《いで》て、背《せ》をたわめ、足《あし》を一所《いつしよ》に寄《よ》せ、飛《と》び上《あが》りけるに、この座敷《ざしき》の天井《てんじやう》の板《いた》に、猫《ねこ》の背《せ》ひしと取付《とりつ》き、しばしありて下《を》りたちたり。かくして、もとの座《ざ》へすわれば、残《のこ》りの猫《ねこ》ども、「我《われ》おとらじ」と、銘《めい》々出《いで》て、かくのごとく飛《と》びあがれども、あるひは今少《いますこ》しにて天井《てんじやう》へ及《をよ》ばずして落《をつ》るもあり、あるひは四五尺上《しやくあが》りて中途《ちうと》に飛《と》び返《かへ》るもありて、座上《ざじやう》の猫《ねこ》より外《ほか》、背《せ》の天井《てんじやう》へ付《つ》く猫《ねこ》はなく、これ、この家《いへ》の猫《ねこ》を師範《しはん》として、若《わか》き猫《ねこ》、

このわざを習ふと見《み》へたり。

「時《とき》こそよけれ」と、あるじの指図《さしず》をうけて、若党《わかとう》四人《にん》、中間《ちうげん》八人《にん》、主従都合《しうじうつがう》十三人《にん》、鑓《やり》、長刀《なぎなた》、大小《だいしやう》、熊手《くまで》、鳶口《とびぐち》の類《るい》、得物引《えものひき》さげ、喚《おめ》いて、この座敷《ざしき》へかけ入《い》り、ちから任《まか》せ、うで限《かぎ》りに切《き》り廻《まわ》れば、ここの柱《はしら》、かしこの戸《と》障子《しやうじ》へかけ登《のぼ》り、追下《をいくだ》し、やや一時《とき》ばかり追《を》ひ打《うち》けるに、家《いへ》の老猫《をいねこ》は飛鳥《とぶとり》のごとく走《はし》り行《ゆき》て、わづかのすき間《ま》より、とく逃《に》げ去《さ》る。残《のこ》りし猫《ねこ》ども、しばらく飛《と》び回《まは》りしが、つづゐて板戸《いたど》のふし穴《あな》、障子《しやうじ》の穴《あな》よりくぐり出《いで》て、四五十疋《びき》の猫《ねこ》のうち、やうやう猫《ねこ》八疋《びき》を伐留《きりとめ》けり。

これより後《のち》は、この座敷《ざしき》異なる事《こと》なく、飼猫《かいねこ》もふたたび帰《かへ》り来《きた》らざるよし、松山城下《まつやまじやうか》の人《ひと》の物《もの》がたりを聞《き》きぬ。

白金《しろがね》の足あとの事

一、十年《じうねん》ばかり以前《いぜん》、稲垣安芸守殿《いながきあきのかみどのかみ》上やしき類焼《るいしやう》ありしに、当分家中《とうぶんかちう》、白金下屋敷《しろがねしもやしき》に住居《ぢうきよ》せられ、程《ほど》なく仮長屋《かりながや》出来《いでき》たりしかば、残《のこ》らず上《かみ》やしきへ引移《ひきうつ》らる。荷物運《にもつはこ》び残《のこ》りしを、下《しも》やしきの内《うち》、明《あ》き長屋《ながや》へ入置《いれをき》、中間一人《ちうげんいちにん》、番《ばん》にさし置《をか》れける。このあいだ大勢住《をうぜいすみ》し屋敷《やしき》、俄《にはか》にうつり替《かわ》られしかば、ものさびしさ言《い》わんかたなく、寝《ね》られざりけるまま、こ

の中間《ちうげん》、起《を》きて荷物《にもつ》に寄懸《よりかか》り居《い》けるに、夜更《よふけ》るにしたがひ、何《なに》となく恐《をそ》ろしくなり、背《せ》をつかみ立《たつ》るやうにおぼへける所《ところ》へ、外《ほか》より戸《と》をあけ、顔《かを》さし出《いだ》すものあり。その体《てい》真黒《まつくろ》くして、たけは六尺《しやく》ばかりもあらん。あまりすさまじく、一と目見《めみ》るより「わつ」と打《うち》たをれける。この節《せつ》やしきの内《うち》の犬《いぬ》ども、おびただしく吠《ほ》へて、さわがしければ、「もし盗人《ぬすびと》もや」と、屋敷守《やしきもり》、棒《ぼう》つき来《きた》りて、長屋《ながや》の戸《と》のあきたるを見《み》つけ、いぶかしく思《おも》ひ、内《うち》へ入《い》り、倒《たを》れふしたる中間《ちうげん》が体《てい》におどろき、水《みづ》かけ呼《よ》び起《をこ》しなんどして、やうやう息出《いきいで》ぬ。「かかる恐《おそ》ろしき物《もの》を見《み》たりし」と語《かた》るに、「かさねて来《きた》る事《こと》もあらんか」とて、その夜《よ》は屋敷《やしき》もりも、ここに明《あか》しけるとぞ。

翌日《よくじつ》、屋敷《やしき》の内《うち》を見《み》るに、井《い》の端《はした》より、となり屋敷《やしき》の藪《やぶ》ぎわまて、十二三歳《さい》ばかり子《こ》どもの足《あし》あとのごとく、くびすの土《つち》ふまずのあと、しかとあり。指《ゆび》とおぼしき所《ところ》に、爪《つめ》三つ跡《あと》ありて、土《つち》へ二寸《すん》ほど踏《ふ》み入《い》れ見《み》へける。近所《きんじょ》の町屋《まちや》より聞《きき》つたへ、縁《えん》をもとめ、出入《いでい》りたよりて、見物引《けんぶつひき》もきらず、人群集《ひとくんじゅ》しけるゆへ、屋敷守《やしきもり》、この足《あし》あとを削《けづ》らせければ、その後《のち》は人来《ひときた》らざりしよし。「天狗《てんぐ》なんどいへる物《もの》にや」と、右《みぎ》やしきの人《ひと》の物《もの》がたりなり。

妖婦化生の事

一、相馬《そうま》弾正少弼《だんじやうのしやうひつ》殿《どの》家士《かし》、私用《しよふ》にて出《いで》、ひる七つさがり、しのわずの池《いけ》を通《とを》りけるに、二十三四歳《さい》ばかりの女《をんな》、池《いけ》のほとりに居《い》けるを見《み》れば、かほに袖《そで》をおしあてて、泣《な》く体《てい》なり。容色《やうしよく》他《た》に異《こと》なる美女《びじよ》の、斯《か》くうちしほれたる有様《ありさま》には、心《こころ》まどひ、さすがうち捨《すて》ても置《をか》れず、たち寄《よ》り、「何《なに》ゆへ、かかる体《てい》ぞ」と問《と》へば、「臨月《りんげつ》にて、只今産《ただいまさん》の気《き》つき候へども、たのむべき人《ひと》もなく、「このままに死《し》すべきか」と悲《かな》しく、なき候」とこたふ。

あわれに愛《いと》をしく思《をも》ひ、「我《われ》ら出産《しゆつさん》までつき添《そ》ひ、爰《ここ》にあらん。心《こころ》やすかれ」とて、うしろへ廻《まは》り、腰《こし》をいだきあげ、力《ちから》をつけ居《い》けるに、この女《をんな》、「あれをあれを」と指《ゆび》さすかたを見《み》れば、大《だい》の法師《ほつし》の首《くび》ばかり、こなたへ向《むか》ひ、にこにこ笑《わら》ひながら、雪《ゆき》ころばしをするごとく、ころころまろびて、「間近《まぢか》く来《きた》るか」とおもへば、消《き》へうせぬ。

「きやつ、狐《きつね》か狸《たぬき》ならん。また来《きた》りなば、一打《ひとうち》にせん物《もの》を」と、刀《かたな》の柄握《つかにぎ》りつめて、前《まへ》を見《み》れば、産婦《さんぷ》はいつの間《ま》に消《き》へけん、すがた見《み》へず。「ふしぎや」と思《おも》ふこころに勇気《ゆうき》もくじけ、身《み》の毛《け》立《たち》、がたがたふるひしが、しきりに身体発熱《しんていほつねつ》して堪《た》へがたく、やうやうそこをたち出《いで》て、道《みち》より駕《かご》に乗《の》り、やしきへ帰《かへ》りしが、それより病《やまひ》つきて、気乱《きみだ》れ、物狂《ものくる》わしくなり、十日《か》ばかり過《すぎ》て死《しし》けるとぞ。

「その霊鬼《れいき》か妖怪《やうくわい》か、かの士《し》の住《すみ》ける長屋《ながや》には、今《いま》にあやしき事《こと》ありて、人住《ひとす》まず」となんいへり。

富士の根方《ねかた》の蝮蝎《うはばみ》の事

一、渡辺伊右衛門殿若党《わたなべいえもんどのわかとう》、六大夫《だゆふ》といへるもの語《かた》りけるは、「我《われ》ら先年《せんねん》、富士《ふじ》の根方《ねかた》へ、友《とも》だち一人同道《にんどうどう》し、小鳥《ことり》がりに行《ゆ》きしに、山《やま》の中《うち》、ざわざわはひ来《きた》る音《をと》いたし候ゆへ、岩《いわ》かげに両人隠《りやうにんかく》れ居《い》て、うかがひ見《み》候へば、大《ををい》なる蝮蝎《うはばみ》、眼《まなこ》のひかり鏡《かがみ》のごとく、丈囲《でうい》はあまり恐《おそ》ろしさに、しかと見《み》さだめざれども、押《お》しわけ来《きた》る草《くさ》むらを見《み》れば、芝草《しばくさ》の花《はな》、萱《すげ》の花《はな》、咲《さ》き乱《みだ》れありけるが、この花眼《はなまなこ》にうつりて、絵《え》がけるが如《ごと》し。二人《にん》がかくれ居《い》けるまへを通《とを》りて、するどき岩鼻《いわはな》へ這《はい》のぼるとて、この蝮蝎《うはばみ》すべり落《をち》すべり落《をち》、二三度《ど》しけるが、つゐに登《のぼ》りおほせて、その走《はし》ること、飛《と》ぶがごとくに、山奥《やまをく》へ這《は》ひあがりぬ。二人《にん》は肝魂《きもたましい》も身《み》につかずして、ころび走《はし》りて宿所《しゆくしよ》へ逃《に》げ帰《かへ》りし」とぞ。

蜘蛛の怪異の事

一、老人《らうじん》ども寄合《よりあ》ひ、物《もの》がたりしけるは、「むかし漁《すなどり》をこのみけるもの、四月中旬《ぐわっちうじゆん》、川水《かわみづ》の濁《にご》り

ける頃《ころ》、釣《つり》に出《いで》けるに、沢山《たくさん》に魚《うお》ありて、餌《えば》にかかりければ、糸《いと》のうごくに目《め》をななめにして喜《よろこ》び、引《ひき》あげつ、さしおろしつ、感《かん》にたへ、余念《よねん》なく居《い》ける所《ところ》に、うづくまり居《い》たる足《あし》の、大《をう》ゆびを引《ひ》くやうに覚《おぼ》へけるまま、やや心《こころ》づき見《み》るに、雨蛙《あまがいる》の大《をを》きなるほど是《これ》ある蜘《くも》、水中《すいちう》より糸《いと》を引《ひい》て、このものの大《をを》ゆびへ引《ひき》かけ、また水中《すいちう》へ入《い》り、いくたびも斯《かく》のごとく、囲《い》をかけけるほどに、はきたる草履《ぞうり》の緒《を》にひとしくなりぬ。いぶせく恐《おそ》ろしければ、やがてこの囲《い》をはづして、傍《かたわら》にありし尺余《しやくよ》の伐株《いかだくい》へ、そと引《ひき》かけ置《をき》けるに、この蜘《くも》またこの木《き》の株《かぶ》を指《ゆび》とやおもひけん、つたひ登《のぼ》りて囲《い》をかくる事《こと》、まへのごとし。しばらく見《み》るうちに、その太《ふと》さ、荷《に》づなの強《つよ》くよれるに等《ひと》しくなりぬ。時《とき》に、蜘水中《くもすいちう》へ入《い》りて、時《とき》うつるまで出《いで》ざりけるが、俄《にはか》に川水《かわみづ》うづをまき、水底《すいてい》に数《す》十人《にん》の声《こへ》ありて、この糸《いと》を引《ひか》るると覚《をぼ》へ、伐株《いかだかぶ》ゆさゆさ揺《ゆる》ぎ出《いで》けるが、程《ほど》なく岸根《きしね》二三尺《じやく》くづれ落《を》ち、この株《かぶ》を根《ね》こぎにして、川中《かわなか》へ引込《ひきこみ》ぬ。この者《もの》、肝《きも》を消《け》し、今《いま》まで取《とり》ける魚《うを》をもうち捨《す》て、ころび倒《たを》れ逃《に》げ帰《かへ》りしといふ」とかたりければ、あり合《を》ふものども、「これは奇異《きい》の事《こと》なり。しかしながら、水中《すいちう》に蜘《くも》の住居《すまい》する事《こと》、いまだ聞及《ききをよ》ばず。いにしへより、唐国《からこく》の事《こと》を、本邦《ほんぱう》にありし事《こと》のやうに作《つく》りかへたる物《もの》がたり多《おほ》し。これも其《その》たぐひにや、信用《しんよふ》しがたし」といふ。

その中《なか》に、伊予国《いよのくに》のものありしが、この事《こと》を聞《きい》て申《もふ》しけるは、「我《われ》ら見《み》し事《こと》にはあらねど、したしき友《とも》のかたりしは、「十四五ヶ年以前《ねんいぜん》、越智郡《をちぐん》の内《うち》に深山《しんざん》あり。その山《やま》より滝出《たきいづ》る。川《かわ》の岸《きし》かげに、十月《ぐわつ》の頃《ころ》、木《き》こりに行《ゆ》きしもの、西日《にしび》をうけて暖《あたた》かなるに、われ知《し》らず眠《ねむ》りきざし、少《すこ》し平《たい》ら

なる所《ところ》を幸《さいわ》ひにして、あをのけになりて、とろとろ寝入《ねい》りけるに、いつの間《ま》にこけけん、この川《かわ》ばたへ、足《あし》のひざ過《あま》りまで下《くだ》りけるを知《し》らず。やや時《とき》うつりて、足《あし》くびを締《し》めよせて、水中《すいちう》へ引《ひ》き下《くだ》しけるに目《め》ざめて、大《をを》きにおどろき、手《て》にあたる木《き》の根《ね》、岩角《いわかど》に手《て》をかけて、『引落《ひきをと》されじ』としける。おのれが力《ちから》に取《とり》つける木《き》の根《ね》、岩《いわ》ともにこけて、既《すで》に川《かわ》へ落《をち》んとしけるが、助《たす》かるべき命運《めいうん》にや、藤《ふじ》かづらの、幾筋《いくすじ》となく川《かわ》へはへ下《さが》りありけるに取《と》りつき、『一世《せ》の大事《だいじ》』と、うでかぎりに引《ひ》きあひけるに、足首《あしくび》へかけたる物《もの》はづれて、水中《すいちう》へ大磐石《だいばんせき》をなげ入れたる音して、おち入《い》りたるものあり。『これ、かの妖物《やうもつ》ならん』と思《おも》へばおそろしく、身《み》の毛《け》よだち、わなわな震《ふる》ひながら、やうやうと元《もと》の岸《きし》へ這《は》ひあがり、これより這《はう》々宿《やど》へ逃帰《にげかへ》りしとぞ。これも足首《あしくび》へ蜘《くも》など出《いで》て、囲《ゐ》をかけたるならん。ねむりて知《し》らざれば、ただ『縄《なわ》をかけられ、引入《ひきい》らるる』とのみ、かたり伝《つた》へぬ。まさしく我《わ》が国《くに》にありし事《こと》にて、虚説《きよせつ》にあらず。いにしへの物《もの》がたりと符合《ふがう》せり」といへば、「いかなる妖物《やうもつ》にや」と、初《はじめ》そしりし人《ひと》も、頭《かしら》をかたぶけぬ。

中《なか》の町《ちやう》大女の事

一、麻布《あざぶ》不動院門前《ふどういんもんぜん》の町《まち》に、五郎《ろ》七といへる者《もの》あり。がぜん坊与力町《ぼうよりきまち》の門番《もんばん》と由緒《ゆいしよ》ありて、つねに行通《ゆきかよ》ひける所《ところ》に、ある夜《よ》、がぜん坊《ぼう》より不動院門前町《ふどういんもんぜんてう》へ行《ゆ》く中通《なかどお》り、御旗本屋敷《をはたもとやしき》のあいだ、中《なか》の

町《てう》といへる所《ところ》を通《とお》りけるに、うしろより五郎《ろ》七が両《りやう》の肩《かた》を、ひしと押《おさ》ゆるものあり。ふり返《かへ》り見《み》れば、真白《まつしろ》なる顔《かを》は大女《をうをんな》、にこにこ笑《わら》ひ居《い》けるゆへ、これを見《み》ると気《き》おくれ、おもわず道《みち》へすわりし所《ところ》に、その折《をり》ふし、門前町《もんぜんてう》のかたより、挑灯《てうちん》とぼしつれ、中《なか》の町《てう》へむけ来《きた》る者《もの》あり。この火《ひ》にや怖《おそ》れけん、ばけ物《もの》は、かき消《け》すやうに失《う》せて、見《み》へず。五郎《ろ》七は、これより帰《かへ》りて、四五日《にち》わづらひけるよし。

狐、侍に変ずる事

一、同所市兵衛町《をなじところいちべうへまち》、うどん屋《や》かつぎの者《もの》、夜《よ》に入《い》り、六本木辺《ろつぽんぎへん》へうどん桶《をけ》かつぎ参《まい》り、帰《かへ》りは手《て》ぶらにて、はな歌《うた》などうたひ、余所目《よそめ》もふらず、闇夜《あんや》ゆへ、になひ桶《をけ》を杖《つえ》につき、大久保加賀守《をうくぼかがのかみ》殿下《どのしも》やしき下《した》まで来《き》かかり候《そろ》へば、後《うし》ろより声《こへ》かけ、「道《みち》づれになるべきあいだ、待《ま》ち候へ」といふ。

ふり返《かへ》り見《み》れは、年頃《としのころ》三十余《よ》の侍《さむらい》なり。気味《きみ》わるく存《ぞん》じ、「なるほど御《をん》ともいたし申《もふ》すべし。先《さき》へ御《おん》たち候へ」といへば、「不案内《ぶあんない》ゆへ、その方《はう》あとにつき行《ゆか》ん」とて、このかつぎが後《あと》へ付《つ》きしたひ来《きた》るゆへ、「なぐさみに我《われ》を切《き》らんとするなるべし。刀《かたな》をぬきなば、かけ出《いだ》し逃《に》げんものを」と、その用心《よふじん》ばかりして、脇《わき》へただよけて行《ゆ》き、飯倉片町《いいくらかたまち》を過《す》ぎ、上杉殿下《うへすぎどのしも》やしき脇《わき》、がぜんぼま

で来《きた》りぬ。

しかれども、この侍《さむらい》、外《ほか》へは行《ゆか》ずして、只《ただ》あとへ付《つ》き来《きた》りしまま、上野源左衛門殿屋敷下《うへのげんざへもんどのやしきした》、以前《いぜん》は深《ふか》き空堀《からぼり》ありしが、この所《ところ》三方《ばう》へ行《ゆ》く道《みち》なれば、かつぎ思《おも》ひけるは、「この侍《さむらい》、いかさま曲者《くせもの》なり。いかなる事《こと》をか巧《たく》みて、付添《つきそ》ひ来《きた》りけん。所詮《しよせん》この空堀《からぼり》へたたき入《い》れ、逃《に》げ行《ゆか》んものを」と思《し》案《あん》して、少《すこ》し立《たち》とどまり、「我《われ》らはこの屋敷《やしき》へ、うどん桶《をけと》取りに参《まい》り候《そろ》。御待候《おんまち》へ」といふて、侍《さむらい》を先《さき》へ行過《ゆきすぎ》させ、うしろより棒《ぼう》取《と》りのべ、両足《りやうあし》をしたたか払《はら》ひ、空堀《からぼり》へ打倒《うちたを》したれども、音《をと》もなし。星《ほし》かげにすかし見《み》れど、姿《かたち》も見《み》へざりければ、あまり不思議《しぎ》にぞんじ、近所《きんじよ》やしきへ走《はし》り行《ゆ》き、てうちん求《もと》め、火《ひ》をとぼし来《きた》り、右《みぎ》の堀《ほり》をくまなく探《さが》せど、人影《ひとかげ》さへなかりしよし。「いかなる妖物《やうもつ》ならん」と、その頃人々《ころひとびと》もつぱらこの噂《うわさ》しけるに、その後《のち》この所《ところ》にて、数度狐出《すどきつねいで》て、人《ひと》をたぶらかしけるゆへ、「扨《さて》はかつぎがうち倒《たを》したるも、狐《きつね》にてあるべし」と申《もふし》あへり。

闇坂《くらやみざか》の幽霊の事

一、ここに、予《よ》が知《し》れる人《ひと》、一日来《にちきた》りて、この吐話《とわ》を書《かき》けるを見《み》て、雑談《ぞうだん》にしばらく時《とき》をうつし、其《その》つゐでに語《かた》りけるは、「われら近《ちか》きころ、四つ谷《や》くらやみ坂《ざか》を夜中下《やちうくだ》りける所《ところ》に、向《むか》ふより白《しろ》きもの着《ちやく》して、鉄漿黒《てつしやうくろ》く、顔《かほ》は真白《まつしろ》に化粧《けは》ひたる女《をんな》、よろめきながら、たどり登《のぼ》りしを、酒《さけ》にはほろ

酔《ゑ》ゐたり、妖怪《ようくわい》とは心《こころ》もつかず、「夜発《やほつ》の人待《ひとま》つならん」と思《をも》ひ、袖《そで》に触《さわ》らざるやうにと、折《をり》ふしあみがさ手《て》に持《もち》たりしを、前《まい》へかざして、ちと避《よ》くるこころに、すり違《ちが》ひざまに見《み》やれば、今《いま》までありつる姿《かたち》、たちまち消《き》へうせて無《な》かりしゆへ、「跡《あと》へ帰《かへ》りたるか」と、走《はし》り下《くだ》り見《み》れど、なし。今《いま》に不審《しん》はれず」と。

「ただし、これぞ幽霊《ゆうれい》か、ただしは狐《きつね》などの化《ばけ》けるか」と語《かた》られし。

蝮蝎《うはばみ》を焼殺《やきころ》す事

一、上総国市原郡《かづさのくにいちはらごをり》の内《うち》に萱野《かやの》ありて、諸領《しよりやう》の入合《いりあひ》にて、二三里《り》もつづきたる山《やま》なり。「冬《ふゆ》にいたり、自用《じよふ》ほど刈取《かりと》り候《さうら》へば、極月中旬《ごくげつちうじゆん》に及《をよ》び、この野《の》を自焼《みづからやき》すれば、萱根《かやね》肥《こ》へて、明年《みやうねん》よき萱《かや》を生《しやう》ずる」とて、いつの年《とし》も師走《しはす》は、村《むら》々の者《もの》どもあつまり、四方《はう》より火《ひ》をかけ、残《のこ》らず焼《やく》ことにぞ有《あり》ける。

ある年《とし》の冬《ふゆ》、例《れい》のごとく大勢《をうぜい》よりて、家《いへ》々に間近《まぢか》き所《ところ》をば刈取《かりと》りて、その余《よ》を焼《や》きたつるに、四《し》方《はう》の火《ひ》さかんに燃《も》へあがり、しだいに峠《とうげ》へ焼《や》け上《あが》りける頃《ころ》、山《やま》のいただきにて、水《みづ》の渦《うづ》をまくごとくに、のたうつものあり。

みなみな怪《あや》しみ思《おも》ひけれど、誰《たれ》ありて「火中《ひのなか》へ入《い》りて、これを見《み》ん」といふ者《もの》もなく、うちすて

置《を》き、二三日過《にちすぎ》て、「やけ野《や》の萩《はぎ》を刈《か》らん」とて、この野《の》へ行《ゆき》けるもの、かの所《ところ》を見《み》るに、大《をを》きなるうわばみ、まつ黒《くろ》に焦死《やけしし》てありける。帰《かへ》りて「かく」と告《つ》げしかば、この野《の》へ入《い》る諸郷村里《しよごうむらさと》の者《もの》ども寄《よ》りあひ、「山《やま》の主にてあらん。このまま捨《す》て置《を》くべきにあらず」とて、その山《やま》のいただきへ死骸《しがい》をうづみ、塚《つか》をきづき、蟒蛇塚《うはばみづか》と名《な》づけ、今《いま》もつて是《これ》あるよし、その所《ところ》のもの語《かた》りき。

巾着切横死《きんちやくきりわうし》の事

一、同国大多喜《どうこくをうたき》、長南《てうなん》といへる往還《をうくわん》のあいだに、おどろ坂《ざか》といへる難所《なんしよ》あり。予《よ》が友《とも》かたりけるは、「元文四《げんぶんよ》年《ねん》 未《ひつじの》 極月二《ごくげつに》十四日《じふよつか》のゆふべ、何《なに》ものに切殺《きりころ》されしとも知《し》れず、年頃《としごろ》三十歳《じふさい》ばかりの男《をとこ》、下着《したぎ》にかたびら二《ふた》つかさね、上《うへ》に桟留《さんとめ》の布子《ぬのこ》を着《ちやく》し、繻子《しゆす》の帯《をび》をまき、この坂《さか》より谷《たに》へ落《を》ち、死居《しにい》たり。二十五日の朝《あさ》、里人見《さとびとみ》つけ、死骸《しがい》を引《ひ》き上《あ》げ、役所《やくしよ》へうつたへ出《いで》、下知《げじ》をうけて三日その所《ところ》にさらしけるを、かの友《とも》、その節道中《せつどうちう》にありて、同《をな》じく二十六日《にじうろくにち》、この所《ところ》を通《とを》りあわせ、死骸《しがい》の番《ばん》しける里人《さとびと》にやうすをたづね問《と》ひけるに、「此《この》もの巾着切《きんちやくきり》と存《ぞん》じ候は、はさみ、かみそりなど懐中《くわいちう》し、桟留《さんとめ》の財布《さいふ》ひとつ、寸《ずん》々に切《き》れたるを所持《しよじ》いたし、手疵《てきず》十二三ヶ所見《しよみ》へ申《もふし》候。察《さつ》する所《ところ》、仲間《なかま》の巾着切《きんちやくきり》ども、この者《もの》を殺《ころ》し、金子《きんす》を奪《うば》ひ取《と》り候《そろ》かと存《ぞんじ》候。此《この》ほど、この所物騒《ところものさわぎ》にて、幾《いく》たびとなく旅人《りよじん》を追《をい》かけ、物《もの》ども取《と》られ候《そろ》もの多《をを》く候《そうろう》」よし、答《こた》へける」となり。

江戸《ど》着後《ちやくのち》、右《みぎ》の物語《ものがた》りいたし候なり。

続向燈吐話巻之三終

続向燈吐話巻之四

目録

続《ぞく》向《かう》灯《とう》吐《と》話《わ》巻《けん》之四

狸《ねこまた》寺の号の事

一、奥州何郡《をうしうなにごをり》の内《うち》にや、いまだ聞《きか》ず。一寺《じ》ありける。その寺《てら》に飼《か》ひ置《をき》ける猫《ねこ》、幾《いく》とせ経《へ》るとも知《し》るものなし。しかれども、先住《せんぢう》より伝《つた》わりし猫《ねこ》ゆへ、いたわる事《こと》おほかたならず愛《あい》し飼《かい》けるに、ある日《ひ》、出《いで》て帰《かい》らず、十日《か》ばかり過《すぎ》けり。「犬《いぬ》にや食《くら》われけん、不便《びん》なる事《こと》かな」と、住僧《ぢうそう》殊《こと》の外《ほか》あわれがりて、弟子《でし》などへこの物《もの》がたりせられける折《をり》ふし、その夕《ゆふ》べ、猫《ねこ》帰《かへ》り来《きた》りぬ。「おのれ、いづ方《かた》へまよひ行《ゆ》きしぞや。畜《ちく》るいながらも馴《な》るる物《もの》ゆへ、なつかしかりしぞ」と、せなかを撫《な》でさすりなどしけるに、この猫《ねこ》、住僧《ぢうそう》の衣《ころも》の裾《すそ》をくわへ引《ひき》けるまま、あやしみながら、彼《かれ》が誘《いざな》ふかたへ行《ゆく》に、人《ひと》なき所《ところ》へ引《ひき》ゆきて、人《ひと》のごとくに頭《かしら》をもたげ、人声《ひとごへ》を出《いだ》し、「われらは三代以前《だいいぜん》の住職《ぢうしやく》より飼《か》ひ養《やしな》われて、すでに四十余年《よねん》、この寺《てら》に住《すみ》侍《はべ》り。然《しか》るにこの間《あいだ》、棟梁《とうりう》の召《めし》に応《をう》じ、罷《まか》り出《いで》しに、「狸《ねこまた》の同類《どうるい》に入《い》るべき年数《ねんすう》にあたれり。帰《かへ》りてその主人《しゆじん》の住僧《ぢうそう》を取《と》り食《くら》ひ来《きた》るべし」と申付《もふしつけ》られ、是非《ぜひ》なく請合《うけあ》ひて、ふたたび帰《かへ》りぬ。然《しか》れども、この年月《としつき》の高恩《かうをん》、山海《さんかい》にひとし。いかでか無下《むげ》に敵対《てきたい》なし候はんや。しかしながら、下《げ》知《じ》を背《そむ》き候へば、食事《しよくじ》に飢《う》へつかれ、死《し》せんより外《ほか》なし。いかがいたし候はん、御《を》さし図《づ》を蒙《かふむ》りた

き」といふ。

住僧《ぢうそう》大《を》きにおどろき、返答《へんとう》にあぐみ居《い》たりしが、ややありて、「つたへ聞《き》く、「猫変化《ねこへんげ》すれば、その主《しう》に仇《あだ》をなす」と。実《まこと》におもひ当《あた》りぬ。われ六十有余《ゆうよ》の老僧《らうそう》たれば、汝《なんじ》が餌食《えじき》とならんこと、厭《いた》ふべきにあらず。鳩《はと》の料《れう》に身《み》を捨《す》てし仏《ほとけ》の方便《はうべん》、まさしく斯《かく》のごとし。しかれども、我《われし》死しなば、多《をを》くの弟子《でし》ども、その所在《しよざい》をうしなひ、学問釈論《がくもんしやくろん》、中途《ちうみち》に止《とどまら》んことを愁《うれ》ふ。ことさら仏弟子《ぶつていし》たるものを害《がい》せんこと、五逆《ぎやく》の一《いつ》たり。汝《なんじ》か罪障《ざいしやう》をいかにせん。我《われ》一生《しやう》の内《うち》、食物《しやくもつ》を送《をく》り養《やしな》わん間《あいだ》、この念《ねん》を去《さ》つて、菩提心《ぼだいしん》を発《をこ》せよ」と教化《きやうげ》せられければ、しばらく頭《ひたい》を下《さ》げ、耳《みみ》をたれて落涙《らくるい》しけるが、「数年《すねん》あひがたき御法《をんはう》をも聴聞《てうもん》いたしながら、いかに棟梁《とうりう》の申《もふし》つけたればとて、いかでか師《し》の命《めい》を断《たた》ん。しからば、これより一里余《りよ》山中《さんちう》の洞《ほら》は、われらが住家《ぢうけ》にて候まま、これまで食物送《しよくもつをく》りたまわるべし。あなかしこ、やくそく違《たが》へたまひなば、我《われ》らはそれにてもあらめ、他《た》の貍《ねこまた》の障碍《せうげ》あるべし」と言《い》ふかと思《おも》へば、その座《ざ》に消《き》へうせて、かたちは無《な》かりき。

ふしぎに思《おも》ひけれども、捨置《すてを》くべきにあらず、納所《なつしよ》を呼《よ》びて、しかじか語《かた》るに、おどろきたる顔色《がんしよく》にて、「いにしへより、猫《ねこ》の変化《へんげ》は数多《かずをを》くあれども、人《ひと》に化《げ》して、目《ま》のあたりもの云《い》ひしためしなし。これこそ我寺《わがてら》に飼《か》ひし猫《ねこ》の失《う》せしを知《し》りて、狐狸《きつねたぬき》のたぶらかすとおぼへたり。近《ちか》きほとりならば、慈悲《じひ》にもなるべきが、食物送《しよくもつをく》りあたへん事《こと》、やすき事《こと》なれども、一里余《りよ》へだてたる所《ところ》へ、何《なに》とて毎日人《まいにちひと》をつゐやさん。ただ其《その》ままに捨置《すてを》きたまへ」とて、取合《とりあ》わず、二十日余無沙汰《はつかよむさた》にぞ過行《すぎゆ》き

ける。

しかるに、ある夜《よ》、六尺《しやく》ばかりの大法師《だいほつし》、住僧《じゆうそう》の前《まい》へ来《きた》り、「何《なに》とて約《やく》をいつわり、我《われ》を餓死《がし》せしめんとするや。恩《をん》も仏《ほとけ》のたつときも、一命《めい》に替《か》へられず。覚悟《かくご》あれ」と、いかれる顔色《がんしよく》にて飛《とび》かからんとせしを、珠数《じゆず》をもつて払《わら》ひのけ、納所《なつしよ》がいひし事《こと》ども、くわしく語《かた》り聞《きか》せければ、そのまま彼僧《かのそう》が伏《ふ》しけるかたへ行《ゆ》き、寝首《ねくび》をきつとしめつけて、「おのれが身《み》をつみて、他《た》の難義《なんぎ》を計《はか》り知《し》るべし。われこそ日頃《ごろ》一所《しよ》にすみなれし猫《ねこ》なり。何《なに》ゆへ食事《しよくじ》を抑留《をうりう》して、我《われ》を飢渇《きかつ》させけるぞや」と、息《いき》もたへだへに強《つよ》くしめよせられ、涙《なんだ》を流《なが》し、手《て》をあわせ、「かかる事《こと》はいささか存《ぞんじ》よらず。「狐狸《きつねたぬき》の災《わざはひ》なしぬるならん」と心《こころ》つきて、おもわぬ不信《しん》いたしたり。向後《かうご》約《やく》にもれず、一日《にち》一度《ど》の食物《しよくもつ》、たしかに送《をく》り届《とど》けん」とうけ合《あ》ひければ、夢《ゆめ》うつつのごとく、胸《むな》もとゆるくなりて、法師《ほつし》の姿《すがた》はなかりけり。これより後《のち》は、その人《ひと》を定《さだ》めて、毎日《まいにち》毎日かの洞《ほら》へ食物《しよくもつ》とどのへ送《をく》りける。

ある年《とし》、国中飢饉《こくぢうききん》にて、盗賊蜂起《とうぞくはうき》し、ある夜《よ》この寺《てら》へも数十人《すじうにん》おし入《い》りて、住僧《じゆうそう》はもちろん、あり合《を》ふ衆僧《しゆそう》、一人《にん》も残《のこ》らずからめ置《を》き、什物財宝《じうもつざいほう》うばひ取《と》り、すでに門前《もんぜん》まで出《いで》ける所《ところ》へ、年《とし》わかき武士《ぶし》一人《にん》かけつけ、この盗賊《とうぞく》と打《う》ちあひけるに、太刀刀《たちかたな》もちたる腕《うで》しびれ、勇気《ゆうき》もくじけて、立《たち》すくみになりける。夜盗《よとう》都合《つがう》十余人《よにん》を捕《と》らへ、ことごとく伐《き》り捨《すて》ける。その後住僧《のちぢうそう》の縄《なわ》をとき、「我《われ》こそ、かの猫《ねこ》にて侍《はんべ》る。この横難《をうなん》をすくわんため、かりに変化《へんげ》して来《きた》りぬ。以来盗賊《いらいとうぞく》ふたたびこの寺《てら》を犯《をか》すまじきぞや」とて、消《きい》うせけるとぞ。

これより寺号《じがう》をあらため、この寺《てら》を「貍寺《ねこまたでら》」といひ侍《はべ》りける。洞《ほら》を「貍《ねこまた》が原《はら》」と名《な》づけ、呼《よ》び伝《つと》ふと聞《きけ》り。予《よ》、数《す》十年来《ねんらい》、奥羽《をうう》の人《ひと》にあひなば、この物《もの》がたりの事《こと》、銘《めい》をたづねんとおもひしに、その国《くに》の人《ひと》に知《し》れるものなくして、今《いま》に果《は》たさず。

御朱印婆《ばば》の事

一、いつの頃《ころ》にや、越後国《えちごのくに》へ御朱印頂戴《ごしゆいんてうだい》いたし、諸役人花押《しよやくにんくわをう》これあり、国中《こくぢう》への御《をん》ふれ書《がき》、御関《おんせき》所《しよ》手形《てがた》所持《しよじ》したる、六十《じう》ばかりの婆《ばば》、「冬松《ふゆまつ》といへる幼童《ようどう》、おのれが孫《そん》なるが、行衛《ゆくえ》知《し》らず失《うせ》たるをたづぬる」よしにて、宿々馬《しゆくしゆくま》つぎ、この婆《ばば》を大《たい》せつに奔走《ほんそう》し、通《とを》り筋《すじ》、もり砂《すな》を敷《しき》ならべ、「御《ご》用人足《ようにんそく》」と称《しやう》し、一村限《むらかぎ》りの百姓《ひやくしやう》、公役人《こうやくにん》に出《いで》て、次《つぎ》の村《むら》へ送《をく》る。「御朱印婆《ごしゆいんばば》」と号《がう》し、尊敬《そんぎやう》はなはだし。

しかるにこの婆《ばば》、馬駕《むまかご》ならびに犬嫌《いぬきら》ひにて、人《ひと》に負《を》われ行《ゆき》けれども、かりにも犬《いぬ》の形《かたち》を見《み》れば、身《み》をちぢめ、手足《てあし》をうごかし、おそれけるゆへ、「犬追《いぬを》ひ」と名《な》づけ、一人《いちにん》づつ先《さき》に立《た》ち、杖《つえ》を提《たづさい》て犬《いぬ》をはらひ行《ゆ》く。「今日《こんにち》はその所《ところ》の泊《とま》り、明日《みやうにち》はこの村《むら》の昼休《ひるやす》み、その次《つぎ》の日《ひ》は、かの宿《しゆく》の番《ばん》」なんどと、御上使順見《ごじやうしじゆんけん》の往来《をうらい》にひとしく、越後国中《えちごのくにのうち》の騒動《さうどう》なりしよし。

然《しか》る所《ところ》に、同国《どうこく》の内《うち》、堀式部殿領《ほりしきぶどのりやう》地《ち》の内《うち》へいたりて、役人《やくにん》曽《かつ》てこの婆《ばば》を入《い》れず。「御朱印頂戴《ごしゆいんてうだい》と

は申《もふし》ながら、かやうの義《ぎ》はさきだつて御代官所《おんだいくわんしよ》か、または諸役所《しよやくしよ》の御内触《おんうちぶれ》、これある御掟《おんをきて》なり。このたび、さもなき上《うへ》は、領分《りやうぶん》の内《うち》へ一足《あし》も入《い》るべからず」とて、境目《さかいめ》より追《を》ひ返《かへ》しけり。

婆《うば》、大《をを》きにいかり、「国中御朱印拝見《こくぢうごしゆいんはいけん》し、疑心《ぎしん》なく当所《とうしよ》まで送《をく》り来《きた》る所《ところ》に、式部殿領分《しきぶどのりやうぶん》ばかり異儀《いぎ》に及《をよ》ぶ段《だん》、不届《ふとどけ》なり。江都《えど》へ帰《かへ》りなば、このおもむき言上《ごんじやう》を遂《と》げ、今《いま》におもひ知《し》らせなん」と、ののしり騒《さわ》ぎけれども、是非《ぜひ》なく、これより取《と》て返《かへ》し、また外郷へ送《をく》られける。その途中《とちう》にて、俄《にわか》に「厠《かわや》へ行《ゆ》くべき」とて、とある在家《ざいけ》へ下《くだ》りて、いつも厠《かわや》へは人《ひと》つれず、ひとりのみ行《ゆ》きける。このたびも、右《みぎ》のごとくに一人行《にんゆき》けるに、その在家《ざいけ》の飼《か》ひ犬《いぬ》、厠《かわや》のうしろより壁《かべ》を破《やぶ》り、ねらひ入《い》り、吠《ほ》へつきければ、「あつ」といふ声《こえ》の、はるかこなたへ聞《きこ》へけるまま、「あわや御朱印《ごしゆいん》ばば、けがなどありては、一所《しよ》懸命なるぞ」と、あり合《を》う百姓人足《ひやくしやうにんそく》ども、あわてさわぎ、大勢厠《をうぜいかわや》の前後《ぜんご》をとり囲み、のぞき見《み》れば、大《をを》きなる狸《たぬき》の吹《ふえ》を、かの犬《いぬ》食らひ付《つき》て居《い》けるを怪《あや》しみ、引《ひき》はなしけれども、もはや狸《たぬき》は死《し》して、衣類《いるい》と見《み》へしは青木《あをき》の葉《は》にて、御朱印《ごしゆいん》、諸役所《しよやくしよ》の押手《をして》も、檜《ひのき》の皮《かわ》なんどにてありしとぞ。

「さてもこの狸《たぬき》、いかなる故《ゆへ》にて、かく御朱印《ごしゆいん》を似《に》せ、国中《こくぢう》を廻《まは》りける」と思《をも》ひ、人々《ひとびと》うたがひ尋《たづ》ねけるに、「この年《とし》の睦月下旬《むつきげじゆん》に、山里《やまざと》の百姓《ひやくしやう》、木《き》こりに出《いで》、狸《たぬき》の子《こ》を取来《とりきた》りて、祝《いわ》ひ月《づき》なればとて、家内《かない》の人《ひと》にも知《し》らせず、ひそかに煮《に》て食《くら》ひけるを、この狸《たぬき》の親《をや》、かかる事《こと》とは知《し》らず、「迷《まよ》ひ出《いで》し」と心得《こころへ》、姥《うば》に変《へん》じ、かくたづね廻《まは》りけるとおぼゆ」と、その国《くに》の人《ひと》かたりき。

常州山中の盗人の事

一、常陸国《ひたちのくに》の内《うち》、御旗本領《をはたもとりやう》へ、秋《あき》になり、役人《やくにん》、地方検見《ちかたけんみ》のため罷《まか》り越《こ》しけるが、その道路《みち》に、舟渡《ふなわた》しの大河《たいが》あり。この所《ところ》へ行《ゆき》かかり、小舟《こぶね》なりければ、一艘《いつそう》に荷物《にもつ》つみ、若党中間《わかとうちうげん》をさしそへ、まづ渡《わた》し、跡《あと》よりかの役人《やくにん》一人乗《にんの》りて、川中《かわなか》へ出《いで》ける処《ところ》に、雨後《あまご》、常《つね》より水《みづ》まし、岸《きし》をひたし、すさまじき水勢《みづせい》なりしに、いかがしけん、この舟《ふね》の船頭《せんどう》、棹《さを》を水《みづ》にとられ、「あわやあわや」といふ内《うち》に、舟流《ふねなが》れて、とどむべき力《ちから》なく、水任《みづまか》せに流《なが》れ行《ゆ》きける。

速《はや》きこと、矢《や》を射《い》るごとく、時《とき》の間《ま》に、知《し》らぬ深山《しんざん》の谷合《たにあい》へ、うち寄《よ》せられぬ。やうやう船《ふね》より上《あが》りけれども、渡《わた》し場《ば》へ着《つ》きし時節《じせつ》、暮《くれ》七つかと覚《をぼ》へしかば、ここにては夜《よ》に入《いり》けるゆへ、行《ゆく》べき方角《はうがく》も知《し》らねば、船頭《せんどう》を「宿《やど》を求《もと》めくれよ」とたのみければ、「幸《さいわ》ひ、われら宿所《しゆくしよ》へ程近《ほどちか》く候まま、こなたへ御越《おんこ》し候へ」とて、なを山深《やまふか》く行《ゆき》て、家居《かきよ》三軒《けん》ありける。「その中《うち》の家《いへ》こそ、わが住家《すみか》なれ」とて、ともなひ入《いり》ぬ。

妻女《さいによ》一人《にん》、炉《ろ》に茶《ちや》を煎《に》て、人待《ひとま》つ体《てい》なりしが、夫《をつと》が旅人《りよにん》をつれ帰《かへ》りしを見《み》て、とりあへず立廻《たちまは》り、かしこく働《はたら》き、少《すこ》しの間《ま》に食物《しよくもつ》こしらへ出《いだ》しけるゆへ、役人《やくにん》も心《こころ》おちつき、平座《へいざ》して炉《ろ》にあたりながら、これを食《しよく》しける。

役人《やくにん》が着《き》たる衣類《いるい》は、悉《ことごと》く水《みづ》にひたり、濡《ぬ》れければ、あるじ、あたらしき着物《きもの》とり出《いだ》し、着《き》せ替《か》へ、火燵《くわたつ》に火《ひ》を入《い》れ、その濡《ぬ》れたる物《もの》をかけて、あぶりなどして、いと丁寧《ていねい》にもてなしければ、その心《こころ》ざしを感《かん》じ、諸用《しよよう》のために懐中《くわいちう》せし金子《きんす》の内《うち》、一歩《いちぶ》をひとつ取《と》り出《いだ》し、夫婦《ふうふ》に取《と》らせければ、うれしげにいただき収《おさ》めぬ。

残《のこ》りし金子《きんす》十五六両《りやう》、財布《さいふ》へ入《い》れけるを、主《あるじ》うらやましげに詠《なが》め、「この山中《やまなか》に住居《すまい》いたせば、小判《こばん》など申《もふす》もの、いつしか拝見《はいけん》いたせし事《こと》もなし。せめて手《て》に取《とつ》ても見《み》ば、あやかるまじきものにあらず。御《を》見《み》せ下《くだ》されかし」と願《ねが》ひて、この小判《こばん》を夫婦《ふうふ》手《て》に取廻《とりまは》し、いただきなどして、役人《やくにん》へ返《かへ》しぬ。

かくて夜《よ》もふけければ、夜《よる》のもの厚《あつ》くかけて、「風《かぜ》ばし引《ひ》かせらるるな」といたわりて、夫婦《ふうふ》ははしの間《ま》の伏所《ふしどころ》へ入《い》りて、休《やす》みぬ。この役人《やくにん》は、知《し》らぬ山中《やまなか》へまよひ来《きた》り、いとどさへ旅《たび》はものうき習《なら》ひなるに、昼《ひる》の川水《かわみづ》の難義《なんぎ》、かれこれに胸《むね》をいため、気《き》もほぐれざれば、夜《よ》も寝《ね》られず、目《め》をしばしばして居《い》けるに、時《とき》の鐘《かね》、鶏《とり》のこゑも聞《きこ》へねば、何《なに》どきとも分《わか》たねど、心《こころ》おぼへに「夜《よるの》八つも過《すぎ》ぬらん」と思《をも》ふ頃《ころ》に、火燵《こたつ》のやぐらに、がたぴしとあたる物《もの》あり。心得《こころえ》て、枕《まくら》の刀《かたな》を引《ひき》よせ、起《をき》かへり見《み》れば、不思議《ふしぎ》や、火燵《こたつ》の素櫃《すびつ》、ゐんの下《した》へ引落《ひきをと》し、その跡《あと》より火《ひ》のごとく赤《あか》き首《くひ》一つ、によつとあらわれ出《いで》、くるくるとまわり見《み》へければ、引《ひき》ぬいて打《う》ちつけんとせしが、心《こころ》をしづめ、「家《いへ》のうちにて、かかる物《もの》あらわるるは、もしや狂乱《きやうらん》の人《ひと》もこの家《いへ》の内《うち》にありて、我《われ》をおどさんと

て、かく致《いた》したるも知《し》らず。それを無下《むげ》に殺《ころ》しなば、かへつて恨《うら》みを請《うけ》んもよしなし。よくためし極《きわめ》て、妖怪《やうくわい》のわざならんにおゐては、やわか、逃《のが》しやるべきかは」と、鍔元《つばもと》ぬき寛《くつろ》げ持《もち》ながら、寝《ね》直《なを》り、うしろのかたを前《まい》になし、間近《まぢか》く火燵《こたつ》の側《そば》へ寄《よ》りけるに、燈《ともしび》とてもなく、闇夜《あんや》なれば、ただ透《すか》し見《み》て、その色《いろ》あひを弁《わきま》ふばかりなり。

しばし、かの首《くび》うごき廻《まわ》りしが、とかくして引込《ひきこみ》ぬ。「この後《ご》、いかがするやらん」と、目《ま》たたきもせず詠め居《い》たる所《ところ》に、このたびは、髪《かみ》ふりみだしたる白《しろ》き首《くび》、そろそろ這《は》ひ出《いで》て、我《わ》が伏《ふ》したるかたを、ぎろぎろ見《み》て引込《ひきこ》み、また出《いで》て、かくすること四五度《たび》に及《をよ》びぬ。かの役人《やくにん》、きつと心《こころ》つきて、「きやつ盗賊《とうぞく》なるべし。首《くび》ばかり出《いだ》しなば、その通《とを》り姿《すがた》をあらわし、座敷《ざしき》へ上《あが》らんには、即《そく》時《じ》に切殺《きりころ》し捨《すて》なん」と、ひざ立《たて》なをし待《ま》つところへ、このたびは、かの首《くひ》あらわに両手《りやうて》を出《いだ》し、火燵《こたつ》のふちへかけ、座敷《ざしき》へ這《は》ひ上《あが》らんとして、肩《かた》の半分見《はんぶんみ》へけるを見《み》すまし、すらりと抜《ぬ》ひて、打《うち》かけける。

その光《ひかり》におどろき、引入《ひきい》るる間《ま》こそ遅《をそ》けれ、細首《ほそくび》うち落《をと》して、骸《むくろ》なるべし、がばと縁《あん》の下《した》へ落《をつ》る音《をと》しける。されども、「あわて騒《さわ》ぐべき事《こと》にあらず。夜《よ》あけて、こたつの内《うち》をさがし求《もと》め見《み》ん」と思《おも》ひて、ひとり起《をき》て、つつくりとして座《ざ》しながら、夜《よ》を明《あ》かして、伐《き》りたると思《おも》ひし所《ところ》を見《み》るに、血《ち》おびただしくこぼれて、骸《むくろ》、縁《えん》の下《しも》に倒《たを》れあり。火燵《こたつ》は下《しも》よりぬき取《と》るやうに、しつらひ置《をき》たりとおぼへて、素櫃《すびつ》同《をな》じく、骸《むくろ》の傍《かたわら》に見《み》へたり。

さて、主夫婦《あるじふうふ》を起《をこ》し、食物《しよくもつ》を乞《こ》ふに、夫《をつと》は見《み》へず。妻《さい》ばかり、目《め》をすりすり寝屋《ねや》より出《いで》て、落涙《らくるい》しながら食事《しよくじ》をこしらへけるを、ふしぎに思《おも》ひけれど、問《と》われもせず。役人《やくにん》は立《たつ》て、「手水《てうず》つかわん」とて、外《そと》へ出《いで》けるに、庭《には》の隅《すみ》に、なまなましき首《くび》ひとつあり。よくよく見《み》れば、あるじの首《くび》なり。これに気《き》づきて、かんがへ思ふに、「宵《よひ》に取《と》り出《いだ》し見《み》せたる金子《きんす》に、心《こころ》うごき惑《まど》ひて、我《われ》を殺《ころ》し、金子《きんす》をうばわんとて、こたつを外《はづ》し、先《さき》に出したるは案内検見《あんないけんみ》の作《つく》り首《くび》にて、後《のち》にあらわれしこそ、この家《いへ》の主《あるじ》ならめ。あへなく手《て》にかけしは不便《ふびん》なり」と思《おも》へど、せんかたなし。「左《さ》あらぬ体《てい》にもてなし、元《もと》の座《ざ》へ返《かへ》りて、食事《しよくじ》ととのへ、そのとなりの男《おとこ》を案内《あんない》にたのみ、それより往還《おうくわん》をたづねて出《いで》、やうやう主人《しゆじん》の知行所《ちぎやうしよ》へ至《いた》りぬ」と、その人《ひと》の物語《ものがたり》なり。

金杉《かなすぎ》の小狐の事

一、金杉《かなすぎ》と新吉原《しんよしはら》へ行《ゆ》く土手《どて》のあひだに住《す》む狐《きつね》を、「小狐《こぎつね》」と号《がう》して、中《なか》ごろはさまざま姿《すがた》を変《へん》じ、人《ひと》をたぶらかしけるが、ゆへなくして近年《きんねん》この怪異《くわいい》止《や》みけるは、外《ほか》へうつりけるか、または老《らう》死《し》しけん、知《し》らず。

十年《じうねん》ばかり以前《いぜん》、金杉町住居《かなすぎまちじうきよ》の町人《てうにん》、用事《ようじ》ありて出《いで》、夜《よ》をふかし帰《かへ》りけるに、寺町《てらまち》のあいだにて、目《め》をふさぐものあり。払《はら》ひのけれども、とかく手《て》にておほひ隠《かく》すやうに覚《をぼ》へ、両眼《りやうがんみ》見へざりければ、

道《みち》にどしとすわり居て、しばらく休《やす》み、さて目《め》をひらけば、星影《ほしかげ》あきらかに、道《みち》もしかと見《み》へけるゆへ、立《たち》あがり、又《また》あゆみ行所《ゆくところ》に、二間《にけん》ばかり先に立《たち》はだかりて、道《みち》をさへぎるは、何《なに》ものならんとすかし見れば、そのたけ一丈《いちじやう》もあるべき女《おんな》の、口《くち》は耳《みみ》のきわまで切《き》れ、目《め》は額《ひたい》へ裂《さ》けのぼりて、舌《した》の長《なが》さ五寸余《ごすんよ》も有《あ》るべし、ひらひら動《うご》かし立《たち》たるありさま、絵《え》にかきたる山姥《やまうば》のごとし。

このもの、元《もと》より胆太《きもふと》く、したたかなる者なりしかども、この姿《すがた》を見《み》て、魂《たましゐ》をうばわれ、則《すなわち》そこに倒《たを》れ伏《ふ》して、しばらく気絶《きぜつ》しけるが、ややありて起《お》きあがり見《み》れど、其《その》ものはなし。かくして、やうやう宿所《しゆくしよ》へは帰《かへ》りけれど、四五日《しごにち》は人心地《ひとごこち》もつかずして、十日《とふか》ばかり過《すぎ》て、元《もと》のごとくなりけるとぞ。「これ、小狐《こぎつね》の変化《へんげ》せしなるべし」と、その頃《ころ》もつぱら人《ひと》の沙汰《さた》しけるとなり。

能登国邪神の事

一、我《われ》ら幼稚《ようち》なりし節《せつ》、つねに出入遊《いでいりあそ》びけるこの寺《てら》の住僧《ぢうそう》は、もと能登国《のとくに》の素性《そぜい》なるよし。郡《こほり》、村名《むらな》も聞《きき》しが、今《いま》は忘《わす》れぬ。四五百石《しごひやくこく》ばかりもこれ鳴し在所《ざいしよ》に、熊右衛門《くまゑもん》といへる百姓有《ひやくしやうあ》り。幼《よう》年《ねん》より不敵《ふてき》なる者《もの》にて、おそろしきといふ事《こと》、かつて知《し》らず。深山幽谷《しんざんゆふこく》といへども、ひとりたづね入《い》り、木《き》の根《ね》、梢《こずへ》をつたい、常《つね》に通《とを》らぬ道《みち》も冒《をか》して行《ゆ》き、何《なに》とも知《し》れぬ洞穴《ほらあな》をくぐり、人《ひと》のせざる事《こと》をたのしみ、おのれが業《わざ》としけれども、天然自然《てんねんしぜん》そなわりて、至《いた》つて父母《ふぼ》に孝行《かうかう》なり。かくの如《ごと》

くのわざをなす曲者《くせもの》なれど、父母《ちちはは》制《せい》し、いさめを加《くわ》ゆれば、かつて外《ほか》へ出《いで》ず。口論《かうろん》けんくわしける中《なか》へ、父来《ちちきた》りて、手《て》を取《と》りつれ帰《かへ》れば、たとひ手疵《てきづ》おひ、こぶしをもつて相手《あいて》に打《う》たるれども、恥《はぢ》をつつみて、親《おや》にいざなわれ帰《かへ》ること、たびたびなり。これによつて在所中《ざいしよちう》、かれが行跡《ぎやうせき》、放逸《はういつ》むざんなるをば憎《にく》みけれど、その孝志《かうし》を感《かん》じて、ゆるし置《おき》けり。かかる強勇不敵《がうゆうふてき》の者《もの》も、病《やまひ》にはちから及《をよ》ばず、ふと風気《ふうき》に犯《おか》され、仮初《かりそめ》のやうにうち伏《ふ》しけるが、しだいしだいに重《おも》りて、後《のち》には疫癘《ゑきれい》となり、顔色《がんしよく》やせかじけ、湯水《ゆみづ》さへ通《とを》らねば、父母大《ちちははおふ》きにおどろき、「日頃孝行《ひごろかうかう》しけるうへに、ただ一子《いつし》の事《こと》なれば、何《なに》とぞ身《み》にかへ、程《ほど》なく病気平癒《びやうきへいゆう》あらしめたまへ」と、神々《かみ》にちかひ、仏《ほとけ》にいのりて、老《おい》の心《こころ》をいためける。

然《しか》るに、この一在所《いちざいしよ》は、神明《しんめい》の氏子《うじこ》にて、一前《ひとまへ》ある森《もり》のうちに、御社建《おんやしろたて》り。その森《もり》のかたわらに、中《なか》ごろより誰人《たれびと》か祭《まつ》りおきけん、魚《うを》の宮《みや》といへる小社《こやしろ》あり。「参詣《さんけい》の人《ひと》、魚《うを》をそなへざれば、かならず祟《たた》りあり」といひ伝《つた》へて、神明《しんめい》へもふづる男女《なんによ》、下向《げかう》には、何魚《なにうを》にても、この小社《こやしろ》へ備《そな》へ拝《はい》しけるゆへ、魚《うを》の宮《みや》と名《な》づけ来《きた》りける。熊《くま》右衛門が父母《ちちはは》も、「まづ氏《うじ》の神《かみ》と申《もふ》し、ことに日本宗廟《につぽんそうびやう》の御神《おんがみ》なれば、我《わ》が子《こ》の病気平癒《びやうきへいゆう》をいのらんには、第一《だいいち》この御神《おんがみ》なるべし」とて、夫婦《ふうふ》うちつれ、一《いつ》七日通夜《しちにちつや》し、日数果《ひかづはた》して後《のち》、また魚《うを》の宮《みや》へ、これも七夜籠《ななよこも》りけるに、第三夜《だいさんや》に及《およ》んで、夫婦《ふうふ》ならび居らん所《ところ》もなき狭《せま》き社《やしろ》なるゆへ、こぞり寄《よ》りて念珠《ねんじゆ》くり居《い》けるうしろの方《かた》より、老夫《らうふ》が帯《おび》をつかんで、ひく者《もの》あり。あやしく思《おも》ひ、ふり返《かゑ》りて見《み》れば、獅子頭《ししがしら》のごとく髪《かみ》ふり乱《みだ》し、まなこ、茶《ちや》わん

の口《くち》ほどありて、くちびる朱《しゆ》を注《そそ》ぎたるごとし。丈《たけ》は頭《かしら》に見《み》あわすれば、殊《こと》の外《ほか》おとりて、三尺《さんじやく》ばかりもあらんとおぼゆ。強《つよ》くひかれて、老人力《らうじんちから》よわくも、うしろへうち倒《たを》されんとしけるが、さすが熊《くま》右衛門が父《ちち》ほどありて、こけながら、帯《たい》せし懐剣《くわいけん》をぬき持《も》ち、逆手《さかて》に、かの妖物《ようもつ》の腹《はら》とおぼしき所《ところ》をぐさと突《つ》きければ、「あつ」といひながら、かの抓《つか》みたる帯《おび》をはなして、姿《すがた》は消《き》へ失《うせ》たり。この騒《さわ》ぎに、神前《しんぜん》の御明《みあか》しの油《あぶら》ゆりこぼし、真《しん》の闇《やみ》となり、物《もの》の色《いろ》あひも見《み》へず。老人《らうじん》といひ、この怪異《くわいい》に胸《むね》おどりて、しばし起《おき》も上《あが》らずいたりしが、「動気《どうき》少《すこ》ししづまりぬ」とおぼへぬれば、また恐《おそ》ろしくなり、肌《はだへ》しつぽりと汗《あせ》にひたりて、「老婦《らうふ》はいかがしけん」と、そのあたり探《さぐ》り見れど、老母《らうぼ》はそこに居《い》ず。「今《いま》まで声《こへ》のしけるものを」と、あなたこなたをたづね廻《まわ》るに、方四《ほうし》五尺《ごしやく》に足《た》らざる小社《こやしろ》の内なれば、居《い》ながらも手《て》にあたるべきに、ただ持《も》ちたりし珠数《じゆず》のみありて、その人《ひと》はなかりけり。

「さては妖怪《ようくわい》のために取《と》られける」と、伏《ふ》しまろび泣《なき》さけぶ声《こへ》の森《もり》へひびき、はるかへだたり居《い》ける神職《しんしよく》の聞《きき》つけ、はしり来《きた》り、やうすを尋《たづ》ねけるに、「しかじか」と答《こた》へければ、あわてさわぎ、火《ひ》とぼし、その辺《へん》をたづね見《み》ける所《ところ》に、この小社《こやしろ》より一町《いつちやう》ほど奥《おく》、森《もり》の内《うち》に、老女《らうによ》が首《くび》、引《ひき》ぬひて捨置《すてお》きけり。むくろは見《み》へず。これを見《み》て、「ともに死《し》なん」と狂《くる》ひ泣《な》きけるを、神主《かんぬし》さまざまなぐさめて、その夜《よ》のうち、人《ひと》を添《そ》へて、かの老人《らうじん》をば宿所《しゆくしよ》へぞ送《おく》り届《とど》けける。

熊《くま》右衛《へ》門《もん》は大病《たいびやう》のうへに、母《はは》が妖《よう》ものに殺《ころ》されし事《こと》をうれへ悲《かな》しみ、絶入《ぜつじゆ》すること数度《すど》におよぶ。

一族《ぞく》ども集《あつま》りいさめけるは、「父年老《ちちとしおい》たるうへ、この横難《おふなん》をうけ、あまつさへ汝《なんじ》が重病《てうびやう》を案《あん》じ苦《くる》しみなば、不意《ふい》に思《おも》わざる不幸《ふこう》の事《こと》もあらん。さあらんに於《おゐ》ては、今《いま》まで尽《つく》せし孝行《かうかう》、水《みづ》のあわとなるべし。われわれ、その妖物を刺《さし》たる懐剣《くわいけん》を見るに、血《ち》に交《まじ》り、所《しよ》々けだものの毛《け》、ちぎれてつき見《み》へたり。察《さつ》する所《ところ》、畜類《ちくるい》の年《とし》を経《へ》たるが、この妖《よう》をなし、老母《らうぼ》を取《と》り食《くら》ひたりとおぼへたり。日《ひ》ごろ人《ひと》にも知《し》られたる勇気《ゆうき》の名《な》ある汝《なんじ》なれば、それと知《し》りては、親《おや》の敵《かたき》なれば、討《うち》て本意《ほんい》をたつすべきに、やみやみと、病《やまひ》のために命《いのち》をうしなひ、亡魂《ぼうこん》の恥辱《ちぢよく》をばいかにせん。まして人《ひと》ならぬ畜《ちく》生《しやう》に怨《うらみ》をむくわんは、いとやすかるべき事なり。病《やまい》は気《き》より生《せう》ずるものなれば、心を丈夫《じやうぶ》にもちて保養《ほやう》せられよ」と、色《いろ》々力《ちから》をぞ添《そ》へにける。この詞《ことば》を聞《きい》て、熊《くま》右衛門愁涙《しうるい》をとどめ、それより病《やまい》をおして父老《ふらう》の心《こころ》を慰《なぐさ》めし。ただ一筋《ひとすじ》に、母《はは》の怨敵《おんてき》をねらわん事のみを欲《ほつ》し、食《くい》がたき食《しよく》をも無理《むり》に食《く》ひ、胸《むね》にふさがる薬《くすり》をも、目《め》を閉《とぢ》て呑《の》み、はやく病苦《びやうく》をまぬがれて、はたらき自由《じゆう》ならん事をぞ祈《いの》りける。

その一念《いちねん》、神慮《しんりよ》にや叶《かな》ひけん、日《ひ》を追《おつ》て快気《くわいき》を得《ゑ》ければ、「今《いま》は時日《ときひ》を延《のば》すべきにあらず」と、父《ちち》へ「かく」と告《つげ》て、急《いそ》ぎ復讐《ふくしう》の用意《ようい》をぞしたりける。大《おふ》きなる袋《ふくろ》に、数升《すしやう》の焼飯《やきいい》を入《い》れ、首《くび》にかけたり。これは、かの森《もり》に行《ゆ》き、妖物《ようぶつ》に出《いで》あわざらん内《うち》は、帰《かへ》るまじき心《こころ》がけゆへ、その内《うち》の食物《しよくもつ》なり。新身《あらみ》の二尺余《にしやくよ》ありける山刀《やまがたな》を帯《たい》し、一尺余《いつしやくよ》の懐剣《くわいけん》を入《い》れ、干魚《ほしうを》を苞《つと》にし、小《こ》社《みや》の神《かみ》にそなへん用意《ようい》までして、ただひとり神明《しんめい》の森《もり》へぞ行《ゆき》ける。山中《さんちう》に座《ざ》して、二夜《にや》三日《さんにちい》居けれども、狐《きつね》、狸《たぬき》、

兎《うさぎ》なんどのたぐひより外《ほか》、あやしき物《もの》にも逢《あ》わざりければ、たち出《いで》て、「もしもの事あらん時《とき》の申《もふし》わけなれば」とて、神主《かんぬし》かたへ寄《よ》り、ひそかに内意《ないい》申入《もふしい》れ、その夜《よ》、魚《うお》の宮《みや》の小社《こやしろ》の中《うち》へ入《いり》てぞ、通夜《つや》しける。

おのれが居《い》けるあたりへ、干魚《ほしうを》まきちらし、目《め》まじろぎもせず窺《うかが》ひ居《い》ける所《ところ》、丑三《うしみ》つばかりとおもふ折《おり》から、森《もり》の内《うち》より、こそこそと木葉《このは》の散《ち》るかとおぼへ、しだいに間近《まぢか》く音《おと》しければ、「これこそ、かの妖物《ようぶつ》にやあらん」と、小社《こやしろ》の隅《すみ》に寄《よ》りて、身《み》をひそめ待居《まちい》たり。しばしありて、格子《かうし》のすきより、ちらちらと内《うち》へ入《い》る物《もの》あり。よくよく見《み》れば、大《おほき》なる猫《ねこ》なり。「益《ゑき》なきものに心《こころ》つくせしかな。干魚《ほしうを》くらゐに、神主《かんぬし》の手飼《てがひ》の猫《ねこ》の来《きた》りつらん」と思《おも》ひて、咳《せき》ひとつしければ、また格子《かうし》より外《そと》へ出けるゆへ、熊右衛門《くまへもん》は、かかるものに心《こころ》を動《うご》かすべき者《もの》にあらざれば、勇《ゆう》々と神前《しんぜん》へ進《すす》み出《いで》、最前猫《さいぜんねこ》の引《ひき》ちらしたる干魚《ほしうを》を、なぐさみに集《あつ》めなどして居《い》ける。

ややありて、我《われ》しらず、ぞつと身《み》ぶるいするほど、惣身潤《そうしんうるほ》ひたちけるまま、心得《こころへ》て山刀《やまがたな》を二三寸《にさんずん》抜《ぬ》きくつろげ、ひざ立《た》て直《なを》す。その鐺《こじり》を摑《つか》んで、うしろへ引《ひ》く力《ちから》に、覚《おぼ》へず引《ひ》きかへされんとするを、ねぢすわり、ふりかゑり、すかし見《み》れば、父《ちち》が見《み》し物《もの》がたりの姿《すがた》に、少《すこ》しもかわらぬ妖物《ようぶつ》なり。「これこそ母《はは》が怨《うらみ》なれば、やわか遁《のが》しやるべきか」と思《おも》ひ、一心《いつしん》に「南無天照皇太神宮《なむてんしやうかうだいじんぐう》」と観念《くわんねん》し、立《たち》あがるとて、はらひ切《き》りに只中《ただなか》へ伐《き》りつけければ、赤色《あかいろ》の玉《たま》となり、この小社《こやしろ》の内《うち》を飛《と》び廻《まわ》りけるを、追《おつ》かけ追《おつ》つめ、母《はは》をとられし無念《むねん》の切先《きつさき》、腕《うで》かぎりになぎ立《たつ》れば、かの玉《たま》の的中《てきちう》へあたり、

二《ふた》つになり、片《かた》々熊《くま》右衛《ゑ》門《もん》が腕《うで》へ食《くら》ひつきたり。ぐつとつまんで引《ひき》はなしければ、うでの肉《にく》を一寸《いつすん》ほど食《くら》ひ切《き》られたりけれども、ちつともひるまず、ひざの下《した》にひつしき、惣身《そうしん》のちからを出《いだ》し、ゑいゑい声《こへ》して押《お》しければ、みりみりとなりて、粉《こ》のごとくにぞ成《なり》ける。かくて用意《ようい》せし火《ひ》うちつけ、たけ取出《とりいだ》して、ともし火《び》を明《あ》かして見《み》るに、大《おふ》きさ犬《いぬ》ほどもあらんと覚ゆる、赤《あか》き猫《ねこ》なり。さいつ頃、老父《らうふ》に刺《さ》されし疵《きず》と見へて、腹《はら》の皮《かわ》をつき切《き》りし跡《あと》、いまだ癒《い》へずあり。ひざの下《した》に押《おさ》へしをよく見《み》れば、猫《ねこ》の首《くび》にて、あまりつよく押《おさ》れ、骨《ほね》はみぢんに砕《くだ》けて、鞠《まり》をつぶしたるやうになりて見へけり。

夜《よ》あけて、猫《ねこ》の死骸《しがい》うちかたげ、帰《かへ》りて父《ちち》へ見《み》せければ、涙《なみだ》を流《なが》し悦《よろこ》びけるにぞ。里人《さとびと》ども、この魚《うを》の宮《みや》へそなへし魚《うを》ども、尾鰭《をびれ》さへ残《のこ》らざりけるに、熊《くま》右衛《へ》門《もん》が猫《ねこ》を退治《たいじ》しけるより後《のち》は、いかほど魚肉《ぎよにく》をそなへても、そのままありて腐《くさ》れ、虫《むし》を生《せう》じけるゆへ、「さてはこの妖猫《ようねこ》こそ、小社《やしろ》の主《ぬし》と成《な》りしにや。かかる邪神《じやしん》を拝《はい》するは、至《いた》つて悪《あ》しと成《なる》べければ、打《うち》こぼちてよ」とて、熊《くま》右衛《ゑ》門頭取《もんとうどり》となり、一村《ひとむら》あつまり引《ひき》くづし、そのあとへ、蛭子《ひるこ》の宮《みや》をぞ勧請《くわんじやう》しける。しかれば、邪神《じやじん》の本体殺《ほんたいころ》されしかば、何《なに》のたたりも無《な》かりしよし。魚《うを》の宮建立《みやこんりう》せしよりこのかた、年《ねん》々男女《なんによ》の子ども、二人《にん》三人《にん》づつ行方知《ゆきがたし》らず失《う》せけるゆへ、日暮《ひぐれ》は子《こ》を持《も》ちたる者《もの》は、外《そと》へ出《いづ》ることなく、もし子《こ》どもを用事《ようじ》ありて出《いだ》す時《とき》は、必《かなら》ず母《はは》つき添《そ》ひて用心《ようじん》しけるに、社《やしろ》をこぼち捨《すて》しのちは、この怪異《くわいい》かつてなく、諸人安堵《しよにんあんど》しけるとぞ。

「皆《みな》この猫《ねこ》の取《と》り食《くら》ひしなるべし」と、かの住僧《ぢうそう》の物《もの》がたりなり。

続向燈吐話巻之四終

続向燈吐話巻之五

目録

続《ぞく》向燈吐《かうとうと》話《わ》巻之《まきの》五

日向国神軍《かみいくさ》の事

一、日向国《ひうがのくに》の内《うち》に、所《ところ》はさだかに知《し》らず、一在所《ひとつのざいしよ》あり。往古《をうこ》より祭《まつ》りける社《みや》はしだいに衰微《すいび》して、中古《ちうこ》信者《しんじや》の百姓《ひやくしやう》ありて、己《をのれ》が屋敷《やしき》の内《うち》に勧請《くわんでう》いたし置《をき》ける小社《こみや》、「諸願叶《しよぐわんかな》ひ、霊験《れいげん》あらたなり」と言《い》ひふらして、人尊敬《ひとそんぎやう》し、神《かみ》の威《い》をまして、おのづから、この社《みや》、氏神《うしがみ》となり繁昌《はんじやう》し、往古《をうこ》の社《みや》は、あるか無《な》きかのごとくになりけり。

一とせ、この村《むら》おしなべて疫病《やくべう》をわづらひ、十に四五は病死《べうし》しける所《ところ》に、往古祭神《をうこまつりがみ》、人《ひと》に告《つ》げて曰《いわ》く、「この災難《さいなん》、一朝一夕《いつてういつせき》のゆへにあらず。汝《なんじ》ら神明《しんめい》をあなどり、邪鬼《じやき》を祭《まつ》り、その心《こころ》くらく、かゑつて邪鬼《じやき》の気《き》にふれて、この疫病《やくべう》を発《はつ》したり。以来中古《いらいちうこ》の祭神《さいじん》を捨《すて》て、我《われ》をあがめ尊《たつと》ぶならば、子《し》孫繁栄《そんはんえい》、一在所長久《ざいしよてうきう》たるべし。うたがいの心《こころ》ありて、我《わ》が言《こと》をそむきなば、家《いへ》々断滅《だんめつ》して、村里《そんり》草《くさ》むらとなるべし」と。

この告《つげ》によつて、皆《みな》々寄《よ》りあひ評定《へうでう》して、「いかがせん」といふに、中《なか》になま才覚《さいかく》の者《もの》ありて、「かく告《つ》げし往古《をうこ》の祭神《さいじん》、邪神《じやじん》にて、中古《ちうこ》の祭神《さいじん》、正神《しよふしん》たらんも、凡夫《ぼんぶ》の眼《まなこ》にて見《み》わくべきやうなく、はやり出《いで》たる神《かみ》こそ、さし当《あた》りては敬《うやま》ふべき道理《どうり》なり。近《ちか》きたとへは、さしも十代余《だいよ》まで天下《てんか》

の仕置《しをき》ありし足利《あしかが》の家《いへ》も、末代《まつだい》織田《をだ》信長《のぶなが》の世《よ》にいたりては、名《な》を呼《よ》ぶ者《もの》さへなかりしぞや。神《かみ》とても、なをこれに等《ひと》し。なんぞ古新《こしん》を弁《わきま》へん」と言《い》ふて、一決《いつけつ》せず。

その日《ひ》はみなみな帰《かへ》りけるに、足利《あしかが》、織田《をだ》のたとへを引《ひき》ける男《をとこ》、その夜《よ》、心身悩乱《しんじんのふらん》して、血《ち》を吐《はい》て死《し》しければ、これに驚《おどろ》き、またまた参会《さんくわい》、詮議《せんぎ》まちまちなれども、大勢《をうぜい》の評義《へうぎ》しける事《こと》は、善悪《ぜんあく》によらず決《けつ》しがたく、日《ひ》を経《へ》ける。

然《しか》る所《ところ》に、また彼《か》の往古《をうこ》の神《かみ》、ある者《もの》の夢《ゆめ》に見《み》へて曰《いわ》く、「汝《なんぢ》らがうやまふ中古《ちうこ》の神《かみ》は、五百年《ひやくねん》を経《へ》し老狸《らうり》なり。よつて我《われ》、かれを退治《たいじ》せんと欲《ほつ》すれど、荷担《かだん》の悪獣《あくじう》あまたありて、その志《こころざし》をとげず。実《まこと》の邪神《じやしん》たる正体《しやうたい》を見《み》んと思《おも》わば、来《きた》る某《いつ》の日《ひ》、逸物《いつもつ》の犬《いぬ》、八々《はつぱ》六十四《ろくじうし》疋《ひき》あつめて、夜《よる》、丑《うし》の初刻《しよこく》に、密《ひそか》にかの社《みや》へ牽《ひ》き至《いた》りて、放《はな》しかけよ。我《われ》その内《うち》に交《まじは》りて、かれを亡《ほろぼ》し、村里《むらざと》の障礙《しやうぎ》を除《のぞ》かん」と教《をし》へられしかば、醒《さ》めてこの事《こと》をかたり、皆々《みな》ふしぎの思《をも》ひをなし、その告《つげ》の通《とお》りに、犬《いぬ》をたづねて数《かず》を合《あわ》せ、某《そ》の日《ひ》をぞ待《まち》ち居《い》たる。

程《ほど》なくその日《ひ》にいたり、教《をし》への通《とお》り、丑《うし》の初刻《しよこく》にかの社《みや》へ牽《ひ》き行《ゆき》て、社壇《しやだん》の内《うち》へ放《はな》しかけけるに、犬《いぬ》どももむらがり吠《ほ》へいかり、社《みや》の内《うち》にて食《くら》ひ合《を》う音《こい》おびただしく聞《きこ》へしが、やや一時《いちじ》程《ほど》かくありて、音《をと》もなくなりけるゆへ、戸《と》を開《ひら》き見《み》るに、背《せ》のはげて毛《け》の白《しろ》き狸《たぬき》五十余《よ》疋食《ひきくら》ひ殺《ころ》され、残《のこ》らずその狸《たぬき》に刃疵《はきづ》ありて、死《し》しいたり、犬《いぬ》ども六十四《し》疋《ひき》ながら、狸《たぬき》に食殺《くひころ》されしと見《み》へて、ことごとく死《し》しけり。

それよりこの里《さと》、往古《をうこ》の一社《いつしや》を尊敬《そんぎやう》し、怠転《たいてん》なく祭礼《さいれい》とり行《をこな》ひけると聞《きこ》へし。

備中国怪異の事

一、備中国吉備津《びつちうのくにきびつ》の宮《みや》は、六十余《よ》石の御朱印地《ごしゆいんち》にて、大社《たいしや》なり。この社《みや》のかたわらに、桜《さくら》の馬場《ば》と号《がう》し、広《ひろ》き原《はら》あり。ある時《とき》、社人《しやにん》一人《にん》、用事《よふじ》ありてこの馬場《ばば》を通《とお》りけるに、昼《ひる》七つ下《さが》りとかや、折《をり》ふし弥生《やよひ》の初《はじめ》つかた、桜《さくら》の花《はな》いと見事《みごと》に咲《さ》きみだれ、開《ひら》く花《はな》あれば散《ち》る花《はな》もありて、上下《じやうげ》の花《はな》ともいわん景色《けしき》に、心《こころ》うかれて、しばしこの馬場《ばば》に立《たち》やすらひける所《ところ》へ、息《いき》もつきあへず、走《はし》り来《きた》る女《をんな》あり。

この社人《しやにん》の袂《たもと》へすがり、「しばしのあひだ、影《かげ》を隠《かく》したまわるべし。追手《をつて》のかかるものにて候」といふ。つくづく見《み》れは、年《とし》ころ十七八ばかりなる、容貌《よふぼう》またも類《たぐひ》あらじと思《おも》ふ、みやびやかなる美女《びじよ》の、たけなる髪《かみ》を乱《みだ》して、はらはらとこぼれつる涙《なみだ》の、社人《しやにん》が手《て》へかかりけるを、己《おのれ》が手《て》を以《もつ》て、袂《たもと》して拭《のご》ひける手《て》の細《ほそ》く、美《うつく》しさ楊枝《やうじ》を並《なら》べしごとくなれば、この社人《しやにん》、心細《こころぼそ》くなりて、心《こころ》ほれぼれとなり、「たとひ、いかなる憂目《うきめ》にあわんとても、この人《ひと》ゆへならば、露《つゆ》の命《いのち》も何《なに》かはせん」と思《おも》ひよりて、「いと心《こころ》やすかれ。一命《いちめい》をかけ、かくまひ申《もふ》すべし。まづこなたへ」と、手《て》をとりて、うつつなく二三町《ちやう》いざなひ来《きた》るに、俄《にわか》にこの女《をなご》うごかずして、取《とり》たる手《て》を、石《いし》など掴《つか》みた

るやうにおぼへし故《ゆへ》、あやしく思《おも》ひて、かの女《をんな》の顔《かを》を見《み》れば、口《くち》は耳《みみ》の脇《わき》まで切《き》れて、目《め》は明星《みやうじやう》の光《ひかり》にひとしく、両手《りやうて》をかの社人《しやにん》が肩《かた》と腕《うで》を握《にぎ》り、引《ひき》ぬかんとする気色《けしき》に見《み》へけり。

折《をり》から夜遊《やゆう》の花見《はなみ》と見《み》へて、二十人《にん》ばかり、どやどやと神前《しんぜん》のかたより来《きた》りける。人声《ひとごへ》を聞《きい》て、この妖物《やうもつ》は、かき消《け》すやうに失《う》せけるとぞ。この社人《しやにん》、宿所《しゆくしよ》へ帰《かへ》り、物狂《ものぐる》わしくなり、一年余《ねんよ》相《あい》わづらひけるが、終《つゐ》に養生叶《やうじやうかな》わずして、死《しし》けるよし。

雲中の人声《ひとごゑ》の事

一、小田原城下《をだわらじやうか》の町《まち》にて、中夏《ちうか》のころ、外《そと》へむしろやうの物《もの》しきて、大勢《をうぜい》すずみ居《い》けるに、箱根《はこね》の方《かた》より、黒雲《くろくも》一むらおほひ来《きた》り。その雲のあしはやき事、鳥の飛ぶがごとくなりしゆへ、皆々ふり仰《あを》のひて是《これ》を見《み》るに、雲《くも》の中《うち》にて物語《ものがたり》いたす声《こえ》、たかだかと聞《きこ》へければ、外《そと》に居《い》けるもの、これを聞《きい》て、一度《ど》にばらばらとたちて、おのが家々《いへ》へ逃《に》げ入《い》り、あまり恐《おそ》ろしかりしにや、扇《をふぎ》、たばこ盆《ぼん》、茶《ちや》わんなどの類《るい》、外《そと》に引散《ひきち》らし置《を》けるが、これを取《と》りに出《いづ》るものなく、あくる朝《あさ》まで、そのままにうち捨置《すてをき》けるよし。

何《なに》ものの所為《しはざ》ならん、知《し》れる物《もの》なし。

湯の山の貂《てん》の事

一、松浦十郎左衛門殿家長何某《まつうらじゆうろざへもんどのかてうなにがし》、湯治《とふじ》しけるに、旅宿《りよしく》の一間《ま》の座敷《ざしき》を借《か》り限《き》りて、そこに仮住《かりぢゆう》居《きよ》しけるに、この座敷《ざしき》へ入《い》り、伏《ふ》しけるに、夜《よ》ふけ眠《ねむ》り候《そふらい》ば、ひややかなる手《て》して、頬《ほふ》をなでけるゆへ、たちまち覚《さ》めて、あたりを見《み》れど、一物《もつ》もなし。

かくする事毎夜《ことまいよ》なれば、あやしく思《をも》ひ、「何《なに》さま妖怪《やうくわい》のなす所《ところ》なるべし。さありとて、「かかる事《こと》あり」と人《ひと》に沙汰《さた》せんも、武士《ぶし》の本意《ほんい》にあらじ。ひそかにためし見《み》ん」と思惟《しい》して、ある夜《よ》、つねの臥所《ふしどころ》へ入《い》り、寝《ゐぬ》る体《てい》にもてなし、燈《ともしび》かすかにして、出入《いでいり》のふすま戸《ど》、少《すこ》しひらき、そのかげに、宵《よい》より待《ま》ち居《い》けるに、夜《よ》ふけ、人《ひと》しづまれる頃《ころ》、何《なに》やらん、ちらちらと、この開《あ》ける所《ところ》より内《うち》へ入《いり》ける所《ところ》を、あとの戸《と》さしこめ、ともし火《び》ふとく掲《かか》げ見《み》るに、その辺《へん》、物《もの》のさわり無《な》きやうにしつらひ置《をき》ければ、くまもなく見《み》へわたるに、猫《ねこ》ほどの物《もの》、座《ざ》しき中《うち》をかけ廻《まは》りけるを、刀《かたな》を以《もつ》て追《を》ひ廻《まわ》し、切付《きりつ》けけるに、飛鳥《ひてう》のごとく飛《と》び狂《くる》ひけれども、のがれ出《いづ》べき所《ところ》なきゆへ、つゐにこの一物《もつ》を伐《き》り殺《ころ》しける。

さて、死骸《しがい》をよく見《み》るに、貂《てん》といへる獣《けだもの》なり。夜明《よあ》けて、旅宿《りよしゆく》のあるじに、「かかるもの討留《うちとめ》たり」とかたれば、手《て》をうつて感《かん》じ入《い》り、「数年《すねん》この座敷《ざしき》借《か》り住居《ぢうきよ》せし人《ひと》、一日《にち》二日《か》ありては、「妖物《やうもつ》

あり」とて外《ほか》へうつり替《かわ》り、今《いま》もつて右《みぎ》のごとし。定《さだ》めてこの獣《けもの》の妨《さまたげ》なしぬるならん。御影《をかげ》ゆへ、以来《いらい》この難《なん》をのがれ候」とて、大《をを》きに悦《よろこ》びけるとぞ。

鼬《いたち》の年《とし》を経《へ》たるを貂《てん》といふよし、うけたまわりぬ。

泥我《どろが》右衛門《へもん》強勇の事

一、近江国湖水《をうみくにみづうみ》のほとりに、強勢《がうせい》なる者《もの》あり。本名《ほんみやう》をば知《し》らず。異名《いみやう》を泥我《どろが》右衛門《へもん》と号《がう》しぬ。その者居住《ものきよぢう》の村《むら》に、小社《こみや》あり。この森《もり》に、大《をを》きなる蛇出《じやいで》て、木末《きのすへ》をつたひ下《くだ》り、木《き》のうろへ入《いり》ける所《ところ》を、泥我見《どろがみ》つけて、鉄炮《てつぱう》をもつてうち殺《ころ》しけり。

然《しか》るにこの蛇《じや》、殺《ころ》されし翌日《よくじつ》より、一在所残《ざいしよのこ》らず疫病《やくべう》をわづらひ、「我《われ》はあの森《もり》の明神《みやうじん》なるが、蛇《へび》と変《へん》じて遊《あそ》びし所《ところ》を、泥我《どろが》右衛門《へもん》に殺《ころ》されたり。「彼《かれ》に取《とり》つかん」と思《おも》へど、強勢《がうせひ》なるものゆへ恐《おそ》ろしく、雅意《がい》にまかせ振舞《ふるま》へども、勇気《ゆうき》のたゆみなく、その時《とき》を得《ゑ》ざるなり。咎《とが》なきものをくるしめ、病《や》ましむる訳《わけ》は、我骨《わがほね》を取《と》り納《をさ》め、今《いま》までのごとくまつり、おこたる事《こと》なきやうに頼まんためなり」とて、病人《べうにん》おのおの口《くち》ばしり、その後疫病《のちやくべう》は止《や》みけり。

かかる大勇《たいゆう》の泥我《どろが》なれば、つねに山野《さんや》を家《いへ》として、猪《い》、鹿《しか》、狼《をうかみ》のたぐひをうち殺《ころ》し、これを売《う》りて、己《おのれ》がわざとしける。

ある日《ひ》、山《やま》へ出《いで》けるに、一日猟《いちにちりやう》なく、夜《よ》に入《い》り、狼《をうかみ》を取《と》らんとおもひ、笹《ささ》を切《き》りて囲《かこ》ひ、その内《うち》へ入《いり》て待《ま》つに、夜《よ》ふけ、いつも狼《をゝかみ》の往来《をうらい》する山路《やまぢ》を、そろそろ下《くだ》るものあり。鉄炮《てつぽう》の筒先《つつさき》を、おもふ図《づ》へ引《ひき》むけ、目《め》をも放《はな》さず詠《なが》め居《い》たれば、程《ほど》なく山《やま》をはなれ、間近《まぢか》く来《きた》るを見《み》るに、小山《こやま》のごとくなる法師《ほうし》、頭《かしら》にただ一目《め》ありて、鑓《やり》にひとしく尖《とが》れる舌《した》を以《もつ》て、朱《しゆ》の唇《くちびる》をなめずりながら、泥我《どろが》右衛門《へもん》が居《い》たるかたを目《め》にかけ、ゆうゆうと来《きた》るありさま、つねの人《ひと》の見《み》ば、魂《たましい》を失《うしな》ひ、忽《たちま》ちそこに倒《たを》れなんに、泥我《どろが》は、いよいよ勇気《ゆうき》まさりて、妖物《やうもつ》を鼻《はな》のさきに置《をき》ながら、また鉄炮《てつぽう》を取《と》り直《なを》し、玉《たま》ふたつかさね込《こ》み、以上《いじやう》三つ玉《たま》をもつて、その間三間《あいださんけん》ほどと覚《をぼ》へしとき、ただ中《なか》をよく狙《ねら》ひ放《はな》しけるに、手《て》ごたへして、「思ふ図《づ》にあたりぬ」とは覚《おぼ》へたれども、煙硝《えんせう》あまり強《つよ》く、玉《たま》は三つ込《こめ》たり、この鉄炮《てつぽう》の精力《せいりよく》におし倒《たを》され、仰《あを》のけにこけたり。

起《を》き上《あが》り、また手《て》ばしかく玉込《たまこみ》て、火《ひ》縄手《なわて》ばさみ、その辺《へん》をうかがひ見《み》るに、何《なに》ものも見《み》へず。「まさしく打《うち》とめたりと思《おも》ひし物《もの》を」と、その妖物《やうもつ》の立《たつ》たる所《ところ》へ行見《ゆきみ》るに、いまだ煙硝《えんせう》のにほひは残《のこ》れども、一物《もつ》もなし。

ほどなく夜《よ》あけて、忙然《ばうぜん》となりて帰《かへ》りけるが、これより煩《わづ》らひつきて、程《ほど》なく死《し》しけるとぞ。

四谷の川童《かつぱ》の事

一、御留守居同心《をるすいどうしん》、四五人《にん》いひあわせ、四つ谷《や》天王《てんをう》まつりへ忍《しの》び見物《けんぶつ》に出《いで》、夜《よ》に入り、御堀通《をんほりどお》りを帰《かへ》りけるに、七八歳《さい》の小坊主《こぼうしゆ》さきへ立《た》ち、御堀端《をんほりばた》をあゆみ行《ゆき》けるを見《み》つけ、「きやつ、川童《かつぱ》にてあるべし。生捕《いけどり》にせよ」とて、追行《をいゆ》くに、この小坊主《こぼうしゆ》、同《をな》じく走《はし》りて、及《をよ》びがたし。息切《いきき》れけるゆへ、立留《たちどま》り、そろそろ行《ゆけ》ば、この物《もの》も亦《また》そろそろ行《ゆ》く。「さればこそ、くせ物《もの》なり。一同《いちどう》に走《はし》るゆへに、追付《をいつか》れざると覚《をぼ》へたり。誰《たれ》にても足《あし》はやき者《もの》、まづかけ付《つい》て取着《とりつ》くならば、追《を》ひ追ひ走《はし》りつきて捕《とら》へん」といひあわせ、「我劣《われおと》らじ」と逸足出《いつそくいだ》して追《を》ひ行《ゆ》くに、今《いま》はこの小坊主《こぼうしゆ》も、叶《かな》ひがたくや思《おも》ひけん、堀《ほり》の側《ふち》をはなれ、市《いち》が谷《や》左《さ》内坂《ないざか》をのぼりて逃行《にげゆき》けるが、坂《さか》は行歩《ぎやうほ》おそくして、終《つい》に捕《とら》へられけり。

さて面《をもて》を上《あ》げ見《み》るに、黒《くろ》き瘡《かさ》のあと生々《なまなま》しく、その汚《きたな》き事《こと》、二た目《め》とも見《み》られず。手《て》は細《ほそ》くして、笛竹《ふへたけ》のごとし。「川童《かつぱ》ならば、水《みづ》の中《うち》へこそ入《い》るべきに、坂《さか》へのぼり行体《ゆくてい》は、乞食《こつじき》、非人《ひにん》の子《こ》どもか、さなくば迷《まよ》ひ子《ご》にてあるべし」と思《おも》ひて、辻番所《つじばんしよ》をたたき起《をこ》し、「この子《こ》あづかり置《をき》、たづぬる人《ひと》もあらば遣《つかは》せ」とて、渡《わた》しければ、しぶしぶ起《をき》て、「益《えき》もなき事《こと》なされ候《そろ》」といふ。「辻《つぢ》を勤《つとめ》ながら、迷《まよ》ひ子《ご》預《あづか》るを「益《えき》なき」とは、法外《ほうぐわい》なる辻番《つぢばん》かな」と、罵《ののし》りさわぎ行所《ゆくところ》に、その

先《さき》の方《かた》にて、町《まち》の髪結《かみゆひ》、小便におき出《いで》、この物《もの》がたりを聞《き》き、跡《あと》より呼《よび》かけ、「小坊主《こばうず》御捕《おんとら》へなされ候《そろ》よし。それこそ、いつもこの坂《さか》へ参《まい》り遊《あそ》び候川童《そろかつぱ》にて候《そふら》へども、悪事《あくじ》もいたさず候《そろ》ゆへ、不断《だん》の事《こと》なれば、捕《とら》へんとするものも、ただ是《これ》なく候《そろ》。つらく御《おん》あたり候《そろ》はば、怨《をん》をなし候《そふら》わん」とい ひ捨《す》て、内《うち》へ入《い》りぬ。

「さては川童《かつぱ》にてありしものを。いまだ辻番《つぢばん》にあらば、捕《とら》へ行《ゆき》て人《ひと》にも見《み》せん」と取《とつ》て返《かへ》し、また辻番《つじばん》を起《をこ》して、「あづけし小坊主《こばうず》は、いかが致《いた》したるぞ」と尋《たづ》ぬれば、「かれは四つ谷御門外《やごもんそと》よりこの辺《へん》の堀《ほり》に住《すみ》候川童《かつぱ》にて候《そろ》まま、はなし遣《つかわ》し候《そろ》」と答《こた》へけるゆへ、是非《ぜひ》なく、「捕得《とりえ》ざること残念《ざんねん》なり」と、つぶやきながら帰《かへ》りけるとぞ。

碓井の尻馬《しりむま》の事

一、碓井峠御番所《うすいとうげごばんしょ》に、一両年勤番《りやうねんきんばん》しける侍《さむらい》の語《かた》りけるは、「冬《ふゆ》のうち、旅人《りよにん》この御関所前《をんせきしよまい》を通《とを》り、信濃路《しなのじ》へ行《ゆ》くに、雪吹《ふぶき》はげしく面《をもて》を吹《ふ》き、耐《た》へがたきゆへ、尻馬《しりむま》に乗《の》り、尾《を》を手綱《てづな》にして、背《せ》を吹《ふか》せ行候《ゆきそろ》。この所《ところ》の者《もの》は、生《うま》れ落《をつ》るより寒国《かんこく》になれ、元来《ぐわんらい》その性《せう》をうけて、かしこく雪吹の用心《よふじん》をもいたし候へども、他国《たこく》の者《もの》、雪中馬上《せつちうばじやう》にて行《ゆ》きかかり候《そふら》へば、寒風《かんぷう》にて足《あし》のゆび切《き》れ落《を》ち、こごへ死《じに》けるもの、一年《ねん》の内《うち》には数《す》十人《にん》も是《これ》あるよし。道路巌石《どうろがんせき》そばだち、その岩氷《がんへう》にて、水晶《すいしやう》のごとく

見《み》へて、馬《むま》も折《をり》ふし滑《すべ》りて、過《あやま》ちいたす事多《ことをを》し。この辺《へん》の馬《むま》は、尾《を》を取《と》りて尻馬《しりむま》に乗《のり》候ゆへ、大《をう》かたは毛《け》をぬきとりて、猫《ねこ》の尾《を》のごとくになり候《そろ》」よし、語《かた》られき。

小田原の地震の事

一、先年《せんねん》、関東筋大地震《くわんとうすじをうぢしん》の節《せつ》酉《とり》の歳《とし》かとおぼゆその日《ひ》の夕《ゆう》、小田原方角《をだはらはうがく》におゐて、おびただしく赤気《せきき》立《たち》のぼり候《そろ》ゆへ、二三里方《りはう》の百姓《ひやくしやう》どもは、「城中《でうちう》に出火《しゆつくわ》あり」と存《ぞん》じ、追々駆《をいか》けつけければ、城下《でうか》の町人《てうにん》どもは、是《これ》におびへ、おどろき、騒動大方《そうどうをうかた》ならず。

然《しか》れども、別条別義《べつでうべつぎ》なければ、おのが家《いへ》々に帰《かへ》りけるに、明《あ》け七つ時《とき》より大地震《をふじしん》にて、城中石垣《でうちういしがき》、築地《ついじ》、崩《くづ》るるのみならず、所《しよ》々の破損《はそん》、かぞふるに暇《いとま》あらず。城外神社仏閣《でうぐわいじんじやぶつかく》、民間《みんかん》ともにふるひ倒《たを》され、押《をし》にうたれ、手負死人《てをいしにん》、その数《かず》を知《し》らず。親《をや》を失《うしな》ひ、子《こ》を殺《ころ》され、夫《をつと》を呼《よ》び、妻《さい》をたづね、戦場《せんば》の落足《をちあし》に似《に》たり。あまつさへ、おし倒《たを》されし家《いへ》々より出火《しゆつくわ》して、民屋《みんや》は申《もふ》すに及《をよ》ばず、城中《でうちう》たちまち灰燼《くわいじん》となり、赤土《あかつち》ばかり残《のこ》りぬ。

伏《ふ》したる家《いへ》の内《うち》に、父母妻子《ふぼさいし》の倒《たを》れ居《い》たるを存《ぞん》じながら、これを取《と》り出《いだ》さん間《ま》もなく、魔風《まふう》はげしく吹《ふ》き、火《ひ》さかんに燃《も》へ来《きた》れば、目前《めのまい》に焦死《しうし》を見《み》ながら、「ああ、ああ」と手《て》をかき、足《あし》をそらに走《はし》り廻《まわ》るばかり、せんかたなし。あるひは、二階《かい》などに伏《ふ》し居《い》ける者《もの》は、震落《ふるいをと》されて、家《いへ》くづれ

ざる以前《いぜん》に、人《ひと》まづ死《し》し、または地震《ぢしん》しばらく止《や》みぬるかとおもへば、いつの間《ま》にか天井《てんじやう》すでに地《ち》へ落《を》ち、その破《やむ》れたる隙《すき》をくぐり出《い》で、命《いのち》たすかる者《もの》もあり。あるひは破戒《はかい》の僧《そう》は、美女《びぢよ》を抱伏《かかいふ》しながら押《をし》うたれて、死骸《しがい》に汚名《をみやう》をあらわすもあり。目《め》もあてられぬ有様《ありさま》なり。

予《よ》が知《し》れる人《ひと》の友《とも》、「この節《せつ》、小田原城外《おだわらでうぐわい》に居合《いあわ》せ、この難《なん》にあひたりし」とて、語《かた》りけるなり。

蝮蝎《うわばみ》家を潰す事

一、いづれの城主《でうしゆ》にてありけん、知《し》らず。御領国《ごりやうこく》の内《うち》にて、うわばみ、民間《みんかん》の屋上《をくじやう》へ這《は》ひ登《のぼ》り、その家《いへ》を潰《つぶ》し、人《ひと》を取食《とりくら》ふ。その重《おも》き身体《しんだい》をつもりて、大《をを》きさを計《はか》り知《し》るべし。是《これ》によつて、領主《りやうしゆ》より大勢人《をふぜいひと》をさしむけられ、これを殺《ころ》させられ、その頭《かしら》を取《と》りて、台所《だいどころ》の棟木《はり》にかけ、魔《ま》よけのためとて、今《いま》に是《これ》あるよし。

信悪《しんあく》が怨霊の事

一、予《よ》が知《し》れる者《もの》、池上本門寺《いけがみほんもんじ》へ参詣《さんけい》しけるに、折《をり》ふし説法《せつぽう》ありて、上人高座《しやうにんかうざ》へ上《あが》り、かね打《う》ちならし、一通《いつつう》の諷誦文《ふじゆもん》、物《もの》あわれに読《よ》まれけるに、その傍《かたはら》に「これぞ施主《せしゆ》か」とおぼしき女《をんな》一人《にん》、

始《はじめ》より顔《かほ》をも上《あ》げず泣居《なきい》たりしに向《む》かひ、「今生《こんしやう》の罪《つみ》をさんげして、未来成仏《みらいじやうぶつ》を願《ねが》ふは、人間《にんげん》の道《みち》なり。父《ちち》の罪障《ざいしやう》、参詣《さんけい》の男女《なんによ》へ物《もの》がたりいたし、回向《えかう》をうけなば、一《ひと》つの孝行《かうかう》ならんや否や」とたづねられしに、「ただ能《よ》きやうに」とばかり答《こた》へて、泣《な》きしづみ、かさねて詞《ことば》なし。「しからば」とて、上人始末《しやうにんしまつ》をかたられしは、「上総国山中《かづさのくにやまなか》の一在所《ざいしよ》に、山伏《やまぶし》あり。信悪法印《しんあくほういん》と号《がう》す。つねに竹《たけ》を愛《あい》して、筍《たけのこ》の時分《じぶん》は、人《ひと》のこれを取《と》らん事《こと》をかなしみ、昼夜《ちうや》をいとわず、ただ一人《にん》、藪《やぶ》へ行《ゆき》て番《ばん》をしける。然《しか》るに、隣家《りんか》百姓屋敷《ひやくしやうやしき》の内《うち》へ、竹《たけ》の根《ね》くぐり出《い》で、筍数《たけのこす》十本生《ぼんは》へけるを、かの百姓《ひやくしやう》これを伐取《きりと》り、食《しよく》しぬ。山伏大《やまぶしをを》きに腹立《はらだち》し、「もと此方《このはう》の竹《たけ》の根《ね》より生《しやう》じたる筍《たけのこ》なれば、たとひ地《ち》の底《そこ》をくぐり、人《ひと》のやしきへ生《を》へたりとも、我《われ》は主《ぬし》なり。一たん断《ことは》りたてて伐《き》り取《と》るべき所《ところ》、その儀《ぎ》なきこそ遺恨《いこん》なれ」とて、踏込《ふみこ》みて口論《こうろん》に及《をよ》びけるを、近所《きんじよ》の者《もの》ども取《と》りあつかひ、事《こと》済《すみ》たりといへども、これを野心《やしん》に思《をも》ひて、以後《いご》たがひに中《なか》たがひして、出入《いでい》りせざりし。

ある年《とし》、筍《たけのこ》、例年《れいねん》よりふとく、そのうへ数《かず》おほく生《をい》たりければ、山伏殊《やまぶしこと》の外《ほか》よろこび、日々夜々《にちにちやや》に竹林《ちくりん》へ行《ゆ》き、一子《いつし》を愛《あい》するごとくに、興《きやう》じもてあそびける処《ところ》に、一昼夜用事《ちうやようじ》ありて、他《た》へ行《ゆ》きける留守《るす》の内《うち》に、この筍《たけのこ》、一本《ぼん》も残《のこ》らず盗《ぬす》み取《と》られける。山《やま》ぶし帰《かへ》りてこの体《てい》を見《み》、大《をを》きにいかりて、「必定《ひつでう》、中《なか》あしき隣家《りんか》の百姓《ひやくしやう》めが所為《しわざ》なるべし。しかれども、たしかにそれと証拠《しやうこ》なき事《こと》に、吟味《ぎんみ》もいたしがたく、いかがせん」と案《あん》じ居《い》たりしが、日頃短気《ひごろたんき》なる上《う》へ、秘蔵《ひぞう》しける物《もの》をうしなひたれば、無念《むねん》の気《き》てんでんして、「所《しよ》せん盗《ぬす》み取《と》りたる隣家《りんか》の主《ぬし》を呪詛《じゆそ》し、祈《いの》り殺《ころ》し、うつぷんを散《さん》

ぜん」と思《をも》ひて、おのれが身《み》に罪《つみ》の報《ほう》ぜん事《こと》をかへり見《み》ず、不動《どう》の像《ぞう》をさかしまに建《たつ》て、一七日《にち》の内《うち》、件《くだん》の百姓《ひやくしやう》を、一命《めい》を取《と》らん事《こと》を、身体《しんだい》をなげうつて祈《いの》りけるこそ、あさましけれ。

実《げに》や、「還着於本人《げんちやくをほんにん》」の金言《きんげん》いつわりなく、いまだ七日《なぬか》も過《すぎ》ざる内《うち》に、山伏夫婦《やまぶしふうふ》、七歳《さい》の童形《どうぎやう》ともに、何《なに》わづらふといふ事《こと》もなく、うちつゞき死《し》しければ、「いかなる事《こと》にて、かくは一家《け》亡《ほろ》びけるぞや」と、人々《ひとびと》ふしぎに思《おも》ひける所《ところ》に、七日《なぬか》にあたりける日《ひ》より、かの隣家《りんか》の百姓《ひやくしやう》、病気《べうき》づき、妻《さい》も同《をな》じくわづらへば、子《こ》もその病《やまい》に犯《をか》され、前《ぜん》後十日《とうか》も立《たた》ざるうちに病死《べうし》して、その家、類葉《るいえふ》たへ果《はて》たり。

しかのみならず、かの筍《たけのこ》を盗《ぬす》み取《と》りしは、これより半道《はんみち》ばかり是《これ》ある在所《ざいしよ》の百姓《ひやくしやう》にて、うり物《もの》のために盗《ぬす》み取《と》りしにもあらず。なぐさみに若《わか》もの四五人云《にんい》ひ合《あわ》せ、あまりに山《やま》ぶしが惜《おし》み愛《あい》しけるをにくみて、取《と》りけるなりしが、この筍《たけのこ》を取《と》りたる五人《にん》、同時同病《どうじどうべう》にて死《しし》けるこそ恐《をそ》ろしけれ。

その後《のち》、野《の》はづれに広野《くわうや》ありし。その所《ところ》にて、死《しし》たる者《もの》どもの名《な》を呼《よ》びて、打《うち》あひ切結《きりむす》ぶ音《をと》して、泣《な》きさけぶ声《こへ》、毎夜《まいや》たへず。往来《をうらい》の人《ひと》は、昼《ひる》もこの道《みち》は通《とお》らざりけるよし。

この施主《せしゆ》はかの山伏《やまぶし》が娘《むすめ》なるが、幼《いとけな》き時《とき》より江都《ゑど》へ来《きた》り、さる領主《りやうしゆ》の奥《をく》に宮《みや》づかへして居《い》けるゆへ、類難《るいなん》をば逃《のが》れしが、父《ちち》のかかる悪業《あくごう》の一念《いちねん》、この土《ど》に留《とど》まつて、苦《くる》しみを受《う》くる事《こと》をつたへ聞《きき》、怨念《をんねん》をなぐさめ宥《なだ》め、仏果《ぶつくわ》を祈《いの》らんため、今日《こんにち》かく諷誦《ふじゆ》をささげ、参《さん》けいの衆人《しゆにん》へ、さんげ回向《ゑかう》をうけける」とぞ。

続向燈吐話巻之五終

続向燈吐話巻之六

目録

続《ぞく》向燈《かうとう》吐《と》話《わ》巻《けん》之六

甲州宮内《くない》が乱行の事

一、甲州八幡《かうしうやはた》の神主《かんぬし》、名字《みやうじ》は知《し》らず、宮内《くない》といへる者《もの》、祭礼《さいれい》の節《せつ》、甲府御城《かうふおんしろ》より参詣《さんけい》しける与力《よりき》と、ふと口論《こうろん》を仕出《しいだ》し、即座《そくざ》に与力《よりき》を討留《うちと》め、おのれが居宅《いたく》へ帰《かへ》り、座敷《ざしき》の内《うち》に少《すこ》し高《たか》き所《ところ》あり、その所《ところ》へ引籠《ひきこも》り、かねて剣術名誉《けんじゆつめいよ》の聞《きこ》へある宮内《くない》、得物《えもの》引《ひ》きそばめ、待《まち》かけたれば、誰《たれ》あつて「これを捕《と》らん」といふものなし。

程《ほど》なく甲府《かうふ》より、捕手《とりて》の与力同心《よりきどうしん》、大勢《をふぜい》向《むか》われけるに、番手《ばんて》の者《もの》ども、声《こへ》をかけ走《はし》り入《いり》けるを、七八人《にん》に手《て》を負《を》わせ、死人《しにん》も一両人出来《いちりやうにんでき》ければ、ただ取《と》り巻《まい》て居《い》たるばかり。「焼討《やきうち》か、飛道具《とびどうぐ》にて討《う》つより外《ほか》なし」と、僉議評定《せんぎへうでう》して居《い》たる所《ところ》へ、最初《さいしよ》この人々《ひとびと》の向《むか》われし時《とき》より、うしろに控《ひか》へ居《い》ける男《をとこ》、進《すす》み出《い》で、「我《われ》ら、当国中《とうごくちう》を徘徊致《はいくわいいた》す、餌差《ゑさし》のものにて候《そろ》。宮内儀《くないぎ》は、私《わたくし》の遺恨《いこん》もこれ有《あ》り。ことさら天下《てんか》の召人《めしうど》にて候《そうら》へば、あわれ捕手《とりて》の役《やく》をかふむり、あだを報《むく》ひたく候《そろ》。公《きみ》の厳命《げんめい》を頭《かしら》にいただき、ふみ込《こ》み候《そろ》はば、やわか仕損《しそん》じ申《もふ》すべき」と、思《をも》ひ入《いつ》て願《ねが》ひけるゆへ、「きやつが面《つら》だましい、申《もふ》す詞《ことば》に違《たが》わずおぼへければ、定《さだめ》て覚《をぼ》へありてぞ願《ねが》ふらめ。よしや討《うた》れたりとて、味《み》方《かた》の損《そん》にもなるまじ。その隙《ひま》を得《え》て、付《つ》け入《い》る手《て》だてにもなるべし」とて、願《ねが》ひの通《とお》り、ゆるされ

たりければ、餌《え》さしはよろこび、かねて覚悟《かくご》やしたりけん、何《なん》の用意《よふい》も見《み》へず、づかづかと宮内《くない》が閉ぢ籠《こも》りける一間《ま》へあゆみ寄《よ》り、三間《さんけん》ばかり隔《へだ》て声《こへ》かけければ、朱《しゆ》にそみたる刀《かたな》をふり廻《まわ》し、血眼《ちまなこ》になりて立《たち》あらわれし宮内《くない》が姿《すがた》を見《み》定《さだ》めて、袖中《たもとのうち》より手裏《しゆり》剣《けん》、いなごの飛《と》ぶごとく数《す》十本《ぼん》なげうつに、急所《きうしよ》へあたりて、少《すこ》し引退《ひきしりぞ》きしを、「捕《とつ》たり」と一声《こゑ》さけんで走《はし》り込《こ》み、組留《くみとめ》んといだき付《つき》、左《ひだり》の脇腹《わきばら》〔校訂者注、脱行あるか〕、無念《むねん》の力《ちから》つき、「つらぬかん」とや思《おも》ひけん、引《ひき》そばめ見《み》へしが、二尺余《しやくあまり》の刀《かたな》なれは、切《きつ》さき余《あま》り、刺《さ》すことを得《え》ず。引《ひき》よせて、餌《え》さしが背《せなか》へつき立《たて》んとして、腹《はら》の皮《かわ》を二寸《すん》ほどかけ、逆手《さかて》に前《まい》へ突《つき》けるほどに、己《おのれ》が太指《ふとゆび》へ、ぐさと突込《つきこ》んで、白刃《しらは》をにぎり、右《みぎ》の五指残《ゆびのこ》らず切《き》りおとし、その上《うへ》、数《す》ヶ所《しよ》の急所《きうしよ》の痛手《いたて》に労《つか》れければ、「うん」と仰《のつけ》に反《そ》りかへりてぞ、死《しし》たりける。

すかさず引《ひき》よせて、首《くび》かき切《き》り、「さしも名誉《めいよ》」と、国中《こくちう》に沙汰《さた》せられし。宮内《くない》も運《うん》つきぬれば、餌《え》さしが手《て》にかかり、あへなき死《し》をぞ遂《と》げたりける。かくありて後《のち》、餌《え》さしは御《ご》ほうびに預《あづか》りけるが、その末《すへ》はいかがなりぬるやらん、聞《きか》ざれば、ここに記《しる》さず。

さても宮内《くない》が剣術《けんじゆつ》に達《たつ》し、且《かつ》また餌《え》さしが怨敵《をんてき》となりし来由《らいゆ》をたづぬるに、先《せ》ン宮内《くない》が家《いへ》に召仕《めしつか》ひし者《もの》あり。こころ正路《しやうろ》なるうへに、水《みづ》あび垢離《こり》とり、昼夜《ちうや》「神慮《しんりよ》に叶《かな》わん」とおもふ信心《しんじん》より外《ほか》、一物《もつ》たくわへ、一事《じ》むさぼる気《き》はなし。元来《ぐわんらい》その家《いへ》なれば、主《あるじ》、その志《こころざし》を感《かん》じ、引取《ひつとり》て家《いへ》の長《てう》となし、内外《ないぐわい》の事《こと》を取《と》りまかなひけるに、いよいよ正直堅固《しやうぢきけんご》にして、末《すへ》たのもしく見《み》へしに、いつの

頃《ころ》よりか、この者《もの》、いづかたへ行《ゆく》やらん、夜出《よるいで》て朝帰《あさかへ》り、昼《ひる》は忙然《ぼうぜん》と業《わざ》もせず、ただ口《くち》ばかり動《うご》かして念誦《ねんじゆ》するのみなりしが、主《あるじ》いぶかしく思《おも》ひながらも、日頃《ひごろ》の志《こころざし》に免《めん》じ、とかく過《す》ぎける。

宮内《くない》は田畑《でんばた》あまた所持《しよじ》あり、農業《のふぎやう》の為《ため》、下ばたらきの男、大勢召《め》しかかへ置《おき》ければ、この者《もの》どもを召《めし》つれ、日々《ひび》に長《てう》は田畑《でんばた》へ出行《いでゆ》きぬ。宮内《くない》さびしさのあまり、野《の》らへ出《いで》て遠見《とをみ》しけるに、思《おも》わず下男《げなん》どもが働《はたら》き居《い》ける畑《はた》へ来《きた》り見《み》れば、かの長《てう》、畑《はた》のわき、小川《こがわ》の端《はし》の芝原《しばはら》に腹《はら》ばひ伏《ふ》して、両足《りやうそく》拍子取《ひやうしと》り、いと面《をも》しろく音曲《をんぎよく》し居《い》たり。

このほど夜行《やぎやう》の不行義《ぎやうぎ》、今《いま》のていたらくに立腹《りつぷく》して、杖《つえ》ふりあげて打《うた》んとせしに、伏《ふし》ながら、川《かわ》はば三間《さんけん》ばかりを飛《と》び越《こ》へ、向《むか》ふの川原《かわら》にそのまま腹《はら》ばひ伏《ふし》たり。まづ宮内《くない》もあきれはて、彼《かれ》が軽《かる》わざ、不思議《ふしぎ》さらさら晴《は》れず、不興《きやう》して帰《かへ》りぬ。

その日《ひ》の暮《くれ》がた、長帰《をとなかへ》りけるを近《ちか》く呼《よ》んで、「己《おの》れ、家内《かない》の者《もの》を引《ひき》まわし、行跡正《ぎやうせきただ》しふして見《み》すべき身《み》の、夜《よ》もすがら出《いで》て夜《よ》をあかし、昼野《ちうや》へ出《いで》て伏《ふ》したわむるる条《でう》、放《はう》らつ無礼《ぶれい》、あるまじき事《こと》なり」と叱《しか》り、持《もち》あわせたる煙管《きせる》にて叩《たた》きけるに、その下《した》をくぐつて、梁《はり》へあがりて立居《たちい》たるに、一点《てん》のほこりも落《をち》ず、雲《くも》かすみの立《た》ちのぼりたるが如《ごと》し。「この者《もの》、神慮《しんりよ》に叶《かな》ひ、おのづから妙術《みやうじゆつ》を得《え》たるならん」とて、これより先《まづ》、宮内《くない》も心《こころ》うちとけ、そのまま打捨《うちすて》て、かれが心任《こころまか》せにせしぞ、ふるまわせける。

然《しか》るに、今《いま》の宮内《くない》、剣術《けんじゆつ》を好《この》みて師《し》を撰《えら》み、これを学《まな》び帰《かへ》りては、かならずこの長《をとな》にうけ太刀《たち》い

たさせ、心見《こころみ》けるに、かれが拳《こぶし》、岩石《がんせき》のごとく、打太刀《うちたち》かへつて手《て》にひびき、持《もち》たる木刀《もくとう》を取落《とりをと》すこと、たびたびなり。かわりて彼《かれ》に打《う》たするに、雷公《らいこう》の落《をち》かかるごとく、少《すこ》しあたりても、手《て》の内《うち》おのれと開《ひら》き離《はな》る。宮内《くない》その妙術《みやうじゆつ》を感《かん》じて、これより外《ほか》に師《し》をたのまず、この長《をとな》を師範《しはん》として、朝《てう》暮《ぼ》おこたらず励《はげ》みけるゆへ、対剣《けんじゆつ》の術《じゆつ》は申《もふ》す及《をよ》ばず、軽術《けいじゆつ》に達《たつ》し、人《ひと》を人《ひと》とも思《おも》わず、高慢心《かうまんごころ》日々《ひび》に増長《ぞうてう》しければ、かの長《をとな》、これを憂《うれ》へ、つねに制禁《せいきん》をぞ加《くわ》へける。

しかるに、五十余《じうあまり》にして、常人《つねひと》のごとく世《よ》を辞《じ》しぬ。父宮内《ちちくない》も、いくほどもなく没《ぼつ》して、今《いま》の宮《く》内《ない》、あくまで不敵《てき》のこころ弥増《いやま》しになり、夜々《よよ》二三里遠《りとお》くへ出《い》で、こころだめしに往来《をうらい》の人《ひと》を伐《き》り殺《ころ》すこと、数多《あまた》たびなり。あるひは面《をもて》をよごし、市中大勢《いちぢうをうぜい》あつまれる所《ところ》へ入《い》りて、一人《にん》を殺《ころ》し得《え》、捕らへんとする衆をしのぎて、飛鳥のごとくかけり飛《と》びて、かげをくらまし、あるひは夜中《やちう》、人《ひと》を打《う》たんとして人家《じんか》に入《いり》て、伏《ふ》したる者《もの》の寝首《ねくび》をかき切《き》り、かくの如《ごと》き乱行《らんぎやう》、かぎり知《し》られざりしに、この餌《え》さしが父《ちち》も、その数《かず》に入《いつ》て、宮内《くない》に殺《ころ》されけり。

しかれども、実正彼《じつしやうかれ》が討《うつ》たる証拠《しやうこ》もなければ、その敵《てき》をたづね打取《うちと》らんために、知《し》れる人《ひと》に手裏《しゆり》剣《けん》の術《じゆつ》を習《なら》ひ得《え》て、年月《としつき》ねらひ廻《まわ》りけるに、世《よ》の人《ひと》、宮内《くない》が悪行《あくぎやう》のことを語《かた》るを聞《きい》て、「さては父《ちち》も彼《かれ》が手《て》に討《うた》れたるらん」と心《こころ》つき、「その証《しるし》を糺《ただ》して怨《をん》を報《ほう》ぜん」と思《おも》ひ居《い》たる所《ところ》に、不時《じ》にこの仕合《しあわせ》となりしゆへ、「さてこそ、かくは願《ねが》ひ、思《おも》ひのままに本意《ほんい》を達《たつ》しける」よし、甲府御城番《かうふおんでうばん》の供《とも》に具《ぐ》せられし人《ひと》の物語《ものがた》りなり。享保初年《きやうほうしよねん》の事《こと》にてありしとぞ。

西応寺町化物やしきの事

一、西応寺門前町《せいおうじもんぜんまち》の内《うち》に、先年《せんねん》、林春斎住居《りんしゆんさいじゆうきよ》せられしに、この屋敷《やしき》、さまざまの怪異《くわいい》ぞありける。あるひは召使《めしつかひ》の者《もの》、何《なに》となく下働《しもばたらき》などして居《い》ける後《うし》ろより、春斎《しゆんさい》の声《こゑ》して、用事云《よふじい》ひつけしを、ふり返《かへ》り見《み》るに、姿《かたち》なし。あるひは夜中《やちう》、屋敷《やしき》のまわりを、ゑも知《し》れぬ声《こゑ》して呼《よ》びさけび、あるひは時《とき》として、生肴《なまざかな》など、誰《たれ》が持来《もちく》るともなく、流本《ながしもと》に捨置《すてお》きけること、ままありけり。始《はじめ》のほどは、家内《かない》の上下《じやうげ》おどろき恐《をそ》れけるが、後《のち》はつねの事《こと》になりて、さのみ怪《あや》しくも思《おも》わざりしとぞ。

元来春斎《ぐわんらいしゆんさい》、物《もの》に動《どう》ぜぬ人《ひと》にて、これらの事《こと》、少《すこ》しも心《こころ》にかけざりしに、爰《ここ》におかしかりしは、ひととせ、眇《すがめ》なりける下女《げぢよ》をさし置《をき》しが、「読書《どくしよ》または講談《かうだん》うけたまわる」とて、参《まい》りつどひける弟子《で》《し》ども、この下女《げぢよ》のおもはゆげに人見《ひとみ》る目《め》づかひの、ぴかぴか光《ひか》りて、つねの人《ひと》に異《こと》なりしを、たわむれに「ぴっかり」と呼《よ》びけるを、いつとなく呼《よび》ならわして、家内《かない》の者も、「ぴかり、ぴかり」といひけるを、この化物聞《ものき》きおぼへてや、夜《よ》ふけて後、家の外面《ぐわいめん》にて、「ぴっかり、ぴっかり」と呼《よ》びけるとなり。春斎物《しゆんさいもの》がたりして、一笑《しよふ》せられけるとぞ。

あるとき春斎《しゆんさい》、箱根湯治《はこねとうぢ》にまかりける留守《るしゆ》の内《うち》、毎夜女《まいよをんな》の泣《な》く声《こへ》、いと悲《かな》しく聞《きこ》へけるまま、春斎内室《しゆんさいないしつ》は、つねの男子《なんし》にもおとらぬ、けなげなる気象《きしやう》ありて、声聞《こへき》くごとに、押取刀《おしとりがたな》して、そ

の泣《なき》けるかたへ行《ゆき》て見《み》るに、一物《もつ》もなし。

あまた来《き》たりし弟子《でし》ども、読書《どくしよ》のいとま、二階《にかい》の雨戸《あまど》を見《み》るに、七八歳《さい》ばかりの小児《しやうに》の足《あし》、何《なに》と墨《すみ》にてゑがける如《ごと》く、踵《きびす》、指《ゆび》の跡《あと》、しかと見《み》へて、中《なか》のむなしき所《ところ》は、土《つち》ふまずの所《ところ》なるべし。あきらかに見《み》へしゆへ、「いかがして、この戸《と》をば歩《あゆ》みけん」と、あやしみ疑《うたが》ひ、林斎《りんさい》へたづね問《と》ひしに、「いやとよ、雨戸《あまど》に足跡《あしあと》の付《つき》しは、さのみ怪《あや》しむべきにあらず。予《よ》が臥所《ふすところ》の下《した》に敷《し》ける衾《ふすま》にも、かくの如《ごと》く、墨《すみ》にて跡《あと》あり。外事《ほかごと》はこころに留《と》むべきにあらず。この一事《じ》のみ、不思議《ふしぎ》はれず」と、語《かた》られしとぞ。

後年《こうねん》、この怪異《かいい》たつて無《な》かりしかども、春斎《しゆんさい》のつねに住《すみ》ける座敷《ざしき》の一間《ひとま》をば、夜《よ》に入《いつ》て自《みづか》らとざし置《をき》けるに、誰来《たれきた》り取《とり》けん、あした見《み》るに、かけ金《がね》いつも外《はづ》れありけり。その後《のち》この屋敷《やしき》、町人《てうにん》へ譲《ゆづ》りわたし、外《ほか》へ移《うつ》り住《すま》れけるよし。しかれども、この家長屋《いへながや》の内《うち》、一軒《けん》住《す》む者《もの》なく、明店《あきだな》になり、ありけるとぞ。いかなる怪異《かいい》かありけん、その子細《しさい》聞かず。今《いま》もあやしき事《こと》、ありやいなや。

上野国の人横難の事

一、上野国《かうづけのくに》、所《ところ》の名《な》は知《し》らず。子《こ》二《に》人《にん》もちける百姓《ひやくしやう》あり。姉《あね》は八歳《さい》、弟《をと》六《ろく》歳《さい》にぞなりける。

ある日《ひ》、夫は農業《のふぎやう》のために外《ほか》へ出《いで》、妻女《さいじよ》は家《いへ》に残《のこ》り、終日《しうぢつ》内のかせぎに気《き》も疲《つか》れ、日《ひ》も暮《くれ》に近《ちか》く、

「夫も帰《かへ》りなん」と、心《こころ》もせかれ、炊《た》きける飯《いひ》を、そのまま釜《かま》に置《おい》て、汁《しる》やうの物《もの》をこしらへ居《い》ける所《ところ》に、かの弟《をと》たりける男子《なんし》、いたづらに、かの飯釜《いいかま》のふた取《と》り、小便《しやうべん》しけるを、姉娘《あねむすめ》の見《み》つけて、「かかる事《こと》あり。いかにせん」と、母《はは》に知《し》らせたりけれども、人《ひと》の手もかりたき入《いり》あひの手《て》わざ、うち捨《す》てがたく、おどろきながら、「憎《にく》きいたづらしけるかな。じじを切《き》りてやれよ」と、後《のち》のいましめに、何心《なにごころ》なく言《い》ひけるを、誠《まこと》と心得《こころへ》、姉《あね》はいそぎ、流《ながし》もとにかけ置《をき》たる庖丁《はうてう》の、利《する》きこと剣《つるぎ》のごとくなるを取《と》り来《きた》りて、弟《をと》が男根《なんこん》を切《き》り落《おと》しければ、「あつ」と倒《たお》れて、二言《にごん》といわず死《し》しぬ。「あれあれ、じじ打《う》ちおとしたれば、血《の》のおびただしく出《いで》て、倒《たを》れたるぞや」といふを聞《きき》つけ、母《はは》は慌《あわ》てはしり寄《よ》り、姉《あね》がもちける庖丁《はうてう》取《と》り捨《すつ》るとて、ふり放《はな》ち、はね上《あげ》るに、おもわず誤《あやま》り、頤《おとがひ》より吹《ふへ》のほとり、なかば切《き》り込《こ》みければ、「なふ悲《かな》しや、こらへてよ」と、手足《てあし》をふるわし、身《み》をふるわし、しばらくもだへ叫《さけ》びしが、見《み》る内《うち》に息絶《いきた》へぬ。

母《はは》は狂気《きやうき》のごとく取乱《とりみだ》し、二人《ににん》の子《こ》どもが死骸《しがい》にいだきつき、「時《とき》のあやまちとは言《い》ひながら、弟《をと》は姉《あね》に殺《ころ》され、姉《あね》はまた母《はは》が手《て》にかかり死《し》する事《こと》は、いかなる因果《いんぐわ》のむくひなるぞや。いまひとたび息出《いきいで》て、『母《はは》よ』と言《い》ふてくれよ」なんど、かへらぬ繰《く》り言《ごと》いふて、起《をき》たり居《すわつ》たり、泣《な》き狂《くる》ひ居《い》ける所《ところ》へ、夫帰《おつとかへ》り、この体《てい》を見《み》て、ともに周章《しうしやう》し、愁涙《しうるい》とどめかねしが、ややありて妻女《さいぢよ》をいさめ、「かかる事《こと》は、前代未聞《せんだいみもん》のわざわひなれど、他人《たにん》を殺《あや》めしにもあらず。我子《わがこ》を殺《あや》めし事《こと》なれば、公の咎《とが》めかかる身《み》にあらねば、ただ此《この》うへ、かれらが菩提《ぼだい》をとぶらひ得《え》さするより外《ほか》なし」と、な

くなく死骸《しがい》を取《と》りおさめ、その夜《よ》のうち野辺《のべ》へ送《をく》り、むなしき塚《つか》の名《な》ばかりを残《のこ》しぬ。

三十日《じふにち》ばかりありて、かの百姓《ひやくしやう》、庄屋《しやうや》なりし者《もの》のかたへ行《ゆき》て願《ねが》ひけるは、「只今《ただいま》まで手足《てあし》の労《つかれ》をいとわず、朝《あさ》とく出《いで》て、暮《くれ》に帰《かへ》り、夜《よ》も半夜《はんや》はいとなみの世話《わ》にのみかかりて、渡世《とせい》の工《たくみ》に目《め》もあわざりしは、子《こ》どもの成人《せいじん》を待《ま》ちて、老《をい》を安《やす》くせんためなりしに、不慮《りよ》のさい難《なん》をうけて、二人《にん》の子《こ》どもを一時《じ》にうしなひぬれば、この世《よ》にたち交《まじわ》るべきのぞみ、絶《た》へはて侍《はべ》りぬ。この上《うへ》は僧《そう》となり、国々《くにぐに》を行脚《あんぎや》いたし、後世《ごせ》の道《みち》をたづねんと存《ぞん》じ寄《よ》り候《そろ》。先祖《せんぞ》より持《も》ち伝《つた》へし田畑《でんばた》なれど、今《いま》は誰《たれ》に譲《ゆづ》り、誰《たれ》に取《と》らせんとて、惜《を》しみ置《をく》べき。残《のこ》らず売《う》りはらひて、政用《せいよふ》にせんと存《ぞん》ずるあいだ、御肝入《おんきもいり》をたのみ入《いる》」よしを言《い》ふに、

庄屋《しやうや》もおどろき、「一たんの愁《うれ》いに対《たい》し、かく思《おも》ふは尤《もつと》もながら、先祖《せんぞ》の名跡《めいせき》を絶《た》やさんは、不孝《かう》の第一《だいいち》なり。一生子《いつしやうこ》なくして、一門他家《もんたけ》より養子《やうし》して、家《いへ》を続《つが》する族《やから》、あまた見聞《みきき》もしぬらん。心《こころ》に出家入道《しゆつけにうどう》せんこと、ひらさら無用《むよふ》たるべし」と異見《いけん》しけれど、「名聞利用《みやうもんりよふ》に申《もふ》す詞《ことば》にあらず。心《こころ》にちかひ、覚悟《かくご》きわめ、廻国修行《くわいこくしゆぎやう》の笈《をい》なんど、この間求《もと》め置《をき》たり」といふに、庄屋《しやうや》もせんかたなく、「この上《うへ》は、止《と》むるとも止《と》まらじ。愛子におくれ、世《よ》を見《み》かぎりしは、断《ことは》りなり」と、返《かへ》つて感涙《かんるい》し、願《ねが》ひのおもむきうけ合《あ》い、かの者《もの》の田畑《でんばた》、目録《もくろく》にしたため、「居住《きよぢう》の在所《ざいしよ》はもちろん、近《ちか》き村々《むら》にても、望《のぞ》みあらん人《ひと》は、入札《いれふだ》ありて、金高《きんだか》の甲乙《かうをつ》に任《まか》せて相渡《あいわた》さん」と触《ふ》れければ、心々《こころ》に入札持《いれふだち》参《さん》しけるに、金四十両余《しじうりやうあまり》の落札《をちふだ》にぞ極《きわま》りける。

庄屋金子《しやうやきんす》うけ取《と》り、かの百姓《ひやくしやう》をよびて渡《わた》しけるに、なゝめならず喜《よろこ》び、礼《れい》をのべて我家《わがや》へ帰《かへ》り、妻女《さいによ》に向《むか》ひ申《もふし》けるは、「汝《なんじ》とかたらひ初《そめ》しより、十余年《よねん》の春秋《しゆんじう》を送《をく》りむかへしに、宿縁《しゆくえん》うすくして今別《いまわか》れんは、身《み》を断《たた》るる思《おも》ひなれば、今生《こんじやう》はわづかの仮《かり》のすまゐ、永《なが》き未来《みらい》の再会《さいけん》を待《ま》たんのみ。われ思《おも》ふ子細《しさい》ありて、廻国《くわいこく》せんと欲《ほつ》するあいだ、永《なか》くいとま取《と》らするあいだ、いまだ三十路《みそじ》の上《うへ》は多《をを》からざる年《とし》なれば、他《た》の人《ひと》にもまみへ、世《よ》わたりせよ。この家《いへ》ならびに雑具《ざうぐ》残《のこ》らず、外《ほか》に金子《きんす》十両《りやうと》取らするなり。これを持《もつ》て、以来汝《いらいなんじ》が身《み》の世帯《せたい》をはかりて、我事《わがこと》はかりそめにも思ふべからず」とて、懐中《くわいちう》より金取出《かねとりいだ》し遣《つかは》しければ、夢《ゆめ》うつつたどる心《こころ》に、言《い》わん詞《ことば》さへなく、泣《なき》しやくりて、妻女《さいぢよ》はただ、うち臥《ふ》して居《い》たり。

夫はかく云《いふ》て後《のち》は、旅《たび》の用意《よふい》のみとり急《いそ》ぎけれは、「心《こころ》つれなや、申《もふし》たき事《こと》さむらふ」と、たもとに取《と》りすがりける妻女《さいぢよ》をつきはなし、かねて剃髪《ていはつ》の願《ねが》ひ、旦那《だんな》なりし寺《てら》へたのみ置《をき》ぬれば、とく行きて望《のぞみ》のごとく僧《そう》となり、日暮《ひくれ》けるころ、ひとまづ家《いへ》へ帰《かへ》りけるに、道筋《みちすじ》に山陰《やまかげ》ありける所《ところ》にて、何者《なにもの》の所為《しわざ》にや、かの者《もの》を切《き》り殺《ころ》し、所持《しよじ》の金子をうばひ取《と》り、あまつさへその家《いへ》へ行き、前後取《ぜんごとり》乱《みだ》し、嘆《なげ》きしづみて伏《ふ》し居《い》ける妻女《さいぢよ》をも刺《さ》し殺《ころ》し、衣類残《いるいのこ》らず、夫《おつと》がくれし金《かね》十両《りやう》さへ取《と》りて、逃《に》げ去《さ》りぬ。

「案内《あんない》より知《し》りたる者《もの》の、斯《か》くはせしならん」といへども、その人《ひと》を知《し》れる者《もの》なし。御料《ごりやう》の百姓《ひやくしやう》なれば、おほやけへ訴《うつた》へ出《いで》て、御《ご》せんぎ専《もつば》らなるよしなり。元文五年《げんぶんごねん》の春《はる》の事《こと》なり。

車井《くるまゐ》、密夫をあらわす事

一、肥後国問屋《ひごのくにといや》なりし所《ところ》にて、「妻女《さいぢよ》が不義《ぎ》の行跡《ぎやうせき》あり」と知《し》らする友《とも》のありしゆへ、かねてその有様《ありさま》をうかがひ、心《こころ》をつけけるに、密夫《みつぷ》かたへも、「かかる事《こと》あり」と告《つぐ》る人有《ひとあつ》て、つつしみ用心《よふじん》しけるまま、今《いま》はつくせし心《こころ》の張綱《はりつな》も弱《よわ》りて、かへつて知《し》らせし者《もの》の、さがなき口《くち》をうらみ、朋友《ほふゆう》のちなみさへ絶《た》えて、出入《いでいり》せざりしかば、かの友《とも》なる人《ひと》いきどをり、ある日来《ひきた》りて、かの夫《をつと》へ申《もふし》けるは、「幼少《やうしやう》より馴《な》れむつびし、兄弟《はらから》のごとくちなみし友《とも》の胸中《きやうちう》をうたがひ、不行跡《ぎやうせき》の妻女《さいぢよ》が佞口《ねいこう》にまどわされ、うとんじ遠《とを》ざくるこそ、遺恨《いこん》なれ。よしや汝《なんじ》が生害得失《しやうがいとくしつ》、我《われ》いらふべきにあらざれど、「讒《ざん》をもつて人《ひと》の夫妻《ふさい》の間《あいだ》をまどわす」なんど、人口《じんこう》にあづかりては、一生《しやう》の恥《はぢ》なり。我《わ》がいふ所《ところ》、いつわり無《な》き様子《やうす》をあらわし、うらみを後《のち》にこそ云《いわ》ん。われ近《ちか》き内《うち》、遠路《えんろ》をしのぎ、安芸国《あきのくに》厳島《いつくしま》へ参詣《さんけい》せんと欲《ほつ》す。汝《なんじ》を誘引《いういん》せん間《あいだ》、四五日道《にちみち》に逗留《とうりう》して、中途《ちうと》より帰国《きこく》せよ。「他国《たこく》へ出《いで》行《ゆ》きぬ」と知《し》りなば、いかなる深《ふか》き慮《おもんばか》りある者《もの》なりとも、心《こころ》をゆるし、日《ひ》ごろの不義《ぎ》あらわれなん。ましてや色《いろ》の道《みち》のならひ、あひ見《み》てんのみに後来《こうらい》をはばからざるは、上下皆同《じやうげみなをな》じ。夜《よ》に入《い》り家《いへ》へ帰《かへ》り、その者《もの》を捕《と》らへ、兎《と》も角《かく》もせよ」と言《い》ひ教《をし》へければ、よろこんで彼《かれ》が申《もふ》すごとくに、門族《もんぞく》へ暇《いとま》そこそこに告《つ》げ、何《なに》々の事《こと》家来《けらい》へ申置《もふしをき》て、旅《たび》だちしけり。

かくありて、十日《か》ばかり道《みち》に止《とま》り、「病気《べうき》」と号《がう》して一人引《いちにんひき》かへし帰国《きこく》しけるが、わざと道《みち》に日《ひ》を暮《く》らし、夜《よ》ふけて後《のち》、帰宿《きしゆく》しける。かの密夫《みつぷ》は、妻女《さいぢよ》が「かく」と知《し》らせしゆへ、毎夜《まいよ》しのび来《きた》り、内外《ないぐわい》の人目《ひとめ》厭《いた》ふのみにて、誰《たれ》におそるる事《こと》もなく、寝屋《ねや》には二人《ふたり》さしむかひ、つきぬ睦言《むつごと》に夜をふかして、夫《をつと》の今《いま》やなど帰《かへ》らんとは思《をも》ひもふけず、たわむれ遊《あそ》び居《い》たりし所《ところ》に、しきりに門《もん》の戸《と》をたたく音《をと》して、「あるじの帰《かへ》りし」とて、案内《あんない》さわがしたりければ、密夫《みつぷ》はただ水《みづ》の俄《にはか》におし来《きた》り、頂《いただき》に火《ひ》の燃《も》へ付《つ》きたるがごとく驚《おどろ》き、あなたへ隠《かく》れ、こなたへ潜《ひそ》み、うろうろして居《い》たりしを、妻女《さいぢよ》こころのききたる者《もの》にて、寝《ね》まきに隠《かく》し入《い》れて、はうはう勝手口《かつてぐち》へ出《いで》、湯殿《ゆどの》の内《うち》より外《そと》へつき出《いだ》しやりぬ。

密夫《みつぷ》、外面《そとも》へ出《いづ》るは出《いで》たれども、動転《どうてん》の気《き》、どまぐれ、方角をわきまへず。その内《うち》に家内《かない》の人起《ひとをき》出《いで》、内外出入《ないぐわいでいり》の人足繁《ひとあししげ》ければ、「いかがせん」と案《あん》じわづらひしが、きつと思《おも》ひつけ、かたわらに有《あり》ける車井《くるまい》の綱引《つなひ》きよせ、中《なか》ほどを結《むす》びつけ、つるべに足《あし》をまたがせ、綱《つな》を左右《さゆう》に持《も》ち、「ここにしばらく影《かげ》を隠《かく》し、人《ひと》しづまりて後《のち》、宿所《しゆくしよ》に帰《かへ》りなん」と、息《いき》をつめて隠《かく》れ居《い》けり。

かくとは知《し》らず、夫《をつと》は帰《かへ》るとひとしく、寝屋《ねや》はいふに及《をよ》ばず、家内《かない》の隈々《くまぐま》まで心《こころ》をつけ、たづねけれども、密夫《みつぷ》の行衛《ゆくえ》知《し》れず。「我留守《われるしゆ》と聞《き》かば、正《まさ》しく忍《しの》び来《きた》りしに、うたがひなく遠《とを》くは行《ゆ》かじ。隠《かく》れ居《い》るにこそ」と、裏《うら》へ出《いで》て、あるひは薪部屋《たきぎべや》、あるひは厠《かわや》の内《うち》なんど、のぞき探《さが》せども、見《み》へず。

せんかた尽《つ》き、「こよひは来《きた》らざりしものを。益《えき》なき人《ひと》の詞《こと》を誠《まこと》と思《おも》ひ、遠路《えんろ》を往来《をうらい》して、心《こころ》を尽《つく》せし事《こと》のくやしさよ」とつぶやき、すでに家《いへ》へ入《い》らんとせしに、密夫《みつぷ》は「一所懸《しよがけ》ㇾ命《いのち》」と思《をも》ひて、ここを大事《だいじ》に縄《なわ》に取《とり》つきて居《い》けるが、あまり恐《おそ》ろしさに、身《み》も震《ふる》われ、つるべを踏《ふ》みし足《あし》の動《うご》くにしたがひ、しただる水《みづ》の、井《い》の内《うち》へ落《をち》ける音《をと》を、夫聞《をつときき》つけ、「夜《よ》のうちに、水汲《みづく》むべきやうもなきに、水《みづ》のしただるこそ、あやしけれ。もしこの内《うち》にもや隠《かく》れ居《い》けん」と、さしのぞき見《み》れば、人《ひと》あり。「さればこそ、盗人《ぬすびと》ここに忍《しの》び居《い》るぞや」と、声《こゑ》を立《たつ》るに、下男《げなん》ども大勢《をうぜひ》かけ来《きた》り、提灯《てうちん》の火《ひ》を点《てん》じ、引上《ひきあ》げ見《み》れば、これより四五丁先《てうさき》の、つねに来《きた》り、親《した》しかりし友《とも》だちの男《をとこ》なり。

「何《なに》ゆへここに隠《かく》れ居《い》たるぞ」と問《と》へど、ただわななき居《い》たるばかりにて、答《こたへ》をもせざりしまま、家内《かない》へつれ来《きた》り、妻女《さいぢよ》を呼《よ》び、色《いろ》々詮議《せんぎ》すれど、「夢《ゆめ》いささか不義《ぎ》いたしたる覚《をぼ》へなし。夜《よる》の殿《との》なんどに迷《まよ》わされ、来《きた》り給ひぬる事《こと》もあらん」と、まがまがしき事《こと》のみ言《い》ひければ、捕《とら》へ置《をき》て、妻《さい》が文《ふみ》ばこ、手箱《てばこ》など取出《とりいだ》し見《み》るに、留守《るす》の内往来《うちをうらい》の文《ふみ》ありて、かの忍《しの》び来《きた》りし男《をとこ》の手跡《しゆせき》にまぎれなければ、今《いま》は陳《ちん》ぜんやうもなく、謝《あやま》り入《い》り、うつむき居《い》たり。

「妻女《さいぢよ》が首《くび》にかけし物《もの》の、ふくらかに見《み》へしは何《なに》ならん」と、引《ひき》うばひ見《み》れば、守袋《まもりぶくろ》にて、内《うち》にはかの男《をと》と、「行末《ゆくすへ》までも変《かわ》らじ」と、神々《かみがみ》をおどろかしたる起請文《きしやうもん》なり。

愛想《あいそ》もこそも尽果《つきは》て、「即座《そくざ》に討《うつ》て捨《すて》ん」と、主《あるじ》は怒《いか》り罵《ののし》りしを、この家《や》の長《をとな》たりし老人《らうじん》、「主《あるじ》が町人《てうにん》の身《み》として、妻《さい》の敵討《てきう》たん事《こと》、公儀《こうぎ》へ対《たい》し奉《たてまつ》りて、その恐《おそ》れ無《な》きにあらず。いにしへ人《びと》も、妻《さい》

女《ぢよ》は財布《さいふ》にたとへ、「そこなひ破《やむ》らば、新《あたら》しきを替《か》へて用《もち》ゐん」と言《い》へり。心《こころ》のけがれし布袋《ぬのぶくろ》は、きたなき物《もの》はうち捨《すて》て、こまかなる絹《きぬ》の新《あたら》しきに替《か》へんにはしかじ。この者《もの》の家来《けらい》一人《にんよ》呼びて、「かかる事《こと》あり」と告《つげ》て、不義《ぎ》せし人《ひと》を妻《さい》にくれられんは、見事《みごと》なる御《おん》はからひなるべし」と異見《ゐけん》するに、怒《いか》りをとどめ、その義《ぎ》にぞしたがひける。

かくありて、「この女末々《をんなすゑ》まで見《み》はなすべからず」と、密夫《みつぷ》が手《て》して証文《しやうもん》を取《と》り、その座《ざ》に引《ひき》わたし遣《つかは》しけり。かかりしかば、外人《ほかひと》のとなへも、「神妙《しんみやう》なるいたし方《かた》」とほめられ、かさねて近《ちか》きあたりより、有徳《うとく》なる人《ひと》の娘《むすめ》を申《もふ》しうけて、後妻《こうさひ》となし、家もますます繁盛《はんぜう》しけるは、かの長《をとな》の賢《かしこ》かりし故《ゆへ》にぞありける。始《はじ》め告《つ》げ知《し》らせし友《とも》へも礼謝《れいしや》して、断琴《だんきん》のまじわり、いよいよ深《ふか》かりしとぞ。

死人土中の声の事

一、麻布今井町《あざぶいまいまち》、永昌寺《えいしやうじ》といへる禅寺《ぜんでら》あり。あるとき死人《しにん》ありて、土葬《どそう》しけるが、土中《どちう》より、「うんうん」といふ声《こへ》しきりにて、病《やみ》ぬる人《ひと》のかたわらに居《い》て、痛声《いたごゑ》を聞《き》くごとく、しだいに強《こわ》くなり、高《たか》く聞《きこ》へしゆへ、住僧《じうそう》、青竹二本《あをだけにほんき》伐らせ、その竹《たけ》を棺上《くわんのうへ》と覚《おぼ》しき所《ところ》へつき立《た》て、何《なに》やらん経文《きやうもん》やや誦《じゆ》しければ、たちまちその声止《こへやみ》けるよし。

その僧《そう》、後《のち》に古河《ふるかわ》の永井寺《えいいじ》へ入院《じゆいん》せられしよし、その節聞《せつきき》ける者《もの》の語《かた》りき。

続向燈吐話巻之六終

続向燈吐話巻之七

目録

続向燈吐話巻之七

犬、婦女をうばひし事

一、伊豆国《いづのくに》の内《うち》とやらん、町人《てうにん》なりけるものの妻女《さいによ》、つねに犬《いぬ》を愛《あい》して飼《か》ひ置《を》き、夜《よる》は衣《い》を敷《し》き伏《ふ》さしめ、朝《あさ》はとく起《をき》て食《しよく》を与《あた》へ、人《ひと》のごとく養育《やういく》しける。

然《しか》るにこの犬《いぬ》、いつの頃《ころ》よりか、夫婦《ふうふ》ふしける寝屋《ねや》へ来《きた》り、睦《むつ》まじくささやく声《こへ》を聞《きい》ては、たけり吠《ほ》へけるゆへ、うるさく恐《おそ》ろしかりければ、人《ひと》へたのみ、遠《とお》く捨《すて》させけるに、その人《ひと》より先《さき》に家《いへ》へ帰《かへ》り、夫婦《ふうふ》が前《まへ》にひざを折《を》り、尾《を》をふつて、謝《あやま》れる体《てい》に見《み》へしかば、「さすが、なれ愛《あい》せし物《もの》を、情《なさけ》なく殺《ころ》さんも不便《ふびん》なり」とて、元《もと》のごとく飼《か》ひ置《を》きけるに、吠《ほゆ》ること止《や》まず。

今《いま》はせんかた尽《つ》きて、「明日《みやうにち》はうち殺《ころ》して捨《す》てなんもの」と、あるじ思案《しあん》して、その夕《ゆうべ》より、「今《こん》生《じやう》の名残《なごり》なれば、心任《こころまか》せに食《くら》わせよ」とて、美食珍味《びしよくちんみ》のたぐひを与《あた》へけれども、かかる事《こと》を知《し》りてや、あへて食《くら》わず。

あくる朝《あさ》、妻女《さいによ》いつものごとく、器《うつわ》に食物《しよくもつ》を入《い》れ、犬《いぬ》の前《まへ》へさし出《いだ》しける所《ところ》を、飛《と》びかかりて衿《すそ》へ食《く》ひつき、引《ひき》ずりながら走《はし》り出《いで》ける。「こはいかにせん、犬《いぬ》の我《われ》を犯《をか》すぞや」と、手《て》をあげ足《あし》をうごかし叫《さけ》びけるゆへ、家内《かない》のものども、おどろき走《はし》り出《い》で、あとを慕《した》ひ追《を》ひ行《ゆ》くに、その速《はや》きこ

と、奔馬《はしるむま》にひとしく、追《を》ひつかれざりしに、行《いく》さき大河《をふかわ》ありて、跡《あと》より声《こへ》かけ、「それそれ」なん呼《よ》ぶを聞《きき》つけ、道行《みちゆ》く人大勢《ひとをうぜい》あつまり、この川《かわ》ばたにて犬《いぬ》を捕《とら》へ、縄《なわ》にて四足《しそく》を縛《しば》り、首《くび》に石《いし》をつけ、川中《かわなか》へしづめけるに、しばし立《たち》あらわれ、吠《ほ》へいかる声《こへ》のすさまじかりしが、程《ほど》なく水底《みづそこ》へ入《い》りて、姿見《すがたみ》へず。

さて妻女《さいによ》を見《み》るに、命《いのち》は助かりけれども、衿《すそ》へ食付《くひつ》きふり行《ゆき》ける道《みち》すがら、石《いし》にすり破《やぶ》り、血《ちまみ》れ、苦痛《くつう》たへがたし。宿所《しゆくしよ》へ帰《かへ》り、薬師《やくし》に見《み》せて療治《りやうじ》しけるに、首筋《くびすじ》に犬《いぬ》の歯形《はがた》ありて、この疵《きず》、瘡《かさ》となり、一年《ねん》あまり悩《なや》み、ついに死《しに》けるとぞ。

衣桁《いかう》にかけし小袖より手を出す事

一、愛宕《あたご》の下《した》、御旗本《をはたもと》の奥《をく》に勤《つと》めける局《つぼね》、あるとき古着《ふるぎ》商《あきな》ひける者《もの》かたより、地《じ》は沙綾《さあや》にて、模《も》様《やう》そら色《いろ》に、蘭花《らんのはな》を所《しよ》々縫《ぬ》ひける古小袖《ふるこそで》、絵《え》やう面白《おもしろ》く気《き》に入《い》りければ、買《か》ひもとめ、衣桁《いかう》にかけ置《を》き、折《をり》ふし傍輩《ほうばい》の女中来《ぢよちうきた》りけるに、「かかる模様《もやう》の小袖《こそで》、古《ふる》けれども、雛《ひいな》がたになき図《えづ》ゆへ、めづらしければ、調《ととの》へたり。見《み》たまへ」とて、見《み》せけるに、おのおの会釈《あしやく》して奥《をく》に行《ゆ》き、衣桁《いかう》にたち寄《よ》れば、かの小袖《こそで》の両《りやう》の袖口《そでぐち》より、白《しろ》き手《て》二本《にほん》あらわれ、風《かぜ》などの吹《ふき》さそふごとく、ひらひらと動《うご》き見《み》へしかば、みなみな肝《きも》を消《け》し、心《こころ》をとめて見《み》し者《もの》もなく、立《た》ち帰《かへ》り、さあらぬ体《てい》にて、「見事《みごと》

なる小袖《こそで》にてさむらふ」と、褒《ほ》めて帰《かへ》りぬ。

二三日《にちす》過ぎて、局外《つぼねほか》へ出《いで》けるに、「この小袖《こそで》を着《き》ん」と思《おも》ひ、手《て》を通《とを》すに、我《わ》が手《て》より先《さき》に、白《しろ》き手《て》、袖口《そでぐち》より出《いで》て、氷《こをり》にあたるやうに、手《て》に触《さわ》りければ、「あつ」といひて投《な》げ出《いだ》し、早《さつ》そく右《みぎ》の古着屋《ふるぎや》へ人《ひと》を遣《つかわ》し呼《よ》びよせ、「代物《だいもつ》いかほどにても苦《くる》しからず。売《う》り替《か》へくれよ」とて取出《とりいだ》し、渡《わた》し遣《つかわ》しけるとぞ。

その後《のち》、「かかる事《こと》ありしが、その小袖《こそで》はいづれより出《いで》ける」と尋《たづ》ねしに、古着屋《ふるぎや》申《もふ》しけるは、「御小袖《ごこそで》御返《をかへ》しなされ候うへは、つつむべき様《やう》なし。さる屋敷《やしき》、妾《てかけ》なりし人《ひと》、密通《みつつう》の科《とが》にて成敗《せいばい》せられし。それが小袖《こそで》なり」といふ。その者《もの》の執心《しうしん》、日頃愛《ひごろあい》せし物《もの》ゆへに、衣類《いるい》に残《のこ》りとどまりけん。「よくぞ早《はや》く返《かへ》しける」とて、損失《そんしつ》をば悔《くひ》ず、とどめ置《を》かざるを喜《よろこ》びけるとぞ。

女ぬすびとの事

一、信濃国木曽《しなののくにきそ》の辺《ほとり》に住《すみ》ける者《もの》の娘《むすめ》、いかなる報《むく》ひにかありけん、幼少《やうしやう》より盗《ぬす》みを好《この》み、しかも、その道《みち》にかしこく、七八歳《さい》のころには、男子《なんし》にもまさりて、いたづら大《をふ》かたならず。家《いへ》の金銭《きんせん》を取《とり》出《いだ》しては、ひそかに手遊《てあそ》びやうの物《もの》を買《か》ひとどのへ、隣家《りんか》へ行《ゆき》ては、草花《くさばな》を手折《たを》り、木実《きのみ》を盗《ぬす》みなんどしけれども、「女子《によし》のかよわき気《き》にて、かかる悪戯《いたづら》はせじ」と心《こころ》ゆるして、咎《とが》むる人《ひと》もなかり

し。

あるとき、向《むか》ひ隣《とな》りの者《もの》の妻女《さひによ》、一間《ま》に入《い》りて、櫛笥《くしばこ》とりちらし髪結《かみゆ》ひ居《い》ける所《ところ》へ、この娘来《むすめきた》り、あそび居《い》しが、何思《なにをも》ひ出《いだ》しけん、つい立《たつ》て、頓《やが》て己《おのれ》が家《いへ》へ帰《かへ》りぬ。跡《あと》にて物《もの》ども取集《とりまつ》べ見《み》るに、櫛《くし》、笄《かうがい》、簪《かんざし》の三色《くさ》、かき消《け》すやうに見《み》へず。「今《いま》までありつるものを」と、その辺《あた》りうち返《かへ》したづぬれども、知《し》れず。外《ほか》より来《きた》りし人《ひと》もなかりしかば、「かの娘《むすめ》の、いたづらに取《とり》ぬらん」とて、急《いそ》ぎ人《ひと》して、「かく」と言《い》ひやりしに、親《をや》のならひ、愛《あい》に溺《おぼ》るる気《き》から、善悪《ぜんあく》のさかい、などか弁《わきま》へぬべき。「年《とし》たらぬ子《こ》どもに難《なん》を負《をわ》する事《こと》、返《かへ》す返《がへ》す奇怪《きくわい》なり」と憤《いきどを》り、向《むか》ふへ行《ゆき》て、かまびすしく口論《こうろん》に及《をよ》びければ、隣家《りんか》の人々《ひとびと》あつまり、「心《こころ》やすき中《なか》には、忌《い》みきらふ多言《たごん》もまま有《あ》るならひ。それをいひもて調《しら》べんは、したしく語《かた》らふ甲斐《かい》はあらじ。娘《むすめ》が取《と》らざるうへに、何《なん》の争《あらそ》ひかあらん」となだめて、当座《とうざ》に中直《なかなを》りしける。然《しか》るに娘《むすめ》の父母《ふぼ》、つくづく思《おも》ひ返《かへ》し思《おも》ふに、「咎《とが》なき人《ひと》の事《こと》に、などか、かかる難義《なんぎ》を言《い》ひ越《こ》すべき。好《この》ましき心《こころ》に、自然彼《しぜんかれ》が取《と》り来《きた》りしにや。後日《ごにち》に失《うしな》ひしもの出《いで》なば、「我下知《われげじ》して盗《ぬす》ませし」と評《へう》せられんも面目《めんもく》なし」と、娘《むすめ》をよびて、衣類《いるい》を脱《ぬ》がせ、うちふるひ見《み》れば、袖《そで》の少《すこ》しほころびし所《ところ》より、かの櫛笄《くしかふがい》出《いで》けるまま、「おのれ、幼《おさな》き身《み》にて、かかる大胆《だいたん》なる曲事《きよくじ》なす条《でう》、成人《じん》せば、いかなる重《おも》き科《とが》をかいたさん。所詮《しよせん》うち殺《ころ》し損《そこな》はん」と、こらしめの怒《いか》りの声《こへ》も、近《ちか》きあたりをはばかり、ひそひそ折檻《せつかん》しけるが、「櫛笄《くしかうがい》出《いで》ける上《うへ》、今一品《いまひとしな》も隠《かく》し置《を》きぬらん。いづかたに置《を》きしぞ。

つつまず申《もふ》せ」と問《と》われて、泣《な》く泣《な》く立《た》ちて、「爰《ここ》にこそ」と取《と》り出《いだ》すを見《み》れば、己《おのれ》が履《は》ける草履《ざうり》の裏《うら》に、さし貫《つらぬ》きてぞありける。

見《み》るに、ぞつと恐気《こわげ》立《だ》ち、「年《とし》たけし人《ひと》も及《をよ》ばぬ悪智恵《わるちえ》、つもりつもりて、行衛《ゆくえ》は何《なに》とかなるべし。この知恵《ちゑ》をよき事《こと》にもふけなば、いかばかり嬉《うれ》しからんものを。いかなる因果《ゐんぐわ》に、女子《によし》と生《むま》れしさへ、五障《しやう》とやら罪深《つみぶか》きことわりを聞《き》けば悲《かな》しかりしに、その女子《によし》の身《み》として、盗《ぬす》みせんとは、敵《てき》のすへの生《むま》れかわりしか」と、夫婦《ふうふ》は顔見《かほみ》合わせ泣居《なきい》たりしが、「一たん陳《ちん》じ置《をき》たれば、「かくあり」とて、などか返《へ》し送《おく》られん。人《ひと》に見《み》せな。ひそかに取《と》り置《を》けよ」と、父《ちち》はそこそこに心《こころ》をつけ、「根《ね》ぶかく仕込《しこみ》し盗人根性《ぬすびとこんじやう》なれば、よも是《これ》ばかりとも思《をも》われず。かれが手《て》なれし遊《あそ》び道具《どうぐ》の内《うち》を見《み》よ」と取出《とりいだ》し、うちあけければ、あるひは鼻紙《はながみ》ぶくろ、楊枝《やうじ》さし、あるひは印籠《いんろう》、小刀《こがたな》、たばこ入《いれ》のたぐひ、いつ盗《ぬす》み置《を》きけん、数《かず》も定《さだ》めがたき程出《ほどいで》けるを、見《み》るもいぶせく、あさましさに、「かかる悪人《あくにん》をば我手《わがて》にかけて、後《のち》のわざはひを断《たた》ん」とは言《い》ひけれども、さすが恩愛《をんあひ》の情《じやう》にからめられ、「この後《のち》かかる事《こと》せじ。ゆるし給へ」とわぶるを聞《き》けば、憎《にく》さより不便《びん》いやましになりて、そのままにうち捨《すて》て、これより外《ほか》へ出《いだ》さず、物《もの》によそへ、事《こと》にかこつけ、教訓《きやうくん》しける。親《をや》の慈悲心《じひしん》のありがたさをや弁《わきま》へけん、人《ひと》となるにしたがひ、いつとなく、この悪業《あくごう》は止《や》みけり。

しかるにこの娘《むすめ》、容色《よふしよく》すぐるるのみかは、世渡《よわた》りの道《みち》もかしこかりしかども、その性《せい》、荒婬薄《くわういんはく》情《じやう》にて、村雨《むらさめ》のたちまち降《ふ》り、秋《あき》の風《かぜ》のたなびくごとく、そこの人《ひと》に今日逢《けふあ》ひ初《そ》むるかと思《おも》へば、

明日《あす》はかしこの人《ひと》に枕《まくら》をかわし、また異人《ことひと》に心《こころ》をかよわす間《あいだ》、契《ちぎ》れる男《をとこ》、いく人《たり》といへる限《かぎ》りなく、後《のち》には一所《いつしよ》に集《あつま》り、取《とり》あひうち合《あ》ひしける事《こと》、度々《たびたび》ありしとぞ。かかる行跡《ぎやうせき》を人《ひと》も知《し》りぬれば、誰《たれ》かこの家《いへ》の婿《むこ》となるべき。盛《さか》り過《すぐ》るまで、あたら身《み》を孀《やもめ》にてぞ住《すみ》ける。

母《はは》は身《み》まかり、父《ちち》も今《いま》は年老《としを》ひて、農業《のうぎやう》も人《ひと》だのめして耕《たがへ》し植《うゑ》しほどに、しだいに貧《まづ》しく、朝夕《あさゆう》の煙《けむり》もたへだへなり。しかれどもこの娘《むすめ》、かいがいしく昼《ひる》は外《そと》へ出《いで》て、いづかたより求《もとむ》るかは知《し》らず、米《こめ》なんど携《たづさ》へ来《きた》り、夜《よる》は夜《よ》もすがら家《いへ》にあらず、あかつき帰《かへ》りて、袖《そで》より餅《もちゐ》、果物《くだもの》のたぐいを出《いだ》して、父《ちち》に与《あた》へければ、昔《むかし》つらくあたりて、「この子ゆへに憂目《うきめ》や見《み》ん」と、叱《しか》りし詞《こと》も今《いま》さら悔《くや》しく、かへつて孝行《かうかう》のあつき心《こころ》を感《かん》じける。

ある夕《ゆう》ぐれ、娘心《むすめこころ》がけし所《ところ》やありけん、出行《いでゆき》し道《みち》にて、年来《ねんらい》五十余《よ》の廻国人《くわいこくにん》、笈《をい》おもげに負《を》ひて、哀《あわ》れなる念仏申来《ねんぶつもふしきた》りしに逢《あ》ひたり。この者立《ものたち》より申《もふし》けるは、「この所《ところ》のならわしとて、法度《はつと》つよく、旅人《りよじん》の泊《とま》りがたく、「よしや野山《のやま》にも臥《ふ》し候《そふら》わん」と存《ぞんじ》候へども、深山《しんざん》近き在所《ざいしよ》なれば、狐狼野干《こらうやかん》の障碍《しやうげ》もおそろしく、日《ひ》はしだいに暮《くれ》かかり、心《こころ》もせかれ候。少《すこ》しも疑《うたが》ひかかる身《み》にては是《これ》なく候《そうろう》まま、慈悲《じひ》ともならん、いかなる所《ところ》にも一夜《いちや》を明《あか》させ給われ」と、涙《なみた》ぐみて語《かた》りければ、折《おり》ふし母《はは》の忌日《きにち》といひ、かく哀《あわ》れなる体《てい》を見《み》て、女心《をんなごころ》の、などかすげなく通《とを》られん。立《た》ちとどまりて、しばしは案《あん》じわづらひしが、ややありて、「かく御目《をめ》にかかるも然《しか》るべき御縁《えん》ならめ。仰《をうせ》の通《とを》り、この里《さと》の掟《をきて》きびしく、行衛知《ゆくえし》らざる旅人《りよしん》をば、見《み》る目《め》もいとひ候《そうら》へど、今日《けふ》は亡人《ばうじん》の命日《めいにち》、「仏《ほとけ》へ

供養《くよふ》」と存《ぞん》じ、参《まい》らするものは無《な》けれども、ひそかに御泊《おんと》め申《もふ》すべし。つれだちては人目《ひとめ》あり。我《わ》が姿《すがた》を目《め》じるしに、跡《あと》より来《きた》りたまへ」と、いと念《ねん》ごろに教《おし》へて、引帰《ひきかへ》して、もと来《きた》りし道《みち》を帰《かへ》れば、廻国人《くわいこくにん》も力《ちから》を得《え》て、見《み》へかくれに、娘《むすめ》の家路《いへぢ》をたづね来《きた》りぬ。

父《ちち》へ、「かかる人《ひと》に出《いで》あひ、「しかじか」と頼《たの》みしゆへ、是非《ぜひ》なく伴《ともな》ひ来《きた》りし」と語《かた》れば、大《をを》きによろこび、「たとひ大俗《だいぞく》の人《ひと》たりとも、施《ほどこし》をなす功徳《くどく》は深《ふか》かるべし。いわんや行脚《あんぎや》の人《ひと》、頭《かしら》を剃《そ》らぬといふばかり、真《まこと》の出家《しゆつけ》とは、是《これ》らをいふなるべし。一夜《や》ばかりの事《こと》、さのみ咎《とが》めもあるまじきに、奥《をく》へ請《しやう》じ、御馳走《ごちそう》申《もふ》せ」といふに、娘《むすめ》もともに喜《よろこ》び、則《すなは》ち父《ちち》へ引《ひき》あわせ、「せめてのもてなしに」とて、茶《ちや》など煎《せん》じけるあいだ、

回国人《くわいこくにん》は仏間《ぶつま》にむかひ読経念仏《どくきやうねんぶつ》申《もふ》して後《のち》、老人《らうじん》へ語《かた》りけるは、「我《われ》らは五畿内辺《きないへん》の者《もの》にて、去々《きよ》年八十《ねんやそ》に及《をよ》びし老母《らうぼ》におくれ、悲歎にむせび、愁涙《しうるい》いまだ乾《かわ》かざるに、去春《きよしゆん》「家《いへ》をもつがせ、跡《あと》をもとわれん」とおもひし嫡男《ちやくなん》をうしなひ、闇夜《あんや》に灯火《ともしび》うち消《け》したる心地《ここち》せしに、いくほどなく妻女《さいによ》も愛子《あいし》のなげきにくづをれ伏《ふ》して、平生《へいせい》の病疾《べうしゆつ》ことごとく発《はつ》して、弥生《やよい》の花《はな》ともろともに散《ち》り果《はて》しかば、世《よ》に住《す》む甲斐《かい》もなく、「せめて亡人《ばうにん》のために、六十六ヶ国《こく》を廻《まは》り、六十六部《ぶ》の大乗経《だいじやうきやう》を奉納《ほうのう》せん」と思《おも》ひ立《た》ち、去年中夏《きよねんちうか》、国《くに》を出《いで》しかど、行衛《ゆくえ》さだめぬ旅《たび》ゆへに、そこに二十日《はつか》、かしこに一《いち》月逗留《げつとうりう》し、当春《とうはる》まで北国辺《ほくこくへん》を行脚《あんぎや》し、それより当国善光寺《とうごくぜんかうじ》参詣《さんけい》とこころざし、きのふ当地《とうち》へ参着《さんちやく》せしに、物《もの》うき今宵《こよひ》の難義《なんぎ》を救《すく》われし御芳志《ごほうし》、生々世々《しやうじやうせぜ》忘《わす》れがたし。見《み》れば外《ほか》に召使《めしつか》わるる人《ひと》もなし。

さぞや御《ご》不自《じ》由《ゆう》のほど、察《さつ》したり。これは路用《ろよふ》の余《あま》り。進《しん》じ候《そろ》もいかがなれど、仏参《ぶつさん》の料《りやう》にも遊《あそ》ばせ」とて、笈《をい》をひらき、金財布《きんざいふ》取出《とりいだ》し、金《きん》四五十両《りやう》もあらんと思《おも》ふ包《つつみ》を解《と》きて、その内《うち》より一歩《ぶ》ふたつ、ゑりて老人《らうじん》へくれければ、「これは迷惑《めいわく》。この方《はう》よりこそ、廻国《くわいこく》の奉加《ほうが》に入《い》れんに、かゑつて金子《きんす》を給わらんとは、地獄《ぢごく》の種を設《もふ》くる道理《どうり》、御《ご》用捨《よふしや》候へ」と辞退《じたい》しければ、「老《をい》ては御身《おんみ》にかく思《おぼ》しめすは、もつとも至極《しごく》いたしたり。然《しか》らば息女《そくぢよ》へ」とさし出《いだ》せど、娘《むすめ》も父《ちち》の思惑《おもわく》、当座《とうざ》の義《ぎ》理《り》を恥《はぢ》らひ、「まづしき世《よ》わたりはいたし候へど、恩《をん》なき人《ひと》の宝《たから》、いかで請《う》け候わん。今宵御泊《こよひおんと》め申《もふ》せしは、母《はは》の忌日《きにち》にあたりしゆへ、御回向《ごえかう》にあづからんためばかり。よしなき御計《おんはか》らひにて、心《こころ》もにごり、迷惑《めいわく》なり」とて、投《なげ》かへしければ、廻国人《くわいこくにん》も手持《てもち》なく、金子《きんす》財布《さいふ》に入《いれ》て、もとの笈《をい》へ取《と》り納《をさ》めぬ。

かくして「夜ふけしかば、明日《みやうにち》こそ御目《おんめ》に懸《かか》らん」と、老人《らうじん》は寝屋《ねや》へ入《い》り伏《ふ》しけり。廻国人《くわいこくにん》も昼《ひる》の疲《つか》れ、ことさら親子《おやこ》のなさけある詞《こと》に心《こころ》をゆるして、前後《ぜんご》も知《し》らず臥《ふ》しけるこそ、ここにて命《いのち》を失《うしな》ふべき、定《さだ》まれる因果《いんぐわ》なるべし。

四《し》方人声絶《はうひとこへた》へて、四《し》壁《べき》の火《ひ》の音《をと》さへかかれて、いと物《もの》すごくなりしころ、かの娘起《むすめを》き出《いで》て、山刀引《やまがたなひき》そばめ、そろそろ這《は》ひより、探《さぐ》りうかがひ、行脚《あんぎや》の仁《じん》の首《くび》のあたり、吹《ふへ》とおぼへし所《ところ》を、つづけざまに五ヶ所《しよ》まで切《きり》つけければ、「あつ」と一こゑ叫《さけ》びながら、起上《をきあが》る事さへ叶《かな》わず、次第《しだい》に弱《よわ》り、のたを打《う》ち、ただ「うんうん」と苦《くる》しむ息《いき》づかいを、老人寝耳《らうじんねみみ》にふつと聞《きき》つけ、「旅人《りよじん》の病気《べうき》か、

襲《おそ》われたるか」と、灯《ともしび》はなし、声《こゑ》をしるべに、這々《はいはい》たづね来《きた》る体《てい》に、娘《むすめ》は気《き》おくれし、山刀《やまがたな》なげ捨《す》て、旅人《りよにん》の笈《をい》の内《うち》なる金《かね》を引出《ひきいだ》し、そのまま懐中《くわいちう》し、行衛《ゆくえ》も知《し》らず逃《に》げ行《ゆき》けり。

父《ちち》はやうやう尋《たづ》ねさぐり見《み》れば、旅人《りよじん》は切殺《きりころ》され、いまだ死《しに》もきらず、虫《むし》の息《いき》のみ通《かよ》へり。「娘《むすめ》は何《なに》とかしけん」と、親《をや》の身《み》はまづ案《あん》じて、「いかにいかに」と呼《よ》べど、こたへず。そばに山刀《やまがたな》の捨《すて》ありしは、我家《わがや》の道具《どうぐ》なり。「扨《さて》は宵《よひ》に「金《かね》くれん」とて、包《つつ》みを解《と》きし折《をり》から、大分《だいぶん》の金子《きんす》所《しよ》持《じ》せしを見《み》て、ふと悪心《あくしん》きざして、この者《もの》をば娘《むすめ》が殺《ころ》し、金子《きんす》をうばひ逃《にげ》しよな。「幼稚《ようち》の時《とき》の根《こん》性《じやう》を引替《ひきか》へ、誠《まこと》の人間《にんげん》になりしぞ」と、日《ひ》ごろ心中《しんちう》に悦《よろこ》びしに、今《いま》に昔《むかし》の業《わざ》のやまず、この年月《としつき》、盗《ぬす》み物《もの》をもつて我《われ》を養《やしな》ひしと知《し》らざりけるは、運《うん》のつきなり」と、返《かへ》らぬくり言《ごと》に夜《よ》を明《あか》し、誰《たれ》いふともなく、近所《きんじよ》の者《もの》ども聞《きき》つたへ、大勢《をうぜい》来《きた》り集《あつま》り、あわて騒《さわ》ぎ、まづ庄屋《しやうや》へ披露《ひらう》し、老人《らうじん》をば組《くみ》中《ちう》へ預《あつか》り、死人《しにん》を酒漬《さけびた》しにいたし置《を》き、いそぎ領主《りやうしゆ》へぞ訴《うつた》へ出《いで》ける。

かかりしかば、御詮義《ごせんぎ》きびしく、「娘《むすめ》が行衛《ゆくえ》相《あい》たづね、召《めし》つれ来《きた》るべし」と、一在所《ざいしよ》へ仰付《をふせつけ》られ、くまもなく尋《たづ》ねけれども、行方《ゆきかた》さらに知《し》れざりけり。これによつて、父《ちち》の老人《らうじん》、己《をのれ》が手《て》にて旅人《りよじん》を殺害《せつがい》せざるといへども、「法度《はつと》を破《やぶ》り、旅行《りよかう》の人《ひと》をたぶらかし一宿《しゆく》せしめ、あまつさへ娘《むすめ》が殺《ころ》したる条《でう》、証拠《しやうこ》たしかならず。然《しか》る上《うへ》は、親子《をやこ》同罪《どうさい》たるべし」とて、磔《はりつけ》の刑《けい》にぞ行《をこな》われける。

娘《むすめ》ゆへに、老楽こそせざらめ、諸人に憎《にく》み疎《うと》んぜらるる、人殺《ひとごろ》しの科人《とがにん》となりけるこそ、浅《あさ》ましけれ。その後《のち》この娘《むすめ》、越後境《ゑちごさかひ》にて、旅人《りよにん》に切殺《きりころ》され、死骸《しがい》を道路《どうろ》にさらされし由《よし》。これも「盗賊《とうぞく》せ

ん」とて、かくなりつらん。おのれが罪《つみ》、おのれに帰《き》するならひ、旅人《りよにん》を殺《ころ》し、また旅人《りよにん》に殺《ころ》さる。天罰《てんばつ》のしからしむる所《ところ》なり。

盗人、恩を報ゆる事

一、但馬国《たぢまのくに》に、代《だい》々富家《ふうけ》なる者《もの》あり。いづれの年《とし》やらん、菊月中旬《きくづきちうじゆん》、日待《ひまち》して、一在所《ざいしよ》の者《もの》を集《あつ》め、珍膳美味《ちんぜんびみ》をそなへ、菓酒《くわしゆ》を以《もつ》てもてなすこと、すでに三夜《や》に及《をよ》ぶ。然《しか》るに四日目《かめ》の朝《あさ》、その家《いへ》の下女《げぢよ》、台所《だいどころ》の隅《すみ》に有《あり》し一間《ま》にて、髪《かみ》ゆひける所《ところ》に、梁《うつわり》の上《うへ》に、兜《かぶと》、頭巾《づきん》を着《ちやく》し、股引《ももひき》しける男《をとこ》、うづくまり居《い》たりし姿《すがた》、鏡《かがみ》にうつり見《み》へけるゆへ、即座《そくざ》に声《こへ》たて駆《か》け出《いで》ん程《ほど》に、おそろしく思《おも》ひしかども、この者《もの》、賢《さか》々しき女《をんな》にて、「隠《かく》れ忍《しの》ぶ体《てい》、人《ひと》に見《み》られなば、飛下《とびを》りて、いかなる憂目《うきめ》をか見《み》せん」と、ただ何《なに》となき風情《ふぜい》にもてなし、鏡《かがみ》なんど取置《とりお》き、座《ざ》をたちて、いそぎ奥《をく》へ行《ゆ》き、「しかじか」と告《つげ》しゆへ、家内騒動《かないそうどをう》大かたならず。

大勢台所《をうぜいだいどころ》に集《あつま》り、仰《あを》のき見《み》れば、まさしく人影《ひとかげ》あり。「天井《てんじやう》に隠《かく》れ忍《しの》ぶは、尋《たづ》ぬるに及《をよ》ばず、盗賊《とうぞく》ならん。命《いのち》はたすけ得《え》させせん。尋常《じんじやう》に下《を》り立《た》ち、子細《しさい》を申《もふ》せ」と、階子《はしご》かけさせ、その辺《へん》きびしく固《かた》めて居《い》けるに、この者《もの》、恐《をそ》れたる気色《けしき》もなく、ゆふゆふと階子《はしご》をまたぎ下《くだ》り、座敷《ざしき》の真中《まんなか》に座《ざ》し、「あら暑《あつ》や」と頭巾《づきんと》取りしを見《み》れば、年来《ねんらい》四十ばかりの、痩《や》せ枯《か》れたる男《をとこ》にて、ひたいに二寸《すん》

ばかりの疵《きず》あと有《あ》り。

主《あるじ》、間近《まぢか》くよりて、「何《なに》ゆへ忍《しの》び来《きた》りし」と、やうすを問《と》ふに、こたへて申《もふ》すは、「我《われ》らは当国《とうごく》を徘徊《はいくわい》いたす盗人《ぬすびと》なるが、残党百有余人《ざんとうひやくゆうよにん》あり。その中《うち》、頭《かしら》たる者《もの》の下知《げじ》をうけ、「貴公《きこう》の家内《かない》へ忍《しの》び入《い》り、手引《てびき》して、財宝奪《ざいほううば》ひ取《と》らん」と計《はか》り、四日以前《かいぜん》よりあの梁《はり》の上《うへ》に隠《かく》れ居《い》たりしが、折《をり》あしく日待《ひまち》とて、大勢群集《をうぜいくんじゆ》し、寝《ね》ずに明《あ》かし候ゆへ、今日《こんにち》まで本懐《ほんくわい》を達《たつ》せず。あまつさへ見咎《みとが》められし上《うへ》、逃《のが》るべき命《いのち》ならず。しかしながら、我《われ》を殺《ころ》したまわば、残党《ざんとう》などか意趣《いしゆ》を含《ふく》まざらんや。向後御安《かうごごあん》心《しん》あるまじ。近年《きんねん》、米穀高直《べいこくかうぢき》にして、餓死《がし》に及《をよ》ぶ仲間《なかま》多《をを》ければ、金子合力《きんすがうりよく》たまはり、我《われ》をも放《はな》し帰《かへ》されば、この家《いへ》にかかる難義《なんぎ》、再《ふた》びこれ無《な》きやふに計《はか》らひなん」と言《い》ふ。

主《あるじ》、やや思案《しあん》して、うちうなづき、奥《をく》へ走《はし》り行《ゆ》き、金《きん》五十両包《りやうつつみ》、二《ふた》つ持《も》たせ来《きた》りて、かの盗人《ぬすびと》の前《まへ》にならべ、「商売利潤《しやうばいりじゆん》を即座《そくざ》に得《う》る町人《てうにん》の家《いへ》ならねば、貯《たくわ》へし金子《きんす》多《をを》からず。有《あり》あひの金《かね》、ここに有《あ》り。これを持《もち》てたち帰《かへ》り、徒党《ととう》の人数《にんず》、当分《とうぶん》の飢渇凌《きかつしの》がれよ」とて渡《わた》しければ、涙《なみだ》を流《なが》し、おしいただき、「この御恩《ごをん》、いかで忘《わす》れん。とても事《こと》に、今日《こんにち》も逗留《とうりう》し、夜《よ》に入《い》りなば、頭《かしら》たる者来《ものきた》るらん。御引《をんひき》あわせ申《もふ》し、後《のち》の守《まも》りともなし申《もふ》さん。四五日食事《にちしよくじ》せざれば、飢渇《きかつ》たへがたし」と言《い》ふにぞ、粥《かゆ》など焚《た》て食《しよく》させせしめ、かれこれせし内《うち》、夜《よ》に入《い》り、大勢《をうぜい》の音《をと》して、外面《そとも》へ来《きた》りしを、この者表《ものをもて》へ出《いで》て、しかじか云《いい》て、かの賊主《ぞくしう》をともなひ、内《うち》に入《い》り、あるじに対面《たいめん》して、金子申請《きんすもふしうけ》し礼《れい》を述《の》べ、さて賊主申《ぞくしうもふ》しけるは、「国中《こくぢう》の盗人《ぬすびと》あまた是《これ》ありといへども、みな我等手下《われらてした》の者《もの》にて候

まま、随分《ずいぶん》申《もふし》聞《きか》せ、恩謝《をんしや》には、貴公《きこう》へ対《たい》し、麁略《そりやく》いたさせ申《もふ》すまじ」と誓《ちか》いて、うち連《つ》れたち帰《かへ》りぬ。

　かくして数年無事《すねんぶじ》に暮《くら》せしに、七八ヶ年《ねん》も過《すぎ》つらんと思《おも》ひし頃《ころ》、かの盗人《ぬすびと》の頭《かしら》たる者《もの》、ひそかに来《きた》り、主《あるじ》にささやきけるは、「但馬《たぢま》一国《いつこく》の事《こと》は、我《われ》ら心《こころ》のままに、いかやうとも計らひ候はんに、爰《ここ》にひとつの難義到来《なんぎとうらい》せり。子細《しさい》は、貴公代《きこうだい》々富家《ふうけ》たること聞伝《ききつた》へ、因幡《いなば》、美作《みまさか》の盗人《ぬすびと》ども申《もふし》あわせ、「当月晦日《とうげつみそか》の夜《よ》を限《かぎ》り、夜討《ようち》せん」と相図《あいづ》して、用意《ようい》いたす旨《むね》、手下《てした》の者《もの》より告《つ》げしゆへ、とりあへず御知《おんし》らせ申《もふし》候。かねて用心然《よふじんしか》るべし。我《われ》々その節《せつ》、加勢申《かせいもふ》すべし」と告《つげ》て帰《かへ》りぬ。

　一家《か》周章《しうしやう》し、一在所《ざいしよ》のうち三十歳以下《さいいげ》の者《もの》百五十余《じうよ》人《にん》をかたらひ、得物《えもの》を持《もた》せ、晦日《みそか》の日中《につちう》より、家内《かない》を固《かた》め待《ま》ちける。外《ほか》に近在所々《きんざいしよしよ》の猟師《りやうし》をたのみ、鉄砲《てつぱう》七十余《よ》挺《てう》ぞありける。契約《けいやく》せし賊主《ぞくしう》も、その夜《よ》、手下《てした》の盗人百余人《ぬすびとひやくよにん》したがへ、馳《は》せ加《くわ》わり、惣人数《そうにんず》へ向《むか》ひ、下知《げじ》しけるは、「この家《いへ》の後《うし》ろは、茂《しげ》りたる竹藪《たけやぶ》にて、切《きり》そぎのあと、矢《や》の根《ね》に等《ひと》しければ、他国《たこく》の者《もの》ども不案内《あんない》にては、よもやこの方《はう》よりは向《むか》ふまじ。表《をもて》と左右《さゆう》の三方《さんばう》を、よく固《かた》められよ」と示《しめ》しあわせ、得物得物《えものえもの》をさしかざし、鉄炮《てつぱう》の筒先《つつさき》そろへ、静《しづ》まりかへつて待《まち》けれども、一人《にん》も来《きた》る者《もの》なく、夜半《やはん》の鐘《かね》も更過《ふけすぎ》たり。

「あやしや、今宵《よい》と決定《けつでう》しけるよし、何《なに》とて違《ちが》ひぬらん。他国《たこく》へ寄《よ》せ来《きた》るなれば、立《たつ》て多勢《たぜい》ならん。近付《ちかづ》きなば、何《なに》ほど手配《てくば》りよろしくても、物音《ものをと》はせんずらん」と、賊主《ぞくしう》はそこかしこに心《こころ》をつけ、「もし後《うしろ》の竹藪《たけやぶ》よりや来《きた》りけん」と、走《はし》り行見《ゆきみ》れば、いつの間《ま》にいかがして潜《くぐ》り来《きた》りけん、およそ

二百《にひやく》ばかりの人数《にんず》にて、この家《いへ》の軒下《のきした》まで、ひそかに潜《ひそ》めき連《つれ》て、押寄《をしよせ》たり。「あわや」とおどろき、猟師百姓《りやうしひやくしやう》を下知《げじ》し、しりへの人数《にんず》をひらかせ、表《をもて》の人数《にんず》を引返《ひきかへ》し、残《のこ》らず裏《うら》のかたへ向《むか》ひ、門《もん》の戸《と》開《ひら》くやいなや、鉄炮《てつぱう》七十余挺《よてう》、一度《ど》に放《はな》しかけたれば、竹囲《たけかこみ》のごとき多《た》勢《ぜい》の内《うち》、一つも徒《あだ》なるは無《な》く、手負死人《てをいしにん》あまた出来《いでき》、色《いろ》めき立《たち》しに力《ちから》を得《え》、つねに手馴《てな》れし猟師《りやうし》ども、手《て》ばしかく玉込《たまこ》みて、続《つづ》けざま三放《みつはな》しづつ、撃《う》ちかけしかば、辟易《へきゑき》してあわて騒《さわ》ぎ、くづれ懸《かか》り、己《おの》がさまざま逃《に》げ去《さ》りぬ。

夜明《よあ》けて見《み》れば、竹藪《たけやぶ》の内《うち》へ、いづくより取《と》り来《きた》りけん、古畳《ふるだたみ》二三百畳《でう》、敷並《しきなら》べ置《をき》けるよし。そこの山陰《やまかげ》、かしこの岨《そば》に、鉄炮《てつぱう》にあたりし盗人《ぬすびと》ども、二人《にん》三人《にん》づつ死《し》したりしを、一所《しよ》にあつめ見《み》るに、三十余人《よにん》ぞありける。あるじ大《をを》きに悦《よろこ》び、賊主《ぞくしう》にあつく金銀取《きんぎんと》らせ、加勢《かせい》の者《もの》どもへも、それぞれに褒美《ほうび》遣《つかわ》しけるとぞ。その在所《ざいしよ》の者《もの》、「かかる事《こと》ありし」と語《かた》りしを聞《き》き、ここに記《しる》し侍《はんべ》り。

墓所より火の玉飛ぶ事

一、享保年中《きやうはうねんちう》の事《こと》なりし。「麻布永昌寺《あざぶえいしやうじ》の墓所《むしよ》より、茶わんほどの火《ひ》の玉出《たまいで》て、次第《しだい》に細《ほそ》く尾《を》を引《ひ》き、ぜんぜんと消《き》へ失《うせ》けるを、近所《きんじよ》の者《もの》の倅《せがれ》、明《あ》け六つより起《を》き出《い》で、手習師《てならいし》のかたへ行《ゆ》きけるに、この火玉《ひだま》を見《み》て肝《きも》を消《け》し、そのまま宿《やど》へ逃《に》げ入《い》り、その後《のち》は、朝《あさ》かつて行《ゆか》ず」と言《い》ひあへり。

いかなる事《こと》にや、いとあやしかりき。

続向燈吐話巻之七終

続向燈吐話巻之八

目録

続向燈吐話《ぞくかうとうとわけん》巻之八

火の霊、塚上にたたかふ事

一、麻布桜田町《あさぶさくらだまち》に、法雲寺《はううんじ》といへる、日蓮宗《にちれんしう》の寺《てら》あり。この寺《てら》、もと同所谷町《どうしよたにまち》、真田《さなだ》、相馬《そうま》両家《りやうけ》下《しも》やしき下《した》にありしが、近《ちか》き頃《ころ》、今《いま》の所《ところ》へは引移《ひきうつ》りける。三十年《ねん》ばかり以前《いぜん》、谷町町人《たにまちてうにん》二三人《にん》、夏《なつ》の夕《ゆう》ぐれ、外面《そとも》へ出《い》で、むしろなど敷《し》き、座《ざ》して何《なに》となく雑談《ぞうだん》し居《い》けるに、法雲寺《はううんじ》の墓所《むしよ》とおぼしき所《ところ》より、手《て》まりほどの赤《あか》き玉《たま》、二つあらわれ、地《ち》より三尺《しやく》ばかり上《うへ》へあがり、飛《と》びちがへ、蛍火《ほたるび》などのごとく、戦《たたか》ふていに見《み》へ、ややしばらく有《あり》て、消《き》へうせたり。

翌日寺《よくじつてら》へ行《ゆ》き、その玉《たま》の出《いで》たると思《おぼ》しき所《ところ》を見《み》れば、あたらしき塚《つか》あり。「何者《なにもの》を葬《ほうむ》りたるぞ」とたづねしに、「さる屋敷《やしき》の徒士《かち》の者《もの》、朋輩《ほうばい》同士《どうし》口論《こうろん》、刃傷《にんじやう》に及《をよ》び、相討《あいうち》に死《し》しぬ。それを取納《とりをさ》めたる塚《つか》なり」と答《こた》へぬ。「さては、かの徒士《かち》の幽魂《ゆうこん》、死《し》しても怨念尽《をんねんつき》ずして、かく戦《たたか》ふにや」と思《おも》ひ、ありし事《こと》ども住僧《ぢうそう》へ語《かた》りければ、「不便《ふびん》の事《こと》なり」とて、一日法花《にちほつけ》読誦《どくじゆ》し、弔《とぶら》われけるよし。

厠《かわや》の神を見て死する事

一、いにしへより俗語《ぞくご》に、「厠《かわや》の神《かみ》にまみゆる時《とき》は、かならず死《し》す」といへり。近《ちか》きあたりの事《こと》にや、かめといひし女《をんな》、昼雪隠《ひるせついん》へ行《ゆ》きけるに、かたち墨《すみ》のごとく黒《くろ》く、眼目《がんもく》もなきもの、うづくまり居《い》たり。これを見《み》ておびえ、絶入《ぜつにう》しけるを、はるかありて父《ちち》たづね来《きた》り、見《み》つけ、介抱《かいほう》して家《いへ》へつれ帰《かへ》り、くすり用《もち》ひ、呼《よ》び生《い》けなんどして、息出《いきいで》て、「かかるものに逢《あ》ひし」と、細々《こまごま》と語《かた》りしが、日《ひ》かず三日《か》ながらへて、つゐに死《し》しけり。

厠の怪異の事

一、青山辺屋敷《あをやまへんやしき》、奥方《をくかた》につとめける腰元《こしもと》、ある夜《よ》、雪隠《せついん》へ行《ゆ》き、やや時《とき》うつるまで帰《かへ》らざりければ、傍輩《ほうばい》の女《をんな》、たづね行見《ゆきみ》るに、雪隠《せついん》の壁《かべ》に背《せ》をもたせ、仰《あを》のけになり絶入《ぜつにう》し居《い》けるまま、大《をを》いにおどろき、いそぎ部屋《へや》へつれ帰《かへ》り、さまざま看病《かんべう》しければ、人心地《ひとごこち》はつきながら、「胸《むね》を刺《さ》し、頭《かしら》をくだくが如《ごと》く、耐《た》へがたし」と言《い》ふて、起《をき》も上《あ》がらす。「いかなる故《ゆへ》に、雪隠《せついん》の内《うち》には倒《たを》れたるぞ」と問《と》へば、少《すこ》し頭《かしら》をあげて、「かかる事《こと》ありし」と言《い》

わんとしては、「わつ」と叫《さけ》び臥《ふ》し、「物語《ものがた》りいたさんと存《ぞん》じ、申出《もふしいだ》しぬれば、目前《めのまへ》へそのもの現《あらわ》れ、身《み》を苦《くる》しめ候まま、この後《のち》かならず問《と》ひたまわるまじ」と言《い》ふ。

かくて、日《ひ》に増《ま》し顔色《がんしょく》おとろへ、今《いま》は死《し》を待《ま》つばかりなれば、「この女《をんな》が母《はは》を呼《よ》びて、ともなわせ、宿《やど》へつかわせ」とありて、人《ひと》して「かく」といひ遣《つかは》しぬ。

この母《はは》が家《いへ》は、湯屋《ゆや》なんしけり。聞《き》くよりとく来《きた》り、娘《むすめ》にあひ、「いかなる故《ゆへ》に、知人《しりひと》にも語《かた》らぬほどの物思《ものをも》ひして、患《わづら》わしくなりけるぞや。もの堅《がた》き武家《ぶけ》の奥《をく》にて、まさなき事《こと》などして、母《はは》に憂《うれ》へをかくるか」と、叱《しか》りつ恨《うら》みつ問《と》ひければ、つつむべきやうもなく明《あか》しけるは、「それの日《ひ》、我《わ》が身《み》、かしこより三軒目《けんめ》の雪隠《せついん》へ行《ゆき》し所《ところ》に、内《うち》より、青《あを》ざめし人《ひと》、男女《なんによ》のわかちは知《し》らず、たち出《いで》て我《われ》とならび居《い》ける。その恐《おそろ》しさ、言《い》わんかたなく、壁《かべ》へよりかかり、倒《たを》れたるをば覚《おぼ》へて、その後《のち》は知《し》らず。人々《ひとびと》に介抱《かいはう》せられ、部屋《へや》へ参《まい》りたるは、後《のち》に承《うけたまわ》りたり。このこと語《かた》らんとすれば、その人来《ひときた》りて、我胸《わがむね》をおさへ、頭《かしら》を打《う》つこと、方錐利《かたきり》をもつて刺《さ》し伐《き》るが如《ごと》し。今《いま》もまた現《あらわ》れ出《い》で、苦《くる》しむるぞや。あら堪《た》へがたや。許《ゆる》してたべ」と、七転八倒《しつてんばつたう》して、即座《そくざ》に死《し》しける。母《はは》は泣《な》く泣《な》く亡骸《ぼうがい》を駕《かご》にのせて、宿所《しゆくしよ》へ帰《かへ》りけるとぞ。

今《いま》もつてこの屋敷《やしき》には、右《みぎ》の雪隠三軒目《せついんけんめ》、錠にて閉《とぢ》て、人行《ひとゆ》かずとなん。

狸《たぬき》、おのれと腹を断《た》つ事

一、鎌倉光明寺《かまくらかうみやうじ》の学寮《がくりやう》にゐて、一僧《そう》、ともし火《び》に向《むか》ひ学問《がくもん》し、夜《よ》ふけ、気《き》つかれ、煙草《たばこ》くゆらし居《い》ける所《ところ》へ、外面《そとも》にて革《かわ》をたたき、拍子《ひやうし》とりて、踊《をど》るものあり。耳《みみ》をすまし聞《き》くに、その音《をと》おもしろく、感《かん》にたへければ、「これぞ伝《つた》へ聞《き》く、狸《たぬき》の腹鼓《はらつづみ》を打《う》つならん」と思《おも》へど、妙《みやう》にあやしく心《こころ》をうごかし、思《をも》わず持《もち》ける煙管《きせる》をもつて、かの拍子《ひやうし》にあわせ、机《つくい》をたたく。かの物《もの》も、「まけじ」と、いよいよ鼓《つづみ》もたかく鳴《な》り、拍子《ひやうし》とる足音《あしおと》も、せわしなく聞《きこ》へしほどに、僧《そう》も同《をな》じく煙管《きせる》をうち振《ふ》つて扣《たた》くに、その折《を》るるを知《し》らず、すでにきせる三本折《ぼんを》りぬ。

なを外《ほか》の煙管《きせる》を替《か》へて打《う》つに、さけぶ声《こゑ》ありて、たちまち鼓《つづみ》の音止《をとや》みぬ。僧《そう》も心《こころ》つき、我《わ》が前《まへ》を見《み》れば、机《つくへ》、まないたの如《ごと》く、疵《きづ》つき損《そん》じぬ。夜明《よあ》けて、この学寮《がくりやう》の後《うし》ろを見《み》るに、大《をう》きなる狸《たぬき》、腹《はら》をうち破《やむ》り、腸《ちやう》乱れて死《しに》いたり。

「これ、僧《そう》の拍子《ひやうし》にまけじと、おのれを忘《わす》れ打《う》つから、腹《はら》をうち破《やむ》りたるものならん」、いひ伝《つた》ふ。

皁《さいかし》の木《き》の妖の事

一、増上寺地内《ぞうじやうじちない》に、小社《こみや》あり。その前《まい》に、少《すこ》しの滴《したた》る水流《みづなが》れ、小川《こがわ》となりぬる所《ところ》にて、夜々《よる》さけび泣《な》く声聞《こへきこ》へ、木《き》を伐《き》り倒《たを》すごとく、この川《かわ》へ落《をつ》る音《をと》しけるゆへ、夜《よ》に入《い》れば、この所通《ところとお》る者《もの》なし。然《しか》るに、この小社《こみや》のわきに、皁の木《さいかしき》の古木《こぼく》ありて、蔦《つた》かづらに閉《とじ》られ、木肉出《きにくいで》て、甚《はなは》だ見《み》にくかりければ、これを伐《き》り取《と》り、薪《たきぎ》にせられければ、それより後《のち》、怪異《くわいい》たへてなし。これ、皁の木《さいかしき》の、妖《よふ》をなしけるなるべし。

産婦稲荷《いなり》怪異の事

一、同所《どうしよ》、産婦稲荷小社辺《さんぷいなりこみやへん》にて、色々《いろ》の怪異《くわいい》あり。ある時《とき》、御霊屋別当《ごれいやべつとう》しける僧《そう》、この所《ところ》を通《とを》りけるに、うつくしき猫《ねこ》、前《まい》をはしり過《す》ぎけるまま、心《こころ》をうつして見《み》れば、見送《みをく》る所《ところ》に、右《みぎ》の猫立帰《ねこたちかへ》り、こなたへ来《く》る時《とき》、たちまち姿《すがた》を変《へん》じ、三尺《しやく》ばかりの女《をんな》の首《くび》となり、この僧《そう》を見《み》て、にこにこと笑《わら》ひしゆへ、肝《きも》を消《け》し、早々《そうそう》にげ帰《かへ》りぬ。

またある時《とき》、坊中《ぼうちう》の僧《そう》、七つ下《さが》りに及《をよ》び、この所《ところ》を通《とお》りけるに、さきへ立行《たちゆ》くものは女《をんな》にて、しかもひとり行《ゆ》くを見《み》て、「地内《ぢない》七つより、女《をんな》の出入制禁《いでいりせいきん》たり。門番《もんばん》どもの、誤《あやま》りて通《とを》しけんも知《し》らず。さるにても後《うし》ろ姿《すがた》の消《きよ》らかに、さぞ顔《かほ》ばせは美《うつく》しからん」とて、「行《ゆ》きて見《み》ん」と、いちあし出《いだ》しあゆむ所《ところ》に、この女立《をんなたち》どまり、しばらくうつむき居《い》ける。

「はき物《もの》の緒《を》をや、ふみ切《き》りけん。女《をんな》の手《て》わざに、いかがして叶《かの》ふべけん。替《かわ》り取《と》らせたや」など、心《こころ》うかれ、そぞろ気《き》になりて行《ゆ》くに、この女《をんな》、股《また》のあいだより顔《かを》さし出《いだ》し、かの僧《そう》を見《み》けるをよくよく見《み》れば、眼《まなこ》、額《ひたい》に一目《め》あり、夜叉《やしや》のあれたる如《ごと》くなれば、「追《をつ》つき見《み》たき」とおもふ心《こころ》、頓《とん》にくじけ、恐《おそ》ろしさ云《い》わんかたなく、引《ひき》かへし、這々《ほうほう》逃《に》げ失《うせ》ぬ。

また、若僧坊中《にやくそうぼうちう》へ用《よふ》ありて行《ゆ》くに、年《とし》ごろ三十歳《さい》ばかりの町人《てうにん》、真中《まんなか》にて出《いで》あひ、この若僧《にやくそう》の衣《ころも》の袖《そで》を引《ひ》き、しなだれかかり、もつれよりて、戯《たわむ》れけるゆへ、「酒《さけ》にいたふ酔《ゑ》いけるか」と思《おも》ひ、「急用《きうよふ》あれば」と会尺《えしやく》しながら走《はし》り過《す》ぎ、この稲荷《いなり》の前《まへ》を過《す》ぎて、「はるか隔《へだ》りぬらん。町人《てうにん》はいづくへか行《ゆ》きけん」と、ふり返《かへ》り見《み》れば、かの男《をとこ》、手《て》をさし伸《のば》し、この若僧《にやくそう》を招《まね》きける。その手《て》の長《なが》さ、二間余《けんよ》もあるらんと見《み》へしかば、二目《め》とも見《み》もやらず、かけ出《いだ》し、その道近《みちちか》き坊中《ぼうちう》へ走《はし》り入《い》り、息《いき》つきながら、「しかじか」と語《かた》りしゆへ、大勢《をうぜい》とりあへず右《みぎ》の所《ところ》へ行《ゆ》き見《み》けれど、何《なに》ものもなし。「これ皆《みな》、狐《きつね》の所《はざ》にて、今《いま》もつてこの辺通《へんとを》る者《もの》は、折々《せつせつ》あやしきものに逢《あ》ふ」と言《い》へり。

赤坂火消屋敷怪異の事

一、赤坂火消屋敷《あかさかひけしやしき》の内《うち》にて、雨風《あめかぜ》はげしき夜《よ》は、かならず出《いで》て、「生《なま》いわし生いわし」と呼《よ》ぶ。始《はじ》めは奇異《きい》の事《こと》に思《おも》ひ、婦人幼童《ふじんわらべ》は恐《おそ》れおののきしが、今《いま》は聞《きき》なれて、「例《れい》の者出《ものいで》たり」とて、か

つて心《こころ》にもかけざるよし。「先年《せんねん》やしきの内《うち》にて殺害《せつがい》しける、いわし売《うり》の怨念残《をんねんのこ》りて、かく呼《よ》びける」と言《い》ふ。

滝川家の狸の事

一、伝《つた》へ聞《き》く、滝川播磨守長門《たきがわはりまのかみながと》馬場《ばば》の屋敷《やしき》に、老狸住《らうりす》みて、客来《きやくらい》これある時《とき》は、児小姓《ちごこしやう》、または茶道《ちやどう》となりて、給仕《きうじ》の者《もの》に交《まじ》はり、客前《きやくまへ》へ出《い》で、主人《しゆじん》これを叱《しか》りつくれば、退出《たいしゆつ》す。然《しか》れども、「何方《いづかた》に住《す》むとも知《し》れず。外《ほか》に妨《さまた》げの事《こと》もなし」と言《い》へり。その実《まこと》を知《し》らず。ありやいなや。

上杉家の怪異の事

一、上杉家屋敷《うへすぎけやしき》の内《うち》にて、代々明《だいあ》け六つの拍子木打《ひやうしぎう》たず。「誤《あやま》ちて六つを打《う》つ時《とき》は、かならずあやしき物出《ものいで》て、妖《やう》をなす」と言《い》へり。予《よ》が知《し》れる人《ひと》へ、この物語《ものがたり》せしに、「未明《みめい》に上杉家《うへすぎけ》の屋敷前《やしきまへ》を通《とを》りしこと、数度有《すどあ》りし。心《こころ》を付《つ》け、その数《かず》を聞《き》くに、拍子木《ひやうしぎ》三つ打《う》ちて、六つにあわず。世説《よのせつ》に違《ちが》わざりしにや」と言《い》へり。

狐、人を焼殺す事

一、麻布《あざぶ》御箪笥《をたんす》町《まち》の末《すへ》、御旗本《をはたもと》渡辺氏《わたなべうじ》の屋敷《やしき》あり。その家長《いへをさ》、九郎左衛門《ざへもん》といへる者《もの》、元文二《げんぶんに》巳《みの》年《とし》、渡辺《わたなべ》家一族《ぞく》の内《うち》にて、青山長者丸《あをやまてうじやまる》といへる所《ところ》にて、屋敷拝領《やしきはいりやう》、引《ひき》わたしの日《ひ》にいたり、この九郎左衛門《ざへもん》を頼《たの》み、屋敷《やしき》うけ取《とり》として、さし遣《つかは》しけるに、首尾《しゆび》よくその場相《ばあい》すみ、夜《よ》に入《い》り、帰《かへ》りけるが、いづかたへ行《ゆき》けん、見《み》へず。

両家《りやうけ》より手《て》わけして、方《かた》々たづねけれども、見《み》へず。かつて行方知《ゆきがたし》れず。

四五日《にち》ありて、近所《きんじよ》の酒店《さかだな》へ迷《まよ》ひ来《きた》りしを捕《とら》へ、つれ帰《かへ》り、やうすを問《と》ふに、「異人《いじん》ありて、山《さん》野《や》をつれ廻《まわ》りし」とばかり答《こた》へて、只《ただ》うち伏《ふ》し、正体《しやうたい》なし。手足《てあし》は茨にかき破《やぶ》り、衣類土《いるいつち》に汚《よご》れありけり。

その後《のち》、時《とき》として懸出《かけいだ》し、あるひは壁《かべ》にむかひ、誰《たれ》に対《たい》するともなく物語《ものがた》りし、あるひは主人《しゆじん》へ悪言《あくごん》など吐《は》きけるまま、屋敷《やしき》の内《うち》にさし置《を》きがたく、武州稲毛領沼部《ぶしういなげりやうぬまべ》村《むら》の百姓《ひやくしやう》に、九郎左衛門《らうざへもん》の伯《を》父《じ》なる者《もの》あり。その方《はう》へあづけ遣《つかわ》しける所《ところ》に、ある日《ひ》、伯父家内《をぢかない》の者《もの》ども、農業《のふぎやう》のために出《いで》ける跡《あと》にて、白昼《はくちう》に家《いへ》へ火《ひ》をつけ、己《をのれ》が身《み》もともに焼死《やけし》にけるよし。

これ、狐《きつね》の憑《つ》きたるにてありしとぞ。元文三年《げんぶんさんねん》七月下旬《ぐわつげじゆん》の事《こと》なり。

下総惣五の宮来由の事

一、下総国香取郡佐倉領公津村《しもふさのくにかとりこをりさくらりやうかうづむら》といへる所《ところ》に、惣五《そうご》といへる百姓《ひやくしやう》あり。先年《せんねん》、堀田上野介殿領知《ほつたかうづけのすけどのりやうち》の節《せつ》、この惣五《そうご》、いかなる悪事《あくじ》にやありけん、させる罪科《つみとが》これ無《な》しといへども、下役人《しもやくにん》ども非義《ひぎ》をもつて相手《あいて》を荷担《かたん》し、つゐに惣五《そうご》は磔《はりつけ》の刑《けい》に行《をこな》われけり。

七十に近《ちか》き老母《らうぼ》ありけるが、「我子《わがこ》の罪《つみ》なくして刑罰《けいばつ》にあひける事《こと》、ひとへに領主《りやうしゆ》の政道《せいどう》ただしからざる故《ゆへ》なり」と恨《うら》み、心魂《しんこん》をなやまし、「死《し》せる者《もの》、知《し》る事《こと》あらば、この怨報《をんほふ》をせよ」とのみ罵《ののし》りさけび、祈《いの》りけるを、聞《き》ける人《ひと》は身《み》の毛《け》をふるひ、恐《をそ》れあへり。

然《しか》るに、一ヶ月《つき》も立《たた》ざる内《うち》に、上野介殿夢《かうづけのすけどのゆめ》に、かの惣五《そうご》、惣身朱《そうしんしゆ》に染《そ》み、大手《をふて》の門《もん》より入《い》ると見《み》へて後《のち》、種々《しゆじゆ》の妖怪《よふくわい》どもありしゆへ、その怨霊《をんりやう》をなだめんために、将門山《まさかどやま》といふ所《ところ》に一社《いつしや》を建立《こんりう》し、「惣五《そうご》の宮《みや》」と号《がう》す。今《いま》もつて、奇瑞霊験《きずいれいげん》あらたなり。

「上野介殿《かうづけのすけどの》、公儀《こうぎ》を恨奉《うらみたてまつ》る事《こと》あり」とて、時《とき》の大老《たいらう》たる身《み》をもつて、居城佐倉《いでうさくら》へ引籠《ひきこも》られし科《とが》によつて、流罪御《るざいお》あづけとなりける折《をり》ふし、その在所《ざいしよ》の者《もの》どもは、「惣五《そうご》の宮《みや》の祟《たた》りゆへ、かく有《あ》りけんか」と、言《い》ひ伝《つた》へけるとなり。

同国馬頭観音の事

一、右上野介殿《みぎかうづけのすけどの》秘蔵《ひぞう》の名馬《めいば》あり。馬屋《むまや》別当《べつとう》なりける人《ひと》、この馬《むま》にむかひ、「おのれ畜類《ちくるい》ながら、主君《しゆくん》の寵愛《てうあい》を得《え》、今《いま》まで他《た》に異《こと》に奔走《ほんそう》せられしに、このたび公儀《こうぎ》の御不審《ごふしん》をかふむり、上下薄氷《じやうげはくへう》をふむ心《こころ》にて、安心《あんしん》せざる時節《じせつ》、心《こころ》なく食物《しよくもつ》を常《つね》のごとく食《くら》ふ物《もの》かな」と、何《なに》となく言《い》ひけるに、この馬《むま》つくづく聞居《ききい》けるが、耳《みみ》をたれ、前足《まいあし》を折《をつ》て、高《たか》いなきして、これより、あへて食物《しよくもつ》をくらわず、三日《か》ありて死《しし》けり。

その後里《のちり》人《じん》ども、この由《よし》を伝《つた》へ聞《き》き、「殉死《じゆんし》も同前《どうぜん》の志《こころざし》、畜類《ちくるい》とて、そのまま捨置《すてを》くべきにあらず」と、馬骨《ばこつ》をひろい、塚《つか》を築《つ》き、「馬頭観音《ばとうくわんをん》」と号《がう》して、これを祭《まつ》り置《を》けるとぞ。

「今《いま》、佐倉領江原《さくらりやうえばら》といへる所《ところ》にその堂《どう》あり」とて、見聞《みきき》せし人《ひと》の物《もの》がたりなり。

同国権現石来由の事

一、同国印旛郡太田村《どうこくいんばこをりををた》の百姓《ひやくしやう》、紀州熊野権現《きしうくまのごんげん》へ参詣《さんけい》しける所《ところ》に下向《げかう》の節《せつ》、山下《やまのした》にて、草鞋のあいだに小《ちい》さき石《いしい》入りて、足《あし》をいためけるゆへ、取捨《とりす》てるに、いくたびとなく同《をな》じ石《いしい》入りけるゆへ、あ

やしく思《をも》ひ、取《と》りて紙《かみ》につつみ、菅笠《すげがさ》の骨《ほね》に結《ゆひ》つけ、帰国《きこく》しける。その石《いし》、大豆粒程《だいづつぶほど》なんありけるとぞ。さのみ重宝《ちやうほう》すべき物《もの》とも覚《をぼ》へねば、在所《ざいしよ》へ帰《かへ》りても、この石《いし》をば片《かた》すみへ投《なげ》やり置《をき》けり。

ある夜《よ》、その在所《ざいしよ》の頭《かしら》だちたる者《もの》の夢《ゆめ》に、告《つげ》ていわく、「われは何某《なにがし》が家《いへ》にこれある石《いし》の精《せい》なり。我《われ》を祭《まつ》りて権現《ごんげん》とせば、一在所繁栄《ざいしよはんえい》たらん。このまま打《うち》すて置《をき》なば、災難《さいなん》たちまち来《きた》り、赤土《せきど》と成《な》らん」と、まざまざと見《み》て、醒《さ》めていぶかしさに、訪《たづ》ね来《きた》りて、「しかじかの石《いし》ありや」と問《と》ふ。

かの百姓《ひやくしやう》、手《て》を打《う》つて驚《おどろ》き、「今《いま》まで忘《わす》れ置《を》きて、爰《ここ》にあり」とて、取出《とりいだ》し見《み》するに、指《ゆび》の大《をふ》きさほどに成《な》れり。急《いそ》ぎ両人《りやうにん》、この旨《むね》を一在所《ざいしよ》へ告《つ》げて、小社《こみや》を建立《こんりう》し、この石《いし》を安置《あんち》しけるに、今《いま》三十有余年《ゆうよねん》にも及《をよ》ばんに、その石《いし》、土中《どちう》に埋《うづ》みし程《ほど》は測《はか》られず、現《あらは》したる高《たか》さ、三尺余《じやくよ》あり。青石《あをいし》にて、杵《きね》のかたちにて、「権現石《ごんげんいし》」とて、一むら崇敬《そうぎやう》、他《た》に異なりと云々。

清水より龍現ずる事

一、武蔵国板橋近辺《むさしのくにいたばしきんぺん》に、辻《つぢ》むらとなんいへる在所《ざいしよ》あり。畑《はた》の内《うち》に、わづかの清水流《せいすいなが》れ出《いで》、冷水《ひやみづ》なり。

その畑所持《はたしよじ》の百姓《ひやくしやう》に、弟《をとと》あり。あるとき、兄《あに》に替《かは》りてこの畑《はた》へ出《いで》て、耕作《かうさく》しけるが、このもの取《とり》あへず思《おも》ひ計《はか》るは、「この流水《りうすい》、畑《はた》にありて益《えき》なき事《こと》なり。埋《うづ》めんにはしかじ」と、近所《きんじよ》の土《つち》を運《はこ》

び、平地《へいち》になしぬ。翌日《よくじつ》、兄弟同道《きやうだいどうどう》して、埋《うづ》みし畑《はた》へ行《ゆ》き見《み》るに、夜《よ》の間《ま》に大《をう》きなる池《いけ》となり、水《みづ》青々《あを》と、深《ふか》さ計《はか》りがたく、望《のぞ》むに目《め》くるめけり。その池《いけ》に近《ちか》き田畑《でんばた》、欠《か》け崩《くづ》るるのみならず、作毛《さくもう》ことごとく損《そん》じぬ。今《いま》にその池《いけ》はありけるとぞ。「これ、竜《りやう》の住《すみ》たる潜《す》み所《どころ》なるべし」と言《い》へり。

土屋家のやしき、竜出現の事

一、近《ちか》き頃《ころ》にやありけん、本郷筋御旗本《ほんごうすじおんはたもと》、土屋氏屋敷《つちやうじやしき》の内《うち》に、わづかなる泉水《せんすい》あり。夏《なつ》の末《すへ》、夜半《やはん》と覚《をぼ》しき頃《ころ》、積《つも》り二千《せん》ばかりの人《ひと》の来《きた》るごとく、おびただしく笛《ふえ》の音聞《をときこ》へ、火光《ひかり》この泉水《せんすい》よりほとばしり出《い》で、大雨《をうあめ》、篠《しの》を突《つ》くがごとく降《ふ》りて、家中《かちう》の人々《ひとびと》、片《かた》すみにこぞり居《い》て、外《ほか》を見《み》る事《こと》あたわず。

夜明《よあ》けて右泉水《みぎせんすい》を見《み》るに、近辺《きんぺん》くづれ落《をち》て、古井《ふるい》を見《み》るが如《ごと》く、その深《ふか》さ知《し》りがたし。「家中《かちう》の者《もの》に、あやまちありや」と尋《たづ》ぬるに、門番一人《もんばんいちにん》、見《み》へず。門《もん》の屋根《やね》も吹《ふき》とられ、柱《はしら》のみ残《のこ》れり。「この泉水《せんすい》に竜住《りよふすみ》て、今夜出現《こんやしゆつげん》しけるにや」と、屋敷《やしき》の人々語《ひとびとかた》りしを聞《きき》けるとぞ。

亡霊、きつねを頼む事

一、麻布市兵衛町《あさぶいちべうへまち》うら借屋《かりや》に住《すみ》ける夫婦《ふうふ》ものあり。享保《きやうほう》の末《すへ》の年《とし》、その婦《ふ》、俄《にはか》に狂乱《きやうらん》し、色々口《いろいろくち》ばしり、手指《てのゆび》をかがめて、さながら畜類《ちくるい》の如《ごと》しけるゆへ、祈禱《きとう》加持《かじ》などしけれども、しるしなし。近所《きんしよ》に山伏《やまぶし》の、針医師《はりいしや》しけるあり。かれを頼《たの》みて、加持《かじ》のあいだには針《はり》の療治《りやうじ》をほどこしけるに、この婦《ふ》、この僧《そう》に申《もふ》しけるは、「御坊《ごばう》の加持《かじ》、針《はり》の手段《しゆだん》、肝《きも》にこたへ、堪《た》へがたし。然《しか》れども、つねの病気《べうき》にあらざれば、癒《い》ゆること難《かた》し。同《をな》じくば、我身《わがみ》に苦痛《くつう》させんより、打《うち》すて置《をい》て、死《し》を快《こころよ》くさせよ」といふ。

この僧《そう》たづねけるは、「汝《なんじ》が病症《べうしやう》をうかがひ見《み》るに、外《ほか》より妖《よふ》をなす物《もの》ありて、悩乱《のうらん》さすると覚《をぼ》へたり。何物《なにもの》の霊《りやう》にて、何《なん》の恨《うら》みありや」。婦《ふ》こたへていわく、「我《われ》は金川《かねがわ》の駅近《えきちか》き所《ところ》に住《す》む、狐《きつね》なり。この女《をんな》の先夫《せんぷ》、死《し》して年《とし》を経《へ》たり。故《ゆへ》ありて、この女《をんな》に怨《うら》みふかく、「怨《うらみ》を報《ほう》ぜん」と願《ねが》ふ。我《われ》はその先夫《せんぷ》が墓所《むしよ》に住《すみ》けるゆへ、亡霊《もふりやう》にたのまれ来《きた》りて、「この女《をんな》の命《いのち》を取《と》らん」と欲《ほつ》す。たとひ我一命《われいちめい》を絶《た》つとも、離《はな》るる事《こと》あるべからず」と口《くち》ばしりて、こののち、この僧来《そうきた》れば、おのれが糞《ふん》を面目手足《めんもくてあし》へ塗《ぬ》りて、近《ちか》づき寄《よ》りがたし。隣家《りんか》の者《もの》どもも、この体《てい》を見《み》て疎《うと》み果《は》て、もふで来《きた》る人《ひと》さへなければ、程《ほど》なくあがき狂《くる》ひ死《し》しぬ。いかなる故《ゆへ》にか、その者《もの》の出所《しゆつしよ》知《し》る者《もの》なし。かたへの

人《ひと》の語《かた》りけるは、「この婦《ふ》、悪性《あくしやう》にて先夫《せんぷ》を害《がい》し、今《いま》の夫《をつと》に連《つ》れられ来《き》たりしやらん」と言《い》へり。

猫の生霊、人につく事

一、享保《きやうほう》はじめの年《とし》、材木町辺《ざいもくてうへん》にて、「猫《ねこ》の生霊《いきりやう》にとり憑《つ》かれたり」と号《がう》して、つねに手足《てあし》をうごかし、耳《みみ》を撫《な》で、猫《ねこ》の真似《まね》のみしてありけり。年久《としひさ》しく、この霊退《りやうしりぞか》ざりけるよし。その後《のち》いかがしけん、知《し》らず。

衣裏《いのうら》より人魂出る事

一、ある老人《らうじん》の物《もの》がたりに、先年《せんねん》、遠山氏老病《とをやまうじらうべう》により、何《なに》となく、うつらうつらと煩《わづら》はれける折《をり》ふし、冬《ふゆ》の事《こと》にて、火燵《こたつ》に寄《よ》りかからせられ、眠《ねぶ》りおわしける傍《かたわ》らに、近習《きんじゆ》の士《し》一人《にん》、本道《ほんどう》の医師《いし》二人《にん》、相詰《あいつめ》居《い》ける。

夜《よ》ふけけるゆへ、おのおのさし俯《うつむ》き、居《い》ねむり居《い》たり。その内《うち》、医師《いし》一人眠《にんねむ》らず、遠山氏《とをやまうじ》のおわしける方《かた》をながめ居《い》たりしに、首筋《くびすじ》ぞっと覚《をぼ》しき所《ところ》より、ほうづき程《ほど》これある赤色《あかいろ》の玉《たま》あらわれ、衣《い》の裏《うら》を離《はな》れんとしては、また身《み》に入《い》り、四五度《ど》ありて、ふつと飛《と》び出《い》で、ふわふわと座敷《ざしき》のうち

を廻《まは》り、高《たか》くもあがらず、畳《たたみ》につくほどに飛《と》んで、築山《つきやま》のかたへ出去《いでさ》りぬ。

この医師《いし》あやしく思《をも》ひて、両人《りやうにん》の者《もの》を、手《て》してゆり起《をこ》しけれども、「いたづらに斯《かく》するぞ」と心《こころ》得《へ》、ただ眠《ねむ》りて居《い》、これを見《み》る者《もの》なし。「これ、人魂《ひとだま》といへる物《もの》ならん」と言《い》へり。遠州《えんしう》も是《これ》よりいくほどなく、遠行《えんぎやう》ありけるとぞ。

続向燈吐話巻之八終

続向燈吐話巻之九

目録

一　同国の人、影《かげ》のわづらひの事

一　若狭国の人、馬となる事

一　丹波国傀儡《くわいらい》の霊の事

一　遠江国横須賀山中の妖怪の事

続《ぞく》向燈吐《かうとうと》話《わ》巻《けん》之九

土中《どちう》、弥陀《みだ》を掘り出す事

一、武蔵国《むさしのくに》の内《うち》、その在所《ざいしよ》を忘《わす》れぬ。一寺《じ》の門外《もんぐわい》にて、土中《どちう》に人《ひと》の悲鳴の声《こへ》あり。あやしく思《おも》ひて、その所《ところ》を掘《ほ》らせ見《み》るに、大黒《だいこく》の像《ぞう》あり。しかれども、いまだ土《ど》中悲鳴の声《こへ》はやまず。いよいよ人夫《にんぷ》を増《まし》てうがち起《をこ》せば、このたびは、尺余《しやくよ》の弥陀《みだ》の像《ぞう》をぞ掘出《ほりいだ》しける。いそぎ取納《とりをさ》めて、仏前《ぶつぜん》へ安置《あんち》しければ、これより土中《どちう》の声《こへ》やみけるとぞ。今《いま》その寺《てら》の宝物《ほうもつ》となり、「うなりの弥陀《みだ》」と号《がう》するよし。

芝居の盗人の事

一、予《よ》が知《し》れる者《もの》、堺町市村宇左衛門芝居《さかいてういちむらうざへもんしばい》へ行《ゆ》き、見物《けんぶつ》しけるに、市川海老蔵《いちかわえびぞう》出《いで》て、台詞《せりふ》しける折《をり》から、切《きり》おとし、どよめき騒《さわ》ぎたち、しばしは鳴《な》りも静《しづ》まらざるに、黒《くろ》きあわせ羽織《はをり》に、紬《きぬ》のあわせ着《き》ける男《をとこ》、年頃《としごろ》三十ばかりの町人《てうにん》なるが、舞台《ぶたい》へは目《め》もやらで、見物人《けんぶつにん》の腰《こし》のまわりへ目《め》をつけけるを、かの者《もの》、「これぞ巾着切《きんちやくき》りといへる者《もの》ならん」と、きつと心付《こころづき》しより、件《くだん》の者《もの》ゆへ、針《はり》

のむしろに座《ざ》するが如《ごと》く、身《み》こそばゆく、身《み》の廻《まは》り用心《ようじん》して、狂言《きやうげん》さへ見《み》ず居《い》けるに、この者《もの》、いかがしけん、狂言《きやうげん》おもしろき最中《さいちう》、つい立《た》ちて、桟敷出入《さんじきいでいり》の口《くち》より、外《そと》へ出《いで》ぬ。

さて一番過《ばんすぎ》て、中入《なかいり》の節《せつ》、傍輩同士《ほうばいどうし》と見《み》へて、四五人《にん》一所《しよ》に居《い》ける侍《さむらい》の内《うち》に、「脇差紛失《わきざしふんしつ》せり」と、あわてさわぎ、尋《たづ》ねさがせど、見《み》へず。

いそぎ楽屋《がくや》へ行《ゆ》き、断《ことは》り申達《もふしたつ》し、狂言終《きやうげんをわ》りて人々出《ひとびといづ》る折《をり》から、木戸《きど》にておのおの帯《たい》せし脇差《わきざし》を吟《ぎん》味《み》しけるに、つねより隙《ひま》とりて、夜《よ》ふけてぞ宿所宿所《しゆくしよしゆくしよ》へ帰《かへ》りぬ。

「かの脇差《わきざし》は、最初帰《さいしよかへ》りし男《をとこ》の取《とり》つるにてあるべし」と語《かた》りぬ。

鰻《うなぎ》、人を呼ぶ事

一、相州大山辺《そうしうをうやまへん》にて、川狩《かわがり》に出《いで》ける者《もの》、長《なが》さ四尺《しやく》ばかりもあらんと思《おぼ》しき鰻《うなぎ》を取《と》りて、小舟《こぶね》の内《うち》へ入《い》れ、その日《ひ》は得《え》もの多《をを》かりしかば、とく仕《し》まひて帰《かへ》るに、川下《かわしも》にて大《をを》いなる声《こゑ》して、「太郎太《たらうた》郎《らう》」と呼《よ》べば、舟中《せんちう》より「うんうん」と答《こた》ふ。

この者《もの》、肝《きも》をけし、急《いそ》ぎ舟《ふね》を漕《こ》ぎ行《ゆ》くに、なを呼《よ》ぶ声《こゑ》やまず。答《こた》ふる声《こゑ》は、かの鰻《うなぎ》の言《い》ふにぞありける。恐《おそ》ろしさ言《い》わんかたなく、かの鰻《うなぎ》を川中《かわなか》へ投《な》げ捨《すて》て、岸《きし》へ着《つ》くと、取《と》りける魚《うを》をも捨《すて》て、逃《に》げ返《かへ》りけるとぞ。

「何者《なにもの》の、かく呼《よ》びけるかは知《し》らず」と、所《ところ》の者《もの》の物語《ものがた》りしける。

白衣の追剥の事

一、享保初年《きやうほうはつとし》、「麻布六本木《あざぶろつぽんぎ》辺《へん》にて、夜《よ》な夜《よ》な幽霊出《ゆうれいいで》て、「物《もの》たのまん、物《もの》たのまん」と呼《よ》びける」とて、夜《よ》に入《い》れば通《とを》る者《もの》まれなり。その近辺《きんぺん》の若《わか》き町人《てうにん》、十人《にん》ばかり言《い》ひあわせて、ある夜《よ》その所《ところ》を通《とを》るに、例《れい》のもの出《いで》て、物《もの》あわれに、「物《もの》たのまん」と呼《よ》ぶ所《ところ》を引捕《ひきとら》へ見《み》れば、知《し》れる所《ところ》の歴々《れきれき》の武士《ぶし》なり。「人《ひと》の恐《おそ》るるが面白《おもしろ》さに、かくしたるなり。沙汰《さた》ばしすな」といふて、逃《に》げ去《さ》りけるとぞ。後《のち》に聞《き》くに、この幽霊《ゆうれい》に衣類《いるい》を剝《はが》れ、金銀《きんぎん》を取《と》られし者《もの》あまたあり。その頃《ころ》これを、「白衣《はくい》の追《をい》剝《はぎ》」といふて、誹《そし》りあへり。

姫路の城妖の事

一、いづれの年《とし》にや、播州姫路《ばんしうひめじ》の城主《じやうしゆ》、夢見《ゆめみ》けるは、美人来《びじんきた》りて、「我《われ》は往古《をうこ》よりこの城《しろ》に住《す》む者《もの》ながら、代々《だい》の城主《でうしゆ》に見《まみ》へざるはなし。あるひは我《われ》を見《み》て即座《そくざ》に気絶《きぜつ》し、あるひは程《ほど》を経《へ》て病《や》め

るたぐひ、己《をのれ》が弱《よわ》き心《こころ》をかへり見《み》ずして、「妖怪《やうくわい》のために犯《をか》されし」と世《よ》に触《ふ》れ、知《し》らしむる条《でう》、つねに憂《うれ》ふる所《ところ》なり。我《われ》は人《ひと》の害《がい》をなすものにあらず」と。

城主夢心《でうしゆゆめごころ》に、「むかしより、「この城《しろ》を預《あづか》る者《もの》、必《かなら》ず異人《いじん》にあふ」とばかり言《い》ひ伝《つた》へて、たしかにその証《しやう》を見《み》たる者《もの》なし。願《ねが》わくば、しるしを給《たまは》り、家《いへ》の至宝《はうもつ》とせん」といふ。

美人笑《びじんわら》ひながら、着《き》たる金襴《きんらん》の裾を、手《て》して爪切《つめき》り置《おき》しに、夢覚《ゆめさめ》て見《み》れば、金襴《きんらん》の切《き》れは枕《まくら》の本《もと》に残《のこ》り留《とま》り、今《いま》にその家《いへ》に有《あり》て、宝《たから》となりけるよし。

予《よ》が知《し》れる人《ひと》の伯母《をば》たる人《ひと》、つねに語《かた》りけるは、「かの家《いへ》の奥《をく》かたに局《つぼね》なんしける女《おんな》、その金襴《きんらん》の切《き》れ少《すこ》し奥《をく》かたより申《もふし》うけて、守袋《まもりぶくろ》となし、秘蔵《ひぞう》し置《をき》けるが、町家《まちや》へ下《さが》りける以後《いご》、湯屋《ゆや》へ行《ゆき》ける折《をり》から、取《とり》おとし紛失《ふんしゆつ》しける」。よし語《かた》りぬ。

狸の廻国の事

一、先年《せんねん》、北国辺路《ほくこくへんろ》廻国《くわいこく》しける僧《そう》、「亀井《かめい》六郎《らう》が子孫《しそん》なり」と号《がう》して、笈《をい》の内《うち》より亀井《かめい》が手跡《しゆせき》など取出《とりいだ》し見《み》せけるゆへ、通《とを》りける在《ざい》々所《しよ》々、この僧《そう》を崇敬《そうきう》馳《ち》走《そう》しける。

然《しか》る所《ところ》に、この僧《そう》、片山里《かたやまさと》を通《とを》る時《とき》、犬《いぬ》のために食殺《くひころ》されしを見《み》れば、年経《としへ》たる狸《たぬき》なり。笈《をい》は其《その》ままありける。開《ひら》き見《み》れば、仏像《ふつぞう》、墨跡《ぼくせき》は、ありしままにて替《かわ》らずとぞ。

「これらの物《もの》、いづかたにて取《と》りけん、怪《あや》しくおぼへぬ」と、その在所《ざいしょ》の人《ひと》の物語《ものがたり》を聞《き》きぬ。

疱瘡の神と力をあらそふ事

一、疱瘡《はうそう》といへるわづらひ、日本《につぽん》にては、聖武天皇《しやうむてんをう》の御宇《ぎよう》までは、かつて無《な》かりしゆへ、往古《をうこ》はこの病《やまひ》の名《な》、まさに知《し》らざりしよし。今《いま》は世《よ》に流行《るぎやう》して、この煩《わづ》らひせざる者《もの》なし。その病根《べうこん》、日《ひ》を約《やく》し、余病《よべう》には異《い》なり。神《かみ》ありて、病家《べうか》にかならず祭《まつ》り、忌服《きぶく》をあらため、けがらわしき火《ひ》を嫌《きろ》ふ。誠《まこと》にあやしき事《こと》なり。

予《よ》、二十《にじう》四五歳《さい》まで、このこと信《しん》ぜず。世《よ》に疫癘《ゑきれい》の神《かみ》、疱瘡《はうそう》の神《かみ》とて、あるひは社《みや》を建《た》て、あがめ敬《うやま》ひ、あるひは病家《べうか》に棚《たな》をつり、拝礼《はいれい》をなすこと、笑《わら》ふにたへたり。「この二病《にべう》に神《かみ》あらば、四《し》百余病《ひやくよべう》ことごとく神《かみ》あらん。疝気《せんき》、寸白《すんわく》、下向《げかう》、痔《じ》の神《かみ》は、厠《かわや》の神《かみ》の門族ならん」と嘲《あざけ》りしに、ある年《とし》、上総国市原郡《かづさのくにいちはらごをり》の百姓《ひやくしやう》来《きた》り、語《かた》りけるを聞《きき》しに、その者《もの》の隣家《りんか》に、男女《なんによ》の子《こ》をもちたる者《もの》あり。ある夜《よ》、夢中《ゆめのうち》にすさまじき体《てい》の人《ひと》、夫婦《ふうふ》来《きた》り、子《こ》どもの寝《ね》たるかたへ行《ゆ》くを、夢心《ゆめごころ》にも、その子《こ》どもに過《あやま》ちあらんことを憂《うれ》いて、真先《まつさき》に立《た》ちたる老女《らうによ》を引《ひき》つかんで、戸外《とのそと》へ投《な》げ出《いだ》したれば、うらめしげに起上《をきあが》りて、戸《と》の隅《すみ》へ隠《かく》れたり。

いま一人《いちにん》の老父《らうふ》を、うしろざまに抱《いだ》きとめ、うち倒《たを》さんとするに、巌石《がんせき》のごとく動《うご》かず。やがて

この者《もの》を軽々《かろがろ》と引《ひき》さげ、四五間《けん》かたわらへ投《な》げすて、たちまち、ちいさき人相《にんそう》を現《げん》じ、妻女《さいぢよ》がそばに臥《ふ》したる男子《なんし》の懐《ふところ》へ入《い》ると思《おも》ひ、大汗《をうあせ》になりて夢《ゆめ》はさめたり。

その翌日《よくじつ》より、二人《ににん》の子《こ》ども疱瘡《はうそう》を病《や》み、女子《によし》はかろくして生《い》き、男子《なんし》はおもく死《し》したり。「これ疱瘡《はうそう》の神《かみ》たるべし。女神《によしん》には勝《かち》たるゆへに、女子《によし》はかろし。男神《なんしん》には負《ま》けたるゆへに、男子《なんし》はつゐに死《し》ぬ。あらそふべきにあらず」と語《かた》りけるを聞《きい》て、始《はじ》めて疑《うたが》ひを晴《は》らしぬ。その後《のち》、かかる類《たぐひ》あまた見聞《みきき》して、いよいよその信《まこと》を増《まし》ぬ。

疱瘡神を窓より撲《なげう》つ事

一、神田辺《かんだへん》に住《すまゐ》す、井筒屋万五郎《いづつやまんごらう》といへる相撲《すもう》とりあり。ある日《ひ》、二階《にかい》に余念《よねん》なく臥《ふ》し居《い》ける夢《ゆめ》に、その様《さま》すさまじき山伏《やまぶし》、窓《まど》よりさし入《い》らんず。井筒起上《いづつをきあが》りてこの山伏《やまぶし》を捕《と》らへ、つき落さんとするに、中《なか》々力量ありて倒《たを》れず。窓《まど》を中《ちう》におき、内外《うちそと》にていどみ合《あ》ひけるが、つゐに井筒《いづつ》、この山《やま》伏《ぶし》を屋根《やね》より外《そと》へつき落《おと》すとおぼへて、夢《ゆめ》さめたり。いそぎ二階《かい》より下《を》りて見《み》るに、四五歳《さい》ばかりの男子《なんし》ありけるが、発熱例《はつねつれい》ならず、この日《ひ》より疱瘡《はうそう》しけるが、殊《こと》の外《ほか》かろく、日数《ひかず》みちて平癒《へいゆう》せり。「二階《かい》にてあらそひ撲《なげ》しは、疱瘡《はうそう》の神《かみ》ならん」と、井筒万五郎物《いづつまんごらうもの》がたりなり。

愛子《あいし》の重病をいかり、疱瘡神のたなを破《やぶ》る事

一、麻布《あざぶ》御簞笥《をたんす》町《まち》の内《うち》に、気象胆武《きそうたんぶ》なる町人《てうにん》あり。その愛子《あいし》、疱瘡《はうそう》を病《や》みけるに、殊《こと》の外《ほか》おもくして、すでに息《いき》たへんとする事《こと》、たびたびなり。この男《をとこ》、大《をを》きにいかり、「疱瘡神《はうそうがみ》の神《かみ》あればこそ、病家《べうか》に棚《たな》つり祭《まつ》り、氏《うじ》の神《かみ》のごとく崇敬《そうぎやう》なすは、愛欲《あいよく》のなす所《ところ》、ひとへにその子《こ》の病気《べうき》平癒《へいゆう》をいのる故《ゆへ》なり。かく悪病《あくべう》にて人《ひと》をくるしむる神《かみ》ならば、家内《かない》にまつり置《をい》て何《なに》にかせん。いでいで思《おも》ひ知《し》らせん」と、神《かみ》だな引下《ひきおろ》し、みぢんに打砕《うちくだ》き、近所《きんじよ》の堀《ほり》へ捨《すて》させ、これより、「疱瘡《はうそう》に忌《い》むといふ物《もの》」といへば、ありもあられぬ物《もの》まで取《とり》あつめ、病人《べうにん》の目前《めまへと》取り散《ち》らして、放埒狼藉《はうらちらうぜき》、言語《ごんご》にたへたり。然《しか》る所《ところ》、この夜《よ》より、この病人《べうにん》、食《しよく》を好《この》み出《いだ》し、悪《あ》しき色《いろ》を直《なを》して、しだいに全快《ぜんくわい》しけるとぞ。

目前疱瘡の神を見る事

一、安房国長狭郡《あわのくにながさごをり》のうちにて、百姓《ひやくしよう》の倅《せがれ》、疱瘡煩《ほうそうわづら》ひける折《をり》から、その父《ちち》の夢《ゆめ》に、乞食《こつじき》一人枕《にんまくら》にたち寄《よ》り、水《みづ》を乞《こ》ふ。起《をき》て汲《く》み与《あた》ふると見《み》て、さめたり。

そののち、この百姓夫婦《ひやくしやうふうふ》の者《もの》ばかりに見《み》へけるは、病《や》める子《こ》のかたわらに、痩《や》せかじけたる乞食《こつじき》たちはなれず、やるせなく水《みづ》を乞《こ》ふ。その子《こ》に与《あた》ふれば、病《やまい》かろくして、水《みづ》ばかりを食《しよく》として、日《ひ》かず経《へ》て、快気《くわいき》を得《え》たりといへり。

長門国の人、ろくろ首の事

一、世《よ》に悪疾《あくしつ》を病《や》める人《ひと》、あまたあり。長門国萩城下《ながとのくにはぎのでうか》にて、ある夜《よ》、長州《ちやうしう》の家士《かし》、路辺《ろへん》に逍遥《しやうやう》しけるに、ばたばた鳴《な》りて、頂上《てうじやう》を飛《と》ぶものあり。仰《あを》のき見るに、美婦人《びふじん》の首《くび》、鉄漿黒《てつしやうくろ》くつけたるが、青き糸《いと》二三尺引《じやくひい》て、飛《と》ぶにぞありける。うち驚《おどろ》き、刀《かたな》を抜《ぬ》いて、切《き》り落《をと》さんとするに、この首《くび》あわただしく飛《と》んで、流星《りうせい》のごとく、いちあしを出《いだ》して追《を》ひ行《ゆ》く所《ところ》に、この首《くび》、城下《じやうか》の町屋《まちや》の、とある家《いへ》へ入《い》りて、出《いで》ず。

あやしく思《をも》ひ、外面《ぐわいめん》に立《たつ》て、内《うち》の様《やう》をうかがふ所《ところ》に、奥《をく》にて女《をんな》の声《こえ》にて、「何《なに》ものとも知《し》らず、侍《さむらい》の刀《かたな》を抜《ぬ》き持《も》ち、我《われ》を追《を》ひ来《きた》ると思《おも》ひ、夢《ゆめ》さめたり。あら恐《おそ》ろしや、いまだ身《み》をふるわし、胸《むね》もとどろくぞや」と、おびへ苦《くる》しむ声聞《こへき》こへぬ。

この侍《さむらい》たち聞《き》いて、「さてはこの家《いへ》の妻女《さいによ》は、世《よ》に言《い》ふ、ろくろ首《くび》なるべし。「夜《よ》、出《いで》てあそぶ」と諸書《しよしよ》に記《しる》せるに偽《いつわ》りなく、我《われ》に見《み》つけられ、追《をい》かけられしを、夢《ゆめ》と覚《おぼ》へしならん」と、ひとり頷《うなつ》

きて、たち帰《かへ》り、したしき友《とも》へ、「かく」と語《かた》りけるよし。

上総国の人、胸裂くる事

一、上《かみ》の総州《さしう》夷隅郡《いすみごをり》の百姓《ひやくしやう》、つねに酒《さけ》を好《この》み、しかも大酒《たいしゆ》にて、一日《にち》のうちに数升《すしやう》を呑《の》みけるが、四十有余《じうゆうよ》になりて、いつとなく酒《さけ》とまりて、かつて一滴《てき》も呑《の》まず。ただ平生《へいせい》、胸痛《むねいた》むよし言《い》ひて、衣類《いるい》のさわるさへ堪《た》へがたく、胸《むね》をあらわに、片《かた》ぬいでばかり居《い》けるが、しだいにこの痛《いた》みつよく、衰《おとろ》へはてて起《をき》ず。

ある日《ひ》、一日《にち》さけび苦《くる》しみけるが、胸《むね》たてざまに三寸《さんすん》ばかり裂《さ》けて、血《ち》ながるる事《こと》おびただしくありて、「痛《いた》み少《すこ》し心《こころ》よくおぼゆる」なんど言《い》ひて、かたへの人《ひと》にも心《こころ》よげに物語《ものがたり》しけるが、夜《よ》に入《い》り、また苦痛《くつう》してもだへ叫《さけ》び、湯薬《とうやく》を服《ふく》しても、この裂《さ》けし胸《むね》よりもれ出《いで》て、おさまらず。あくる日《ひ》つゐに死《しし》けり。

酒毒《しゆどく》の、災《わざわ》ひをなしけるなるべし。

陸奥国の人、手指のわづらひの事

一、先年《せんねん》、奥州肥後守殿奥《をうしうひごのかみどのおく》につとめける、みよしといへる局《つぼね》なりし女《をんな》、元来悪心深《ぐわんらいあくしんふか》き者《もの》にて、あらゆる悪事《あくじ》を奥《をく》がたへ御《おん》すすめ申《もふ》して、御身近《おんみちか》く召《めし》つかわれし女《をんな》、あまた失《うしな》われしも有《あ》りしとかや。この女《をんな》、老《を》ひて後も、肥後守殿奥《ひごのかみどのをく》に扶助《ふじよ》し、差置《さしを》かれける所《ところ》に、異《こと》なる病《やまひ》を請《うけ》ける。両手《りやうて》の指《ゆび》かゆく、耐《た》へしのびがたく、畳《たたみ》をかき、戸障子《としやうじ》をすり破《やむ》り、器《うつわ》ものにあてて、ひたと擦《す》りけるほどに、後《のち》には血流《ちなが》れ出《い》で、見苦《みぐる》しかりければ、奥《をく》より出《いだ》して、明長屋《あきながや》の内《うち》へ入《い》れ、番人《ばんにん》つけ置《をき》けるに、ここにても猶《なを》、柱《はしら》へすりつけ、壁《かべ》へあて、うつわ物《もの》をかき破《やむ》りなんどする事《こと》やまず。
せんかたなく、板《いた》の削《けづ》らざるを箱《はこ》につづりて与《あた》へけるに、この箱《はこ》も毎日指《まいにちゆび》をあて掻《か》きけるほどに、
かき破《やぶ》りて、月《つき》には二三度《ど》も替《か》へて与《あた》ふ。
かくありし故《ゆへ》に、十指《とうのゆび》のこらず落《を》ちて、杓子《しやくし》に等《ひと》しくなりぬ。その苦《くる》しみ叫《さけ》びける声《こへ》、遠《とお》く聞《きこ》へて、物《もの》すさまじくありけり。年経《としへ》て、つゐにあがき死《じ》に死《しし》けり。
その後《のち》、「この長屋《ながや》よりあやしき物出《ものいづ》る」と言《い》ひふらして、あへて住《す》む者《もの》なく、その頃「みよし長屋《ながや》」と名《な》づけ、夜《よ》に入《い》れば、その長屋《ながや》の前《まへ》を通《とを》る者《もの》さへなかりしとぞ。

同国の人、影《かげ》のわづらひの事

一、同《をな》じ家中《かちう》に、年来《ねんらい》二十四五歳《さい》ばかりの侍《さむらい》、日頃労症《ひごろらうしやう》をうけて、うつらうつらと煩《わづら》ひけるが、

常《つね》におのれが影《かげ》を見《み》ては驚《おどろ》き、うつつにも、「おそろしや、我《わ》が影《かげ》の、我《われ》を苦《くる》しむるぞ」と言《い》ふて、おののき苦《くる》しみけるを、かたへに伽《とぎ》しける者《もの》も、何《なに》とやらん、かの者《もの》の影《かげ》の、うしろに立《た》ち添《そ》ひて居《い》けるやうに覚《をぼ》へて、その後《のち》は折毎《をりごと》に、影《かげ》ぼうしの如《ごと》く、ちらちら壁《かべ》などにうつろい、影見《かげみ》へしが、つゐにこの病《やまひ》治せずして、死《し》しけるとぞ。

これ、影《かげ》のわづらひの類《るい》なるべし。

若狭国の人、馬となる事

一、若狭国《わかさのくに》、横手山《よこてやま》といへる在所《ざいしよ》に、放逸邪見《ほういつじやけん》の者《もの》あり。元来百姓《ぐわんらいひやくしやう》なれども、代々富貴《だいだいふつき》にて、財宝《ざいほう》何に乏《とぼ》しからず。遊楽こころのままなるにつけ、邪《よこしま》のこころぞ出《いで》ける。しかるにこの者《もの》、いつ曲《まが》れるともなく、手足《てあし》かがみ、拳《こぶし》のごとく、人声《ひとごへ》おのづから変《かわ》り、いななき叫《さけ》び、常《つね》の食物《しよくもつ》食《くら》ふことあたわず、藁大豆《わらだいづ》を食物《しよくもつ》となす。

その子《こ》たる者《もの》、これを悲《かな》しみ、僧《そう》とさへ言《い》へば請《しやう》じ入《い》れて、米銭《べいせん》の類《るい》をほどこし、ひそかに、父《ちち》が生《いき》ながら畜類《ちくるい》の果をうけし事《こと》を語《かた》りて、教化《きやうげ》をうけ、後生善所《ごしやうぜんしよ》に至《いた》らんことを祈《いの》りけるよし。予《よ》が知《し》れる僧《そう》、「廻国《くわいこく》してここに至《いた》りし砌《みぎ》り、かかる物《もの》を見《み》たりし」と物語《ものがたり》しけるを、聞《き》き侍《はべ》りぬ。

丹波国傀儡《くわいらい》の霊の事

一、いづれの頃《ころ》にや、諸国《しよこく》を廻《まは》り傀儡《くわいらい》を業《わざ》としける者《もの》、年老《としを》ひ、行歩叶《ぎやうほかな》わざりければ、生国丹波《しやうごくたんばの》国笹山辺《くにささやまへん》へ引こもり、手なれぬ農業に心《こころ》をくるしめ、世《よ》をわたりけれども、老《を》ひては心《こころ》ばかりにて働《はたら》き得《え》ざりし程《ほど》に、しだいに貧《まづ》しく、朝夕《あさゆう》の煙《けぶり》も絶《た》へ絶《だ》へなるまま、傀儡《くわいらい》の古《ふる》く損《そん》じけるを打《うち》わり、薪《たきぎ》となし、せめて是《これ》にて、湯《ゆ》などわかして給《た》べけるに、その夜《よ》、この老人狂乱《らうじんきやうらん》し、足《あし》を空《そら》に、若《わか》き人《ひと》のごとく走《はし》り廻《まは》り、呼《よ》び叫《さけ》びけるまま、近隣《きんりん》のもの聞《きき》つけ、急《いど》ぎとりとどめて、「何者《なにもの》の霊《れい》の、何《なに》うらみありて憑《つ》きたるにや」と問《と》ふに、老人《らうじん》こたへて、「われは日頃《ひごろ》この者《もの》に寵愛《てうあい》せられし傀儡《くわいらい》の精《せい》なり。己《をのれ》が盛《さか》んなる時《とき》は、我《われ》をもつて稼業《かぎやう》とし、我《われ》また彼《かれ》が為《ため》に、扶助《ふじよ》をうけぬ。今老《いまをい》て、我《われ》を土中《どちう》に捨《す》て、塵《ちり》をはらふべき人《ひと》もなく、むなしく鼠《ねずみ》の巣《す》に交《まじは》り、面損《めんそん》じ、衣類《いるい》腐《くさ》り破《やむ》れて、赤《あか》裸《はだか》となり、恥《はぢ》を庭《には》の片《かた》すみにさらし、朽《く》ち爛《ただ》らかせし上《うへ》に、今細木《いまさいぼく》となし、火中《くわちう》に投《とう》ずる恨《うら》み、尽《つく》べからず。見《み》よ見《み》よ、「古物《こぶつ》に霊《れい》なし」と侮《あなど》り汚《けが》せし、この者《もの》の命《いのち》、たち所《どころ》に取《と》りて見《み》すべし」と口《くち》ばしり、血《ち》を吐《は》く事《こと》おびただしく、悶絶《もんぜつ》して、その夜《よ》のうちに死《し》しけるとぞ。

遠江国横須賀山中の妖怪の事

一、西尾《にしのを》隠岐守殿《おきのかみどの》領知《りやうち》、遠州横須賀《えんしうよこすか》領《りやう》の内《うち》に、小笠山《をがさやま》、菩提山《ぼだいさん》といへる山《やま》あり。両山《りやうざん》つづきそびへ、幽深《ゆうしん》にして、山奥《やまをく》へは猟師《りやうし》も入《い》る事《こと》あたわず。

西尾《にしのを》の家《いへ》の士《し》、三人《にん》言《い》ひあわせ、「猪鹿《いしか》を狩《か》らん」とて、ある日《ひ》この山《やま》へわけ入《い》り、日《ひ》すでに傾《かたむ》きぬれば、帰《かへ》らんとする折《をり》から、その間《あいだ》三反《たん》ばかりもあらんと思《をも》ふ、向《むか》ふの岩《いわ》の上《うへ》に、たけ三尺《しやく》ばかりもあらんと思《おも》ふ法師《ほつし》の首《かしら》、岩《いわ》に頤《おとがひ》もたせかけ、眠《ねむ》り居《い》たるありさまを、召連《めしつ》れし三人《にん》の家来《けらい》ども見《み》つけ、大《をを》きにおどろき、震《ふる》ひわななきながら、主人《しゆじん》へ「それ御覧《ごらん》ぜよ」と、指《ゆび》さし告《つ》げしに、「とくより見《み》しぞ。騒《さわ》ぎあわてべからず。心《こころ》をうごかし、気《き》の労《つかれ》するにしたがひ、妖《よう》は災《わざわ》ひをなすものなり。かかる所《ところ》へ来《きた》りあわせしも、自業自得《じぎやうじとく》なれば、運《うん》を天《てん》に任《まか》するより外《ほか》なし」と、両士《りやうし》はひそかに所持《しよじ》しける鉄玉取出《てつだまとりいだ》し、鉄炮取直《てつぱうとりなを》し、二つづつ込《こみ》て、妖物《ばけもの》にむかひて、已《すで》に放《はな》さんとしけるを、一士《し》の老人《らうじん》、これを抑留《をうりう》し、「狐狸《こり》の変化《へんげ》に対《たい》し、丈夫《じやうぶ》の命《いのち》失《うしな》ふべきにあらず。代《だい》々主恩《しうをん》を荷《にな》ひ、その禄《ろく》の為《ため》に死《し》してこそ、本意《ほんい》なるべけれ、なんぞ遊楽山猟《ゆうらくさんりやう》に出《い》で、畜類《ちくるい》にむかひ死《し》なん事は、われは得《え》こそ致《いた》すまじ」と、たち帰《かへ》るを見《み》て、両士《りやうし》も道理《どうり》に伏《ふ》し、これより一同《いちどう》に取《と》つて返《かへ》し、再《ふた》びかへり見《み》ずして、里近《さとちか》くへ出《いで》ぬ。

しかしながら、「他聞《たもん》せば、比興《ひきやう》とや言《い》わん。必《かなら》ず外《ほか》へ物語《ものがたり》すな」と、下人《げにん》どもへ口《くち》をかためて帰《かへ》りけるに、下々《しもじも》のさがなき口《くち》は、手《て》して川水《かわみづ》を割《さく》るごとく、いかんぞ塞《ふさ》ぐ事《こと》を得《え》んや。そこかしこと語《かた》り伝《つた》へて、この沙汰《さた》かくれなかりしかば、隠岐守殿《おきのかみどの》、右三士《みぎさんし》を召《めし》て、妖物《よふもつ》の物《もの》がたり聞《き》かせられける時《とき》、詞《ことば》をそろへ申上《もふしあ》げけるは、「我《われ》々いたしかた、比興《ひきやう》のやうに申《もふ》す者《もの》も候はんなれども、主君《しゆくん》の御用《ぎよい》にたち、御大事《おんだいじ》あらんときに差上《さしあげ》ん命《いのち》を、妖物《よふもつ》のために失《うしな》はんは、本意《ほんい》にあらず。恥《はじ》は一《いつ》身《しん》の恥《はぢ》にして、いささか恥《はぢ》とは存奉《ぞんじたてまつ》らず。「只《ただ》まさかの御用《ごよふ》にも」と、ながらへ罷在候《まかりありそろ》を、本懐《ほんくわい》とばかり心《こころ》づき、その場《ば》を逃《に》げ帰《かへ》り、人《ひと》に面《をもて》をさらし候《そふらう》こと、便《たよ》んなく候《そろ》。その妖物《やうもつ》は、かかる物《もの》にて候《そふら》ひし」と、一《いち》々に申上《もふしあげ》しに、隠岐守殿《おきのかみどの》甚《はなは》だ感《かん》じ思《をぼ》し召《め》し、「我《わ》がために、はづかしめを忍《しの》びてたち帰《かへ》り、なを明《あか》らさまに赤心《せきしん》の所存《しよぞん》を申《もふ》す段《だん》、神妙《しんみやう》なり」と、五十石《こく》づつの加増下《かぞうくだ》し給《たまわ》りけるとぞ。

続向燈吐話巻之九終

続向燈吐話巻之十

目録

右之条々ことごとく虚談にして、実事は一つも、ま事なる事はなく候ゆへ、諸君子、眉に唾を付けて御覧候へ。御心得の為《ため》、この段一寸《ちょつと》御申入たく候。

続向燈吐話巻之十

駿河国藤枝山中、件《くだん》出る事

一、駿河国田中《するがのくにたなか》の城主《でうしゆ》、本多伯耆守殿領知《ほんだはうきのかみどのりやうち》の百姓《ひやくしやう》、深山《しんざん》へ木《き》こらんために、わけ入《いり》ける処《ところ》、首《くび》より上《うへ》は婦人《ふじん》の面《めん》にて、手足形《てあしかたち》は牛《うし》に似《に》たる物出《ものいで》て、人《ひと》のごとく立《たち》て歩《あゆ》み、この百姓《ひやくしやう》を見《み》て、にこにこ笑《わら》ひながら、山奥《やまをく》へ入《い》りぬ。見《み》なれぬ異形《いぎやう》の物《もの》なれば、恐《おそ》れわななき、はうはう逃《に》げ帰《かへ》りて、「かく」と人々《ひとびと》に告《つ》げしかば、あやしみ疑《うたが》ひ、かれに伝《つた》へ、それに物語《ものがたり》しけるあいだ、事《こと》ひろく聞《きこ》へて、領主伯耆守殿伝聞《りやうしゆほうきのかみどのでんもん》あり、右山中《みぎさんちう》を狩《か》らせ、御覧《ごらん》ありけるに、いつの間《ま》に逃失《にげう》せけん、行方《ゆきかた》なし。「「見《み》し」といへる者《もの》の偽《いつわ》りならんか」と、御疑《おんうたが》ひ少《すく》なからず。数日《すじつ》おし籠《こ》め、さし置《をか》れけるが、ほど経《へ》て御免《ごめん》ありけるとぞ。この獣《けもの》の名《な》を「件《くだん》」と申《もふす》よし、その在所《ざいしよ》の者《もの》の語《かた》りし。享保十年《きやうほうじうねん》あまりの事《こと》とかや。

相模国木場妖怪の事

一、相模国大山近所《さがみのくにをうやまきんじよ》の猟師《りやうし》、あるとき小鳥打《ことりうち》に出《いで》けるが、思《おも》わず山《やま》ふかく入《い》り、甲州《かうしう》さかひまで

至《いた》り、すでに日暮《ひく》れければ、これより引返《ひきかへ》し帰《かへ》りしに、大山《をふやま》へ来《きた》り見《み》るに、最早夜《もはやよ》ふけて闇夜《あんや》なれば、道路見《どうろみ》へわかず。「所詮《しよせん》まよひ歩《ある》かんより、ここに一夜明《いちやあか》して、翌日帰《よくじつかへ》らんもの」と思《をも》ひ、山《さん》下《か》の人《ひと》の、常《つね》にこの山《やま》へ入《い》り、材木《ざいもく》とりて、杣取《そまと》り置《を》く小屋《こや》あり。この小屋《こや》へ入《い》り、木《き》のはしなど集《あつ》めて、火縄《ひなわ》の火《ひ》をたきつけ、得物《えもの》せし雉鳩《きじばと》の類取出《るいとりいだ》し、この火《ひ》に焼《や》きて食《しよく》し、餓《うへ》をしのぎ居《い》けるに、次第《しだい》に暖《あたた》まり、眠《ねむ》りきざし、いと心《こころ》よげにうち傾《かたむ》き、とろとろしける所《ところ》に、山上《さんじやう》ざわざわ鳴《な》りて、下り立《た》つものあり。

この音《をと》に目《め》さまし、ふり仰《あを》のひて見《み》るに、長《たけ》は三四尺《しやく》もあらん、惣身黒《そうみくろ》く、眼《まなこ》、星《ほし》のごとくに輝《かがや》きし異相《いそう》のもの、猟師《りやうし》が向《むか》ふへづかづか来《きた》り、火辺《ひへん》に手足《てあし》を出《いだ》し、あたりけるに、いぶせく恐《おそ》ろしかりけれども、逃出《にげいで》んにも、四方《しはう》みな山中《さんちう》にて、人家遠《にんかとを》ければ、「なまじい走《はし》りなどして、彼《かれ》に怒《いか》りの気《き》にふれれば、いかなる憂《う》き目《め》をか見《み》ん。よしや逃《のが》れぬ命《いのち》ならんにおゐては、この座《ざ》にて兎《と》にも角《かく》にもならん」と思《おも》ひ切《きつ》て、ただうつむき居《い》たり。

このもの笑《わら》ひながら、「逃走《にげはし》らんよりは、座《ざ》して安否《あんぴ》を待《ま》たん」と、猟師《りやうし》が心中《しんちう》に思《おも》ふ事《こと》、あからさまに言《い》ふにぞ、いよいよ身《み》も震《ふる》われ、口《くち》のうちに弥陀《みだ》の称号《しやうがう》をとなへ居《い》ければ、このものもまた、弥陀《みだ》の号《がう》を唱《とな》ふ。

猟師《りやうし》つくづく思《をも》ふは、「言《い》わざるに知《し》るは、是《これ》ぞまさしく天狗《てんぐ》といへるものならん」と。このものまた、「天狗《てんぐ》といふものならん」と、猟師《りやうし》が心中《しんちう》、鏡《かがみ》にうつし見《み》るがごとく、思《おも》ふ事《こと》一々言《い》ひけ

るがゆへ、「所詮見《しよせんみ》じ、思《おも》ふまじ」と、打《うち》かたむき、火《ひ》にむかひ、寒夜《かんや》なれども、惣身汗《そうしんあせ》にひたし、わなわな震《ふる》へながら、面《をもて》に手《て》をかざし居《い》たり。

すでに夜《よ》もふけ過《すぎ》て、しんしんと物《もの》さびしく、たき火《ひ》もしだいに燃《も》へ尽《つく》して、燃《も》へ杭《くい》、そこかしこに乱《みだ》れ散《ち》りしを、おづおづ手《て》をさしのべ、取《と》り集《あつ》め、木《き》の葉《は》うへに置《を》き、吹《ふき》つけければ、また炎《えん》々と燃《も》へ出《いだ》し、この火《ひ》をちからに、「消《け》さじ」と、木《き》のはし、枯木《かれき》の枝《えだ》を、傍《かたわら》にあるをば取《と》りて、ひたと折《をり》て焚《た》きけるに、ひたと焚《た》きけるに、ここに三尺《しやく》ばかりもあらんと見《み》ゆる、くねりたる木《き》のはし、木口《こぐち》に火燃《ひも》へ付《つ》きてありしを、中《なか》ほどを膝《ひざ》におしあて折《をり》けるに、いかがしけん、この燃《も》へ杭《くい》の片折《かたを》れ飛《と》んで、化物《けもの》の面《をもて》にあたり、「あつ」と言《い》ふて立退《さちさ》り、「さてさて、人《ひと》ほど恐《おそ》ろしき工《たくみ》あるものなし。折《をり》て焼《た》くかとばかり心《こころ》つかせて、我《わ》が油断《ゆだん》をさせて、かく面《をもて》を撲《うち》し憎《にく》さよ」と、呟《つぶや》き呟《つぶや》き、山《やま》の上《うへ》へ、すさまじき音《をと》して、駆《か》けのぼりぬ。その声《こへ》の耳《みみ》に残《のこ》り、恐《おそ》ろしさ例《たと》へんかたなく、夜《よ》の明《あく》るを待《ま》ちかね、東白《ひがししら》みて、いまだ道《みち》も見《み》へざりけれども、そこを立出《たちい》で、逃《に》げ帰《かへ》りしとぞ。

「この化物《けもの》、何《なに》ものの所為《しよい》とも知《し》れる者《もの》なし」と、その猟師《りやうし》江戸《ど》へ来《きた》りし折《をり》から、物語《ものがたり》しけるを聞《きき》し」とて、語《かた》りぬ。

陸奥国さとりの事

一、右《みぎ》の物語《ものがたり》を聞《きい》て、奥州泉《をうしういづみ》の者申《ものもふ》しけるは、「我国《わがくに》にも、かかる妖物《ばけもの》、折《をり》々人家《にんか》へ来《きた》り、食物《しよくもつ》を盗《ぬす》み食《くら》ふ。長《たけ》四尺《しやく》ばかりもあらん。猿猴《えんかう》のかたちに似《に》たり。人《ひと》の思《おも》ふ事《こと》、言《い》わざるに悟《さと》りて、口《くち》真似《まね》をなすゆへ、これを名《な》づけて「さとり」といふ。ある百姓《ひやくしやう》の家《いへ》へ、桶《をけ》の輪《わ》かけ来《きた》りて、竹《たけ》を割《わ》り、輪《わ》を廻《まわ》し居《い》ける所《ところ》へ、かのさとり来《きた》りて、輪《わ》をかくるを斜《なな》めに詠《なが》め居《い》けるが、いかがしけん、竹《たけ》の末《すへ》はねて、さとりが面《をもて》をしたたかに打《う》ちければ、おどろき去《さ》つて、ふたたびこの家《いへ》へ来《きた》らず。それより以後《いご》、桶《をけ》の輪《わ》かけを見《み》ると、怖《おそ》れてあへて近《ちか》づかざる」よしを語《かた》りぬ。

山ぶし、かぶろ、両坂来由の事

一、松平筑前守殿《まつだいらちくぜんのかみどの》、ため池中屋敷《やしき》の内《うち》に、「かぶろ坂《ざか》」、「山《やま》ぶし坂《ざか》」といへる所《ところ》あり。「いかなるいわれありて、かくは名《な》づけしにや」と思《をも》ひしに、あるとき右《みぎ》屋敷《やしき》の夫《つかへ》なる者《もの》、酒店《さかだな》にて語《かた》りしを聞《きき》しに、「先年《せんねん》、屋敷《やしき》のうち、拍子木《ひやうしぎ》打《うち》て廻《まわ》る者《もの》、坂《さか》あるかたへ登《のぼ》り行《ゆき》し所《ところ》に、かぶろに髪《かみ》うち乱《みだ》し、色《いろ》しろく面《かを》ながき童《わらんべ》、坂《さか》の中程《なかほど》にうづくまり居《い》たり。「近《ちか》き長屋《ながや》のうちの子《こ》どもにてあらん」

と思《おも》ひ、その所《ところ》をうち過《す》ぎ、また坂《さか》あるかたへ行《ゆ》くに、このたびは、たけ六尺有余《しやくゆうよ》の山《やま》ぶし、まなこ鏡《かがみ》にひとしく、顔《かを》は朱に、口《くち》は耳《みみ》の根《ね》まで裂《さ》け、衣の色《いろ》は定《さだ》かに見《み》られざりし。この山伏《やまぶし》、坂《さか》の上《うへ》より大手《をふで》をひろげ、組《くみ》つきけるを、「あわや」と思《おも》ひながら、「力《ちから》を出《いだ》して投《な》げ下《くだ》さん」と捩合《ねぢあ》ひしに、大木《たいぼく》にまとひつきたるがごとく、少《すこ》しも動《うご》かず。

やや精力《せいりよく》もつきぬる頃《ころ》、かろがろと差《さ》し上《あ》げられ、「坂《さか》の下《した》へ投《な》げ捨《すて》らるる」とばかりおぼへて、魂《たましい》くらみ、気絶《きた》へ、倒《たを》れ居《い》たるを、夜明《よあ》けて見出《みいだ》し、長屋《ながや》へつれ帰《かへ》り、色《いろ》々療養《りやうやう》しけれど、治《じ》せずして、程《ほど》なく、その者《もの》は死《し》しける。その異人《いじん》に逢《あ》ひたりし所《ところ》を、誰《たれ》が名《な》づくるともなく、「かぶろ坂《さか》」、「山《やま》ぶし坂《ざか》」と言《い》ひ来《きた》りて、今《いま》は称号《しやうがう》となりし」と語《かた》りぬ。

西の久保町屋《まちや》妖怪の事

一、「西《にし》の久保《くぼ》八幡《はちまん》の前町《まいのまち》とやらん、畳屋《たたみや》あり。元文《げんぶん》三年《ねん》、妻女《さいによ》におくれ、翌年後《よくねんご》妻《さい》を呼《よ》びむかへけるに、それより以来《いらい》、さまざまの妖怪《やうくわい》あり。中《なか》に取分《とりわけ》いぶせきは、家内《かない》に人《ひと》の物言《ものい》ふ声聞《こへきこ》へ、動《うご》きたちて歩《あゆ》みなどしけるが、後《うしろ》には人声昼夜《ひとこへちうや》絶《た》へず。

そのうへ妻女髪《さいぢよかみ》を結《ゆ》ひぬれば、必《かなら》ず誰か来《きた》りて、かくするともなく、引乱《ひきみだ》しけるまま、曽《かつ》てとりあぐる事叶《ことかな》わず」と、近《ちか》きほとりの人《ひと》の語《かた》りしを聞《き》きぬ。

衾《ふすま》の内より大手を現す事

一、下総国本庄《しもふさのくにほんじやう》にて、町《まち》の名《な》も聞《きき》しが、忘《わす》れたり。江戸《ど》より名聞《みやうもん》に、この所《ところ》へ隠居《いんきよ》しける者《もの》、ある夜《よ》、しきりに恐《おそ》ろしくなり、常《つね》になれ愛《あい》せし妻妾《さいしやう》さへ、異《こと》なる者《もの》のやうに姿見《すがたみ》へ、それかれ器物《きぶつ》にも眼目《がんもく》を生《しやう》じ、家屋《いへや》も動《うご》くばかりに覚《をぼ》へし程《ほど》に、「かかる折《をり》は目《め》を閉《とじ》て、しばらく睡眠《すいみん》せんにはしかじ」と、婢《ひ》に下知《げじ》し、夜《よ》のもの入置《いれをき》ける衾戸《ふすまど》を開《ひら》かせ、臥具取出《ふしぐとりいだ》させける所《ところ》に、長《なが》さ三尺余《しやくあまり》もあらん指《ゆび》の、大《を》きさ尺余《しやくよ》に節《ふし》くれだちし、大《を》きなる手指《てのゆび》をひらき、ひらひら招《まね》きけるを見《み》て、婢《ひ》は「わつ」とひれ伏《ふ》し、たちまち絶《た》へ入《い》りしかば、隠居《いんきよ》もおびへ、起上《をきあが》りけるが、くらくら目《め》まひし、床柱《とこばしら》へ寄《より》かかり、立《たち》すくみ居《い》ける。

人々《ひとびと》おどろき集《あつ》まり、まづこの隠居《いんきよ》を介抱《かいほう》し、「薬《くすり》あたへん」とて見《み》るに、いつしか死《し》して、枯《かれ》木《き》のごとくなりけるよし。婢《ひ》は一日《いちにち》ありて、息出《いきいで》ぬ。いかなる妖怪《やうくわい》にやあらん、知《し》れる者《もの》なし。

女髪の怪異の事

一、糀町《かうじまち》より番町《ばんちやう》へ行《ゆ》く横町《よこてう》の内《うち》に、土弓場《どきうば》あり。その度《ど》紋《もん》しける男《をとこ》、いつとなく色青《いろあを》ざめ、か

たち痩《や》せかじけけるゆへ、親《した》しくしける友《とも》たづね来《きた》り、問《と》ひけるは、「いかなる辛労《しんらう》ありて、かくは衰《おとろ》へけるぞや。ひとり住《ずみ》のつれづれなるまま、心《こころ》の外《ほか》にまよひ、かりそめならぬ恋路《こいじ》の闇《やみ》をたどり、逢《あ》わぬ辛《つら》さに心気《しんき》を煩《わづら》わする事《こと》などや有《あり》けるか」と言《い》ふに、

かの者答《ものこた》へて、「さらさら身《み》の不義《ふぎ》いたづらゆへ、心《こころ》を痛《いた》ましむるにあらず。さのみ又《また》、「我《わ》が身《み》疲《つか》れたる」ともおぼへねば、今《いま》まで誰人《たれひと》にも言《い》わざりしなり。過《す》ぎつる四月下旬《ぐわつげじゆん》より、夜《よ》ふけ人静《ひとしづ》まりて、我《わ》が伏《ふ》し居《い》たる蚊帳《かや》を廻《まは》るものあり。「その姿《すがた》をも現《あらわ》さん」と心《こころ》がけしに、出来《いできた》れば、我《われ》知《し》らず心乱《こころみだ》れ、夢幻《ゆめまぼろし》のごとくなりて、所存《しよぞん》を果《はた》さず。ただ黒《くろ》き人影《ひとかげ》のみを覚《をぼ》へぬ」と語《かた》る。

友聞《ともきい》て、横手《よこて》をうつて驚《おどろ》き、「さればこそ、怪物《あやしきもの》、支体《したい》を労《らう》し、言《い》わねど顔色《がんしよく》に表《あらわ》れたり。その妖《あやしみ》、心裏《しんり》に入《いれ》ば、一命助《めいたす》かりがたし。今宵《こよひ》ひそかに同臥《どうぐわ》し、その体《てい》を見《み》ん」と言《い》ふ。

「兎《と》も角《かく》も計《はか》らひくれよ」と約《やく》して待《ま》つに、丑三《うしみ》つばかりの頃《ころ》とおぼへ、ぞつと身《み》の毛《け》うるほひ立《だ》ち、何《なに》となく恐《おそ》ろしさに、身震《みふる》ひ、手足《てあし》一所《しよ》に縮《ちぢ》まりしが、この者《もの》、強勇《がうゆう》なる者《もの》にて、気《き》をたゆませず、目《め》を見《み》はり、「あやしきものや来《きた》る」と、心《こころ》をつけ見《み》るに、案《あん》のごとく、色《いろ》は知《し》れざれども、三尺《しやく》ばかりの影《かげ》、二人《にん》が伏《ふ》し居《い》たる蚊帳《かや》を廻《まは》ること数篇《すへん》、時《とき》を移《うつ》しぬ。

主《あるじ》は、このもの来《きた》ると気《き》を失《うしな》ひ、惣身汗《そうみあせ》を発《はつ》し、悲叫《ひきう》するのみなり。ややありて、この影《かげ》いづかたへ行《ゆき》けん、いづくともなく消《き》へ失《う》せぬる頃《ころ》は、明《あ》け六つの拍子木《ひやうしぎ》聞《きこ》へて、夜《よ》はしろじろと明《あ》けぬ。

やうやう主《あるじ》も気《き》づき、起出《をきいで》けるゆへ、この友申《とももふ》しけるは、「我《われ》つらつら思《をも》ふに、妖物《よふもつ》、汝《なんじ》に恨《うら》み

を含《ふく》むと見《み》へたり。その故《ゆへ》は、同《をな》じく伏《ふ》し居《い》たる我《われ》は、異《こと》なることもなく、汝《なんじ》はおびえ苦《くる》しむにて、察《さつ》すべし。朋友《ほうゆう》のちなみ、かかる時《とき》なり。こよひも又《また》、一所《しょ》に伏《ふ》して、妖《よふ》ふたたび現《あらわ》れ出《いで》なば、我《わ》が帯《たひ》せしは、覚《をぼ》への物《もの》なり。ねらひ寄《よ》りて一刀《かたな》に伐殺《きりころ》し、以後《いご》さまたげを断《たた》ん。此《この》もの、いづかたより出入《いでいり》するぞ」と尋《たづ》ねければ、「的場《まとば》の明《あか》り請《うけ》し窓《まど》より、飛入《とびい》る音《をと》ありて、その姿《すがた》を見《み》す」といふ。

「目《め》に見《み》へぬ変化《へんげ》さへ、あるひは弦《つる》を鳴《な》らし、あるひは名剣《めいけん》を振《ふり》て、わざわひを除《のぞ》く。いわんや蚊《か》帳《や》を廻《めぐ》る影《かげ》、顕然《けんぜん》とかたちあり。やわか打留《うちとめ》ざらんや」と、用意《よふい》して、その夜《よ》も前《まい》のごとく伏《ふ》し居《い》たり。半身《はんしん》は蚊帳《かや》の内《うち》、半身《はんしん》は外《そと》へ出《いで》て、脇差《わきざし》を抜《ぬ》き、ふとんの下《した》に隠《かく》し、「すわともあらば、払《はら》ひ切《きり》にせん物《もの》を」と、勇気《ゆうき》たくましく待《ま》つ所《ところ》に、丑寅《うしとら》の刻間《こくま》にいたり、窓《まど》よりひらひら内《うち》へ入《い》る物《もの》あり。

「それよ」と脇差取《わきざしと》らんとするに、蚊帳《かや》の内《うち》へ入《いり》たる身《み》はあたたかに、外《ほか》へ出《いだ》せし半身《はんしん》は、氷《こをり》のごとくなり。合期《がうご》し得《え》ず、思《おも》わず肩《かた》を引《ひ》き入《い》れぬ。妖物《よふもつ》、前夜《ぜんや》のごとく蚊帳《かや》を廻《めぐ》ること、すでに五度《たび》に及《をよ》ぶ。あるじは大汗身《をうあせみ》をひたし、前後《ぜんご》を知《し》らず、叫《さけ》び伏《ふ》したり。

六度目《どめ》に、頭《かしら》の方《かた》へ行過《ゆきすぐ》るを、ふとんの下《した》の脇差《わきざし》とるより、起《を》きかへりざまに払《はら》ひ切《きり》に、伐《き》りつけたり。手《て》ごたへして、影《かげ》はたちまち消《き》へて見《み》へず。夜明《よあ》け、主《あるじ》の熱《ほとをり》も覚《さめ》ぬ。その所《ところ》を見《み》るに、血《ち》おびただしくこぼれ、それより窓《まど》へかかり、外面《そとも》は壁《かべ》に付《つい》て、屋根《やね》へ伝《つた》ひ登《のぼ》りたる体《てい》なり。

梯子《はしご》かけなんどして、その屋根《やね》を見《み》るに、段々《だんだん》血《ち》を引《ひ》き、棟《むね》の少《すこ》しさし出《いで》たる所《ところ》に、血《ち》したたか溜《たま》り落《をち》て、ここにて留《とど》まりぬ。その側《そば》に、女《をんな》の髪《かみ》一抓《つか》み、これあり。余物《よもつ》は見《み》へず。いかなる妖《やう》怪《くわい》にや、知《し》れる者《もの》なし。この髪《かみ》を遠《とお》く捨《す》て、血《ち》の付《つき》し所々《ところどころ》葺《ふ》き替《か》へ、家内《かない》の血《ち》を拭《ぬぐ》ひ、「窓《まど》のつけ所《どころ》あしき故《ゆへ》にや」と、これもその日《ひ》の内《うち》に付《つけ》かへけるよし。

かくありて後《のち》、妖《よふ》ふたたび来《きた》らず。主《あるじ》の病気《べうき》も、程《ほど》なく快気《くわいき》を得《え》たりけるとぞ。

御影堂七兵衛が事

一、江都《ゑど》鎌倉川岸《かまくらがし》に、御影堂《みえいどう》七兵衛《べうへ》といへる者《もの》あり。その住《すみ》ける所《ところ》は、おのれが所持《しよじ》の屋敷《やしき》にて、諸大名《しよだいみやう》へ出入《いでいり》多《をを》かりし中《なか》にも、取《とり》わけ東叡山《とうえいざん》の御用《ごよふ》うけたまわり、家富《いへと》み、奴僕《ぬぼく》あまた召仕《めしつか》ひ、何《なに》に乏《とぼ》しからぬ身《み》なりしかども、天命《てんめい》を知《し》る年《とし》も過《す》ぎ、うつらうつらと、世《よ》の盛衰《せいすい》の仇《あだ》なるありさまを見《み》て憂《うれ》い、我《われ》ひとり来《きた》るやうに思《おも》ひ、ひたすら仏《ほとけ》の道《みち》に入《い》り、後世《ごせ》を助《たす》からん事《こと》を祈《いの》りける。

その身《み》幼少《よふしやう》より家業《かぎやう》にそみて、余事《よじ》を知《し》らざれば、一文《もん》不通《つう》にして、やうやう米銭《べいせん》の員数《いんじゆ》をわくるばかり。目《め》に聖賢《せいけん》の書《しよ》を見《み》ず、耳《みみ》に明徳至善《めいとくしいぜん》の道理《どうり》を聞《きか》ざれども、その心至《こころいた》つて慈悲《じひ》ふかく、施《ほどこ》すことを好《この》めり。下僕《げぼく》、年忌《ねんき》満《み》ちぬれども、この家《いへ》を出《いで》ん事《こと》を悲《かな》しみ、猶《なを》つとめて、その恩《をん》を謝《しや》せんことを思《をも》ふ。この一事《いちじ》にて外《ほか》を察《さつ》し知《し》るべし。

七兵衛《べうへ》、妻女《さいじよ》は疾《と》く死《し》して、その後《のち》、妾《しやう》の腹《はら》に一女《ぢよ》をもふけ、人《ひと》となれり。元文《げんぶん》三年《ねん》、この娘《むすめ》を新川辺《しんかわへん》の有徳《うとく》なる者《もの》のかたへ嫁《か》さしめ、家《いへ》を続《つ》ぐべき者《もの》なし。「その身《み》老《を》ひて、楽《たの》しみをこそ極《きわ》むべきに、いかなる所存《しよぞん》ありてか、一人《にん》の娘《むすめ》をば他《た》へ遣《つかわ》し、なを名利《みやうり》に屈《くつ》し、婢妾《ひしやう》を愛《あい》し、子《こ》を求《もと》めんとするにや」と、謗《そし》れる者《もの》も多《をを》かりしとかや。

その年《とし》の夏《なつ》、七兵衛《べうへ》、親《した》しき友《とも》だちの禅門《ぜんもん》して居《い》けるかたへ行《ゆ》き、夜《よ》ふけて帰《かへ》り、内外取《ないぐわいとり》まかなわせける手代《てだい》、治兵衛《じべうへ》といふ者《もの》を一間《ま》の内《うち》へまねき、「我元来《われぐわんらい》、商売交益《しやうばいかうえき》の道《みち》に心《こころ》なし。然《しか》る上《うへ》は、この家《いへ》にありて、自他《じた》の損得《そんとく》を見聞《けんもん》し、一生財産《しやうざいさん》の餌場《ゑば》にかからんより、しづかなる所《ところ》を求《もと》め、老《をい》を安《やす》く養《やしな》ひ、後生善所《ごしやうぜんしよ》の道《みち》をたづね、天然《てんぜん》を終《を》へんと欲《ほつ》す。先祖《せんぞ》より伝《つた》へし家屋敷《いへやしき》なれども、その祭《まつ》りを断《たた》ざれば、不孝《かう》とはなるまじ。汝《なんじ》は幼稚《やうち》の時《とき》より我《われ》に仕《つか》へしゆへ、正《ただ》しく直《すなを》なる気質《きしつ》を知《し》れり。今《いま》より猶子《いうこ》となりて、この家《いへ》を相続《そうぞく》させせん。かねて覚悟《かくご》いたし置《をき》けることを違命《いめい》せば、主従《しうじう》のよしみを断《たつ》て、長《なが》く暇《いとま》をつかわし、余人《よにん》に家《いへ》を続《つが》しめん」と言《い》ふに、治兵衛《じべうへ》驚《おどろ》きながら、「この詞《ことば》をそむき、他人《たにん》へ家《いへ》を渡《わた》さんは、かつは不忠《ちう》、退《しりぞ》いてかへり見《み》れば、我《わ》が身《み》の本意《ほんい》にもあらじ」と思《おも》ひ、ただ畏《かしこま》り入《い》り、「忝《かたじけな》くありがたき」とのみ言《い》ひて、ひれふし居《い》たり。

「同心《どうしん》の上《うへ》は安堵《あんど》せり」と、七兵衛《べうへ》悦喜《えつき》し、また妾《しやう》を呼《よ》びて、「我出離《われしゆつり》の望《のぞ》み深《ふか》く、閑居《かんきよ》を求《もと》めんと思《おも》ふがゆへ、子妾《ししやう》のほだしを捨《す》て、深山幽谷《しんざんゆうこく》をたづねんとす。汝《なんぢ》は先妻《せんさい》が召使《めしつか》いし者《もの》なれば、亡人《ばうじん》を見《み》るこころにて、閨《ねや》へ近《ちか》づけ愛《あい》して、娘《むすめ》までもふけし上《うへ》は、この家《いへ》を出《いだ》すべきにあらず。家督《かとく》を

相続《そうぞく》する上《うへ》は、汝《なんじ》をもまた、見捨《みすつ》べきにあらじ。向後《きやうかう》、治兵衛《じべうへ》が妻女《さいによ》に得《え》さするあいだ、愛憐《あいりん》をたれて中《なか》むつまじくせよ。もし辞退《じたい》せば、やがて追《を》ひ出《いだ》して、それ限《かぎ》りならん。返答聞《へんとうきか》ん」と問《と》われて、妾《しやう》は夢見《ゆめみ》し如《ごと》くあきれはて、しばしは顔《かほ》をながめ、うち涙《なみだ》ぐみていたりしが、「かく思《おぼ》しめし詰《つめ》させられし上《うへ》に、とかふ申《もふ》さんやうもなし。御《おん》めぐみ、死《し》しても忘《わす》れじ」とばかり、うち伏《ふ》して泣《な》きけり。

さて家内《かない》の男女《なんによ》、残《のこ》らず呼《よ》び出《いだ》し、この旨《むね》を申聞《もふしき》かせ、「今宵《こよい》より治兵衛《じべうへ》を、七兵衛《しちべうへ》と名《な》を代《か》え、我如《われごと》くに仕《つか》へて、麁略《そりやく》すな。今《いま》の七兵衛《べうへ》も、この者《もの》どもへ情《なさけ》をかけ、召《め》し仕《つか》ふべし。明日同道《みやうにちどうどう》して、東叡山屋《とうえいざんや》敷《しき》かたへ披露《ひらう》せん」とて、そこそこ進物《しんもつ》などの用意申《よふいもふ》つけしを、治兵衛《じべうへ》とどめて、「町方《まちかた》の習《なら》ひ、親族他門《しんぞくたもん》にかぎらず、家督相続《かとくそうぞく》いたす時は、まづ組合《くみあひ》へ申入《もふしい》れ、名主《なぬし》へ達《たつ》し、事《こと》ととのひて、出入屋《いでいりや》敷《しき》へ披露仕《ひらうつかまつ》る事《こと》にて候」と申《もふ》し、「とても事《こと》に、始末《しまつ》よろしく御計《おんはか》らひ下《くだ》され候へ」と願《ねが》ふ。「げに、さありけるものを。先《さき》をいそぐ老《を》ひの身《み》は、物忘《ものわす》れしける」とて、次《つぎ》の日《ひ》、町内《まちない》へ届《とど》け、首尾残《しゆびのこ》る所《ところ》なく済《すん》で、その明《あ》けの日《ひ》、未明《みめい》より治兵衛《じべうへ》を同道《どうどう》して、東叡山《とうえいざん》、その外《ほか》やしき方《かた》を廻《まわ》り、夜《よ》に入《い》り、宿所《しゆくしよ》へ帰《かへ》りぬ。

かくて、その夜《よ》の内《うち》に、七兵衛《べうへ》いづかたへ行《ゆ》くとも知《し》れず、かいくれて見《み》へず。治兵衛《じべうへ》を初《はじ》め、家内《かない》の者《もの》ども、驚《おどろ》きさわぎ、つねに出入《いでい》る所《しよ》々は申《もふ》すに及《をよ》ばず、「日頃《ひごろ》の願《ねが》ひゆへ、もしや京都《きやうと》へや上《のぼ》られけん。追《をつ》つき止《とど》めよ」とて、手分《てわけ》をしてたづねけるに、さらに行衛《ゆくえ》知《し》れる者《もの》なし。

ここに、道中《どうちう》へたづね出《いで》ける者《もの》、翌日午《よくじつむま》の刻《こく》に帰《かへ》り申《もふ》しけるは、「昨夕《さくゆう》、夜《よ》もすがら道《みち》を急《いそ》ぎ、戸塚《とつか》の駅《えき》まで罷越《まかりこ》し、知音《ちいん》の人《ひと》にあひ、「かかる人《ひと》や通《かへ》りし」と尋《たづ》ねしに、「夜道《よみち》はなべてうるさき物《もの》なれば、よもやこの辺《あた》りまでは参《まい》られまじ。立帰《たちかへ》りて、近《ちか》き駅《ゑき》をたづねなば、道中《どうちう》にてあふ事《こと》もあらん」と教《をし》へしより、それより取《と》って返《かへ》し、今朝《こんてう》、六郷《ろくごう》の川渡《かわはた》しにて、うけ給り候へば、「年《とし》ごろ骨柄《こつがら》、まぎれなきその御方《おんかた》とおぼしき仁《じん》、つねの物詣《ものもふで》の体《てい》にて、旅《たび》などいたす様子《やうす》には見《み》へず。未明《みめい》にこの所《ところ》を渡《わた》り、川崎《かわさき》へ通りし」と語《かた》りしゆへ、まづ御知《をし》らせ申入《もふしい》る」と言《い》ふに、治兵衛《じべうへ》周章《しやう》し、「路用《ろよふ》の貯《たくわ》へもなく、いづかたへ行《ゆか》れしやらん。天狗《てんぐ》の憑《つ》いて狂《くる》わるるか。我家《わがや》相続《そうぞく》の初《はじめ》に、願《ねが》わぬ憂《うれ》いの沙汰《さた》などあらば、聞《き》く耳《みみ》もくるしく、家《いへ》には不忠《ちう》、町内《てうない》への義理《ぎり》も立《た》たじ」と、早速《そうそく》近所《きんじよ》、組合《くみあひ》、名主《なぬし》へ、「かかる事《こと》あれば、自身《じしん》たづね上《あが》り、安否《あんぴ》を訪《とわ》んと存《ぞんず》るあいだ、あとの儀《ぎ》をたのみ入《い》る」よし申達《もふしたつ》し、金子《きんす》肌《はだ》につけ、「とどめても承引《しやういん》なくんば、せめて路用《ろよう》の支度《したく》も」とて、かれこれ調《ととの》へけるまま、その日暮《ひぐれ》して、翌朝旅装《よくてうたびよそほ》ひして、「いづくまでも尋《たづ》ね、会《あ》わん方《かた》まで」と心《こころ》がけ、駅《えき》ごとに、「その人《ひと》や見《み》し」「かくと似《に》たる人《ひと》は通《とを》らざりしか」と、問《と》ひ問ひ行《ゆ》くほどに、道《みち》はかどらずして、日数《ひかず》へて、京粟田口《きやうあはたぐち》に着《つき》ぬ。

治兵衛《じべうへ》この所《ところ》を通《とを》るに、南《みなみ》の方《かた》、花頂山《くわてうざん》、阿弥陀《あみだ》ケ峰《がみね》の方《かた》より、風呂敷《ふろしき》づつみ背負《せをい》、杖《つえ》にたすけられ、下《くだ》り立《た》つ者《もの》あり。よくよく見《み》れば、養父《よふふ》七兵衛《べうへ》なり。そのまま走《はし》り寄《よ》り、「何《なに》ゆへ俄《にわ》かに上京《じやう》《きやう》ありしぞや。かかる事《こと》と知《し》らで、家内《かない》うちかへし、手分《てわけ》なんどして尋《たづ》ねしかど、知《し》れず。せんか

た尽《つ》きて、「御目《をめ》にかからん所《ところ》までは、国々《くにぐに》を巡《めぐ》らん」と存立《ぞんじた》ち、まづ洛中《らくちう》を志《こころざ》し、罷登《まかりのぼ》りし甲斐《かい》ありて、ふたたび貴面《きめん》に対《たい》し、喜《よろこ》びこの上《うへ》はあらず。御所持《ごしよじ》の金子《きんす》もあらじ。何事《なにごと》も旅《たび》は、この一《いち》物《もつ》にしく物《もの》はなしと存《ぞん》じ、見世《みせ》の物取《ものとり》あつめ見《み》候へば、折《をり》ふし払底銀《ふつていぎん》二十貫目《くわんめ》ばかり、金《きん》に替《か》へ持《ち》参《さん》いたせり。これをも参《まい》らせ、また御旅宿《ごりよしゆく》の体《てい》をも見《み》とどけ、帰国仕《きこくし》たし」と言《い》ふ。

跡《あと》を追《を》ひ、たづね登る厚志《かうし》を感《かん》じ、然《しか》るべき褒美《ほうび》のあいさつこそあるべきに、七兵衛《べうへ》もつての外《ほか》腹立《ふくりう》し、「汝《なんじ》に家《いへ》を相続《そうぞく》させしは、先祖《せんぞ》の絶《た》へざらしめんがためなり。かねて世塵《よのちり》のまじわりを厭《いと》ひ、のがれ出《いで》んとする我《わ》が志《こころざし》を知《し》りて、一たん行衛《ゆくえ》知《し》れざればとて、その家《いへ》を捨《す》て、その家業《かぎやう》の金《かね》を費《つゐや》し、「路用《ろよふ》にせよ」とは、何事《なにごと》ぞや。商家《しやうか》の営《いとな》みは、金銀《きんぎん》をもつて糧《かて》となす。以後《いご》糧尽《かてつき》ば、何《なに》を以《もつ》て営《いとな》みをせん。その心《こころ》の付《つ》かざるにはあらじ。これ皆《みな》、世上《せじやう》へ申訳《もふしわけ》の名聞《みやうもん》なるべし。われこの思《おも》ひ立《たち》、一朝《てう》一夕《せき》にあらざれは、鶴《つる》の粟《あわ》を食《く》うごとく、数年見世商売《すねんみせしやうばい》はらひ方《かた》に、分厘毛糸《ふんりんもうし》のほこりを溜《た》め置《を》き、塵《ちり》つもりて、已《すで》に二百五十両《ひやくごじうりやう》積《つも》り貯《たくわ》へて所持《しよじ》せり。余命《よめい》なき老身《らうしん》、是《これ》をもつて一生事足《いつしやうことた》りなん。宿《やど》を出《いで》しとき、汝《なんじ》らに「かく」と知《し》らせざりしは、一門他家《いちもんたけ》あつまり、門出《かどいで》など祝《いわ》ひ、隙《ひま》とりて、すみやかに志《こころざし》を遂《とげ》ざらんことを憂《うれ》い、旅《たび》の支度《したく》、金銀《きんぎん》、金河《かねがわ》の駅《えき》に、知《し》れる者《もの》の方《かた》へ遣《つかわ》し置《を》き、それまでは常《つね》の体《てい》にて、人目《ひとめ》に立《たた》ぬやうに、こしらへ来《きた》りたれば、知《し》らざるは尤《もつとも》なり。当地旅宿《とうちりよしゆく》の事《こと》も、先《さき》だつて定《さだ》め置《をき》ぬれど、訪《と》わるべき身《み》ならねば、尋《たつ》ぬるに及《をよ》ばず。これより直《すぐ》に帰国《きこく》すべし。我詞《わがことば》を背《そむ》きなば、今《いま》までの猶子《いうし》の思《をも》ひをひるがへし、永《なが》く義絶《ぎぜつ》せん」と怒《いか》

りければ、その顔色《がんしよく》にあらわし、睨《にら》みつけて行《ゆ》くを、
なを袖《そで》にすがり、「御詞《をことば》を返《かへ》すは、かへすがへす道《みち》にあたらざる事《こと》ながら、この上《うへ》の御情《をなさけ》に、以《い》後《ご》はともかくも、この度《たび》は御旅宿《ごりよしゆく》まで召《めし》つれられ下《くだ》されよ」と、涙衿《なみだたもと》をひたし、誠《まこと》に別《わか》れ忍《しの》びがたき様子《やふす》に見《み》へければ、七兵衛《べうへ》も、かくつれなくは言《い》ひつれども、治兵衛《じべうへ》が落涙《らくるい》の体《てい》に気《き》もくづおれ、古郷《こきやう》の事《こと》のみ、しきりに胸《むね》にうかみ、ともに涙《なみだ》にくれしが、ややありて、「人界《にんがい》のならひ、愛欲《あいよく》の道《みち》を、などか離《はな》れ得《う》べき。汝《なんじ》に「会《あ》わじ」と言《い》ふは、「見《み》もし、見《み》へられなば、これらの情欲《じやうよく》にうつりて、臨終《りんじう》の大事《だいじ》を忘《わす》れんか」と、かねて思《をも》ふゆへに、かくは思《をも》ひ切《き》りけるなり。忠孝《ちうかう》を存《ぞん》ぜは、向後《こうご》、音信贈答《いんしんぞうとう》すべからず。いざ我行《われゆ》く方《かた》へ来《きた》れ」と、これより治兵衛《じべうへ》をともなひ行《ゆ》く程《ほど》に、京《きやう》へは入《い》らずして、南《みなみ》のかた、青蓮院《しやうれんいん》、智恩院《ちをんいん》の前《まい》へ通《とを》り、祇園《ぎをん》の社《みや》を過《すぎ》て、洛外丸山《らくぐわいまるやま》にいたり、宗洞派《そうとうは》の僧侶《そうりよ》、禁裏参内《きんりさんだい》、官位等《くわんいとう》の事《こと》につき上洛《じやうらく》の節《せつ》、旅宿《りよしゆく》となす、道松庵《どうしやうあん》といへる庵《あん》へたづね行《ゆ》き、かねて庵主《あんしゆ》は知《し》れる人《ひと》にや、内《うち》へ入《い》りて、いとこぜまやかに行《ゆく》末の事《こと》など談《だん》じ、ややしばらくありて立出《たちい》で、外面《そとも》に立居《たちい》ける治兵衛《じべうへ》をまねき、「我《わ》が天然《てんぜん》を終《お》へんは、この所《ところ》なり。達《たつ》て願《ねが》ひしゆへ、これまでは連《つ》れ来《きた》りしなり。以後対面《いごたいめん》は叶《かな》わず。真《まこと》の志《こころざし》あらば、再会《さいくわい》は未来《みらい》にてこそせんずらん。とくとく帰《かい》れ」と言《い》ひ捨《す》て、庵室《あんしゆつ》へ入《い》りて、ふたたび出《いで》ず。

死《しし》たる人《ひと》に別《わか》るる心地《ここち》して、治兵衛《じべうえ》は涙《なみだ》のみ出《いで》て、しばらくは立止《たちどま》り居《い》たりしかども、「音問《いんもん》をせじ」と、深《ふか》く戒《いまし》められしかば、せんかたなくなく、これより洛中《らくちう》へ出《いで》て一宿《しゆく》し、翌日帰国《よくじつきこく》しける

とぞ。

この庵室《あんしゆつ》へ出入《いでいり》しける者《もの》にたよりて、暑寒《しよかん》の安否《あんぴ》をば訪聞《といきき》ける。道松庵主《どうしやうあんしゆ》、招請《しやうじやう》しける事《こと》ありて、入院《じゆいん》のこころがけ有《あ》り。今《いま》の庵主《あんしゆ》は、大《をふ》かたならず、七兵衛《べうえ》入道《にうどう》ならんかし。僧《そう》に成《な》りての名《な》は、いかがいひけん、知《し》らず。誠《まこと》にあり難《がた》き心《こころ》ざし、感《かん》ずるにたへて、この物語《ものがたり》の内《うち》に書《か》き加《くわ》へ畢《をわん》ぬ。

続向燈吐話巻之十終

虚《きよ》実《じつ》雑《ぞう》談《だん》集《しゆう》

勝又　基・李　奕諄　クラレンス＝校訂

虚実雑談集序

我、東国にあそぶこと年久し。身いやしければ、ここかしこにさまよひけるに、さまざまのことを見聞《き》く。世のうつりかはれるありさま、言《い》ひもつくされず。山さけて、海に入り、海《うみ》あせて、陸《くが》となり、或いはあやしきことをも、かたる人有り。或いは人のよしあしを数《かぞ》へいふなど、心《こころ》にとまることども、そこはかとなく、やや書《か》きつけをき侍る。折ふしに、これを見れば、「身のいましめともなれり」とぞおぼえ侍る。まことに、「もの知《し》れる人は、けやけきことは語《かた》らず」といへど、「良《よ》きも悪《あ》しきも、なべて慎《つつし》みとなるもの」といひし人の有りければ、「虚実雑談集」ともいふべきか。

恕翁

虚実雑談集巻之一目録

菌《くさびら》に毒有る事
土民、雉を助くる事附猫の事
蟇と蛇と、あらそひし事
あやしき獣の事附白蝶あゆみし事
韮《にら》の園ばけものの事
蛇に呑《の》まれし人の事
相州羽鳥怪異の事
越後国銭拾ひし事
川太郎の事
松雲寺小僧の事
鎌倉山の内老女の事
嫉妬ふかき女、角《つの》おひし事
国々水土かはり有る事
夢により、まんだらを得たる事

頻伽《びんが》に似たる鳥の事

雲中に美女の姿見えし事

酒を好みし者の事附今猩々《いましやうじやう》の事

鼠、へびをころす事幷奈良林妖怪の事

義秀《よしひで》の社《やしろ》、朝鮮に在《あ》る事

虚実雑談集一

菌《くさびら》に毒ある事

今はむかし、東武東漸《とうぜん》寺境内《けいだい》に、松茸《たけ》のごとくなるもの生《は》へけるを、和尚へ見《み》せければ、「あやしきものなり。くふべからず」と有りしに、下部《しもべ》二人《ふたり》三人《みたり》、門前の小家にて、是《これ》を煮《に》て食《く》ふ。その家《いゑ》のあたりの十六七ばかりなるものも、きて食《く》ひけるが、食《く》ふといなや、腹《はら》いたみ、吐逆《ときやく》して悩《なや》む。かの者、我家へ帰りて、これもそのごとくなり。今二人は、あたりたる様《やう》にもなし。あくる日、あたらざる二人、日の暮がたより、つよく悩《なや》みて、乱気し、籠《こ》め置《を》きけれど、快気《くはいき》せず。虚《うつ》けたるやうになりて、三とせ四とせ過ぎてのち、つゐに死にけり。万庵原資の時かともいふ

また、丹波国、亀山辺犬飼野《かめやまへんいぬかひの》といへる所の人、あしたに山へ行きければ、しめぢ多《おほ》くあり。これを取りて帰り、主人に見する。主人「ことなう見事なり」とて、京都成瀬《なるせ》なにがしとかやの屋敷《やしき》に、しるべありけるに送りけるが、それに親《した》しき人来りければ、是《これ》をみせて、「夕飯をこしらえさせん」とて、とめられるゐる。

その所へ丹波より人来りて、暫《しばら》くはものもえ言《い》はず、息《いき》をつきゐたり。かの者いひけるは、「今《け》朝《さ》の木の子《こ》は召《め》さずや」といふ。「今食《く》はんとて、こしらへたり」といふ。「しからば、はやく捨《す》て

たまへ。その木の子《こ》とりける者《もの》、またその所へ行《ゆ》き見《み》たれば、もとのごとく生《は》へてあり。心得《こころえ》がたくて、見《み》る所に、松の木ずゑより、露落《つゆを》つると、たちまちに木の子《こ》となる。いぶかしく思ひ、松の上をみれば、おほきなる蛇《へび》ありて、その口より露のごとくしただり、泡《あは》たちて落ちけるなり。はやく帰りて主人に申す。「もしきこし召《め》しなば、あたり申さん」とて、「このこと早《はや》く告《つ》げまいらせ」とて、息《いき》をかぎりに参《まい》りたり」と申しけるとかや。

土民、雉《きじ》をたすくる事附猫の事

むかし、安房国浜荻《あはのくにはまおぎ》といへる所にて、五月、土人、粟《あは》をまきけるに、山のかたより、雉《きじ》、土人の集《あつま》りゐる中へ飛《と》びきて、落る。あやしみ見れば、つばさの下を、へび、まとひて死《し》したり。その中に光明真言など誦《じゅ》しければ、蛇とけて、往《い》にけり。あ

とより雄雉《をきじ》、草をわけて、人のゐるも恐《をそ》れず来たる。みなみな、退《しぞ》きてこれを見れば、口より口《くち》へ、草《くさ》をくぐめ、あたへければ、雌雉《めきじ》、いき出でて、雌雄《しゆう》声をなし、また山の方へ飛帰りけるとかや。北畠なにがしといふ医、ごち語《かた》りけり。草は鴨跖《おうと》草なりとかや。和名つゆくさといふものなり。

また、ねこは飼ふまじきものなり。正徳年中のこととも申すか、南紀海禅寺といへるに、猫あり。住持、斎《とき》しけるに、その上《うへ》をふたたび飛こえけり。僧あやしみて見るに、飯、黄色になる。ねこを捕《とら》へて見侍れば、猫の腹《はら》に、青き蜥蜴《とかげ》をすりつけ有りしなり。「その前《まへ》の夜、にはとり、宵《よひ》に鳴《な》きてげるが、この事を告げにけるか」といふ。

また、江戸芝といふ所にて、ある人の家に怪《あや》しきことありけるに、美作《みまさか》津山家士、蟇目《ひきめ》を射《ゐ》ければ、古《ふる》き猫《ねこ》出る。それを殺《ころ》して、そののち、その事なかりしとかや。

蟇《ひき》と蛇《へび》あらそふ事

上総国大井《かづさのくにおほゐ》といへる海辺にすむものの家の、水など流《なが》し捨《す》つる所に、としを経《へ》たる大きなる蟇有りけり。子をうみたりしに、蛇《へび》きたりて、その子をみな呑《の》みけり。そののち、おやなる蟇《ひき》を呑《の》まむとして、かかりければ、手にて蛇《へび》のかしらをうつ。ひねもす、たがひに争《あらそ》ひゐたりけるが、つゐに、蛇、頭《かしら》きずつきて死す。「のちに、かの蟇《ひき》をよくみれば、したたかなる、ふるき釘《くぎ》の頭《かしら》をにぎりてありし」と、その主《あるじ》たるもの、かたりけり。

また、いたちの子ありしを、へび、呑《の》みけるに、鼬牝牡《いたちひんぼ》、蛇とあらそひけるが、雌鼬《めいだち》、のまれけるに、雄鼬《をいだち》、かの蛇の腹《はら》にくひつきて、破《やぶ》りければ、雌鼬《めいだち》、出てたすかり、蛇《へび》は死《し》したりとなり。心なき、虫《むし》けだものも、それぞれの実情《じつじやう》よりは、頓《とみ》にも知恵《ちゑ》あるやうなる振舞《ふるまひ》もしけるものなり。「これも、昔《むかし》のことなりけり」といひけるが、わが聞《き》きしは、近《ちか》きころなり。大井は大田喜《おたき》よりほど近《ちか》し。

あやしき獣《けだもの》の事附白蝶あゆみし事

是《これ》もむかし、上野国《かうづけの》前橋《まへ》の家士、よなよな胸《むね》いたみて、しばらくのうち、声《こゑ》を立てて、絶入《たえい》るほどなりけり。かくすること、月を重《かさ》ねけりとかや。

ある夜、月の明らかなるに、隣家《りんか》の士来たりしが、庭の方を見て、月に心を澄《す》ましゐたる所に、何かはしらず、笹の中に入りて動《うご》きけり。こころえず、「いかなる獣《けだもの》か」と、音《をと》もせず見ゐたりければ、夜半のころ、庭《には》の砂《すな》の上《うへ》にいでて、をのが指《ゆび》して、人のもの書《か》くやうにしけり。そのかたち、猿《さる》のごとくに見《み》えて、くろし。もの書《か》きける砂《すな》の上は、人のかたちを書《か》きて、その、胸《むね》と思ふ所を、ひたもの、をのが手にて掻《か》きやりければ、又いつものごとく、うめき絶入《たえ》りけり。

その品《しな》、よく見置《を》きて、さて、主《あるじ》にいふやう、「明日《あす》の夜《よ》は、貴《き》方《はう》の病《やまひ》、すみやかに治し申すべし。心やすかれ」といひて帰り、あすの夜は、半弓をもちてきたり。ひ

そかに窺《うかが》ひゐたれば、そのごとく来《き》たりて、人のすがたを書きて、やがて掻《か》きやらんとしける時、矢をつがひ、はたと射《ゐ》ければ、手ごたへして、あたる。そのものを見れば、只中《ただなか》を射とをされて、死《し》しけり。かたち猿に似《に》たれども、口、耳《みみ》の脇《わき》まで切《き》れ、毛のいろ真黒にして、「なにといふ物」と知《し》れる人なし。それよりその人、何のわづらひも無《な》くなりけるとかや。

また、奥州二本松の家士のもとに、夜ごとに白《しろ》き蝶《てう》きて、その主《あるじ》に触《さは》ると、たちまち、身節《ぶし》いたみ、苦《くる》しむ。ある夜《よ》、広間に盤石《ばんじやく》の落るばかりの音《をと》する。見《み》れば、長さ五尺も有るべき白蝶《てう》、立《たつ》て人の歩《あゆ》むがごとくに入り来る。「すはや」と太刀をつとり、斬《き》るに、ただひらひらと、箔《はく》などの飛《と》ぶやうに、吹《ふ》きとびて、さらに正体なし。それより後、つゐに来《き》たらず。あるじの病も止《や》みにけり。

そののち東武に出て語りけるとなり。

韮《にら》の園化《そのばけ》ものの事

是《これ》もむかし、みちのく盛岡の家士、長谷川とかやいへる人、煩《わづら》ひゐけるが、ある夜、「韮《にら》の入りたる粥《かゆ》など食《く》はん」とて、従者にいひつけ、屋敷の内に韮《にら》おほく有る所へ摘《つ》みにやりければ、その下人、ただ身の毛《け》いよ立《だ》ちて、行《ゆ》くことかなはず。戻《もど》りて他《ほか》の人をやる。また、前《まへ》のごとく、足《あし》ひかれずして帰る。台所《だい》をつかさどれる者《もの》、「下郎《げらう》どもかな。われ行《ゆ》かん」とて行きけるに、猶《なを》すさまじく覚へて帰る。

家の長たるもの、「しかじか」と主人に申しければ、主人あらき者《もの》にて、「何条《なでふ》ことの有るべき」とて、たち出《いで》ければ、足《あし》に重《おも》きもの着《つ》けたるごとくして、曳《ひ》かれず。押《を》して刀をぬき、虚空《こくう》をひたと切払《きりはら》ひなどしてゆき、韮《にら》をわづか二三茎ぬきもち、しばらく有りてかへり、「これよ、韮《にら》」とて、たをれふして、絶入《たえい》りけり。見《み》れば、刀《かたな》に血《ち》つき、衣類にも、顔《かほ》、手《て》、足《あし》にも、血おびただしく着《つ》きけり。

薬をあたへ、ややいき出でて言《い》ふやう、「そぞろ、身《み》の毛《け》いよ立《だ》ち、足にただ米俵《だはら》などつけたるやうに覚《おぼ》えけれども、「是非是非」とおもひ、刀をぬき、そらを切《き》りはらひ行きければ、霧《きり》雨など

の降《ふ》りかかるやうに覚えけるが、それが、血《ち》にてありけるよ」。さて家人ども、火をともして、その所を見《み》ければ、血おほく有りて、いづくへ行《ゆ》きけるとも見えず。あるじも、その後つゐに病治《やまひぢ》せずして、死《し》しけりとかや。

蛇《うはばみ》に呑《の》まれし人の事

これもむかし、信州瀬馬塩尻《せばしほじり》辺の山の奥《おく》へ、ある人行《ゆき》ければ、人おほく出《いで》ける中に、頭禿《あたまは》げて、髪《かみ》も眉毛《まゆげ》も、少《すこ》しもなく、顔《かほ》も、前後《まへうしろ》も知《し》れぬやうにて、銅《あかがね》の鍋《なべ》を見《み》るやうなる者《もの》あり。いぶかしくて問《と》ひければ、村の長《おさ》が申しけるは、「彼《かれ》はもと侍にて、兄弟有りけるが、ある時、兄弟山へゆき、「峰《みね》より谷《たに》へ下る」とて、二人右左へわかれ、「いづれの所にて行きあふべし」と約束《やくそく》したるに、兄《あに》、その所へ行きけれど、弟《をとと》見えず。「いかが」とて、また来《こ》し道《みち》をかへりみければ、大きなる松の木などの臥《ふ》したるやうなる、蛇《うはばみ》ありけり。「さては此《この》ものの、わが弟は呑《の》みけり」と思ひて、刀をぬき、まん中を切《き》りければ、弟、蛇の腹《はら》より出《いで》けり。谷水にて洗《あら》ひ、薬をあたへ、やうやうにして、家《うち》へつれてかへり、いき出でて、今にかくてゐけり」と語《かた》りしとなり。

相州羽鳥怪異《はとりくわいゐ》の事

これもむかし、相模国藤沢《さがみのくにふぢさは》のあたり、羽鳥《はとり》といふ所に、与左衛門といふもの有り。そのさき、この与左衛門ざしきにて、獣《けだもの》のなく声する。行きてみれば、座中に、鼬《いたち》みちみちたり。人を恐《をそ》れずして、しばらくありて去《さ》りぬ。

そののち、ある夜《よ》、人あつまり、茶など飲《の》みゐけるに、自在《じざい》にかけたる鑵子《くはんす》、中に退《の》きゆく。あやしみ、是《これ》を取《と》らんとすれば、二三間《けん》もまた退《の》きけり。あるは、空《そら》ざまに上り、元《もと》のごとくに下《さが》る。恥《は》ぢて人にも隠《かく》しけれど、のちには、夜昼《よるひる》となく、あやしきこと多《おほ》かりければ、村の人も見に集《あつま》り、検断《けんだん》所などへも聞《きこ》えけり。「ほど経《へ》て止《や》みにけり」と、享保年中、与左衛門かたりけるなり。

また、紀州日高郡切目《きりべ》のあたり、羽六《はろく》といふ所の人家に、怪《あや》しきことども有りけり。台所の器財《きざい》など見へずなりゆく。十二三の娘、一人ありて、その娘行きて、取《と》り帰《かへ》る。ほかの者はしらず。その娘《むすめ》、病《や》みて死す。「是《これ》もその妖怪のわざならめ」とて申上げければ、野山を狩《か》らせけるに、ふるき狸《たぬき》あり。これを殺《ころ》して、そののち、あやしみも無《な》かりけるとかや。

また、さがみの国浦賀といふ所の、兵庫屋《や》といふものの家に、五穀《こく》を降《ふ》らす。「二十日ばかりの内《うち》に、穀類《こくるい》五六合、鳥目《てうもく》十七八銭とかや」といへり。

下総国海上郡《しもふさのくにうなかみ》高村といふ所の土人の妻、炉《ろ》の中より、銭《ぜに》を掘《ほ》り出す。享保十六年の春のことかともいふ。「家人など掘《ほ》りけるには出でず」とかたりけり。

越後国銭拾ひし事

これもむかし、越後国《ゑちごの》高田領に出雲《いづも》村といふ所の、さる者《もの》の娘、十五六になりけるが、家ちかき辺にて、銭《ぜに》を拾《ひろ》ふこと、日ごとに五六十銭なり。親《おや》に見《み》せけるに、「心得《こころえ》ず。人のものを盗《ぬす》みやするか。または女子のことなれば、たぶらかされもやする」と思ひて、行きてみければ、おなじく拾《ひろ》ひけり。かかりけること日をかさね、領主へも聞えければ、その事《こと》つぶさに言《い》ひけり。年《とし》をこえ、あくる年《とし》の正月も拾ひけるとなり。そののちは此《この》ことなし。

川太郎の事

是《これ》もむかし、肥前国《ひぜんのくに》より川太郎といへるものを獲《と》りたるよし申上げける。「さあるもの、ただちに御覧有るべきにあらず」とて、「絵《ゑ》にうつして参《まい》らせよ」とありければ、すなはち図にして参《まい》りたり。それを見るに、「土鱉《どべつ》のたぐひ、年経《へ》てかかるものに成《なり》て人をとる」とかや。「頭《あたま》に水の入る

所、水あれば力つよく、水なければ、力弱《ちからよは》し」といふ。手足と見るもすつぽんのごとく、曲伸《くつしん》おかしきものなり。

また、近き頃、浅草幸龍寺《こうりうじ》といへる境内に池あり。そのあたりの童《わらべ》、蓮《はす》の実《み》をとりに入りて、見《み》えず。友だちはやく家に帰りて、さ言《い》ふに、父母驚《おどろ》き、行きてみるに、死《し》してあり。臓腑《ぞうふ》みなぬけて有りけり。父母悲《かな》しびにたえず。住持《ぢうぢ》へ言《い》ひて池を干《ほ》してみけるに、岸《きし》に穴《あな》あり。此《この》うちを探《さが》しければ、甲《かう》三尺に四尺余《よ》の土鱉《べつ》をえたり。「此《この》もののわざならん」と、うち殺《ころ》しけるとなり。

唐土《もろこし》にても、このもの人を取《と》りけるといへる。また水獺《かはをそ》も女などによく化《け》しけるとなり。すべて土鱉《べつ》の年《とし》へたるは、人をとるなり。さあることを見し人、世におほし。

松雲寺の小僧の事

上総国望陀郡《かづさのくにまうだ》請西《しやうさい》に松雲寺《しやううん》といへる禅林《ぜんりん》あり。住侶《ぢうりよ》、相州大山石尊《せきそん》へ参《まい》らんとて、十四の弟子有りけるを、木更津《きさらづ》まで連《つ》れゆきけるに、この小僧、「師とおなじく参《まい》らん」と言《い》へども、連《つ》れずして帰しけり。師匠は大山へ行き、小僧はいづかたへ行きけん、知《し》れず。松雲寺の山の大きなる木のもとに、わらんず紙などあり、こずゑに、衣《ころも》かかれり。人々あやしみ見れば、かの小僧が衣なり。

そののち日をへて、相州走水《はしりみづ》の、観音《くわんをん》の境内に落ちける。いづくともいふことを知《し》らず、泣《な》きけり。人見て、故《ゆへ》をとふに、「しかじか」といふ。それより江戸に出《いで》ければ、江戸橋といふ橋の上にて、師の御坊にあひ、「いかにして爰《ここ》に来《き》にけん」といへば、なにとなく、空《そら》をかける人に連《つ》れだちて、師のあとを慕《した》ひ、大山へもまいり、今ここに来《き》たる由《よし》をいふ。「もの食《く》ひたき時は、この石《いし》を舐《な》むべし」と、ちいさき石と、貝殻《かひがら》のごときの石のやうなるとを与《あた》へけるといふ。その石《いし》、寺にあり。見ける人かたる。わが聞《き》きしは、延享三年丙寅の春のことなり。

鎌倉山内老女の事

むかし、鎌倉山の内の郷《ごう》に七十余の女あり。茶をこのみて、食を絶《た》つこと三十年、つねに近隣《きんりん》の人に花をこひて、四時花《はな》を得《え》て、終日これをみる。このこと聞《き》こしめし、御呼《およ》ばれて召《め》させられけるが、いささか障《さは》ることありて、御覧《らん》にもいらず、鎌倉《かまくら》へ帰したまふ。そののち、三年程《みとせ》すぎて、死《し》しけりとかや。

嫉妬《しつと》ふかき女、角《つの》おひたる事

むかし、下野国大槻《しもつけのくにおほつき》といへる所の寺に、位牌《ゐはい》おほく有りけるに、中に「鬼誉妙転《きよめうてん》」といへるあり。是《これ》はある人の妻、すぐれて妬《ねた》みふかく、つゐに狂乱しければ、居所をしつらひて入《い》れ置《を》きしに、角《つの》生《お》ひたりければ、人みな恐《をそ》れけるに、いかがしたりけん、ほどなく死す。その女の戒《かい》名なりといふ。このこと武州小日向月桂寺《こひなたぐはつけいじ》の僧、野州《やしう》にて見《み》たるよし語《かた》る。大槻《おほつき》村は喜連川《きつれがは》殿の領、月桂寺も喜連《きつれ》川殿《がはどの》のゆへ有る寺《てら》とかや。

国々水土かはり有る事

陸奥《みちのく》には鯉なしとかや。大守年々《としどし》もとめて、川沼に放《はな》したまひけれど、二三年へては、鮒《ふな》と変じ

けるよし。

また、土佐国《とさのくに》にては年々おなじ田に同じ稲《いね》を植《う》へければ、赤き米となるといふ。魚鼈《べつ》草木も土地により、思《おも》ひあはすべきなり。畿内、南海など、痢疾《りしつ》は治しがたく、時疫《じえき》は治しやすし。東国には傷寒《しやうかん》は治しがたく、痢病は治しやすし。また浮腫《ふしゆ》のものおほし。腫《は》れたるものは、はやく箱根《はこね》を越《こ》えければ、十人に八人は助《たす》かりけり。畿内辺の人、江戸にゐては猶《なほ》その心得《こころえ》有るべきことなり。

夢により曼陀羅《まんだら》を得たる事

むかし、勢州亀山の城主石川家士、日蓮宗にて常に題目をとなへ、信じけり。ある夜《よ》、僧一人、夢にまみえて言《い》ひけるは、「本郷《ほんごう》の古道具屋に、曼陀羅《まんだら》有るべし。それを求《もと》めよ」とありしかど、あやしみて行かざりければ、また夢《ゆめ》に見《み》ゆ。朋友《ほうゆう》を語《かた》らひて、行きてみれば、煤《すす》にて黒《くろ》み、文字も見《み》え分《わ》かぬ曼陀羅《まんだら》あり。商人「二百銭に売《う》るべし」とあるを求《もと》めて、よく洗《あら》はせ、表具させければ、「日蓮上人の真蹟《しんせき》、殊《こと》に上人一生のうちに三まい書《か》きたまひし曼陀羅《まんだら》なり」と、深川ある寺の老僧いひけるとなり。値《あたい》たつとく、人望《のぞ》みけるといふ。その一族《ぞく》、信州飯田の城主堀氏に仕《つか》へけるが、わが友林《はやし》某に語《かた》りてけり。延享二年に聞《き》き侍るなり。

頻伽《びんが》鳥に似たる鳥の事

むかし、備前の国守、ある所にて語《かた》りたまふは、「われ在国の時、城内におびただしき物音《ものをと》する。あやしみて、「厨屋《くりや》の方ぞ」とて見《み》せけるに、何《なに》のこともなし。くりやの者《もの》どもは、「また他《ほか》にて、すさまじき音《をと》しけり」といふ。「いかなる事《こと》やらん」と思ふに、山野に狩《かり》するもの申しけるは、「今日、山野を狩《かり》くらしけるに、一禽《きん》もえず。むなしく帰らんとするに、野を過《す》ぐる時、かたち大きなる鳥、頭《かしら》は人のごとくなるが、百も二百も群《む》れ飛《と》ぶ」。やがて鉄《てつ》砲《ばう》を撃《う》ちかけけるに、当《あた》りて地に落ちる。見《み》れば、つばさ左右へのばして三間あまり。鳥のごとく、

頭《かしら》は一尺余《よ》も有りて、うるはしき女のかほ、髪《かみ》も黒《くろ》く、げに、頻伽《びんが》鳥などといふ物《もの》にやと思ひけるなり」と語《かた》りたまふ。聞《き》きけるは元禄年中のことにや有《あ》りけん、いぶかし。

雲中に美女の姿見えし事

むかし、奥州岩城領、荒田目《あらため》川にて、鮭《さけ》の魚をとるとて、簗《やな》をかけ、水上に屋を作《つく》りて守《まも》るもの、夕《ゆふ》つかた、その川上のかた、名もなき山なれど、松など茂《しげ》りたるより、雲一むら来り、川の水二丈ばかり、上に風などに吹《ふ》きあげられたるやうにて、海《うみ》のかたへ行《ゆ》くを見《み》れば、容顔美麗《ようがんびれい》の女、雲中《うんちう》に見《み》えけるが、海のうへ三四町ほど行《ゆ》き、その留《とど》まる所を知《し》らず。空中《くうちう》赤く、火など焚《た》きしやうにありしとなり。

酒を好みし者《もの》の事附今猩々《いましやうじやう》の事

むかし、つねに酒を多《おほ》く飲《の》む者《もの》、ある時、喉《のど》より赤《あか》きものを吐《は》く。その妻、これを貯《たくは》へてをきけるに、かの男《をとこ》、下戸《げこ》になる。日をへて、しろく成りけり。かの男思ふに、「われ酒を飲《の》みてこそ楽《たの》しみとせしに、下戸になりて、楽《たの》しみうすく、心よからず。また飲《の》まばや」といふ。その物《もの》に酒を

試《こころ》みければ、一枡《ます》も二枡《ます》もかけて、赤《あか》くなる。その物《もの》を、また飲《の》みければ、もとのごとく、大上戸となる。堀越なにがしといふ医師、見けるよしを語《かた》る。

また、越後の守にて、在国したまひし時、名生《なおひ》村庄左衛門といふ漁《ぎよ》人、酒六斗を飲《の》む。常に五升一斗のみて、酔《よふ》ことなし。「不思議《ふしぎ》のことなり」とて、不憫《ふびん》ながら、その者《もの》を殺《ころ》し、見たまふに、腹中に三寸ばかりの壺《つぼ》のごときの物、二つあり。これをとりて、酒を入《い》るるに、いかほど入れても尽きず。庄左衛門は、その頃、「今猩々《いま》」といひしなり。わが聞《き》きしは近《ちか》き頃《ころ》、その事《こと》は、慶長《けいちやう》年中などのやうにも語《かた》りけり。

鼠、蛇をころす事附奈良林妖怪の事

むかし、安房国清澄山《あはのくにきよみずやま》下に、医王《いわう》院といへるあり。行基菩薩《ぼさち》の開基《かいき》とかや。この寺に応仙といひし僧、かりに住《す》みたまひしが、常に四方のこと語《かた》りたまへども、わが姓名と年とを言《い》はず。不思議の大徳《とこ》にておはしけり。堂内にねずみ多《おほ》く巣《す》をつくりて有りけるに、蛇《へび》入りて、子をとる。よりて浄求利天《じやうくりてん》の法を修《しゆ》して、その身は他邦《たほう》にあそぶ。看主《かんす》五六人あり。日午《にちご》に勤行《ごんぎやう》しゐけるに、天井に音《をと》して落《をつ》るものあり。見《み》れば、蛇一つに、鼠おほく嚙《か》みつきて、つゐに、その蛇《へび》を殺《ころ》す。またその後、蛇ひとつ、前《まへ》のごとくして殺《ころ》す。これより鼠、蛇の難なかりけり。

また、同じく奈良林といふ所の土人の家に、夜《よ》な夜《よ》な礫《つぶて》を打つ。それのみにあらず、人よりて話《はなし》などするうちにも、「これは狐狸のわざならん」といへば、その座に有《あ》りあふもの、茶器、衣類、何にても、空《そら》ざまにあがり、飛落る。そのかたち、いかやうの物《もの》とも見えず。さはすれど、道具をば、そこなはず。

俊全《しゆんぜん》といふ僧、細野照善寺《しやうぜんじ》にゐて、試《こころ》みに一夜ゆきゐて、これを見《み》るよし語《かた》る。何となく止《や》みにけるが、また翌年《よくねん》、春のころより妖怪あり。夏にいたりて、止《や》みにけり。享保十五年の頃《ころ》かとも言《い》ひしか。

義秀《よしひで》の社《やしろ》、朝鮮に有る事

朝鮮釜山海《てうせんぶさんかい》には、日本対州《たいしう》の主の屋かたあり。五百間四方ほどといふ。この所より王城へは十三日ほど行《ゆ》くとかや。釜山海《ぶさんかい》に、朝比奈三郎の社《やしろ》あり。義秀《よしひで》、三浦家ほろびし時、渡《わた》りて住《す》みけるが、そのころ韃靼《だつたん》より盗賊《とうぞく》おほく来《き》たるを、義秀《よしひで》、ことごとく打ち殺しけるゆへ、国人、義秀《よしひで》を所の守護のやうにして、敬《うやま》ひけるとなり。つねに言《い》ひけるは、「われ日本より来《き》たれども、本国に帰る心なし。死《し》してもこの所に葬《はふむ》れ」とありしなり。その霊《れい》をあがめて、社《やしろ》をたて、日本にての名のままに、「朝比奈《あさひな》の社《やしろ》」といふ。

対馬の士、「あまり疎《をろそ》かなり」とて、主の屋敷《やしき》の内《うち》へ移《うつ》しければ、そのことに触《さは》りぬるもの、みな患《わづら》ひけり。詫《たく》していはく、「われ日本を出でて、この所にて終る。この国のもの、尊敬《そんぎやう》あつし。いかでか、わが社《やしろ》を爰《ここ》にうつしける」とありければ、怖《をそ》れて、もとの所へはやく宮造《みやづく》りしけるとかや。

また、毎歳七月十八日、数十そうの舟をうかべ、清正《きよまさ》を調伏《てうぶく》しけることを、今にしけるとなん。藁《わら》にて人のかたちをこしらえ、鉄《てつ》砲を多《おほ》く撃《う》ちかけけるとなり。王子などを、清正虜《きよまさとりこ》にしけることを恨《うら》みて、今《いま》に、かくのごとくするや。いかが訝《いぶか》し。

虚実雑談集一終

虚実雑談集巻之二目録

人丸、赤人の社の事
犬追ものの事
相《さう》をよく見る事
千葉、武田の子孫の事
地下《ぢげ》の歌よみの事

虚実雑談集二

京建仁寺町三郎右衛門の事

今はむかし、京五条通建仁寺《けんにんじ》町しんしや三郎右衛門といふ者《もの》の子、狐《きつね》にだまされたりといふ事あり。ゆへは、春のころより、堺《さかい》御用屋敷御役人といふて、公儀より長崎へつかはされ、唐土《もろこし》へも渡《わた》さるるよし。清《きよ》水焼《やき》の基《ご》笥《け》碗《わん》そのほか、常《つね》のごとくそろへて、五千人まへ御用仰付《おほせつけ》らるる。「七月までにこしらへ出すやうに」となり。値《あたい》もよく、下細工人《したざいくにん》にも過分に得付《とくつ》くやうに有りければ、富家の者《もの》どもも金銀を貸《か》し、親《おや》はらからも喜《よろこ》ぶ。

七月は伏見まで出し、大坂へ下すはづ時に、役《やく》人京へ来《き》たるに、「金子御わたし」といへば、「いづかたにて渡《わた》し申さん」といふ。行けば、その者《もの》、「かつて知《し》らず」といふ。また夜に入りて「わたすべし」と。「いづれの所にて」といふに、行《ゆ》けば、その家、あとかたもなし。

内に帰りて、親にかたる。「さらば、明日《あす》は、日頃つれ行きし下人をつれて、堺にゆけよ」とて、やりければ、御用屋敷とて、幾度《いくたび》も行きける屋敷、あとかたもなく、野原《はら》なり。おどろきて狂乱《きょうらん》す。金貸《か》したるもの、または細工《さいく》人など申上げければ、こと難《むづか》しかりけれど、狂乱《らん》のことなれば、後は許《ゆ》りにけり。

わが聞《き》きしは、享保十六年の秋のころなりしが、いづれの時にかありけん。

仙人を見たる事

むかし、環山《くはんざん》といへるもの、安房国天津《あまつ》といふ所の海辺にあそびゐたりしに、折しも夏の頃《ころ》にてありけるに、はるか南の方、海上より、黒雲《くろくも》一むら、清澄山《きよみずやま》の方《かた》へたなびき行《ゆ》くを見《み》れば、雲中に老翁、黒《くろ》き馬にのりて、悠《ゆう》々として見《み》えけるよし、後に語る。

まことや、清澄山《きよずみやま》は関《くわん》東の霊《れい》山、本堂は虚《こ》空蔵《くうざう》菩《ぼ》薩《さち》、鎮守《ちんじゆ》とて建《た》たせたまふは、妙見宮《めうけん》なり。むかしより仙窟《せんくつ》のよし、人いひ伝《つた》ふる。わが聞きしは、正徳《しやうとく》年中のことなりし。

また、応仙といへる僧きたりて、本堂の焼亡《せうばう》しけるを建《た》つる。そののち、山下の土民、境内《けいだい》を冒《をか》し、争《あらそ》ひけるに、聴《てう》に達《たつ》し、四《し》至方爾《はうじ》、心のままにきはまりぬ。これ、享保年中に聞侍るなり。不思議の法師にてぞありける。

大崎村市兵衛幷いなり六兵衛の事

むかし、紀州大崎といふ所に、市兵衛といふ者あり。母一人を育《はごく》みてゐけるが、市兵衛いづくへ

行《ゆ》きけるとも知《し》れず。母なげくこと限《かぎ》りなく、死《しし》もせんとする。三とせ過ぎて、ぼけぼけとして帰りけり。みな人「いづくへ行きける」と問《と》へど、答《こた》へず。この者、もの書《か》くことならざりしに、その後、ものを書きけり。「ふしぎなり」と、弥三郎といふ者《もの》、われに語《かた》る。

また、下総飯岡《しもふさいいをか》といふ浜《はま》の漁人《ぎよじん》に、いなり六兵衛といふもの有り。もとは相州三浦の者、いつの頃《ころ》よりか、この所にすみけん。ある時、いづくともなく行きて見えず。一とせほど過ぎて帰る。そのかたち、憔悴《せうすい》せり。毛髪《もうはつ》も長く、をそろしき様《さま》なりけり。人問《と》へば、「刑部がはなの岩窟《がんくつ》へ誘《さそ》はれゆき、今までゐたり」と答《こた》ふ。「その穴《あな》、いかが」と問へば、「内はおびただしく広《ひろ》く、宮殿楼閣《くうでんろうかく》、うつくしきこと言葉なし。そのほか、色《いろ》々のにぎやかなる事、たとへんかた無《な》し」といふ。その後、此《この》もの、心神ほれぼれとなりけり。是《これ》をその辺《あた》りの悪《あ》しき者《もの》どもとりつくろひ、その穴のち

かき所に、宮、鳥居《ゐ》など立て、囃《はや》しさざめきて、金銀を多《おほ》くむさぶり取《と》りけるとかや。

盤珪《ばんけい》、覚彦《かくげん》の事

むかし、播磨国に盤珪《ばんけい》といへる禅僧あり。ならびなき大徳《とこ》にてぞありける。また、河内国小《お》西見《にずみ》より出でたる覚彦《かくげん》といへる僧あり。これも堅《けん》固《ご》の律師《りつし》にておはしけり。東武霊雲《れいうん》寺《じ》を開《ひら》きたまふよし。これらは、そのかみの明師《みやうし》にも劣《をと》らざると、人つたへ申すなり。くはしきことは知《し》らずかや。

あしき僧の事

むかし深川に、黄檗《わうばく》の禅林《ぜんりん》あり。その住持《ぢうぢ》たるものを隠居させて、所化のうちより、「われ直《なを》らん」の心ある者《もの》、いろいろと旦那などへいひて、はからひけれど、住持うけひかず。本寺へも言《い》ひけれど、「所化のはからひ悪《あ》しし」とて、与《くみ》したるもの四五人、寺を出だしけるを、賢《さか》しらなる旦那ありて、そのものを扶助《ふじよ》し、しばらく俗家に置《を》きしに、毎夜うなぎ、卵《たまご》などをあつめ、「唐《から》の人は、かくこしらえて食《く》ひけり。長崎にて見《み》たり」などと言《い》ひて、飽《あ》くまで酒飲《の》み、あそびて、身を放《はふ》らしたるは、俗《ぞく》にも劣《をと》り、あさましく見《み》ゆとぞ。

また、行道《ぎやうどう》といへる浄土檀林《だんりん》より出でたる僧あり。それを知《し》れる田舎《いなか》のもの、かの僧の僕《ぼく》にあひければ、「我《わが》ところへ来《こ》よ」とて連《つ》れ行《ゆ》き、魚、鳥、酒など、したたかふるまひけり。所はいづくと思ひしに、江戸新吉原とて、色売《いろう》る廓《くるは》とかや。その所に稲荷《いなり》の社《やしろ》あり。別当とて、ここにゐて妻をもち、また別業《べつげふ》をかまへて、妾《めかけ》をおき、あまた子もありけりとなり。その子を僧にせんとて檀林《だんりん》へやりけれど、つゐにこと遂《と》げずとかや。

「極楽地獄《ぢごく》」といふて、「よき人は極楽《ごくらく》にゆき、あしき人は地獄《ごく》にゆく」などと説教するに、かかる僧は、死《し》していづれの所へか行《ゆ》かむ。口にては、見てきたるやうに人には言《い》ひて、わが身《み》のほど

は、弁《わきま》へざりけり。あさましきことにこそあれ。

松島雲居和尚の事

江戸芝寿昌《じゆしやう》寺は、雲居《うんご》和尚の庵室にて有りしとかや。後、おくの松島瑞巌寺《ずいがんじ》にうつりたまひて、おはりたまふ大徳《とこ》なり。「人の戒《いまし》めにもなるやうに」とて、歌百首よみて、みづから書置《かきを》きたまひしが、寿昌寺に有りけるを見侍る。そのうち、書抜《かきぬ》きてをきしを、ここにあらはす。

養生は薬によらず世《よ》のつねの身もち心の内にこそあれ
治世利民息災延令《ちせりみんそくさいゑんめい》願ひなば酒色《しゆしよく》の惑《まどひ》をやめよ人々
子のごとく民を思へる君をこそ民も父母とは仰《あふ》ぎこそせめ
上として身の遊楽《ゆうらく》をきはむるは下の苦患《くげん》をつくるなりけり
下として上にそむける罪科《つみとが》は現世《げんせ》にはやく地獄《ぢごく》見せけり
子をばただ早く親とぞなしたけれ親《おや》となりなば恩は知《し》るべし
不孝にて早く因果の報《むく》ゆるは衛《ゑい》の出公輙《しゆつかうてう》を見《み》て知《し》れ
不忠にて早く因果の報るは秦《しん》の趙高唐《てうかうたう》の禄山《ろくざん》
善悪の心の内に起《おこ》るをば仏光鬼神はやがて見給《みたま》ふ

守護神は身につき給ふぞよく信じ須臾《しゆゆ》も誠の道をわするな
福《さいわい》は願ふにきたり禍《わざはい》はつつしむ門にはいたらぬと聞け
仏乗を世智弁聡《せちべんそう》の悪知識《あくちしき》世わたり道具とするぞかなしき
不義にして集《あつ》め貯《たくを》ふ財宝《ざいほう》は積《つも》りて後は二世の身《み》の仇《あだ》
花麗《くはれい》する沙門《しやもん》をみては皆人の冥加《みやうが》もの也と言《い》ふぞおかしき
売僧《まいす》して物とり花麗《くはれい》する沙門
必《かならず》地獄《ごく》のあかとこそなれ
今時の僧は中々俗《ぞく》よりも因果菩《いんぐはぼ》
提《だい》をしらぬ仏陀耶《ぶつだや》
閻王《えんわう》の神通天眼《じんつうてんげん》しらずして檀那《だんな》
たらせる僧のおろかさ

虎にとられしもの、助《たす》かる事

秀吉公、朝鮮《てうせん》をせめたまひし時、

日本の人おほく、山林までもみだり入りけるとかや。いかなる者《もの》にてありけんか、一人、虎にとられけり。けはしき所の樹《じゆ》下にをきて、猫《ねこ》の鼠《ねずみ》をとりしやうに、色々《いろいろ》とこれをいぢり慰《なぐさ》む。この者、「とても、逃《に》げて助《たす》かるにあらず」と、心をしづめて、虎《とら》の心にしたがひ、かき転《ころ》ばされても、そのまま、喉《のど》の下《した》など、ひたと撫《な》でさすりければ、虎《とら》、心《こころ》とけて、ふかく寝入《ねい》りたり。

かの者思《おも》ふやう、「この暇《ひま》に、逃《に》げむ」とて、工夫をめぐらしけるに、そばに、太《ふと》き藤かづらの有りけるを、よくこしらえて、虎のふぐりを、しかと縛《しば》り、そばなる大木に、しかと結《ゆ》ひつけて、逃《に》げければ、追《を》ひくることなく、助《たす》かりけり。人に言《い》ひて、後にその所を見《み》せければ、括《くく》りたるふぐり、いかに猛《たけ》くてもかなはず。気をもみ、あがき、つよく締《し》まりけるゆへか、つゐに死《し》して有りけるなりとか。

天竺阿育王塔《あいく》の事

江州蒲生《がまう》郡石塔寺《いしだふじ》村石塔寺《むらいしだふじ》は、てんぢく阿育王《あいく》、四万八千の塔をたて給ひし、その一、この寺に有りとかや。くはしくは『元亨釈書《げんこうしやくしよ》』に見《み》ゆとなん。また、泉州谷川《たにがわ》といへる所の大日堂の前に、南朝正平《しやうへい》のころ立てたりし石灯籠あり。「難波わたりの富《と》める者《もの》など、おほくの値《あたい》を出して、「もとめん」といひしを、所のもの、惜《お》しみやらざりけりといひしを、そのころ我《われ》も行きて見にけるなり」と語《かた》りける。

茶を翫《もてあそ》ぶ事

むかし、ある人語りけるは、本朝に茶を賞すること久し。また、栂尾高弁上人《とがのおかうべん》、唐土《もろこし》より移《うつ》して、植《う》へたまふともいひ、あるは、京都将軍の時、周防《すはう》の多々良氏、山城宇治に茶園《ちやえん》をひらきしともいふ。将軍東山殿、茶道を専《もつぱ》らとして、武道は疎《をろ》かに有りしともいふ。ただ翫《もてあそ》ぶものも、奇物《きぶつ》を集めなどしける。

信長、秀吉、なほまた愛《め》でたまひて、茶器はいふにおよばず、絵讃よろづ、古《ふる》きを賞し、数寄屋《すきや》

囲《かこひ》とて、事削《ことそ》ぎたることをしつらひ、庭に石を立て、山などのかげには、ふるき塔、または石灯籠などを置きて、目をおどろかす。

なんぞや、神社にささげし灯籠、寺院に供養《くよう》し寄《よ》せたる塔《たう》など、そのさき立てたりし人の志《こころざし》をそこなふ。これ、墓《はか》をあばくの罪《つみ》にも等《ひと》しからんか。さまざま、えならぬ事に、「誰《たれ》が流《りう》」「彼《かれ》が流《りう》」と言ひもてはやす。武家も下《しも》つかたの人も、そぞめき、専《もつぱ》らとすべき家のわざをば、とり失《うしな》ひ、身のほどを知《し》らぬは、驕《をご》りなり。公家は公家風、武家は武家風有るべし。なほ下つかたの人は、よろづ分限に過《す》ぎざることを、よくよく思《おも》ひはかるべし。その程《ほど》を弁《わきま》へざるは、つゐに家をほろぼすとぞ。

秋葉三尺坊弁痘疹《もがさ》の事

貞享年中のことかとよ。遠州秋葉山、三尺坊をまつりて、駅《えき》をつたへ、江州《がうしう》坂本にいたる。命《めい》ありて禁《きん》じ、その主《しゆ》たる者《もの》を刑《けい》すとかや。ちかき頃も、関東所々に、「常陸《ひたち》の阿波山の神、飛《と》びきたり給ふ」とて、人を騒《さは》がすることありけり。

また、江州三井寺の辺、日蓮宗の寺あり。この寺より疱瘡《ほうさう》の守《まも》りといふものを出す。近国遠国より、聞《き》きつたへて求《もと》むる。わづかの米銭といへども、山のごとくに積《つ》む。この札をとりて来《き》たり、

いまだ疱瘡《もがさ》を病《や》まぬ小児の背《せ》にはるに、その下にこまかなる瘡《かさ》などのやうに見ゆる。よろこびて、疱瘡《もがさ》を病《や》みけるやうに思ひ、日をへて、湯を浴《あ》みせける。その後まことの疱瘡行《もがさをこな》はれけるに、その子どもの内《うち》に、まことの疱瘡《もがさ》を病《や》みて、死《し》したるもの多《おほ》し。まへの疱瘡《もがさ》を誠と思ひ、医療《いりよう》も怠《をこた》りけるゆへならん。他《ほか》よりなすことにても、人に害《がい》になることあり。かならず信用すべからず。

加茂保憲女《かものやすのりのむすめ》の家集に、疱瘡《もがさ》は、あめの御門《みかど》の御時、行《をこな》はれけるとかや。ある人、紅葉を置きたりければ、

くもりつつ涙《なみだ》しぐるるわがめにもなをもみぢばはあかく見へけり

このうたを夢に見《み》るとかや。疱瘡《もがさ》のまじなひに良《よ》しといひしなり。

若き女を尼にせし事

むかし、尾陽《びやう》に関通《くはんつう》とかやいひし僧あり。もと浄土檀林《だんりん》より出《いで》たりといふて、念仏を勧《すす》めて、人をおほく剃髪《ていはつ》させけり。

「浅草かはらやに平八とかやいへる者《もの》、これに帰依しけるが、娘あり。はたちばかりにて死《し》す。その妹十七になる者《もの》、姉《あね》のみまかりしことを悲《かな》しみて、尼《あま》になり、また其《その》つぎ十五ばかりの者《もの》を、無《む》理《り》に勧《すす》めて、これも尼にして国に連《つ》れゆく。その明《あく》る年《とし》、悔《く》ひて還俗《げんぞく》し、東武へ帰りきたれり」と、

隣家《りんか》の者かたる。

世《よ》には、よからぬ事《こと》のあるものなり。仏道をもよくわきまへて、心《こころ》と起《お》こるは、あるべき事、かかる勧《すす》めはすまじきことなり。わが聞《き》きしは、延享二年のことなり。いづれの時にかありけん、知《し》らず。

死したる女、蘇生《そせい》せし事

むかし、前島なにがしとかやの嫡子《ちやくし》、若《わか》うして死す。その妻、ついで病《や》みて死す。藤うへといへる者《もの》あり。なにがしが縁者《えんざ》なりけり。かの女、死せんとする時、行きて水を口にそそぎ、念仏など唱《とな》へけるに、死《し》したる者《もの》、すこし生出《いきいで》けるやうになりてげれば、そばにゐたる人、逃《に》げにけり。出家一人、医師一人ゐけるが、針《はり》をし、灸《きう》などせしに、ほどなく蘇《よみがへ》りけり。

むかし物語《ものがたり》にも、霊殿《たまどの》に置《を》きたりけん人の例《たとひ》を思ひ出づる。狐《きつね》、木霊《こだま》やうのものの誘《さそ》ひて、死《し》したる人の、蘇《よみがへ》りしもありとかや。紫式部も、うき舟の君のことを、おかしく書《か》きけるも、かかる事《こと》にか。

その女、尼に成りて今にあり。後に女かたりけるは、「いづくとは知《し》らず、泥土《でいど》歩《あゆ》みがたく覚えけるに、白《しろ》き衣《ころも》を着《き》たる僧、「この道は汝《なんぢ》がゆく道にあらず。藤うへが許《もと》へゆけ」と仰せられしま

ま、そのかたへ行くとばかり思ひしが、夢《ゆめ》のごとくにてさぶらひし」と語《かた》る。このこと聞《き》きしは、寛保年中にてあり。いづれの時にかありけん、知《し》らずかし。

無理なる座頭の事

むかし、座頭にて検校《けんげう》なるものの所へ、夏のころ、白岩 某《なにがし》行きたるに、下の座頭かしこまりゐて、涙《なみだ》をながし、苦《くる》しみゐたり。その故《ゆへ》を検校《けんぎやう》に問《と》ひければ、「かれ、わが所へ暑気《しよき》見廻《みまひ》として来《き》たりたり。彼《かれ》が来《き》つるは、今朝いまだ暑《あつ》からず。涼《すず》しきに来《き》て、暑《しよ》をとふ。日のうち、暑《あつ》きころならば、さもあらん。それゆへ、いましめをきたり」とかたる。白岩、苦々《にが》しきことと思ひけれど、やうやうに詫《わ》びて、かへしけり。

いかに、その頭《かしら》として身を重《おも》くいへばとて、良からぬ振舞《ふるまひ》なり。寒《さむ》さをとふにも、暖《あたた》かなる日も

有るべし。寒暑《かんしよ》をとふに、その時節ならば、日夜のわかちは有るまじき事なり。とかく座頭は意地《ゐぢ》の悪《わる》きものなるが、検校勾当《かうとう》といへば、大名高家《かうけ》にも肩《かた》をならぶるやうに思ふぞ、愚《をろ》かなる。また、学問し、芸《げい》などたしなむ者、いづれか師をとらぬはなし。弟子は師をうやまふは、常《つね》なれど、弟子とて、座頭のごとく、悪《あ》しざまにもてなす者《もの》、いづれかある。いやしき者《もの》どもの振舞《ふるまひ》なり。「盲《めしゐ》を子に持《も》ちたりとも、必《かなら》ずさるものの弟子にはすまじきことなり」と言《い》ひしなり。

道円父子の事

むかし、道円といひし名高き学才の人あり。その子を、もく庵とかやいひし。父に劣《をと》らぬ人なりけり。論語を読《よ》みけるに、君命《くんめい》有りけるは、「今も善人悪人《ぜんにんあく》ありや」とのたまふ。答《こた》へ申しけるは、「いまの世《よ》にもあり」と申す。「さらば、わが家の臣にもありや」。その時、二《ふた》つなき出頭の人の名をさして、「かれこそ悪人にてさぶらへ」と申す。御心《こころ》にそまず、御けしき悪《あ》しく見えければ、そばに居《ゐ》たる人など、「はやく立《た》て」といふに、また言《い》ふ、「かやうに申すものを愚人と申す」と、言葉《ことば》をはなちて言《い》ひければ、かへつて御こころよげに笑《わら》はせたまふとかや。今の世《よ》に、さある人有るべきや。

また、もく庵、ある時、常に来《き》たる者《もの》、わが娘《むすめ》の書《か》きたるものを、持《も》て来《き》て見《み》せけるに、「年《とし》は

いくつになるや」「十四さい」と言《い》ふ。「さらば、ものを縫《ぬ》ふことをするや」。「いまだし」とこたふ。「飯《いい》を炊《かし》ぐことを、よくするや。味噌《みそ》つくり、醤《ひしほ》つくる事《こと》をするや」。かの者言《い》ひけるは、「母も、よく物書《ものか》くことを嬉《うれ》しく思ひて、ほかの事は習《なら》はせまいらせず。ただ手習《なら》ひをいたさせ候《さぶらふ》」と言《い》ふ。もく庵ののしりて、「親たるもの、いづれか子を慈《いつく》しまざらん。男女ともに、教《をし》へせんこと第一なり。ことさら、汝《なんぢ》らが子は、猶《なを》かかる事《こと》を知《し》らずして、いかならん愚人なればとて、身の程《ほど》を知《し》らぬは、うつけたる者《もの》なり」とて、いよいよ罵《ののし》りけるとかや。

此《この》ことなど、万《よろづ》にわたり侍らんか。まことや、「はかなき親《おや》に、賢《かしこ》き子のまさる例《ためし》は、いと難《かた》きことになん」と言《い》へるも、むべなるかなや。

人丸、赤人の社の事

ある人かたりけるは、武蔵国、日暮里《につぽり》といへる所に、浄光寺といふ寺あり。その地に、人丸太明神たたせ給ふと聞《き》く。「につぽりとは、いかが書《か》くや」と問へば、「日暮のさと」と申す。名もおかしくおぼえ侍りて、三月十八日にまうでければ、扉《とびら》をひらき、供物などささげて、かの御姿《みすがた》、あらはに拝《おが》まれさせたまふも、いと尊《たうと》し。東叡《とうえい》山のした、しのばずの池の端《はた》より、感応《かんおう》寺をすぎて、ほど近《ちか》し。

また、上総国山辺《やまべ》郡東金《とうがね》の辺に、田中村といふ所に、赤人の塚《つか》あり。田の中に、かすかに残して、しるしに、水蠟《いぼた》の木あり。像《ざう》は宝珠《ほうじゆ》山法光《はうくはう》寺にあり。かの像《ざう》をめされ、あくる年《とし》の秋の頃、かへし給《たま》ふ。厨子《づし》に入れ、かたく封《ふう》し、常に人に見《み》せず。禰宜《ねぎ》は松木新右衛門といふ者《もの》務《つと》むるとかや。並河《なびか》五一といふ人、享保年中に語《かた》りけり。いづれの時にかありけん、しらず。

犬追《いぬおふ》ものの事

また、語りていはく、『扶桑見聞私記《ふさうけんもんしき》』といへる書あり。誰《た》が作《つく》れるとも知《し》らず。偽書《ぎしよ》なりとかや。犬追物《いぬをふもの》のことなどあり。「東武王子の辺にて、ありしことの通《とを》りを記《しる》す。これにて知るべし。ちいさき刀を竹にてしたるを、差《さ》させける」と書きけり。いぶかし。頼朝公の時には、さは有るまじ。宣命《せんみやう》を三浦恙次郎、甲冑《かつちう》を帯《たい》して、受取《うけと》りしなり。さほど武の用心しける時節、犬追物《いぬおふもの》など、竹刀を差すべきにあらず」と言《い》ひしが、いかが。

相《さう》をよく見ること

むかし、東武に、相をよく見《み》る者《もの》ありけるが、子ども三人あり。一男は短命《たんめい》、二男は剣難《けんなん》、三男

はきはめて貧《ひん》。三人《みたり》の相《さう》の悪《あ》しきを常《つね》におもひて、こころを悩《なや》まし、つゐに死する。そのよく年、一男も死し、二男は、のちに斬《き》らるる。三男は今にあり、貧《まづ》しきこと、言《い》ふばかりなし。われと我《われ》に斃《たふ》るるものか。

千葉武田の子孫の事

下総国、坂東川のほとり、竹田村といふ所に、千葉の子孫とて、今にあり。上総長南《ちやうなん》の辺、山内といふ所に、武田官兵衛といふ者有り。京都将軍の時の守護、兵部大輔信豊の末《すゑ》なりとかや。

地下の歌よみの事

立春　長賢　鴛河風弦堂

梅かほる宿はいはほの中ならでうきことしらぬ春はきにけり
山鳥のおのへの霞たな引やながながし日のはじめなるらん

暮山春望

春の日のかすむかたよりくれそめて峰にほのめく三日月の影

山花

あざり山ふかき色香にさく花のかげさへにほふ山の井の水

船中時鳥

一こゑはこぎ行舟に啼すてて山ほととぎすあとのしら浪

枕上夏月

明やすき夜はの枕にうつりきて月のいさめしうたたねの夢

高低月

よもぎふもわかぬ光や末のつゆもとの雫にやどる月影

擣衣《うちごろも》

雪ならでいろなきものの身にしむは月白妙の衣うつこゑ

落葉満流

この頃は木の葉のいろにそめ川やわたらん瀬々《せぜ》の水みえぬまで

秋待恋

秋といへばかならずきぬる契をも人にはつげよかりの玉章《たまづさ》

纔《わづかに》見恋

おもかげの半《なか》ばかくれて見えしだに残りもやらず袖ぞしほるる

寄鳥恋

池のうへにたちそふ波に水鳥のくるにまどへるよるべともなれ

寄罧《ふしづけ》恋

われもその梁《やな》にさばしる魚なれや命にかへて逢瀬《あふせ》にぞよる

嶺林猿叫

色まがふ雪の林にすむ猿のなく声さむしみねの月影

山寒花遅　　長孝広沢

さく頃もまだおもかげの花山にまことすくなき淡雪ぞふる

田家鹿　　おなじく

泊木《はつき》たて門田の鳴子《なるこ》しかに待《ま》ついねてふことをかけてひくらん

停午月

それとなきうきもの虫もすむ月につつゐの水の秋やしるらん

題しらず　　生翁富松祐庵

春きては花山桜いたづらにこころ動す峰のしら雲

橘三紀とかやいひし人、歌《うた》といふ心《こころ》ばへを詠《よ》みけるよし、人かたりけり。

しるやうる神の心にます人の口をひらけばうたとなるもの

立春　蘭室思ふに、奥八首、嘉広とかけるものあり。恕翁がうたにや。いかが。

立そむる春の匂ひやつくば山このかのもも今朝《けさ》はかすみて

暮春水

おしと思ふ花もながれてゆく水の春のとまりやいづくなるらん

川五月雨

立田川今しも水は濁りけり三宝の山の五月雨の頃

橘

五月雨のふるやの軒のさよ風に花橘の匂ふこの頃

山女郎花《をみなへし》

行《ゆき》くるる秋の山辺の女郎花なまめくかげに宿《やど》やからまし

紅葉勝花

見し花は雲とまがひつ葛城《かつらぎ》や高間《たかま》の紅葉しくものぞなき

冬月

霜結ぶ草木あらはに冬がれて軒端の月の影ぞへだてぬ

寒夜水鳥

月さえて昆陽《こや》の池水こほる夜も鴛《をし》の友ねやこころ解《と》くらん

虚実雑談集二終

虚実雑談集巻之三目録

鰻を食ひて死せし事

壁書幷一休戯書の事

才《ざへ》かしこくましまず国の守の事

きつねをよけし事

竜穴の事

虚実雑談集三

越前福井富家《ふか》の事

むかし、越前国福井に慶松《けいまつ》なにがしとて、世に富《と》めるものあり。先祖はいと貧《まづ》しき者《もの》にてありけれど、慈悲ふかく、ことに盲《めしゐ》などくれば、よく労《いたは》りけるとなり。

ある年の師走晦日《しはすみそか》に、盲《めしゐ》きて、宿を借りわびたる由《よし》をいひければ、「さらば、わが屋にやどさん」とて、たやすく泊《と》めけり。「あすは正月なれど、なにの貯《たくは》へもなきに」など女房いひけれど、泊《と》めて心のほどつくし、もてなし、夜ふけければ、「いざ寝《ね》たまへ」とて、夜《よる》の物《もの》など敷《し》きてければ、やをら入《い》りて、寝《ね》にけり。あしたには元日なり。「祝《いはは》ん」とて、「起《お》きたまへ」といひけるに、答《いら》へもなし。いぶかしくてよく見れば、死してぞ有りける。女房をどろき、「よしなきことかな」といへば、夫《をつと》は、「さる宿世《すくせ》のありてこそ」とて、さはがず検断《けんだん》所へ訴《うた》へければ、みな寄《よ》りて見《み》るに、かの盲《めしゐ》、一身黄金《わうごん》となりてありけり。いづれも、奇異《きゐ》の思ひをなし、このよし、国のかみへ申しければ、「その者《もの》、つねづね仁心ありてのゆへなり。かれが所得《しよとく》なり」とて、たまひけり。それより家とみさかへ、今に子孫有りとかや。国主は朝倉金吾《きんご》の時にてありけるとなり。「慶松《けいまつ》は、その盲《めしゐ》の名なり。それを家号《かごう》とせしなり」とかたる。

肥前平戸の城主の事

むかし、肥前平戸《ひらど》城主松浦氏、海上に出でてけるに、大きなる鮑《あはび》をすすむる者《もの》あり。城主おもふには、「かかる年経《としへ》しものを、ゆくりなく食《く》ふべきにあらず」とて、海中へ放《はな》ちける。

その折ふし、かいらつといふ大魚、船底《ふなぞこ》を嘴《はし》にてつきぬき、潮《うしほ》入りて、すでに危《あや》うく、人々あはて、潮《しほ》を汲《く》み捨《す》てけるに、潮《うしほ》の入りける穴《あな》、ふたがりて入らず。いぶかしく思《おも》ひみれば、かの鮑、その穴《あな》にふさがりて、潮《しほ》の入《い》るを止《と》めけるとかや。その魚《うを》は漁人《ぎよじん》のいふ、「かじきとをし」といふものなり。不思議《ふしぎ》のことといひけり。鎮信の時かいかが。

大地《ぢ》震《しん》津浪の事

元禄十六年癸未の冬十一月二十二日の夜、丑三《うしみ》つすぎ、大地震《しん》ゆりて、関東の海辺、津浪とて、あるひは山さけて海に入り、海はあせて陸となる。暴風《ぼふう》などに荒《あ》れたるやうにはあらで、常に潮《うしほ》の満《み》ちくるやうにて、ひく時に、沖《おき》まで干潟《ひがた》となる。人家ことごとく流《なが》れ、人民、牛馬、鶏犬、おほく死す。

ここに上総国勝浦《かつら》といふあたりの漁人、そのあけの日、舟にのりて、沖《おき》にいでて、流《なが》れくる家財《かざい》雑具《ざうぐ》、わがことなく、人のことなく、拾《ひろ》ひけり。流《なが》れくる屋のうへに、嬰児《みどりご》をいだける女ありて、「われを助《たす》けくれよ」といひければ、舟中なかばは、「これを助《たす》けん」といひ、なかばは「この女を助《たす》けなば、財宝を拾《ひろ》ひたること顕《あらは》れん」とて、つゐに助《たす》けず。時に女、いかれる顔色《がんしょく》にて、声《こゑ》をい

らゝげて言《い》ふやう「汝ら、われを捨《す》てゆくからは、海底に沈《しづ》みて、この恨《うら》みをはらさん」と言《い》ひて、かのみどり子を海《うみ》へなげ捨《す》て、その身もすぐに沈《しづ》む。

「その夜より、かの漁人のいゑに、幽霊《ゆうれい》あらはれ出でて、もの恐《をそ》ろしければ、従者もみな逃《に》げうせ、その身いくほどなくて死し、家たちまちに滅《ほろ》びけり」とかたる。

身持《みもち》あしき人の事附情をしらぬ人の事

むかし、原田なにがしといへる、富《と》めるものありけり。夜あかし、酒のみあそび、うしみつ頃も、ものうち食《く》ひ、夜明《よあ》けては、午時《ごじ》すぐるまで寝《ね》る。

また、越後新発田《しばた》とやらいへる所の城主、常に身をはふらかし、武家の事は心《こころ》にかけず、町屋《や》などに遊《あそ》び所をしつらはせ、医者《ゐしや》または狂句などする者《もの》、猥《みだ》りなることをすすめ、そそのかす者《もの》を友として、舞女妓童《ぶじよぎどう》などをあつめ、歌《うた》ひさざめき、夜昼《よるひる》となくあそぶ。

ある時、そばちかき女と、おなじく坊主をよびて、「わが見《み》るまへにて、犯《をか》すべし」といふ。二人の者《もの》、主命とはいひながら、あるべきことならねば、色《いろ》々と否《いな》びけれど、「そむきなば、ふたり共に斬《き》らん」といふ。坊主は、「とまれかくまれ」と言《い》ひける。女、なを否《いな》び申せど、聞《き》きいれず。ことば荒《あら》々しくなりければ、その座をしぞきて、逃《に》げ失《う》せけるともいひ、死《し》しけりともいふ。

いかに家人なればとて、かかることを言《い》ふは、人倫《りん》にあらず。つゐには従者もそむき、家も乱《みだ》れて悪《あ》しざまになり行《ゆ》かんとこそ思へ。いづれのころの事にやありけんといひし。知《し》らず。

また、何の城とかやいひし人、召使《めしつか》ひける二八ばかりの女に戯《たはむ》れて、「わが心《こころ》にしたがへ」といふ。この女いろいろと言《い》へど、うけひかず。「憎《にく》きことなり」とて、手の指《ゆび》を日に一つづつ、十日にみな切《き》りけれど、身を任《まか》せずしてければ、つゐにその女を殺《ころ》す。

命《いのち》にかへても、主人の心に任《まか》せざるは、よからぬやうに思へども、さる情《なさけ》なき人なれば、身をすてても承引《うけひ》かずか。または妻女などの心《こころ》をはかりてか。とても死する身、不義の名をとりて、いかがと思ひけるか。あはれなることなり。

男女の中は、こころざしを通《かよ》はす時は、神の斎垣《いがき》もこえ、親《おや》はらからの中をもさけて、相逢《あひあ》ふためしもあり。「遠《とを》くて近《ちか》きもの、男女の中、舟のみち」と、清少納言も書《か》きけるなり。これもいづれの時にか有りけん。

大家の長臣を譏《そし》る事

むかし、大家の長臣、身をはふらかし、遊女をもてあそび、わが屋にも入れ置《を》き、また、つねに忘八《くつは》の家に行きて、かれらを友として、茶の湯し、ある時はわが屋によびて、これを尊客《そんかく》のごとく

もてなす。かかることは嗜欲《しよく》といひ、名ある人つつしむべき事《こと》なるを、家人にも恥ぢず、人のそしりを弁《わきま》へざるは、虚《うつ》けたることとなり。さあれば、我より下《しも》つかたの人、これにならひて、よき事はうつりがたく、あしき事はうつりやすし。こころ有る人は身をかへりみて、よく主君につかへよ。たとひよろづに賢《さか》しきとても、家を重《おも》むぜざるは不義なり。不忠なり。

心得あしき侍の事

むかし、ある国の守《かみ》につかへし人、好《この》みて人をおほく斬《き》りけるが、ある時、そのとなりの小児《しやうに》、この屋敷《やしき》の辺にあそびて、塀《へい》よりほかへ出でたる花を折りて、くせといひける乳母《めのと》、また、つきたる者《もの》ども、「これは大《たい》切《せつ》にしたまふ花なり。折《お》り申すはならず」と諌《いさ》むれども、猶《なほ》むづかりて、聞《き》きいれず。その時下部《しもべ》、「せんか

たなし」とて、一えだ折《お》りてげるを、かの人、内にて聞《き》きゐて、人を出だし見《み》せて、その者《もの》の主人へことはり、「その下部をわが方へわたせ」といふ。主人色々《いろ》と詫《わ》びけれど、聞《き》かず。せんすべなくて、つかはす時に、その者《もの》の差《さ》したる脇差《わきざし》をとりて、わが差《さ》したるをかへてやり、そこそことよく言《い》ひ聞《き》かせ、つかはしけり。

かの人《ひと》、「庭《には》のうちへ通せ」といふて、庭へ入りけるに、呼《よ》びよせて、縁《えん》より下《お》りて、斬《き》らんとするに、下部、心ききたるものにて、返《かへ》りてその人を討《う》ち、庭《には》の木より塀《へい》をこえて、いづち行《ゆ》きけん、知らずなりけり。

「小児の言《い》ひしこと、または、隣家《りんか》のものなり、心あらん者《もの》、かかる情《なさけ》なきことを思はんや。武士は理にあたりては人をも討《う》ち、戦場《せんじやう》にては、多《おほ》く首《くび》をも得《う》るを誉《ほまれ》とするなれど、それとはこと違《たが》ひ侍らん。さある者《もの》は、子孫も栄《さか》へず、あやしきことなど出でくるものぞかし。ただ慈悲をもととし

て、僻事《ひがごと》はすまじきものなり」と語《かた》りけるが、いづれの時にか有りけん、知《し》らず。

江村専斎長命の事

むかし、京都に江村専斎といへる、依怙地《ゐこぢ》ありけり。永禄八年に生まれ、寛文四年に没《ぼつ》す。百年《ももとせ》に満《み》てり。はじめは加藤肥州につかへ、のちに森作州にいたはりを得《え》て、医術《ゐじゆつ》をもつて、京師《けいし》に住《す》む。まことに希代《きたい》の長寿《ちやうじゆ》とて、後水尾上皇勅《ちよく》して、杖《つゑ》をたまふ。いろいろの古《ふる》きことを覚《おぼ》えて、語《かた》りけり。信長のとき、禁中微《び》々なりしことを語《かた》る。信長御料《りやう》などを寄《よ》せられ、造営《ざうえい》等ありてより、こと宜《よろ》しかりしとかや。

常念仏《じやうねんぶつ》の事

むかし、ある人語りけるは、「常念仏といふて、所々に堂《どう》など立ててあり。見るに、情《なさけ》なきものなりと思ひける。そのはじめこそ、後々《のち》はつきるゐるものも、術無《じゆつな》くみゆるは、さも有りぬべし。後には諸方《しよはう》を勧進《くはんじん》などさする様になりもてゆくなり。さあれば、故《ゆへ》もなき人をも貪《むさぶ》るは、いかにぞや。江戸浅草寺《てら》の境内《けいだい》にも今あり。わが若年のころは、松原など広《ひろ》く、家はなかりしに、この頃は茶屋

など多《おほ》く建《た》てこめて、見ぐるし。火災《さい》のためにも良《よ》からず」と語《かた》りけり。

化身術の事

むかし、秀吉公の時、果心居士《くはしんこじ》といふもの、幻術《げんじゆつ》をする。ある時、「何《なに》にても、不思議《ふしぎ》のこと見ん」とありければ、白昼《はくちう》たちまち闇夜《あんや》となる。おかしく思《おも》ひたまひしに、女一人あらはれ、色々《いろ》と恨《うら》みかこつ。その故《ゆへ》は、そのかみ筑阿弥《ちくあみ》子にて藤吉郎といひし疋夫《ひつぷ》の時、ある女に契《ちぎ》る。その女、若《わか》くて死す。このこと、つゐに人に語《かた》らずありしに、まさしくここに来《き》て、その折から秀吉の言《い》ひしことども、ことごとく言《い》ふ。

これを聞きて、「眼《まなこ》に色《いろ》々のこと現《あらは》すは、有るべし。わが胸中《けうちう》のことを悉《ことごとくし》知りけるは、曲事《くせごと》なり。化身《くはしん》をいましめて、機物《はたもの》に行《をこな》へ」とありて、すでにそのこと極《きは》まる。果心《くはしん》、いましめを守《まも》る者《もの》に言《い》ひけるは、「我さまざまの術《じゆつ》をすれども、いまだ鼠《ねずみ》になりたることなし。少《すこ》し縄《なは》を緩《ゆる》べたまへ」と言《い》ひけるに、ちと緩《ゆる》べければ、鼠《ねずみ》になる。磔柱《はつつけばしら》にあがりけるに、鳶《とび》きたりて摑《つか》みゆく。大身のものも小身に変《へん》じて、鳶《とび》、烏《からす》にとらるるものにや。訝《いぶか》しきことにあらずや。

里見義広《よしひろ》といひし人、他国へ出陣《しゆつぢん》せんとせし道にて、大蛇をみるに、たちまち小《ちい》さき蛇《へび》となる。

それを見《み》て、義広《よしひろ》、「わが小勢にて他国へ出でて大敵に向《む》かふこと、このたびは悪《あ》しかりなん」とて、馬を返《かへ》しけるとなり。

伊藤父子、学才の事

むかし京都堀川に、伊藤仁斎維楨《これえだ》といひし人、経学《けいがく》にくはしく、よろづの事《こと》にいみじかりければ、「古学先生」と人いひけり。文集を、朝鮮人来《き》たりしとき、送《をく》りければ、「日本かくのごときの文あらんとは」と褒《ほ》めけるとなり。『論孟古義《ろんもうこぎ》』『童子問《もん》』そのほか、おほく渡《わた》しけるなり。

その子、東涯長胤《とうがいながたね》、父の業《げふ》をつぎて、才《ざへ》かしこく、その門にあそぶもの、いくばくといふ数《かず》を知《し》らず。堀

川によく住《す》みければ、遠近の人、「堀川」といひて、世に用ひられし人なりけり。

淡州須本、狸の事

むかし、淡路国須本にて、ふるき狸、人に化《ば》けてたぶらかしけるは、「稲田殿御用にて、急《いそ》ぎ泉州へわたる者《もの》なり。舟をよそひて、とく渡《わた》せ」といひける所、主のことなれば、取《と》るものも取《と》りあへず、渡《わた》しけり。かの地につくと、舟よりあがりけるに、犬《いぬ》きたりて、おかしく吠《ほ》えければ、そこらの犬《いぬ》、おほく集《あつ》まりて、噛《か》みつき、つゐに殺《ころ》しけり。人寄《よ》りて見《み》れば、幾年《いくとせ》ふりしとも知《し》れぬ、狸《たぬき》にてぞ有りける。

また、武州戸塚辺の山谷ひろき所へ、夜《よ》な夜《よ》な狸おほく寄《よ》りて、たいこ笛などの音《をと》、えならず鳴《な》らしつつ、いく夜《よ》もいく夜《よ》も、踊《をど》り騒《さは》ぎけるとなり。猫《ねこ》も年《とし》をへては、きつねと馴《な》れ遊《あそ》ぶものなり。

われ若《わか》かりし時、ある夕暮《ゆふぐれ》に見けり。

駿州大宮《おほみや》の事

むかし、駿州大宮浅間《せんげん》の神木、風なきに日をへて折《お》るること、数十本。伊吹《いぶき》の垣など、ことごとく枯《か》るる。「門前に「御やすみ石」とて、神輿《しんよ》を載《の》する六方の大石ありしが、いつの頃《ころ》よりか見えず」とかたる。

浅間は駿州《すんしう》に六所有り。吉田といふ所の浅間《せんげん》の宮《みや》の額《がく》、「三国第一山」とあり。また、富士郡狩《かり》宿《やど》村といふ所あり。これは往古《そのかみ》、鎌倉将軍頼朝公、富士《ふじ》野を狩《かり》したまひし時、陣屋を設《しつら》ひ居《ゐ》給《たま》ひし所。その屋の柱《はしら》、大きなる欅《けやき》にて、土へ掘《ほ》りこみたるが、十二本残りしなり。近《ちか》きころ、土際《ぎは》の朽《く》ちたるを三本取《と》りかへて、九本はいまだそのまま有るなり。かりやどむらは、仮宿《かりやど》村ともいふか。

貞女、孝子、忠臣の事

むかし、常陸国久慈《くじ》郡の土民のむすめ、嫁《か》してのち、その夫あしき病《やまひ》出でてける。もとより、たつき無《な》きものなれば、朝夕《あさゆふ》の営《いとなみ》も乏《とぼ》しきに、夫も女の年若《としわか》きを労《いたは》り、親《おや》のかたへ帰《かへ》りけるやうに、

たびたび言《い》へども、帰《かへ》らず、いよいよ貞心《ていしん》を守《まも》り仕《つか》へける。人あはれみて、国のかみへ訴《うた》へければ、その志《こころざし》を感《かん》じたまひて、若干《そくばく》の米を与《あた》へ給《たま》ふとかや。

また、紀伊国名草《なぐさ》郡に孝子あり。国の守《かみ》、感《かん》じ給《たま》ひて、賜物《たまもの》あり。

江戸浅草に利兵衛といふ者、主人の母有りけるを数年よく仕《つか》へけるよし。これは、その子先立《さきだ》ちて、養《やしな》ふ者《もの》なかりけるを、よく労《いたは》りけり。忠信をほめ給ひて、賜物《たまもの》ありしとかや。わが聞《き》きしは、享保年中のことにてありき。

鰻《うなぎ》を食ひて死せしこと

泉州鳥取《とつとり》辺のもの語《かた》りけるは、「若《わか》き男ども寄《よ》りける中に、二人、山桃《やまもも》をおほく食《く》ひける上《うへ》に、鰻《うなぎ》を食《く》ひて、腹痛《ふくつう》し、いろいろと薬など与《あた》へけれど、三日ほど悩《なや》みて、二人ともに死す」。

また、東武にて知《し》れるもの、鰻《うなぎ》を食《く》ひて、その上《うへ》に鰹《かつを》のさしみを、辛子酢《からしず》にて食ひて、腹痛《ふくつう》し、吐瀉もせず、あくる日死《し》しけり。

鰻《うなぎ》に辛子《からし》酢など、悪《あ》しきものにや。「木瓜《ぼけ》の酢《す》など悪《あ》しし」とは聞《き》きけれど、何《なに》にても、酸《す》きものは悪《あ》しきにこそ。鰹《かつを》も八手《やつで》といへる木の葉に盛《も》りて食《く》ひて、死《し》しけると聞く。「田螺《にし》に辛子《からし》、蕨《わらび》に緑豆《りよくづ》、これも悪《あ》しし」と、人語りける。よくよく心《こころ》を付《つ》くべきことにぞありける。

壁書《へきしょ》の事幷一休戯書の事

ある人かたりけるは、「むかし、才賢《ざへかしこ》き国の守《かみ》の壁書にありし」とて、見せける。「まことに御心《こころ》がけのめでたきにこそ」と、ここに記《しる》す。

一　苦は楽の種、楽は苦の種と知るべし。

一　主と親とは無理なるものと思《おも》へ。下人は足《た》らぬものと知《し》るべし。

一　子ほど親《おや》を思へ。子なきものは身にたくらべて、近き手本と知るべし。

一　掟《をきて》に怖《を》ぢよ。火に怖《を》ぢよ。分別なきものに怖《を》ぢよ。恩を忘《わす》るることなかれ。

一　欲《よく》と色と酒とを敵《かたき》と知るべし。

一　朝寝《ね》すべからず。咄《はたし》の長座すべからず。

一　小さき事は分別せよ。大きなる事は驚《おどろう》べからず。

一　九分にたらず、十分はこぼるると知るべし。

一　分別は堪忍《かんにん》にありとしるべし。

また一休のたはむれて書給ふといふ有り、

それ、地獄《ぢごく》は眼前《がんぜん》なり。己《をのれ》が己を責《せ》め、神《かみ》は神《かみ》にして神《かみ》は神《かみ》なり。一代《いちだい》の守本尊《まもりほんぞん》めしと汁《しる》なり。

我業立《わがげうた》たず、一杯呑《いつぱいの》みて寝《ね》たるは極楽なり。名やみ戯書、おかしくおもひて、是《これ》もこの所よめ申さず候。爰《ここ》にしるすなり。

才賢《ざえかしこ》くまします国の守《かみ》の事

むかし、才賢《ざえかしこ》くまします国の守《かみ》おはしけり。いづれの御時《おほんとき》か、都《みやこ》にのぼり給ひて、しばらくおはしける内《うち》に、愛したまふ女、妊娠《にんしん》して、御子出来《いでき》たまひけり。これを労《いたは》る者《もの》ありて、十とせあまり過《す》ぎてける。そのうちに簾中《れんちう》の御方に出来《いでき》たまふ御子、家を継《つ》ぎたまふに定《さだ》まりたまひしかば、御弟《をとと》のやうにておはしましけり。そののち、かの国の守《かみ》、文武をかねそなへたる明君にて、わが御子をかの家《いゑ》に入給ひ、かなたの御子に国をゆづり給ふ。いよいよ栄《さか》へたまふて、めでたくましましけり。

難波の皇子、宇治のみこの御心ばへもかかることになん覚《おぼ》え、有がたくこそ。

狐をよけし事

紀州有田郡とかや、ある土人の家のうへに、狐《きつね》すむ。妻子をそれて、いろいろと呪《まじな》ひけれど、去《さ》らず。あたり近《ちか》き寺にゆきて、此《この》ことを語《かた》るに、一首の歌《うた》を詠《よ》んで、「きつねのゐる所へ置《を》くべ

し」とて、与《あた》へけり。その夜《よ》より来《きた》らず。これ、「鬼神《おにがみ》も感《かん》ぜしむる」の理《ことはり》なりとおぼえ侍る。

　蘭菊《らんぎく》の園《その》をすみかに持《も》ちながら人の甍《いらか》を穿《うが》つものかは

「鬼畜《きちく》のたぐひも、道理にせまりては背《そむ》かず」とぞ覚《おぼ》ゆ。わが聞《き》きしは、享保十三年のことなりき。施無畏寺《せむゐじ》峰坊良応かたりけり。

竜穴《りうけつ》の事

安房国岑岡《みねをか》のふもとに竜穴あり。むかし竜いでて、牧馬《ぼくば》に嫁《とつ》ぎて、黒《くろ》き馬をうむ。鎌倉殿へ、この所の主たてまつりて、「太夫ぐろ」といひし名馬なりとかや。これより、所の名をも太夫崎と申すなり。この浜の磯辺《いそべ》に、まれに馬のひづめの形《かた》つける石あり。村《むら》の者《もの》などは、「かの竜馬の足《あし》となり」と、今《いま》に口《くち》すさびに残《のこ》れり。

ちかき頃、天面《あまつら》村西福寺、所のものを伴《ともな》ひ、かの石穴に入りてみるに、行《ゆ》くこと凡《およ》そ六町ばかりにして、奥《おく》ほど狭《せば》く、行くことあたはず。うかがひ見《み》るに、ちいさき岩穴《あな》より、海上の波の畝《うね》までも見《み》えける。「されども、方角はしかと知れず」と、後に語《かた》りけり。この僧、後には長狭《ながさ》郡清澄寺にうつりて終《おは》る。法印頼雅と言《い》ひしなり。

虚実雑談集三終

虚実雑談集巻之四目録

虚実雑談集四

豆州熱海《あたみ》怪異の事

今はむかし、朝比奈何がしとかやいひし勇士《ゆうし》、伊豆の熱海の温泉《おんせん》にひたる。ある夕ぐれ、一人の僧ありて、「それの山に住《す》むなり。かならず、わが庵《いほ》へ来《き》たりたまへ」といふ。約束《やくそく》をたがへず、夕《ゆふ》つかた行きければ、堂あり、庵あり。庵主はこころよく寝《いね》たり。堂を見《み》れば、一眼《いちがん》にてすさまじきものを、本尊とおぼしくて置《を》きけり。懐《くはい》中より金子出だし、投《な》げ入れて庵室《あんしつ》にゆき、かの僧に会《あ》ふて物語するうちに、猿などのやうに群《む》れたるもの来《く》る。見れば、みな鬼形《きぎやう》なり。あやしく思《おも》ひけるに、亭坊《ていぼう》ののしりければ、逃《に》げゆきけり。もはや夜に入りければ、暇乞《いとまごひ》して帰る。

温泉《をんせん》の宿《やど》の主《ぬし》に語《かた》りければ、「さては、この所に一刻も居《ゐ》させたまはで、早《はや》く退《しぞ》きたまへ」とて、駕籠《かご》のもの呼《よ》びあつめ、夜中に宿《やど》を出しけり。道にて、かの駕籠《かご》の者《もの》、「もはやよき時分なり」と言《い》ふ。いよいよ心得《こころえ》ず。また行きて言《い》ふやうは、「ぜひよき時分なり」といふ。一人の者《もの》、「本尊に施入《せにう》の人いかが」とて、その所に降《を》ろし置《を》き、行がた知《し》らずなりけり。

それより、従者《ずんざ》ども、その辺《あた》りにて人をやとひ、東武へ帰《かへ》りけるとなり。「そののち南海へ行きて、病快《やまひこころよ》からず」とも言《い》ふ。「いづくの人にてありけん、知《し》らず」とも語る。これは寛文年中など

のことにや、いかが。

女の霊、人をころす事

市岡とかやいへる人の甥《をい》、上野《かみつけ》に住みけるが、妻《つま》、病《や》みて死《し》しけり。その前《まへ》に、「我《われ》みまかりなば、また妻をむかへ給《たま》ふべしや」と言《い》ひけるに、夫《をつと》、「いかでまた異妻《ことづま》を持《も》つべき」と誓《ちか》ひしが、後に江戸へ出でて深川に住《す》み、年《とし》を経《へ》てのち、妻《つま》をむかへける。ある時、閨中《けいちう》に、前《まへ》のみまかりし妻《つま》、忽然《こつぜん》として見《み》えけるが、かき消《け》ちて失《う》せにけり。その後《のち》の妻、病《やまひ》つきて死しにけり。それより、妻を持《も》つこと、ふつと思《おも》ひ止《や》みけりとかや。

この人も、学問にも心がけ有りしとなり。「「怪力乱神を語《かた》らず」といへども、我まさに見しことなり」と言《い》ひけるとかや。

象の来りし事

享保十三年戊申《つちのへさる》六月、広南《かうなんノ》舶商《はくしやう》、献《けんズ》二馴象《じゆんぞうヲ》一。雄者《をは》七歳、雌者《めは》五歳。其雌《そノし》、斃《たふル》二長崎《ながさきニ》一。今年三月十三日、出《いでテ》二長崎《ヲ》一、道《みちシテ》二山陽《ニ》一而東上《とうじやうス》。四月、入《ル》レ京《ニ》。京極浄華院《じやうけいん》、官《くはんス》。作《つくリ》二象厩《ぞうきうヲ》一、養《やしのフ》レ之《これヲ》。象奴《ぞうぬ》二

名、一《ヲ》曰《いフ》二潭数《たんすうト》一。一《ヲ》曰《フ》二潭綿《たんめんト》一。倶《ともニ》広南《かうなん》人《ノひと》。長崎人《ノ》、伝《ヘテ》二其術《そノじゆつヲ》一而来《きたル》。一人跨《またがリ》二其頸《ノくびニ》一、手《てシテ》二鉄鉤《てつきんト》一指《さし》使《つかフ》。其体《ノてい》、純灰色《じゆんくはしき》、長丈余《たけぢやうよ》、可《ベシ》二高《サ》七尺《ナル》一。鉤鼻《こうび》巨牙《きよげ》、端《はしニ》有《リ》二三爪《そう》一。頭《かしら》不レ可《べから》レ俯《うつぶク》、不レ可《べから》レ回《めぐル》。口隠《かくス》二於頤《おとがいヲ》一。足如《ごとク》二巨柱《きよちうノ》一、無《ク》レ指、有《リ》二五爪《さう》一。二十八日、牽《ひいテ》二詣《けいス》闕庭《けつていニ》一。備《そのフ》二御覧《ニ》一。百僚《りやう》咸《みな》瞻《みル》。又《まタ》入《ル》二上《じやう》皇宮《くわうノみやニ》一。当《あたツテ》レ廷《にはニ》拝跪《はいきス》。似《にタリ》レ解《とク》二人意《じんいヲ》一。尤《もつとモ》嗜《たしム》レ酒《ヲ》。一飲《いちいん》数斗《と》。啗《くらふルニ》以《テス》二饅頭《まんぢうヲ》一。至《ルモ》二百余《よニ》一而不レ飽《あか》。畀《あたフルニ》二之《これニ》橘子《きつしヲ》一、鼻《ニテ》取《リ》レ之、即《すなはチ》以《テ》二三爪《そうヲ》一剝《はギ》レ皮《かはヲ》、捲《まきテ》入《いル》レ口《ニ》。投《なグレバ》二新竹《しんちくノ》長《サ》三四尺計《しやくばかりナルヲ》一、以《もつテ》レ脚《あしヲ》踏《ふみ》砕《くだク》。鼻《はな》之爬《かキ》レ痒《やうヲ》、払《はらヒ》レ蠅《ヲ》、或《あるいハ》撥《はらヒ》レ砂《ヲ》、灑《そそグ》レ身《ヲ》。其技《ノわざ》、全《テ》有《リ》レ鼻《ニ》。

享保十三年戊申《つちのへさる》六月、広南《かうなん》の舶商《はくしやう》、馴象《じゆんぞう》を献ず。雄《を》は七歳、雌《め》は五歳。其《そ》の雌《し》、長崎《ながさき》に斃《たふ》る。今年三月十三日、長崎を出《いで》て、山陽に道《みち》して東上《とうじやう》す。四月、京に入る。京極浄華院《じやうけいいん》、官《くはん》す。象《ぞう》厩《きう》を作り、之《これ》を養《やしの》ふ。象奴《ぞうぬ》二名、一を潭数《たんすう》と曰《い》ふ。一を潭綿《たんめん》と曰

ふ。倶《とも》に広南《かうなん》の人《ひと》。長崎の人、其《そ》の術《じゆつ》を伝へて来《きた》る。一人其の頸《くび》に跨《またが》り、鉄鈎《てつきん》と手《て》して指使《さしつか》ふ。其の体《てい》、純灰色《じゆんくはしき》、長丈余《たけぢやうよ》、高さ七尺なるべし。鉤鼻《こうび》巨牙《きよげ》、端《はし》に三爪《そう》有り。頭《かしら》、俯《うつぶ》くべからず、回《めぐ》るべからず。口、頤《おとがい》を隠《かく》す。足、巨柱《きよちう》の如《ごと》く、指無く、五爪《さう》有り。二十八日、牽《ひい》て闕庭《けつてい》に詣《けい》す。御覧に備《その》ふ。百僚《りやう》咸《みな》瞻《み》る。又《ま》た上皇《じやうくわう》の宮《みや》に入る。廷《には》に当《あた》つて拝跪《はいき》す。人意《じんい》を解《と》くに似《に》たり。尤《もつと》も酒を嗜《たし》む。一飲《いちいん》数斗《と》。啗《くらふ》るに饅頭《まんぢう》を以てす。百余に至るも飽《あか》ず。之《これ》に橘子《きつし》を畀《あた》ふるに、鼻にて之《これ》を取り、即《すなは》ち三爪《そう》を以て皮《かは》を剝《は》ぎ、捲《まき》て口に入《い》る。新竹《しんちく》の長さ三四尺計《しやくばかり》なるを投ぐれば、脚《あし》を以《もつ》て踏砕《ふみくだ》く。鼻の痒《やう》を爬《か》き、蠅を払ひ、或《あるい》は砂を撥《はら》ひ、身を灑《そそ》ぐ。其の技《わざ》、全て鼻に有り。

むかし応永十五年、蛮人、鸚鵡《あうむ》と黒象とを貢ぐといへり。われも享保のころ、東武に居《ゐ》て見る。詩歌等おほく有りけれど、略し侍るなり。その頃、長賢のうたに、

　みほとけのみぎりになれしけだものも治《をさ》れるよは人のまにまに

金沢文庫《かねさはぶんこ》の事

昔《むかし》のことかとよ、武州金沢称名寺《しやうみやうじ》に、大きなる榧《かや》の木有り。枝葉四方にふりたる、十七八間づ

つといふ。「この木を切《き》りけるに、樹のもとに穴《あな》あり。その中に、切《き》れたる龍の頭《かしら》二つ有りし」と語《かた》る。

この寺《てら》は平実時《たひらのさねとき》もろもろの書籍《しよじやく》をこめて、金沢の文庫と言《い》ひしなり。実時は北条の一族《ぞく》、すなはち金沢を称号《せうがう》とす。亀山院の金沢文庫の勅額《ちよくがく》ありけるが、今は加州にありといふ。また書籍をつみたる船に、猫をも連《つ》れて来《き》たりける。世《よ》に「金沢猫《かなざはねこ》」と言《い》ふなり。

女の忠義有りし事

むかし、いづれの頃《ころ》にや有りけん、大国を領し給ふ主《ぬし》、死《し》したまひて、その家をつぎたまふ御子、常《つね》にそばにてつかひ給ふ女、茶をもちて来《き》たる。飲《の》みたまはんとし給《たま》ひける時、かの女《をんな》、涙《なみだ》をながし申しけるは、「この御茶には毒あり。きこしめし給《たま》ふべからずよ。つねづね、かかることをはからひ申すなり。われらも御そばにつかへ申す者《もの》なれば、かかる僻事《ひがごと》したまはんとのたまへど、否《いな》み申すことなりがたく、人なみになりゐながら、心をつけさぶらふ。この後も猶《なほ》よくよく御心にかけさせられたまへ。われもかく申上ぐるからは、ながらへゐて、いかが一命をすて申すと思ひ極《きは》めまいらせ候」とて、部屋に走《はし》りゆき、すでに死《し》なんとせしを、止《と》め給《たま》ひけるとなり。女ながら、忠といひ、義といひ、ありがたき心《こころ》ばせにてこそあれ。

むかし物語にも、頼朝公、伊豆におはしましける時、伊東入道さがなき振舞《ふるまひ》して、失《うしな》ひ参《まい》らせんとせしを、その子九郎ひそかに告《つ》げ参《まい》らせて、北条のかたへ移《うつ》らせたまひ、つゐに天下の主《あるじ》となりたまふ。また、小田原の北条氏政《うぢまさ》、家《いゑ》かたぶかんとせし時に、松田何がし、秀吉公へ内通して背《そむ》きけるを、その子左馬助、父が逆意《ぎやくい》を知《し》らせまいらせけるなど、この女の忠義にたくらべ申さんや。

かかる事《こと》は、唐土《もろこし》にもありて、ことごとしく文《ふみ》などに書《か》きけるを、わが国にも言《い》ひ伝《つた》へて侍るなり。かかる忠義のものは、猶《なほ》よくよく書《か》きとどめて、言《い》ひ伝《つた》ふべきなり。斯様《かうやう》の志《こころざし》のものは少《すく》なからんが、我身《わがみ》の恥《はづか》しみを知《し》りて、穴《あな》に落《を》ち、刃《やいば》に臥《ふ》し、死《し》しけるも、貞女の名をのこす。これらは猶《なほ》まさりといはんか。「いまも有るべきこと」とぞ言《い》ひしか。

琵琶をひきし勾当《かうたう》、広言の事

むかし、何やら勾当とかやいへる座頭、琵琶《びは》をかきならし、蓬《おぼと》れたる声《こゑ》して、平家とやらんを語《かた》りけり。我《われ》もそれを聞《き》きけるに、かの勾当《かうたう》、色《いろ》々のことをいかめしく言《い》ひたりしが、「われもその時は、いまだ凡夫《ぼんぶ》にてありし」と言《い》ひける。勾当《かうたう》検校にもなりては、世《よ》の常《つね》の人の高位にもなりたるよりゆゆしく思ひゐるも、いとあはれなり。われより下の座頭には、家人などを言《い》ふよりは、卑《いや》しむること、外の人とはこと違《たが》ひて聞《きこ》ゆる。世上にかまはで見る人は、人外と思ひゐるも知《し》らず。

女房をば「御前さま」「おくさま」と呼《よ》ばするも、いとかたはらいたし。

座頭の事

これもむかし、ある座頭、勾当《かうたう》にならんとて、人をたのみ、かなたこなたへ言《い》ひありきしに、さる所の主、打《う》ち解《と》けてのたまひしは、「先年、検校に金を貸《か》しけるが、限《かぎ》りきたりても、返《かへ》さず。かの検校《けんげう》は、豊《ゆた》かにて奢《おごり》ものと聞《き》く。汝《なんぢ》、官とやらをするに便《たよ》りとならば、その証文をとらすべし」と有りけるにより、師の検校に申しければ、「汝がねがひ、かなひたり。早《はや》くもらひ申すやうに」と有りければ、そのこと申して、証文をもらひて申せども、三とせ四《よ》とせ、こと済《す》まず。かの座頭、よしなきことに思《おも》ひて、何《なに》の某《なにがし》と名をかへ、針治《しんぢ》をもつぱらにしてゐたりけり。

師の検校も故《ゆへ》有りてや、そのまま捨《す》てをき、「かの者《もの》、死《し》しけり」と言《い》ひて有りしが、後に悪《あ》しき者《もの》ども言《い》ひ出でて、江戸の検校司《つかさ》へ訴《うた》へて、かの座頭をよび出だし、つゐにもとの列《れつ》へもどしけるが、その後さる城主へ仕《つか》へけり。それを検校のあづかりの座頭、また色《いろ》々と言《い》ひけるは、「たとひ大名へ仕《つか》へらるるとも、引継《ひきつ》ぎをせずしては、そのかたの障《さは》りにもなるべし。金子出して引継《ひきつ》ぎをせよ」とせむる。この座頭、きかずゐたりけり。師の坊も欲深《よくぶか》き者《もの》にて、金《かね》を取るやうにばかり言《い》ひけるなり。

理《ことはり》や、十人に八人は遠国より出でて、「按摩《あんま》とらん」と呼《よ》び歩《ある》き、あるは祝言仏事などにも行きて、ねだりものして、配当《はいとう》するやうの者《もの》どもが、勾当検校にもなるなれば、いやしきこと、言《い》ふに言葉なし。

また、ある勾当とかや、江戸芝口辺にて、我より下《しも》の座頭にあひて、「礼をなさずして過《す》ぎゆくは、いかが」と、いかめしく咎《とが》めける。座頭いふは、「わが姪《めい》、品川にありて、「死《し》ぬばかり患《わづら》ひて、今もしらず」とて、呼《よ》びに参《まい》りたり。故《ゆへ》にまかるなり。ひたすら許《ゆる》したまへ」といへど、聞《き》かずして、我《わ》がゐる所は、日本橋西河岸町なりしが、その所まで連《つ》れてきて、門の外《そと》にて、「ゆるす」とて、やりけりとかや。「たとひ高位の人たりとも、知《し》らぬ者《もの》にかまふべきや。さあらば、検校勾当は、馬駕籠《かご》にても通行すべし。道行《みちゆ》く人の妨《さまた》げにもなるなり。かかる不仁のことは、人たるもののすべ

きことにあらず」と語《かた》りける。

宝永山といひし事

宝永四年丁亥十一月二十三日より、富士山焼《や》けて、武蔵《むさし》、相模《さがみ》、下総《しもふさ》、上総《かづさ》、安房《あは》など、すべて近国へ、焼けたる砂ふる。海上には、軽《かる》石といふものを見るやうに、多《おほ》く浮《う》きたり。昼はくろき煙《けぶり》見え、夜《よる》は、炎《ほのほ》おびただしく見《み》ゆる。その所、大きなる洞《ほら》となり、その砂《すな》、洞《ほら》の下にとどまりて、山となる。世の人、「ほうえい山」といふ。臘月《らふげつ》、寒に入りて止《や》みにけり。田畑道すじ、この砂《すな》つもりて、難儀《なんぎ》しける。そののち、除《よ》けさせたまひて、道も良《よ》くなりけり。

『鎌倉志』巻七佐竹屋敷の事

佐竹屋敷は名越《なごい》道の北、妙本寺の東の山に、五本骨《ぼね》の扇のごとくなる山の畝《うね》あり。その下を佐竹秀義が旧宅《きうたく》といふ。『東鑑《あづまかがみ》』に、「文治五年七月二十六日、頼朝奥州退治《たいぢ》の時、宇都宮を立ち給ふ時、佐竹四郎秀義、常陸国より追ひて参《まいり》加《くは》はる。しかるに佐竹が所持の旗《はた》、無紋の白旗《しらはた》なり。二品頼朝これを咎《とが》めたまひ、すなはち月を出すの御扇を佐竹にたまはり、旗《はた》の上につくべきのよし、仰《おほ》せらるる。御旗と等《ひと》しかるべからざるの故《ゆへ》なり。佐竹御むねにしたがひ、これをつくる」と有り。今《いま》に佐竹の家、これをもつて紋《もん》とす。この山の畝《うね》も、家の紋をかたどり作《つく》りたるならん。

また、『鎌倉大草子《おほざうし》』に、「応永二十九年十月三日、佐竹上総入道、家督の事に付きて、管領《くはんれい》持氏の御不審《ふしん》を蒙《かふむ》り、比企谷《ひきがやつ》に有りけるが、上杉憲直《のりなを》に仰せて法華堂にて自害して失《う》せぬ。その霊魂《れいこん》たたりをなしけるあいだ、一社の神に祀《まつ》りけり」とあり。その社《やしろ》、今はなし。この地、佐竹代々の居宅と見えたり。法華堂《ほつけだう》は比《ひ》企谷《きがやつ》妙本寺の事なり。

この処《ところ》大町なり。大町の内に佐竹天王と申して宮あり。御朱印有り。神主小坂氏。このこと『鎌倉志』にもれたり。

『鎌倉志』四、阿仏《あぶつ》卵塔跡の事

阿仏卵塔《あぶつらんたう》の跡は、英勝《えいしやう》寺の境内《けいだい》北の方にあり。むかし、この所に阿仏が卵《らん》塔有りしとなり。かる

がゆへに、俗《ぞく》に「阿仏卯塔やしき」とも言《い》ふ。また、極楽寺のわきに「月影の谷」といふ所あり。阿仏の住《す》みける地なり。これ、藤原為相《ためすけ》の母なり。

しかるに、享保十八年に右境内の地中より掘出しけるよし、知《し》れる人語《かた》りけり。

阿仏は為家室。始《はじめ》の名、安嘉門院四条。

老いたる人益有る事

むかし、ある人語《かた》りけるは、「おもだたしき役《やく》をつとむる人は、主人にかはりて、よろづを執《と》り行《をこな》ふとても、「われ賢《かしこ》し」と思《おも》はず。あひ並《なら》ぶ人にも、睦《むつ》まじく、いささかのことも語《かた》り合《あは》するぞよき。または、古老の事知《ことし》りたる者《もの》に、常《つね》に何《なに》くれと聞《き》きて、是非《ぜひ》を知《し》るべし。賢《さか》しらなる者《もの》は、人重《おも》くすれば、「われ賢《かしこ》きゆへか」と心得《こころえ》て、人をあなどる。まこと賢《かしこ》き人は、物ごと謙退《けんたい》して、人を立《た》つる。むかしより、人を見下《みお》ろして、かへりて命《いのち》を失《うしな》ひしもの多《おほ》し。つつしむべき事《こと》にこそ」。

鴛河長賢《おしかうながかた》といひし、地下《ぢげ》にて歌《うた》よみし人、歌よみては弟子などにも聞《き》かせて、是非《ぜひ》をとふ。鴨の長明も、「はれの歌は見あはすべし」と書《か》けり。心《こころ》がけの良《よ》きと悪《あ》しきとは、若干《そくばく》の違《たが》ひありき。

河内富田林水分山《とんだばやしすいぶんさん》の事

むかし、河内国富田林《とんだばやし》といふ所に、水分太明神《みくまり》といへる社《やしろ》あり。その山を水分山《すいぶんさん》といふ。かつて石なき山なり。ある時、土人、山をうがちければ、おほきなる石あり。村《むら》の長《おさ》などへ言《い》ひければ、「年《とし》ごろ、産土《うぶすな》の鳥居石にてせんと思《おも》ひしが、幸《さいは》いなり」とて、石工を呼《よ》びて、その石《いし》を切《き》らせける。中に、凹《くぼ》かなる所あり。すこし水たまりしに、色《いろ》きはめて赤き小魚あり。ふしぎに思《おも》ひ見《み》るに、くさむらの中へ飛《と》ぶ。集《あつ》まりたる人、多《おほ》くこれを探《さが》せども、つゐに見えず。「石は明神の与《あた》へたまふならん」と、人々言《い》ひあへり。享保十七年、ある老翁、「わが若かりし時なり」とかたる。

鷹の礼の事

ある人かたりけるは、「むかしより、鷹《たか》の礼といふ事あり。信州根津家は、鷹《たか》の家なるゆへ、鷹《たか》のかたより礼有り」と言《い》ひしなり。

北越へ通る鷹匠《たかしょう》、あやしき家にて、昼《ひる》のほど休《やす》みけるに、その家の女見《み》て、「御鷹《たか》のつなぎやう、とまり鷹なり。御とまり候や」と言《い》ひければ、驚《をどろ》き見《み》るに、誤《あやま》つて、つなぎ違《たが》へたりけり。いぶか

しく思ひて、その家をたづねければ、根津氏の末葉にてありけるとかや。

『扶桑拾葉《ふそうしうえう》』第十四下、信濃国根津神平献《けん》ずる所の白鷹《しろたか》の記有り。二条良基《よしもと》公の御作なりき。

男女離縁《りえん》の事

令《りやう》の第三、その夫、他国へ行きて帰らざるに、その女、子あらば五年、子なきは三年過ぎて、他人に嫁《か》して苦《くる》しからぬよし、見えたり。その心《こころ》をよみ給ふ。

定家卿

続古　わするなよみとせの後の新枕さだむばかりの月日なりとも

女家欲《スル》レ離《レント》者《ハ》、聴《ゆるス》レ之《ヲ》。雖《いへどモ》二已《すでニ》成《リタリト》一、夫《その》没二落《シテ》外蕃《ぐはいばんニ》一、有《ル》レ子《ハ》五一年、無《キ》レ子《ハ》三一年、不レ帰《ラ》、逃亡《てうぼうシテ》、有《ル》レ子《ハ》三一年、無《キ》レ子《ハ》二一年不《ンバ》レ出《デ》、並《ニ》聴《ゆるス》二改嫁《かいかヲ》一。凡《およソ》先《ニ》奸《かんシテ》後《ニ》娶《めとつテ》為《なサバ》二妻一妾《ト》一、雖《いへどモ》二会赦《ト》一、猶《なホ》離《セ》レ之《これヲ》。

女の家離れんと欲する者は、之を聴《ゆる》す。已《すで》に成りたりと雖《いへど》も、夫外蕃《そのぐはいばん》に没落して、子有るは五年、子無きは三年、帰らず、逃亡《てうぼう》して、子有るは三年、子無きは二年出でずんば、並に改嫁《かいか》を聴《ゆる》す。凡《およ》そ先に奸《かん》して後に娶《めとつ》て妻妾と為《な》さば、会赦と雖《いへど》も、猶《な》ほ之《これ》を離せ。

り。

義仲碑、上総国に有る事

上総国佐是郡《さぜ》、網戸《あじど》西光院に、木曽義仲の位牌また石塔あり。今に木曽衆より訪《と》はる。真言宗なり。

摂州丹生《にう》の山田の事

摂州西成《にしなり》郡丹生《にう》の山田といふは、郷の名なり。その中に十二村有り。入梅《つゆ》利左衛門は、その内上《かみ》谷上《たにがみ》村に居す。また下谷上《しもたにがみ》といふあり。佐久間宇左衛門といふ者、大同《だいどう》のころより今に断絶なし。家内に大同の頃立てし一間、天井《てんじやう》小竹を組《く》みて有り。一名板屋ともいふ。また下村に鷲尾《わしのお》といふものの有り。これは寿永《じゆえい》に一谷《いちのたに》の案内せし者の末《すゑ》なりとかや。

木食弾唱、弾誓の事

安房国清澄《きよすみ》山のうしろに、まめ原といふ所あり。ここに弾唱《だんしやう》といひし僧住《す》みて、三尊弥陀仏千体

を作《つく》りてける。清澄に納めしは、二万体願心のうち、八十体目《め》なりとかや。その後、山を出でて、江戸芝帰命山如来寺をひらく。俗に「おほ仏」といふなり。目黒の寝釈迦をも、この人ひらく。その師匠を弾誓といふ。和の『続往生伝《ぞくわうじやうでん》』に出づ。弾唱は阿波の人といへり。空誉《くうよ》は弾唱の後、相州一の沢を再興《さいこう》す。これ弾誓の旧地《きうち》なり。湯本塔《たふ》の沢《さは》も、この時ひらく。空誉は佐竹家の人といふ。一沢無常山発願寺といふ。

恩をしらざる猟師《りやうし》の事

むかし、仙台中納言藤原政宗卿、「ふるき猿の皮《かは》をもとめん」と有りければ、狩人深山に入りて、谷《たに》に落ち、上《あが》るべきやうもなく、呆《あき》れてゐたる所に、上《うへ》より藤蔓《ふぢかづら》を下《さ》ぐる。覚束《おぼつか》ながら、その蔓《かづら》に取《と》りつけば、やすやすと上《あが》り得《え》たり。猿《さる》ども、多《おほ》く集《あつ》まりて、引《ひ》き上《あ》げけり。その中に、いかにも大きなる猿あり。狩《かり》人、かの猿の皮《かは》を思ひ出でて、たちまちに恩を忘《わす》れ、これを殺《ころ》し、政宗卿へ献じ、そのことを語《かた》りければ、「畜類《ちくるい》にも劣《をと》りたる者《もの》なり」とて、その深谷のあたりにて、死につけけるに、多《おほ》くの猿集《さるあつ》まりて、かの者《もの》の死骸《しがい》を、ずだすだになしけるか。

深草元政、身延に詣でし事

むかし、深草の隠士、元政《げんせい》といひし人ありけり。母のねがひにて、甲斐の国身延《みのぶ》に詣《まう》でしころ、近江の国《くに》より消息《せうそこ》せし人のもとへ、詠《よ》みてやりけり。

せめてよをのがれしかひの身延山
すむらん月をたづねてぞ見る

万沢《まんざは》より二里ばかり来《き》て、うつぶさといふ前に、いなせ川ながれ、不二の雪を浸《ひた》せり。

うつぶさにねられんものかかたしきの
枕の山はふじのしらゆき

日蓮上人のうた

うつぶさにさのみは人のねられねば
月をみのぶにおきかへる哉

虚実雑談集四終

虚実雑談集巻の五目録

長孝、幽斎、歌の事
奥州坪の石ぶみの事
楠正成墓の事
家隆卿墓の事
武州飛鳥山碑の事

虚実雑談集五

筑前家士《かし》の事

むかし、筑前国中、五穀実《こくみの》らず、民疲《つか》るるによりて、「これを救《すく》はん」と、色々《いろ》とはからふ。そのことを司《つかさど》りたる家人、賢《さか》しき者《もの》にて、申しけるは、「そのかみ如水《じよすい》公、国の役《やく》人に仰《おほ》せられしは、「誰殿より給はりし干鯛《ひだい》、誰殿《だれどの》へつかはせ」、また、「熨斗鮑《のしあはび》は誰殿へまいらせよ」と言《い》ひやりたまひけるに、「熨斗鮑《のしあはび》、みな黴《かび》つきて用ひられず」と言《い》ひければ、如水聞きたまひ、「それは夏のうち、日に干《ほ》して黴《かび》を除《の》けざる故《ゆへ》なり。さはせざることよ。その心がけにては、大国のとりはからひ、覚《おぼ》束《つか》なし」と、状の裏書《うらがき》になされ候を、今に御家の御具足《ぐそく》箱に収《おさ》め置《を》かせたまふ。それを我《われ》ら写《うつ》し、所持いたし候。国主としては、人多《おほ》く育《はぐく》み給ふが第一にて候。台所のことなど知《し》らぬを大名と申すは、僻事《ひがごと》にて候。よくよく是《これ》をわきまへ給ひて、国人をも恵《めぐ》みたまふが国主にてましますなり。如水公の御状を御覧《らん》有りて、よろづその御心がけになされ候はば、仰《おほせ》にしたがひ、つとめ申すべし」と言《い》ひけるよし。

「まことと武士とこそ知《し》らるれ。禄《ろく》有る者《もの》とても、驕《をご》りて、身のほどを知《し》らず、従者また百姓など苦《くる》しむる。これ、まことの費《ついへ》なり」と言《い》ひけるとなり。

武道名誉の事

剣術《けんじゆつ》に名高き人おはしけるが、猿を二疋飼《ひきか》ひて、常にこれを、打太刀《うちだち》にして、修《しゆ》行せられけり。この猿《さる》も鍛錬《たんれん》して、未熟《みじゆく》なる弟子は猿にも負《ま》けしとなり。

ある人、鑓《やり》を自慢《じまん》心にて、縁《えん》をもとめ、門弟となりて、「われら、ちと鑓《やり》をこころがけ候。何とぞ入身《いりみ》を拝見いたしたき」よし願《ねが》ひければ、「やすきことなり。まづ、この猿と立合《たちあ》ひ見られよ」と有りしに、かの者《もの》、「畜類《ちくるい》を相手にすることいかが」と申しければ、「もつともなり。ぜひこころみ候へ」と有りしかば、せんすべなく、竹刀を持《も》ちながら、かかりければ、猿も竹具足に面《めん》をかけて、小《ち》さき竹刀《しなへ》を持《も》ち、たがひに立合ふ。

かの人、「ただちに突倒《つきたを》さん」とかかりければ、猿つるつると鑓の下をくぐつて、かの人を打《う》ちけり。案《あん》に相違《さうい》して、「いま一《ひとつ》」と望《のぞ》みければ、また一疋《ぴき》の猿《さる》を出だされ、立合ひしに、これにも負《ま》けにけり。

その後、工夫《くふう》をこらし、日をへて、「いま一度、猿と立《たち》合ひ見申したき」と願《ねが》ひければ、「その方、工夫殊外《ことのほか》よろしく覚《おぼ》えたり。猿は中々及ぶまじ。しかしながら、立合《たちあ》ひ見候へ」とて、猿《さる》を出ださ れけるに、たがひに相向《むか》ふと、いまだ鑓《やり》も出ださぬに、猿は泣《な》き叫《さけ》びて逃《に》げしとなり。

それより柳生《やぎう》どのの門弟となりて、奥義《おうぎ》をも伝《つた》へられしとかや。「妙術《みやうじゆつ》のほど、凡慮《ぼんりよ》のおよぶ所にあらず」と語りけるとかや。

不仁なる人の事

ある人語《かた》りけるは、「むかし、上野国はた野とかやいふ所の主、日々夜々、飲酒《いん》にふけり、おほくの女を相手として遊《あそ》ぶに、もし心にかなはぬ事《こと》あれば、刀《かたな》を抜《ぬ》きて驚《をどろ》かし、あるは、寒中にても、庭《には》の池に、肌《はだ》を露《あら》はにさせて、水中に入れて苦《くる》しめる。唐土《もろこし》の桀紂《けつちう》にも等《ひと》し。それ男女のまじはりは、人倫《じんりん》のもとなり。さあるに、情《なさけ》しらずして、はしたなき振舞《ふるまひ》するは、

禽獣《きんじう》にも劣《をと》りたり。ことに女は心《こころ》なごやかに、ものごと露《あら》はにせざるを良《よ》しとするなり」とかや。

平家物語を引きし事幷織田家の事

また、ある人語《かた》りけるは、「驕《をご》りつよきは、家ほろぶる基《もとひ》と知《し》るべし。平相国《へいせうこく》は天子の御外戚《ぐはいせき》となりて、その身太政大臣になり、一族《ぞく》あまたの国を領し、位《くらゐ》内大臣、大中納言、参議、中少将などに及ぶ。人おほく、家富《と》み栄《さか》へ、肩《かた》を並《なら》ぶる人もなかりしに、王位をないがしろにし、人民をくるしめければ、天道これを許《ゆる》したまはず。諸国の兵《つはもの》、蜂《はち》のごとくに起《をこ》り、蟻《あり》のごとくに集《あつ》まりて攻《せ》めければ、都をば雲井のよそに見捨《みす》てて、一門つゐに西海の波にしづみ、家ことごとく滅《ほろ》びたり。

その一族《ぞく》の思者《おもひもの》、田舎《いなか》に這隠《はひかく》れてゐたるを、北越《ほくゑつ》のある宮の神主、妻として国に連行《つれゆ》き、懐妊《くはいにん》の

子、後に養父《やうふ》の家をつぎしが、その後、時代移《ときようつ》りて、建武《けんむ》の頃《ころ》かとよ、越前の守斯波《かみしば》氏、かの子孫の小童《しやうどう》にめでて、家人、年《とし》よをへて、家老となり、斯波氏尾州に移《うつ》りゐての後《のち》、武威《ゐ》衰《をとろ》へければ、その辺を領して、子孫国主となり、今川家と挑《いど》みて、つゐにこれを滅《ほろ》ぼし、東海道手ざすものなく、また謀《はか》りて、美濃国斎藤道三が婿《むこ》となり、道三《だうさん》が子と戦《たたか》ひて、美濃《みのの》国をとり、あるいは伊勢の国司《こくし》なども滅《ほろ》びけり。寺社の領を取《と》りあげらるる。これらは悪《あ》しきことにはあらねど、仁心うすく情《なさけ》なくありしか、つゐに明智《あけち》にうたれ、子孫のさかへ、短《みじか》かりけり」。

秀吉の事附主となり、臣となる事

おなじく、「むかし、藤吉郎といふ人あり。たづきなき身なれば、遠江《とほたふみ》にゆきて、松下氏につかへ、心にたくみ有りて、われと背《そむ》き、尾州にいでて、信長に奉仕をねがひ、賢《さか》しきこと言《い》ひて、信長の心にかなひければ、取立《とりた》てたまひて、江州《がうしう》長浜の城主となる。厚恩《こうをん》を受《う》けしなれど、後には信《のぶ》雄《を》にそむき、織田《をだ》家衰《をとろ》へければ、みづから立ちて、勢猛《いきほひまう》に、誇《ほこ》りかにして、関白となる。神国の掟《をきて》に背《そむ》きけるゆへか、養子秀次悪逆《ひでつぐあくぎやく》無道なれば、父として滅《ほろ》ぼし、秀頼惰弱《ひでよりだじやく》、石田、小西、木村など、賢《さか》しらの勧《すす》めによりて、家ほろびけり。秀吉公は朝鮮《てうせん》、明《みん》をも攻《せ》めんとし給ひけれど、仁心なく、諸国の田地に縄《なは》を入《い》れ、何《なに》やかやと人を苦《くる》しめし人なりしが、かかる人は必《かなら》ず子孫栄《さか》へず」

と言《い》ひしなり。

また語《かた》りしは、「主となり臣となること、先祖より武家などに、その筋目《すじめ》といへるは無《な》し。大国を領したる人の末《すゑ》も、陪臣《ばいしん》となり、陪臣《ばいしん》もまた、召《め》し出《いだ》されて、所領を給はりしも、昔《むかし》も多《おほ》くぞありける。しかあれば、家人をも、労《いたは》り使《つか》ふべし。大切《せつ》の時は、家人より外に頼《たの》むものなし。家人は主を頼《たの》みて、忠をつくすことを思ふべし。

むかし、備前とやらの国守、摂陽《せつやう》を落ちて丹波路にかかりけるに、常に人づかひ悪《あ》しかりし故《ゆへ》か、さしもの国の主たる人、わづか侍五六人つきて退《の》きけるが、野武士《ぶし》にささへられて、差《さ》しける刀《かたな》まで奪《うば》はれ、三とせ過ぎて、乞丐《かたい》のごとくにて、さる知《し》れる方へ行きけれど、つゐに罪《つみ》人となりて、八丈ヶ島とやらへ流《なが》されけると言《い》ひつたふ」。

道寸、信玄の事

また、むかし、三浦道寸《うらどうすん》は養父を討《う》ち、武田信玄《しんげん》は実父を追出しけるとかや。いかに親《おや》かたくなにて、僻事《ひがごと》有りとも、天道これを許《ゆる》さんや。つゐにその家、いくほどなく滅《ほろ》びけり。武勇《ぶゆう》にほこり、軍慮賢《ぐんりよさか》しきとても、仁心うすく、道にたがへば、家人も疎《うと》みて、二心《ふたごころ》出できて、いつとなく背《そむ》き、士民も憎《にく》みて、服《ふく》せずしては、所領をうしなひ、身を滅《ほろぼ》しし人、昔《むかし》より今《いま》にいたりて、多《おほ》くぞあり

ける。信玄も、我身《わがみ》の非は知《し》りながら、かくつれなく振舞《ふるま》ひけるが、一生論語を手に取《と》らずといふ。「過《あやま》ちは改《あらた》むるに憚《はばか》りなし」とかや言《い》へるに、知《し》りながら改《あらた》めざるは、愚のますます愚なるものなり。

地の利も人の和にしかざる事

また、ある人語《かた》りけるは、「四神相応《さうおう》の地なりとて、城を築《きづ》きて武勇《ぶゆう》の者《もの》あまた籠《こも》りたりとも、常に仁心を施《ほどこ》さず、人化《くは》せずば、敵を防《ふせ》ぎ、敵《てき》を討《う》つこと難《かた》かるべし。また、露《あら》はなる所に籠《こも》るとも、仁心ふかく、人よく懐《なつ》きなば、堅固《けんご》の城ならん」とぞ言《い》ひける。

賤《いや》しき者《もの》の事

また語りけるは、「賤《いや》しき者《もの》にも、さまざまあり。遊女夜発《やほつ》のたぐひを抱《かか》へ、あるは、博奕《ばくえき》を好《この》み、盗賊《とうぞく》をなすなどといふ者《もの》、諸神諸仏を拝《おが》み、ここかしこへ詣《まう》でなどする。これも、我身《わがみ》の僻事《ひがごと》は知《し》りなんが、仏神を崇《あが》め尊《たうと》めば、罪科《つみとが》もなく、身の上《うへ》も安《やす》きと心得《こころえ》けるぞ、かたはらいたき。ただ人をたぶらかす事《こと》をのみ、寝《ね》ても醒《さ》めても思ふ者《もの》を、守《まも》りたまはんや。この世《よ》にて明罰《ばち》の当《あた》らず

とも、死《し》して、なを冥《くら》きに迷《まよ》ひなん。仮《かり》にもさる者《もの》は、をくまじき事《こと》なり。あたりの人も、それに倣《なら》ひて、みな不実《ふじつ》になるものぞかし。ある国に許《ゆる》したまひしが、国の風俗悪《ふうぞくあ》しくなるとて、その後やめられけれど、その風《ふう》今にのこりて、人の心まこと少《すく》なく、ややともすれば、ここかしこに隠《かく》しをきて、人をたぶらかすを見《み》れば、悪瘡の骨肉《こつにく》に入《い》りて、治《ぢ》せざるがごとし」といへり。

無人島より帰りし人の事

摂州大坂富田屋弥右衛門といふ者《もの》の乗りし船、難風《なんぷう》に吹《ふ》き流《なが》されて、いづくとも知《し》らねど、島二《ふた》つ見《み》えて、上《あが》らんと思《おも》ひしに、神慮《しんりよ》にまかせて、また流るる一つの島《しま》あり、それに上《あが》るに、姿恐《すがたをそろ》しきもの来《きた》りけるが、言《い》ひけるは、「われわれは遠州新居《あらゐ》の者なり。先年九人乗りし船《の》にて、この島に漂《ただよ》ひ着《つ》きて、年《とし》を経《へ》しなり。あはれ、乗《の》せてたべ」と有りしに、「その証拠《しやうこ》有りや」と言《い》へば、「豆州下田御番所廻船切手《くはいせんきつて》を首《くび》にかけて持《も》ちしなり」とて、見《み》せければ、「さては疑《うたが》ひなし」とて、その者《もの》どもを乗《の》せて、また風に任《まか》せて流《なが》るるに、ほどなく八丈島に着《つ》き、翌年《よくねん》五月、八丈より多《おほ》く流《なが》れたる船人どもを送りとどけしに、この者《もの》どもも来《き》たりけり。今年《ことし》まで二十一年になるとかや。聞《き》きしは元文三年戊午の九月のことなりといふ。

五畿七道、犬の煩ひし事

享保十七年、畿内《きない》、南海《なんかい》、山陽《せんやう》、山陰《せんいん》、西海道《さいかいどう》、稲《いね》に虫《むし》つきて実《みの》らず。方便《たつき》なき者《もの》は、道路《どうろ》に袖をひろげて、物《もの》を乞《こ》へども、与《あた》ふる人なくて、斃《たふ》れ死《し》す。東海《とうかい》、東山《とうぜん》、北陸道《ほくろくどう》は、よく実《みの》りてげり。

われ、その秋、豊前中津《ぶぜんなかつ》にゆへ有りてまかりけるに、西国、中国の困窮《こんきう》、言《い》ふに言葉《ことば》なし。また、犬《いぬ》わづらひて、ことごとく死《し》す。病強《やまひつよ》きは、かけ出だして、人にも木にも嚙《か》みつきて死《し》す。中国辺に犬なし。その後、二十一年丙《ひのへ》辰《たつ》の春より、南海、畿内、さのごとく犬病《いぬや》みて、人に嚙《か》みつく。食《く》はれたる人も、日を経《へ》て死す。東海道よりつぎつぎ、己の夏のころ

は、東武にてもつぱら死す。また、狼《おほかみ》、狐《きつね》、狸《たぬき》も、そのごとく死《し》す。牛馬も、嚙《か》みつかれたるは死《し》しけり。嚙《か》まれたる人は、熱《ねつ》つよく、三十日、五十日、あるいは一年《とせ》もすぎて食事絶《た》え、犬《いぬ》のごとくに這《は》ひ歩《あり》きて、死するを見《み》る。

　病《やまひ》つきたる犬《いぬ》に嚙《か》まれたるに、諸医、薬《くすり》を与《あた》へても、多《おほ》く死《し》しけり。わが知《し》れるゐごち、せん術《すべ》なくて、一方をあたふ。この薬を服《ふく》しける者《もの》、一人もその害《がい》なし。これはもと、鼠《ねずみ》に食《く》はれたるの奇方《きはう》なり。狐、狸、猫など、すべての獣《けだもの》に食《く》はれたるに、与《あた》ふるに治せずといふことなし。鼠の毒《どく》は強《つよ》く、癩病《らいびやう》などのやうになりて、つゐに死すものあり。かならずこの薬《くすり》を飲《の》ましむべし。経験《けいけん》の奇方なり。

　土茯苓《どぶくりやう》大　川芎《せんきゆう》　甘草《かんざう》少

右、大服《おほぶく》にして煎《せん》じ、服《ふく》すべし。

常州《じやうしう》笠間の城の事

むかし、浅野長直《ながなを》内匠頭常陸笠間《ひたちかさま》の城主たりし時、軽部《かるべ》弥次郎といへる者《もの》あり。そのころ、城内へ大きなる蟒《うはばみ》出でければ、皆怖《をそ》れけるに、弥次郎このよしを聞きて、「そのものを退治《たいぢ》せん」とて、鉄砲を持《も》ちて出行《いでゆ》く。この城は高き山城《じろ》にて、本丸の下は、深《ふか》き谷なり。天守《てんしゆ》の辺は草木しげりて、ものすさまじき所なり。しばらく有りて、塀《へい》の上《うへ》より、馬の頭《かしら》二も三も合《あは》せたるほどに覚えて、眼《まなこ》見出し、口《くち》を開《ひら》きけるに、狙《ねら》ひすまして、玉を飛《と》ばせければ、城内震動《しんどう》して、いづくともなく失《う》せにけり。その後、星霜《せいさう》をし移《うつ》りて、この城、井上河州の主たる時、天守、「損《そん》じけるを、修復《しゆふく》せ

ん」とて、下を掘《ほ》りみければ、曝《さ》れたる蛇骨《じやこつ》おほく有りけり。弥次郎、こと言《い》ひ伝《つた》へたれば、「その時の蛇《じや》骨《こつ》ならん」と言《い》ひしとかや。

　また、城の半腹《ぷく》に黒川といへる跡あり。山をきりて、空《から》堀とし、橋をかけたり。弥次郎、この橋《はし》を、夜《よる》通りしに、六尺余《よ》の山伏姿《ぶしすがた》のもの、橋の中に立ちゐたり。もとより不敵《ふてき》の者なれば、こととせず、はし板をあららかに踏《ふ》み、通らんとせしに、かの山伏、ものも言《い》はず、むずと組《く》む。「心えたり」とねぢ合《あ》ひしが、山伏を空《から》堀へ投《な》げこみけるに、中にてはね返《かへ》し、また引《ひ》き組《く》みしが、いかがしけん、山伏《ぶし》も、いづくともなく見えず。弥次郎もほうぜんとしてゐたりしを、尋ねて連《つ》れ帰りけるとなり。

為相《ためすけ》卿墓附冷泉殿歌の事

冷泉為相《れいぜいためすけ》の碑《ひ》は、かまくら扇《あふぎ》が谷《やつ》にあり。近《ちか》きころ、冷泉大納言為久《ためひさ》卿、石燈籠を立てたまふとかや。為久卿あづまに下《くだ》りたまふ時、八橋にて、

かぜはらふきぎのしたかげつゆさむしはるゆく袖をたちかさねても

烏丸殿歌の事

烏丸《からすまる》前大納言光栄《みつなが》卿、さやの中山にて、

われもまた命なりけりとばかりにみたびこえゆくさやの中山

富士《ふじ》にて

あふぎみる空にそびえて東路のふじはおよばんことのはもなし

また木曽のかけ橋にて

思ひきやとし月名のみききわたる木そのかけはしけふ越んとは

美濃の藤川にて

つかへきてわたるもふかき恵みあれや君よろづよの関の藤川

也足軒、玄旨《げんし》、歌道名誉の事

幽斎玄旨《ゆうさいげんし》法印《ほふいん》細川兵部太輔藤孝丹後《たんご》田辺城主たりし時、石田三成《みつなり》治部少など城をかこみ責めけるに、中院也足軒《やそくけん》、かの城に入りたまふて、歌道をかたみに語り給ふ。鉄砲を打ちける音すさまじかりければ、耳《みみ》にも入《い》れ給《たま》はざりければ、玄旨の詠《よ》み給《たま》ふとかや、

爰《ここ》をさしてうつ鉄砲の玉きはる命にかふる道や此《この》道

長孝、幽斎の歌の事

広沢《ひろさは》の隠士長孝《ちやうかう》は、玄旨《げんし》法印《ほふいん》の門弟にて、細川のながれ広沢に入りて、なほ深《ふか》きを究《きは》む。「歌道は神道のこころなり。たうとむべきことなり」とて、よめる歌に、

あふげ人思へば何に敷島のみちこそ神の心なりけれ

玄旨法印、日ぐらしの滝にて、

きのふけふ秋くるからに日ぐらしの声うちそふる滝の白波

奥州坪《つぼの》石ぶみの事

奥州多賀城坪碑図

陸奥国宮城《みやぎ》郡《ノ》風土記《ニ》云《ク》、「坪《つぼノ》碑《いしぶみハ》在《リ》ニ鴻之池《ニ》一。為《ニ》ニ故鎮守《ちんじゅ》府《ノ》門碑《ノ》一、恵美朝狩《ゑみのあさかる》立《ツ》レ之《これヲ》。見雲真人《みくものまつと》清書《ス》也。記《ス》ニ異域本邦之行程《ヲ》一。令《ムト》下旅人《ヲシテ》不《ラ》上レ為レ迷《ハ》レ途《ニ》」。

陸奥国宮城《みやぎ》郡の風土記に云《いは》く、「坪《つぼ》の碑《いしぶみ》は鴻の池に在り。故鎮守《ちんじゅ》府の門碑の為に、恵美朝狩《ゑみのあさかる》、之《これ》を立つ。見雲真人《みくものまつと》、清書す。異域本邦の行程を記す。旅人をして途に迷はせざらしむ」と。

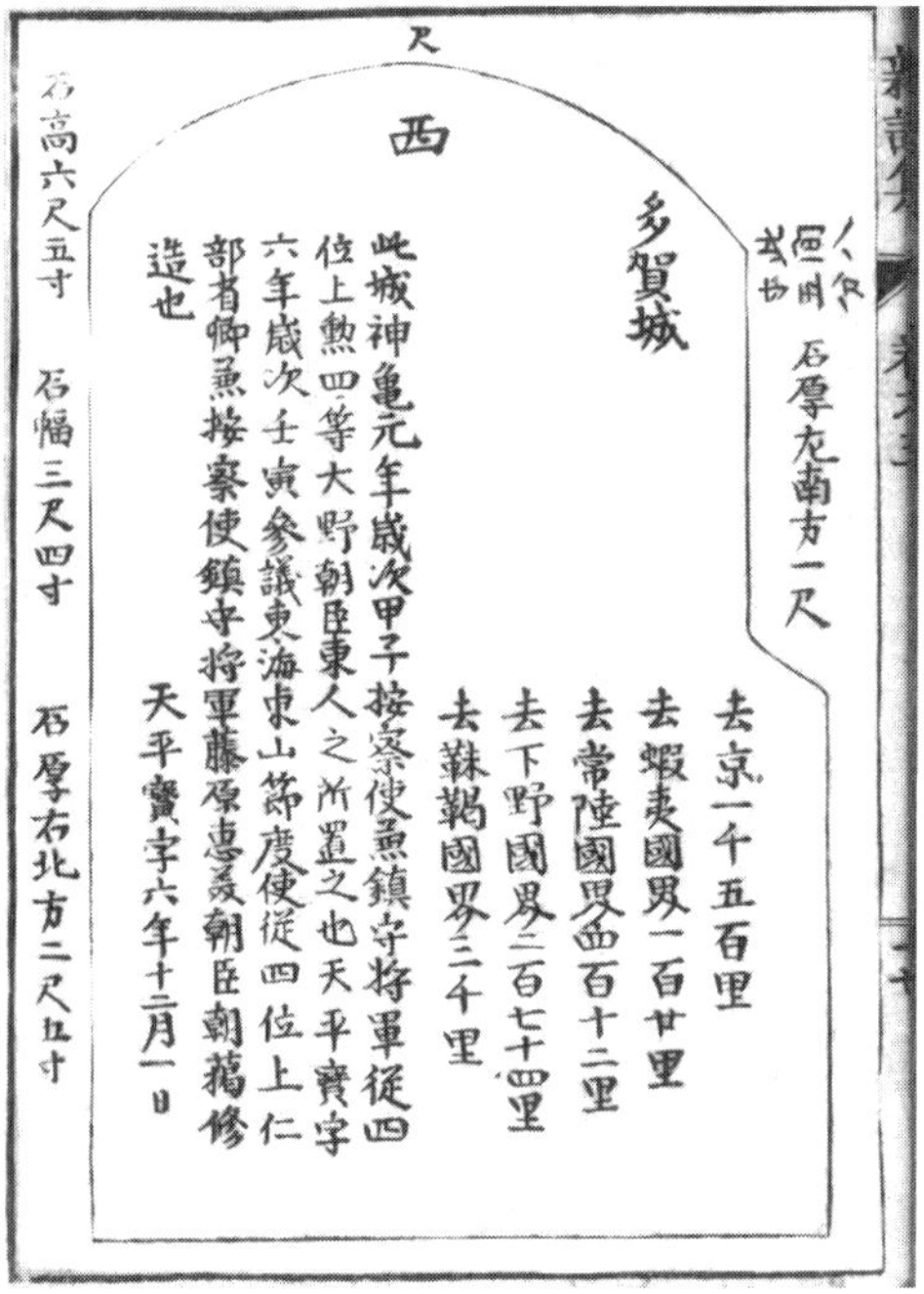

尺
西
多賀城
石厚左南方一尺
去京一千五百里
去蝦夷國界一百廿里
去常陸國界四百十二里
去下野國界二百七十四里
去靺鞨國界三千里
此城神亀元年歳次甲子按察使兼鎮守将軍従四
位上勲四等大野朝臣東人之所置也天平寳字
六年歳次壬寅参議東海東山節度使従四位上仁
部省卿兼按察使鎮守将軍藤原恵美朝臣朝獦修
造也
天平寳字六年十二月一日
石高六尺五寸
石幅三尺四寸
石厚右北方二尺五寸

私に云《いは》く、この碑《ひ》いつの頃《ころ》よりか土中に埋《うづ》もれて、知る人なし。さるによつて、中頃の歌にも、名のみ残りて見えざることを詠《よ》めり。然るに近年、大守かの城の跡《あと》を掘《ほ》らしめ給ひて、この石《いし》

ぶみ、ふたたび世にあらはるる。今《いま》かの城蹟《じやうせき》に立てをかれて、諸人の見るところ。一字の磨滅《まめつ》なく、筆蹟はなはだ奇古にして、筆墨を好《この》む輩、これを歎美《たんび》すとかや。

泉式部

うけひきはとをからめやは陸奥《みちのく》の心づくしのつぼの石ぶみ

頼朝

後拾　みちのくのいはでしのぶはえぞしらぬかきつくしてよ坪のいしぶみ

寂蓮

夫木　陸奥のつぼのいしぶみありときくいづれか恋のさかひなるらん

八分　間五　此寸

石厚左南方一尺

多賀城

尺

西

去京一千五百里

去蝦夷国界一百二十里

去常陸国界四百十二里

去下野国界二百七十四里

去靺鞨国界三千里

此城神亀元年歳次甲子按察使兼鎮守将軍従四

位上勲四等大野朝臣東人之所置之也天平宝字
六年歳次壬寅参議東海東山節度使従四位上仁
部省卿兼按察使鎮守将軍藤原恵美朝臣朝狩修
造也　　天平宝字六年十二月一日

石高六尺五寸　　石幅三尺四寸　　石厚右北方二尺五寸

此《こ》の城、神亀元年歳次甲子、按察使兼鎮守将軍従四位上勲四等大野朝臣東人の之を置く所なり。天平宝字六年歳次壬寅、参議東海東山節度使従四位上仁部省卿兼按察使鎮守将軍藤原恵美朝臣朝狩の修造なり。

楠正成《くすのきまさしげ》墓の事

楠正成《くすのきまさしげノ》墓、在《リ》二湊川《みなとがはノ》北、坂本村《さかもとむらニ》一。碑表《ニ》曰《いはク》、「嗚呼《ああ》忠臣楠《なん》子墓《しノはかト》」。碑陰《ひいんニ》曰《ク》、「忠孝、著《あらはレ》二于天下一、日月《じつげつ》、麗《つク》二乎天《てんニ》一。天地無《なけレバ》二日月《じつげつ》一、則《すなはチ》晦蒙否塞《くはいもうひそくス》。人心、廃《はいスレバ》二忠孝《ヲ》一、則《すなはチ》乱賊相尋《たづネ》、乾坤《けんこん》反覆《ス》。余《よ》聞《きク》、楠公《なんこう》、諱《いみなハ》正成《まさしげ》者《は》、忠勇節烈、国士無《なシ》レ双《ならび》。蒐《あつむルニ》二其行事《そノかうじヲ》一、不レ可《ベカラ》二概見《ス》一。大抵、公之用《もちフルヤ》レ兵《ヲ》、審《つまびらかニシ》二強弱之勢《ヲ》於幾先《きせんニ》一、決《ス》二成敗《せいばい》之機《ヲ》於呼吸《こきふニ》一。知《リテ》レ人《ヲ》善任《よくにんジ》、体《あはれミテ》レ士《ヲ》推《おス》

レ誠《ヲ》。是《ここヲ》以《テ》謀《はかりごと》無《クシテ》レ不《ル》レ中《あたラ》而戦《いくさ》無《シ》レ不《ル》レ克《かタ》。誓《ちかフコト》二心《モテ》天地《ニ》一、金石《ノゴトク》不レ渝《かはラ》。不二為《ニ》レ利《ノ》回《ラ》一、不二為《ニ》レ害《ノ》戕《そこなハ》一。故《ニ》能《ク》興二復《シテ》王室《ヲ》一、還《かへス》二於旧都《ニ》一。

諺《ことわざニ》曰《ク》、「前門《ニ》拒《ふせギ》レ狼《ヲ》、後門《ニ》進《ム》レ虎《ヲト》」。廟謨《べうぼ》不レ臧《よカラ》、元凶接《せつス》レ踵《くびすヲ》。構《こう》二殺《さつシ》国儲《こくちょヲ》一、傾二移《シテ》鐘簴《しょうきょヲ》一、功垂《なんなんトシテ》レ成《ルニ》而震《おどろカシ》レ主《ヲ》、策雖《いへどモ》レ善《よシト》而弗《ず》レ庸《もちヒ》。自《より》レ古《いにしへ》未《ダ》レ有《ラ》下元帥妬《ミ》レ前《ヲ》、庸臣専《もつぱらニシテ》レ断《ヲ》、而大将能《ク》立《ツル》二功《ヲ》於外《ニ》一者上。卒《スルニ》レ之《これヲ》以《テス》レ身《ヲ》。許《つくス》レ国《ニ》、之《これ》死《ニテ》、靡《なシ》レ他。観《ルニ》二其臨《ノのぞミ》レ終訓《ニをしフルヲ》レ子《ヲ》、従容《しようようトシテ》就《キ》レ義《ニ》、託《シ》レ孤《ヲ》、寄《よス》レ命《めいヲ》。言、不レ及《バ》レ私《わたくしニ》。自非《ラズンバ》二精忠貫《クニ》レ日《ヲ》、能《ク》如《ク》レ是《ノ》整《シテ》而暇《やすらかナランや》乎。父子兄弟、世篤《よよあつク》二忠貞《ニ》一、節孝萃《あつまリテ》二於一門《ニ》一盛《ナリ》矣。至《ルマデ》レ今《ニ》王公大人以《ト》及《と》二里巷之士一、交《かへテ》レ口《ヲ》而誦二説《シテ》之《ヲ》一不《ズ》レ衰《へ》、其《ノ》必有《ズルハ》二大過《ニあやまツ》レ人者《ニ》一、惜《シイ》哉。載《のスル》レ筆《ヲ》者、無《ケレバ》レ所二考信《スル》一、不《ル》レ能《ハ》三発揚《スルコト》二其成《ノ》美大徳《ヲ》一耳《のみ》。

右《ハ》、故、河、摂、泉、三州守《ノ》、贈正三位近衛中将楠公賛《ノ》。明《ノ》徴士舜水朱之瑜、字《あざな》魯璵之撰、勒《ろくシテ》代《ヘ》二碑文《ニ》一、以垂《テなんなんトスト》二不朽《ニ》一云々。

元禄辛未年、水戸黄門卿建焉

楠正成《くすのきまさしげ》の墓、湊川《みなとがは》の北、坂本村《さかもとむら》に在り。碑表に曰《いは》く、「嗚呼《ああ》忠臣楠子《なんし》の墓《はか》」と。碑蔭《ひいん》に曰く、「忠孝、天下に著《あらは》れ、日月《じつげつ》、天《てん》に麗《つ》く。天地日月無《じつげつな》ければ、則《すなは》ち晦蒙否塞《くはいもうひそく》す。人心、忠孝を廃《はい》すれば、則《すなは》ち乱賊相尋《たづ》ね、乾坤《けんこん》反覆す。

余聞《よき》く、楠公《なんこう》、諱《いみな》は正成《まさしげ》は、忠勇節烈、国士双無《ならびな》し。其《そ》の行事《かうじ》を蒐《あつ》むるに、概見すべから

ず。大抵、公の兵を用ふるや、強弱の勢を幾先《きせん》に審《つまびらか》にし、成《せい》敗《ばい》の機《き》を呼吸《こきふ》に決す。人を知りて善《よ》く任《にん》じ、士を体みて誠《あはれ》を推《お》す。是《ここ》を以て、謀《はかりごと》中《あた》らざる無くして、戦克《いくさか》たざる無し。心もて天地に誓《ちか》ふこと、金石のごとく渝《かは》らず。利の為に回らず、害の為に沮《そこな》はず。故に能く王室を興復して、旧都に還《かへ》す。

諺《ことわざ》に曰く、「前門に狼を拒《ふせ》ぎ、後門に虎を進む」と。廟謨《べうぼ》臧《よ》からず、元凶踵《くびす》を接《せつ》す。国儲《こくちよ》を構殺《こうさつ》し、鐘簴《しようきよ》を傾移して、功成るに垂《なんなん》として主を震《おど》かし、策善《よ》しと雖《いへど》も、庸《もち》ひず。古《いにしへ》より未だ、元帥前を妬み、庸臣断を専《もつぱら》にして、大将能く功を外に立つる者有らず。之《これ》を卒するに身を以てす。国に許《つく》す、之《これ》死にて、他靡《な》し。其の終に臨み子を訓《をし》ふるを観るに、従容《しようよう》として義に就き、孤を託し、命《めい》を寄《よ》す。言、私《わたくし》に及ばず。自ら精忠日を貫くに非ずんば、能く是の如く整して暇《やすらか》ならんや。父子兄弟、世々忠

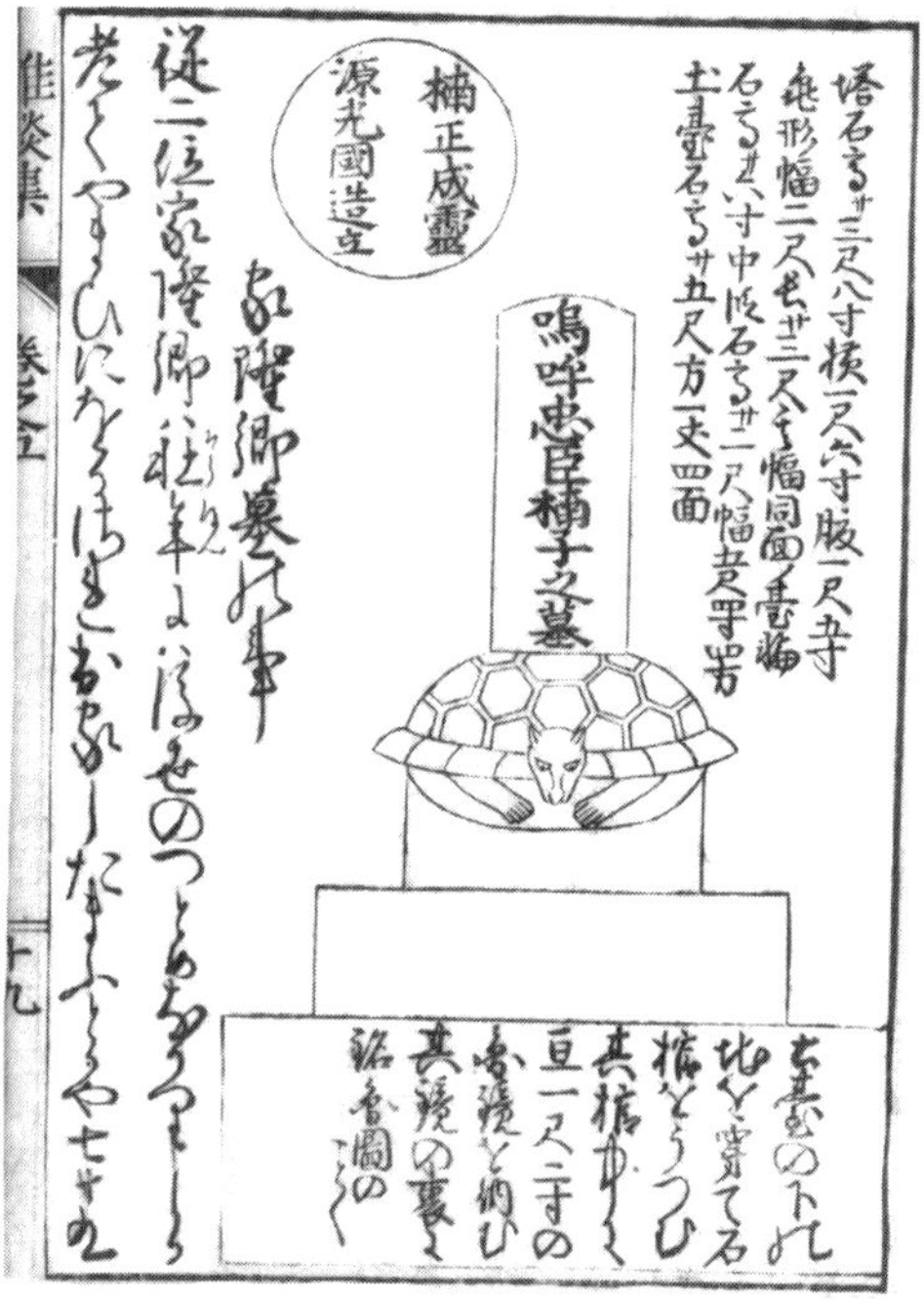

貞に篤《あつ》く、節孝一門に萃《あつま》りて盛《さかん》なり。今に至りて、王公大人と里巷の士と、口を交《か》へて之を誦説して衰へずと。其の必ず大に人に過《あやま》つ者有るは、惜しいかな。筆を載《の》する者、考信する所無ければ、其の成美大徳を発揚すること能はざるのみ。

右は、故、河・摂・泉、三州の守、贈正三位近衛中将楠公の賛。明の徴士、舜水朱之瑜、字《あざな》魯璵の撰《せん》、勒《ろく》して碑文に代へ、以て不朽に垂《なんなん》とすと云々。

元禄辛未年、水戸黄門卿建つる

塔石高サ三尺八寸、横一尺六寸、腹一尺五寸

亀形幅二尺、長サ三尺、其幅同面ノ台輪

石高サ六寸、中段石高サ二尺、幅五尺四寸四方

土台石高サ五尺、方一丈四面

嗚呼忠臣楠子之墓

楠正成霊

源光国造立

土台の下の地を穿《うがち》て石棺をうづむ其棺中に亘一尺二寸の円鏡を納む其鏡の裏に銘円図のごとく

家隆卿墓の事

従二位家隆卿は、壮年《そうねん》には浮世のつとめ無《な》かりしが、老いて病《やまひ》にをかされ、出家したまふとかや。七十九歳の時、天王寺にまうで、つぎの年、すすめによりて、弥陀の本願に帰依《きえ》し、他事なく念仏申され、四月八日、宿執《しゆくしう》や催《もよふ》されけん、七首の和歌を詠ぜられける。

契りあれば難波の里にやどりきて浪の入日をおがみつるかな
那古の海を雲ゐになして詠ればとをくもあらずみだのみ国は
ふたつなく頼むちかひは九品の蓮のうへのうへもたがはず
八十《やそぢ》にてあるかなきかの玉のをはみださですくへぐせのちかひに
うきものとわが故郷をいでねども難波のみせのなからましかば
あみだ仏としたひとなへてをはりなばたれもきく人みちびかれなん
かくばかり契りましますす阿弥陀仏をしらずかなしき年をへにける

家隆卿の墳は今も天王寺のほとり、勝曼《しやうまん》のうしろにあり。松たかく生ひたり。近《ちか》きころ泉

州の人、碑をたつる。碑の銘は、

従二位家隆卿墓碣銘并序

夫和歌王者之徳也。国風之始《はじめ》也。通乎三才、分《わかッ》乎六義。託於素《す》戔《さ》、八《や》雲《くも》之神詠、祖宗於人《ひと》丸赤《まろあか》人《ひとノ》二仙。自《よりシテ》爾《それ》而後《のち》、其道英傑、代《よよ》不乏人。出其類、抜其萃、不群之思、瓢逸之詞、独歩古今者、其惟《たダ》公乎。

公、姓藤原、諱《いみなハ》家隆。歴事七朝、叙従二位。累《るい》宦《くわんシテ》至宮内卿。其先、出于閑院左《さ》僕《ぼくや》射冬嗣《ふゆつぐ》公。祖《そ》考《かうノ》猫《ねこ》間《ま》黄門《くわうもん》清《きよ》隆《たか》卿、賜《たまハル》采《さい》壬《み》生《ぶヲ》。逮《およビテ》公相《あひ》踵食邑《つグしよくいふヲ》。故号壬《み》生《ぶノ》二《に》位《ゐ》。考権中納言太《だ》宰権《ざいのごんの》師光《そちみつ》隆《たか》卿。妃太皇太后宮権亮実《たいくわうたいごうぐうのごんのすけさね》兼《かね》朝臣女《むすめ》。初公、従寂蓮、遊太《たい》夫《ふ》入道釈阿《しやくあノ》門。執弟子礼、毎就《つきテ》尋繹《きはム》和歌奥旨。然直《たダ》訪《とヒ》大意、不必究細。故俊成恒《つね》歎曰、「不意《おもハ》後生、能至《いたル》於斯《ここ》也。其将以和歌鳴《なラントか》乎。可謂未来歌仙矣」。

元久二年春三月、勅《ちよくシテ》撰『新古今和歌集』。五輩俊彦《しゆんげん》、允膺《ひきうク》嘉選。公、居其一。数《しばしば》遇後鳥羽上皇眷《けん》注《ちゆうヲ》。時名《めい》与《と》定家抗衡《かうかうス》。貞永《ぢやうえい》元年冬、定家奉旨、奏『新勅撰集』。集中、採摭《えらブコト》家隆和歌最多。当時以為栄。

上皇、頗《すこぶル》政事暇《いとま》、与《と》摂政良《よし》経《つね》公論国風事。公、奏《そう》請《せいセラク》、「家隆末代人麻呂也。上、欲学此道、宜《よろしク》師其風体焉」。繇《よりテ》是、賢《けん》声高《せいかう》蜚《ひシ》、鴻業《こうげふ》日漸《すすム》。

西行上人、自詠《ラジ》三十六番倭歌《ヲ》、是曰《ヲフ》『御《み》裳《も》濯《すそ》川宮《がはみや》川歌《がはうた》合《あはせ》』《ト》。請《ヒ》俊成、定家《ニ》判《ゼンコトヲ》之《ヲ》、縹《へう》緗《べう》修《しう》飾《しよくシ》、毎《つねニ》自《ラ》随《ずい》身《しんス》。一日携去《ヘリ》、授《ケテ》公《ニ》曰《ク》、「精《せい》微《び》之蘊《うん》、尽《ことごとク》在《リ》斯《この》書《ニ》。円《えん》位《ゐ》、往生自期《スルニ》在《リ》瀕《ひんニ》。後生知《ルコト》歌《ヲ》如《キ》公《ノ》者、其可《レ》得《ベケン》耶《や》。我有《リ》所思《しよし》、謹《ンデ》以《テ》奉《ほう》遺《ゐスル》也《ト》」。松《しやう》殿《でん》僧《そう》正《じやう》行《ぎやう》意《い》、疾《やムコト》篤《あつシ》。仮《か》寐《びシテ》忽《たちまチ》夢詣《ニまうヅ》志貴《しぎ》山《さん》毘沙門《ニ》。見《ル》一神人《しんじんヲ》。呼《ビ》行意名《ノヲ》、唱《となフ》一首歌《ノヲ》。琅《らう》誦《しよう》之声、感《かん》盪《たうス》心耳《ヲ》。驚《キ》覚《めざメ》、病《ヒ》乃《チ》瘳《いユ》。其歌《ハ》、公、建《けん》保《ぽう》年中九月十三夜、侍《リ》内宴《ニ》所《ノ》詠《ズル》河月歌《ノ》也。其妙、通《ズルコト》鬼神《ニ》如《シ》此《かくノ》矣。

嘉《か》禎《てい》二年冬十二月、嬰《かかリ》疾《ニ》罷《ひシテ》官《ヲ》、落髪《シテ》自《ラ》称《シテ》曰《フ》仏性《ト》。年七十有九、浪速荒陵《ノ》北、択《えらビ》不《ふ》食《しよくノ》地《ヲ》、謝《シ》絶人縁《ヲ》、遁《のがレ》跡《ヲ》閑《かん》邃《せいニ》、遊《あそバス》心《ヲ》楽邦《ニ》。

三年夏四月八日、自詠《ラズ》七首《ノ》和歌《ヲ》。蓋《けだシ》取《ル》諸《これ》悔罪之意《ヲ》。誥《つゲテ》且《かツ》澡《さう》浴《よくシテ》更《かへ》衣《ヲ》、住《シ》日《につ》想《さう》観《くわんニ》酉《とりノ》刻、端坐合掌《シ》、如《ク》睹《みルガ》真《しん》身《じんノ》之迎《げい》接《せつヲ》、安《あん》詳《しやうニシテ》而逝《ス》。報齢八十歳。留《メ》葬《ルノ》其居《ニ》。植《うゆルニ》以《テシ》松《ヲ》、標《へう》歳《さい》寒《かん》心《しんヲ》。使《ム》人《ヲシテ》永懐《クおもヒ》勿《なカラ》剪《せん》去《きよスルコト》。

今也四百余載、遺《ゐ》跡《せき》猶存《ホス》。然《ルニ》而荊《けい》棘《きよく》之所穢《けがス》、鞠《かがメバ》為《ル》樵竪之区《ト》。近日詞客之徒、翹《げう》慕《ぼシ》徳音《ヲ》、欲《シテ》勒《ろくセント》堅《けん》珉《みんニ》以《テシ》文《ヲ》、設《クルニ》節祭《ヲ》以《テシ》饌《ヲ》、俾《しめントシテ》後《のちのち》勿《なから》廃《ルコト》而丐《こフ》辞《ヲ》於予《ニ》。嗚呼、予之不敏《ナル》、豈《あニ》能《ク》足《たらン》紀《しるスニ》公之徳《ノヲ》哉。不得已《やムコトヲ》、遂《ニ》銘《めいシテ》其詞《ヲ》曰《ク》、

休《よイカナ》矣先達　含《ミ》華《ヲ》体《ス》立《ヲ》　詞花言葉　一時《ノ》歌仙　元久奉《ズ》勅《ヲ》　撰集慎《シムコトこまヤカナリ》徽　芳蘭吐《キ》蘂《ずいヲ》　明錦脱《ス》機《ヲ》　上喜《ビ》其忠《ノヲ》　寵《ちよう》賚《らい》非《ズ》一《ニ》　附《したがヒ》鳳《ニ》攀《よヂ》龍《ニ》　鴻《こう》猷《いう》賛隲　住古百代　作者孔《はなはダ》

多シ　迨《およ》ビレ今ニ有ルモノレ聞エ　其能レク幾《いく》-何《ばく》ゾ　荒-陵ノ之丘　君-子ノ所レ憩フ　兆《てう》-塋《えい》ノ蕪《ぶ》-穢《わい》　可シ二為ニ流《りう》-涕《てい》ス一　其ノ身既ニ没シ　斯ノ文未ダレ喪《ほろ》ビ　咨《ああ》公ノ之績　万-世弥《いよいよ》彰《あらは》ル

享保第六龍集重光赤-旧若秋九月下澣

東寺検校法務東-大寺別当兼華-厳-宗長-吏安-井門-主、大-僧正道-恕、撰シテ拝書ス

従二位家隆卿の墓碣銘ならびに序

夫《そ》れ和歌は王者の徳なり。国風の始《はじ》めなり。三才に通じ、六義を分《わか》つ。素《す》戔《さ》、八雲《やくも》の神詠に託し、人丸《ひとまろ》・赤人《あかひと》の二仙を祖宗とす。爾《それ》よりして後、其の道の英傑、代々《よよ》人に乏《とぼ》しからず。其の類より出でて、其の萃《すい》を抜くに、不群の思、飄逸の詞、古今に独歩する者は、其れ惟《た》だ公のみか。

公、姓は藤原、諱《いみな》は家隆。七朝に歴事し、従二位に叙せらる。累宦《るいくわん》して宮内卿に至る。其の先、閑院の左僕射冬嗣《さぼくやふゆつぐ》公に出づ。祖考《そかう》の猫間黄門清隆卿《ねこまくわうもんきよたか》、采《さい》に壬生《みぶ》を賜《たま》はる。公に逮《およ》びて食邑《しよくいふ》を相踵《あひつ》ぐ。故に壬生二位《みぶのにゐ》と号す。考は権中納言太宰権帥光隆卿《だざいのごんのそちみつたか》。妃は太皇太后宮権亮実兼《たいくわうたいごうぐうのごんのすけさねかね》朝臣の女《むすめ》。

初め公、寂蓮に従ひ、太夫《たいふ》入道釈阿《しやくあ》の門に遊ぶ。弟子の礼を執り、毎《よろづ》に就《つき》て和歌の奥旨を尋ね繹《きは》む。然《しか》して直《た》だ大意を訪《と》ひ、必ずしも細を究めず。故に俊成恒《つね》に歎じて曰く、「後生《こうせい》を意《おも》

はざるに、能く斯《ここ》に至る。其の将《まさ》に和歌を以て鳴らんとするか。未来の歌仙と謂つべし」と。

元久二年春三月、勅《ちよく》して『新古今和歌集』を撰ぶ。五輩の俊彦《しゆんげん》、嘉選を允膺《ひきよう》く。公、其の一に居る。数《しば》しば後鳥羽上皇の眷注《けんちゆう》を遇す。時名《じめい》、定家と抗衡《かうかう》す。貞永《ぢやうえい》元年の冬、定家、旨《し》を奉り、『新勅撰集』を奏す。集中、家隆の和歌を採り摭《えら》ぶこと、最も多し。当時以て栄と為《な》す。

上皇、頗《すこぶ》る政事の暇《いとま》、摂政良経《よしつね》公と国風の事を論ず。公、奏請《そうせい》せらく、「家隆は末代の人麻呂なり。上、此《こ》の道を学ばんと欲せば、宜《よろ》しく其の風体を師とすべし」と。是に繇《より》て、賢声高《けんせいかう》蜚《ひ》し、鴻業《こうげふ》日に漸《すす》む。

西行上人、自ら三十六番倭歌を詠じ、是を『御裳濯川宮川歌合《みもすそがはみやがはうたあはせ》』と曰ふ。俊成、定家に之《これ》を判ぜんことを請ひ、縹緗修飾《へうべうしうしよく》し、毎《つね》に自ら随身《ずいしん》す。一日携へ去り、公に授けて曰く、「精微《せいび》の薀《うん》、尽《ことごと》く斯《こ》の書に在り。円位《ゑんゐ》、往生自期するに瀕《ひん》に在り。後生歌を知ること公の如き者、其れ得べけんや。我に所思《しよし》有り。謹んで以て奉遺《ほうゐ》するなり」と。

松殿僧正行意《しようでんそうじやうぎやうい》、疾《や》むこと篤《あつ》し。仮寐《かび》して忽《たちま》ち夢に志貴山《しぎさん》毘沙門に詣《まう》づ。一神人《しんじん》を見る。行意の名を呼び、一首の歌を唱《とな》ふ。琅誦《らうしよう》の声、心耳を感盪《かんたう》す。驚き覚《めざ》め、病ひ乃ち瘳《い》ゆ。其の歌は、公、建保《けんぽう》年中九月十三夜、内宴に侍り詠ずる所の、河月の歌なり。其の妙、鬼神に通《つう》ずること此《かく》の如し。

嘉禎《かてい》二年冬十二月、疾に嬰《かか》り官を罷《ひ》して、落髪して自ら称して仏性と曰ふ。年七十有九、浪

速荒陵の北、不食《ふしよく》の地を択《えら》び、人縁を謝絶し、跡を閑邃《かんせい》に遁《のが》れ、心を楽邦に遊《あそ》ばす。

三年夏四月八日、自ら七首の和歌を詠ず。蓋《けだ》し諸悔罪《これくわいざい》の意を取る。誥《つ》げて且《か》つ澡浴《さうよく》して衣を更《か》へ、日想観《につさうくわん》に住し、酉《とり》の刻、端坐合掌し、真身《しんじん》の迎接《げいせつ》を睹《み》るが如く、安詳《あんしやう》にして逝《せい》す。報齢八十歳。其の居に留《とど》め葬《はうむ》る。植《うゆ》るに松を以てし、歳寒心《さいかんしん》を標《へう》す。人をして永く懐《おも》ひ剪去《せんきよ》することを勿《なか》らしむ。

今や四百余載《よさい》、遺跡《ゐせき》猶《な》ほ存す。然るに荊棘《けいきよく》の穢《けが》す所、鞠《かが》めば樵堅の区と為る。近日詞客の徒、徳音を翹慕《げうぼ》し、堅珉《けんみん》に勒《ろく》せんと欲して文を以てし、節祭を設くるに饌を以てし、後々廃ること勿《なか》らしめんとして辞を予に丐《こ》ふ。嗚呼、予の不敏なる、豈《あ》に能く公の徳を紀《しる》すに足《た》らんや。已《や》むことを得ず、遂に其の詞を銘して曰く、

休《よ》いかな先達　華を含み立を体す　詞花言葉　一時の歌仙　元久勅を奉ず　撰集慎しむこと徽《こま》やかなり　芳蘭蘂《ずい》を吐き　明錦機を脱す　上其の忠なるを喜び　寵賚《ちようらい》一に非ず　鳳《ほう》に附《したが》ひ龍に攀《よ》ぢ　鴻猷《こういう》賛隲　往古百代　作者孔《はなは》だ多し　今に迨《およ》び聞《きこ》え有るもの　其れ能く幾《いく》何《ばく》ぞ　荒陵の丘　君子の憩ふ所　兆塋《てうえい》の蕪穢《ぶわい》　為に流涕《りうてい》すべし　其の身既に没し　斯の文未だ喪《ほろ》びず　咨《ああ》公の績　万世弥《いよ》いよ彰《あらは》る

享保第六龍集重光赤旧若秋、九月下澣

東寺検校法務東大寺別当兼華厳宗長吏安井門主、大僧正道恕、撰して拝書す

江戸飛鳥山碑の事

惟《おもフニ》峯国之鎮、曰《フ》二熊野之山《ト》一。有《リ》レ神、曰《フ》二熊野之神《ト》一。実《ハ》伊弉冉尊《いざなみのみこと》也。配二祀《ス》伊弉諾尊《ト》事解王子《ことさかのをのみことトヲ》一。或《イハ》称《ス》二之《これヲ》三神《ト》一。事解《ハ》別《ニ》為《なル》二飛鳥之祠《ト》一。三狐神《みけつかみ》、副《そフ》レ焉《これニ》。語《ハ》有《リ》二神史《ノ》中《ニ》一。別《ニ》録《シテ》蔵《をさム》焉。

誌《ニ》曰《ク》、「在昔《むかし》、元亨中、武《ノ》之豊島郡、豊島氏掫《はじめテ》兆《てらス》二豊島郡《ニ》一。為《つくル》二熊野神座《ヲ》一。地之《これヲ》曰《フ》二王《わう》子《じト》一。山之《これヲ》曰《フ》二飛鳥《ト》一。蓋《けだシ》自《より》レ此《これ》始《はじまル》也。熊野之川、曰《フ》二音《おと》無《なしト》一。川《ノ》流《レ》、象《かたどル》レ焉《これニ》。爾《じ》来《らい》四百有紀、土人以《テ》レ旹《ときヲ》祀《まつルコトこれヲ》レ之、如《シ》二一日《じつノ》一矣。

祀典曰、能野之神、春以花祀《まつ》。鼓《こ》之、吹《ふ》之、旗《き》之、歌《うた》之、舞之。今之王子、祀日鼓、吹、旗、歌、舞者《は》、其来《きた》也尚《ひさ》矣。而《しか》世之邈《はるか》、祠宇《う》荒壊《くわうくわい》、風日不蔽《おほ》。越暨《ここにいたり》寛永中、有司、奉命祇飾祠事、乃《すなは》因故兆新之、遂遷飛鳥祠於本祠。飛鳥之山、有名無祠者《は》、由《よ》焉《これ》。三狐祠、僻《へき》存北叢《そう》云。

今茲《いま》丁巳春三月己亥、我后、省耕《せいかう》之次《ついで》、規《き》土、封《ほう》飛鳥之山、独給祠無所与、永属奉祠者。衛等《ゑいら》、恭《つつし》奉祠、乃《たちま》踏舞捧《ささ》手稽首、敬凡之曰、「於《ああ》、穆《ぼく》我后《がきさき》、事神以誠、治人以明。措《おこな》則正、施《ほどこせ》則行。以禔楽《このらく》郊《かう》為神之郷。神其不歆《う》、明徳惟馨《かんば》」。初《はじ》飛鳥之山、蓬顥蔬《ほうかそ》壊《かい》、雉《ち》兎《と》径《こみち》焉。車駕之肇《はじ》従紀蕃《きばん》来也、有司、行《めぐ》邑吏、容《い》谿谷、道泉《みちせん》瀑《ばく》、礐硞宕确《らくかくとうかく》、洄《さかのぼ》而旋《めぐ》。乃《すなは》植花木数千株。内成遊観、外便蒭蕘《すうぜう》。雇役数千人、二紀之久、猥《わい》大為美土。花木亦為林、毎春旹《とき》爛熳焉。豈惟《あにただう》種善種乎。祀典所謂《いはゆる》、「春以花祀《まつ》者、冥犁《めいけい》会之奇。非抑《そもそも》亦国家之符也」。遂鑱《のみ》于石以為表経。銘曰、

緜邈《めんばく》　洪荒　有神開国　垂跡峯紀　東土是祀　明明我后
来封其域　神之眷祐《けんいう》　豊穰薦至　本支繁衍　其麗豈《あ》億
八《はち》埏《えん》懐《いだ》仁　神祇饗《もてな》徳　千歳懿《い》範《はん》　之石是勒《ろく》

元文丁巳之秋　奉祠金輪寺住持権大僧都宥衛太東都図書府主事鳴鳳郷代撰拝書

惟《おも》ふに峯国の鎮、熊野の山と曰ふ。神有り、熊野の神と曰ふ。実は伊弉冉尊《いざなみのみこと》なり。伊弉諾尊と事解王子《ことさかのをのみこと》とを配祀す。或いは之《これ》を三神と称す。事解は別に飛鳥の祠と為《な》る。三狐神《みけつかみ》、焉《これ》に副《そ》ふ。語は神史の中に有り。別に録して蔵《をさ》む。

誌に曰く、「在昔《むかし》、元亨中、武の豊島郡、豊島氏、刱《はじめ》て豊島郡に兆《てう》す。熊野神座を為《つく》る。地、之《これ》を王子《わうじ》と曰ふ。山、之《これ》を飛鳥《あすか》と曰ふ。蓋《けだ》し此《これ》より始まるなり。熊野の川、音無《おとなし》と曰ふ。川の流れ、焉《これ》に象《かたど》る。爾来《じらい》四百有紀、土人旹《とき》を以て之《これ》を祀《まつ》ること、一日《いちじつ》のごとし。

祀典に曰く、「能野の神、春は花を以て祀《まつ》る。之を鼓《こ》し、之を吹《ふ》き、之を旗《き》し、之を歌《うた》ひ、之を舞《ま》ふ。今の王子、祀日に鼓、吹、旗、歌、舞するは、其の来《きた》ることや尚《ひさ》し。而《しか》るに世の邈《はるか》なる、祠宇《しう》荒壊《くわうくわい》し、風日蔽《おお》はず。越《ここ》に寛永中に曁《いたり》て、有司、命を奉じて祠事を祗飾し、乃《すなは》ち故兆に因《よ》りて之《これ》を新たにし、遂に飛鳥の祠を本祠に遷《うつ》す。飛鳥の山、名有りて祠無きは、焉《これ》に由《よ》る。三狐祠は、僻《へき》して北叢《そう》に存す」と云ふ。

今茲《いま》丁巳の春三月己亥、我が后、省耕《せいかう》の次《ついで》、土を規《き》し、飛鳥の山を封《ほう》じ、独《た》だ祠を給ふに与ふる所無きのみは、永く奉祠の者に属す。衛等《あいら》、恭《つつし》んで奉祠するときは、乃《たちま》ち踏舞は手を捧《ささ》げて稽首し、敬て之を凡して曰く、「於《ああ》、穆《ぼく》たる我《わ》が后《きさき》、神に事《つかふ》るに誠を以てし、人を治むるに明を以てす。措《おこな》へば則ち正し、施《ほどこ》せば則ち行ふ。諟《こ》の楽郊《らくかう》を以て神の郷と為《な》す。神其れ歆《う》けず。

明徳惟《こ》れ馨《かんば》し」と。

初《はじ》め飛鳥の山、蓬顆《ほうか》蔬《そ》壊《かい》し、雉兎《ちと》径《こみち》す。車駕の肇《はじ》めて紀蕃《きばん》より来るや、有司、邑吏を行《めぐ》り、谿谷を容《い》れ、泉瀑《せんばく》に道《みち》し、磊硞宕确《らくかくとうかく》、洄《さかのぼ》りて旋《めぐ》る。乃《すなは》ち花木数千株を植う。内に遊観を成し、外に蒭蕘《すうぜう》に便す。雇役数千人、二紀の久しき、猥大《わいだい》して美土と為す。花木も亦た林と為《な》り、毎春旹《とき》に爛熳す。豈《あ》に惟《た》だ善種を種《う》るのみならんや。祀典に所謂《いはゆる》、「春は花を以て祀《まつ》る者、冥稡《めいけい》之《こ》の奇に会す。抑《そも》そも亦た国家の符に非ず」と。遂に石に鑱《のみ》して以て表経と為《な》す。銘に曰く、

緜邈《めんばく》たる洪荒　神有り国を開く　跡を峯紀に垂れ東土是れ祀る　明明たり我が后　来て其の域を封ず　神、之を眷祐《けんいう》す　豊穣薦至し　本支繁衍す其の麗豈《あ》に億のみならん

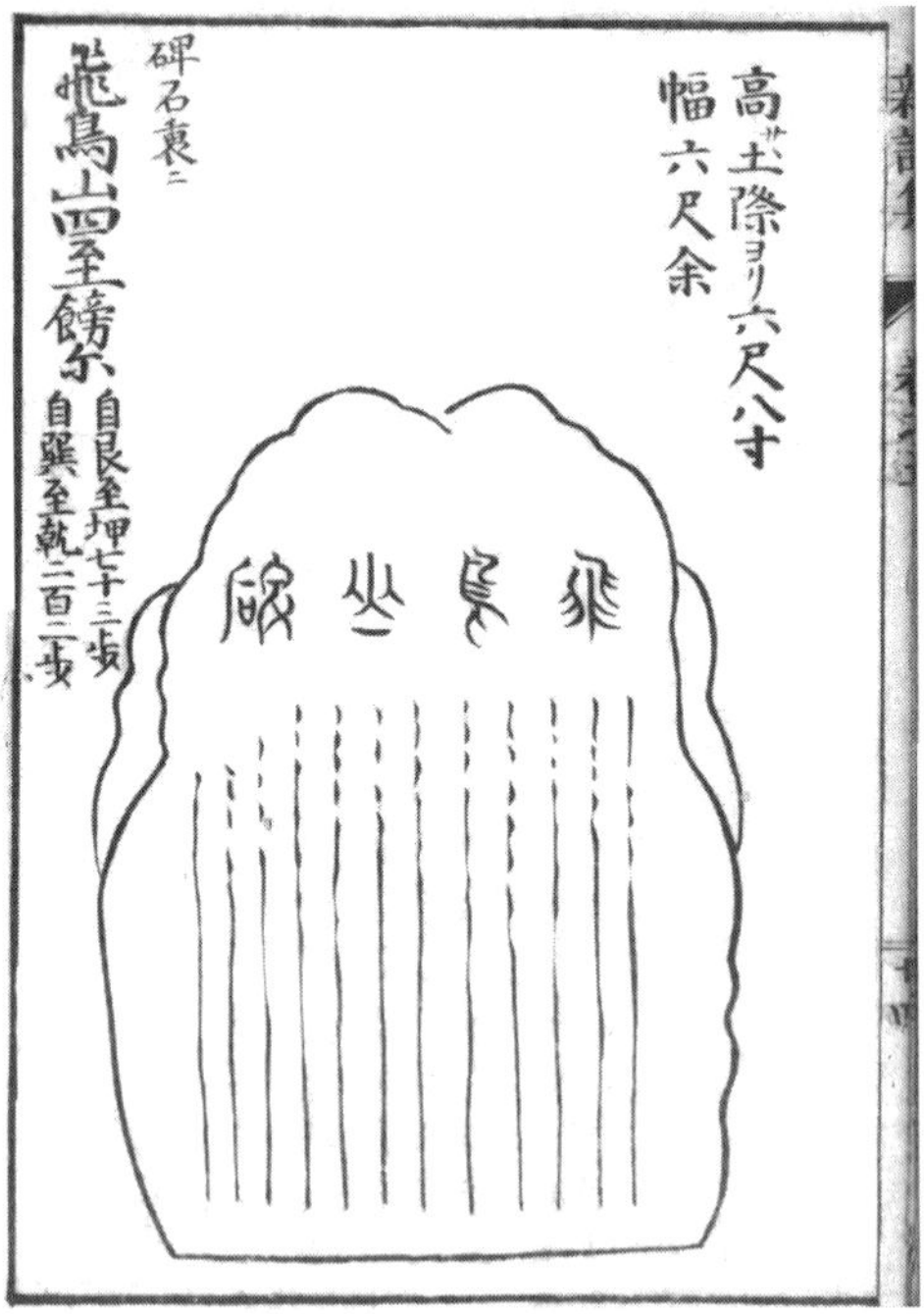

や　八埏《はちえん》、仁を懐《いだ》き　神祇、徳に饗《もてな》す　千歳の懿範《いはん》　之れ石は是を勒《ろく》す

高サ土際ヨリ六尺八寸
幅六尺余
碑石裏ニ
飛鳥山四至饒爾自艮至坤七十三歩 自巽至乾二百二歩

恕翁はいづれの所の人といふことを知《し》らず。常に姓名をいはず、さだまりたる居所もなく、こゝかしこ心にまかせて遊行す。二年《ふたとせ》あまりも前《まへ》のとし、東武に徘徊《はいくはい》して、またいづちともなく行きぬ。あとに反古やうのもの有り。見れば、年ごろ聞《き》きけることを、おかしく、書《か》いつけ残しをき侍るなり。あやしきことも有り、または人の戒《いましめ》ともなるなどやうのことも有りけり。年暦をしるさず書《か》きしは、当時のことにや有りけむ。あるいは「それの年」などと記《しる》したるも見《み》ゆ。昔《むかし》のことにやありけん、しらず。げに虚実雑談集と名《な》づけしも、むべなるかなや。書林なにがし、梓にちりばめんとこふ。うち捨《す》てんも本意《ほゐ》なきことゝ思《おも》ひて、ゆるしあたへ侍りぬ。

寛延二己巳とし冬

蘭宝

虚実雑談集抜

寛延二己巳年冬

江都書林　日本橋南一町目

須原屋茂兵衛板

玉《ぎょく》婦《ふ》伝《でん》

野澤　真樹＝校訂

奇談玉婦伝序

「外は菩薩《ぼさつ》に似《に》て美《うつく》し。内は刃者《やしや》のごとくにして怖《おそろし》き」との釈氏《しやくし》の化言《けげん》は片手打ちの甚《はなはだしき》ならめ。賢愚《けんぐ》邪正《じやせう》如何《いかん》ぞ男女の隔《へだて》有るべけむや。かしこき代々のをふな諸《もろもろ》に書き顕《あらは》せしは神の御国《みくに》のいさほしなり。ここに五章《ごしやう》、遠《とを》つ国遠《とを》つ往古《むかし》にあらぬ新《あらた》なるをかぞへ、蓋《けだし》児女《じじよ》の賢《かしこき》より賢《かしこき》に移《うつら》しめむ端《はし》にもやと、つたなきことの葉種《はぐさ》の末ひろき浜《はま》の真砂子《まさご》の中より拾《ひろ》ひて玉婦伝《ぎよくふでん》と呼びつつ、華桜木にひらきて春深《ふか》きよみものとなし畢《をはんぬ》。

東都飛花窓

爾時安永四未年孟春　文母戯述

奇談
玉婦伝

惣目録

目録終

奇談玉婦伝巻之一

轆轤首争レ婚《ろくろくびにこんをあらそふ》

今は昔《むかし》、吾妻《あづま》なりける片《かた》山里に秦《はた》の新宮司《しんぐうじ》氏雄《うぢを》といへる者ありけり。鐘楼《しゆろう》を守《まもる》を職《しよく》とせり。かるがゆゑに、世の人鐘撞《かねつき》と云ひあへり。家富栄《とみさかへ》、従者《づしや》あまた有りて兄弟《はらから》の子をもてり。兄《あに》を斎宮《いつき》とて徳実《とくじつ》の生《うまれ》なり。妹に香蘭《からん》といひて、心ざま優《ゆう》にして和漢《わかん》の文《ふみ》に心をよせ、よはひ十七にて容頬美麗《ようぼうびれい》なること小町・衣通《そとをり》も面《をもて》を覆《ををひ》、貴妃《きひ》・西施《せいし》も艶色《ゑんしよく》なきがごとくなり。殊更《ことさら》糸竹の道《みち》に妙手《めうしゆ》を顕《あらは》しけるゆゑに、聞くに恋ひ、見るに慕《したは》ざるもなかりける。

その中にも三輪津《みわづ》の兵衛《ひやうゑ》となんいへる者の息《そく》、物詣《ものもふで》の帰るさに垣間見《かいまみ》、玉《たま》の緒《を》も絶《たへ》んと恋ひわたりけるを、父母はやくも悟《さとり》て妻《め》取《と》り得させん事を乞伝《こひつたへ》けるに、氏雄《うじを》も似合はしき事に思ひぬれば「嫁に送《をく》らん」といらへして既《すでに》その事調《とゝのひ》けり。然《しか》るに三輪津《みわづ》かたよりいなみ変《へん》じけるとなり。ひたすらに乞《こひ》ける縁《ゑん》を今更約《やく》を違《たが》ふるは、いかなる故障《こしやう》と云ふ事をしらず。氏雄《うぢを》あへて残念とも思はず、「人並々に生立《をいた》ちし娘なれば、かばかりの縁《ゑん》はいつとても組《くみ》やすし。さはあれ盛《さかり》のうちに嫁仕《かしづかへ》させん」とてあれこれ求《もとめ》けるに、娘の美形《びけい》を聞きつたへ、あなたこなたより妻《め》とらんと乞ひ争ひて門前に媒介市《ばいかいいち》をなしけるとなん。千引《ちびき》の石の縁《ゑにし》の綱《つな》、「誰をかは結《むす》ばん」と心惑ひて家内を集《あつめ》、衆儀《しゆぎ》判《はん》

にて聟がね定まり、吉辰《きつしん》をゑらみ嫁送りせんとしける所に変替《へんがへ》来たる。「さあらばまたこなたへ」と談《だん》じけるに、これもまた異変《いへん》に及びけり。麻蓬《あさよもぎ》と乱《みだれ》て妻《め》取らんと乞ひ争《あらそひ》ける家々、のこらず約《やく》を変《へんじ》退《しりぞき》けり。凡そ吾妻《あづま》に並《ならぶ》方なき美室《びしつ》。殊さら女工《じよこう》の道くらからざる娘をや、初《はじ》めに恋ひわびし人々、かく異《ことなる》は奇《き》なりとするの大《あふい》なるべし。氏雄《うじを》も今は他の計《はかり》おもはんことを憂《うれへ》、たとへ貧《まづしき》人なりとも家系《かけい》さへ正《ただ》しくは千金を添へて嫁せんことを求むといへども、殊《さら》に縁談《ゑんだん》する人のなかりけるこそうたてけれ。

哀《あはれ》なるは娘香蘭《からん》、深窓《しんそう》に閉籠《とじこもり》、罪《つみ》なくてみる配所《はいしよ》の月にひとしく、桂男《かつらおとこ》の袖の香《か》もいつしら玉の涙《なみだ》の雨。晴間《はるるま》もなきもの思ひ。「人の笑ひ思はんことの恥《はづ》かしさよ」と衣《きぬ》引きかづきうち伏《ふし》居りける所へ、近頃《ちかきころ》より給仕《きうじ》しける槌《つち》といへる女訪《とぶら》ひ来たり、つれづれを慰《なぐさめ》、「世の中に縁《ゑん》の遠きはまま有るなり。辱《はづかし》み給ふは御《み》心のせまきより出づる七《ななつ》の情《じやう》に病《やまひ》を得《うる》と承《うけたまはり》候へば、ただ煩《いたつき》ましましまさんことを

案侍《あんじはべ》るなり。されば御家《か》人《じん》多《をを》き内にも権東六《ごんとうろく》と云ふ人は真の忠《ちう》ある人とこそ存じ候へ。「君のかく物思はせ給ひなば、病《やまひ》に伏《ふさ》せ給ひなん。おこと諫《いさめ》まいらせて遊事《ゆうじ》に御心を移《うつし》申し、鬱気《うつき》を晴《はら》し奉れ」としみじみとのおしえなり。いざさせ給へ。興《きやう》ある方へ誘《いざなひ》申さん」と進《すすめ》ける。

香《か》蘭御寮《らんごりやう》世に嬉《うれ》しげなる顔《かん》ばせにて「やさしき人の詞《ことば》かな」とばかりのいらへにて、またも枕《まくら》に伏《ふし》給ふに力《ちから》なく、槌《つち》は主氏雄《あるじうぢを》にまみえ、香《か》蘭御寮《らんごりやう》の病《やまひ》に伏《ふし》給はんことを嘆《なげき》、権東六が厚志《こうし》の程をもこまやかに述《のべ》けるに、子を思ふ世の中、父母の心にさかひ教《をしえ》を用ゐず、あらゆる悪業《あくぎやう》をなせし子さへも、焼野《やけの》の雉子《きぎす》、夜《よる》の靏《つる》と悲愛《かなしみあい》す習ひなるに、ましてや人に勝《すぐれ》て孝貞《かうてい》をまもり一点の不足なき子なるものを、父母のこころのいかならん。主《あるじ》夫婦涙《なみだ》にくれ、権東六・槌《つち》が節義を感《かん》じ入り、「両人よきにはからひ慰《なぐさめ》くれよ」との主人《しゆじん》の仰《をを》せ嬉《うれし》く、権東六・槌、二人談《だんじ》て、いなむ娘を無理に進め、けふは飛鳥《あすか》の花に遊《あそび》、翌《あす》は日暮《ひぐらし》・隅田《すだ》・庵崎《いほさき》、舟よ芝居と日《ひ》毎日《ごとひ》毎の出《で》養生《ようぜう》。紅《くれない》に染《そみ》、方円《ほうゑん》に馴《なれ》る水のごとく移《うつり》やすきは人心にて、労性下地《ろうせうしたじ》とみえし香蘭《からん》も心浮《うき》立ち、よろずさゐざゐしかりけるに、主人夫婦悦《よろこびあふ》大かたならず、「権東六・槌《つち》が忠情《ちうじやう》のなす所なり」とて厚賞《あつくしやう》しけるに、両人面目《めんぼく》をほどこして益《ますます》いたはり慰《なぐさめ》けり。

ある夜密《ひそか》に娘の深閨《しんけい》へ槌《つち》来たり、屏風《びやうぶ》を音信《をとづれ》て内に入り、やや物語過《ものがたりすぎ》て一封の文を出だす。香《か》蘭《らん》取り上げひらきみるに、「心の奥《をく》の岩《いは》つつじ、いはで果《はて》なんよりは」と書き出だしたるはたひろの権東六が艶書《ゑんしよ》なり。香蘭驚《おどろく》色もなく繰《くり》かへし繰《くり》かへし、莞爾《につこ》とうち笑《ゑみ》給ひ「誠の心あらば」と

のいらへ。「誘水《さそふ》あらばの図へもつてまいりし」と槌《つち》は心に黙《うなづき》、権東六が節《せつ》なる心のたけをうちならべ、夫《そ》れよりして男を閨《ねや》へしのばせをき、「仲人は宵《よい》の程《ほど》」と香蘭《からん》の背中《せな》を一つ打ちて、その座を退《しりぞき》けり。

娘は尻目に涙を含《ふくみ》、「足下《そこ》に思はるる事のうれしさよ。さりながらまた悲《かなしき》事の侍ふぞや。伯父君《をぢぎみ》の御媒《なかだち》にて何某殿《なにがしどの》へ嫁入りさせんとの事なり。これまで諸所の縁組調《ゑんぐみととのは》ず、父母君の心をいたましめたるわらは。いやといはれぬ義理《ぎり》に成りし」と聞きもあへず、「その事は少しも労《ろう》し給ふまじ。またこの度も先より変候《へんじ》なり」と云ひけるに、娘かへして「いやとよ、さにあらず。伯父君《をぢぎみ》の計《はから》ひにて、いつの幾日に結納《しるし》の送り物来たるとなん。足下《そこ》に今かく思はれても父母の仰せも否《いな》みがたし。今更熟《じゆく》せし縁の恨《うらめし》や」と眉《まゆ》をしばめて案《あん》じけるを、権東六をしかへして「更《さら》々物思ひ給ふまじ。またの変替《へんがへ》某《それがし》が肺肝《はいかん》にあり」と云ふをおさへ、「いやとよ先の心は計《はか》り難《がた》し。殊に物がたき伯父《をぢ》君の誓《ちかひ》を立てての仰せなれば、何とて異変《いへん》の有るべきや」「ハテ愚痴《ぐち》なることを仰せ候。大地《だいち》はうちはづすともこの御縁《ごゑん》も誓調《ちかつてととのひ》申さず」と詞《ことば》はなつて云ひけるに、香蘭ややことばを出さず、涙玉を流し大いに泣《な》いて、「かく水くさき人ともしらでかたらはんとせし口惜《くちをし》さよ。心の底をうちあかさぬは偽惑《いつはりまどはす》しるしなれ」といと恨《うらみ》たる風情に、権東六はや魂《たましい》そぞろに飛びて、「君を思ひ初めまいらせて、賤《しづ》が心を尽《つくせ》しことなかなか一朝一夕《いつちやういつせき》にあらず。心中の深きをあらはし申すべし」と面をただし語りけるを、後《のち》にあらはしぬ。

さる程に、氏雄《うじを》夫婦は娘のことのみ案《あん》じ憂《うれへ》、寝食《しんしょく》も心よからざりしを、両人が忠義の気転《きてん》より鬱《うつ》性《せう》もさんじ日に増し清らかなりければ、安《やすき》の思ひをなし、酒なんど酌《くみ》かはし、両人が功を賞美してうちよろこび、夜もいたく更《ふけ》ける折からに、娘の香蘭《からん》まみえ来たり、父母の機嫌《きげん》を伺ひ、さて家の子木工之進《もくのしん》を招き近寄せて、「わらはが臥所《ふしど》の子細《しさい》をみて給はれ」と有りけるゆゑ、閨《ねや》に入りてうちみれば、家士《かし》権東六、短刀《たんとう》に脇腹《わきばら》を貫《つらぬか》れ朱に染《そみ》、命も絶々《たへだへ》なりけるに、「こはそもいかに」と氏雄《うじを》に告《つげ》ておどろきぬ。香蘭《からん》少しもさはぐ色なく、「思ふ胸有りて自《みづから》かくはからひし」と云ふに、氏雄《うじを》色を失《うしなひ》、「人を害《がい》するの罪《つみ》軽からず」と傍《あたり》近き懇友《こんゆう》を招《まねき》、密《みつ》々評儀《ひやうぎ》しけるに、「いまだに手負《てをい》の命有れば、金銀を与《あたへ》、彼《かれ》が親族《しんぞく》をなだめんより外《ほか》なし」と人を走らせ親《したしき》をよび、色々なだめすかすといへども、更《さら》に受けがはず、「人間の命、金銀に代《かゆ》べきいはれなし。公《をやけ》へ達《たつ》し、すみやかに法《ほう》を得て怨《あだ》をさんぜずんば有るまじ」と訇《ののしり》ける。

兎角《とかう》するうち、公《をやけ》の役官従者《やくくはんづさ》引き供《ぐ》し入り来たり、手負《てをひ》の疵《きず》をあらため、さて香蘭にうちむかひ、「汝、女の身として人をあやむることもつての外の至り也。但し狂気ばししたるや。いかに」と有りける時に、香蘭衣紋《えもん》をかいつくろひ云ひけるは、「家来権東六わらはに心をかけ、工偽事《たくみいつはり》をもつて数所《すしょ》の縁談《あんだん》を妨《さまたげ》悪名を世にふらし候を、色によそえて問《とい》おとし侍ふ。その趣意《しゆい》は縁組《ゑんくむ》家の知音《ちいん》つてよきあたりへ行き、わらはが身を「轆轤《ろくろ》首《くび》なり」と云ひはやし、「その証とする所は咽《のんど》の下に筋二つ有り」なんどと誠しやかに語り偽《いつはり》て数所の縁談《あんだん》をやぶりさけ、恥《はづか》しき名をあらはせし身の怨《をん》

敵《てき》なり。かく諸所の結縁異変《けちゑんいへん》に及び候こと、我身ながらも心得ずと思ひ、痛《いた》はる体《てい》になして事を伺ふに、槌《つち》といへる下女と謀《はかり》て自《みづから》を穢《けが》さんとの手立てをなし侍ふに、乗りたる風情《ふぜい》にもてなし、謀《はかりごと》の裏《うら》をかいてまんまと浮名《うきな》をたてし事を問《とい》をとし、思ふ儘《まま》にかく怨《あだ》をむくひしうへは、とく罪《つみ》に行《おこなはる》べし」と潔《いさぎよき》詞《ことば》弁舌《べんぜつ》滝《たき》の流《ながる》るにひとし。さればこそ「鐘撞《かねつき》の娘は轆轤首《ろくろくび》なり」と世の人云ひもてはやすは、権東六が所為《しよい》なりけれ。

両士大いに感心《かんしん》あり、「男に勝《まさ》る始末《しまつ》かな。二人が振舞言語《ふるまひごんご》に絶《たへ》たる大悪人なり。さりながら片《かた》口《くち》にては決定《けつじやう》しがたし」と槌を禁《いましめ》させ、手負《てをい》権東六をはたと白眼《にらみ》、「己真直《をのれまつすぐ》に白状すべし。陳《ちん》じ偽《いつはる》におゐては骨《ほね》をひしぎ水火の災《せめ》をもつていはしむる」との一言《ごん》、天の命《めい》ずる理《ことはり》、頭《かうべ》の上に百雷《ひやくらい》の落ち下るがごとく、陳《ちんず》るに詞なく、娘を犯《をかし》、主を無きものにし、家を奪《うばはん》と謀《はかりし》段々、器物《うつはもの》をうちかへせしごとく白状に及ぶ事明白《めいはく》たりしかば、「極悪人《ごくあくにん》かな」とて忽ち獄に繋《つなが》れ、重刑《をもきけい》にふせられけるとなん。両士、香蘭《からん》を深賞美《ふかくしやうび》あり、礼を厚《あつう》して別《わかれ》けり。

この事四方へ弘《ひろ》ごり、いひもてはやしけるゆへに、轆轤首《ろくろくび》の偽名《ぎめい》晴れけるのみならず、「知勇兼《ちゆうけん》備《び》の娘、容形《かをかたち》は三十二相《そう》の及ぶ所にあらず。七十五相《そう》のまれもの」と伽羅《きやら》の価《あたい》なんどのごとく、よくも悪くも世の人のことのは種《ぐさ》と成りてその名高かりしゆへ、思ひこがれざるはなかりけり。最初《さいしよ》に妻《め》とらんと恋ひしたひし数多《あまた》の浮《うか》れ男《を》ども聞き伝《つたへ》、「かの悪人めに欺かれて日本一の妻をはぶきし事よ」と後悔臍《こうくはいほぞ》を喰《くい》、再婚嫁《ふたたびこんか》を乞ひてあまたの媒《なかだち》氏雄《うじを》が家につどひ来ける。一夜にかは

りゆく淵瀬《ふちせ》の世の中にて、打つて替へたる家のざざめき。今ぞ匂へる菊の花、何れの人の手折《たお》らん。聟《むこ》がねたちの仲人広間に居流《いながれ》、娘ひとりを三十《みそ》にあまりて乞ひ争ふ事と成りけるもまた希《き》なり。氏雄《うじを》も返答《へんとう》にほとんど当惑《とうはく》。家の子木工之進《もくのしん》を近づけ、まづ三十六客《かく》を退《しりぞ》かしめ、「これより目出度き返答《へんとう》に及ぶべし」と云はせけるに、数客《すかく》さらさら受得《うけえ》ず、「いつまでも席《せき》は去らじ。是非否《ぜひいなや》をうけたまはらでは一寸も動《うご》かじ」と、人々ここを一世の男づくと肘《ひぢ》を張肩《はりかた》をいかり、詰《つめ》かけ詰《つめ》かけ訇《ののし》りけるに、氏雄《うじを》主従《しうじう》も今は持《もて》あまし、計らふ術《じゆつ》も尽《つき》たりけり。

時に末座《ばつざ》より声を発《はつ》し、「かたがたしづまり申さるべし。某《それがし》存ずる胸有り」と中央《ちうわう》へ進出《すすみ》で、分《ふん》別兀《べつはげ》の天窓《あたま》を照《てら》し、知恵の青髭《あおひげ》をおしなで左右をかへり見て云ふ。「引手あまたの聟《むこ》がねにただ一人の嫁御寮《よめごりやう》。つづまる所は一人に帰《き》すべし。依某《よつてそれがし》愚《ぐ》案《あん》には、鬮《くじ》取りにして御縁定《ゑんさだめ》あらば、これに

て面々仲立ちの分も立ち申さんやと存ずるなり」と述《のべ》ければ、主方《あるじかた》を始め一同に、「希《き》なるかな妙《めう》なるかな。鬮《くじ》に当《あた》ざるも面々の不運《ふうん》なれば、遺恨《いこん》はさらさらあらじ。げにも風流なる縁結《えんむすび》」と、をのをの席《せき》を改《あらため》結《むすぶ》の神を祈《いのり》、或《ある》いは聖天《しやうてん》を念じて待ちたりけり。香蘭《からん》このよし聞き給ひ、「いかでか、かかるまさなき事の有るべきぞ。自《みづから》思ふ胸《むね》にまかせて答《こたへ》ん」とて、嫁福引《よめふくひき》は止《やみ》けるとなん。

かくて蘭女《らんじよ》は側仕《そばつかひ》の妐《こしもと》小菊といへる発才《はつさい》ものに口上まめやかに言ひ教《をしへ》て、やがて挨拶《あいさつ》に出だしける。広間《ひろま》せばしと媒介《ばいかい》ども、片唾《かたづ》を呑《のん》で待ちける所へ、瓢《ひやう》々然《ぜん》として小菊立ち出で、礼終《れいをはり》、「さて娘香蘭申し述《のぶる》一通、御聞きあれ」と云ひて小庭《こには》に指《ゆびさし》、「あれ御覧《らん》ぜ。今を盛《さかり》と咲乱《さきみだ》れたる草花は紫陽花《あぢさひ》と申すもの。また七化草とも申すよし。この花の心をたとゆれば、この度《たび》の聟方《むこがた》の心にひとし。さまざまに変《へん》じて旦夕に色替はる心のつたなき紫陽花《あぢさい》を生界《せうがい》の花と詠《ながむ》る主人、香蘭にては侍はず。蘭の花と紫陽花とは中々つりあはぬ花競《はなくらべ》にて侍ふ。浅々しき隅言《ぐうげん》に惑《まどひ》、真偽《しんぎ》も糺《たださ》ず約《やく》を変《へんず》る臆《をく》病《びやう》にて、轆轤首《ろくろくび》の妻《つま》をむかへんとは片腹痛《かたはらいた》し。恐《おそろ》しき妖《ばけもの》にて候へば、御無用にこそ侍へ。自《みづから》もさらさら心はなく候間、御縁の事はこの度はまたこなたよりいなみ申すなり」と歯《は》に衣きせず蘭女《らんじよ》の口上妐《こしもと》小菊が糸口の筋《すじ》をみださず述《のべ》けるに、各面《をのをのをもて》を見合はせ、忙《ばう》々然《ぜん》と惘惑《まうわく》しけるが、「つくづく慮《をもんばかる》に得心《とくしん》なきを押《をし》て云ふべきの法なし。云ひつのるほど虚気者《うつけもの》の沙汰《さた》なり」と初《はじ》めて悟《さとり》をひらき、暇《いとま》も告《つげ》ず頭《かしら》を抱《かかへ》、鼠の逃《にげる》がごとくみなみな立《た》ち去《さ》りけるとなん。

ここに西国方の大守、桜山殿の御下腹《したばら》の末《すへ》の若殿、靭負《ゆきへ》之《の》助《すけ》殿と申せしは、片田舎《かたいなか》の下館《しもやかた》に住ま

せ給ひ、御末男《ごばつなん》の事なればよろづ家臣並にかるく渡らせをはしけるが、蘭女の始終《しじう》をほの聞かせ給ひ、みぬ恋種《こひぐさ》にあこがれさせ、漸《やうやう》よすがを求《もとめ》、千々の思ひをこめし章息《しやうそく》を送らせ給ひける。蘭女うち詠め、「かかるやごとなき御方の思はせ給ふ忝《かたじけな》さよ。さりながら父母《たらちね》のゆるがせたまはぬゑにしを私《わたくし》にむすばんいはれなし。ただ親上にこの事仰せてむかへ給はれ」とのいらへなりけるにぞ、氏《うじ》雄《を》の懇《ねんごろ》なる人にたよらせ給ひ、あからさまに告《つげ》て乞はせけるにぞ、忽《たちまち》調《ととのひ》、密《ひそか》に勒負助殿《ゆきへのすけどの》へ蘭女《らんじよ》を送りまいらせけり。助殿悦　斜《すけどのよろこびななめなら》ず、偕老同穴《かいらうどうけつ》のかたらひ深かりける。助殿は風流の優人《やさびと》にて、香蘭の方にむかはせられ、「蘭《らん》の字《じ》の訓《くん》よからず。さればこそさがなき名をなしけるぞや。六々の人妻《め》に争ひしと聞くなれば、向後《けうこう》は哥仙《かせん》の前《まへ》と号《ごうす》べし」とうち興《けう》じさせ給ひける。

かくて一とせたちぬるうちに、大殿仮初《かりそめ》の枕に伏し給ひけるが、次第に重き病ふとなりて終《つひ》に失《うせ》給ふ。嘆《なげき》の袂《たもと》も乾《かはか》ざる内に、いかなれば御嫡男《ちやくなん》も世を去り給ひぬ。助殿《すけどの》を初《はじ》め一家中の愁傷《しうしやう》大方ならず。御連枝《れんし》もみなみな多病《びやう》にわたらせ給ひける。かるがゆへに「勒負《ゆきへ》之《の》助《すけ》殿に家《か》督相続《とくさうぞく》あるべし」と家門《かもん》の評儀《ひやうぎ》定まりて、愁ひにかはる喪明《もあけ》の門。継目《つぎめ》の式行《しきをこなは》れ、上下安堵《あんど》の思ひに住《じう》し、和　栄《やはらぎさかへ》る哥仙《かせん》の前《まへ》。高君《かうくん》の簾中《れんちう》とかしづかれけるこそ目出たかりけれ。

奇談玉婦伝巻之一終

奇談 玉婦伝巻之二

従《より》二泉下《せんか》一養《やしなふ》レ母《ははを》

武蔵野《むさしの》のひろき都《みやこ》に軒《のき》たかき万徳《まんとく》といふて、富豊《とみゆたか》なる商家《しょうか》ありけり。その子、位太郎《いたろう》とて性徳柔和《せうとくにうは》にして清《きよ》らかなる男なりけり。父母へ孝行《こうこう》あさからず、父に代《かはり》て業《ぎやう》をよくつとめける。年廿一にもなりければ、「妻《つま》を迎《むかへ》しめん」と父母とやかうしけれども、「遅《おそ》からじ」と辞《じ》しゐける所に、ふと三谷《さんや》の風に誘《さそは》れ、一夜ふたよとしのび行きけるが、しだひに実《み》の入る年盛《としさかり》にて三《み》ツ瀬《せ》といえる美君《びくん》に馴染《なじみ》ける。女郎も位太郎が柔和《にうは》にして物に行きすぎず、きよらかなるに思ひそみ、勤《つとめ》の外の信《まこと》を尽《つくし》けるゆへ、互ひに浅《あさ》からぬ中となんなりぬ。されども貞実《ていじつ》の位太郎なれば、父母に孝おこたらず、業《ぎやう》のいとまあるにしのびて通《かよひ》つつ、短夜《みじかよ》に鶏《とり》が音《ね》をうらみ、雪の旦《あした》の後《のち》の玉章《ふみ》に寒《さむさ》をわすれつつ、二とせあまりかよひ馴《なれ》けり。

父母はしきりに嫁《よめ》をむかへんことをいそぎ、「容義《ようぎ》勝《すぐれ》て家筋さへよくば、貧人《まづしき》の息女《むすめ》なりとも何かはくるしかるべき」と求《もとめ》けるに、家系《かけい》正しき武家《ぶけ》の浪人《ろうにん》の娘、自《みづから》花にたぐらへしや、名もよし野とて無類の美形《びけい》、花ものいえるが如くにて、殊更調度《ことさらてうど》儼《おごそか》ならず嫁仕《かしづかへ》させんと親々の約束《やくそく》調《ととのひ》結納もすみて吉辰《きちしん》を撰《あらび》、はや迎《むかへ》る日にも近づき、万徳《まんとく》夫婦はいふも更《さら》なり、一門悦《よろこび》の色をなし家内

さざめくその中に、うかぬは花聟《はなむこ》の位太郎。孝を守《まもる》の心から親の命いなみ難《がた》く領掌《りやうじやう》しけれども、深《ふかく》かはせし三ツ瀬が中、思ひきられぬ惑《まどひ》と成り、密《ひそか》に抜出《ぬけいで》、竹輿《かご》を走《はし》らせ花街《くるは》にいたり三ツ瀬に見《まみへ》、愁《うれい》の色外に現《あらはれ》ければ、「何をかは思ひ給ふぞ。包《つつ》ませ給ふの謂《いはれ》あるまじ」とうちうらみければ、太郎涙《なみだ》にむせびながらしかじかの訳《わけ》を語《かたり》、「けふの今まで父母へ孝行こそせね、さのみ心に違《たがい》しこともなき身の、今にいたりて大不孝の仕始《しはじめ》の仕おさめ」と跡《あと》云ひさして泣《なき》けるに、三ツ瀬もやるかたなき悲《かなし》さ。まづ酒をすすめていさめけるとなり。位太郎この時にいたりて年頃の貞実《ていじつ》忽《たちまち》傷《やぶれ》、妻《つま》をむかふるの心半点《はんてん》もなく、「三ツ瀬と共に死《しし》て未来《みらい》の契《ちぎり》をむすばん」と、みえもせぬあの世を楽《たのしみ》、智恵《ちゑ》の鏡《かがみ》もかき曇《くもり》たる恋の闇《やみ》。心中して失《うせ》なんと二人胸《むね》を定《さだめ》けるこそはかなけれ。

「いざさらば骸《かばね》に晴《はれ》を飾《かざら》ん」と、三ツ瀬が願《ねがひ》の白小袖たがひに着かさね、事ふりぬれど褄《つま》と褄とをくくりつつ、いつの何日《いつか》の夜とやくそくかため、なを衣《きぬ》々に袖濡《ぬれ》て、位太郎は立ち帰り、死装束《しにしようぞく》の対《つい》の白無垢《しろむく》を頓《とみ》にこしらへ先《さき》へ送りやり、さて約束《やくそく》の日に成りぬれば観音薩埵《くはんをんさつた》へ詣でて後の世を誓《ちかい》、日あしもいまだ高ければ暫茶店《しばしさてん》に休らひ、「夢の浮世」と観《くはん》じつつ辞世《じせい》の一句を残さんと案《あんじ》みれども更に趣向《しゆこう》もたたざれば、「我ながら浅《あさ》ましのこころかな」と身をかへり見、今宵《こよひ》の露《つゆ》ときへなば翌《あす》は浮世のことの葉種《はぐさ》。難波津《なにはづ》ならば咲くやこの、狂言綺語《きやうげんきぎよ》にとりむすびて、嘸《さぞ》や憂名《うきな》を三ツ瀬の河に、流迷《ながすまよひ》の路《みち》すがら、「曲輪《くるは》に心中の有りし」と往来《ゆきき》の噂《うはさ》聞くにつけ、「おなじ思ひの人もまたあるものかな」と余所《よそ》の哀《あはれ》もいとど身に染《しむ》雪の土手、追《をひ》々来る人の噺《はなし》をよく聞けば、心中の主《ぬし》はこよ

ひ死なんと約《やく》せし三ツ瀬にて、「対《つい》の白むくきよらかに、男も女もいさぎよく死《しし》たりし」との慥《たしか》なる沙汰《さた》に、位太郎一円合点《いちあんがてん》行かず、「我が魂《たま》の先へ走り死にたるや、そもいかに」とそぞろにいつもの茶屋に至り、しかじかの事を問《とい》けるに、心中して死《し》せしはいよいよ三ツ瀬に極《きはま》りぬ。このとき位太郎天の仰《あほい》でたんそくし、「かくまでたぶらかされし口惜《くちをし》さ。死手《しで》の晴着《はれぎ》の白小袖、他人《たにん》に着せて死にたるとは、思へば思へば腹だちや」と、燃《もゆる》がごとくに成りけるも理《ことはり》ぞかし。女房一封《ぷう》の文を取り出だし「これをぬしさまへくれぐれ届得《とどけえ》させよと、禿銘《こだま》が来し跡《あと》に間もなうかかる事と成り侍《さむろ》ふて肝《きも》つぶれ、今にこの胸《むね》のおどりもやみ申さず。如何《いか》なることか書き残《のこし》給ふらん。御らんぜよ」とすすめつつ、閊《せき》にせき立つ位太郎を無理《むり》にすかして読《よま》しむる文の二十尋《はたひろ》、「心は蛇形《じやぎやう》の女め」と、思ひながらも繰《くり》かへし繰《くり》かへし見終《みをはり》けるが、「アツ」と一声叫《さけん》で懐《ふところ》にをさめ、とどむる袖をふり放《はな》し、忽《たちまち》我が家へ帰りしは、いかなることとともわきがたし。

さる程《ほど》に万徳が家内には婚礼催《こんれいもよい》のいそいそと、二親一門つどひ寄り「位太郎が一世の晴《はれ》」と美《び》を尽くしけるに、花聟《はなむこ》は「心地《ここち》あしき」とひと間にこもり、約《やく》を違《たがへ》し不心中の三ツ瀬が事を、露と愁《うれへ》雨と泣《なき》て、残《のこせ》し筆の命毛に細《ほそき》ともしの明《あかり》をてらし、また繰《くり》かへすそのことのはに、

すぎにし去々年《をととし》、雪の夜をはつの逢瀬《あふせ》の仇枕《あだまくら》。つもりつもりて深《ふか》く成りまいらせ候。偽《いつはり》ならぬ心は日頃にしろしめさるべし。このふし御誓《ちかひ》をたがへ、かくなりまいらせ候不心底《ふしんてい》、女の風上にもと世の人のそしり種《ぐさ》、ぬしさまの御恨《うらみ》、おしはかりまいらせ候。はばかりながらかん癪《しやく》

を御しづめ、よくよく御覧《ごらん》じ御くみわけねがひ上げまいらせ候。

まづまづ御まへさまには御孝貞《こうてい》の御こころ深く、何くらからぬ太切の御身。このふし娵君《よめぎみ》御むかへゆへに、「死んでくれよ」との仰《おほ》せごと。賤《しづ》が身にとりてはいかばかり有がたく、言葉にも筆にもなかなか尽くし難《がたく》候。我が身にしに離《はなれ》がたき御心《しん》ゆゑ、足《たら》ざる事もなき御身のこの世を去らんとの御心、そのふし諫め申しなば、金言《きんげん》耳にさかひ、良薬《りやうやく》口に苦《にが》しとやらんにひとしく、御聞き入れなきのみならず、比興《ひけう》の者と御さげしみのうらみごと、これまでの誠《まこと》も水に成りまいらせ候まま、刃に伏して御異見《ごいけん》申し上げ候。

さて身にしと相対《あいたい》に死に候人は、ぬしさまに逢ひまいらせぬ前よりも深《ふかき》人にて御座候。いにしゑはよしある身なれども、我《わが》身ゆへに零落《をちぶれ》てけふのたづきもならず、身にし事をこの世の力種《ぐさ》とたのむ、よるべなき身のうへのいたましく候。この人また我が身の出世をいなみ、うらむ心根はさらさら御ざなく候。また一生を連添《つれそふ》人にてもなく候。またこのことばかりはぬしさまへかくしまいらせ候。時に主様深く思ひ下さる身にしも、またぬしさまならではと思ひ候が因果にて候。さてとよ、このふしの思し召したち、さんざんの御不了簡《ふりやうけん》、とくと御遠慮《ゑんりよ》をめぐらされなば明《あか》るきに至り給はん。太切さいとしさの余《あまり》て候まま、こちらの人へこの世の義理《ぎり》を立ててかく成り行きまいらせ候。この人は独《ひとり》にても死なねばならぬ命。花咲く春もなき埋木《うもれぎ》にて、そのうへ仏神様《ぶつしんさま》にも人々にも忌嫌《いみきらはれ》候あしき病人《やまひびと》にて御座候。またぬしさまは万々年も齢《よはひ》をた

もち給ひて目出度《めでたき》御方、大事の大事のぬしさまと、義理《ぎり》ある人へと、この身一つをあの世この世へわけて死出《しで》の旅路《たびぢ》に趣《をもむき》まいらせ候。これもまた偽《いつはり》と思しめさんなれども、いまはの時に至りて何の嘘《うそ》を申さんや。傾城《けいせい》の偽手管《いつはりてくだ》も公界《くがい》の内《うち》のことにこそ。鳥の将《まさ》に死《しな》んとする時にその啼声嘆《なくこえかなし》。人の将《まさ》に死なんとする時その云《い》ふ事好《ことよし》とやら。よくよく御くませねがひまいらせ候。

我が身不便《ふびん》と思し召し候はば、一ぺんの御念仏《ねんぶつ》より、はやく奥《をく》さま迎《むかへ》られ、御中睦《むつまじ》く千代の栄《さかへ》をこそは、草葉《くさば》の陰にていかばかりかは嬉しさの、千部万部《せんぶまんぶ》の供養《くよう》より有がたく受けまいらせん。もし御心惑《まど》はせ給はば犬死《いぬじに》となり候。ただただはやく奥様《をくさま》を迎《むかへ》させ給ふこそは御孝行の第一。我が身には菩提《ぼだい》の為《ため》に御座候。御名残《なごり》は限尽《かぎりつき》せぬことにて、今一度御見《げん》とぞんじ候へども、「いやいや迷《まよい》の種《たね》」と、さりし衣々《きぬ》を永きわかれと、心にて御いとま乞《ごひ》申しまいらせ候。

筆もしどろの跡やさきにて、分《わか》り申すまじく候まま、よくよく御らんわけねがひまいらせ候。幾千代《いくちよ》万々年も御栄《さかへ》遊ばせかしと目出たく

かしく

しづみゆく三ツ瀬の川の底《そこ》いなき
曇らぬ胸《むね》をくみてしれかし

みつより

太郎様まいる

繰《くり》かへし巻《まき》かへし、涙玉《なみだ》を争泣沈《あらそいなきしづみ》しが、忽悟《たちまちさとり》、「嗚呼《ああ》迷ふたり。この上はとく婚礼《こんれい》を結《むすび》て父母のこころをやすんじ、三ッ瀬が情《なさけ》の真《まこと》を立てさすることこそ勘要《かんよう》なれ」と、愁《うれへ》の色を払《はらふ》て三々九度の蝶花《てふはな》がた。嫁《よめ》は名さへも芳野《よしの》の方。花の盛りの妹背山《いもせやま》。睦《むつみ》かさなる八重桜。初《はじ》めにかはる中よしの、三ッ瀬がこともうちあけて、筆に残《のこ》んの操《みさほ》の命毛。芳野《よしの》は感涙《かんるい》袖にみち、「かかる貞節《ていせつ》の三ッ瀬女郎、いじらしの身のうへや」とて折《をり》によそへてたらちねへ物語《ものがたれ》ば、ふた親始《はじめ》て驚《おどろき》、「三ッ瀬とやらんが貞死《ていし》にて位太郎が命を拾《ひろひ》、そのうへ家名《かめい》を穢《けがさ》ざる事、感《かんずる》に絶《たへ》たり」とて、本庄中江《ほんしやうなかのごう》の片辺《かたほとり》に、有るかなきかに世を送居《をくりゐる》三ッ瀬が母を尋訪《たづねとい》、別荘《べつそう》をしつらひて老母をもうけ、一生をやすく養《やしない》、位太郎夫婦は母のごとくにかしづきけるとなん。誠《まこと》に現世《げんぜ》未来へ操《みさほ》を立てて節《せつ》に死し、窮母《きうぼ》へ至孝《しいこう》をなせし三ッ瀬、これらをこそは真《まこと》の恋知《こひしり》といいはん。

位太郎何《な》に闇《くら》からぬ身を、心中して死なんとせしは虚気《うつけ》の甚しきに似《に》たれども、恋情の真《まこと》より出づる心中の相対死《あいたいじに》を、大たはけと人々笑《わらい》あへるといへども、なかなか命の捨《すて》らるるものにあらず。普《ふ》代《だい》相恩《そうおん》の主君《しゆくん》の御太事に及《およぶ》ても、命を惜身《おしみ》を顧《かへりみ》、臆病未練《をくびやうみれん》をはたらく侍《さむらい》算《かぞへる》にいとまあらず。これにたぐらへる時は、恋情に死する人幾許《いくばく》か高し。男女義死《ぎし》するは、士《し》の馬前《ばぜん》に死するもつてはおなじかるべし。今三ツ瀬は花の盛《さかり》を刃《やいば》に伏《ふし》て太郎が栄《さかへ》を諌《いさめ》、渇死《かつし》にせまる男ひとりを見殺《みごろ》さず、共に黄泉《こうせん》の客《かく》と成り、二世の人をさとす。嗚呼《ああ》悲《かなしむ》べし哀《あはれむ》べし貴《たつとむ》べきはこの三ツ瀬なり。

傷㆓二女情㆒《じじよのじやうをやぶる》

日本一の大湊《おおみなと》、難波津《なにはづ》に今を盛《さかり》に富栄《とみさかへ》ける市野部《いちのべ》寿徳斎《じゆとくさい》といえる商家《しやうか》あり。一子直次郎《なをじろう》とて万器《よろづき》用《よう》に実体《じつてい》なりければ、家督《かとく》をゆずりて寿徳斎《じゆとくさい》と号《ごう》し、褊綴《へんてつ》に世をかるく、法《のり》に入りて算勘《さんかん》にたづさはらず。年若《としわか》なれども直次郎夫婦にうちまかせ、楽《らく》々とこの世を去り黄泉《こうせん》の客《かく》となり、爾来《じらい》いよいよ若夫婦内を修《をさめ》、外《ほか》を勤《つとめ》て少しもおこたりなかりければ、前代《せんだい》よりもなを豊《ゆたか》なりけるとなん。

徳あれば疾《しつ》あるの習《ならは》せにて、所柄《ところがら》とてはた商《あきない》といふこと骨髄好《こつづいこのめ》る処にて、この年あまたの金を失ひける。妻の靍女《つるめ》賢《かしこき》女にてひたすらに諌《いさめ》とどむるといへども、さらさら用ゐる心なく、「女の胸《むね》のせちなり」と戒呵《いましめしかり》、これまでの失《しつ》を取り戻さんと以前《いぜん》に倍《ばい》して懸《かかり》ぬれども、運《うん》のなす所なるや、

進《すすむ》に低《ひくく》、退《しりぞく》にのぼりて、幾許《いくばく》の身体《しんだい》をもぬけの殻《から》となしけるゆゑ、今は難波《なには》の住居もならず、「江戸にかすかのしるべを力《ちから》に下りて一旗《ひとはた》あげて会稽《くはいけい》を雪《きよむ》べし」と胸《むね》を定《さだめ》、妻《つま》の鸖女《つるめ》へこまごまと書き残し、「我があやまちより倦《あか》ぬ別《わかれ》の悲《かなし》き」を筆にいはせ、まだ夜をこめて鶏《とり》が啼《なく》吾妻《あづま》へ下りて、鎧《よろい》の渡《わたり》近き辺《ほとり》のしるべに足をとどめ、工夫をこらしけれども、何国《いづく》の浦《うら》とてもおなじ山吹《やまぶき》の色にせかるる早瀬《はやせ》河《がは》、露と答《こたへ》ん白玉さへなき身と成り果《はて》て、詮方《せんかた》なく本町通に名も高き十六次といへる富家《ふか》へ手代勤《づとめ》に有り附きける。

この家に兄弟《はらから》の娘あり。姉《あね》に雛女《ひなめ》とて、よはひ十七にて先腹《せんばら》の生まれ。妹娘に梅とて二つおとりの後腹《のちばら》にて、花を競《くらべ》しごとくの兄弟なり。雛女は殊更美《うつくし》く、孝行の心いと深かりける。誠に花を誘《さそ》ふ嵐、月を覆《ををふ》村雲の世の有さま。継《まま》しき母の鳴《なる》は甚だ心直《すぐ》ならず、うへはへだてなき体《てい》にて、内《ない》心如刃者《しんによやしや》の牙《きば》をならして、主《あるじ》へ折にふれ事によそへて讒《ざん》しける。元より妻によまるる鼻下長毛《びかてふもう》の十六次なれば、真《まこと》と聞きなし産《うみ》の子を隔疎《へだてうとみ》ける。むざんやな雛《ひな》女は針《はり》の筵《むしろ》に座すごとく、涙《なみだ》の絶《たへ》ぬ隙《ひま》もなし。

頃は小春の末《すへ》つかた、商家《しやうか》に蛭子《ひるこ》の神を祭《まつる》日とて美酒《びしゆ》嘉肴《かこう》の山をなし、賓客《ひんかく》を儲《もほけ》、終日《ひめもす》酒宴《しゆゑん》に興じ、夜は尊供《そんぐ》に千万億《をく》の価《あたへ》を論じ、掌《たなごころ》を打ちて膳部《ぜんぶ》をわかち、味《あぢあへ》る事を神祭とす。それより上下和《くはし》、あるひは艶《あん》なる妓《ぎ》を招《まねい》て、歌舞《かぶ》三絃《さみせん》に耳目《じもく》をよろこばしめて遊戯《あそびたはぶれ》るなり。この家も今宵恵比寿祭《まつり》の売買《うりかい》もすみ、酒に長じ各順《をのをのじゆん》の舞《まい》に己《をの》がさまざまのかくし芸《げい》を尽《つくし》ける。

直次郎は直八《なをはち》と替《かへ》てこの季《き》より奉公しぬ。元より発明《はつめい》なる生まれゆへ、今参《いままへり》ながら主《あるじ》の気に入り、朋友《ほうゆう》にも馴親《なれしたし》み、首尾《しゆび》よく勤《つとめ》居りける。「難波《なには》の産《さん》なれば、筑前筑後《ちくぜんちくご》の名曲《めいきよく》さぞならん。きかまほし」と奥《をく》よりの好《このみ》。再応辞《さいほうじ》するを免《ゆる》さず責《せめ》られ、下戸《げこ》ながら小杯《しやうはい》の数に慎《つつしみ》やぶれ、下地は好《すき》の道なり、一二段語《かたり》けるに、元より大坂にて素人《しろと》の随《ずい》一といはれし達人《たつじん》なれば、妙音希代《めうをんきたい》の曲節《きよくせつ》を尽《つく》しけるゆゑに、座中感《かん》に絶《たへ》ざるもなく、今宵《こよい》の花とぞみえにける。

妻の鳴《なる》は好色《こうしよく》の淫婦《いんぷ》にて、直八が浄瑠《じようる》理《り》になづみ、これより後言葉《ことば》に恋《こい》の桟《かけはし》をわたし、目をもつて情《じやう》をよするなど折々なりければ、直八それと悟《さとる》ほどおそろしき事に思ひて、よらずさはらず過行《すぎゆき》けるに、いやまさる恋種《こいぐさ》と成り、人して文《ふみ》を送れども、なかなか手にもふれず戻《もどし》けるゆへ、いとど思ひの浅間《あさま》山、胸《むね》をこがして居《ゐ》たりけるとなん。低《ひくき》に水の下るならひ。恋の叶はぬ八《や》つ当《あたり》に、雛女をいぢり憎《にくみ》けるこそうたてかりける次第《しだい》なり。

奇談 玉婦伝巻之二終

奇談玉婦伝巻之三

かくて娘は余《あまり》のつらさに朝な朝な沐浴《もくよく》して仏神《ぶつじん》を祈《いのり》、「母上の心をやはらげさせ給はれ」と丹情《たんせい》をこらしけるこそ哀《あはれ》なり。継母《まま はは》鳴《なる》はこの体《てい》をちらりと見、「若き身の朝毎《あさごと》に垢離《こり》かき物《もの》拝《をがみ》するは、いたづらごとの願立《ぐはんだて》か、さては親を呪咀《のろう》か、この二つを出でず」と責《せめ》けるにぞ、身も世もあられず「情《なさけ》なの母上の仰せやな。それほどの道しらずにては侍らず」と声うちふるひ云ひければ、「親に向かひて詞がへし。よくよく母を軽んずる」と、嬋娟《せんげん》たる鬢《びん》づらを鷲のごとくの爪《つめ》にてかい抓《つかみ》ての折檻は、目も当《あて》られぬしだひなり。驚《おどろき》あぼふ女ばらをうち散《ちら》して寄《よせ》つけざりける。直八《なをはち》ちらりと様子《やうす》を聞きて、継子《ままこ》憎《にくみ》の邪見《じやけん》放逸《ほういつ》見るに忍びず、鳴《なる》が手にすがり、ことばを尽《つくし》詫《わび》ければ、鬼人《きじん》に横道《あうどう》なしとや、思ひ込みし男の手まへはづかしく、夜刃《やしや》のごとくの大口を含《つぼめ》、ほやりと笑《ゑみ》をつくり、「よき折から」と女共をはるかに遠《とを》ざけ、逃《にげ》んとする直八が裳《もすそ》をとらへ、日頃の思ひ口説《くどき》恨《うらみ》けるに、直八色々利害《りがい》を述《のべ》けれどもさらに承引《しやういん》せず、絶体絶命《ぜつたいぜつめい》の押付《をしつけ》恋に、直八も持《もて》あましける折から、「主《あるじ》の帰り」と告声《つげる》におどろき、邪々馬《じやじやうま》も一間へ逃《にげ》入りけるゆゑ、鰐《わに》の口をのがれし心地《ここち》にて退《しりぞき》去《さり》けり。

娘雛《ひな》は直八が情《なさけ》にて漸《やうやう》責《せめ》を遁《のがれ》部屋《へや》に入り、ほつと嘆息《たんそく》して思ひめぐらすに「我が身かくありては母人の邪見《じやけん》弥増《いやまし》、いかなる事か仕出だし給ひ、父上の難儀《なんぎ》となり家の名をも汚《けが》してん。所詮《しよせん》この

身を無《なき》ものにして母の心を直《なを》になさん」と思ひさだめ、自害《じがい》の心しきりなりけるが、「いやとよ、この家を立ち退《のき》ていかなる淵瀬《ふちせ》へも身を沈《しづめ》ん」と、暮《くれ》を待ちて後夜《ごや》過ぎる頃、漸《やうやう》家を出で、あなたこなたとさまよひめぐりて、三更《さんこう》の頃武蔵《むさし》・下総《しもふさ》へうち渡せし二州橋《にじうきやう》へたどり着き、闌干《らんかん》へつたひ上がり、仏名《ぶつめう》を唱《となへ》、既《すで》にかうよと見へける所を、いつの間にかは直八来て抱留《いだきとめ》、背《せ》なに負《を》ふて立ちさり、その夜はしるべに舎《やどり》をなし、からふじて浅草《あさくさ》なる庵崎《いほさき》に、いぶせき小家をかりほの庵《いほ》、苫《とま》洩《もる》雨に濡衣《ぬれぎぬ》の、雛女《ひなめ》は直八が情けにて露の命を拾《ひろい》つつ、いつしか枕《まくら》をかはしまの、鴛鴦《ゑんわう》の衾《ふすま》にかはる夢《ゆめ》を結《むすび》、深き妹背《いもせ》となりけらし。

さりながらかかる事にて二人ながら家出せし身なれば何の用意もなく、朝夕の煙種《けぶりぐさ》もたえだえなりしいとなみなり。漸《やうやう》半年ばかり過ぎける内に、直八風のここちの煩《いたつき》なりしが、次第《しだひ》に重き病《やま》ふとなり、寝食《しんしよく》もままならず、たのみすくなくみへけるにぞ、雛女はやるかた涙にくれ、「命の親の夫の命、何卒《なにとぞ》」と思ふに甲斐《かひ》なき貧苦《ひんく》の闇《やみ》。「人参《にんじん》に一角《うにかうる》を用《もちひ》ざれば治せざる病《やまひ》なり」と医《い》の言葉《ことば》に胸《むね》を定め、自曲輪《みづからくるは》へ身を沈《しづめ》、「この代《しろ》にて良薬《りやうやく》をもとめ、再本復《ふたたびほんぶく》なさしめたび給へ」と情け深きあたりの人々へ念頃《ねんごろ》にたのみ、泣《なく》々その身は憂《うき》に沈《しづみ》けり。近隣《きんりん》の人々うち集まり、妻《つま》の節《せつ》なるを感《かん》じ各《をのをの》袖を絞《しぼ》り、よきにいたはり療法《りやうほう》をこたりなく、医力《いりよく》むなしからずして、日に増《まし》元気を得、百日余《あまり》にして病治《やまひぢ》し平身《へいしん》に成りけるとなん。

雛《ひな》は吉原に至《いたり》、下地の美形《びけい》を花街《くるは》の水にそそぎ上げたる事なれば、あたりも輝《かがやく》ばかりにて三千の

粉黛《ふんたい》を奪《うばう》の粧《よそほひ》なりければ、全盛《ぜんせい》たぐへる君もなく、殊更女工《ことさらじよこう》の道《みち》にくらからざれば、貴客《きかく》争《あらそい》来て後日を論《ろん》ずる勢《いきほい》なりければ、何一つくらからずして夫直八をみつぎ、金銀を送りける。直八はさせるいとなみもなき身、殊《こと》に大病の後なれば、ただ身心《しんしん》を養《やしなひ》て遊びくらし、女郎の囲《かこい》男《おとこ》となりて労を補《やしな》ひけり。

雛女《ひなめ》は全盛弥増《ぜんせいいやまし》ける内に、光陰《こういん》よどまず公界《くがい》の季《き》もあけぬれば、流《ながれ》のうきを出船の、絶《たえ》て三とせの直八が枕一つのつれづれを慰《なぐさめ》つつ、家居も風流《ふうりう》にしつらひ、雛《ひな》が妙手《めうしゆ》の琴三味線《ことさみせん》を児女《じによ》に教《をしえ》、これをいとなみとしけるに、あまたの弟子《でし》付きありけるゆゑ、以前に替不自由《かはりふじゆう》にもなきくらしにて、小ものを仕《つかふ》て世渡《わたり》ける。

「万福長者よりはたのしき身のうへ」と人々言ひあへりける頃しも、夏の空墨《すみ》すり流《ながす》やうに成りて、筑波山《つくばやま》の雷雲覆《かみなりぐもをほい》かかりて篠《しの》をつくばかりの白雨《ゆふだち》に、往《ほふ》さ来《きる》さの男おふな走り合《あふ》中に、廿一二とおぼしき後帯《うしろをび》の艶《あん》なる女、手に珠数《じゆず》を持ちながら俄雨《にはかあめ》に難儀《なんぎ》の体《てい》。雛女はみるに絶《たへ》かね、扉《とぼそ》を開《ひらい》て内

へいれ、雨の晴間《はれま》をしのがせける。一樹一河《いちじゆいちが》も他生《たせう》の縁《ゑん》。女性《によせう》は雛《ひな》の情《なさけ》をよろこび、たばこに睦《むつむ》煙草《けむりぐさ》、暫時《しばし》をぞうつしける。

主直八は昼寝の夢をやぶり枕をあげ、「いかなる客《きやく》やらん」と起《をき》直りて面《をもて》を見合へば、難波《なには》に残せし妻の鶴女《つるめ》。互《たがい》にうちおどろき、やや言葉《ことば》も出でざりしが、鶴は涙《なみだ》の玉を乱《みだし》、「四年以前に吾妻《あづま》へ下るとの筆をのこして失せ給ひしより、なみなみならぬ思ひの種、かき集《あつめ》たるもしほ草。旅路《たびじ》の衣《ころもの》朝まだき、難波《なには》を出でてはるばると、この吾妻《あづま》には着《つき》ながら、何国《いづく》いかなる当《あて》もなく、御行衛《ゆくゑ》を求《もとめ》かね、いつまで草のよすがもなければ、桜川何某《なにがし》殿へ三とせがうちの仕官《みやづかへ》。この春館《やかた》を下り日毎日毎の物詣《ものまふで》。この待乳山《まつちやま》の聖天宮《せうでんぐう》に誓《ちかひ》をかけ、祈《いのり》し甲斐《かひ》もあら有がたや、けふのただ今まみへまいらする事の嬉《うれし》さよ。四年《よとせ》のうちのもの案じ。思ふたよりはゆるがせなる御住居《すまひ》。小夜《さよ》の枕のつれづれもなき風情《ふぜい》にみへ侍る」と、かき口話《くどき》かき口話涙《なみだ》に雨の晴間もなかりけり。

何といらへも直八は、赤面《せきめん》してぞ居たりける。雛《ひな》は始終《しじう》聞きすまし、共に涙《なみだ》にくれけるが、「海《うみ》山《やま》へだてし難波《なには》より主《ぬし》をしとふて下り給ふは、大底《たいてい》や大かたの思ひにはあらず。我が身かく連《つれ》そひ侍《はんべ》るを、嘸《さぞ》かし憎《にくし》とおぼされん。かかる訳にてさぶらふ」と、こなた四年《よとせ》の浮沈《うきしづみ》をこまごまと物語れば、鶴《つる》は雛《ひな》にうちむかひ、「その美《うつく》しひおことばに、いふた事のはづかしや」と互《たがひ》に悋気《りんき》の色目はなく、四とせ四とせのうき涙《なみだ》六つの袂《たもと》をしぼりけり。二人の妻の睦《むつま》じきに直八も心落付《をちつき》、やすきの色を現《あらは》しける。

かくてこれより夫婦三人三つの枕をうち並《ならべ》、右と左に梅桜、中《なか》に一木《ひとき》の男松、あじな連理《れんり》と成りにけり。靏《つる》は過《すぎ》し春まで大守《たいしゆ》の御簾中《ごれんちう》に仕《つかへ》て大和《やまと》の文章《ふみ》を師範《しはん》申し上げけるゆへ、上《かみ》の御覚え浅からず、折々御問《とは》せ有りて「また姫君《ひめぎみ》へ伝《つたへ》よ」との仰《おほ》せゆへ、御館《みたち》へ上り姫君へ師範《しはん》なしける。靏《つる》が吹挙《すいきよ》によりてまた雛《ひな》も糸竹《いとたけ》の道をつたえ申しけるに、両女《りやうじよ》殊なう御心《みこころ》に叶ひ、ますます御覚え深《ふかく》、身のうへの始終《しじう》をあからさまに聞かせ給ひて貞《てい》なるを御感あり、数百金《すひやくきん》を給はり、また月毎《ごと》に数《あまた》の俵《たはら》を送《をくり》給ひけるゆへ、富豊《とみゆたか》にして衣食住《いしよくじう》にとぼしからず。二妻《ふたつま》の養《やしなひ》にて主《あるじ》直八日終《ひめもす》遊びくらし、夜は両女の酌《しやく》に寝酒《ねざけ》の舌《した》うちして楽《たのしみ》けるは「いかなる月星《つきほし》の下にて生まれける過報《くはほう》にや」と世の人羨《うらやま》ざるはなかりけり。

ここに横尾《よこを》田《だ》軍五《ぐんご》右衛《え》門《もん》といへる浪人《ろうにん》、あたりに住居《すまゐ》けるを直八が盤将《ばんしやう》の懇友《こんゆう》となりけり。主《あるじ》の妻徳《とく》女といへるは大《あふい》なる淫婦《いんぷ》にて、直八が浄瑠理《じやうるり》にうつつをぬかし、思ひ初めて明けくれ口話《くどき》けるに、流石岩木《さすがいわき》にあらずして直八も心移《うつり》、今は盤将《ばんしやう》も脇《わき》に成り、雨の日も風の日も通ひ詰めて徳女と馴れしたしみけり。内には花のやうなる美室《びしつ》、しかも二人して珊瑚《さんご》の珠《たま》と撫《なで》さすらるる身の上を、かかるまさな事に心を寄《よする》は、誠《まこと》に栄耀《ゑよう》に己《をの》が身をかへりみざるとはこの直八が事なるべし。

人の口に戸ささぬ世の中。この沙汰《さた》広《ひろ》ごり二女の耳《みみ》へ入りけるゆゑ、ひたすら異見《いけん》に及《および》ぬれども更《さら》に用ゐず。しかりといへども二女はさらに悋気《りんき》妬みのはしたなき心なく、邪事《よこしまごと》の恋なれば、直八が身のうへにいかなる禍《わざはひ》の来なんとそれのみ気遣ひ、さまざま言葉《ことば》をつくし紅涙《こうるい》を流して諫《いさめ》けるに

ぞ、理《り》に伏《ふく》して暫《しばし》は遠《とを》ざかりけるが、元来《ぐはんらい》徳女大いなるいたづらものにて有りけるゆゑ、恋しの床《ゆか》しの恨《うらめし》のなつかしのと書送《かきをくり》けるゆゑに、また燃杭《もえくい》にこがれ附きける。

両女うち嘆《なげき》、「君には如何《いか》なる天魔《てんま》の入れ替《かはり》しことにや」と理戒《りかい》を尽《つく》し諌《いさめ》けるに、直八かへつて怒詈《いかりののしり》、「奇怪《きつくはひ》なる云条《いひじやう》かな。天にひとしき夫に向かひて己原《をのればら》が何云ふべき謂《いはれ》なし」と居丈高《いたけだか》になり種々悪言《あくげん》を吐《はき》、愛《あい》をつかしけるゆゑに、両女いまは詮方《せんかた》なく、その後は云ふ事なかりしゆゑ、心のままに行跡《ふるまい》けり。二女はさらに恨むる心なく、ただ身をかへりみ頓世《とんせい》して後世《のちのよ》を願はんと別《わかれ》の筆《ふで》を残《のこ》し、直八が留主《るす》にしのび出で、墨水《ぼくすい》の流《ながれ》ちかきあたりに柴《しば》の庵《いほり》をむすび、雛《ひな》はよはひ廿四、鶴は廿五の緑《みどり》の黒髪おし切りて、花の姿《すがた》を墨《すみ》の衣にそめなし、「迷故《めいこ》三界悟《さんかいご》故《こ》十方《じつぽう》」と行《をこな》ひすまして居たりけり。世の人これを今の世の祇王《ぎわうぎ》祇女《じよ》とたふとむ事と成りけらし。

かくて直八は、思ひの儘《まま》に軍五右衛門方に入り込み、高なしの不儀乱法《らんぼう》いふばかりなし。主《あるじ》軍五右衛門は邪智《じやち》深き人にて、始めよりしらぬ体《てい》にもてなし心をゆるさせ、思ふ図《づ》の罠《わな》に落とし、両人をおさへ、「につくき不儀《ふぎ》の奴原《やつばら》かな。いでなぶり殺《ころし》にしてくれん」と氷《こほり》のごとくなる剣《つるぎ》を鼻《はな》のさきへひらめかし、「耳《みみ》をそがんや、鼻《はな》を落《をとさ》んや」と云ひながら刃《やいば》の鋒《みね》をもつて肩《かた》をうち臑《すね》を打ちけるに、二人は消入《きへ》るばかりの悲《かなし》さに血《ち》の涙《なみだ》を流詫《ながしわび》誤《あやまり》て、雛女《ひなめ》・鶴女《つるめ》が心を尽《つくし》て貯《たくはへ》置きし金銀を首《くび》の価《あたひ》に軍五にとられ、徳女を引き連《つれ》て立ち帰り、押晴《をしはれ》て夫婦のかたらひをなしける。

然《しか》るにこれまで勤《つとめ》し男女《をとこをふな》、心なき賤ながら雛女・鶴女が真を感《かん》じ、日頃の情《なさけ》を忘《わすれ》ず、直八・徳女

が不道《ぶどう》を憎《にくみ》、二女《じじよ》へ義《ぎ》を立てて一人として仕ふるものなく、皆暇《いとま》を乞《こひ》て出で行きけり。あたりなる人々も憎爪《にくみつま》はじきしけるゆへ、ここの住居《すまゐ》もなりがたく、神田へ居を移《うつ》しけるが、何と思ひあたる渡世《いとなみ》もあらず。そのうへ首代《くびだい》に有りたけ金取られけるゆへ、仕出《しいだし》たる業《わざ》もあらざれば、竹の格子《かうし》のあやしきに「碁《ご》将棋所《しやうぎどころ》」と表札《ひやうさつ》をかけ、夜々は軍書読《ぐんしよよみ》を招《まねき》て人を集《あつめ》、六韜三略《りくとうさんりやく》ならぬ六銅《ろくどう》の席料《せきりやう》を取りて世渡《よはたり》となしけれども、思ふ様に夫婦暮《くらし》もなりかね、しだひにこじりのつまりぬるにもいとはず、妻《つま》の徳《とく》女は白粉《はくふん》を粧《よそほひ》、よからぬ貌《かほ》を楊貴《やうき》妃《ひ》・西施《せいし》と己が心に思ひなし、色めきわたりけるに、さしもの直八もあきれ果《はて》、言葉さがなくいひあへることも折々なりける。

かかるわびしき中に直八病《やまひ》の枕《まくら》に臥《ふし》、もつての外の煩《いたつき》なりけるゆへ、坂部《さかべ》雲亭《うんてい》と云ふ医師《いし》を請《しやう》じける。雲亭《うんてい》は当時《とうじ》流行《はやり》医者なりしが、求めに応じはやくも病家《びやうか》へ入り来たり勿体《もつたい》あらせうち通れば、両人歓《よろこび》礼謝《れいしや》して面《をもて》をみれば、辛目《からき》にあはせられし横尾《よこを》田《だ》軍五《ぐんご》右衛《え》門《もん》なれば、三人惘《あきれ》てしばし赤面《せきめん》に及《をよび》けるが、元より大胆不《だいたんふ》敵《てき》の軍五右衛門、ことばを出だし「さて御病人《びやうにん》にはいかなるここちに候や。内方心遣ひなるべし」としら化《ばけ》に発言《はつげん》するにぞ、互《たがひ》にあらをつつみ、吹挙《すいきよ》せし人の手前も有れば初対面《しよたいめん》の挨拶《あいさつ》にして療法《りやうほう》を受けけるに、速《すみやか》に功験《こうげん》あり、十日あまりにして本復《ほんぷく》に趣《おもむき》けり。

この三人同腹中《どうふくちう》の邪者《よこしまもの》ゆへ、互《たがい》に心のうちにて昔の悪事《あくじ》を水になし、あらたに懇ろの中と成りけるは希《き》なりとするの大《あふ》いなり。軍《ぐん》五右衛門は密夫《みつぷ》直八《なを》をせちがいて金銀をかすめ取り、所をさりて医者《いしや》と化《け》して衣服《いふく》に美を飾《かざり》、坂部《さかべ》雲亭《うんてい》と名のり、乗物《のりもの》にゆられて時めきけるに、何かは移気《うつりぎ》の人心、

けんまくに惑《まど》はされ何方此方《あなたこなた》と招《まねか》れ、八つ当《あたり》に治《じす》る病《やまひ》もありけるゆへ名医《めいい》ともてはやされけるが、元来文盲不通《ぐはんらいもんもうふつう》の者にて、『衆方規矩《しゆほうきく》』や『医道重宝記《いどうてうほうき》』にてやつてみんと思へども、中々さう行くものにあらず、あなたこなたと盛殺《もりころし》けるゆへ、今は誰《たれ》一人頼む方もなく、相口《あいくち》の小尻《じり》つまりけるゆへ、他人《たにん》の脈《みやく》より我が身の浮沈遅数《ふちんちさく》と成りける。

徳《とく》女は大欲《たいよく》不道の淫婦《いんぷ》にて、昔《むかし》にかはりし雲亭《うんてい》が人品骨柄、内証《ないしやう》はしらず光りわたる衣服《いふく》、四枚《しまい》肩《かた》にてとばせる勢《いきほい》なるに、こなたは朝夕の煙も絶間《たへま》がちにて、主《あるじ》はおもき病人なれば、雲亭《うんてい》が襟《えり》もとに喰ひつき、むかしの非《ひ》を悔誤《くやみあやまり》を述《のべ》、「元木にまさるうら木なし」と書き送《をくり》けるを、直八病に臥《ふし》ながらとくと伺知《うかがひしり》、「さてさて憎人畜《にくきにんちく》かな」と身の臭《くさき》をわすれ、「何としてくれんず」と疳癪胸《かんしやくきやう》かくにせまりしが、「いやとよ、きやつを押さへ鸚鵡返《あふむがへし》に命を取《とり》、女めをかれに与《あたへ》んは、鬼に瘻《こぶ》をとらるるの天の時至れり」と、独点《ひとりうなづき》しは一世一

代の智恵《ちゑ》なるべし。今は病治《やまひじ》してここち常《つね》なりけれども、煩《いたつき》の体《てい》にうち臥《ふし》、心をゆるさせ謀《はかり》居りける。雲亭《うんてい》は内証《ないしやう》の行き詰《づまり》しをしつつみて、万寛濶《よろずくはんくはつ》に行跡《ふるまひ》けるにぞ、淫婦《いんぷ》徳女が引く袖にうちなびき、「これこそは最究竟《さひくつきやう》。またきやつを餌《ゑ》ばとなし若人《わかうど》共の首《くび》を押《をさへ》、先格《せんかく》の通金《となり》にせん。大事のたまものなり」と計略《けいりやく》を定め、徳女を負《をふ》て芥川《あくたがは》、跡《あと》しら浪《なみ》と立《た》ち退《のき》けり。

無残《むざん》なるかな直八は工《たくみ》しことも水の淡《あは》、消《きへ》も入りたき無念なれども、その行方もしれざれば、忙《ぼう》然《ぜん》として悃果《あきれはて》、ここの住居もならざれば、纔《わづか》の雑具《ざうぐ》を九分九分五厘五厘と粉にはたき、行くかたしらずに成りにけり。

かくて雲亭《うんてい》は芝《しば》の伊《い》皿子《さらご》といへる所にいぶせき仮住居《かりずまゐ》。筒《つつ》もたせの謀《はかりごと》を専《もつぱら》と行へども、度事《たびごと》に思ふ図の繰《あやつり》も出来ず。それよりさまざまの悪工衒事《わるだくみかたりこと》、あらゆる悪事《あくじ》増長《ざうてう》し、果ては獄《ごく》に繋《つなが》れて白《はく》刃《じん》の錆《さび》と成りにける。

さる程に今祇《ぎ》王祇《わうぎ》女《じよ》とて徳行《とくかう》いみじく、貴《き》賤渇仰《せんかつがう》して衣食住《いしよくぢう》の三つにくらからず、雛尼《ひなに》の親元《をやもと》は妹《いもと》娘《むすめ》梅に聟《むこ》を定めて家を譲《ゆづり》、妻の鳴女《なるめ》は我が儘《まま》いやまし、夜昼わかぬ大酒淫乱《たいしゆいんらん》に身をやぶりてみまがりぬ。この邪人《よこしまびと》失せしより家の浪風静《しづまり》て、雛女の行衛を求《もとめ》、親子兄弟《はらから》絶《たへ》て久しき対面《たいめん》も済《すみ》、悦《よろこび》斜《ななめ》ならず。妹娘は母に似やらぬ貞《てい》なる生まれにて、姉尼《あねに》公《こう》と敬《うやまひ》て、「表家《をもや》へ移《うつし》申さん」とひたすら云ひけるに、雛尼さらさら承引《しやういん》なく、「棄《ぎ》恩入無《をんにうむ》意《い》、棄恩入無意」と浮世の塵《ちり》をうちはらひ、霾尼諸とも読経《どくきやう》におこたりなく、仏につかへ居たりける。

その後また三十《みそ》じばかりの女房、夫にをくれ世をあぢきなく思ひ懲《こ》りてここに来たり、両尼《りやうに》の弟子と成り、髪《かみ》をおろして受戒《じゆかい》し、師《し》の尼《あま》によく仕へける。男増《おとこまさり》の鄙産《ひなうまれ》にて、菜《な》摘水汲《つみみづくみ》朝な夕なの煙《けむり》草《ぐさ》もいとまめやかにいとなみ、師恩《しをん》を謝《しや》しけるとぞ。

誠に澄濁《すみにごれ》るは世のさまながら、かく有るが中に徳女《とくじよ》は心の鬼《をに》の身を災《せめ》て、しだひしだひに落下《をちくだ》り、今は本庄《ほんじやう》三ツ目なる夕部の鐘《かね》と諸《もろ》ともに巣《す》を立ち出づる辻君《つぢぎみ》と化して街《ちまた》に恥《はぢ》をさらし、往来の奴僕《ぬぼく》の袖を引きて霜露《さうろ》に情《なさけ》を施《ほどこす》身となり行きけるこそ浅《あさ》ましけれ。

かくて両尼は仏に仕ふるいとまには、敷嶋《しきしま》の道に心を寄せ、四時《しいじ》の題《だい》を探《さぐり》雪月花《せつげつくは》に遊《あそび》つつ、清《せい》少納言《しやうなごん》が昔《むかし》をしたひ、『夏の曙《なつあけぼの》』と云ふ草紙《さうし》をつづりける。その文章《ぶんしやう》のかんばしきに貴《き》客草庵《かくさうあん》に訪《とぶらひ》来たり、つれづれを慰《なぐさめ》める。

ある時《とき》、両尼柴戸《しばのと》を押《をし》ひらき、墨水《ぼくすい》の流れ遥《はるか》にうちながめ居たりける所へ、忽然《こつぜん》として一人の異《い》形現《ぎやうあらはれ》、頭は藻屑《もくず》のごとくうちみだし、曲木《まがりぎ》の杖《つへ》にすがり、木の葉衣にはあらで腰切《こしき》れの綴《つづれ》を身にまとひ、朽《くち》木を負《をひ》、黒面《くろきをもて》に眼光《まなこひかり》歩来《あゆみ》るさま、「いかなる仙家《せんか》の人ならん」と近寄《ちかよる》をみれば、直八が成り行く果《はて》なりけり。それと両尼《りやうに》を見つけ、地上《ちじやう》に伏《ふし》て一声叫《さけび》て先非《せんぴ》をあらはし、「今は木拾《きひろひ》の乞食《こつじき》に成り下りしなり。昔《むかし》の情《なさけ》思ひなば、露ばかり恵《めぐみ》給へ。筵《むしろ》の端《はし》になりと舎《やどらせ》給はれ。庭《には》の塵《ちり》をきよめ、薪《たきぎ》を取り、水を運《はこぶ》の業《わざ》をなさん」と浅《あさ》ましきことばを尽くし、土に喰入《くいい》り泣叫《なきさけび》ける。妻の罰《ばち》の当たりしとはこれらをやいふべし。両尼何のいらへなく盤銅《ばんどう》にたたへし水を庭《には》へうちこぼし、

障子《せうじ》をはたと引き立て内に入る。乞食はいよいよ泣叫《なきさけび》けれども、無人定《むじんぢやう》とて音もなし。地上《ちじやう》へうちこぼしたる水の元の器《うつは》へもどらざるためし、太公望《たいこうぼう》が妻に答《こたへ》し判《はん》じもの。やうやう思ひあたりけるにや、行きがたしらず成りにけり。両尼《りやうに》の徳行《とくこう》しだひに積《つみ》、真如《しんによ》の月の影清《かげきよき》、隅田にその名を残しけり。

奇談玉婦伝巻之三終

奇談 玉婦伝巻之四

二女失而治レ国《じじようせてくにををさむ》

ここに九州の太守菊池《きくち》左衛門尉《さゑもんのじやう》武行《たけゆき》に仕《つかへ》、忠信第一にして文武《ぶんぶ》に達《たつせ》し小《こ》早川《ばやかは》団野《だんの》右衛門《えもん》有国《ありくに》といへる士《し》あり。仮《かり》にも私なく高《たかき》に諂《へつらは》ず礼をみださず、下に仁《じん》を施《ほどこし》けるゆゑに、太守の覚え他《た》に越《こへ》、出頭並ぶ者なかりけり。誠に林中《りんちう》の高木風破《こうぼくふうは》のならひ、朋友《ほうゆう》の讒《ざん》によつて国を退《しりぞき》、山城の国深草といへる里の片辺《かたほとり》に幽《かすか》に世を送りける。

夫婦が中に花子といへる娘をもてり。今年《ことし》十一才にして、至りて美麗《びれい》なる産《うまれ》、殊さら発明《はつめい》の少女なりけり。貧《まづしき》中にも父団野右衛門仮初《かりそめ》にも賤《いやしき》にふれさせず、よろずまめやかに教《をしへ》を成しけるに、一より十に至《いたる》の才《さい》なりけるゆゑ、珊瑚《さんご》の珠《たま》と愛《あい》しける。

ある日東国の太守篠田《しのだ》何某《なにがし》殿の奥方、野遊《やゆう》の折から高尾《たかを》権現《ごんげん》へ詣《もふで》給ひ、拝礼事終はり、頃しも秋の末、今を盛《さかり》に染《そめ》なしたる紅葉に興じ給ふ。附々の女房達《たち》そとめづらかに籠鳥《らうてう》の雲に走る思ひにて戯れ遊びける。各《をのをの》綾錦《りやうら》を着かざり、瑇瑁《たいまい》の照輝《てりかかやき》ける結構《けつかう》に、目馴れぬ鄙《ひな》の童《はらべ》共うち集《あつまり》守《まもり》居りけるを、供人制《せいし》退《しりぞけ》んとするを、御簾中《ごれんちう》侍女《じじよ》に命じてとめさせ給ひ、「しのびの野遊《やゆう》と云ひ、ことさら童《はらべ》の事なればくるしからず。いよいよ興《きやう》を添ふるものなり」と御免《ゆるし》あり、菓子《くはし》なんど給はりけり。

その中に十ばかりなる少女、衣《ころも》は垢付《あか》きいやしけれども、かかる鄙《ひな》に珍《めづら》しき容儀《ようぎ》、目のうちのけ高さ、爪はづれの艶《あでやか》さ、余の童にはうち交らず、遥《はるか》に隔《へだち》て館《やかた》女郎の立ち行跡《ふるまひ》を伺《うかがひ》見る体《てい》、御簾中《れんちう》つくづく御目に留《とまり》、近々と御側《そば》へ召され、懇《ねんごろ》に問はせ給ひ、御菓子を給はりける。少女をし戴《いただき》懐《ふところ》にす。「いかに」と問はせければ、「かかるいみじき御たまもの、父母に与《あたへ》申し度《たく》侍ふ」と答《こたへ》ける。そのおとなしやかにいよいよ感《かん》ぜられ、「父母には再《ふたたび》送るべし。それにてたうべよ」と有りければ、臆《をく》する色なく御側《そば》に居流れて賞味《しやうみ》せり。

御内にきやうきやうしといへる女房あり。お京《きやう》といへる名なれども、性徳姦《かしまし》き口利《くちきき》なるがゆへに、かく異名《いめう》して上にも興《きやう》ぜられし婦人《ふじん》なりけり。かの小娘にうちむかひ、「さてもさてもよき子なり」とことごとしく誉《ほめ》立て、松風といへる御菓子を給はりけるを見て「この御菓子の名は何と云ふぞや。しりたるや」といひけるに、少女《しようじよ》更にこたへず。きやうきやうしふたたび問《とい》ければ、その時少女、

この山の松ふく風とみつれども
難波のあしの名もかはるかは

と答へければ、きやうきやうし大いに赤面《せきめん》して退《しりぞき》けり。

奥方初《はじめ》各《をのをの》舌を巻きて驚《おどろき》、実《げに》や頻伽《びんが》は卵《かいこ》よりその声諸鳥《しよてう》に勝《まさ》る。この少女が成長《ひととなり》思ひやられけり。奥方御感《ぎよかん》浅からず、父母の名をも問はせられ、「仕官《みやづかへ》すべきや」との仰せ。少女《しようじよ》悦び領掌《りやうじやう》す。

かかりし内に日も夕陽《せきよう》にかたむけば、もみぢに名残を惜《をし》ませられ、少女に別《わかれ》を告給《つげ》ひて「近きに迎《むかひ》を越すべし」とて帰館《きくはん》ありける。

花子御跡《あと》を見送りて我が家に帰り父母に語《かたり》ければ、二親斜《ななめ》ならず娘が生先《をひさき》を歓《よろこび》ける。また云ふ、「きやうきやうしどのといへる女房、「松風の菓子《くはし》をしらざるや」と嘲弄《ちやうろう》しける面憎《つらにく》さにかく答へ侍ふ」と聞きもあへず制《せい》し云ふ、「幼者《をさなきもの》のおとなびたる事いへる時は、人々の憎《にくみ》思ふものなり。向後《いご》は心の内にしのびて外へあらはさぬ物なり」と教《をしへ》けるも理《ことはり》なり。

それより二日立ちて、篠田《しのだ》の奥方《をくがた》より花子を迎《むかひ》のためとて直江《なをゑ》どのといへる御使《つかひ》番《ばん》の女郎、乗物美々しく、八重葎茂《やへむぐらしげれ》る団野右衛門が茅屋《ばうをく》へ尋来《たづねきたり》、礼終はりて広蓋《ひろぶた》に美《び》服《ふく》を積《つみ》花子に給はり、すぐさま伴《ともなひ》御館《みたち》へ上るべきの御意を述《のべ》ければ、団野右衛門謹《つつしん》で恩《をん》を謝《しや》し、有がた涙《なみだ》にむせびつつ、娘花子を膝《ひざ》近くよせて「幼《いとけなき》心にも父が云ふ事よく魄《たましい》に籠《こめ》よ。君に仕《つかへ》るの道はただ忠《ちう》

節《せつ》を第一とし、朋友《ほうゆう》には信《まこと》をもつて交《まじはり》、父母がことは必《かならず》思ふな。忠孝二つはまつたからぬものなり。はからずも汝《なんじ》はかかる高君に召さるる事、身の冥加《めうが》にして父母が悦びいかばかりなれば、孝行はまつたく足《た》りぬ。父母は無きものと思ふて御仕官《みやづかへ》を大事にせよ。君の為には一命をも露塵《つゆちり》よりかろんずるは、臣《しん》たるの道とする事男女とて隔《へだて》なし。必ずしも君の御心に入らんとばし思ひて仕《つかへ》るな。ただ君の御心に背《そむく》まじ背《そむく》まじと思ひて仕《つかゆ》べし。君の御心に入らんと欲ば自然《しぜん》に表裏軽薄《ひやうりけいはく》をなす。されば聖人も「聚斂《しうれん》の臣《しん》有らんよりは寧《むしろ》ろ盗臣《とうしん》有れ」といへり。追従軽薄《ついしやうけいはく》を聖賢《せいけん》もかく戒《いましめ》給ふなり。よくよく忘るなよ。楠公正成《なんこうまさしげ》は桜井の宿にて一子多《た》門丸正行《もんまるまさつら》に廷訓《ていきん》を残して古郷へ帰す。さてこそ父が教《をしえ》を忘れず忠義を継《つい》で君に一命を奉る。君臣《くんしん》の道に於《をいて》をや替はる事なし。かへすがへすも父が言葉をわすれな」と当世に似合はぬ団野右衛門が長言《ながこと》に、直江も退屈《たいくつ》しながら感《かん》じいり、別れを告《つげ》て花子を伴ひ、御館《みたち》へこそは帰りける。

奥方花子を御いつくしみ深く、御側《そば》を離《はな》れず仕《つかえ》ける。性徳発明《せうとくはつめい》なるうへに父がまめやかなる教訓《けうくん》を守《まもり》、朋友《ほうゆう》に信をわすれず、よろず内端《うちば》によく内外《うちと》をはからひけるゆへに、上下和《くは》しあまたの朋友《ほうゆう》花子を憐《あはれみ》、足《た》らざるを補《をぎなひ》、しらざるを教えしゆゑに、何くらからず仕へけるとなん。団野右衛門夫婦はしだひに窮《きう》しけれども、更に窟《くつ》せざるの大丈夫にて、とても我は埋《うもれ》木の花咲く春もなき身なり。ただ娘が生先《をいさき》をのみ千金をたもつごとくに悦《よろこび》暮らしける。

花子は日に増《まし》出世して、はや十六才になりぬ。つくづくと父母のことを思ひめぐらすに、嘸艱難《さぞかんなん》

のさまなるべし。自《みづから》は君《きみ》の御恵《めぐみ》にて綾錦《あやにしき》をまとひて栄花《ゑいぐは》の奉公《ほうこう》なるに附きても恩愛《をんあい》のやるかたなく、父母の事のみ胸《むね》を痛《いため》、寝食《しんしよく》も心よからざりけるゆへに、憂《うれい》の色外に顕《あらはれ》けるを、「心地《ここち》ばし悪《あ》しきや」と奥方色々御とはせ有りける。初《はじめ》のほどはさあらぬ体《てい》にいらへ申し上げけるが、しきりの御意もだしがたく、父母が窮《きうす》ることをあからさまに申し上げけるに、至孝《しいかう》の志《こころざし》をいよいよ憐感《あはれみかんじ》させられ、「少しも憂《うれへる》ことなかれ。思ふ胸《むね》あり」とて大守の御機嫌《ごきげん》をはかり、花子が貞節《ていせつ》、父が賢《けん》なるを語り給へば、殿も甚感《はなはだかん》じさせられ、団野右衛門を召し出ださるべき旨《むね》、御使《つかひ》を給はりける。団野右衛門これを辞《じ》す。使《つかい》の士《し》いへらく、「殿の厚志《こうし》なればすみやかに受けて仕《つかへ》らるべし」と再三《さいさん》進《すすめ》けれども、団野右衛門が曰《いわ》く、「忠臣二君《じくん》に仕《つかへ》ずと申すおこがましき事にて辞《じ》し奉るにあらず。御覧《らん》のごとくかかる愚老《ぐろう》、翌日《あす》をもしらぬ露の命、新恩《しんをん》を蒙《かうぶり》奉り謝《しや》すべきの功《こう》をしらず。しかる時は禄《ろく》を盗《ぬすむ》の賊《ぞく》なり」と曽《かつ》て許容《きよよう》せざれば、力なく立ち帰りこの旨《むね》大守へ申し上げけるに、いよいよ感《かん》じさせられ、花子に金弐百枚を給はり「父に与《あたへ》よ」と有りければ、「辞《じ》するはかへつて恐《をそれ》あり」とをし戴《いただき》、有がた涙に袖をしぼり、やがて深草なる父母が草ふかく荒《あれ》たる家に至《いたり》、互《たがい》に絶《たへ》て久しきの情をのべ、君が御覚えの浅からざるを語《かたり》、恵《めぐま》せ給ふ黄金を与《あたへ》ければ、父またこれを受けず「誠かく恩沢《をんたく》を得《う》べきの道なし。察《さつす》る所、汝君の御覚えにめでて父が窮《きうする》を嘆《なげき》たるなるべし。この茅屋《ばうをく》を出づるときさとせし事をはやくも忘れしか」ともつての外に腹立《ふくりう》し、「父は足《たら》ざるとする事なきの長者なり。早々《はや》金をもつて帰るべし」と云ひ放《はな》し、中々得《う》べきの体《てい》あらざれば、花子は父の怒《いかり》を怖《をそ》れ、

心にさかいし罪《つみ》を嘆《なげ》き、后《のち》にて欣然《きんぜん》と面を正《ただし》、「父君に問《とひ》申し度《たき》事の侍ふ。自《みづから》十一才にてこの家を別《わか》れ、御館《みたち》へ上り候時の御教訓《けうくん》、今日のただ今までよく覚え、賢守《かたくまもり》て仕《つかへ》まいらせる君の御心に背《そむか》じと心へよとの金言《きんげん》、直江《なをゑ》どのその時の証《しやう》に立ちし人なり。父老いてその詞《ことば》をわすれ給ふや。君の厚《こう》志《し》を破《やぶれ》ば御心に背《そむく》にてあらざるや。但《ただし》は父君の二舌《ぜつ》なるや。この惑《まどひ》晴れがたし」と畳《たたみ》かけて利害《りがい》を解《とき》けるに、さしもの団野右衛門も詞なく、恵《めぐみ》の金を受得《じゆとく》して恩《をん》を謝《しや》し、終日語合《かたりあひ》、別れをなして花子は御館《みたち》へ帰りける。

かくて大守仮初《かりそめ》の煩《いたつき》と聞こへしが、ついに重き病《やまひ》と成り、医療《いりやう》力尽《つき》て失せさせ給ふ。御簾中《れんちう》を初め一家中愁《うれい》に沈《しづみ》、闇夜《あんや》に灯《ともしび》のなきありさまなりけるに、光陰《こういん》に関《せき》もなく、喪《も》も明けければ、若殿葛城之《かづらきの》助《すけ》どの家督《かとく》の式《しき》を行はれけり。きのふの愁《うれい》に替はる寿《ことぶき》。姫《ひめ》とて云名《いひな》付《づけ》の御輿《こし》入れ、御婚嫁《こんか》目出たう調《ととのひ》、千秋万歳を述《のべ》けることと成りけらし。

かくて御中いと睦《むつま》じくわたらせ給ひ、二とせに余りぬれども、御妊娠《にんしん》の沙汰《さた》もましまさず。旱魃《かんばつ》に雨を乞ふごとく、御母君春光院子《しゆんかういんこ》胤《だね》を祈《いの》らせ給へどもそのしるしあらざれば、執権瀧山隼人《しつけんたきやまはいと》を召され、この事をうれへ、「この上は手廻りの女共の内にて誰《たれ》なりとも殿の側仕《そばづかい》として血脈《けちみやく》の礎《いしづへ》をかためたし」と御母君の賢慮《けんりよ》に、隼人《はいと》も同《おなじくをもひ》妾《もの》を殿へ進《すすめ》申しける。葛城《かづらき》殿貞実賢徳《ていじつけんとく》の人にて許容《きよよう》なかりけるを、御隠居・奥方・家老中諸とも御家の血脈《けちみやく》たへん事を嘆《なげき》諫《いさめ》申しけるゆゑに漸《やうやう》承引せさせ給ひ、誰彼《たれかれ》と撰《あらべ》る内に「器量《きりやう》といひ貞実《ていじつ》と云ひ、花子に上こす者あらじ」との事にて、このよ

し花子へ命《めい》ぜられけれども、賢《かた》く辞《じ》し他へ譲《ゆづり》たきを願ふ。「これもさることながら、御家の御為《ため》をぞんじなば御受け申すべき事なり。御先祖より累代血脈《るいだいけちみやく》をもつて相続《さうぞく》有りし名家《めいか》、この度に至《いたり》て絶《たへな》んこと嘆《なげき》てもあまりあり。ここをとくと聞き分け御受け申せよ」と、事を分利《わけり》をくだきて重き上命、今は辞《じ》するに道なう御受けに及び、事成りぬ。葛城《かづらき》殿賢実《けんじつ》の君ゆゑ他聞を憚《はばかり》給ひ、「表向《をもてむき》はなみなみの女中分にして、妊娠《にんしん》以後《いご》はともかくも御沙汰《さた》有るべし」との御諚《じやう》なり。花子もその心の願ひゆゑ、これまでの通りに仕《つかへ》、格《かく》立ちたる事もなかりけり。

これより御寵愛《ごちやうあひ》深かりけれども、いかなるゆゑにや花子の腹にも御胤《たね》やどらせ給はず、いたづらに月日を過ごしける。また、千代といへる女中に御手を付けられけれども、これも妊娠《にんしん》の沙汰《さた》もなく、奥方《をくがた》ともに三女《さんじよ》の腹《はら》に御胤《たね》やどらせ給はぬもうたてかりき。

上々を始《はじめ》家老《かろう》中も詮方《せんかた》つき、御医師《いし》醒谷井《さめがい》甫慶《ほけい》を召され、「殿の方に御胤《たね》のなき御性《せう》なるや」との御尋《たづね》。甫慶答《ほけいこたへ》申しけるは、「男子のかたに子胤《こだね》はいづれとて有るものにて候へども、婦人《ふじん》の気血《きけつ》たらず子宮冷《しきうれい》せる時は孕事《はらむ》なし。某《それかし》一七《いつひ》の力をもつて忽妊娠《たちまちにんしん》これあるやうに仕《つかまつる》べき」と申し上げけるゆゑ、上にも甚だ万悦《まんゑつ》あらせたまひ、「急いで療治《りやうじ》あるべし」との命を蒙《かうぶる》と、そのまま『医《い》経《きやう》』も七《さじ》も手にとらず館《やかた》を立ち出で、妾物肝煎《てかけものきもいり》の雀屋伴九郎《すずめやばんくろう》といへる者のかたへ行き、「三味線浄《さみせんじやう》瑠理《るり》に達《たつ》せし器量《きりやう》よしの手垂《てだれ》者を尋《たづね》くれよ」と頼みけるに、伴九郎金《かね》の蔓《つる》とうち悦び、当時随一《ずいいち》の妓婦《ぎふ》、娥左弁《かほよなさべん》といへる淫婦《いんふ》を吹挙《すいきよ》しける。甫慶《ほけい》悦び懇丹不思議《こんたんふしぎ》の医論《いろん》を述《のべ》て葛城《かづらき》どのへ奉《たてまつり》ける。

傾城傾国《けいせいけいこく》の乱《らん》は和漢《わかん》その例《ためし》少なからず。明主《めいしゆ》に濁《にごり》を洒《そそぎ》、己《をのれ》が不義の栄《さかへ》を貪《むさぼ》らんと謀《はか》る甫慶《ほけい》が心中こそ浅《あさ》ましけれ。

古文真宝《こぶんしんぽう》の花子・千代に事かはり、下腹無毛《かふくむもう》の淫婦左弁《いんぷさべん》、行義正《ぎやうぎただ》しき葛城《かづらき》殿を忽《たちまち》綿《わた》のやうに和《やはら》げける。夜昼《よるひる》わかぬ酒《さけ》の仇浪肴《あだなみさかな》の林《はやし》。醒谷井甫慶《さめがゐほけい》は出頭《しゆつとう》第一にして高慢《こうまん》の鼻《はな》高き神《かみ》となりて、浮気《うはき》の音幣《をんへい》を振《ふり》立てて君を惑《まどは》せける。

かくて半年《はんとせ》ばかりのうちに左弁身籠《さべんみごもり》たりけるに、「御家長久の基《もとい》を開《ひらく》はこの甫慶《ほけい》が許大《ばくたい》の忠にあり」と人を直下《ちよつか》に見下し、己《をのれ》が出頭を笠に着て横平《あふへい》無礼の有さま、憎《にくま》ぬ者もなかりけり。大守葛城《かづらき》之助《のすけ》どの、天性仁徳《てんせいじんとく》の大将なれども、水の器《うつは》に順《したがふ》がごとく淫婦《いんぷ》左弁が色香に迷《まよひ》、甫慶《ほけい》が不儀の進《すすめ》にまどはされ、二日酔《ふつかゑい》の枕に国の政事《せいじ》をわすれ、肉屏《にくびやう》の雪の肌《はだへ》に解《とけ》て民《たみ》の飢寒《きかん》をしらず。打ってかはりし不行跡《ふかうせき》に、御母君《ぼくん》を初め、忠臣眉を顰《ひそめ》、諌《いさめ》を入るるといへども、ひた酔《ゑい》の夢中《むちう》にて狂人《きやうじん》のごとくなるに力《ちから》なく退《しりぞき》て肺肝《はいかん》を苦しめけり。かかる虚《きよ》に乗《じやう》じて佞人《ねいじん》国を乱すの習《ならい》なれば、執権瀧山隼人《しつけんたきやまはいと》をはじめ、宗徒《むねと》の忠臣薄氷《はくひやう》を踏《ふむ》がごとく、この節に至り、国の危《あやうき》こと風前の灯《ともし》にひとし。

淫婦左弁《いんぷさべん》は性徳妬《せうとくねたみ》深く、「先に寵《てう》深かりし花子・千代にまたもや御心移《うつら》んか」と二女をにくみ怒《いかり》てさまざまに讒《ざん》じけるとなり。御母君春光院《しゆんかういん》幼《いとけなき》より情《なさけ》深く仕《つかは》れ、貞節《ていせつ》なる心底誰《しんていたれ》しらざるものもなく、もぬけの葛城《かづらき》殿さへこればかりは聞き捨《ずて》なりけるゆへ、いよいよ修羅《しゆら》に胸《むね》を焦《こが》し、癪気《しやくき》さかのぼり悶絶《もんぜつ》する事度々なりけるとぞ。「一人貪戻《いちじんどんれい》なれば一国乱《いつこくらん》を作《おこ》す」のならひ、一家中もそぞ

ろになり、忠臣は眉《まゆ》を顰《ひそめ》、逆臣《ぎやくしん》時を伺《うかがふ》世と成りて、鶏卵《けいらん》の危《あやうき》事云ふばかりなし。ここに花子・千代の両女、北野天満宮へ宿願のことありて密《ひそか》に詣度《もふでたき》の旨《むね》を達《たつ》し、両女館《やかた》を出で、北野の路に趣きながら茶店に休《やすら》ひ、供《ぐ》したる者どもにしかじかの用事を云ひ含《ふくめ》、遥《はるか》なる所へ退《しりぞけ》やり、夫《それ》より駕《かご》に乗《のり》て北野へはゆかず、清水《きよみづ》をさして駕《かご》をはしらせ、観世音《くはんぜをん》へ詣でつつ、また茶店《さでん》にやすらひ、一人供《ぐ》したる女の親里はこの近きあたりなりければ、「逢《あふ》て来るべし。ここにいつまでも休み居り侍ふほどに、ゆるゆると父母に見来《まみへ》たれ」と有りけるに、下女悦び勇《いさみ》て親の元へ走り行きぬ。

夫《それ》より両女は茶店《さでん》を立ち出で、八坂《やさか》のかたへ四五丁来たり、酒肴《しゆかう》を売る家へ入り、二階《かい》の一間に至《いたり》て酒食《しゆしよく》を乞《こひ》、時を移《うつ》し日も黄昏《たそがれ》に及びける。かかりし時、家の男を招き「待ち人あれば今しばし遊びたし。また頼み調度品《ととのへたき》有り」と金子を出し男に与《あたへ》、遥《はるか》に隔《へだて》し所へ菓子《くはし》やうのものを注文《ちうもん》して遣《や》りけり。男思ふは「待ち人とあるからは慥《たしか》に館《やかた》女中の忍逢《しのびあひ》。年に一度の七夕の恋。

星《ほし》よりは光《ひかる》山吹色の小判に成りたる」と、家内欲情《よくじやう》に迷《まよひ》、さまざま饗応《もてなし》ける。また、下女を呼《よび》てこれにもしかじかの用事をたのみけるゆへ、女も外へ走り行きけり。菓子《くはし》を求《もとめ》に行きし男、四五丁も隔《へだて》たる所なり。そのうへむつかしき物好《ものずき》ゆへ、暫時《しばらく》をうつして立ち帰り、二階《かい》へ上がれば、灯《ともしび》は消《きへ》て真《しん》の闇《やみ》。「こはいかに灯《ひ》の消《きへ》侍ふ。御二方よくいね給ふとみえたり。はやく灯《ともせ》よ」と云ふうちに、下女も走《はしり》帰り灯《ともし》かかげてみれば、両女は朱《あけ》に染《そみ》、口に白衣《しろきぬ》を含《ふくみ》、上着《うはぎ》の衣《きぬ》を屏風《びやうぶ》にうちかけ、千代が胸《むな》もとを短刀《たんとう》にてさし通し、かへす刀《かたな》に花子が咽《のんど》を貫《つらぬき》うち重《かさな》り、潔《いさぎよき》最期《さいご》の体《てい》。家内の者ども大いに驚《をどろき》宿老《しゆくろう》へ告《つげ》、騒動《さうどう》斜《ななめ》ならず。

かくて館《やかた》には二女帰らざりけるゆへ、所《しよ》々有家《ありか》を求むるといへども、更《さら》にその行衛しれざりけり。御母君甚《はなはだ》おどろかせ給ひ、常《つね》の貞節《ていせつ》をしろし召《めし》けるゆゑ、「不義徒《いたづら》の事にてはさらさらあらじ。如何《いか》なる災難《さいなん》を受けしやらん」と御心をいため給ふぞ忝《かたじけ》なき。花子が召し仕ふ女房《つぼね》小《こ》笹《ざさ》の部屋《へや》に来たり、「「御局《おつぼね》さまへ」とかきのこせし一封《ぷう》を見出だし侍ふ」とさし出だすを取り上げみれば、「小笹さまへ花子」と書きてあり。とく披見《ひらきみる》その文章《ぶんしやう》、

幼《いとけなき》より御母君様の御恵《めぐみ》にて成長《ひととなり》、父母までふかき御仁徳《じんとく》に、世をやすう渡世《いとなみ》侍ふ御厚恩《かうをん》、染色《そめいろ》の山競《くらべ》て低《ひくく》、滄海《さうかい》また浅《あさ》し。ここに賤《いやしき》わらはに仰せて殿様へ宮仕《みやづかへ》申せとひたすらの御諚《ごじやう》。辞《じ》するに道なく、終《つい》に恐れ多くも御寝殿《しんでん》の端《はし》に夢《ゆめ》をむすび候へども、千代もわらはも御胤《たね》をやどし申さず。いたづらに過ごしけるうち、左弁《さべん》の方妊娠《にんしん》とうけ給はり、さてさてありがたき恐《きやう》

悦《うゑつ》いはんかたなく存じたてまつり候。

然《しか》るに左弁《さべん》どのしうねきの心深《ふかく》、わらは二人を妬《ねたみ》給ひて物狂《ものぐるは》しき有さま。折々の所労《しよろう》、つくづく思ひはかりまいらするに、天に祈《いのり》地に誓《ちかひ》て漸《やうやく》もうけさせ給ふ御子胤《こだね》にて侍ふを、その母心を乱《みだし》病《やむ》時は平産《へいざん》甚だ覚束《をぼつか》なし。殊に胎教《たいけう》とやら申すおしゑのやぶれ申さんこと、かたがた安からぬ御大事なれば、千代もその心にて身をなきものにして左弁《さべん》の心意《しんい》を清《きよく》なさしめ、やすやすと若君御誕生あらん事を願《ねがひ》て死《し》を遂《とげ》申し候。館《やかた》にてかく成り候はば左弁《さべん》どのを恨《うらむ》に似《に》、まつた忌《いま》はしき事にぞんじ、御館《たち》を去り、かく成り行き申すなり。若君の御誕生、御家長久の基《もとい》にもならんかしとぞんじ候へば、せめては積《つみ》候御厚恩《こうをん》を万部《まんぶ》一《いち》も謝《じや》し奉らんか。左弁《さべん》の心穏《をだやか》にさへあらば、恐《をそれ》ながら殿様の御心の曇《くもり》も晴《はれ》行き、御家中の無事《ぶじ》鏡《かがみ》にかけてみえ候。千代女もわらはとおなじ心にて御座候。なをまた、御母君様とそなたさまの御賢慮《けんりよ》にて、二人《ふたり》共に犬死《いぬじに》ともなり申さず候はん。一篇《いつぺん》の称名《しやうめう》より、ただただ御家の栄《さかへ》を、千部《せんぶ》万部《まんぶ》の経養《きやうよう》と草葉《くさば》の陰《かげ》にて受け侍ふ

と、心のたけを詳《つまびらか》に認《したため》、「小笹どの御披露《ごひろう》」と書き納《をさめ》たり。

御母君・奥方繰《くり》かへし繰《くり》かへし御覧あり、両女の忠死《ちうし》を御落涙《らくるい》せきあへさせ給はざりけり。花子は深草《ふかくさ》の庵《いほり》を出づる時、父が廷訓《ていきん》を守《まもり》、節《せつ》に死す。千代もおなじき心にて花子と兄弟《けうだい》の約《やく》をなし忠義に死す。花子は十九、千代は十七のいづれ莟《つぼめ》る花の姿《すがた》を清水寺の露《つゆ》と消《きへ》にしは、類希《たぐいまれ》なる操《みさほ》なり。

左弁《さべん》は両女が失《うせ》しより胸《むね》のほむらもいつしか静《しづまり》けり。大守葛城《かづらき》殿、宿酒醒《しゆくしゆさめ》し折から、御母君・奥方・小笹の局《つぼね》、傍《かたはら》の人を退《しりぞけ》、二女が書き置きを御覧《らん》に入れ給ふ。大守とくと賢覧《けんらん》あり、やや黙《もく》して御言《ことば》もなかりしが、元より聡明《さうめい》の君《きみ》にてましませば、しばし覆《をほ》へる村雲も忽《たちまち》晴れて明《あかるき》に戻《もどり》、先非《せんび》を悔《くい》させ給ひ、二女が忠死《ちうし》を感嘆《かんたん》あり、佞人甫《ねいじんほ》慶《けい》を遠ざけられ、その後御家を払はれける。天罰《てんばつ》の帰《き》する所、果《はて》は寒天《かんてん》に水を沐浴《あび》て坊主天窓《あたま》に縄鉢巻して門《かど》々に銭《ぜに》を乞ひける身と成りけるよし。誠に怖《おそる》べきは天の道なり。これより大守の行跡《ふるまひ》すみやかにして、一国の政事《まつりごと》を聞かせ給ひ、賢《かしこき》道に入り給へば、迷浪忽ち静まり、上下安《やすき》に住《じう》しける。

かくて月満《みち》、左弁の方玉の様なる若子《わこ》出生《しつせう》し給ひければ、御母君始《はじめ》一家中万々歳を寿《ことぶき》ける。若君を俊丸《としまる》どのと申し奉る。日を追つて御成長《ごせいちやう》にて、手打《てうち》あははの御智恵《おちゑ》付き有りければ、斜《ななめ》ならざる御愛《おんいつくしみ》なり。

妾《をもひもの》左弁《さべん》、産後《さんご》の枕も上がりて平身《へいしん》と成りける折から、局小笹《つぼねこささ》二女のうへを物語り、許《くだん》の一書《しよ》をみせしめければ、左弁面《をもて》忽《たちまち》紅葉《もみじ》し、ややさし黙《うつぶき》居たりしが、漸詞《やうやうことば》を出し、「わらはがさがなき心より、かかる貞女に非業《ひごう》の死をなさしむる天罰《てんばつ》、いかでか遁るべき。人非人《にんぴにん》とも大悪人《だいあくにん》とも譬《たとふる》物なき身のうへの浅《あさ》ましさよ」と忽ち一念発起《ほつき》し、「上々様や人々に生《いき》て面《をもて》のあはさるべきや」と覚悟《かくご》の体《てい》にみへけるを、小笹諫《いさめ》て「「誤《あやまつ》て改《あらたむ》るに憚《はばか》ることなかれ」となれば、自殺《じさつ》はかへつて無《む》益《やく》なり。いはば俊丸若の御母義《ぼぎ》なり。幼君《ようくん》を大切《たいせつ》に思ひ給はざるや」と詞《ことば》を尽《つく》し、漸《やうやう》に取りしづめ

けり。夫《それ》より左《さ》弁願《べんねがひ》をたて、丈《たけ》なる黒髪を切りはらひ、後智《こうち》院《いん》と法名《ほうめう》し両女の菩提《ぼたい》を弔《とむらひ》、真《まこと》の道に入りにけり。

さても清水の売店《ばいてん》にては、計《はから》ざりし事にて迷惑《めいわく》しけるとなん。その後一人の客来《かくきたり》、酒肴《しゆかう》を乞《こひ》、暫《しばらく》して帰りける跡《あと》に一包《つつみ》の金を落置《をとしを》きたるゆへ、その客《かく》の跡を求《もと》めけるに、はや行方しれざれば「またいかなる災難《さいなん》や出来《いできたら》ん」と主《あるじ》色を失《うしなひ》、公《をやけ》に訴《うつたへ》けるに、その落《をと》せし主《ぬし》を求《もとめ》らるるといへどもかつてしれざれば、程経《ほどへ》て右の金を公《をやけ》よりゆるし与《あたへ》けるとぞ。いかなる人の落与《をとしあたへ》たるや、しれずとなん。

また、深草《ふかくさ》の父母、花子が死を潔《いさぎよく》せしを聞きて、「いしくも君恩《くんをん》を謝《しや》しけるよ」と悦《よろこび》に絶《たへ》ず、聊《いささ》かも愁《うれへ》る色なかりけるは、誠《まこと》花子が親なりけり。二女《じじよ》は死《し》を軽うして君《きみ》を直《なをき》にもどし、胎教《たいけう》をなして累代《るいだい》御家の臍《ほぞ》をかため、濁《にご》れる女の心を清《きよき》に導《みちびき》、現世《げんぜ》ばかりにあらで菩提《ぼだい》の種《たね》を植《うへ》さしめ、国《くに》に安堵《あんど》の思ひをなさしむる大功《たいこう》、賞《しやうする》に絶《たへ》たり。誠に君に仕《つかへ》るの鏡《かがみ》とはこの二女《じじよ》の事なるべし。

奇談玉婦伝巻之四終

奇談玉婦伝巻之五

毒蛇怖《どくじやきんりやうをおそる》二金　龍一

ここに荒尾《あらを》哥門太郎雪照《かもんたろうゆきてる》とて、弓矢《ゆみや》取りてその名高く、英雄無双《ゑいゆうぶさう》の士あり。都《みやこ》の任果《にんはて》て、妻《つま》の小《こ》宰相《ざいしやう》を伴《ともな》ひ上総の本領《ほんりやう》へ下りけるの刻《きざみ》、長途《てうど》を経《へ》て武州川崎の駅《ゑき》に宿《しゆく》しける。これより三里乾《いぬゐ》に当たりて栄螺《ゑいら》山《ざん》といへる山あり。さまでの高山にもあらねども、至りて節所《せつしよ》なるがゆへに、樵夫《せうふ》山賊《やまがつ》の道絶《たへ》たり。方二里に余りて栄螺《さざゐ》の貝をめぐるがごとし。星移《ほしうつり》時去り、今は平地《へいち》と成りて農夫《のうふ》草切り耕《たがやす》の地と成りけるとなり。

この山上に甲斐《かい》・伊豆・相模《さがみ》三ヶ国の盗賊《とうぞく》の首領《しゆりやう》、悪大部《あくたいふ》といへる者、手下《しゆか》三千人を従《したがへ》、近国の民家へ押し込み、財宝《ざいほう》をかすめ取り、美目《みめ》よき女をあまた奪《うばひ》て妾《おもひもの》となし、大盃《たいはい》に酒宴《しゆゑん》を設《もうけ》、上見ぬ鷲《わし》の寛楽《くはんらく》を極めける。雪照《ゆきてる》妻の小宰相を供《ぐ》して通りけるを、手下の賊《ぞく》見出だし悪大部に告《つげ》けるやうは、「手廻りに召し仕ひ給ふ女中何《いづれもかほよし》娥と申せども、かの士《さぶらひ》が連れたる女性とは月と蛍《ほたる》の違《たがひ》あり。我等今までかかる容顔美麗《ようがんびれい》なる女を見たる覚えなし」と口々に云ひけるにぞ、悪大部そぞろにうかれ、「今宵川崎の駅《ゑき》へ夜討ちして女を奪《うばひ》来たるべし」とて、既《すでにひやうじやう》評定に及びける所に、木股《きのまた》と云へる賊進《ぞくすすみ》出でて申しけるは、「女を伴ふ侍《さぶらい》ただものならず。容易《ようい》には事成るまじ。とくと謀略《ぼうりやく》を定むべ

し」と賊原《ぞくばら》を集め、木股中央《きのまたちうわう》に座し謀《はかりごと》を述《のべ》けるとぞ。

かくて雪照夫婦は閨《ねや》に入り、旅行《りよこう》の風景を語慰《かたりなぐさみ》、小宰相の方和歌を詠《ゑい》ぜられ、雪照詩《し》を作りて興《きやう》じ、水いらぬ杯《さかづき》も重ねてはや結《むすび》かかる夢の頃おひ、表に多《おおく》の人音して「火災火災《かさい》」と呼ばはる声に扉《とぼそ》を明けてみてあれば、四方八面炎《ほのほ》と成りて黒煙《くろくぶり》天を覆《をゝふ》。従者周章《づさあはて》ふためき、旅財《りよざい》を下部《しもべ》に持たせつつ、「殿にもいざや退《のか》せ給へ」とて止宿《ししゆく》の門を開き立ち出で、一方火の手の無き方へ走《はしり》ける。この道至りて節所《せつしよ》にして、提灯《てうちん》は谷風に吹き消され、主従難義《しゆじうなんぎ》いふばかりなし。漸《やうやう》一里ばかり過ぎける所に、一つの大樹《たいじゆ》の上より一声《いつせい》の螺《ほら》の音響《ねひび》くとひとしく、数百人の賊《ぞく》、ここの峰彼所《みねかしこ》の谷よりあらはれ出で、雪照主従を目がけ矢庭《やには》に切つて懸りける。郎等抜《ろうとうぬき》つれて戦《たたかひ》けれども、闇《くら》さはくらし、不案内の深山幽谷《しんざんゆうこく》なり。賊は地利委《くはし》くここへおびき出だして討《うち》取らん謀《はかりごと》、思ふ図《づ》に当たりければ、雪照が頼み切つたる宗徒《むねと》の者ども、盗賊《とうぞく》の為に多く討たれぬるこそ無念なれ。

雪照大いに怒《いかり》、「憎賊《にくきぞく》等が行跡《ふるまひ》かな。いでものみせん」と来太郎国光《らいたろうくにみつ》が百日精進潔斎《しやうじんけつさい》して鍛《きたひ》きたひし、清瀧《きよたき》と号《なづけ》し名剣《めいけん》を抜設《ぬきもふけ》、片手打ちになぐり立て、大袈裟《おおけさ》・梨割《なしわり》・車切《くるまぎり》、矢庭《やには》に三十余人同じ枕に切り伏《ふせ》たる。凡人《ぼん》ならざる勢《いきほひ》にさしもの賊徒《ぞくと》一まづ四方へ退《しりぞき》けり。されども潮《うしほ》の湧《わく》がごとくの大勢、殊に地の利しらざる節所《せつしよ》に、雪照も惘《あきれ》て立ちたりしが、何思ひけん、腰の半弓を取り出だし、最前螺《さいぜんほら》を吹きたる大樹《たいじゆ》の梢《こずへ》を覘《ねらひき》切りて放《はな》せば、あやまたず手ごたへして地上《ちじやう》へ落つる音をしたひ走行《はしりゆき》、みれば一人の賊究所《ぞくきうしよ》を射《い》られ一矢にて息絶《いきたへ》たり。これ賊の元帥木股《げんすいきのまた》なり。腰《こし》に貝鉦《かいかね》を付け

たりけるを雪照《ゆきてる》鉦を取りてこれを鳴《なら》しければ、峰々山々谷々にてかねを合はせ、忽雲霞《たちまちうんか》のごとくに聞こへし人音《ひとをと》ひつそとしづまり、松に調《しらべ》る風の音《おと》のみ残りけり。廿日亥中の小夜《さよ》の月代朗《つきしろほがらか》に立ちのぼりて白日《はくじつ》に事《こと》ならず。これ貝《かい》に進鉦《すすみかね》に退《しりぞく》の調練《ちやうれん》を、雪照早くも悟《さとり》て、進退《しんたい》を教《をしゆる》賊木股《ぞくきのまた》を射て、引鉦《ひきかね》を鳴らして賊兵《ぞくへい》を納めける、雪照が智計《ちけい》のほどこそ類《たぐい》なき。雪照「得たり」と郎等を招《まねか》れけれども、あまた討《うたれ》て、漸《やうやう》十人ばかり朱《あけ》に成りてここかしこより集来《あつまり》たり、先づ主人の無事を訪《とぶらひ》ける。さる程に「妻の小宰相はいかに」とその行衛を求《もとめ》けれども更に求め得ざれば、雪照無念《むねん》の歯《は》を鳴《なら》し、「かく賊《ぞく》にたばかられしことの奇怪《きつくはい》さよ。弓箭《きうせん》の恥《はぢ》これに過ぎず。この一国を狩立《かりたて》て忽《たちまち》賊が首をならべ、この本懐《ほんくはひ》を達《たつせ》ん。さりながら妻《つま》の生死のしれるまでは無念を押《をさへ》、行衛を求めん」と、それより主従《しうじう》小宰相の行衛を尋《たづね》ける。

さる程に小宰相の方は乗物《のりもの》よりまろび出で、あやめもわかぬ闇夜《くらきよ》に、ただ剣《つるぎ》の稲妻《いなづま》ひらめく闇《やみ》、修羅《しゆら》の街《ちまた》を漸《やうやう》と人なき谷間へ忍び下り、木根《このね》を伝ひ、桂《かつら》に取り付き、物音の無き方へ無き方へとこころざし、茨《いばら》の茂《しげみ》に忍びては人を裂通《さけとを》し、千辛万苦《せんしんばんく》し給ふうちに、鉦の音と共に人影もなく、亥中《いなか》の月さし登《のぼれ》ば初めてほっと息出《いきいで》、あたりをみ給へば、峨《が》々たる山谷《さんこく》東西もわきかね、「さるにても我が殿はいかがならせ給ふらん」と涙御胸《おむね》に漲《みなぎり》しが、「いやなかなか盗賊《とうぞく》ごときの手に及ぶ殿ならず」と一度は心を取り直し、里ある方へとたどり給ひ、雪にひとしき脛《はぎ》も茨《いばら》に裂《さけ》て御足《あし》も血《ち》に染《そま》りて半道ばかり行かせける所に、大河《たいが》横《よこ》たはり、「この向ふに里もやあらん」と岸《きし》に付き、百歩《ぼ》ばか

りにして、川幅狭《かははばせばく》、朽木《くちき》を並《ならべ》て橋となしたり。下は何階《かい》ともしらず。白浪張流《しらなみみなぎり》、後《うしろ》は峨《が》々たる険聳《けんそ》なり。常《つね》ならば目くるめき胸轟《むねとどろき》肝魂《きもたましい》もそぞろなるべきに、かいがいしくうち渡《わたり》、半《なかば》過ぎなんとする時、後《うしろ》にすさましきもの音しけるゆゑ振返《ふりかへり》み給へば、岩窟《がんくつ》に鏡《かがみ》のごとくなる光物《ひかりもの》二つ並《なら》びてあるとみゆる内に、真一文字《まいちもんじ》に近づき来るをみれば、蝮蛇《うはばみ》の両眼《りやうがん》なり。胴《どう》は三抱《みかかへ》もあらんと思しくて、長事《ながきこと》山にかくれて計りしれず。紅《くれない》の舌《した》を出だし小宰相を一呑《のみ》にせんとのたり来るに、消入《きへい》るばかりの怖《おそろし》さ、年頃念《ねん》ずる矢口大明神の御名を唱《となへ》、一さんに橋を渡りこへんとせしに、忽《たちまち》蝮蛇《だいじや》追ひ詰《つめ》てただ一口とみへたりしに、小宰相の結《むすび》給ひし金襴《きんらん》の帯、結目解《むすびめとけ》みだれて二十尋《はたひろ》に翻《ひるがへり》けるに、不思議《ふしぎ》なるかな蝮蛇忽逃去《だいじやたちまちにげさり》、形《かたち》もみへず成りにけり。その隙《ひま》に橋をわたり、十歩《じつぽ》ばかり走《はしり》て、また後《うしろ》をみれば帯《をび》は川水に落ち流れ、蝮蛇《だいじや》は失《うせ》てなかりけり。新田矢口大明神の擁護《をうご》にて、誠に毒蛇《どくじや》の口を退《のがれ》けるとなん。金襴《きんらん》の帯《をび》落霏《うねりひらめき》たるを、蝮蛇金龍《だいじやきんりやう》と思ひ怖逃去《をそれにげさ》りし

や。惣《さう》じて婦人の帯大いに幅《はば》の広《ひろき》を用ゐること、かかる危難《きなん》をまぬかれし例《ためし》なるや、希代《きたい》なりし事どもなり。

「死の縁無量《むりやう》と云ひながら、毒蛇《どくじや》の腮《あぎと》に身を失はん事の浅《あさ》ましさよ」と思ひしに、はからずもまぬかれ、信心肝《しんじんきも》に命じ、いよいよ矢口の神霊《しんれい》を高声《かうせう》に祈《いのり》、息《いき》をもつかず半道ばかり転《こけ》つまろびつたどり行きける向ふに、幽《かすか》なる火影《ほかげ》ちらめきみへけるに、「人家《じんか》有り」と嬉《うれ》しく、立ち寄りてみれば、あやしの草庵《さうあん》に五十余の僧囲炉裏《いろり》に榾《ほた》うちくべ居たりけるに、小宰相うれしく、案内も乞はず立ち入り、「かかる災難《さいなん》にて漸う危《あやうき》を遁《のがれ》これまで来しなり。今は身体労果《しんたいつかれはて》侍ふぞや。哀《あはれ》御情《なさけ》に今宵を明かさせたび候へ」と有りければ、庵主《あんしゆ》次第を聞き、「痛《いた》はしくこそ候へ。さりながら草庵に女性を舎《やど》らせ申さんは世のことのはもいぶせきことながら、かかる希難《きなん》を余所《よそ》にみんも本意《ほい》なし。元より愚僧《ぐさう》は凡悩《ぼんのう》の垢《あか》を洗《あらひ》、浮世《うきよ》の塵《ちり》にまじはらず、この所に住馴《すみなれ》し法師なり。いざさせ給へ」と囲炉裏《いろり》の側《そば》へ近《ちか》づけ、「まづ飢寒《きかん》の凌《しのぎ》給ふべし。これにまた粟《あは》と云ふものの候を熟《じゆく》してまいらすべし」とさまざまにいたはり申しける。誠「頼《たの》もしきは出家侍」なるべし。

小宰相は庵主《あんしゆ》の情《なさけ》深きに心落《をち》付き、今宵の艱難《かんなん》、つらさ怖《おそろし》さ何にたとへん方もなく、常《つね》には百歩《ぼ》と地を踏《ふみ》給はぬ身のかかる有さま、一度《ひとたび》夫にめぐり逢ひなんと一身の念力《ねんりき》にて、多くの難《なん》を遁《のがれ》走りし気の張弓《はりゆみ》もここに絃《つる》きれ、忽癪気胸膈《たちまちしやくきけうかく》に迷登《さかのぼり》、「うん」と反返悶絶《そりかへりもんぜつ》し給ひけるに、庵主うち驚《おどろき》、顔へ水を洒《そそげ》ども正気付かず、肌《はだへ》も雪氷と冷《ひへ》きりければ、肌《はだ》に僧の肌を当てて暖《あたため》、耳《みみ》に口よせ「旅《たび》の

御上臈《じやうろう》、旅の御上臈」と呼《よべ》ど叫《さけべ》ど通ぜず。反返《そりかへり》反返し給ひけるを押《をし》しづめ、肌《はだ》と肌を合はせ、しつかりと抱《いだき》しめ居たりければ、少し暖《あたたまり》けるに力を得、冷水《れいすい》を口移《くちうつし》に呑ませなどしければ、ほつと吐《と》息《いき》し両眼《りやうがん》も常《つね》なりければ、「心付きたるや。気を慥《たしか》に持《もち》給へ」と、庵主のことば耳に入り、「さては気《き》絶《ぜつ》したるや。ああ忝なや勿体《もつたい》なや。穢《けがれ》多き女の身を、御僧様のかくまでいたはり養《やしなひ》給ふこと、過世《すくせ》いかなる因縁《いんゑん》ならめ。最《も》早《はや》心も慥《たしか》に候まま、御はなし有るべし」といひけれども、放《はな》しなばまたもや癪の発《はつせ》んと思へるや、そのままに抱《いだき》て介抱《かいはう》ある庵主の心ぞ頼《たの》もしき。

「もはや正気にてここち常《つね》にかはらず候。サアここ放《はな》させ給へ」といへども更《さら》に返答《へんとう》なく、いよいよ強抱《つよくいだき》しめ放さず。小宰相の方は帯を川水に流し捨《すて》て走り給ふゆへ雪の肌《はだへ》のあらはなるを、法師が墨《すみ》のごとくの肌を当《あて》しつくりと合はせ動《うごか》さず、眼《まなこ》を見《み》詰《つめ》、涎腮《よだれあぎと》を伝ひ嘆息《たんそく》しけるに、小宰相冷与強《ぞつとこは》気《げ》立ち、振放《ふりはなさ》んとあせり給へど、大盤石《だいばんじやく》にて動《うご》かばこそ。「なふ胸苦《むねくるし》や放《はなさ》せ給へ」といらち給へば、法師震《ふるひ》々たる音声《をんせい》にて「志賀寺の上人は御息所《みやすどころ》を恋ひ慕《したひ》、清水寺の清玄《せいげん》法師は桜姫《さくらひめ》に迷《まよひ》て堕落《だらく》せしも理《ことはり》よなふ。一生女性《によせう》の肌をしらざるこの法師、かくやはやはたる玉《たま》の肌《はだ》、はてすべすべと心地よや。其方《そなた》は恨《うらめ》しの人よな。玉にひとしき顔《かん》ばせに、肌《はだ》と肌《はだ》とをかくうち合《あ》はせしもの、釈迦《しやか》も孔《こう》子《し》も叶ふべきか。久米《くめ》の仙《せん》は晒女《さらしめ》の脛《はぎ》にすら通力《つうりき》を失《うしな》ふ。我年頃の行法《ぎやうぼう》を傷《やぶり》、大道心《だいどうしん》を妨《さまたげ》なす大六天の魔《ま》王《わう》とは足《そ》下《こ》の事。いかなればかく美《うつく》しく産《うまれ》て人を惑《まどは》す。きるに切られぬ輪廻《りんゑ》のきづな。契《ちぎり》を結《むすび》給はれ」と口《く》話《どき》けるこそ怖《おそろし》けれ。誠に翡《ひ》翠《すい》の鳥は羽《は》をもつて称せられ、熊《くま》は胆《たん》あるをもつて猛《たけき》

を傷《やぶ》らる。美人《びじん》の害《がい》を得《うる》こと古今例《ためし》少なからず。今小宰相の方は容色勝《ようしょくすぐれ》しゆゑに、川崎の憂《うき》よりここに至りてかかる難《なん》を得《うる》こととなりぬ。

　小宰相のいへらく「貴聖《たつときひじり》の御心を迷《まどは》し奉る罪《つみ》、未来の程の空怖《そらおそろしく》こそ侍へ。さりながら自《みづから》は主《ぬし》ある身にて候へば、免《ゆる》させ給へ。ここ放《はなし》て」と嘆《なげき》給へども、なかなか承《せう》引《いん》せず、「我かく堕落《だらく》なすからは汝《なんじ》も操《みさほ》をやぶれよ」と髭生茂腮《ひげおひしげるあぎと》を玉のごとくの頬《ほう》先《さき》へすりつけ、長舌《ながきした》を出して丹花《たんくは》の唇《くちびる》を嘗《なめ》々しける、その汚穢《むさ》くろしさ怖《おそろし》さ。「身を汚《けがし》ては夫へ立たぬ」ともがきあせれど肌と肌、既危《すでにあやうき》操《みさほ》のやれめ、半入《なかば》るさの月の軒《のき》、空吹く風ももの凄《すごく》、遁《のがれ》ぬ灘《せと》と胸《むね》を定め、「成程《なるほど》心に順《したがひ》申さん。さりながらかく手籠《てごめ》にし給ひては、形《かたち》は足下《そこ》の自在《じざい》なれども心が君に順《したが》はじ。最早《もはや》逃《のが》るる道もなし。いかにも枕をかはしまの、乱れ果《はて》にしこの姿《すがた》。耻《はづか》しの面《をもて》ぶせ。今宵の労《つかれ》を凌《しのぐ》うち、暫《しばし》の情けあらまほし」とかき口話《くどき》かき口話《くどき》給ひければ、憎も面《をもて》を和《やはらげ》、「その詞に偽《いつはり》なくばいかにも休《やすら》ひ申《もふさ》せん。む

くつけ法師の不骨さはゆるし給へ。御上臈《ごじやうろう》後を違《たがへ》給ふな」とあやしの一間へ伴《ともなひ》、衣《きぬ》うち着《きせ》て伏させける。

小宰相《こざいしやう》夢の心《ここ》地にて、「けふはいかなる悪日なれば、かかる愁気《つらさ》に逢《あふ》事よ。この辱《はづかしめ》を受けんより毒蛇《どくじや》の腮《あぎと》に死なんかたこそましならめ。エェ口惜《をし》や。刃《やいば》さへあるならば僧を殺《ころし》て逃《にげ》なんもの。いかがしてかはのがれん」と、無量《むりやう》の思案に胸《むね》をくだかれける。やや暫《しばし》して僧の物語声《ものがたるこゑ》ほの聞こへけるゆへ、「いかなる者やらん」とそとさし覗《のぞき》み給へば、こはそも不思議《ふしぎ》や小宰相《こざいしやう》の姿有《すかたあり》々と顕《あらはれ》、僧と枕《まくら》を並《なら》べ伏《ふし》居たりけるに、怖《おそろしく》もまたふしん晴《はれ》ず、「自《みづから》を擁護《おうご》の仏神《ぶつしん》、わらはにかはらせ給ひて危難《きなん》を救《すくひ》給ふならめ」と有がた涙《なみだ》にくれながら、分身《ぶんしん》の小宰相《こざいしやう》に法師の余念《よねん》なき折をみすまし、後《うしろ》の垣《かき》根《ね》を破《やぶり》、跡《あと》をもみずして落ち給ひ、一里ばかり歩《あゆみ》給ふとおぼしき頃、東の空《そら》もしらみわたれば、漸《やうやう》にしてとある里に至《いたり》、「いかなる所にや」と人家に立《た》ち寄問《よりとい》ければ「矢口村」と答《こたへ》けるに、「あら有がたや。はからずもここに至《いた》る事、矢口の神霊守《しんれいまも》らせ給ひて数度の危《あやうき》をまぬかれしめ給ふ事よ」と信心《しんじん》いやまし、遥《はるか》に拝礼《はいれい》し奉りけるを、その家の夫婦小宰相の方をつくづくみて、心なき賤《しづ》ながらいと哀《あはれ》にや思ひけん、さまざまいたはり申すにぞ、有りし次第を語《かたり》給ひけるにうち驚《おどろき》、いよいよ情《なさけ》深くもてなしけるこそ頼《たの》もしけれ。

さるほどに雪照主従《ゆきてるしうじう》は小宰相の方の行衛を求《もとめ》かね、諸所尋廻《たづねめぐ》る内、夜もしらじらと明け放《はなれ》、山賊《やまがつ》に行きあひ所の地利を聞き、「このあたりに盗賊《とうぞく》の住《すみ》ける所やある」と尋《たづね》ければ、かの者答《こたへ》て「こ

こより四里隔《へだて》て川崎の乾《いぬゐ》に、栄螺《あいら》山《さん》と申す岩窟《がんくつ》に、悪大部と申す盗賊《とうぞく》の首領《しゆりやう》、人を悩《なやま》し候」と委《くはしく》語《かたり》て立ち別れける。「さてはその賊小宰相《ぞくこざいしやう》を奪《うばひ》行きつらん。ただちに踏込奪返《ふみこみうばひかへさ》ん」と悶《せき》にせきたつ雪照を、郎等《ろうどう》大岐の九郎をし留め、「君血気《きみけつき》にはやり給ふな。賊徒《ぞくと》といへども手下《しゆか》に三千を順《したがへ》しあぶれ者、主従《しうじう》わずか十余人。天魔鬼神とはやるとも、本意を遂《とげ》ず不覚《ふかく》の名をのこさんこと、無念のうへのむねんなれば、一まづ本国へ帰り給ひ手立てをめぐらし誅戮せんに、難きことか候はん」と詞《ことば》を尽くし諫めけるに、雪照も同意《どうい》して先づしるよしへと趣《をもむき》ける所に、白浪《はくろう》漲《みなぎり》落《おつ》る大河に行きあたり、手繰《たぐり》の渡《わたし》あるかたを求《もとめ》てここに至《いたり》、各うち渡りけるの所に洑返《うづまきかへ》して流れ来るものあり。頓《やがて》取り上げてみてあれば、小宰相の結《むすび》給ひし帯なりければ、雪照大いに嘆《なげき》て、「さては水の淡《あは》ときへけるか。不便《ふびん》のものの身の果《はて》や」と猛き心もをちこちの涙《なみだ》滝を顕《あらはし》、一度は愁《うれへ》一度は怒《いかり》、「いかなれば賊《ぞく》がために妻を失ひ郎等を殺せし事よ」と天を仰いで大いに詈《ののしり》ける。郎等諫《いさめ》て「かかる上は片《へん》時《し》もはやく帰国《きこく》あり、謀《はかりごと》を定めて即時《そくじ》に賊《ぞく》をうち、怨《あた》を報《ほうじ》給へ」とて、うち連《つれ》てこそ急ぎけれ。

半道ばかり行きける所に、荒れたる小家を取り巻きて郷民《ごうみん》群れ居けるゆへ、「いかなることの有りてや」と問《とい》ければ、里人答へて云ふ、「この所に期牛《ごぎう》法師と申して貴僧《たつときそう》の年久しく住《すみ》給ふ。諸人生仏《いきぼとけ》と渇仰《かつごう》して、病《やむ》ものあれば、医薬《いやく》を用ゐず加持《かぢ》の護符《ごふ》を戴《いただけ》ば、忽《たちまち》病治せずと云ふことなし。野狐《やこ》なんど見入りたるは法師の声を聞くと震怖《ふるひおそれ》て退去《のき》る事すみやかなり。然《しか》るに今朝訪《とぶらひ》来し者の語《かたり》侍ふは、日毎に星を戴《いただい》て扉を開く僧の、かたく戸を閉ぢて物音も絶へたるゆへ、不思議なるこ

とに思ひ立ち入りてみれば、年経狸《ふるたぬき》をかき抱きて、主も狸も前後もしらず熟睡《じゆくすい》して居けるゆへ、かの者驚《おどろき》立ち帰りて人に告語《つげかたり》けるゆゑ、大勢うち寄りぬれば、狸《たぬき》は縁《ゑん》の下へ這入《はいり》ける。僧は忙然として酔へるがごとく正気つかず。不思議の事に侍ふ」と語りけるに、人々奇異《きい》の思ひをなしけるとぞ。この法師は小宰相の艶《ゑん》に迷《まよひ》、さしも道徳《どうとく》高く行ひすまして居たりける身の、情けなやいかなる業因《ごういん》にや、大盤石《だいばんじやく》の大悟《たいご》破《やぶ》れ、多年の高徳《こうとく》、焒上一点《ろじやういつてん》の雪と消失《きへうせ》ける。その虚《きよ》に乗《じやう》じて悪獣障化《あくじうしやうげ》をなしけるなり。女狸女に化けて男に交《まじはり》、人精《じんせい》を吸ふ事まま聞き伝《つと》ふるなり。狐狸怪《こりくはい》して人を損《そん》ずといへども、小宰相の為には幸ひの妖《よう》にして身代《みがふり》にのこし退《しりぞき》さる。僧は己が迷《まよひ》より畜獣《ちくじう》に恥《はづかし》めらるる事、浅《あさ》ましかりし事どもなり。

さる程に人々は道を急《いそぎ》て打ちたりけるが、雪照の云はく、「矢口の村に跡を垂《たれ》させ給ふ義興《よしをき》大明神は微運《びうん》を守らせ給ふの御誓《おちかひ》と聞くなれば、いざや詣《もうで》ん」とて急ぎけるに、程なく矢口村に至《いたり》、丹《たん》精無二《せいむに》をこらしける傍《かたはら》に、額突《ぬかづき》居たる女性をみれば小宰相なり。「これは」と人々うち悦《よろこび》、暫《しばし》はことばもなかりけるが、小宰相雪照に取りすがり、雨やさめとうちなげき、川崎の難儀《なんぎ》より路すがらの憂目《うきめ》、こまやかに物語ありければ、雪照初め郎等《ろうとう》、「偏《ひとへ》に当社の擁護《をうご》なり」と霊験《れいげん》の著明《いちじるき》を感涙《かんるい》し、いよいよ渇仰《かつごう》の思ひに伏して九拝《くはい》し、里人に恩を謝《しや》しうち連《つれ》しるよしへ下り、夫《それ》より方便をめぐらし栄螺山《ゑいらさん》へ趣《をもむき》、首領《しゆりやう》をはじめ賊徒《ぞくと》のこらず誅戮《ちうりく》して無念を散《さん》じけるとなん。近国の煩たりし根《こん》元《げん》を裂《たち》けるゆへ、国人《くにびと》悦ぶこと限《かぎり》なく、この事殿下《でんか》の沙汰《さた》に及《をよび》、雪照に三千町を加恩《かをん》あり。家富《とみ》

栄《さかへ》豊《ゆたか》なりける初春の噺《はなし》始めとなし侍る。

奇談玉婦伝巻之五大尾

安永四未歳正月吉日

書林

京堀川錦上ル町
西村市郎右衛門
大坂順慶町
柏原屋清右衛門
江戸本町三丁目
西村　源六
同本白銀町一丁目
小林　半蔵

閑《かん》棲《せい》劇《げき》話《わ》

丸井　貴史＝校訂

閑栖劇話序

東随舎主人者《ハ》市隠士也。逃二跡《ヲ》於江河之上《ニ》一而不レ混二流俗《ニ》一。置二志《ヲ》於丘壑之幽《ニ》一而惟書。是孰不レ孜々二世事《ニ》一、不レ汲々二名利《ニ》一、質行如《ン》レ茲乎。是以与《テ》レ世枘鑿不レ相入、所二逢迎一亦其《ノ》人也。実可レ謂二隠心《ト》一也乎。頃録下嘗所《ノ》レ聞二見《スル》俗間《ニ》一遇レ災《ニ》為《ノ》レ孽之奇説《ヲ》上。遂成レ帙書肆請レ上《ント》レ梓《ニ》。主人曰大抵勧善懲悪之事素《ヨリ》足《レリ》レ卒《ニ》レ人《ヲ》。雖レ然区々小説恐《ルルノミ》レ類《コトヲ》二附会之説《ニ》一而已。固《ク》請終許レ之。而請二余之題言《ヲ》一。余曰可《ナリ》矣。語《ニ》不レ言乎、無二遠慮一則必有二近憂一。但幸使レ三見者能知二後事《ヲ》一。則豈謂《ンヤ》レ無レ小補二世間《ニ》一乎。亦惟教之一端也已矣。則名レ之曰二閑栖劇話《ト》一。以叙二其由一爾。

天明癸卯歳孟春

蘇門烏子書

東随舎主人は市隠の士なり。跡を江河の上に逃れて流俗に混《こん》ぜず。志を丘壑《きうがく》の幽に置きて惟《た》だ書す。是孰《これたれ》か世事に孜《し》々たらず、名利に汲《きふ》々たらず、質行茲《かく》の如くならんや。是《ここ》を以て世と枘鑿《ぜいさく》相入れず、逢迎する所も亦《ま》た其《そ》の人なり。実に隠心と謂ふべきならんや。頃《このご》ろ嘗《かつ》て俗間に聞見する所の災《さい》に遇ひ、孽《げつ》を為《つく》るの奇説を録す。遂に帙《ちつ》を成し、書肆《しよし》梓《し》に上さんと請ふ。主人曰《いは》く、大抵勧善懲悪の事、素《もと》より人を卒《したが》ふるに足れり。然《しか》りと雖《いへど》も、区々たる小説、附会の説に類することを恐るるのみ。固く請ふに、終《つひ》に之《これ》を許す。而《しか》して余の題言を請ふ。余曰く、可なり。語に言はずや、遠慮無ければ則《すなは》ち必ず近憂有りと。但《た》だ幸ひに、見る者をして能《よ》く後事を知らしめん。則《すなは》ち豈《あ》に世間に小補無しと謂《い》はんや。亦《ま》た惟《た》だ教の一端なるのみ。則《すなは》ち之を名づけて閑栖劇話と曰《い》ふ。以て其の由を叙するのみ。

天明癸卯歳孟春

蘇門烏子書

序

君と一夕の話《はなし》、十年の書《しよ》を読むにまされりとは、ふるきからうたの詞にして、むべかたりする事ぞうれしきとは、やまとうたにも見えたり。唐《から》の大和の才《ざゑ》かしこくとも、劇談《げきだん》する事あたはざるは、書物箪笥《しよもつだんす》に異《こと》ならず。怪力乱神《くはいりよくらんしん》は聖人のかたる所にあらねども、捜神志怪《さうしんしくはい》もまた世々にたえず。閑栖劇話《かんせいげきは》の書なりて、予が言を請《こ》ふ事しばしばなり。因《よ》りて聊《いささ》か不律《ふりつ》を濡《うるほ》して、一夕の茶話《ちやわ》にかふるのみ。

天明三年孟春　四方山人

閑栖劇話巻之一

二流間主東随舎著

蛇松談話

東都《とうと》高田《たかた》の里戸《さとと》塚《つか》村に、禅英《ぜんあい》山宝泉《ほうせん》寺といへる天台《てんだい》宗の寺院《じいん》あり。水稲荷《みづいなり》とて名高《なだか》き社境内《やしろけいだい》に有《あつ》て、人よく知《し》れる所なり。水稲荷の号《がう》ある事は、元禄十五年の初夏《しよか》、夢想《むそう》の事ありしとて、榎《えのき》の椌《うろ》より水涌出《ゆしゆつ》す。この水にて眼《め》を病者《やむもの》の洗《あらふ》に、不思議《ふしぎ》に験《しるし》ありとて、近里遠境《きんりゑんきやう》聞きつたへ、貴賤群集《きせんくんじゆ》なすこと蟻道《ぎどう》のごとくなりしが、いつとなく水枯《か》れて流《なが》れずといへども、世人神木《しんぼく》より涌出《わきいで》し水の霊験《れいげん》を伝《つた》へて、水稲荷と号《がう》するとなり。

この所近《ちか》き馬場下《ばばした》といへる町に、長四郎《ちやうしろう》といふ者《もの》あり。若年《じやくねん》の頃《ころ》よりも駿河国富士浅間《するがのくにふじせんげん》を信心《しんじん》なすこと深《ふか》く、年々水無月登山《みなづきとうざん》なすこと怠《おこた》らざりしに、信仰《しんかう》の輩《ともがら》、彼《かれ》が信意《しんい》他《た》に越《こへ》しを尊《たつとみ》、先達《せんだつ》と頼《たの》みて年々登山《とうざん》の案内《あんない》せしが、いつとなく講中《かうぢう》多く、その頭取《とうどり》となれり。かれに一子あり。幼少《ようせう》の頃、病身《びやうしん》なりしかば、末々渡世《すへずへとせい》のたよりを得《う》べくもあらずと出家《しゆつけ》なさしめたりしが、堅固《けんご》の僧《そう》となりて、積学年《せきがくとし》つもり、大地の住職《じうしよく》となれるより、父長四郎が老身《らうしん》を助《たす》けんと、衣類《いるい》金銀を送《をく》るといへども、さらにこれを受《う》けず、他の富貴《ふうき》をうらやまず、まことに小欲知足《せうよくちそく》ともいふべし。信《しん》に感《かん》を増《ま》し霊験《れいげん》

あるは神慮《しんりよ》なれば、長四郎が祈念《きねん》、不思議《ふしぎ》の感応《かんおう》も数《かず》ありしに、なを富山《ふさん》を尊《たつと》み飽《あ》かず、

「我終身《わがしうしん》の後までも、神威《しんい》を尊《たつと》み名《な》を残さん」

と思ひ立ち、宝泉寺の境内《けいだい》にわづかの浅間《せんげん》の小祠《こほら》ありしより思《おも》ひつき、この所《ところ》に富士山の面影《をもかげ》を移《うつ》して老足《らうそく》の貴賤《きせん》女子のために参詣《さんけい》をなさしめんとの志願《しぐはん》あるよりも、講中《かうぢう》の輩《ともがら》にその事を物語《ものがたり》ぬるに、

「世にありがたき思し召し立ちかな」

と財《ざい》を集《あつめ》、その催《もよふし》なしたりしといへども、莫群《ばつくん》の大望《たいもう》なれば、出で来よるに難《かた》かりしに、長四郎肺肝《はいかん》を砕《くだ》き、思慮《しりよ》をめぐらしたりしかば、信心《しんじん》の輩《ともがら》が手《て》舞足《まいあし》の踏《ふむ》所を知《し》らず、財《ざい》を抛功《なげうちかう》を積《つ》んで、安永八年の初春《しよしゆん》より、同所の畑《はた》を穿《うがつ》て土をはこび、不日にして大山《たいざん》を築立《つきた》てたるに、岩石《がんぜき》を寄進《きしん》なし、その山中の形《かたち》を摸すに、

長四郎数年《すねん》の参詣《さんけい》なせしことなれば、富士山《ふじさん》の名所《めいしょ》、末社《まつしゃ》の員《かず》つゆ違《たが》はざるごとく移《うつ》したりしに、山の半腹《はんぷく》より下を五合目に准《じゅん》じ、木立《こだち》の形を移《うつ》してつつじ山とす。その下を小松の茂《しげ》りとなしける。

ここに雑司《ぞうし》ヶ谷《や》より乾《いぬい》にあたりて、鼠山《ねづみやま》といへるあり。そのほとりに椎名《しいな》町といふ田舎《でんしゃ》より程近《ちか》き畑中《はたなか》に横《よこ》たわり、景《けい》よき松あり。いつの頃《ころ》よりか蛇松《へびまつ》と呼《よび》ならはせるは、この木の根《ね》もとに大蛇住《すん》で去らず、東武《とうぶ》の植木売者《うへきうるもの》、ふりよき松故《ゆへ》、市《いち》に売《う》らんと木主《きぬし》にもとめ得て掘《ほり》うがたんとするに、根元《ねもと》に隠《かく》るる大蛇《だいじゃ》の、いつも標這登《こずへはいのぼ》りて赫《かく》々たる眼《まなこ》の光明星《ひかりめうぢやう》のごとく、紅《くれない》の口を開《ひら》き、おそろしき風情《ふぜひ》なすゆへに、誰《たれ》ありて掘《ほ》り出す人もなし。あたら良木《りやうぼく》の田舎《でんしゃ》にうづもれ、蛇《へび》松《まつ》と異名《いめう》なしぬるに、右高田の新富士《しんふじ》造立《ぞうりう》の折《をり》から、近辺《きんぺん》の植木屋《うへきや》中より諸木《しょぼく》を寄進《きしん》なすに、誰《たれ》かれうち寄《よ》り、

「蛇松《へびまつ》を麓《ふもとう》に植へなばよからん」

など評《ひやう》じけるといへども、これまでの怪異《くわいい》に恐《おそ》れ、掘出《ほりいだ》すべきと言《い》ふ者《もの》もなかりしに、血気《けつき》の若者《わかもの》言合《いいあ》わせ、

「よしや霊蛇《れいじや》のまとひ居《い》る松にもせよ、庭木《にはき》になさんなどとの事にて根《ね》をうがたば祟《たたり》もあるべし。これは神木《しんぼく》となして末代清浄《まつだいせうぜう》の霊木《れいぼく》となさんに、などあやしき事はあらじ」

とてかの畑《はた》に至《いた》り、鍬鋤《すきくは》をもつてその根《ね》を掘《ほ》らんとなすに、不思議《ふしぎ》やいつとてもその辺《へん》に這《はい》まとふ大蛇の形は見《み》へず。

「さればこそ。言《いは》ざることとか」

とて難《なん》なく掘《ほり》ぬきて、車《くるま》にて高田へと引き来る頃《ころ》は、弥生中旬《やよひちうじゆん》にして、山築《やまつき》の最中《さいちう》にして、人歩蟻《にんぶあり》のごとく群《むらが》りて土石《どせき》を運居《はこびい》ける所に、かの松《まつ》を掘《ほら》んとてその地《ち》へ至《いた》りし日の昼頃《ひるごろ》、いまだ松は運《はこ》び来たらざる時刻《じこく》なるに、篠山《ささやま》の尾先《をさき》より大蛇這出《おほへびはいいで》けるに、普請《ふしん》に集《あつま》りし数人《すにん》「あれよ」と言《い》ふうち、恐るる気色《けしき》もなく、人中へはひ来たれるにぞ、人歩とも驚《おどろ》き騒《さわぎ》ける事いふばかりなし。

歩卒《ほそつ》の内に雇《やとは》れたる吉郎兵衛といへる者《もの》、恐るる風情《ふぜひ》なくかの蛇《へび》をむづとかいつかみ、

「横道《おうどう》なる蛇めかな、うち殺《ころ》さん」

とふりまはすに、さのみ遁《のが》れんともせず、恐るる色《いろ》なし。かたはらの人口々に、

「かれに何の仇《あた》かある。無益《むあき》の殺生《せつせう》ばしすな」

と止《とど》めけるにぞ、かたはらへ投捨《なげすて》けるに、悠《ゆう》々として草高《たか》き影《かげ》に隠《かく》れぬ。その夜吉郎兵衛、惣身発《そうしんほつ》熱《ねつ》して悩乱《のうらん》なし、もだへ苦《くる》しむこと数刻《すこく》にて煩《わづらい》しが忽本復《たちまちほんぶく》してげり。人々奇異《きい》の思ひをなし、不《ふ》思議《しぎ》と専《もつぱら》その沙汰《さた》しけるとかや。

さて築立《つきた》てし富士山の麓《ふもと》にこの松を植《う》へし所、屈曲《くつきよく》おのづから佳景《かけい》にして、諸木《しよぼく》に秀《ひいで》たり。これよりして、この木の近所《きんじよ》にかの蛇蟠居《ばんきよ》なして、天気よき折節《おりふし》はかなたこなたとはひ出づること、奇《き》とやいはん妙《めう》とやせん。今も尚《なを》しかり。その形黒斑《かたちくろまだら》にして、二尺ばかり尾《を》さきふつつと切《き》れしがごとくなり。近《ちか》きころ、おなじ形《かたち》の黒蛇《くろへび》つれ立ち、出《い》づる事ありと。これぞ雌雄《しゆう》ならんと思はる。常《つね》に松のもとに茶店《さてん》ありて腰懸《こしかけ》をならべ置き、茶汲《ちやくみ》ぬる老人《らうじん》なぞは、日々のやうにかの蛇《へび》を見るよし。石坂より上《うへ》に上りぬること、ある時は参詣の者の恐《をそ》れんことを思《おも》ふが故に、竹箒《たけぼうき》をもつて地《ち》を敲《たた》き追《をい》ぬれば、石壇脇《いしだんわき》の篠原《ささはら》に隠《かく》るること常なりとかたり伝《つた》へぬ。これぞまことに霊虫《れいちう》なるべし。

すべての事、疑思《うたがいおも》ふこと強《つよ》き時《とき》は、却《かへつ》てその元《もと》を失《うしな》ふに至る。蛇松《へびまつ》の談《だん》も利《り》を屈《くつ》する時には、なんぞかかる事のあらんや。奇瑞《きずい》を求《もとむ》るはかりごとによく言《いい》ならはすならんと疑《うたが》ひ思へるならんが、天地広大《くはうだい》の限《かぎ》りなきに、限《かぎ》りある人才《じんさい》をもつて量《はか》ること、管見《くわんけん》にしてその器《き》の至らざるなるべし。諸国《しよこく》に古《いにしへ》より、今日の利外《りぐわい》なる奇怪《きくわい》あまたあり。わきて神社《じんじや》の奇瑞顕然《きずいけんぜん》たるは、武州府中《ふちう》六社《しや》に七不思議《ななふしぎ》とて人々知《し》れる所なり。現《げん》に奇《き》とするは、宮前《きうぜん》大木の並木《なみき》あるに、鵜《う》の塒《ねぐら》となし、また巣《す》をかけて糞《ふん》に松の枝を穢《けがす》こと、遠目《とふめ》雪《ゆき》の標《こずへ》かと見《み》ゆ。さもあらんかし。名に

しおふたる玉川に程近《ほどちか》き故《ゆへ》に、群鵜《ぐんう》翅《つばさ》を重《かさ》ねてこの林に集《あつ》まり、友呼《ともよ》びかはす声《こへ》のこだまに響《ひび》き、いとさはがし。さばかり群《むれ》たる鵜の、中門一つ越《こ》しぬる林に翅《つばさ》を休むることなく、空《そら》を翔《か》けることもなく、神前《しんぜん》の清浄《せうぜう》さいはん方《かた》なし。これ参詣《さんけい》のともがら眼前《がんぜん》に見る奇瑞《きずい》なり。まことに神国の験《しるし》空《むな》しからず。心なき鳥すら神威《しんい》を恐れたつとめる事、感《かん》ずるに余《あま》れり。却《かへつ》て人は道に惑《まど》ひやすく、疑念《ぎねん》多き故に、神を敬《けい》するに至らず、鳥にだにも劣《おと》れる多し。ただ利《り》に屈して疑《うたが》ひをとどめ、博学《ひろくまなび》て怠《おこた》らずんば、疑心《ぎしん》を散《さん》じておのづから神国のありがたきをもわきまへなん。

淫婦談話

いつの頃《ころ》にやありけん。西国《さいごく》のある大守《たいしゆ》につかへたりし松木左仲《まつきさちう》といふ者《もの》ありしが、父は歴《れき》々たる諸士《しよし》にして、先祖《せんぞ》よりの勤功《きんかう》あり。左仲いまだ部屋住《へやずみ》にして、遠国《あんごく》に人《ひと》となれるといへども、天性美男《てんせいびなん》にして、文武《ぶんぶ》の芸《げい》にわたつて委《くは》しく、家中広《かちうひろ》き中に無双《むさう》の若者《わかもの》なりしが、年頃《としごろ》にも至りしかば、同家中《どうかちう》より婚姻《こんいん》を整《ととのへ》つつ、一族《いちぞく》のよろこび少からず。父も近《ちか》きに老身《らうしん》をやすめて家督《かとく》を継《つが》しめなんと悦《よろこ》びける。これより先《さき》に、左仲が伯父《をぢ》たる同家《どうけ》の士吉沢《よしざは》氏が娘と人しらず色情《しきじやう》をかよはし、その仲今は漆膠《しつかう》のごとくなりしが、この程外《ほどほか》より婚儀《こんぎ》とどのひたる沙汰《さた》を聞《き》き、かの娘《むすめ》やすからぬ

事に思ひ、胸《むね》をこがすといへどもすべきようなく、左仲も心に染《そま》ざる縁談《ゑんだん》なれども、厳父《げんぶ》の心入いなみがたく、その心に応《をう》じ、この熟談《じゆくだん》に及べり。かくして後もその色情《しきぜう》とどめがたく、ひたすら密《みつ》通《つう》に及びけるに、吉沢氏は娘年頃《としごろ》にもなりしかば、所《しよ》々聞《き》き繕《つくろい》、似合《にあは》しき事ありて、近《ちか》きに婚姻《こんいん》なさしめんとその支度《したく》もつぱらなるに、女心のやるかたなく、この事を語《かたり》つつ、

「とてもこの所にありて終身《しうしん》連《つ》れ添《そ》はん事かたし。日頃《ひごろ》の詞空《ことばむな》しからずば、この所《ところ》を連《つれ》てたちのき給へ。いかなる辛苦《しんく》して他国《たこく》にさまよふともいとはじ」

など嘆《なげき》つつ、離別《りべつ》せん風情《ふぜひ》つゆなかりしかば、左仲も今は詮方《せんかた》なく、その意《い》にまかせし挨拶《あいさつ》なしつつ、その所を去《さつ》て思案《しあん》一決《けつ》せず、

「かれが詞《ことば》のごとくこの所を出奔《しゆつぽん》し、これまでの思ひを晴《は》らしぬべし」

と、恋慕執着《れんぼしうじやく》に魂《たましい》を乱《みだ》せし事なれば、心を定《さだ》めしが、またうちかへし思ふやう、

「恋路《こいぢ》のならひとはいへども、かかる不行跡《ふかうせき》をなしぬる時は、身の穢《けがれ》より発《をこつ》てその恥辱《ちぢよく》父母一族《いちぞく》におよぶべし。また伯父が怒《いかり》も大かたならじ。生先《をいさき》ある女にその操《みさほ》を破《やぶ》らせ漂泊《ひやうはく》の身となさん事、今までの罪《つみ》に罪《つみ》をかさねん事、人倫《じんりん》の道《みち》にあらず。志《こころざし》をあらためん事この時《とき》なり」

と、これらの利《り》を述聞《のべき》かすといへども、かねての詞《ことば》たがひぬるを恥《は》づかしめ、恨《うらみ》てもの狂《ぐる》はしく見《み》へけるにぞ、左仲も今はすべきようなく、

「さればとてこのままうち捨置《すてを》く時《とき》は、このこと家中に沙汰《さた》ありては、死すともその罪遁《つみのが》るる所《ところ》あ

るまじ。我身《わがみ》を亡《ほろぼ》す基《もとひ》なり」

と工夫《くふう》に胸《むね》をいためしが、

「しよせん我《われ》ひとりここを去《さつ》て行末《ゆくゑ》なくは、流石《さすが》に女の事なり、慕《したふ》心も日々に散《さん》じ、その身も恙《つつが》なく事済《すみ》なん。身を捨《すつ》る不幸《ふかう》この上《うへ》なしといへども、不義の罪《つみ》に父母を恥《はづ》かしめん方《かた》よりはましならめ」

と思ひ究《きはめ》ぬるより、かの女が方《かた》へ書置《かきを》きを残《のこ》しつつ、その夜の内に住馴《すみなれ》し家居《いへい》を遁《のが》れ出でたり。父母類族驚《るいぞくおどろ》き、

「犯《をか》せる罪科《つみとが》なくして行方《ゆきがた》しれざるは、必定狂気《ひつでうけうき》なしつらめ」

と手分《てわけ》してたづぬれども、何地《いづち》へかくれけん、その形《かたち》はしれず。父母は分《わけ》しらざる事とて嘆《なげき》かなしみける。

かくて左仲は少しのしるべあれば、大坂に立ち越えつつ姿《すがた》をやつし忍《しの》び居《い》しが、程へだてけるにぞ、今は心安しと高津《かうづ》のほとりに借宅《かりたく》して、手跡《しゆせき》つたなからざれば、書林《しよりん》にたより、写本《しやほん》の筆耕《ひつかう》なす事を業《わざ》として光陰《くわういん》を送《をく》りける所に、風のたよりに古郷《こけう》の有様を聞《き》くに、父は次男に家を譲《ゆづり》て隠居《いんきよ》せるよしなり。わきて情《なさけ》なきは、吉沢氏の娘乱心《らんしん》なせしにや、自害《じがい》し果《はて》たりしと聞《き》くよりも、左仲後悔《こうくわい》なすこと頻《しきり》にして、

「とても死《し》すべき命《いのち》ならば、人のそしり父母の怒《いか》りもかへりみず、ともに連《つれ》て立《た》ちのきなんものを、

不便《ふびん》の最期《さいご》せしことよ。さこそ不実《ふじつ》にも一身《いつしん》を遁《のが》れしと我《われ》を恨《うら》みつらめ」と今更《いまさら》のやうに覚へ、悲嘆《ひたん》の涙《なみだ》にくれけるが、返《かへ》るべき事ならねば、これより身をつつしみ、その業《げふ》に懈《をこた》らず、渡世《とせい》に月日を送《をく》りける。

すべての人情《じんせい》、喜怒《きど》悲嘆《ひたん》とも歳霜《せいそう》を経るにしたがひ、その時ほどに思ひよらず、後《のち》には忘《わす》るるごとくなるものなり。さても左仲は初《はじ》めの志《こころざし》と反《はん》して、頃日《このごろ》はもつぱら風流《ふうりう》をこのみ、諸家《しよけ》の遊民《ゆふみん》とともに、興《けう》に乗《ぜう》じ浮《う》かれ遊《あそ》べり。左仲が宅《たく》の裏《うら》に借住《かりずみ》なす魚売《うをうる》男ありしが、かれが妻《つま》、かたち莫《ばつ》群《くん》うるはしく、いかなる透《すき》にや語《かた》らひけん、道《みち》ならざる色情《しきぜう》にまよひ、左仲と密通《みつつう》なすこと度々なりし。かれが夫はいつも買出《かいいだ》しの為《ため》、未明《みめい》に起出《をきいで》て魚肆《ぎよし》に至れるをよき隙《ひま》とかぞへて、左仲が方へ合図《あいづ》なし、己《をの》が閨《ねや》にともなひ、不義《ふぎ》の交《まじはり》をなせしこそ、たとゑん方《かた》なき奸悪《かんあく》なり。かくなすこと数《かづ》ありしに、時冬《ときふゆ》の半《なかば》にして、宵《よひ》より雪《ゆき》いとふ降出《ふりいだ》し、小止《をやみ》なく降《ふ》り立ちきる雪もいとはず、身過《みすぎ》の辛苦《しんく》とも思《をも》はで、夫《をつと》は鶏鳴《けいめい》とともに買出《かいだ》しのため立ち出でける跡《あと》にて、例《れい》のごとく左仲がもとへ合《あい》図《づ》なしけるに、待《まち》まふけたる事なれば、そのまま手を引きつつ閨房《ねや》に入りて、双枕《そうちん》に臥《ふし》て残燈《ざんとう》のもとに情欲《じようよく》を述《のべ》てあかざる所に、夫《をつと》が声《こへ》して戸を敲《たた》き、

「ここ開《あ》けよ」

と呼《よば》はりけるに、思ひよらざる事なれば、顚倒《てんどう》なしたりとはいへども、女は騒《さは》げる色なく、左仲を隠《かく》しつつ襖《ふすま》さしかためて後、

「何事のありて立《た》ち戻《もど》られし」

と答《こたへ》けるに、

「用の事あり。ここ開《あ》けよ」

と頻《しきり》に言ひけるにぞ、

「この雪になやみ戻《もど》られしにや。商売《せうばい》の道《みち》に疎《うとき》ことかな。女にもおとりし甲斐《かい》なき人かな」

と詈《ののしり》、戸《と》を開けずして追《をい》かへさんとす。夫《をつと》は、

「開《あ》けよ、用あり」

と問答《もんどう》に時《とき》を移《うつ》しけるの後《のち》、ぜひなく戸《と》を開《ひらき》けるに、夫は妻《つま》に向《むか》ひ、

「かきくらし降《ふ》る大雪にて、厳寒肌《げんかんはだ》に通《とを》りて凌《しのぎ》がたし。我は道《みち》を急ぐが故ふせぎよし。汝《なんじ》こそ夜具《やぐ》薄《うす》く火気《くはき》なくして、さこそ寒《さむ》からめと思《おも》ふまま、この綿入《わたいれ》を残《のこ》し置《を》き、寒気《かんき》を防《ふせ》がせん為《ため》に立《た》ち戻《もど》れり」

と、上なるを脱《ぬ》ぎて差出《さしいだ》しけるに、妻《つま》よろこべる色なく、

「何事かと思ひしに、この事にて侍るや。我《われ》は夜《よる》の物《もの》をかさねて暖《あたた》かなり。せんなき事に戻《もど》られし故《ゆへ》、刻限《こくげん》おそなはりぬ。とく出行《いでゆか》れよ」

など詞《ことば》あらく詈《ののしり》けるにぞ、夫《をつと》はうつけたる者《もの》にて、妻が気色《きしよく》を損《そん》ぜしを謝《しや》して立ち出でける。

このこと左仲襖《ふすま》の内に隠《かく》れ居《い》、つくづくと聞《き》き、思《をも》ひけるやうは、

「かかる不義《ふぎ》のふるまひせしさへあるに、その大胆《だいたん》なるを知《し》らざる夫の寒気《かんき》を凌《しのげ》よとの心入、身を割《さか》るるごとく恥《はづ》べき所に、却《かへつ》て怒罵追出《いかりののしりをいいだ》しぬる風情《ふぜひ》、おそろしき女なり。今まで彼《かれ》に魂《たましひ》を乱《みだ》せしこそ、天命の尽《つく》るをみづから招《まね》く道理《どうり》なり。この後誓《ちかつ》て恋念《れんねん》を断《たつ》べし」

と、そぞろにその志《こころざし》を疎《うと》みけるより、今までと違《ちが》ひ等閑《なをざり》にうち過《すぎ》たりしに、婦《ふ》は色情《しきじやう》つのりてやまず、

「いづくへなりと連立《つれた》ちのけよ」

なんどかきくどくこと頻《しきり》なりしかど、左仲そのことを肯《うけが》はざりしかば、夫《をつと》を毒殺《どくさつ》せんとて、恐ろしくもその計《はかりごと》をめぐらしけるにぞ、左仲も今はこたへかねつつ女に言《い》へるやう、

「いつぞや夫《おつと》が雪中《せつちう》の志《こころざし》、よそにもてなし怒罵《いかりののしる》こと、人たるものの道にあらず。その時より我《われ》はこのことを心に誓《ちかつ》て思ひとどまりぬるなり。そのうへ夫を毒《どく》にて殺《ころ》さんとは、聞《き》くも恐ろしき汝が暴悪《ぼうあく》、たぐひはあらじ」

と放言《ほうげん》なしけるにぞ、この女耳《みみ》にも入れず、

「かねての約《やく》を変《へん》じ、今更《いまさら》に至《いた》り卑怯《ひきやう》の逃口《にげぐち》のたもふものかな。よからぬ事とはかねてより知《し》れたる事なり。離《はな》れはせじ」

と怒《いかり》けるに、左仲も今は進退道《しんたいみち》なく忙然《ぼうぜん》たりしが、

「とても我罪重《わがつみをもく》、この末《すへ》は必死《ひつし》に及《およ》ぶべき身の上なれば」

と覚悟《かくご》を究《きはめ》、

「さるにてもいかなる因縁《いんゑん》にてかかる奸佞《かんねい》の婦《ふ》となれそめけん」

と、初《はじ》めの親《したしみ》たちまち仇敵《あたかたき》の思ひをなし、すかし寄《よつ》て一刀《いつとう》にかの女を刺殺《さしころし》、その場《ば》より直《じき》に政所《まんどころ》へ訴《うつたへ》出でけるは、かの婦《ふ》が淫悪《いんあく》、夫《をつと》を害《がい》せんとするの始終《しじう》を述《のべ》、彼《かれ》と密通《みつつう》不義《ふぎ》なせし我《わが》身の罪《つみ》を悔《くやみ》、一刀《いつとう》に命《めい》を断《たつ》てその志《こころざし》をあらためしが、人を害《がい》して助命《じよめい》を貪《むさぼる》こと、道にあらず。自《みづから》その科《とが》を訴ふるまま、御法の通り願《ねがふ》よしを述《のべ》たり。

「犯《をか》せる罪《つみ》を訴《うつたへ》出づる奇特《きどく》なる者《もの》なり」

と牢獄《らうごく》に下したまひける。

さて、かの魚売《うをうる》男は、妻を害《がい》されし事を訴へ出でけるにぞ、検使《けんし》の面々至《いた》り、あらためて後、夫を召し出し、

「汝《なんじ》が妻《つま》を殺《ころ》せる者《もの》、自《みづから》訴へ出でたるまま獄《ごく》に入れ置きぬ。妻《つま》が強悪《がうあく》たとへがたし」

と左仲が述ぶる所を言ひ聞かせ、その骸《むくろ》を塩《しほ》に漬《つけ》て市中《しちう》を渡《わたし》、重罪《じうざい》に行《をこなは》れける。その佞悪《ねいあく》を憎《にくま》ざる者《もの》なし。

「左仲も同罪《どうざい》たるべし。追《をつ》てこそ」とて、獄《ごく》に居《を》れること三ヶ年なりしが、その後非常《ひぜう》の大赦《たいしや》のおはしましける節、不思議《ふしぎ》にも命助《いのちたすかり》、追放《ついほう》の身となれるより、旧悪《きうあく》を愧悔《はぢくや》みて剃髪《ていはつ》し、所々行脚《あんぎや》なして後《のち》、老年皇都《らうねんくわうと》の片山陰《かたやまかげ》に庵《あん》を結《むす》び終《をは》れりと語《かた》りつたへぬ。

淫乱《いんらん》の婦《ふ》、色情《しきじやう》にまよつて不義の振舞《ふるまい》するのみならず、夫《をつと》を害《がい》せんとせし重罪《ぢうざい》、禽獣《きんじう》にもおとれり。我《われ》と淫するものは他夫《たふ》とも淫《いん》す。重罪に死後《しご》の恥《はぢ》を残《のこ》せるは、よき後人《かうじん》の鏡《かがみ》なり。密夫《みつぷ》も我罪《わがつみ》を悔《くやみ》て淫婦《いんぷ》を殺《ころ》し訴へ出づる、せめてもの事なり。あやまつて改《あらた》めぬる志《こころざし》、天の恵《めぐみ》によつて、不思議《ふしぎ》に命全《いのちまつたき》ことを得たり。恐《おそ》れつつしむべきは色情《しきじやう》のまよひなり。

閑栖劇話巻之一終

閑栖劇話巻之二

二流間主東随舎著

盗賊談話

宝暦末年《ほうりやくばつねん》の頃かとよ。相州鎌倉杉本寺《さうしうかまくらすぎもとでら》の辺《ほとり》に医《い》を業《わざ》とし侍《はんべ》る尾崎氏《をさきうじ》の老人《らうじん》ありしに、この辺《へん》は往《わう》還《くわん》の街《ちまた》にしていと賑《にぎ》はしく、田舎《でんしや》のさまにもあらず、分《わき》て杉本寺《すぎもとでら》は坂東順礼《ばんどうじゆんれい》の札打所《ふだうつところ》の第《だい》一にして、参詣《さんけい》の老若《らうにやく》絶間《たへま》なき地《ち》なり。尾崎《をさき》氏は独身《どくしん》にして閑《かん》をたのしみ、その業《わざ》にやや秀《ひいで》たり。頃《ころ》しも秋《あき》の最中《もなか》なりしが、雨《あめ》ふり出《いだ》しもの淋《さみ》しき夕昏《ゆふぐれ》、同行《どうぎやう》二人の廻国執行者《くはいこくしゆぎやうじや》、急雨《きうう》を凌《しのぎ》かねて軒下《のきした》に休《やす》らい、晴間《はれま》を待貌《まちがほ》なりしを、さこそ難儀《なんぎ》ならめと呼入《よびいれ》、茶《ちや》など進《すす》め物語《ものがたり》するうち、しきりに雨強《あめつよ》く、いつ晴《はれ》ぬべき風情《ふぜい》もみへず。尾崎《をさき》氏いへるは、

「これより闇夜《あんや》の雨中《うちう》、辛苦《しんく》して旅宿《りよしゆく》に至《いた》らんより、今宵《こよひ》はここにとどまれよ」

など進《すすめ》けるに、ふたりの僧悦《そうよろこ》びの色《いろ》ありて草鞋《わらんじ》を解《とき》、炉辺《ろへん》にしめりを乾《かはか》しつつ、雑談数刻《ぞうたんすこく》に及《をよ》ぶ。尾崎氏《をさきうじ》も好事《かうづ》の輩《ともがら》にして、諸国《しよこく》の奇談珍説《きだんちんせつ》をたづぬるに、珍《めづ》らかなる物語《ものがたり》どもに及《をよび》けるの後《のち》、一人《いちにん》の法師言《ほうしい》へるは、

「何国《いづく》の果《はて》、深山幽谷《しんざんゆうこく》にも至《いた》り、人情《じんせい》を考候《かんがへ》に、国々《くにぐに》により言語掟《げんぎよをきて》のかはりめはあれども、色欲《しきよく》

を思《をも》ふの情《ぜう》は替侍《かはりはべ》らず。人道恐《じんどうをそ》るべきは、かの迷《まよ》ひなりと思《をも》ひとりぬる故《ゆへ》、某《それがし》が身《み》の上《うへ》を物語《ものがた》り申すべし。

元某《もとそれがし》は大和国《やまとのくに》の産《さん》にして、幼少《ようしやう》より大坂《おふさか》に出《いで》て袴屋《はかまや》といふ富家《ふか》に勤《つとめ》しが、中年過《ちうねんすぐ》る頃《ころ》はその家《いへ》の支配《しはい》の列《れつ》に入《いつ》て、人《ひと》の用《もち》ひもありし故《ゆへ》、身《み》をつつしみ廉直《れんちよく》に忠《ちう》を尽《つく》したりしが、一年水無月《ひととせみなづき》の頃《ころ》、納涼《のうりやう》せんとて一両輩《いちりやうはい》をさそひ合《あい》、難波新地《なんばしんち》といへるに至《いたり》しに、昼《ひる》をあざむく貴賤《きせん》の群集《くんじゆ》、目《め》を驚《をどろ》かすばかりなりしに、連《つれ》の進《すすめ》に一盞《いつさん》を傾《かたむけ》、野末吹来《のずへふきく》る涼風《すずかぜ》に、夏《なつ》なき年《とし》かと思《をも》ふばかりなりしに、興《けう》に乗《じやう》じて色売家《いろうるいへ》にうかれ行《ゆき》、艶顔《ゑんがん》あてやかなるうかれ女《め》と紅閨《かうけい》に入《いつ》て楽尽《たのしみつき》ざるに、夜更《よふく》るに驚《をどろ》き、別《わか》れを告《つげ》て帰《かへり》し後《のち》は、その夜《よ》の艶言耳《ゑんげんみみ》の底《そこ》にとどまりて忘《わす》れかね、今《いま》までの行跡雲泥《かうせきうんでい》の有様《ありさま》、透《すき》をかぞへて倡家《しやうか》に遊《あそ》び暮《く》らすに、その興《けう》まさりて魂《たましい》天外《てんぐわい》に飛《とん》でうかれ迷《まよ》ふ。

かくして一年《ひととせ》を過《すぎ》ざるに、主人《しゆじん》の金《きん》

銀掠取《ぎんかすめとり》し事あらはれ、厳科《げんくわ》に処《しよ》せらるべき身《み》の、今《いま》までの功《かう》に免《めん》じ追放《ついはう》の身《み》となり、あさましき風情《ふぜい》にて、とても古郷《こけう》へは何面目《なにめんぼく》に立《た》ち帰《かへ》らんと、放埒《はうらつ》者《もの》の許《もと》に同居《どうきよ》して、これよりは諸勝負《しよせうぶ》にかかり、日夜《にちや》博奕《ばくゑき》を業《わざ》としけるに、類《るい》に集《あつま》る習《ならい》、放蕩《はうとう》の輩《ともがら》と懇意《こんい》になり、悪事《あくじ》には馴《なれ》やすく、後《のち》は盗心《とうしん》きざして同気《どうき》を求《もとめ》し悪党《あくとう》あつて、密計《みつけい》を廻《めぐ》らし、多《をを》の金子《きんす》をかたり取《と》らんとして、その事顕《ことあらは》れ召捕《めしと》られ、禁獄《きんごく》の身《み》と成《な》り、日々に拷問《がうもん》身《み》を割《さく》の苦《くる》しさの余《あま》りに、作《つく》れる罪科《つみとが》白状《はくじやう》に及《をよ》びし後《のち》は、責苦《せめく》は遁《のが》るるといへども死罪《しざい》は遁《のが》れずして、その刑《けい》を待《まつ》のみなりしに、公《おおやけ》に大赦《たいしや》の事おはしまして、ふしぎにも命助《いのちたすか》り追放《ついはう》の身《み》と成《なり》しまま、今《いま》までの犯《おか》せし罪科《つみとが》恐《をそろ》しく、この時一念発起《ときいちねんほつき》なさずんば、何《いつ》の時《とき》をか期《ご》すべきと、廻国捨身《くわいこくしやしん》の境界《けうがい》とはなりぬ。「一心《いつしん》てんどうなす時《とき》は地《ち》獄遠《ごくとふき》にあらずと、今《いま》こそ思ひより侍《はべ》る」と語《かた》りけるに、連《つれ》の六部《ろくぶ》つくづくと聞《き》き居《い》けるが、嘆息《たんそく》して止《やま》ず。尾崎氏言《をさきうじい》へるは、

「その方《かた》は何故《なにゆへ》にうれへる色有《いろある》や」

と問《とい》けるに、かの六部答《ろくぶこたへ》けるは、

「たまたま人界《にんがい》に生《しやう》をうけ、その志《こころざし》を悪《あく》に染《そ》めぬるこそ嘆《なげ》かしからずや。今《いま》の物語《ものがたり》、我身《わがみ》にひしと当《あた》り侍《はべ》る故《ゆへ》に、思《おも》わずも嘆声《たんせい》を発《はつ》して御咎《おとがめ》にあづかりぬ。この同行《どうぎやう》とは二三日跡《あと》に行合《ゆきあい》ぬれば、我等《われら》かく廻国《くわいこく》に出《いで》し訳《わけ》はしらず。これゆへにこそ一念《いちねん》を翻《ひるがへ》し侍《はべ》る。見給へ」

と弓手《ゆんで》の腕《うで》をさし出《いだ》すに、臂際《ひじぎは》より手先《てさき》はなく、きり取《とり》たるがごとし。いかなる故《ゆへ》にやといぶかり尋《たづ》ねけるに、懺悔《さんげ》していへるは、

「某生国《それがしせうこく》は越前《あちぜん》の敦賀《つるが》にて、かの地《ち》にて田畑過分《たはたくわぶん》に持《もち》、妻子《さいし》をはごくみ、農業《のうげう》に精出《せいいだ》しゆるやかに暮《くら》したりしが、父母《ちちはは》に後《をく》れてより不幸《ふかう》つゞき、類族《るいぞく》にわかれ、分限《ぶんげん》も元に似《に》るべくもあらず、いとまづしく、朝夕の煙《けぶり》もたへだへなりしが、邪《よこしま》の心《こころ》つゆなく、正道《せうどう》をのみ心にかけて、信実《しんじつ》ある者《もの》よと噂《うわさ》されぬ。

ある年秋《としあき》のころ、妻《つま》の縁家《あんか》へ客《きやく》にまねかれつつ、二里ほどわきにいたり、饗応《きやうをう》に日のかたむくをしらず、黄昏《たそがれ》頃にいとまを告《つげ》てたち帰《かへ》る。道も七夕風ここちよく、野山を過ぎてあゆみ来るに、秋の空《そら》さだまらず、今まで晴《は》れわたれる一天俄《にはか》に雲をさそひ、雷鳴《らいめい》する事すさまじく、急雨《きうう》ふりしきるに、しのぐべき笠《かさ》もなく、いかがはせんと忙然《ぼうぜん》たり。衣類の雨に濡《ぬ》れん事をかなしみ、白き襦袢《じゆばん》をぬぎて頭《かしら》にかぶり、逸足出《いちあしいだ》して里《さと》あるかたへ走《はし》り行きしに、松並《まつなみ》のまがり角《かど》、「わつ」と叫《さけん》で逃《にげ》

出《いだ》すものあり。我形《わがかたち》をあやしみ逃ぐるとはつゆ知《し》らで、追《をい》すがつて駆行《かけゆき》しに、先に立《た》つて走《はし》れる男《をとこ》、「あらおそろしや」と呼《よば》わり、一散《いつさん》に逃走《にげはし》るに心付き、「我半身《わがはんしん》の白《しろ》くみゆるに騒《さわぎ》ぬるにや。臆《をく》したるものよ」とつぶやきながら急《いそぎ》行く道《みち》すじ、足《あし》にまとふものあり。取上《とりあげ》みるに、財布《さいふ》にてぞありけるまま、今の男の落《をと》しぬるに必《ひつ》せりと、声《こゑ》のかぎり呼《よび》とどむるといへども、雷雨《らいう》のひびきにまぎれ、その行方《ゆきかた》をしらず。この所に待ち居ばたづね来る事もあるべしと、ふりしきる大雨もいとはずたたずみ居《い》し内《うち》、風替《かぜかは》るとひとしく、今までの黒雲《くろくも》いづち行きけん、空晴《そらは》れわたり、月の光《ひかり》あざやかにして、夜の明《あけ》しがごとくなりしに、我《われ》はただ忙然《ばうぜん》として財布《さいふ》を手に提《さげ》たちたりしが、「よしやこの所に待《まつ》とも、来たらざる時《とき》は詮《せん》なし。捨置《すてを》くもいかがなり」と思《おも》ひわづらいたりしが、さるにてもこの内の重《をも》きはと嚢中《のうちう》をひらきみるに、金子拾両余《じふりやうよ》と銀子少《すこし》あり。しばらく思案せしが、あさましくもここにて欲心生《よくしんせう》じ、「これ天より我《われ》にあたへ給ふの金《こがね》なり。捨て置きて人のものとせんよりは、しかじ、我必用《わがひつよう》にあてんには」と持帰《もちかへ》り、妻子にも深隠《ふかくかく》し、その季《き》の仕廻《しまひ》常よりもさはやかになし、快然《くわいぜん》たりしが、この時よりその志《こころざし》あらたまらで、よき事こそもとめたりと、それよりは野ばなれの往還《わうくわん》に出て、夜に入り往来なす旅客《りよかく》を目当《めあて》として、例《れい》の白襦袢《しろじゆばん》引きかぶり、辻立ちして追《をい》かくる事ありしに、いづれも臆病《をくびやう》ものにてやありけん、不意をうたれて逃走《にげはしる》。そのたびたび懐中《くわいちう》の品平《ひら》包《づつみ》など落とし置《を》かざる事なきを、得たりやと拾《ひろ》ひとり、徳分《とくぶん》となしぬ。人しらざる稼《かせぎ》、この上《うへ》やあるべきと独悦《どくゑつ》して、ひたすら夜中ちまたにたたずみ、終《つい》にわれしらず追剝《をいはぎ》の徒《と》となりけるぞあさま

し。

その翌年睦月《よくねんむつき》の末《すへ》、春《はる》めきながら余寒つよく、雪《ゆき》ふりつもりぬるまま、今宵《こよひ》こそよろしき折柄《をりから》なりと、夜半《よは》の頃、例《れい》の姿《すがた》にて里離《さとばな》れの森影《もりかげ》に身をひそめて、得物《えもの》や来るとうかがひ居しに、むかふの方《かた》よりして高砂《たかさご》の謡《うたい》を高々とうたふて来るものあり。間近《まぢか》くなりしまま、遁《のが》すまじと身づくろひして、「わつ」と叫《さけん》で駆出《かけいで》けるに、この者案《ものあん》に相違して一歩もしりぞかず、枯木《こぼく》のごとき腕《うで》さし延《のば》し、我肩先《わがかたさき》をむづとつかんで引きよするがゆへに、こは叶はじとふり切らんとするに、放《はな》さばこそ、暫《しばらく》もみ合ひしが、一命《いちめい》にかけ振《ふり》はなし、足にまかせて遁《のが》れ走《はしる》を、「盗賊逃《とうぞくにぐ》る事なかれ」と呼《よば》はり、追ふ事急《きう》なりしが、雪道にふみなやみ、かたへの大木に行きあたるとひとしく、かの者追《ものをつ》つき、抜打《ぬきうち》に丁《てう》ど切りつけしはこの腕なり。臂際《ひじぎは》より打ち落とされしかど、痛《いた》さも覚えず、逃行《にげゆく》先数十丈《すじふぢやう》の谷底《たにぞこ》へがはとまろび落つるとひとしく、積雪《せきせつ》なだれ懸かりて、切岸《きりぎし》の半腹《はんぷく》にうづまれぬ。さらに人事《じんじ》もわきまへず、身を屈《くつ》して死を遁《のが》るるに心あるのみなり。谷の上にては、大音《だいをん》に詈《ののしり》けるは、「憎《にく》き盗賊《とうぞく》かな。今少しおくれずば一刀《いつとう》に命《めい》をとらんに、惜《をし》き事せし。しかし手負《ておい》て谷にまろび落ちては、命も今宵《こよひ》かぎりなるべし」など放言《ほうげん》して、また高砂《たかさご》の謡《うたひ》ゆたかにうたふて行き過ぎぬ。そのおそろしさいはんかたなく、その声は耳《みみ》の許《もと》に残りて、しばしは忙然《ぼうぜん》たりしが、よふよふ心付き、雪中《せつちう》を辛苦《しんく》して這上《はいのぼ》り、うれしや身を遁れしと思ふと、きられたる腕《うで》の痛《いた》みを覚へ、その苦《くるし》みいはんかたなし。かかる身になりて我屋《わがや》へ帰るならば、この沙汰ありて身のうへなるべし。いづかたへ走《はし》

らんにも、この痛手《いたで》にてかなふべくもあらずと、進退途《しんたいど》をうしなひ、ただ夢《ゆめ》の心地《ここち》せしが、かくして人目にかかりて恥辱《ちぢよく》をうけ、刑《けい》に死せんよりはと、その夜のうちに三里程脇《わき》の親友《しんいう》をたづね、その罪《つみ》を謝《しや》して身の上を頼《たのみ》しに、後悔《こうくわい》せるを憐《あはれみ》て、ひそかにかくまひくれしにぞ、暫《しばらく》この所にひそまりし内、疵《きづ》も癒《いへ》て後に、つらつら身の罪《つみ》をくやみ、世話なしたりし者《もの》に恩《をん》を謝《しや》し、一所不住《ふぢう》の身とはなり果侍《はてはべ》る。古郷《こきやう》にはいかがなりけん、廿余年の歳霜《せいそう》を経たるも夢のごとし。ただただ恐るべきは一心なり。乱れてもとにかへり難し」

など、秋の夜すがら物語《ものがたり》をなしけるとなり。尾崎氏も若輩《じやくはい》を禁《いましむ》る教訓《きやうくん》の引言に、毎度物語《ものがたり》なりし。今はその名のみ残れり。

初《しよ》一念の発《はつ》する所、つつしみの第一なるべし。盗賊《とうぞく》なりとて生《うまれ》ながらなるは稀《まれ》なり。皆その身の放蕩《はうとう》なるにつのりて、盗心《とうしん》を発《はつ》してやまず、終《つい》には身を亡《ほろぼす》に至る。心からこそ、その身はいやしく零落《れいらく》す。そのもとは足《たる》ことを知《し》らざるよりおこりつる。衣食住だに全《まつた》からば、この上の楽《たの》しみあらんや。その上の楽《たのしみ》を求《もとむ》る心から、多くの財《ざい》を費《ついや》し、窮《きう》の窮《きう》にせまり、あらぬ邪《よこしま》に傾《かたむき》、人倫《じんりん》の道を失《うしな》ふ。人は分限《ぶんげん》を知《しつ》て一心を労《らう》する事なくは、まづしきといふとも意《こころ》は過分《くわぶん》の富貴《ふうき》なるべし。

仇報談話

元文《げんぶん》年中の事にや、下総国佐倉《しもをさのくにさくら》の城下に、伊藤郡八《いとうぐんぱち》といへる浪士《らうし》あり。手跡《しゆせき》の指南し、兵術《ひやうじゆつ》に委《くは》しく、諸家中《しよかちう》その徳《とく》に慕《した》いより、門弟日増《ひまし》に多く、繁昌《はんじやう》しける。その元《もと》は本多家の士なりしが、主家断絶《だんぜつ》せしより、二君に仕《つか》へず、少しの縁《えん》を求《もとめ》て近年《きんねん》この地に来たれるより、人の用《もちい》多く、独身にして世をゆたかに送れり。

ある時《とき》往来の旅客《りよかく》、乱心《らんしん》なせしにや、酒売家《さけうるいへ》の僕《しもべ》を害《がい》し、町家の二階に籠《こもり》ぬるとて、騒動《そうどう》大方ならず。城主への訴《うつたへ》、櫛《くし》の歯《は》を挽《ひく》がごとし。折から郡八通《とを》り合はせ、この騒《さわぎ》を聞くよりも、その家の前に至り、

「いかなる事にや」

と尋《たづね》けるに、

「血気《けつき》の士《さむらい》、白刃《はくじん》を提《さげ》てこの二階《にかい》へ駆《かけ》上りぬるより、捕方願《とりかたねがい》に出でたり。その風情《ふぜひ》すさまし」

と恐怖《けうふ》して答《こた》へけるに、郡八聞きて、

「何程の事あらん。我等《われら》にまかせよ」

とて、手頃《てごろ》の棒《ぼう》馬手《めて》にかい込《こみ》、弓手《ゆんで》に着《ちやく》せし羽織《はをり》をぬぎもち、はしごの中段に上りて伺《うかが》ひみるに、取籠《とりこもり》し士は四方に眼《まなこ》を配《くばり》、上り口に扣《ひか》へたり。郡八大音を上《あげ》て、

「人を害《がい》して身を遁《のが》るる法やある。速《すみやか》に縄《なは》かかれ」

と呼《よば》はるとひとしく、引《ひ》き提《さげ》し羽織を投《なげ》つけける頃は、はや黄昏時《たそかれ》にて、燈《とぼしび》なければ二階は闇《くら》し。心得たりと切りつける透間《すきま》に飛び込み、むづと組んで押伏《をしふせ》んとせしが、かれも覚えやありけん、持《もち》たる刀を捨《すて》て郡八をかいつかみもみ合ひしが、少しのたるみを目当《めあて》に押し懸けしかば、壁《かべ》にひたと押しつくると、そのまま郡八は片足取りて引き倒し、押し伏せて働《はたら》かせず、

「召捕《めしとつ》たり」

と声を立てしかば、多勢込み入り、終《つひ》に縄《なは》を懸《かけ》、いかめしく引き立てたる節、捕手《とりて》の役人来たりしが、この働《はたらき》を聞きて、手を空《むな》しくして引き取りぬ。早速《さつそく》に奉行所へ差し出し、吟味の所、江府の者なるよしにて、伺《うかがひ》の上江戸懸りとなりて、科人《とがにん》は引《ひ》き廻《まは》しありしとなり。郡八がこの働《はたらき》近里に響《ひびき》、家中の諸士その勇名を慕《した》い、門弟日頃に倍《ばい》して繁昌《はんじやう》しぬ。郡八は、かく諸人尊敬厚《そんけうあつき》に慢《まん》じて、辺《ほとり》に人なきがごとく振るまひけり。

ここに郡八が隣家《りんか》に紙屋ありしが、手跡の門弟となり、懇意《こんい》を尽《つく》し、師とし尊《たつとみ》けるが、折しも日待とて近辺の輩《ともがら》を呼び集《あつめ》、饗応《けうをう》なす事ありしに、郡八はその夜、一客《いつきやく》として招《まね》きつつ、酒宴を催《もよふ》し、雑談数刻におよべるの折から、町家の面々にむかひ、酩酊《めいてい》のあまり自慢していへるは、

「各方《おのおの》の家業は分厘《ぶんりん》を争《あらそ》ひ、勘定だに細密《さいみつ》なれば、外に入用の事もなし。士たる者の嗜《たしなみ》は広大にして、武備にうとき時は一日も送りがたし。思はぬ恥辱《ちぢよく》もとるものなり。さりながら武たるの道、かりそめの事にも帯剣《たいけん》を抜《ぬく》を恥《はぢ》とす。もし止事《やむ》を得ずして抜放《ぬきはな》す時は、刃《やへば》に血《ち》ぬらずして鞘《さや》に納むる法なし。これ義を重《をも》んずる所ふかき故なり」

なんど人もなげに広言す。列座《れつざ》の内よりいへるは、

「我等《われら》式と違《ちがい》、武家の御心懸けこそまた格別《かくべつ》なり。それに付き、ただ今まで人を討《うち》給ひし事もありしや」

にて思ひし事あり。物語《ものがた》り申さん。

と尋《たづね》けるに、郡八輿《けう》に乗じていへるは、

「古《いにしへ》三人を殺害《せつがい》す。いづれも武士道をみがく壮年《そうねん》の頃なりしが、その中に無益の事せしよと、跡にて思ひし事あり。物語《ものがた》り申さん。

我等いまだ仕官の身たりし節、江戸吉原の遊女に馴染《なじみ》、折にふれて行き通ふ事ありしに、頃は夏にてありしが、東叡山《とうゑいざん》のふもとより、罾《よつで》に乗りて急《いそ》がせしに、矢を射るごとく郭外《かくぐわい》に至る。大門にて駕籠《かご》を放《はなれ》、賃銭をつかはせしに、過分の酒代をねだりかかる故に、かれらがいふ程とらせざりしを、一人の男甚《はなはだ》怒りて悪口すといへども、夕暮の群集《くんじゆ》にまぎれ行きつつ馴染《なじみ》の家に至り、夜《よ》とともに遊興し、暁の鐘に驚き立ち出でつつ、大音寺前《だいをんじ》といへる町家にさしかかる頃は、はや横雲棚曳《たなびき》て人顔見ゆる頃なり。かたはらの戸を開《あけ》、軒下《のきした》の溝《みぞ》に蹲踞《つくばい》、用を済まし居るものあり。よくよくみれば、昨夕我を悪口せし夫《ふ》なり。ここの者にやと行き過ぎたりしが、忽怒《たちまちいかりせう》生じ、憎《にく》き匹夫《ひつぷ》め、思ひ知らせんと足早《あしばや》に立《た》ち戻《もど》り、うつむき居たる後《うしろ》より抜討《ぬきうち》に、水もたまらず首打ち落としたり。見《み》咎《とがめ》られて詮《せん》なしと、足に任《まかせ》て立ち退きたり。思へば一朝《いつてう》の怒《いかり》にて、不便《ふびん》にも殺害《せつがい》なしける事よと跡にて悔《くやみ》ぬ。すべてかれらがならはし、徳分《とくぶん》に笑《わらい》を献《けん》じ、不足に詈《ののしる》は常なり。よしなき事せしと今に思ひぬ。長物語に夜も更けたり」

といとまを告げんに、亭主色々佳肴《かこう》をもふけ一献を進《すす》めしの後は、乱酒となりて興尽《けうつき》ず、鶏《とり》の声に驚き、一礼述べて立ち上がるといへども、宵よりの沈酔《ちんすい》に皆々足元定まらず、漸《よふよふ》に座席《ざせき》を立ち出で

ける。真先に郡八は何心なく戸口を出づる所を、

「覚えたるか」

と走出《はしり》づる者あり。これはと郡八身を引く所へ付け入りて、氷《こほり》のごとき短刀《たんとう》、郡八が脇腹《わきばら》に突立《つき》て、力《ちから》にまかせゑぐりけるにぞ、流石《さすが》の伊藤なれども、大酒に働き自由ならず、急所《きうしよ》の痛手《いたで》にたまりゑず、かつぱと倒《たを》れけるを押し伏せたり。立ち出でし面々大いに騒ぎ、顚倒《てんとう》なすこと大方ならず。

「人殺《ごろし》あり。出で合へよ」

と呼《よば》はり叫《さけん》で散乱《さんらん》す。何事かはと町内起出《をき》でけるより、遁《のが》すまじと得物《えもの》得物を引き提げ集まり来たり、桃灯《ちやうちん》星のごとく燃連《とぼしつれ》て駆来《かけ》たるといへども、左右なくも寄せつけず混乱《こんらん》なす。

その時郡八を押さへし者声をかけ、

「卒爾《そつじ》し給ふな。言訳《いいわけ》あり」

と呼ばはるにぞ、よくよくみるに、紙屋が召仕《めしつかい》仲介といへる者《もの》なり。見るより亭主、大音にて、

「狂気なせしに究《きわま》れり。各《おのおの》堅固《けんご》にかこまれよ。憎き奴なり」

と罵《ののし》りける。その時仲介言へるやう、

「早《はや》まり給ふな。敵討《かたきう》ちなり」

と声を懸《かけ》しに、いとどあきれて衆人詞《ことば》なし。郡八を突放《つきはな》し、かたへに直りて、

「この者こそ日頃尋《たづね》し父の敵《かたき》なり。宵《よい》に咄《はな》せし江戸大音寺前の殺害人《せつがいにん》は我が親なり。はからずも己《をのれ》

と名乗りし仇敵、など時日を延《のぶ》べきと思ふ故、不意を討ちて本望を達したり。手向かひ致すものにあらず。この旨訴《うつた》へ給へ」

と鎮返《しづまりかへ》つて演説す。各貌《おのおのかほ》見合はせあきれ果てたり。かくてもあるべき事ならねば、この由《よし》領主へ訴へたりしに、早速吟味ありし所、

「廿ヶ年前父を討たれ、それより千辛万苦《せんしんばんく》して所々にさまよひ、この所に来たるは三ヶ年前なり」

と分明《ふんめう》に申したりしまま、一先牢舎《ひとまづらうしや》なさしめ置き、江都へ伺ひありしに、大音寺前の町家召し出され、吟味の所、古老の面々よくしれる事ゆへ、委細に仲介が素生《すじやう》を述べたりしかば、滞りなく相済み、仲介はその孝心を称《せう》せられ、古郷へ帰りけるとかたり伝へぬ。

文武兼備《けんび》せずして、士の道たちがたし。伊藤郡八兵術《ひやうじゆつ》のみに心ありて、猛《たけ》きは武の常と心得し故に、一旦《いつたん》の怒りに無益の人を殺害す。天なんぞかかる不仁を憎《にく》まざるべき。はたして自己《じこ》の口よりその事を洩《もら》し、命を落とせり。後人鑑《かがみ》として不仁をなす事なかれ。倶不戴天《ぐふたいてん》、勇気年《とし》を越《こへ》てたゆみなき仲介が孝心、天に通じ、おもひよらずも仇を討ちし事、誠の至れるなるべし。

閑栖劇話巻之二終

閑栖劇話巻之三

二流間主東随舎著

災難談話

寛文年中、筑前博多津《はかたのつ》田代《たしろ》の町に、伊藤《いとう》小左《せうざ》衛門《ゑもん》といへる福者《ふくしや》あり。日本六拾余《ろくじふよ》州《しう》に弐百《にひやく》余ヶ所の出《で》店《だな》ありて、遠境《ゑんきやう》までもかれが富《とめ》るをつたへしらざるはなし。栄耀《ゑいよう》心のままにして何不足《なにふそく》なく、肥前長崎五島《ひぜんながさきごとう》町に抱屋鋪《かかへやしき》あり。その家作《かさく》、善美《ぜんび》を尽《つく》し、三階《さんかい》の高楼《かうらう》を海辺《かいへん》に建《たて》つらね、その身筑前より来たりて、年半《としなかば》はこの地に逗留《とうりう》なし、長崎に名高き丸山《まるやま》といへるに行通《ゆきかよ》ひ、遊興《ゆうけう》なす事常《つね》なりしが、ここの遊婦《ゆうふ》貞歌《ていか》といへるは、この里《さと》のかざしとなれる艶色《ゑんしよく》にして、都《みやこ》にもかかるあてやかなるうかれ女《め》は数《かづ》なかるべし。鄙《ひな》めづらしき姿《すがた》なりしを、小左衛門馴染《なれそめ》、かよふ事数ありしが、終《つい》に数千金《すせんきん》を出《いだ》して、己《をの》が手生《ていけ》の花とながめつつ、かの別宅《べつたく》へ引き取り、終夜《しうや》たのしみにあかず、驕奢《けうしや》いふばかりなし。

ここに丸山辺《へん》に名《な》を知られし吉三郎《きちさぶらう》といへるものあり。かれは平日何《なに》の産業《さんげう》とてもなく、ただ郭《くわく》中《ちう》に入りて、万客《ばんかく》の気を察《さつ》し、風流《ふうりう》の芸《げい》にくわしく、宴席《ゑんせき》に興《けう》をそゆるを業《わざ》としけるが、小左衛門遊所《ゆうしよ》に通《かよ》ふ毎《ごと》に付添《つきそひ》、奴僕《ぬぼく》のごとくなりしが、その縁《ゑん》によりて、かの別居《べつきよ》へも日夜出入りなし、懇

意を尽《つく》しけるが、ある時《とき》来ていへるやうは、

「某《それがし》身、今知《しり》給ふごとく、何《なに》くれとなす業《わざ》もなく、遊民《ゆうみん》となりて世《よ》を送《をく》りぬる事、何とも本意《ほんい》にあらず。商売《しやうばい》の道《みち》に入りて、家業《かげう》を人並《ひとなみ》にはげみたく心懸《こころがく》るといへども、乏窮《ひんきう》にしてその元入《もといれ》の手《て》当《あて》なく、嘆思《なげき》ふ事久しかりしに、この度ふしぎにも宜手《よろしきて》筋《すじ》を求《もとめ》たりといへども、嚢中空《のうちうむな》しく、志《こころざし》のみなり。君《きみ》弐百両の金《こがね》を我《われ》に恩借《をんしやく》あるにおいては、これを元入として莫群《ばつくん》の大金をもふけ、拾倍《じふばい》にして返済し、徳分《とくぶん》にも備《そなへ》たし。ひたすら暫《しばらく》の内貸《かし》給はれ」

と頻《しきり》にねがひけるに、小左衛門聞きて、

「足下《そか》立身《りつしん》あらんとならば、弐百両の金纔《わづか》なる事なれば、貸《かし》申さんはいと安し。併《しかしながら》も、何の品を交易《かうゑき》して、さやうに大利を得らるる事ぞ。いぶかしさよ」

と申しけるに、吉三郎聞きて、

「いぶかり給ふももつとももなり。別《べつ》の子細《しさい》にもあらず。この地は往古《をうこ》より異国《いこく》船の入り湊所《つどう》なるに、この度も入船ありて、沖《をき》に懸《かか》りてあり。近きにあらため済《すみ》て、荷物《にもつ》は陸《くが》へ運《はこび》取る事なり。その前唐《まへとう》船洋中《せんようちう》にかかり居《い》る時《とき》、水練《すいれん》を得たる輩《ともがら》、水底《すいてい》をくぐりてかの船に近《ちか》づき、金子を見せて諸品を調《ととの》へん事を告《つぐ》る時は、蛮人《ばんじん》よろこび、望みの品《しな》を金に交易《かうゑき》なすに、日本にて百金《ひやくきん》の価《あたい》ある品は、纔《わづか》四五両にて買《かい》取りぬ。これ抜荷船《ぬけにぶね》とて、前方《まへかた》よりその事なし得るものは富《とみ》をかさぬるなり。弐百金にて交易《かうゑき》なさば、およそ四五千両の品は取《とり》来たるべし。今宵くらきに紛《まぎ》れてその事をなしたし」

と申しけるに、小左衛門聞きて大きに驚《をどろ》き、暫《しばら》く詞《ことば》もなかりしが、

「さてさておそろしき事を申さるるものかな。抜荷物《ぬけに》調《もつととのへ》るは、沖売船《をきうりぶね》とてあらはれぬる時《とき》は重科《じうくわ》に行《をこな》はるる掟《をきて》たり。その事なし得る事難《かた》し。たとへ成就《じやうじゆ》なすとも、いかなる事にて露顕《ろけん》におよばんもはかりがたし。薄氷《はくひやう》を踏《ふむ》にひとしき企《くはだて》なり。思ひとどまる方こそよろしからん。後難《こうなん》のおそれつつしまずんばあらじ」

と言ひけるに、吉三郎顔色《がんしよく》を変《へん》じ、

「制禁《せいきん》たる事、言《いは》ずともしれれし義なり。水練《すいれん》をもつて密《ひそか》にはからんに、なんのかたき事あらん。大事を口外《くわうぐわい》にもらし、得心《とくしん》なきとてその分になしがたし。左《さ》のたもふごとき臆《をく》したる心にては、金子も借《かし》給はじ。我等も一命《いちめい》を懸《かけ》申し出せし事、得心《とくしん》なきとて、口を閉《とぢ》て後《のち》の災《わざはひ》をまたんやうなし。この事を申し出し、違背《いはい》あらば望叶《のぞみかなは》ざる筋《すじ》なり。さあらばかくとは兼《かね》て覚悟《かくご》はなし置きし」

と脇差《わきざし》引きよせ、ぬきつけん勢《いきほ》ひに、小左衛門当惑《とうはく》なし、暫《しばら》くさしうつむき、詞《ことば》もなかりしが、忽《たちまち》計略《けいりやく》を案じ出し、驚《をどろ》く色なく答へけるは、

「さほどまで思ひ詰《つめ》られし志《こころざし》、無下《むげ》になさんやうもなし。我為《わがため》にも大利を得るの道《みち》なれば、悦《よろこば》しからぬにはあらずといへども、足下《そか》の心を試《ため》しみんため、あらぬ偽言《ぎげん》をかまへたり。首尾よく調《ととのへ》られよ」

とて弐百両の金子をあたへければ、吉三郎大きに悦び、

「この業《わざ》をなすを、破判《はばん》とも申してあらはれぬれば、重《をも》き刑《けい》にあひぬる時《とき》は、その罪類族《つみるいぞく》に及ぶことは兼ねて知りし事なり。何条仕損《なんでうしそん》じ申すべき。吉左右《きつさう》御待ちあるべし」

とて、悦びの酒汲みかはしてぞ立ち帰れり。

かく吉三郎をなだめ、金子を貸しける小左衛門が奥意《をくい》は、実《じつ》に一味同心なせしにはあらず。抜荷《ぬけに》物調《もつ》ふること承知せざる時には、吉三郎必定《ひつぜう》我を害せんなりと思ひ、一端《いつたん》の難《なん》を避《さ》けんが為《ため》、さてこそ彼《かれ》が心に同意せし風情《ふぜひ》にもてなし置き、夜明《よあけ》なばこの趣を訴《うつた》へ、その罪《つみ》なきを遁《のが》れんと覚悟《かくご》せしゆへ、その場《ば》の難儀を遁れけれども、夜《よ》とともに案じわずらい、夢《ゆめ》も結《むす》ばず、横雲《よこぐも》たなびく頃、右の趣訴へんと我家《わがや》を立ち出でんとせし時、こはふしぎや、大勢《おほぜい》の人音《ひとをと》して門戸《もんこ》を打《う》ち破《やぶ》り、数人乱入《らんにう》せるまま、大いに驚き騒《さはぐ》ところを、捕手《とりて》の面々立ち向かひ、小左衛門を取りて押《をし》ふせいましめ、有無《うむ》の詞《ことば》なくして政所《まんどころ》にぞ引き出しける。小左衛門ただ忙然《ぼうぜん》とあきれ果《はて》、さらに人事もわきまへず。その時厳命《げんめい》ありけるは、

「吉三郎といへるもの、夜前唐船《やぜんとうせん》の抜荷物調《ぬけにもつ》へんと水中をくぐり行く所、番追船《ばんをいぶね》の輩《ともがら》、これを召捕《めしとり》拷問《がうもん》なせしに、かれが交易《かうあき》せんと貯《たくわへ》もちし金子は、汝《なんじ》より借受《かりうけ》し由、また荷物《にもつ》調ひ得たる節は、徳《とく》分《ぶん》を分取《わけどり》にせんとの密談《みつだん》あるよし、同類遁《のが》れざる所なり。言訳《いいわけ》ありや」

とありしに、魂《たましい》も身に添《そは》ざる心地せしかど、漸《やうや》う心を鎮《しづ》め答へけるは、

「かの吉三郎、沖売船《をきうりぶね》の義を申し、金子借受《かりうけ》たき事を望み候。承知無き時は刃傷《にんじやう》に及ばんずありさ

ま故、その場《ば》をたばかり同意なせし体《てい》にもてなし金子を借《かし》、一旦《いったん》の害を遁《のが》れ候までにて、夜明《よあけ》ば早々かの大胆《だいたん》を上訴して、我が罪《つみ》なきをあらはさんものと覚悟《かくご》仕《つかまつ》り候ふ所、存じよらずも吉三郎召捕《めしと》られ、御咎《とがめ》に預り恐れ入り候なり。何等《なんら》の不足候ひて大罪《たいざい》に組《くみ》し申すべき。聞《き》こし召分《めしわけ》させられよ」

と落涙《らくるい》して、罪無《つみなき》を謝《しゃ》しぬるといへども、

「汝《なんぢ》が申す所、その理《り》あるに似《に》たれども、実《じつ》にその場《ば》を遁れんとの方便《てだて》にて、吉三郎に組《くみ》せしならば、夜中といふとも訴人《そにん》に罷《まか》り出づべき所、露顕《ろけん》におよぶまで無沙汰にこれある段、同類《どうるい》の罪《つみ》遁るべからず」

とて、いかに言訳《いいわけ》なすともその理立ちがたく、獄《ごく》に下《くだ》し数日糺明《きうめい》のうへ、家《か》財闕所《ざいけつしょ》となる。吉三郎小左衛門両人ともに入江の小島にをいて、磔《はりつけ》の罪《つみ》に行《をこな》はれけるぞ是非もなし。さしも富貴《ふうき》

身に余《あま》り、世にうらやまれし伊藤小左衛門、いかなる因縁《いんゑん》にやよりけん、おかせし罪《つみ》なくしてその家断絶《だんぜつ》なせしは、時節の至りなるべし。

さても小左衛門が妾《せう》となしたる遊女貞歌《ていか》は、かかる変にあひぬるより、伯父が許《もと》に帰りて、涙のかはく間もなく嘆《なげき》かなしみけるが、小左衛門罪科《ざいくわ》に死せしと聞《き》き、ものぐるはしく食《しよく》を絶《ぜつし》て引きこもり居るが、小左衛門が死したるより三日にあたれる日、伯父にねがひけるは、

「我が身こと、かの人の恵《めぐみ》に預りぬる事たとへん方なき高恩《かうをん》報ゆる所なし。せめてもの事にその亡《なき》骸《がら》を拝し、一篇《いっぺん》の称名《せうめう》も唱《となへ》手向《たむけ》たし」

と、ひたすらに告げけるにぞ、貞心奇特《ていしんきとく》にも不便《ふびん》に思ひつつ、奴僕《ぬぼく》両人を付けて小船に棹《さほ》ささせ、かの刑罪場《けいざいば》に至らしむ。貞歌は悦び大方ならず、その所に至りつつ、船を岸《きし》につなぎ置き、小島に

上りて小左衛門が刑死《けいし》せるを詠《なが》めやり、落涙《らくるい》なす事頻《しきり》にして、岩《いは》づたひうそが神といへる大岩のうへにのぼりて、弥陀《みだ》の称名《せうめう》数篇となへ居ける。この大岩は四間四方程にして、切岸高《きりぎしたか》く屏風《びやうぶ》を立てたるがごとく、白波岩頭《しらなみがんとう》に砕散《くだけちつ》て、さもすさまじき有様《ありさま》なり。貞歌は小左衛門が屍《かばね》に向かひつつ、何やらんつぶやきてふし拝みふし拝みしけるが、ふり向《むく》とひとしく、さもおそろしき海中《かいちう》へ飛び入りけり。付き随《したがい》し僕《ぼく》、あはてまどふといへども詮方《せんかた》なく、終《つひ》に底《そこ》のみくずとなり果てたり。貞歌が信実《しんじつ》なる死をもつて恩を報《ほう》じぬる事、その頃聞き伝へて感《かん》じあはれまざるはなく、このうそが神の大岩を、これより世人さして身投《みなげ》の岩と言ひ伝ふとなり。

人は足る事を知るを本とす。満《みつ》れば欠《かく》る所あるは、天道《てんどう》の常《つね》なり。伊藤小左衛門、無双《ぶそう》の富裕《ふゆう》にして心のままにふるまひけるは、災《わざはひ》をまねく媒《なかだち》なり。身をかへりみて驕奢《けうしや》をつつしみ、人を憐《あはれみ》なば、かかる変《へん》はあるまじ。栄耀《ゑいよう》にあまりあらぬ身持ちをなし、世にもまれなる大罪《たいざい》に行はれける事、天道に背《そむ》くの咎《とがめ》なるべし。たとへ吉三郎白刃《はくじん》を振《ふる》とも、何《なん》ぞかりそめにもかれに同心の色《いろ》を顕《あらは》さんや。その事に組《くみ》せずして死すとも、いさぎよき名を残《のこ》さん。臆《をく》したる心より大禁《たいきん》に一味し、訴人《そにん》せんとの心ありながら等閑《なをざり》にして言訳分明《いいわけふんめう》ならず、死後《しご》に恥辱《ちぢよく》を残す。一《いち》言半句《ごんはんく》も道に背《そむけ》たる事に対話すべからず。よき後者のいましめなり。倡婦《しやうふ》貞歌、恩を忘《わす》れず死をいさぎよくなせしは、実に貞女《ていぢよ》の鑑《かがみ》なり。かれらが輩《ともがら》には絶《たへ》てなき節女《せつぢよ》なるかな。

幽魂談話

中古《ちうこ》摂州《せつしう》大坂に、名高《なだか》き淀屋《よどや》といへる富裕《ふゆう》の者あり。彼《かれ》いかなる事にてかく富家《ふか》となり、数代連《すだいれん》綿《めん》として繁栄《はんゑい》なせしといふに、先祖《せんぞ》与茂九郎《よもくらう》とて城州淀川《じやうしうよどがわ》のほとり八幡《やはた》といへる所の農夫《のうふ》なりしが、家いたつてまづしく、朝夕《あさゆふ》の煙《けぶり》も絶果《たへはて》なんとす。かくては餓死《がし》に及ばんより外《ほか》なしと思ひわづらひけるに、その頃摂州多田《ただ》といへる所に、金山を見出せしとて多くの人集まり、昼夜《ちうや》の稼《かせぎ》なすよし、淀伏見《よどふしみ》までも雇《やとい》の為にかの地に至りつつ、多くの賃銭《ちんせん》に潤《うるを》へるよしなり。与茂九郎もよき事に覚えつつ、ほとりの者と連立《つれだ》ち、多田に至り見るに、その山の近辺、目の及限《をよぶかぎ》り仮小屋《かりごや》建続《たちつづき》、五畿内《ごきない》の人歩《にんぶ》寄集《よりあつまり》ていとにぎはしかりしまま、与茂九郎この所に足をとどめ、鋪内《しきない》に入りて掘子《ほりこ》の数《かづ》に入り、鑽《たがね》をもつて地山を穿《うがち》、白石《はくせき》に交《まじり》し鏈石《れんせき》を切り出すを業《わざ》としけるに、風説《ふうせつ》なすと違《ちがひ》、はか行《ゆく》べしともみへず。

辛苦《しんく》して日夜《にちや》この地にて稼《かせぎ》けるに、ある夕方、昼の稼ぎを仕廻《しまい》つつ、小屋に立ち帰らんとしてかたへの小川の流れに手足を洗清《あらいきよ》めけるが、鑽《たがね》にあつる鉄槌《かなづち》の柄《ゑ》のゆるみしを直さんと、岸《きし》に苔《こけ》むす岩石《がんぜき》に当《あて》てはつしと打つに、岩角少欠《いわかどすこしかけ》けるに、その欠口光輝《かけくちひかりかがやき》、ひとへに砂金《しやきん》のつかねたるがごとし。ここにをいて鑽《たがね》をあてて試《こころみ》るに、まがふ方なき金石なりしかば、大いに驚《をどろ》きかつは悦《よろこび》て、纔《わづか》

なる鏈石《れんせき》を欠取《かきとり》て後、才覚《さいかく》あるものなれば、欠けたる小口を土にてぬり隠《かく》し、小屋に立ち帰るより買石場《かいこくば》に至り、かの鏈石《れんせき》を見せけるに、元より目利《めきき》ある頭分《とふぶん》の、いぶかれる顔《かほ》して評《ひやう》しけるは、

「これこそ日頃尋佗《たづねわび》たる金蔓《かねづる》なり。何方《いづかた》にて掘《ほり》来しや」

と問《とい》けるに、与茂九郎答《こたへ》て、

「思ひ懸《かけ》ずも鏈石過分《れんせきくわぶん》これある場所を見出したり。金蔓《かねづる》ならんと思ふが故、人にもらさず。頭人《とうにん》の列《れつ》に入れて、利潤《りじゆん》の割《わり》を我《われ》にあたへば、その所を教《をしへ》てともに徳分《とくぶん》を得ん」

と言ひけるに、各評議《おのおのひやうぎ》せしは、

「かれをはぶきて求《もとめ》んとせば難《かた》かるべし」

と一決《いつけつ》して、その日よりこの所の諸司《しよし》の列《れつ》に入りけるにぞ、かの岸根《きしね》に連立《つれだ》ち至《いたり》、一つの岩石《がんぜき》を指《さし》て、

「これにてこそ」

と教へけるまま、人歩《にんぷ》を集《あつめ》て穿《うがち》けるに、まがふ方なき金蔓《かねづる》といへるものにて、その岩より地中に掘りぬき、鏈石を穿ち出す事夥《をびただ》しく、日夜の稼《かせぎ》今までに十倍《ばい》して、各《おのおの》悦びをかさねける。与茂九郎は元入《もといれ》の金《こがね》なく、雇《やと》はれ人となりてその日の賃銭《ちんせん》に飢《うへ》を凌《しのぐ》のみなりしが、天運《てんうん》至れるかな、頭分《とうぶん》の列《れつ》に入り、徳《とく》を割賦《わつぷ》せしかば、不日《ふじつ》に多くの富《とみ》を重《かさね》、かくする事三ヶ年に及べり。その後故障《こせう》の事ありて、この所の金山停止《てうじ》となりけるにぞ、群集己《くんじゆをの》がさまざまに散乱《さんらん》して、さも賑《にぎ》はへる多田山の

草高きもとの田舎《でんしゃ》となれり。

さても与茂九郎は多くの財満《ざいみち》、富貴《ふうき》の身となりて後人の用《もち》ひも強《つよ》かりし。すべて世のさま、魯鈍《ろどん》なる者《もの》も富《とめ》る時は人用《もち》ひ、怜悧《れいり》発明《はつめい》なりといへども貧窮《ひんきう》せる時はうとんぜるの人情《じんせい》、古今同《こ こんをな》じ。分けて思慮《しりよ》ふかき与茂九郎なす程の事、利潤《りじゆん》を得て大坂に居《きよ》を移《うつし》、在名《ざいめう》を呼《よん》で淀屋《よどや》といへり。その頃は列国《れつこく》の諸侯《しよかう》、境《さかい》を争最中《あらそうさいちう》たり。かれ利発《りはつ》なるもの故《ゆへ》に軍務《ぐんむ》の用金を差し出し、高樹《かうじゆ》の影《かげ》に身をひそめ、乱妨《らんぼう》のうれひを遁《のが》れんと計《はかり》けるに、案《あん》のごとく誰《たれ》か狼藉《らうぜき》なすものなく、終《つひ》には高貴《かうき》尊官《そんくわん》に目通《めどふ》りなし、諸家の用《もち》ひ強《つよ》く、一門類葉茂《るいようしげ》り栄《さか》へ、古郷淀《こけうよど》に多くの田畑《でんばた》を求《もとめ》、三都《さんと》に一の富名《ふめい》をあげたり。己《をの》が居所の川筋に橋《はし》を懸《かけ》たり。今にその家は亡《ほろぶ》といへども、淀屋橋《よどやばし》とてその名残れり。

かかる分限《ぶんげん》故に、日々に倍《ばい》し刻《こく》々に積財宝蔵庫《つもるざいほうぞうこ》に満《みち》々て、四代の歳霜《せいそう》を経《へ》て元禄年中になれり。かかる大家《たいか》断絶《だんぜつ》せる基《もとい》は、神国の掟《をきて》を守《まも》らず、不敬《ふけい》の罪《つみ》その身に及んで、永《なが》く断滅《だんめつ》なすこそ是非なし。この淀屋は代々経宗《きやうしう》にして信者《しんじや》たりしが、この派《は》に傾《かたむき》ぬる輩《ともがら》は他宗をみること塵芥《ぢんかい》のごとく、不受不施《ふじゆふせ》の行《ぎやう》をなし、神社《じんじや》を拝《はい》する事なく、我宗《わがしう》にある所の三十番神は諸神の籠《こめ》らせ給ふなれば、他《た》の神を敬《けい》すべきやうなしとて、家内に太神宮を勧請《くわんじやう》なさず、愚俗《ぐぞく》とは言《いい》ながら、かくまで利にくらき事、改むるに至らざるぞ嘆《なげか》しからずや。これ皆宗祖《しうそ》の教《をしへ》にあらず。利欲《りよく》にふける売僧《まいす》の、ひたすらに我宗《わがしう》に傾《かたむ》かしめんが為《ため》に、あらぬ偽言《ぎげん》を証拠正《しやうこただ》しく説聞《ときき》かせて、衆人《しうじん》をして神国の罪人《つみんど》となす。かかる宗旨たる淀屋なれば、一族門葉《いちぞくもんよう》は言ふに及ばず、奴僕《ぬぼく》の輩までも伊勢参宮を禁《きん》じぬるを

家風となしけり。

　ここに淀屋が方に、大和当麻《やまとたへま》より十才ばかりの幼童《ようどう》を年季勤《づとめ》に召抱《めしかかへ》し事ありしが、この童《わらわ》ある時《とき》行方しれず、

「駆落《かけをち》なしたるにや、いづちへ身を隠《かく》しけるにや」

といぶかり思ふの所、十日程過《すぎ》て立ち帰れり。

「何方《いづかた》に至れる」

と尋《たづね》けるに、

「さればとよ、この程近隣《きんりん》の輩、伊勢参宮《さんぐう》なす事ありしに、我も頻《しきり》に羨《うらやま》しく候へども、勤《つとめ》の身なればこの事願《ねがい》たりとも御聞《き》き済《すみ》あるまじと、告《つげ》奉らでひそかに抜出《ぬけいで》参宮なし、今戻《もど》れり。罪《つみ》を免《ゆる》し給へ」

と詫《わび》けるに、この事主《あるじ》聞くよりも怒詈《いかりののしり》て止《やま》ず、

「憎《にく》き業《わざ》かな。我家《わがいへ》代々参宮を赦《ゆる》さず、家禁《かきん》となしたるは聞かざる事やある。掟《をきて》に背《そむ》く大胆《だいたん》のふるまひ、向後余人《けうこうよじん》の見ごらし、捨《すて》置きがたし」

と一間なる所へ引き立て行き、散《さん》々に打擲《てうちやく》なしたりしが、急所《きうしよ》にやあたりけん、一声叫《いつせいさけん》で息絶《いきた》えたるは不便《ふびん》なる事なり。驚《をどろ》き騒ぎ、治を施《ほどこす》といへども、その験《しるし》なし。家内こぞつて後難《かうなん》を恐れ、いかがして内々済《すむ》方の方便《てだて》あらんやと評議区々《ひやうぎまち》にして一決《いつけつ》せざりしが、老分《らうぶん》の手代、思慮《しりよ》あるもの故に、

「かくして内済《ないさい》は調《ととのい》なん。他に病死と披露せよ」

と各《おのおの》の口をとどめ、当麻《たへま》のかれが親《をや》を呼寄《よびよせ》いへるやう、

「誰《たれ》事昨日《きのふ》の暮れ頃より腹痛《ふくつう》なす事頻《しきり》にして、療《りやう》ずるといへども治《ち》を失《うしな》ひ、今朝急死《こんてうきうし》せり。家内あへなきを噂《うわさ》し嘆《なげく》のみなり。足下《そつか》にも一子の急亡《きうし》、さこそ愁傷《しうせう》ならめ。日頃私《わたくし》なくつとめたりし者《もの》なれば、主《あるじ》も殊《こと》の外《ほか》に惜《をし》み給へり。亡跡《なきあと》の追善《ついぜん》とせられよ」

と金五十両をあたへけるに、父の農夫《のうふ》は大きに驚き嘆息《たんそく》し、内心《ないしん》に返《かへ》らざる事を悔《くやみ》けるといへども、流石《さすが》に人の思はん所に恥《はぢ》ていふやう、

「死する期定《さだ》めありて、いかんとしてか遁《のが》れ侍《はべ》らん。御恩恵ふかく、医薬《いやく》のかぎり治《じ》を施《ほどこ》し給はりたる事、宿所にて及ばざる事なり。その上過分《くわぶん》の金子恵《めぐみ》給へる事、謝《しや》するに所なし」

と厚《あつく》その懇等《こんとう》を悦び、一子が死骸を古郷に持帰《もちかへ》れり。

この謀計《ばうけい》にて、事なく内済《ないさい》せしを悦《よろこび》ける不仁《ふじん》、たとへんにものなしとして年月を送《をく》る所に、与茂九郎病死して、嫡辰《ちやくたつご》五郎家業《らうかげふ》を継ぎて益繁昌《ますますはんじやう》なしけるに、その節五畿内に強盗群《がうとうむらが》り所々に押し入り、人を害《がい》し金銀をうばひとる事多かりしが、ある夜淀屋《よよど》が宝蔵《ほうぞう》に盗賊あまた入りしと見へ、数万《すう》両の金行方《こがねゆきがた》なく、庫中空虚《こちうくうきよ》となれり。いぶかしきかな、蔵《くら》の鍵《かぎ》はひそかなる所に仕廻《しまいを》置けるに、その鍵《かぎ》をもつて戸口を明《あけ》、多くの金銀をはこび出せしとなり。この事を訴《うつた》へ、吟味の事をねがひけるにぞ、きびしく詮議《せんぎ》ありといへども、その盗賊《とうぞく》こそしれざりき。淀屋が分限《ぶんげん》、三分二はこの時に減《げん》

じける。かかる変《へん》にあひなば、その家《いへ》の恙《つつが》なからしめんとすべき所に、若輩《じやくはい》の辰五郎、身《み》持《もち》放蕩《ほうとう》にして日夜遊宴《ゆうあん》にふけり、驕《をごり》つよくあらぬふるまひなし、高貴《かうき》のまなびをなし、町家《てうか》の徒《と》にあるまじき古今の珍《めづら》しき風情《ふぜひ》なりしが、分《ぶん》に越《こへ》たる彼が驕奢《けうしや》のさまなりとて、家内闕所《けつしよ》となり、その身追放《ついほう》にあひ、数代たくわへし和漢《わかん》の名物珍器《ちんき》、この時に錯乱《さくらん》して、その家名断絶《かめいだんぜつ》なしけるぞ、辰五郎が不行跡《ふかうせき》ゆへなり。かかりし後《のち》はよるかたなき身となりしが、八幡《やわた》にゆかりありしまま、その縁《ゑん》によりて辰五郎はこの所にひそまり居しが、後年八幡神官《かうねんやはたしんくわん》の養子《ようし》となりてその家を継《つぎ》、子孫八幡《やわた》にありとかや。

　淀屋が家亡《いへほろび》て後はるか年経《へ》、淀屋が金銀を奪《うばひ》とりし賊の同類《どうるい》とらはれとなり、拷問《がうもん》のうへ白状《はくでう》に及びしかば、

「いかなる手引きにて淀屋が財《ざい》は盗《ぬすみ》出したるや」

とありしに、かの賊《ぞく》いへるやう、

「我が輩《ともがら》あまたにて淀屋《よどや》の宝庫《ほうこ》に近《ちか》づきよりしが、その備《そな》へ堅固《けんご》にして忍《しの》び

入るべきやうもなく、手を空《むな》しく帰《かへ》らんよりは、壁《かべ》をうがつてみんものと、手々にその用意をなす所、ここにいぶかしき事は、いづくよりともしらず、十才ばかりの童来て、我徒《わがと》に向《むか》ひつつ、「我等《われら》手引きせん。こなたへ来たれよ」と宝蔵《ほうぞう》の戸口にともなひ、「これにてここ開《あけ》よ」と鍵《かぎ》をあたへしまま、何《なに》の労《らう》する事なく戸をひらきて、思ふまま盗み出しぬ。跡《あと》にて童が行方《ゆきがた》しれず、今に不審《ふしん》なり。奪取《うばいとり》し大金、各割《わつ》賦《ぷ》して日々に費《ついやし》尽くしたり」と答《こたへ》ける。賊《ぞく》は罪《つみ》とられたり。この賊が詞《ことば》をもつて考へみるに、むざんに死せし幼童《ようどう》が恨散《うらみさん》ぜずして、幽魂仇《ゆうこんあた》をなし、終《つひ》にはその家をほろぼしける事必せりとかたりつたへける。

才《さい》に富《とめ》ば貨《くわ》に貧《まづ》しく、貨に富めば才に貧しきは古今の通俗《つうぞく》なり。淀屋は町家富祐《てうかふゆう》のもの故に利《り》欲《よく》にのみ心ありて、道《みち》に志《こころざし》うとく文盲《もんもう》なるがゆへ、神国《しんこく》にうまれて神を敬《けい》せず、あらぬ浮屠《ふど》

の説《せつ》に迷《まよ》つて、僕《ぼく》の参宮《さんぐう》せるを怒《いかつ》て打擲《てうちやく》し、その命を断《たつ》に至《いた》り、その罪《つみ》を隠《かく》して偽言《ぎげん》を構《かま》へし積悪《せきあく》、天罰遁《てんばつのが》るる所なく、終《つい》にその家を亡《ほろぼ》す。恐るべきは邪《よこしま》なり。またかの童《わらは》が亡霊《ぼうれい》、鍵《かぎ》を盗《とう》賊《ぞく》にあたへしといふ事、いぶかしき説《せつ》ながら、あるまじき事にもあらず。無念《むねん》の魂散《たましいさん》ぜずして、その家《いへ》に災《わざはひ》せし事もあるべし。辰五郎が身持放蕩《みもちほうとう》となりて驕奢《けうしや》つよく、町家《てうか》にあらぬふるまひせし事は、ひとへに積悪《せきあく》の罪《つみ》、天のせめを受《う》けしなるべし。

閑栖劇話巻之三終

閑栖劇話巻之四

二流間主東随舎著

佞婦談話

江都《こうと》の乾《いぬゐ》に名《な》高《だか》き大悲《だいひ》たたせ給ふ。この門前《もんぜん》に、あらはなるにはあらで、表《をもて》は茶屋《ちやや》の風情《ふぜひ》して、倡婦《ゆふじよ》あまた抱《かかへ》つつ色売《いろうる》家ある中《なか》に、大野屋《おおのや》といへるあり。この主《あるじ》いにしへは貴家《きか》の族《ぞく》として、肥馬《ひば》にまたがりて人に名をしらるる数なりしが、若輩《じやくはい》の頃、行跡《かうせき》よからざる事ありて、終《つい》にその家を亡《ほろぼ》し、あらぬ方にさまよひ漂泊《ひやうはく》せしかば、類族《るいぞく》の限《かぎ》りかれが行状《ぎやうぜう》を見て、いかなる災《わざはひ》至らんやと永《なが》く義絶《ぎぜつ》なせし後は、尚弥増《なをいやまし》に募行不埒《つのりゆくふらち》いふばかりなかりしが、なす程の事利潤《りじゆん》を得て、この地に居移《きようつ》し、多くの倡婦をかかへつつ、人並《ひとなみ》ならざる渡世《とせい》とはいへども、光陰《かういん》を送りけるに、ひとりの娘《むすめ》をもふけ、その名を鶴《つる》といへり。器量人並《きりやうひとなみ》にこへ、いつくしかりしかば、掌《たなごころ》の玉《たま》と寵愛《ちやうあい》しそだてける。都《すべ》てかれらがならはし、おふなは六七才の頃《ころ》より三弦《さみせん》を習《なら》はせ、唄《うた》うたふ事を専《もつぱら》とし、舞曲《ぶきよく》を業《わざ》とする事は、婦道《をんなのみち》のことと心得しまま、娘《むすめ》にもその曲《きよく》を教《をしへ》ぬるに、器用莫群《きようばつくん》にして、近里《きんり》に類《たぐひ》あるべきとも覚へず、彼方《かなた》こなたに招《まねか》れつつ、宴席《ゑんせき》に興《けう》を添《そゆ》る媒《なかだち》となりける。

かくして今ははや二八の頃にもなれり。天質《てんせい》うるはしきに、風流《ふうりう》の衣裳《いせう》雅やかにかたち作《づくり》せるに

ぞ、いかなる方にまみへて、いかばかりの仕合《しあはせ》かあらんと思はる。ここにその頃《ころ》、月に名高《なだか》き国《くに》の守《かみ》、舞曲《ぶきよく》の芸《げい》ある女をたづねられしに、かの鶴《つる》いかなる手よりにや、この守《かみ》の館《やかた》にみやづかへの事をねがひしに、支度《したく》せよとて莫群《ばつくん》の金《こがね》をうけ、かの館《たち》に引越《ひきこし》けるにぞ、不時富《ふじとみ》を重《かさね》ける。さても鶴《つる》は君寵《くんちやう》他にこへて、人の羨《うらや》み思へる事大かたならず。日夜《にちや》君のかたはらを去《さら》ず、出頭右《しゆつとうみぎり》に出《いづ》るものなし。程なく懐胎《くわいたい》なせしにぞ、この君《きみ》いまだ世継《よつぎ》のおはしまさざりける故に、家中のよろこび大かたならず。大野屋《あふのや》にては悦《よろこび》の眉《まゆ》をひらき、臨月《りんげつ》を算待《かぞへまつ》こと千秋《せんしう》の思ひをなすに、月満平産《つきみちへいざん》なしたりしに、玉《たま》をあざむく男子出生《しゆつせう》ありしかば、群家安堵《ぐんかあんど》の思ひをなし、いつくしみ撫育《ぶいく》ありし。

家嫡《かちやく》を産《さん》ぜし事なれば、鶴《つる》が威光《いかう》日頃に倍《ばい》し、重挙用《をもくあげもちい》らるるに付き、実父《ちつぷ》大野屋《あふのや》そのままに置《を》くべくもあらずとて、素生《すぜう》をたづねられしに、家系《かけい》ことごとく言上《ごんじやう》し、若年《じやくねん》のあやまちにてかく民間《みんかん》に零落《れいらく》せしが、晩年《ばんねん》の今に至り

て後悔《こうくわい》なす事頻《しきり》なり。願《ねが》はく武《ぶ》の数《かづ》に入りて帯刀《たいとう》の身と立ちかへりたき旨、表 向《をもてむき》よりひたすら願《ねがい》、鶴方《つるかた》よりも内《ない》訴《そ》せしかば、かれこれ糺問《きうもん》のうへ、三百石の禄《ろく》をあたへられ、臣下《しんか》の列《れつ》に加《くわへ》らるべきよしなり。大野屋《あふのや》が高運《かううん》、時《とき》を得てよろこぶ事限《かぎ》りなく、はやくも住馴《すみなれ》し家を他《た》に譲《ゆづ》りて、ほとり近《ちか》きに借地《しやくち》なし、普請《ふしん》の営《いとなみ》美麗《びれい》を尽《つく》し、何《なに》某《がし》と改名《かいめい》し、別宅《べつたく》の臣《しん》となりて、司《つかさ》どれる事とてもなく、無役《むやく》にして高禄をうけ、昔《むかし》の風情《ふぜひ》にたちかへれるも、ひとへに娘《むすめ》が影《かげ》によれるものなり。かく立身《りつしん》せし後《のち》は、富貴《ふうき》心のままにして、何《なに》か不足《ふそく》の事あらんや。日々に財満《ざいみち》、夜々《よよ》に積《つん》で、福祐《ふくゆう》の身となれり。

さても鶴《つる》は、今かかる身《み》のうへとなり、貴族《きぞく》の数《かづ》にそなはらんとするのみならず、父が立身ひとへに君《きみ》の恵《めぐみ》によれりと、尚実信《なをじつしん》の忠をこそ心懸《こころがく》べきの所《ところ》に、おのれをつつしめる事を忘《わす》れ、その愛《あい》にほこり、奸悪《かんあく》なる事いふばかりなく、へつらへるものを悦《よろこ》び、依怙《あこ》ありて衆人《しうじん》のにくみそしる事

少《すくな》からず。かかる行跡《こうせき》にてはその末《すへ》よかるまじと、心ある人はささやきけるとかや。

頃日《このころ》召抱《めしかかへ》られし同格《どうかく》の女ありて、その名《な》を三野《みの》といへり。至《いたつ》て麗艶《れいゑん》なるうへ、心ばせおとなしく、実《じつ》にめづらかなる婦《をんな》なりしに、君《きみ》こころを傾《かたむけ》たまひつつ、日夜《にちや》かたはらを放《はな》し給はず。鶴《つる》が寵《てう》ややさめがてなりしを、妬《ねたみ》思ふ事深《ふかく》、

「彼《かれ》だになきならば、我威光《わがいかう》かくまで衰《おとろふ》る事はあらじ。何《なに》とぞして罪《つみ》をかふむらしめ退《しりぞけ》んには」

と思慮《しりよ》せしこそ、実に佞悪憎《ねいあくにくむ》べし。されどもこの謀計《ぼうけい》、かれと不和にては調《ととのひ》がたしと思ふより、折《をり》にふれ事によそへて懇意《こんい》にかたらいけるに、かかる工《たくみ》あるべしとは露《つゆ》しらず、頼《たの》もしきものなりと鶴《つる》を思ふ事、兄弟《けうだい》のごとく睦《むつ》ましく隔《へだて》なかりしに、三野《みの》が手廻《てまは》りにつかふ女を、なづけものとらせなどしてその心を引《ひき》みるに、この女奸佞《かんねい》なるものにて、己《をの》が主人の非《ひ》をかぞへ、をもねりへつらいけるにぞ、

「これぞ我《わが》ための味方《みかた》なり」

と、なをも秘計《ひけい》を廻《めぐ》らし、いかにたばかりけん、三野《みの》を退《しりぞけ》たき事をあかしけるに、かの女欲心《よくしん》に眼《まなこ》くらみ同意《どうい》し、我主《わがしう》を追除《をいのぞか》んとたくみしは、さらに人倫《じんりん》のふるまひにあらず。

頃日《このころ》三野《みの》病める事ありて四五日うち臥《ふし》たりしに、鶴《つる》はねんごろに尋問《たづねとい》看病《かんびやう》なし、介抱《かいほう》に他事《たじ》を忘《わす》れて真実《しんじつ》を尽《つく》すといへども、

「これぞ幸《さいわい》なり。何《なに》とぞ本復《ほんぷく》なさずして死《しせ》よかし」

と浅はかなる心から、己《をの》が部屋《へや》のひそかなる所に人形《ひとがた》を調《ととの》へ、姓名年来《せいめいねんらい》を書記《かきしる》し、釘《くぎ》を打《うつ》て呪詛《じゆそ》なしけるぞ不仁《ふじん》なり。

など邪《よこしま》に与《くみ》する神霊《しんれい》あらんや。不日《ふじつ》に三野《みの》は病癒《やまいいへ》て、常《つね》に替《かは》らず勤《つとめ》たりしかば、必定死《ひつでうし》せんと思ひしものの快全せしに、表《をもて》に悦びの色を顕《あらはす》といへども、心胆《しんい》を悩《なやま》しけるが、また奸計《かんけい》を廻《めぐ》らし、同《どう》意《い》たる婢女《こしもと》に申し含《ふくめ》つつ、ひそかに水を夜具《やぐ》にそそぎ懸《かけ》る事度々なり。三野《みの》はいぶかしき事に思ひ、日頃《ひごろ》わりなき仲なれば、鶴《つる》に向《むかつ》て我夜具《わがやぐ》のしめり居るをいぶかり物語《ものがたり》けるに、

「仕済《しすまし》たり」

といへるやうは、

「日外《いつぞや》の病後《びやうご》よりかかる事あるは、これこそ夢中《むちう》にもらす尿《いばり》なるべし。治《ぢ》する法をわらわ知《し》り侍る」

とて、石門《せきもん》に灸《きう》なす事多けれども、さらに治する事なし。理《ことはり》なるかな、同意《どうい》の女程よくそそぐ水のしめり、乾《かはく》べきやうぞなし。かくして後、この事を専《もつぱら》風説《ふうぜつ》なしたりしに、寵《てう》ある者《もの》をねたむは古《こ》今《こん》の人情《じんせい》なれば、言添語《いいそへかたり》まして、三野こそ不浄《ふじやう》の病《やまい》あつて夜具《やぐ》を穢《けが》すよし頻《しきり》に風聞《ふうぶん》なしけるにぞ、恥《はつ》かしき事に覚へ、君前《くんぜん》に出づるを遠慮《ゑんりよ》して引籠居《ひきこもりい》たり。この事隠《かくれ》なかりしかば、君にも不便《ふびん》に思し召すといへども、人口《じんこう》ふせぎがたく、永の暇《いとま》を給はりぬ。三野は謀計《ぼうけい》にあひぬるとは露《つゆ》しらず、不運《ふうん》なる難病《なんびやう》をかこちて、館《やかた》を出《いで》ぬる節《せつ》、鶴《つる》がなす業《わざ》なりとは知《し》らで名残《なごり》を惜《をし》み、いとま乞《ごい》をなす

にも、かなしめるふりして思ひのままにはかりても、尚《なを》あかずやありけん、かの女に言含《いいふくめ》、衣類《いるい》の限《かぎ》り入れ置《を》きし箪笥《たんす》長持《ながもち》などへ油をそそぎてぞつかはしける。

かくて三野は親《をや》のもとに至《いた》りけるに、双親《そうしん》ともいとま出《いで》しをいぶかり問《とい》けるに、流石《さすが》かかる病《やまい》ありてとは答《こたへ》がたく、口籠《くちごもり》てみへけるに、父は短気《たんき》なる者《もの》故に大きに怒《いかり》、

「必定《ひつでう》汝寵《なんじあい》にその身を忘《わす》れて人の憎《にく》みをうけ、君《きみ》に不礼《ふれい》ありての暇《いとま》ならん」

と詈《ののし》りけるの後《のち》、衣類《いるい》を改《あらため》けるに、残りなく油《あぶら》しみて用立つべきともみへず。一入怒《ひとしほいかり》を生《しやう》じ、

「傍輩《ほうばい》の憎《にくみ》を受《うけ》たるに究《きはま》れり。信《しん》ある人に仇《あた》するものなし。その元は汝《なんじ》が行跡佞《かうせきねい》なるによれり」

など怒《いかり》て止《やま》ず。つきつめし女心のその答《こたへ》に当惑《とうわく》し、さしうつむき居《い》けるが、その夜《よ》の内に傍《かたはら》の井に身を沈《しづめ》はてたりしは、不便《ふびん》なりける事どもなり。跡《あと》にて両親嘆《りやうしんなげき》かなしみ、一朝《いつてう》のいかりに愛子《あいし》が命《いのち》を落《をと》せしを後悔《こうくわい》すれども返《かへ》らず。父は弥増《いやまし》の無念《むねん》を生《せう》じ、主家《しうか》に至《いたつ》て、役人中に対《たい》して言《いへ》るやう、

「娘《むすめ》事御いとま下さるるの後、かれが衣類《いるい》あらためし所、残《のこり》なく油《あぶら》しみて用立《ようだ》つべきとも相見へず、その事を咎《とがめ》ぬるに覚えなしと申す。何等《なんら》の事あつて、狂気《きやうき》もせざるにおのが衣類に油をそそぐべきやうなし。必定悪工《ひつでうあくだくみ》してかかる事せしものこれあるに疑《うたがい》なし。御詮議《せんぎ》ありてその事を御糺希《ただしこひねがふ》」

よし届《とどけ》けるに、役人大きに驚《おどろ》き吟味《ぎんみ》なし、

「これより申し入るべし」

とて帰《かへ》しての後《のち》、奥《をく》を司《つかさど》れる老女《らうじよ》に対して、三野が宿《やど》願ひの趣《をもむき》を申し述《のべ》、立ち合ひにて奥勤《づとめ》のもの

残《のこり》なく吟味ありしに、など顕《あらは》れざる事やある。鶴《つる》が業《わざ》なりとすみやかに相知れ、部屋に秘《ひ》し置《を》きし三野《みの》を呪詛《じゆそ》なしたる人形《ひとがた》まであらはれ、その罪軽《つみかる》からずといへども、家嫡《かちやく》を産《さん》ぜしもの故に死罪《しざい》を宥《なだめ》、その夜の内に無常門《むじやうもん》より親もとへ追放《ついほう》の身となり、この年頃貯《としごろたくはへ》し諸道具《しよどうぐ》、夜中《やちう》に残らず運連《はこびつれ》て、深夜《しんや》の夢《ゆめ》を破《やぶ》りて宿所《しゆくしよ》へ送《をく》りける。その隠悪憎《いんあくにくま》ざるものなし。かくして三野が父には罪《つみ》あるものを追放《ついほう》せしを申し聞かせ、衣類《いるい》の代《しろ》として莫群《ばつくん》の金《こがね》を給はりける。

子の罪父にかからざる掟《をきて》たればとて、前《まへ》のごとく勤《つとめ》けるが、娘鶴《むすめつる》は俄《にはか》にいとま出でしとはいへども、今まで掠貯《かすめたくはへ》たる財多《ざいをを》く、所々縁談《ゑんだん》の事を聞《き》き合《あ》わせけるに、金にめづる人心にて、貴家《きか》に婚《こん》姻整《いんとゝのい》、その家に至りぬ。その行末《ゆくすへ》いかならんといぶかしきよし、ふるき人のかたりつたへぬ。

和漢《わかん》ともに女のひがめる心から、国家《こつか》に災《わざはひ》せし事少からずといへども、その元《もと》たるや、幼少《ようせう》よりの教導《けうどう》によれり。前に述《のぶ》る所の奸悪《かんあく》の婦《ふ》、由緒《ゆいしよ》正しき者の子たれども、人並ならぬ亡八《くつわ》が家にそだち、あらぬ行状《げうでう》を見馴《みなれ》、諸家《しよけ》の招《まねき》に至《いたつ》て淫声《いんせい》を家業《かげう》となせしが故《ゆへ》に、その志《こゝろざし》あさましく、たまたま運《うん》ありて貴家《きか》にみやづかへなし、類族《るいぞく》の栄《さかへ》をみるといへども、その操正《みさほただ》しからで佞悪《ねいあく》のふるまひして、終《つい》には罪無《つみなき》人の命をとるなぞ、おそろしき女なり。諺《ことはざ》に言はずや、「氏《うじ》よりそだちなり」と。江南《こうなん》の橘《たちばな》を江北《こうぼく》に植《う》ゆればからたちとなる。いかに高貴《かうき》の族《ぞく》たりとも、幼少《ようせう》よりのならはしの終身《しうしん》あらたまらず、その友《とも》によりて無類《むるい》の悪人《あくにん》ともなれり。孟母《もうぼ》の三たび居《きよ》をかへしもむべならずや。ただかりそめにも、幼《おさな》きものには悪《あ》しきふるまひ見《み》せまじきも

のなり。

慈計談話

遠《とふ》からざるむかし、東都《とうと》深川《ふかがわ》に名《な》をしられし材木屋《ざいもくや》あり。かれに壱人《ひとり》の娘《むすめ》あり。その姿《すがた》うるはしく寵愛浅《てうあいあさ》からざりしに、かく町家《てうか》にて人《ひと》とならば、よからぬ事のみ見馴《みなれ》なん、大家《たいか》にみやづかへさせまほしく、所々聞《き》き合《あ》わせぬるに、江州《ごうしう》の国司《こくし》、側《そば》づかひの女抱《かかへ》らるべきよし、幸《さいわひ》の事なりとて目見《めみへ》なさせしに、早速《さつそく》ありつき究《きはまり》ける。この守《かみ》の家風《かふう》として掟《をきて》正しく、奥勤《をくづとめ》の女召抱《めしかかゆる》に年季《ねんき》を定《さだめ》、その季《き》の満《みて》ざる間《あいだ》は、いかなる事ありとも下宿《げしゆく》を赦《ゆる》さず。これよく世人のしれ所なり。殊《こと》に不義密《ふぎみつ》通《つう》ある時《とき》は、命《めい》を断《たつ》の家格《かかく》なり。

さても材木屋が娘《むすめし》支度調《たくととのひ》しかば、十ヶ年の季《き》に定《さだめ》引き越《こし》ける。双親《そうしん》の悦び大方ならず光陰《かういん》を送《をく》れり。この女、名を八重《やえ》と呼《よば》れつつ、よろづの道に賢《かしこ》くよく勤居《つとめい》けるが、奥口番《をくくちばん》つとめぬるものに風流《ふうりう》の男《おとこ》ありしが、いつの程よりか互《たがい》に色情《しきじやう》をかよはし、艶書《あんしよ》の数《かづ》かさなり千束《ちつか》にも余《あま》りぬるに、心のたけを語《かたり》たく思ひかこつといへども、掟厳《をきてきび》しき故《ゆへ》に、よそにのみ見て胸《むね》をこがすばかりなりしが、恋情弥増《れんじやういやまし》にして、かの男を己《をの》が閨房《けいぼう》に忍《しの》ばせんとの心発《はつ》して止《やま》ず、いかにたばかりけん、双枕《そうしん》の契《ちぎり》をかたらいし後は、昔《むかし》はものを思はざりしとのことの葉につゆたがはず、その情《じやう》いやまし、再《さい》

契《けい》を期して身をひそむる所を、非常《ひでう》を守る役人《やくにん》の見咎《みとがめ》つつ、このよし披露《ひろう》なせしかば、両人を捕押《とらへをし》籠置《こめを》き、深川の親急《をやきう》に呼寄《よびよせ》、不義の働《はたらき》せし事言聞《いいき》かせ、

「兼《かね》て申し渡したる条《でう》々の内、第一たる厳科《げんか》なれば、古例《これい》のごとく近《ちか》きに死罪《しざい》申しつくべし。その節尸《かばね》受け取りに罷《まか》り出づべき」

よし、役人列座《れつざ》にて言ひ渡す。父はただ夢《ゆめ》の心地して力《ちから》なく宿所《しゆくしよ》に帰《かへ》り、その趣《をもむき》を語《かた》り、親族《しんぞく》の限《かぎり》寄《より》つどひ、嘆《なげき》かなしめるといへども、さらに助命《じよめい》の方便《てだて》をうしなひ、神に祈《いのり》仏に誓《ちかい》て、娘が一命助《たすかる》筋《すじ》もあれかしと、叶《かなは》ざる事に心腑《しんぷ》を労《らう》し、愁傷《しうしやう》大方ならず。この沙汰《さた》近辺《きんぺん》に響《ひび》き、不便《ふびん》なる事よと、知る知《し》らぬ人の袂《たもと》をしぼる種《たね》となれり。

さても材木屋《ざいもくや》にては、この度の変愁《へんうれい》の余《あま》り、商売《せうばい》の道もうち捨《すて》、親疎《しんそ》となく打寄《うちより》てひそめきあへり。この程より、ここら見馴《みなれ》ざる執行者《しゆぎやうじや》の門に立ちて鉦打《かねうち》ならし、称名《せうめう》して過《すぐ》るまで、何やらんつぶやき帰《かへ》る事度々なりしが、各耳《おのおのみみ》にも入らで居たりしに、手代の内より主《あるじ》に向かひていへるやう、

「頃日替《このごろかはり》たる法師《ほうし》の、毎朝門《まいてうかど》に立ちて独言《ひとりごと》して過行故《すぎゆくゆへ》、狂気《けうき》なせし者よと見る所、かれがいへるやう、「金《かね》にて命《いのち》は買《かは》るるものを、しらぬ事の不仕合《ふしあ》はせさよ」と繰返《くりかへ》しつぶやきぬる事、耳《みみ》にとどまり候ふまま告侍《つげはべ》るなり。明朝《めうてう》来たらば、その意聞《いき》き糺《ただし》見給はざるや」

と言《いい》けるに、誰彼《たれかれ》聞きて、

「それこそよき端得《はしゑ》んもしれず。また訳《わけ》なき事にもせよ、詞《ことば》を費《ついやす》までなり」

とて、その来る期《ご》をまちけるに、翌朝《よくてう》かの法師《ほうし》門に立つを呼びとどめ、

「足下《そつか》はこの程よりいぶかしき事をつぶやかるる。その訳《わけ》聞かん」

と尋《たづね》けるに、かの法師腰《こし》かけつつ、

「この家の娘、不義《ふぎ》の罪《つみ》ありて近《ちか》きに命《めい》を断《たつ》との事あるよし聞《き》く。その災《わざはひ》を遁《のが》れんには、多くの金《こがね》を出《いだ》されなば叶《かなは》ざる事やある。それ故にこそ一命《いちめい》を買《かう》の価《あたい》ある富家《ふか》、その事の疎《うとき》を愁《うれい》て嘆息《たんそく》せしなり」

と答《こたへ》けるにぞ、各座席《ざせき》に招き、慇懃《いんぎん》の礼を尽くし、

「その方便《てだて》を教《をしへ》給へ」

と敬《けい》する事頻《しきり》なるに、この僧《そう》いへるやう、

「我《われ》一つの秘計《ひけい》あり。しかしながら泰山《たいざん》にひとしき一命《いちめい》、必死《ひつし》の人を蘇生《そせい》なさしめんには、千両の金《こがね》を施《ほどこ》されよ。さあらば娘《むすめ》の命助《いのちたすけ》来たらん事疑《うたがい》なし。もつともその金ただ今頓《とん》に申し請《うけ》んとにはあらず。この事調《ととのひ》てのうへ受け取り侍《はべ》らん。もしその旨承知にあらば、今五六片《へん》の金をうけて、その支度《したく》に備《そなへ》たし。某《それがし》うろんの輩《ともがら》にあらず。北本所そこそこに宿所あり。見届《みとどけ》られよ」

といふにぞ、暫退座《しばらくたいざ》し各密談《おのおのみつだん》するに、

「とても方便《てだて》を失ひぬる事の遁《のが》るる筋《すじ》とあらば、欺《あざむか》るるとも四五丸《くわん》の金、何程の事やあらん。頼《たのみ》てみよ」

と衆議《しゆぎ》一決《いつけつ》せしかば、かの僧に向かひ、

「千金重《せんきんをも》しといへども一命にかへがたし。調《ととのう》の後、その言に応《おう》ぜん。ひたすら頼む」

由《よし》なりければ、法師《ほうし》笑《ゑ》壺《つぼ》に入りて、

「左《さ》あらば当人同道なし、右の金子と引替《ひきかへ》にせんまま、証文《しやうもん》を認《したため》られよ」

と、記《しるし》の書物《かきもの》を乞《こい》て、五両の金《こがね》を受取《うけとり》、宿所見届《しゆくしよみとどけ》の面《めん》々を連《つれ》て己《をの》が住家《すみか》に帰りけるに、執行者《しゆぎやうじや》体の家居とは見えず、美麗《びれい》いふばかりなく風流《ふうりう》を尽くせしに、各《おのおの》驚《をどろ》きぬ。

「翌《あす》こそ計略《けいりやく》を廻《めぐ》らさん。夕方に至らば、蔵庫《そうこ》を開《ひらき》千金を出し、我《われ》を待たれよ。今までの愁眉《しうび》をひらかせ申さん」

と広言《くわうげん》す。

さて支度調《したくととのへ》、その明《あけ》の日立ち出でける。行粧《げうそう》すでに白小袖うち重ね、紅染《かうぞめ》の衣をまとひ、威風《いふう》堂《どう》々として網代《あじろ》の輿《こし》にうち乗り、左右に壮士《そうし》うちかこみ、徒士《かち》に先を追《をは》せ、しりへの同勢《どうぜい》くろみわたり、あたりを払《はらつ》て出で立ちけるは、あつぱれ殊勝《しゆしやう》の高僧とみへぬ。

かの国司《こくし》の館《たち》に至り、取次にいへるは、

「祇林《ぎりん》よりの使僧《しそう》阿証なり。御直《ごじき》に申し達《たつ》する御意あり」

と述《のべ》けるにぞ、早速席《さつそくせき》に請《せう》じて後、当家《とうけ》の一老頓首《いちらうとんしゆ》して、

「御意《ぎよい》の趣、主人に達《たつ》して後、直答《じきとう》の先格《せんかく》たり。いかなる御意にや」

と伺《うかがひ》けるに、かの僧実々《げに》しく述《のべ》けるは、

「当家奥勤《をくづとめ》の八重《やえ》といへる女、去んぬる頃不義の事あるにより、近《ちか》きに死罪《しざい》あらんとの事、武家《ぶけ》の掟《をきて》かくあるべき事なり。然《しか》る所、かの女が親《をや》たる者《もの》、数年《すねん》御用を承りて、町家の輩《ともがら》なれども御家臣《かしん》のごとし。女が死を愁《うれい》、寝食《しんしょく》を忘《わす》れ悲嘆《ひたん》なすよし御聞《きき》に達《たつ》せしまま、不便《ふびん》の事に思し召し、この御使《つかい》に及べり。もつとも家《か》法《ほう》を乱《みだ》り密通《みつつう》なしたる罪軽《つみかる》からずといへども、盗賊奸悪《とうぞくかんあく》の輩《ともがら》より見る時は、色情《しきじやう》に身を忘るる若輩《じやくはい》のあやまり、古今ためし少からず。何とぞその理《り》を曲《まげ》て、幾重《いくへ》にもかれらが命御貰《もらい》あるべきとの御使《つかい》を蒙《かふむ》りたり」

と、弁舌《べんぜつ》流《なが》るるごとく、事訳《ことわけ》いちいち口演《こうゑん》す。老臣《らうしん》その意《い》を受《うけ》て後、

「この旨主人《しゆじん》に申し、直《じき》の御答に及ぶべし」

とて退《しりぞき》、莫群《ばつくん》の馳走《ちそう》申しつけ、主君に達《たつ》し、老分《らうぶん》うち寄り評議《ひやうぎ》なすに、

「何とも合点《がてん》行かざる事は、高貴《かうき》の御

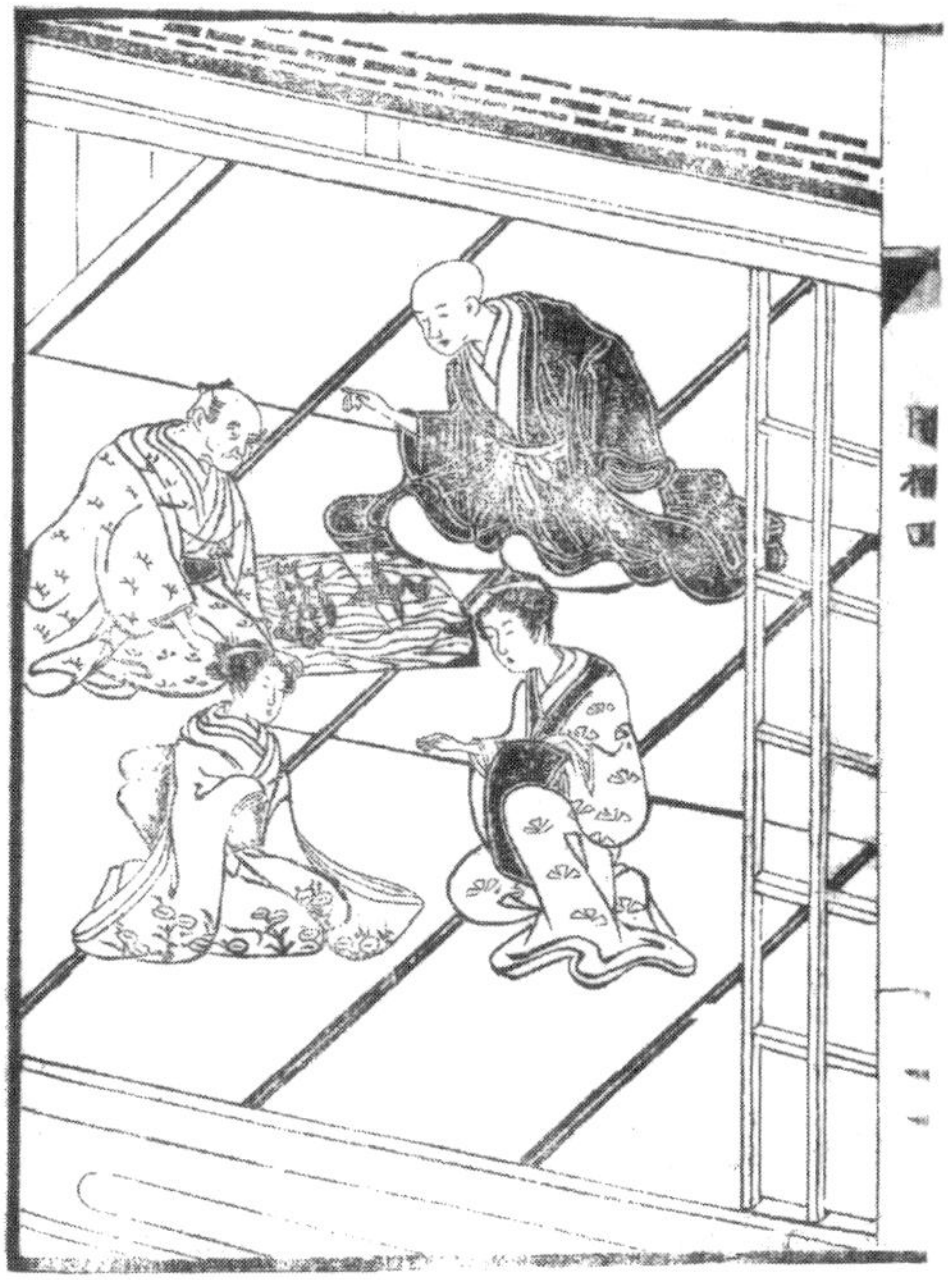

方より御使《つかい》ある節《せつ》は、前びろその沙汰《さた》これある事先格《せんかく》たり。不意にこれらの御使《つかい》あるべきとも覚へず」

と、各眉《まゆ》をひそめけるが、祇林《ぎりん》に至りてその実否《じつぷ》をこそ糺《たださ》んに卒忽《そこつ》はあらじと、壮士《そうし》駿馬《しゆんめ》にまたがり、一散《いつさん》に祇林にいたり、

「これより御使《つかい》、主人方へ下さる儀これありや」

のよし伺《うかがひ》し所、かなたにもいぶかりぬる事大方ならず。始終《しじう》残《のこる》所なく尋《たづね》つつ、重職《じうしよく》の衆僧《しゆそう》御聞《き》きに達《たつ》し、評議に及びけるに、

「必定謀才《ひつでうぼうさい》ある者《もの》、必死《ひつし》を救《すくは》ん為《ため》に当山の威光《いかう》を借《かり》、偽《いつわり》を述《のべ》しものならん。この事なしと申す時《とき》は、当人遁《とうにんのが》れざるのみならず、使僧《しそう》に贋《にせ》し者も罪科《ざいくわ》死に至らん。左《さ》あらば三人の命を断《たつ》なるべし。かたり事にても、これは財《ざい》を奪《うば》はん人に災《わざはひ》せんとの事にあらず。命をすくふの謀計なればその罪軽《つみかる》し。こなたの答《こたへ》にてかれが生死は究《きはま》れり。大切の事なり」

と評議《ひやうぎ》まちまちなりしが、兎角《とかく》は慈悲《ぢひ》万行《まんぎやう》の法中《ほつちう》なれば、寛尋《くわんじん》の評議に一決《いつけつ》し、その旨言上《ごんじやう》におよびつつ、聞《き》き合《あ》わせの士《し》に対《たい》していへるは、

「こなたより助命《じよめい》の事仰せありしに聊《いささ》か相違なし。尚《なを》またかれら事よろしく頼《たのみ》思し召す」

よし答《こたへ》ありけるにぞ、早刻走帰《そうこくはせかへ》り、この由《よし》いちいち述《のべ》けるにぞ、疑解《うたがいげし》て評議のうへ、かの使僧《しそう》に対面あられ直答《じきとう》ありしは、

「召仕《めしつかい》法に背《そむ》く事ありて、先格《せんかく》にまかせ仕《し》置《を》き申しつくる所、御懇《ごこん》の御意を蒙《かふむ》り、何とも迷惑《めいわく》至極に候へども、御詞《ことば》もだしがたく、家法《かほう》を破《やぶり》、このたびは助命申しつけ候。この旨宜《よろ》しく執達《しつたつ》あるべき」

旨《むね》述べられしかば、かの僧慎《そうつつしん》で拝聞《はいもん》し、

「御答《こたへ》の旨申し上げなば、御満足《まんぞく》たるべし。愚僧《ぐそう》が面目《めんぼく》この上なし。とてもの儀にかの女召し連帰《つれき》宅《たく》仕りたき」

由願《ねがい》し処、その通り申しつけられ、その役《やく》々へ命《めい》ぜられ、押込《をしこめ》置きたる八重《やゑ》をわたされける。相手《あいて》の男は追放《ついほう》となれり。僧は式礼《しきれい》してともなひ出で、兼《かね》て用意《ようい》なしたりし駕籠《かご》にうち乗《のせ》、己《おの》がしりへに引きつけつつ、飛《とぶ》がごとく深川の宿所《しゆくしよ》へぞ立ち帰れり。

　この日八重が里《さと》にては、心許《こころもと》なき事いふばかりなく、なまじいなる事仕出し、かの出家が計略仕《けいりやくし》損《そんず》るに至《いた》らば、いかなる憂《う》き目《め》に逢《あひ》もやせんと易《やす》き心なく、千々《ちぢ》に辛労《しんらう》せし所、夕陽西《せきようにし》に沈《しづ》む頃、

無事《ぶじ》に娘《むすめ》を引き連立《つれ》ち帰れば、家内一族夢《ぞくゆめ》かとばかり悦《よろこ》びのいろ大方《おほかた》ならず。死《し》したるものの再生《さいせい》なしたる思ひにて、近隣《きんりん》の老若《らうにやく》よりつどひ、勇悦《ゆうゑつ》の声《こへ》かまびすし。各《おのおの》かの僧《そう》に向かひ尊敬《そんきやう》し、恩《おん》を謝《しや》し、兼約《けんやく》なしたる千両の金《こがね》、聊《いささ》かおしめる色《いろ》なくあたへけるにぞ、大きによろこび、

「我愚《わがぐ》計《けい》思ひのままにあたれる事、天運《てんうん》にかなひしものなり。かくしてこそ助得《たすけゑ》たり」

と始終をものがたり、

「祇林《ぎりん》の御《ご》高名《かうめい》を偽《いつはり》し故にこそ、滞《とどこをり》なく調ふうへは、等閑《なをざり》にうち捨《すて》置くべからず。伺候《しかう》なし、御《ご》芳名《はうめい》を借《か》り奉《たてまつり》たる大罪《たいざい》を謝して、その罪遁《つみのが》れん。主《あるじ》にも同道《どうどう》あられよ」

と約して、明《あす》の日祇林に至《いた》り、事のよしを述《のべ》てその科《とが》を訴《うつたへ》けるに、主は感涙《かんるい》を流しつつ、

「尊号《そんがう》を借り奉り、あらぬ謀計《ぼうけい》をかまへし故にこそ、一子蘇《そ》生《せい》を得たり」

とその罪を悔《くやみ》て侘《わび》なしけるに、

「奇特《きとく》にも来てその罪を謝《しや》しけるよ」

と、却《かへつ》て称美《しやうび》に預り、面目《めんぼく》を施《ほどこ》し退出《たいしゆつ》しける。かの法師は大金を得て、古郷なればとて北国《ほつこく》に居《きよ》を移《うつ》して後《のち》、いかがなりけん知《し》らず。かの材木屋《ざいもくや》は繁昌《はんじやう》なして、その子孫類葉《しそんるいよう》、今に名を知《し》らるるとかたりつたへぬ。

この物語《ものがたり》、世《よ》にめづらかなる事とて、その頃近里遠国《きんりゑんごく》に聞《き》こへ、かたり伝《つた》へしとかや。さもありつらめ。その後五雁金《いつつかりがね》といへる竹本節《たけもとぶし》の浄瑠璃《じやうるり》本《ぼん》の内に、この事を趣向《しゆかう》せし文段《ぶんだん》あり。浪華《らうかの》

作者《さくしや》、この説《せつ》を翻案《ほんあん》せし事必《ひつ》せり。右《みぎ》りに記《しる》せしごとく、拍子《ひやうし》よく調《ととのひ》しは至りてまれなる事なるべし。その初《はじ》め、娘《むすめ》の婬乱《いんらん》なるが故、親《おや》の命《めい》をまたずして穴隙《けつげき》をきつて命を断たんとするの災《わざはひ》におよべり。かかる不義にて身を亡《ほろぼ》さんとせし事、己《おの》が作れる罪《つみ》とはいへども、双親類族《そうしんるいぞく》に嘆《なげき》をかけ、不孝たとゑんにものなし。僧《そう》もまたあやうき計略《けいりやく》をなし、顕《あらは》れざるは幸《さいわい》にしてまぬかれたるなり。正道《せうどう》にはあらず。千金を得んとの強欲《がうよく》に、その身を忘《わす》れてかかる謀計《ぼうけい》なせしは、薄氷《はくひやう》を踏《ふむ》よりもあやうき事ならずや。

閑栖劇話巻之四終

閑栖劇話巻之五

二流間主東随舎著

主害談話

いつの頃《ころ》にかありけん、東武《とうぶ》築地《つきじ》に薪《たきぎ》を売れるものあり。主《あるじ》は世を早《はや》うして、その妻鰥《つまやもめ》にて家内を納めける。ひとりの娘あり。行く末は婿《むこ》を迎《むかへ》て家業《かげう》を継《つが》しめんとたのしみける。この娘年頃にも至りしかば、商売《せうばい》の事支配をゆるせし吉兵衛《きちべゑ》といへるは心ざまよきもの故、養子となし娘に添《そは》せんと、類族《るいぞく》究《きは》めんとす。これより前《まへ》、庭働《にはばたらき》なす半七《はんしち》といへる者《もの》とこの娘密通《みつつう》なす事ありしが、その情《ぜう》いやましつつ、親《おや》のゆるせし縁《ゑん》を忌嫌《いみきらい》、

「ともに偕老《かいらう》の契《ちぎ》りを結《むす》ばんには、ここを去りてこそ」

と言ひかはし、終《つい》に半七もろとも手を引きて立《た》ち退《のき》けり。母《はは》がかなしみやるかたなく、尋求《たづねもとむ》るといへども、いづこにひそまり隠《かくれ》けん、知《し》れざりしかど、吉兵衛を養子《ようし》となしけるに、実母《じつぼ》につかふるごとく孝心を尽《つく》し、ほとりの輩《ともがら》、その信実《しんじつ》なるを称美《しやうび》なしける。

さても半七は、娘を連《つれ》て己《をの》が古郷《こきやう》鎌倉《かまくら》に走《はしり》、暫《しばらく》身を隠《かく》しけるといへども、田舎《でんしや》にて渡世《とせい》のたよりもあしく、かくては行末《ゆくすへ》困窮《こんきう》のもとひならんと、縁《ゑん》を求めて東都《とうと》麻布《あざぶ》に居《きよ》をうつし、かすかなる

商《あきない》して世わたりの辛苦《しんく》なるにも、日頃の願叶《ねがいかない》つつ、誰憚方《たれはばかるかた》もなく睦《むつま》しく語《かた》らうこそ、この上のたのしみやあると、己が行跡道《かうせきみち》に背《そむ》けるに心付かで悦びけるは、浮雲《ふうん》にひとしき身のうへなり。不義にして一旦《いったん》は遁《のが》るるといへども、終《つい》には天の責《せめ》をまぬかれざるはなし。半七夫婦《ふうふ》なす程の事損毛《そんもう》多く、半七長病に臥《ふし》てなす業《わざ》もなく、空《むな》しく光陰《くわういん》を送《をく》りけるにぞ、衣類諸色《いるいしょしき》金に換尽《かへつく》して、今は糧《かて》とぼしく、このままにては餓死《がし》におよばん事日あらずと心腑《しんぷ》を悩《なや》ましけるが、夫《をつと》が病快気《やまいくわいき》なせしかど、このうへ渡世《とせい》のたよりをうしなひけるまま、妻《つま》にむかつていへるやう、

「思ひよらざる災難《さいなん》ありてかく零落《れいらく》せしうへは、いかんともすべきやうなし。汝《なんじ》はいづ方《かた》へも奉公《ほうこう》に出《いで》よかし。我《われ》は古郷《こけう》に赴き、旧友《きういう》に嘆《なげき》て身を置《を》くの後、粉骨《ふんこつ》を尽くし、押《をし》つけ元手を得て立ち帰り、この地に後栄《こうゑい》をなさんまま、しばしの内の艱難《かんなん》なり。我《わが》よき便《たより》をまてよ」

とすすめしかば、その事に応《わう》じつつ、近辺《きんべん》の武家《ぶけ》へ奉公《ほうこう》に出でけるの後《のち》、夫《をつと》は約せしごとく古郷《こけう》へ立《た》ち戻《もど》れり。


かくして月日を送《をく》れる事三ヶ年に及びけるに、夫が方よりよきたよりあるやと待《まち》あかしけるといへども、音徒《をとづれ》もなく、仕馴《しなれ》ざるうき勤《つとめ》に苦《くる》しみける。されども今までは夫《をつと》が吉左右近《きつさうちか》きにあらんと、それを頼《たのみ》に勤め居しが、絶《たへ》て風のたよりもなく、いかがなりけん、その行方《ゆきがた》もしれざりしまま、後悔《こうくわい》なす事甚《はなはだ》しく、過《すぎ》にし身の科《とが》をかこちて、母なつかしく思ひける。半七と連《つれ》て家出《いへで》せるの後《のち》、半年程過ぎて母の方へ人だのみして、内証《ないしょ》にて通路《つうろ》なしけるに、その愛《あい》になづみ、母が方よりも

内々にて音徒《をとづれ》ける事ありとかや。今かかる身となりて、たのみ甲斐《がい》なき夫がふぜひ、つながぬ船《ふね》のここちして、たよる方なきかなしみの余《あま》り、母のもとへ人をもつて、この身の不行跡《ふかうせき》を詫《わび》つつ、夫《おつと》に捨《すて》られたる事を告《つげ》、

「勘気《かんき》をゆるし給へ」

など言《いい》つかはしけるに、流石《さすが》恩愛《おんあい》の情捨《ぜうすて》がたく、一類《いちるい》に談《だん》じけるに、

「若輩《じやくはい》のあやまちにて、今さら後悔《こうくわい》に及べる事不便《ふびん》なり。半七も行衛《ゆくへ》なく離別《りべつ》せしとの事ならば、何かは苦《くる》しかるべき。呼《よび》よせて吉兵衛にめあわせぬるこそ本意《ほい》なるべき」

と、その旨養子吉兵衛にも得心《とくしん》させせしの後、娘が勤居《つとめい》たりし方《かた》に至《いたり》て、いとまの事をねがひぬるに、主家《しうか》にて答《こたへ》ありしは、

「かの女事は、半七といへる夫《をつと》ありて、かれ請人《うけにん》として召抱《めしかかへ》しものなり。その当人《とうにん》も来《きたつ》て願《ねがは》ざるに、他の者《もの》のねがへばとて暇《いとま》つかはす道《みち》にあらず」

とて、承知の色《いろ》なかりしを押返《をしかへ》して願ひけるは、

「半七儀は行末《ゆくすゑ》なく、かれを捨置《すてを》きたり。宿《やど》なきものに候ふまま、この度《たび》実の親元《おやもと》へ引き取り候ふなり。この女が儀につき、重ねてむつかし。出で来候ふとも引受《ひきうけ》の証文《しるしぶみ》認《したため》差し置き候はんまま、願ひの通り仰せつけられよかし」

と達《たつ》てねがひけるにぞ、主人《しゆじん》もその旨に任《まかせ》られ、いとま出でけるより、よろこび大かたならず。捨《すて》

し家居《いへゐ》にたち戻《もど》りけるより間もなく、養子《やうし》吉兵衛と婚姻整《こんいんととのへ》けるに、いと睦《むつま》しく、今こそ親子同居《どうきよ》して、浮心《ぎやくしん》なく世を送《をく》りける。

さても半七は、妻《つま》に別《わか》れ古郷《こきやう》に至《いた》りぬれども、思ひはか行かずして、また他国《たこく》にさまよひ辛苦《しんく》せしが、運《うん》に叶《かな》ひ不時《ふじ》の徳分《とくぶん》を得たりしまま、これまで音《をと》づれざる妻床《ゆか》しく、別れし期《ご》の節儀《せつぎ》を守《まも》り、

「さこそ待《ま》ち久《ひさ》しかるらめ。今は身を立《た》つる綱《つな》を得《ゑ》たり。立《た》ち越《こへ》愀眉《しうび》を倶《とも》にひらかん」

と、不日に麻布《あざぶ》に至りつつ主家《しうか》をたづねけるに、かの女暇《いとま》出しぬるよしなり。半七聞《き》きて驚《おどろき》つつ、

「宿《やど》たる者に断《ことわり》なくいづ方へ渡し給ふや」

といぶかりけるに、最初《さいしよ》よりの事ども言ひ聞かせ、引受《ひきうけ》の証文など主人よりみせられしにぞ、親《おや》の許《もと》へ引き取りぬるとの事訳《ことわけ》、今さらすべきやうなく、その席を退《しりぞき》けるが、

「さるにても憎《にく》き女がふるまひかな。我詞《わがことば》を守《まも》らず心を変《へん》ぜし奇怪《きくわい》さよ」

と忿怒《ふんぬ》してやまず。親里《おやざと》の風情《ふぜひ》を聞き合はせぬるに、娘は親元《おやもと》へ立ち帰るの後、吉兵衛と連添《つれそひ》居るとの事慥《たしか》にしれしかば、無念骨髄《むねんこつずい》に通り、胸中《けうちう》裂《さ》くがごとく、覚悟《かくご》を究《きはめ》つつ支度《したく》なし、築地《つきじ》へ至れる頃は黄昏《たそがれ》なり。時分《じぶん》はよしと古木屋《ふるきや》の門《かど》を伺《うかが》ふに、養子吉兵衛帳箱《てうばこ》に向かひ勘定《かんでう》なし居けるを見《み》済《すま》して、氷《こほり》のごとき脇差《わきざし》ぬき放《はな》し、走込《はしりこむ》よりはやく、吉兵衛をただ一刀《いつとう》に討《うち》はなす。この有様《ありさま》をみるよりも、かたはらに居たる娘「あつ」と叫《さけん》で、二階《にかい》をさして逃登《にげのぼ》るを、遁《のが》しはせじと、続《つづい》て追昇《をいのぼ》らんとするを見て、老母《らうぼ》は身を捨て半七にすがりつきとどめけるを、ふり払《はらい》けるといへども、まと

ひっきて放《はな》るる気色《けしき》なかりけるを、かたへの麻縄《あさなは》取るよりはやく、手早《てばや》く搦め置《を》いて動《うごか》せず、そのまま二階《にかい》に走上《はしり》りけるに、娘は窓《まど》よりにげ出《いで》んとするを取りて引きよせ、散《さん》々に切殺《きりころし》ける。

初めよりの騒動《そうどう》、家僕《かぼく》東西に走《はしつ》て告げしかば、町中大きに混乱《こんらん》なし、得もの得ものを引《ひ》き提《さげ》つつ、二階下に集《あつま》りつつ、我からめんとひしめく最中《さいちう》、半七は身を遁《のがれ》んとや思ひけん、猛虎《もうこ》のいきほひにてはしごを駆け下る所を、待ちもふけたる者ども、棒追取《ぼうをつと》りて払《はらい》けるに、がばと倒《たをれ》けるを折重《をりかさな》り、そのまま搦取《からめとり》、公《をやけ》に訴《うつた》へけるにぞ、これより検使《けんし》来たり、殺害人相改《せつがいにんあひあらた》め、半七は獄《ごく》に下して後、白洲《しらす》に引き出し仰《をふ》せありしは、

「汝《なんじ》が罪軽《つみかろ》からず。主を害せし重科遁《じうくわのが》るべからず」

とありしに、半七答へけるやう、

「不義密通《ふぎみつつう》の両人を殺《ころ》し候。主には候はず」

と申す。その時申し渡されけるは、

「汝《なんじ》主人の娘を勾引《かどはかし》たる罪《つみ》あるのみならず、とりもどされたるを恨《うら》みて古主《こしう》の家に踏込《ふみこみ》、主人吉兵衛妻《つま》ともに害《がい》せしは主殺《しゆうごろし》にあらずや」

「左《さ》にて無きなり。もつとも主人の娘と密通《みつつう》なせしとは申しながら、これ相対《あいたい》の事にて、勾引《かどはか》せしにあらず。その後母方より内証通路《ないしようつうろ》いたす事度々なれば、親《をや》のゆるせし婿にて候。かつ母をからめ置き候ふ儀は、怪我《けが》あつては不孝の罪遁《のが》れざるを存じ、かばひて縄《なは》を懸《かけ》しにて候。不義の両人を討《うち》

候ふまでにて、主を害せしにてこれ無し」

と答へけるに、押返《をしかへ》し仰《をふ》せありしは、

「主人の姫と密通しさそひ出せし、これ汝《なんじ》が奸悪《かんあく》たとへがたし。その後母より通路《つうろ》いたすといふとも、これゆるせしといふにあらず。その慈愛《ぢあい》になづむ婦女《ふぢょ》の情《ぜう》よりおこりし事なり。すでに吉兵衛は養子《ようし》となり、業《げう》を継《つい》で町役を勤めり。表向一類近隣《をもてむきいちるいきんりん》、和談《わだん》もなき内は家来たる事必《ひっ》せり」

と明白《めいはく》なる裁許《さいきょ》ありといへども、初めの詞変《ことばへん》ずる色なく、争《あらそひ》けるまま獄《ごく》に下し置かれたる事三ヶ年に及びけるに、半七後はその理にふくし、主を害せしに紛《まぎれ》これ無き旨願《ねがい》出でけるにぞ、主殺の刑《けい》に行《をこな》いけるとかや。

この件は元《もと》娘が行跡《かうせき》よからざるに起《をこ》れり。親のゆるせし夫《をつと》を忌嫌《いみきらい》、淫奔《いんぽん》して操《みさほ》をやぶる。その上、連《つれ》のきし半七と終身約《しうしんやく》を守《まもつ》て節義《せつぎ》を正しくせば、せめてもの事なるべ

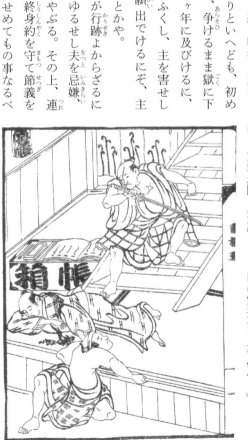

きに、半七方より音信《をとづれ》なきに至りて、家に帰《かへ》りて初めに嫌《きら》へる吉兵衛と夫婦になりしは、たとえん方なき淫婦《いんぷ》ならずや。恥《はぢ》を思へるものは傾城《けいせい》にすら稀《まれ》なり。かかる事、今とても無《なき》にしもあらず。

陰徳陽報

常陸国新治郡《にいはりこをり》大山村といへる所に伊《い》右《ゑ》衛門《もん》といふ農夫《のうふ》あり。かれ若年の頃より慈悲《ぢひ》ふかく、人に施《ほどこ》しあたふる事を好《このみ》、己《をのれ》さほどの分限《ぶんげん》にもあらで、渡世《とせい》に窮《きう》しぬる者《もの》ある時《とき》は、一衣《いちゑ》を恵食《めぐみしよく》をあたへてかれが苦難《くなん》をすくひ、村内に孤独《こどく》の輩《ともがら》ありて病《やめ》る時は、その作物《さくもつ》のすたらんを思ひ、隙《ひま》なき農業《のうげう》の間に田畑《たはた》を耕《たがやし》、人の為に身を忘《わす》れて実情《じつじやう》を尽《つく》しけるに、衣食《いしよく》の恩《をん》を受《うく》るもの、その恵みを忘却《ぼうきやく》し、しらざるごとくもてなす族《やからをを》多かりしに、懇意《こんい》なる輩《ともがら》、伊右衛門をいさめていへるは、

「足下《そか》人を恵み、実を尽くす事他《た》に越《こへ》ぬれども、その分限をしらで、困《こん》し窮《きう》する族のならはし、高《かう》恩《をん》を受けぬれども程経《ほどへ》ては知らざるがごとし。人によりて世話《せわ》やかれよかし」

と聞《き》こへけるに、伊右衛門答へけるは、

「我《われ》は人の難《なん》をすくふをこそ快《こころよし》とす」

とて、更《さら》に諫《いさめ》を用《もちい》ず。かかる心懸《がけ》ゆへに、その慈《じ》心近村《しんきんそん》に響《ひびき》、誰《たれ》しらざるものなく、仏《ほとけ》伊右衛門と異名《いめう》しけり。

頃は寛延《くわんゑん》年中十二月の事なりしが、伊右衛門は辺近《ほとりちか》き宗道《そうどう》といへる川岸《かし》へ俵物《ひやうもつ》を馬にて付け行《ゆき》て、黄昏《たそかれ》過ぐる頃、家路に帰《かへ》らんとする所に、雪ふりいだし寒風《かんぷう》はだへを通《とう》し、ものうき事いはん方《かた》なかりしに、馬の口にひきそひ降《ふ》りまさる雪《ゆき》を踏分《ふみわけ》立ち帰りけるに、かたへの畑際《はたぎは》に人の叫声《さけぶこへ》洋々《やう》として耳《みみ》に満《みち》けるにぞ、怪《あや》しき事に覚へ、足をとどめて立ち寄り、雪明《あかり》にすかしみるに、

執行者体《しゆぎやうじやてい》の者《もの》、深雪《しんせつ》に伏《ふし》まろびもだへ、苦風情《くるしひふぜひ》なりしまま、慈悲深《じひぶか》き伊右衛門声《こへ》を懸《かけ》、

「何《なに》とてかかる体《てい》なるぞ」

と尋《たづね》けるに、かの者《もの》答へぬるは、

「我《われ》は坂東《ばんどう》の観世音《くわんぜをん》に札《ふだ》うちめぐる一《いつ》所不住《しよふじう》の者《もの》なるが、この程より腹痛《ふくつう》なす事ありしが、宵《よひ》よりの雪《ゆき》に頻《しきり》にいたみ出し、今は一歩《いつぽ》も叶《かなひ》がたくこの所に臥《ふし》たり。薬《くすり》あらば恵《めぐみ》給はれ」

との答へに、伊右衛門早速《さつそく》貯《たくはへ》持《もち》し解《げど》毒丸《くぐわん》をあたへ、服さしめて後《のち》、哀《あはれ》なる事に思ひつつ、

「かくしてこの厳凍《げんとう》の雪中にあらば、病苦《びやうく》の上に寒気一身を通して命のほども心もとなし。我が家に今宵は明けよかし。連行《つれゆき》なん。幸《さいわひ》なるかな、荷付けざる馬を牽《ひき》来たれり。これにまたがり来るべし」

とて、倒臥《たをれふし》たるを抱乗《かかへのせ》けるに、かの者涙《ものなみだ》を流し、謝《しや》してやまず。程なく、

「我が宿《やど》に来たりける」

と戸口にて下馬させ、ともなひ入れて家内の輩《ともがら》にこのよしを語《かたり》、

「余《あま》り不便《ふびん》なる故介抱《かいほう》し来たれり。痛《いたみ》も快《こころよく》今宵《こよひ》はとどむる心なり」

とて、洗足《せんぞく》の湯《ゆ》をあたへつついたはりけるに、かの者その高恩《かうをん》を謝して、

「我《われ》はあさましき執行者《しゆぎやうじや》なり。座《ざ》席《せき》に居《を》らん事恐れあり。木《き》蔵《ぐら》になりと置《を》き給へ」

と辞《じ》しけるを、

「何条乞丐《なんでうこつがい》の徒《と》にはあらず。焚火《たきび》にあたり身をあたため、食事《しよくじ》にてもなせよ」

と懇意《こんい》にもてなし、再三辞《さいさんじ》する手を取《とり》て座につかしめ、手づから柴折《しばをり》くべて炉辺《ろへん》に居よりける。

家内の輩《ともがら》、火影《ほかげ》にかの者をみるに、いぶせきともいふばかりなき癩病《らいびやう》にて、面体《めんてい》のさま黒紫《こくし》に腫《はれ》ただれ、膿水《のうすい》したたり、手足《てあし》の指屈曲《ゆびくつきよく》して、半《なかば》は腐落《くされをち》たり。ここにて皆々唾吐《つばきはき》し面《をもて》を背《そむけ》、さらに見るものなし。かの男もわが形《かたち》のみにくき悪病《あくびやう》をかへりみて、頻《しきり》に席《せき》を退《しりぞか》んとなすを、伊右衛門ひたすらとどめ、暖食《だんしよく》をあたへて後、一間《ひとま》に臥《ふ》さしめける。老父《らうふ》伊右衛門にいへるやう、

「汝《なんじ》いかんとして、見るも穢《けが》らはしき黒癩《こくらい》を連《つれ》来て馳走《ちそう》なすや。そなたが生《せう》として、慈《ぢ》を思ふ事ふかし。これ悪《あ》しき事にはあらずといへども、その志《こころざし》の赴《おもむ》く所にまかせ、善悪《ぜんあく》の差別《しやべつ》なく恵施《めぐみほどこす》をのみ思ふが故、かれがごとき衆人の忌嫌《いみきらへ》る業病《がうびやう》の徒《と》を連れ来たり、懇意《こんい》を尽くすに至る。人並ならざるふるまひなり。夜明けば早々立《た》ち去《さら》せよ」

く、

と散々《さんざん》罵《ののしり》けるに、妻子《さいし》類族《るいぞく》老父が詞《ことば》についで口々になじりけるを、伊右衛門さらに腹立《はらた》つる色《いろ》な

「かれ好《この》て受けし病にもあらず。生質《せいしつ》の不幸なる故、かかる難病《なんびやう》を煩《わづらへ》り。誰《たれ》が身もこの末はしれず。癩病発《らいびやうはつ》せんもはかられざる事なり。初めよりそれとしらずして連来《つれきた》り、火影《ほかげ》にそのかたちを見たりとて忌《いみ》きらへる事道にあらず。なしがたきを恵《めぐみ》てこそ、慈悲《ぢひ》の至極《しごく》なるべし。よき善根《ぜんごん》をなしたり」

と快然《くわいぜん》たるに、家内あきれて答へる事あたはざりき。

さても伊右衛門はかの執行者《しゆぎやうじや》をその夜とどめ、夜明《よあけ》ば他《た》へ立《た》ち越《こへ》させんと思ふ所に、夜中より散々病悩《さんざんびやうのう》し、中々一歩も進《すすむ》べき風情《ふぜひ》にみへず。かくてはかなふべくもあらずと、家《いへ》の後《うしろ》に炭薪《すみたきぎ》入れ置く納屋《なや》ありしをしつらひつつ、これに臥《ふさ》しめ、医《い》を招《せう》じ薬《くすり》を乞《こひ》、手づから食を調味《てうみ》して介抱《かいほう》なす事、類族《るいぞく》を思ふがごとし。父を初め家内にては、

「いらざる事して穢《けがれ》あるかたひを引き入れ、今は出《いだす》べき道《みち》をうしなひける事よ」

と罵怒《ののしりいか》るといへども、つゆ耳《みみ》にも入れず、

「情《なさけ》は人の為《ため》ならず。など薄情《はくじやう》あらんや」

と、深く看病《かんびやう》なしたりける。病臥《やみふし》たる男《をとこ》は初めより双眼《そうがん》に涙《なみだ》をうかめ、その厚恩《かうをん》を謝《しや》して実意《じつい》を感《かん》じけるが、次第に病苦いやまさり、今は露命旦夕《たんせき》にせまりぬる折から、伊右衛門に向《むか》ひつつ、

「前世《ぜんせ》いかなる深因縁《ふかきいんゑん》にや。今かく君《きみ》の高恩《かうをん》に預る事、誠にふしぎの至りなり。それにつき、この身の上を明かして亡跡《なきあと》を頼み申さん」

とて語《かた》けるは、

「某《それがし》もとは東都《とうど》の産《さん》にして、深川《ふかがわ》といへる所に酒商売を渡世し、僕多召《ぼくををくめ》し抱《かか》へつつ、年頃《としごろ》の悴《せがれ》ありて娵《よめ》をとり、衣食住《いしよくじう》にとぼしからず、辺《ほとり》にてもうらやまれたりし身の、いかなる宿世《しゆくせ》の業因《がういん》にやよりけん、ふとかかる悪病《あくびやう》を煩《わづら》ひつきけるにぞ、心のおよぶ限《かぎ》り療《りやう》するといへども、治する道を断《たつ》て日々悪相《あくそう》をあらはし、眉毛落《びもうをち》て満面腐穢《まんめんふゑ》す。かくては世の交《まじはり》もならじ。悴が面伏《おもてぶせ》ならんよりは、捨身《しやしん》の境界《けうがい》となりて他国《たこく》に至《いた》らん。死後にそのたよりを待《ま》てよと、ひたすらとどむる袖《そで》をはらつて、七ヶ年已前《いぜん》宿所を出で、国々をさまよひ侍る所、はからずもこの地にて死せん事必《ひつ》せり。これまでの御恩報《ごをんほうず》る所をしらず。某《それがし》死したる後は、このよし悴方へ密《ひそか》に告《つげ》たまひて、末永《すへながく》懇意《こんい》をなして給はるべし」

とて、綴《つづれ》の袂《たもと》より一封《いつぷう》の金《こがね》を取り出し、

「密かに貯持《たくはへもち》し五拾金、これにて石碑《せきひ》を七々の法事料《ほうじりやう》になしくれたまへ」

と渡しつつ、また金五拾片《へん》を出し、

「この金にては、かかる穢《けがれ》たる尸取置《かばねとりを》きにも人を雇《やとひ》給はれかし。その価《あたい》なり」

また三拾金を出して、

「これは君の家内世話《せわ》なしたまふ方へ施《ほどこ》し給はれかし」

とて、この程認《したため》置きたる悴へ自筆《じひつ》の遺状《ゆいでう》を差し出し、

「これは貴君の高恩忘《かうおんわす》るべからざるの条々を記《しる》し置きぬ。亡跡悴《なきあと》へ届《とどけ》給はれ」

と細々遺言《こまごまゆいごん》なし、終《つひ》に息絶えぬ。伊右衛門もかれが素生《すでう》を聞きて、いと不便《ふびん》にて、菩提所《ぼだいしよ》へ事の由を述べて葬《はうむ》りつつ、追善美を尽くし、莫大《ばくだい》の法事をなし、石碑《せきひ》まで叮嚀《ていねい》に建《たて》けるの後、残れる金《こがね》を伊右衛門は懐《ふところ》にして、東武深川に至り尋《たづね》けるに、棟高富家《むねたかきふか》にてありしまま、

「我《われ》は常陸より来たれり」

とて、かの執行者《しゆぎやうじや》が残し置きし一封を差し出しけるに、暫《しばらく》して主《あるじ》立ち出で、

「よくこそ尋《たづ》ね来たり給ふものかな。こなたへ通り給へ」

と僕《ぼく》に命《めい》じて懇意を尽くし一間に招《せう》じ、馳走《ちそう》いふばかりなかりし。

夜に入りて密《ひそか》に主夫婦《あるじふうふ》立ち出でつつ、伊右衛門に対面《たいめん》し、涙を流して亡夫が情《なさけ》に預りぬるを謝《しや》して後、

「尚《なを》この末《すへ》は親類《しんるい》の因《ちなみ》をなさん。よろこばしや」

とて懇命《こんめい》を述《のべ》たりしに、伊右衛門もはからざる縁《えん》にてかく厚礼《かうれい》に預り、却《かへつ》て迷惑《めいわく》の由《よし》を述べて、

「仏事作善《さぜん》、石碑《せきひ》まで調《ととのへ》たる残《のこ》りの金《こがね》これなり」

と、一包の金子取り出し戻《もどし》けるに、主《あるじ》これを受《うけ》ず、亡夫が志《こころざし》なればと辞《じ》するを伊右衛門押返《をし》して、

かな」

「徳分《とくぶん》を得んとての世話ならば、などこの所まで持来《もち》たる事やある。もつたいなき事のたもふもの

と、さらに受けざるまま、いとどその実意《じつい》を感《かん》じ、

「さらば金子は預り置き申すべし」

とて、ねんごろにもてなしける。伊右衛門この所にとどまる事暫《しばらく》なりし。逗留中《とうりうちう》様々饗《けう》じ慰《なぐさめ》ける

の後、いとまを乞《こい》て立《た》ち別《わかれ》んとせし所、主《あるじ》礼を述《のべ》、そくばくの金子を差し出し、その高恩《かうをん》を謝《しや》さん

とするに、伊右衛門腹《はら》あしき風情《ふぜひ》していへるは、

「先にも申すごとく、徳《とく》を得んとてなしたる事にあらず。今この金を我等《われら》にあたへ給ふは、その実《じつ》

情《ぜう》を破《やぶ》れよとの事にや。我において不足なし。路用《ろよう》の備《そなへ》もあり。気《き》づかい給ふまじ」

と、決《けつし》て受《うく》る色なきまま、

「左《さ》あらば送《をく》りの人を添《そへ》ん」

といへるに、伊右衛門よろこびずして、

「我田舎《でんしや》に人《ひと》となり、分限《ぶんげん》またまづし。いつとても壱人にて往来《をうらい》す」

と辞退《じたい》しつつ、この程の礼を謝《しや》して古郷《こけう》に帰りぬ。

それより三ヶ月を経て、深川の何某《なにがし》はなやかによそほひ、伊右衛門方にたづね来《きた》る。家内近隣《きんりん》

へも莫大《ばくだい》の土産《とさん》を送《をく》りて、

「亡父が廟参《びやうさん》なさんため来たれり」

とて、また善美《ぜんび》を尽《つく》しぬる法事を営《いとなみ》つつ、逗留《とうりう》なす事一月ばかり。その内に村長《むらをさ》に対面《たいめん》し、伊右衛門が実意《じつい》を語《かた》り、その報《むく》はん所をしらずとて、近在《きんざい》に手わけして田畑《でんはた》の地面調ふる事三町余《よ》にして、皆買主《みなかいぬし》は伊右衛門と記《しるし》ての後、伊右衛門に向かひ、

「我《われ》いかに思ふとも亡父《ばうふ》の墓所《はかしよ》へ香花《かうげ》を手向《たむけ》ん事、遠路《ゑんろ》心にまかせがたし。これによつて今調ふる田《た》畑《はた》の作徳《さくとく》をもつて、永く菩《ぼ》提《だい》を弔《とむらい》たし。このうへの儀、ひとへに頼み入るのよし、その法事料《ほうじりやう》の余《あま》れるは足下《そつか》の蔵入《くらいり》として、永代墓所《はかしよ》の修覆《しゆふく》に備《そな》へたし」

と頼《たのみ》けるに、伊右衛門しきりに辞《じ》するといへども、村長《むらをさ》ら進《すすめ》けるにぞ、漸《ようよう》その望みに応《をう》じぬるの後、

「かく田畑増《ぶ》へし上は、家内無人にてはいかがなり。奴《ぬ》僕農馬《ぼくのうば》の備《そなへ》もあらでは」

と、その給金も年々送《をく》らんとて、東武に帰れるの後は、年々莫群《ばつくん》の金《こがね》を恵《めぐみ》けるが、伊右衛門が陰徳《いんとく》空《むな》しからず、次第に家富栄《いへとみさかへ》、今は大山村にてほとりに名高き富家《ふか》となれり。これ人の為《ため》にはかつて忠《まめ》なりし恵《めぐみ》、天これを捨《すて》ずして家をおこしけるなり。遠き物語《ものがたり》にあらざるよし、かたりつたへぬ。

　人は実情《じつでう》を道《みち》とせり。万《よろづ》の事、実《まこと》なき時《とき》は調《ととのひ》がたし。この農夫《のうふ》、志《こころざし》は聖賢《せいけん》にもおとらず。身を忘《わす》れて人を恵《めぐむ》が故にこそ、はからざる幸《さいわい》によつて家を起《をこ》せり。後人これを鑑《かがみ》として、邪《よこしま》を捨て、正道をのみ心に懸《かく》べき事にこそ。よつて巻《まき》のしりへに記して、正道《しやうどう》の貫通《くわんつう》せる意《い》を述《の》ぶる事しかり。

閑栖劇話巻之五大尾

跋

朱楽菅江誌

八珍味《はつちんあぢはひ》をかさぬといへども、味のみをあまんずるにしあらず。調理《てうり》の精粗《せいそ》と器物《きぶつ》の貴賤《きせん》とによるなるべし。いでや人間噺《にんげんはなし》食《くは》ふの癖《くせ》ありて、唯《ただ》めづらしきをもてこのめるならん。さればこはがるくせとして、化物噺《ばけものばなし》を聞きたがるも、まことに世上のならひといふべし。今東随舎が閑栖劇話を閲《けみ》するに、はなしの様《やう》な噺にして、前代未聞《ぜんだいみもん》の噺のたねとせんのみ。

天明三癸卯歳孟春

東都書肆

神田岩井町
川村喜右衛門

神田富山町
中邑善二

板

四方義草《よもぎぐさ》

木越　俊介＝校訂

洛其窻子著

古今
奇談
四《よ》方《も》義《ぎ》草《ぐさ》
全部
五冊

浪華書林
泰文堂
秀月堂
通章堂

奇談《きだん》四方《よも》義草《ぎぐさ》序

四方義草《よもぎぐさ》とは何《なん》ぞや。蓋《おもふに》、麻《あさ》に傍《つれ》て直《なをき》に至《いたる》の意《こころばせ》を取也《とるならし》。何某《なにがし》の主《ぬし》、寂々蓬生《しづかなるよもぎふ》の宿《やど》の軒端《のきば》の古《ふるき》より、所見且聞《みもしききもし》たることぐさの可称《おかしき》を、隻糸《かたいと》のよりよりに篇《かい》集《あつめ》てぞ、独楽《ひとりたのしみ》且《かつ》もて己《おの》が放心《こころ》の求《かき》とは為矣《なしぬ》。

それ、花月雪《はなつきゆき》の興《ながめ》だに、直《なお》き道《かた》に本《もと》づき而《つつ》その事《わざ》の宜《よろしき》に所則《とらば》、何師《いづれおしえ》に不成乎《ならざらんや》。然《され》ばこの書《ふみ》を徒《このまま》にせんは本意《ほゐ》なく、将美玉《はたたから》を蔵《かくす》の譏《そしり》もあなれば、「世《よ》に公《おほやけ》にしてん」と友朋《ともどち》の勧切《すすめせち》なりしかば、今般《こたみ》桜木《さくらぎ》に鏤《ちりばむ》ことには成矣《なりけらし》。さてぞ、余《やつがれ》に「序《はしがき》せよ」と有《ある》に、他《ひと》に欲見《みせばや》のすすめを悦《よろこ》び、拙《つたな》き筆《ふんで》も伊奈《いな》美野《みの》の不辞《いなみもやらず》。南古曽《なこそ》の関《せき》の名《な》こそ慕《ゆか》しき何某《なにがし》の主《ぬし》は、洛《みやこ》の其処《そこ》に住《すめ》るなる前田《まゑだ》其窓子《きそうし》てふ雅士《ひと》なり。

寛政五癸丑初春浪華一夫柏村文行誌

四方義草目録

首巻

二之巻

三之巻

四之巻

五之巻

一　甘利《あまり》左衛門信義《しんぎ》を全《まつと》ふする話

一　原隼人《はらはいと》塩尻《しほじり》に打手を争《あらそ》ふ話

大尾

四方義草巻之一

由比氏《ゆゐうじ》、黄門為香卿《こうもんためかけう》を押話《おすはなし》

敷嶋《しきしま》の道《みち》は我《わが》日の本の政《まつりごと》のひとつにて、その国風《こくふう》を覧《み》給ふにてその奥《おく》に秀《ひゐづ》る歌人《うたひと》挙《あげ》て員《かぞ》ふべくもあらず。古今《こきん》の伝は安邦貞国《あんほうていこく》の模矩《すみかね》なるよし。

その事は暫《しばら》く差置《さしお》き、ここに頼成《よりなり》卿の門なる世尊寺《せそんじ》黄門為香《こうもんためか》卿は和漢《わかん》の博識《はくしき》なるうへ、ことに書《しよ》をよくし給ふ。今にその流《なが》れを汲《くむ》もの世尊寺様《やう》ともてはやす。かかりければ君にも厚《あつ》く寵偶《ちやうぐう》ありて、左大将の務《こと》を兼行《かねおこな》ひ給ふ。歌道《かどう》に長《ちやう》ずる人の詞《ことば》に、「この黄門の詠歌《ゑいか》を集に省《はぶ》かれしかば深き秘授《ひじゆ》の有事《あること》」とぞ。

その頃《ころ》木曽《きそ》冠者《くわんじや》義仲《よしなか》信濃《しなの》より起《おこ》り、平氏《へいけ》を西海に瓢《ただよは》し、更《かわ》りて都に留《とどま》り、将軍《しやうぐん》と号《がう》し禁裏《きんり》を守護《しゆご》しけるが、万《よろず》につけて荒《あら》々しき沙汰《さた》多《おお》かりき。かくては兵乱《ひやうらん》遠《とを》かるまじと黄門異《こと》に歎《なげ》き在《まし》せど、長《なが》袖《そで》の力武《ちからぶ》門《もん》を叩《たた》くことあたはず。空《むな》しく労《ろう》して日を送《おく》り給ふ。

一年《ひととせ》、筑紫《つくし》の太宰《だざい》家より、白鷹《しらたか》の勝《すぐれ》て勢《いきほ》ひ逞《たけ》く心真《するど》なるを大内《おおうち》へ奉《たてまつ》りける。天機《てんき》麗《うるわ》しく、清涼殿《せいりやうでん》の御階《みはし》の下《もと》に居《すへ》させ給ひ、諸卿《しよけう》に見せたもふ。各《おのおの》取々《とりどり》称美《しやうび》して、「觜《はし》の艶《つや》の麗《うるは》し」、あるは「斑《ふ》の鮮《あざやか》なる」「いや、眼《め》の配《くばり》の逞《たくまし》」なんど賛《さん》する折節《おりふし》、滝口《たきぐち》の寮《りやう》に樋口《ひぐち》次郎《じろう》兼光《かねみつ》侍してまかるを庭上《ていじやう》に

召寄《めしよせ》て、

「如何《いか》にや樋口《ひぐち》。筑紫《つくし》より奉《たてまつ》りし鷹《たか》、足下《そこ》は何と見るぞ」とある。樋口は北国に育《そだち》て武には飽《あく》まで猛《たけ》けれど、不骨《ぶこつ》にて不弁武士《むくつけきもののふ》なるを、若《わか》き殿上人《てんじやうびと》取巻《とりまき》して、「いかにやいかにや」と異口同音《いこうどうおん》に問詰《とひつめ》られ、口途迷《どまくれ》、

「天晴御鷹《あつぱれおんたか》や。わきて尾筒《おづつ》の見事に候」

と申す。殿上人等《てんじやうのひとびと》聞きて、

「馬《むま》ならばさもこそ。鷹に尾筒の見事とは珍《めづ》らし」

と眼《め》引袖《ひきそで》引きて笑《わら》ひ給ふ。樋口は満面《おもて》に恥《はじ》を含《ふくみ》、伏向《うつむき》ぬ。

為香《ためか》卿《けふ》座《ざ》にありて、

「さても樋口は武一辺《ぶいつぺん》の武者《もののふ》とこそ聞きしに、敷嶋《しきしま》にもこころ寄《よせ》けるか。古《ふる》き歌《うた》に「觜鷹《はしたか》の尾筒《おづつ》の上《うへ》におく露《つゆ》はあらゆる鳥《とり》の涙《なみだ》なりけり」の心もて称美《ほめ》たりしを、旁《かたがた》思ひ出《いで》給わぬぞ麁忽《そこつ》に候へ」

とある。諸卿口含《くぐみ》て扣《ひか》ゆ。樋口はこれに面目施《めんぼくほどこ》して退出《たいしゆつ》しける。

跡《あと》にて各《おのおの》、為香卿に、

「觜鷹の歌は読人《よみびと》は誰《たれ》にて何の書《しよ》に侍るや。見当り候わず」

とありけるに、卿それは返答《いらへ》なくて、

「樋口は不弁荒夷《むくつけきあらゑびす》なれど、今にも君の御大事有らんには真先懸《まつさきかけ》て朝敵防《てうてきふせ》ぐ武士なり。恥辱《はじ》を与《あたへ》て益《ゑき》

なく害《がい》有るに候ふぞ。和歌の徳は猛きもののふの心も和《やは》らげ、見ぬ鬼神をも感《かんぜ》しむるとはこれらの事に候はめ」

と仰せけるにぞ、「さてはこの卿の頓作《とんさく》なり」と各推《おのおのすい》しけるが、果《はた》して樋口この話《ことば》を意恨に思ひ、それよりは義仲の狼藉を露諫《つゆいさ》めず、結句《けつく》倶《とも》に荒《あら》々、先に笑ひし公卿達《くげうたち》を毒手《つらく》当りける。

ある日菊亭大臣殿《おとどどの》の館《やかた》に諸卿集り四方山の雅談ありし序《ついで》、大臣殿為香卿に向ひ、

「調菜《ちようさい》の具《ぐ》に豆腐《とふふ》てふものあり。その製《せい》いつの頃《ころ》より初《はじ》むるや。今は君にもきこし召す。豆腐は「豆腐《まめくさる》」と書字《かくじ》義《ぎ》忌《いまは》しき。貴卿《きけふ》は博覧《はくらん》なり。何《なに》と心得給ふ」

とあり。

黄門取りあへず、

「されば、豆腐は唐土《もろこし》より製を伝へしものか。統《すべ》てかの国《くに》は我秋津洲《わがあきつす》と更《かは》り、米《よね》の苗《なへ》は至つて稀《まれ》に、麦粟《むぎあは》の類《たぐひ》を常食とするにや。顔回《がんくわい》の賢《けん》すら「炊《かしぐ》に芥《ちり》を置《お》けば清《きよ》からず、捨《すつ》れば惜《おし》むべし」と言《いい》し。さ

るがゆへに豆《まめ》の腐《くされ》たるも捨《すて》ずして製《せい》するか。その余風《よふう》なれば豆腐《とふふ》にはあらで「唐《とを》風《ふう》」なり。さればにや、絞《しぼ》りたる糟《かす》を「空《から》」と号《なづけ》候」と仰《おお》せける。満座《まんざ》腹《はら》を抱《かかへ》てその即弁《そくち》をかんじける。

この卿は幼《いとけなき》より妙に琵琶《びわ》の曲《きよく》を得給ふ。また同じ頃、院の北面に由比《ゆい》雅楽介《うたのすけ》とて双《ならび》なき琵琶の達人《たつじん》ありけり。

為香卿友なる公卿に、「雅楽介とおのれ何《いづ》れか勝《まさ》り候」と尋ね給ふに、皆々、「貴卿《きけふ》こそ遥過《はるかすぐ》れさせ給ふ」とある。

また北の方に尋ね給へば、「御殿の如《ごと》くは天が下にまたとあらじ。由比なんど及ぶ事かは」と答へ給ひける。

また近臣小《きんしんこ》姓《せう》等に「いかに」と問ひ給へば、「由比が琵琶、君《きみ》と競《くらぶる》ならば蛍火《ほたるび》と篝火《かがりび》のごとし。雅楽介、俤《おも》かげでも異《こと》に双《なら》ぶ事は難《かた》し」と言《いふ》。卿《けふ》も「さうよ」と自負《じまん》し給ふ余《あま》りに、由比を召《め》して一曲《いつきよく》を好《この》み給ふ。

雅楽介畏《かしこま》り、頓《やが》て名妃《めいひ》の曲を弾《だん》じける。音律絶妙《おんりつぜつみやう》に至り、一乙調龍《いちこつてうりやう》の吟《ぎん》ずるかと糸《し》中風声《ちうふうせい》出す。散然《さんぜん》と滴《したた》るごとく軒《のき》の瓦《かわら》は我《われ》しらず落《おち》、鴨居《かもい》の芥《ちり》は自《おのづから》飛揚《とびあ》がり、神仙も天降《あまくだり》、龍王《りうをう》も出現《じゆつげん》するやと、心意《しんゐ》に透《とほ》る。為香卿 自《みづから》及ばざる事を初めて悟《さとり》給ふ。

翌日《よくじつ》参内し、天顔《てんがん》に近づき、頓首《とんしゆ》して、

「臣 幼《しんいとけなき》より琵琶《びわ》を嗜《たしみ》候が、しかじかの事侍る。狎客《こうかく》の臣を讃《ほむ》るは佞《おもね》るなり。妻《つま》の褒《ほむ》るは愛《あい》するなり。家僕《かぼく》の讃《ほむ》るは恐《おそ》るるなり。陛下今《へいかいま》四海《かい》の御主《あるじ》として佞《おもね》らざるものもなく、愛せざる人もなく、また恐れざる輩《ともがら》もなし。もし一点の御誤《あやま》りあらば、臣が琵琶の誤《あやま》りとは同《おなじ》からず候」

と諫め給ひける。

龍顔殊《りやうがんこと》に麗《うるは》しく渡御《とぎよ》し給ひ、

「卿が金言《きんげん》、万代聖君《せいくん》たるの教道《けふどう》なり」

と黄門を転《てん》じ大納言に昇《のぼ》り給ふ。

かくばかり御覚《おぼへ》も厚《あつ》かりけれど、権門名利《けんもんみやうり》を忌《いみ》、よろづ慎《つつしみ》深《ふか》く一生を遂《とげ》給ふより、識人《しるひと》も稀《まれ》なりき。

四方義草巻之一終

四方義草巻之二

林《はやし》氏の室《しつ》、義《ぎ》を厲《とく》話

婦の言《こと》たりとも取るべき事あるをや。

元弘《げんかう》も過ぎて四海の政《まつ》り事《ごと》ふたたび官家《くはんけ》の手に帰する頃、都《みやこ》に林伴世《はやしともよ》となんいふ士あり。忍術《にんじゆつ》に妙を得たり。嘗《かつ》て伝を常陸坊《ひたちばう》にうけたりと。不思議のことども多かりき。

常《つね》に人に対《たい》して、

「忍術は虚をさぐり、実《じつ》をさげるより外なし。夜陰灯《やいんともし》の下に剣《けん》を置き安臥《あんぐは》するは、危《あや》ふきの甚《はなは》し。外より忍《しの》ぶ者は、内あかるくて伺《うかが》ふに便あり。内に守《まも》る者は、外闇《くら》くして見る事かたし。建具《たてぐ》、壁《かべ》なんど楯《たて》に築《つき》て片隅《かたすみ》に坐臥《ざぐは》するも同じ。進退《しんたい》所なく、期《ご》に臨《のぞ》んで不覚《ふかく》をとる事あり。心得べき事にこそ」と語る。

深《ふか》く心をゆだねしときこゆ友に、舟田左衛門佐光国《ふなたさえもんのすけみつくに》とて、新田流《にったりう》の兵学者《へうがくしや》あり。ふとかたりて、

「足下《そこ》の術《じゆつ》、名《めう》を聞きて妙を見ず。ねがわくば我が茅屋《ばうをく》へ忍び給はんや」

と進《すす》めて止《やま》ず。伴世諾《だく》す。

「左あらば賭《かけもの》につかふまつらん。今宵《こよひ》、己《をのれ》が居間に一振《ひとふり》の剣を置かん。足下《そこ》忍び入りて取り給はば、

おのれ守《まも》らざる過怠《くはたい》とし奉らん。取り得給はずんば、弓一張《いつてう》に征矢《そや》添へて給はらん」と定む。

舟田《ふなた》は家に帰り、門戸《もんこ》きびしく閉《とぢ》、一口の剣を錦《にしき》の袋《ふくろ》に裹《つつみ》、卓《たく》の上に飾《かざり》、闇夜《あんや》に敵を看隠松明《みるかくれたいまつ》を八方に焼《たき》、四方に捨鳴子《なるこ》をかけ、己《をのれ》は几《つくへ》により添ひ、円居《まるい》して待つ。

四更の頃鳴子響《ひび》き、心裡《しんり》に覚ゆれば、「すはや」と火影《ひかげ》を隠《かく》す。松明振《たいまつふり》上げて写《うつ》せば、衣を被《かず》きて静《しづか》にあゆみ来る者あり。一驚させんと傍《そば》に置きたる竹の鞭《むち》取り揚ぐれば、影を添へて潜《くぐ》る。右を撃《うて》ば左に転じ、左を突《つけ》ば右にあり。舟田心にくく、拳《こぶし》をかためてはたと打つに、あやまたず音に応《おう》じて倒《たを》る。よくよく見れば、浴衣《ゆかた》かづきたる藁人形《わらにんぎやう》なり。「さもこそあらめ。他人は放心《くらま》すともおのれにおいてをや」と独《ひと》り言《ごと》して鶏鳴《しののめ》に及ぶ。

門を叩《たた》く者あり。誰ぞと見れば林伴世《はやしともよ》なり。

「昨夜宝剣《ほうけん》給わりし一礼にまかる」

と言《いふ》。光国呵々《みつくにかか》大笑《たいせう》して、

「たわむれな言《いひ》そ。昨烏《さくう》、たそかれより

待てども忍び給はず。君が虎術《こじゆつ》もおのれが龍威《りやうい》におよばず。賭《かけもの》は一時の興《けう》なり。我満勇《われまんゆう》に誇《ほこ》るのみ」

伴世《ともよ》は、

「実に宝剣《ほうけん》は昨夜《さくや》給ふたり。これ見給へ」

と、たづさへ来たる袋《ふくろ》より取《とり》出すは、紛《まが》ふかたなき光国《みつくに》が宵《よひ》に飾《かざり》し重代《ちうだい》なり。「こはいぶかし」と刀掛《かたなかけ》に置《を》きたる袋《ふくろ》取り出しひらけば、常《つね》に見馴《みなれ》たる伴世《ともよ》の差添《さしぞへ》なり。光国天《みつくにてん》を仰いで驚《をどろ》き恐《をそ》れ、「君《きみ》が奇術行ひ給はば、おのれが頭《かしら》もおのれ知らず取替《とりかへ》られんもの」と舌巻《したまき》して伏《ふく》し、いよいよ厚《あつ》く交《まじ》り道を学ぶ。

ここに楠家の忍司《しのびつかさ》に板持《いたもち》の逸風《はやかぜ》なる者、伴世《ともよ》をあざみて、「かの人何条我《ひとなんじやうわれ》に及ばん。まづ試《こころみ》ん」と思ひ、一夜《あるよ》、林《はやし》が宅《たく》へしのびいつて寝所《しんじよ》を見れば、座敷《ざしき》の隅《すみ》に一盞《いつさん》の灯火《ともしび》照《てら》し、中央《ちうをふ》に紙帖《してふ》釣《つり》て臥《ふす》。

逸風《はやかぜ》指《ゆび》を繰《くつ》て伺《うかが》へども音《をと》なし。抜足《ぬきあし》して傍《かたへ》なる具足櫃《ぐそくびつ》に手を掛《かく》れば、紙帖《してふ》の内より居ながら横《よこ》に払《はろ》ふ尖先稲妻《きつさきいなづま》のごとく、板持は太刀影《たちかげ》を見て遥《はるか》に飛退《とびのけ》ば、刀を内へ引きて紙帖の内聊《いささ》か音《おと》も香《か》もなく、無人境《むにんきやう》のごとし。板持再び身振《みぶるひ》し、この人の忍術、梯《はし》かけても及ばず、恐れおののき、終《つひ》に林が門に入りて学ぶ。

光国と倶《とも》に厲《はげ》んでやや奥《おう》に至り、なを極秘《ごくひ》の赦《ゆるし》を乞《こ》ふ。伴世《ともよ》両端に迷《まよ》ふて決《けつ》せず。妻《つま》の孝《こう》女なる者あやしみて問ふに、伴世《ともよ》言ふ、

「されば光国・逸風《はやかぜ》なる両士、伝授《でんじゆ》を乞ふて厲《はげ》むに甲乙《かうおつ》なし。光国は思慮才智《しりよさいち》世に秀《ひいで》たれども忍道《にんどう》に疎《うと》し。伝《つたへ》て益《あき》なきのみにあらず、返つて身を誤《あやま》つ。逸風《はやかぜ》は眼光《がんくわう》に神気《しんき》ありて、天性忍《てんせいしのび》の才《さい》あり。これに伝へんと思《おも》へども、朋友《ほうゆう》の情《じやう》やぶらんかと恐れ、ここに迷《まよ》ふ」

妻《つま》の言ふ、

「交《まじはり》は人の信、忍術は一芥《いつかい》の遊芸《ゆうげい》なり。我が夫思ひ給へ」

伴世《ともよ》、掌《たなごころ》を拍《うつ》て、

「賢妻《けんちよ》なからば、ほとんど信義《しんぎ》を失《うしなは》んものを」

と歓《よろこ》び、光国・板持を招《まね》きよせ、

「両公子とおのれ交はりてより一点の不信《ふしん》なし。忍道の法則《はうそく》に一士《いつし》伝授《でんじゆ》の誓《ちかひ》あり。今舟田公に伝《つたゆ》るとも、板持君に譲《ゆづ》るとも、もしおのれを疑《うたが》ひ給はば信友《しんゆう》の交《まじは》りこれより破《やぶ》れん。これを思ふに忍術

惜《おし》むに足《た》らず」

と奥義《ををぎ》の伝書取出《でんしよとりいだ》して火中《くわちう》へ投込《なげこみ》ぬ。おのれ再《ふたた》び忍術行ふまじと天に誓《ちか》ふ。

舟田・板持も、義を金鉄《きんてつ》に比《ひ》して希代《きたひ》の術《じゆつ》を捨《すて》たるを感《かん》じ、矢《や》を折《おつ》て生死《しやうじ》を倶《とも》にせんと交はる。

それ桃園《とうゑん》に義を結《むす》んだる三傑《さんけつ》に恥《はじ》ざるか。伴世の妻の賢なるは孟母《もうぼ》におさおさ劣《をと》らぬものか。

不破万作艶情《ふわまんさくゑんじやう》之話

翰雲孟龍《かんうんもうりやう》の誓《ちか》ひは、俗《ぞく》にいふ、本邦空海上人《ほんぼうくうかい》より起《おこ》ると。衆道《しゆどう》の事を暗《あん》に大師《だいし》に予《あづけ》るもおかし。

真柴関白久継公《ましばくわんぱくひさつぎこう》の愛臣不破万作《ふわまんさく》は、容顔艶麗《やうがんゑんれい》またと双《なら》ぶ者なく、見る人心地まどわぬはなかりき。

殿下桃山《ももやま》の居館《きよくわん》より内裏《だいり》へ参内《さんだい》の度毎《たびごと》に不破供奉《ふわぐぶ》しけるが、ある頃《ころ》よりその様《さま》いやしからぬ武士《ぶし》、威義《いぎ》かい繕《つくろ》ひ、深草《ふかくさ》の陌《ちまた》に出、不破《ふわ》の馬前《ばぜん》に様子《やうす》あらん体《てい》にて式礼《しきれい》する事度《どど》ありき。

万作《まんさく》こころにいぶかり思ひ、腹臣《ふくしん》の良等間嶋権之作《ろうどうまじまごんのさく》を招《まね》き、

「さても心得ぬ事かな。さりし頃よりしかじかの話《こと》あり。いか様由縁《ゆへん》あると覚《おぼ》ゆるぞ。汝《なんじ》心得て、件《くだん》の人を再三に見て参《ねんごろ》れ」

とありしかば畏《かしこま》りて、重《かさね》て上洛《じやうらく》の時、権之作《ごんのさく》かの武士に眼《め》を付《つけ》て、帰《かへ》る道を見へ隠《がく》れにしたひ行程《ゆくほど》に、深草《ふかくさ》の奥《をく》なる山《やま》の端《は》にいぶせく草結《くさむす》んだる家《いへ》に入りぬ。

跡《あと》より案内《あなひ》して密《ひそか》に対談《たいだん》しければ、かの侍《さむらひ》、「思ひよらぬ事《こと》よ」とさらぬ体《てい》に会尺《ゑしやく》しけれど、強《しひ》て問《とひ》しかば、

「実《げに》もさある事の侍る」と泪《なみだ》を袖《そで》にたたへながら、

「この上何をかつつみ奉らん。おのれは西国立花家《たちばなけ》に仕《つかまつ》る尾《お》形何某《かたなにがし》と申す者なるが、去年私用《しやう》にて洛陽《みやこ》へまかりし事侍る砌《みぎ》り、殿下の行啓《ぎやうけい》を拝見《はいけん》せしに、はからずそれの殿《との》を見初め奉りてより暫《つか》の間も忘れがたく、昼は人と言語《かたる》もうるさく、夜は夢に見ぬ事のあるぞうらみにて、せめての心やりに、おん殿をよそながら見まほしさ。主人の暇乞《いとまこひ》、ここにもの憂《うき》日月を送《おく》り侍るなり」

とうらなくかたりつづけし話《こと》を間嶋《まじま》聞き済《すま》し、こまかに不破《ふわ》に告《つげ》、

「されば高《たか》きも低《ひき》きも迷ふは色情《しきじやう》の道にこそ」

と流石《さすが》あわれに思ひやり返して、権之《ごんの》作《さく》を遣わして、

「さきに間嶋《まじま》に語り給ふ詞誠《ことまこと》ならば、来たる日平野《ひらの》に御狩《みかり》有らん夜に、忍びて勢《せ》田《た》の辺《ほとり》へ様《さま》を替出《かへいで》給へ」

と言送《いいおく》りぬ。

やがて御狩のこと定《さだま》り出御《しゆつぎよ》あらせ、不《ふ》破《わ》も例《れい》に替《かわ》らず供奉《ぐぶ》し、晩《くれ》に及び還御《くわんぎよ》の時俄腹《にわかにはら》いたみ、石山寺のある坊《ぼう》かりて休《やす》む。かねての心得なれば、夜更《よふけ》てただひとり勢田なる反橋《そりばし》まで行けば、尾形《おがた》は薦《こも》かづきて欄干《らんかん》に立《た》ち添居《そひゐ》けるに、間《ま》ぢかくよりむかひ、いとこまやかに情《なさけ》あらせけり。

殿下《でんか》は帰館《きくわん》し給ふ後も、寵愛《ちやうあゐ》の不破《ふわ》なればしばしも放《はな》ち給はで、上田主水正《うえだもんどのかみ》に仰《おお》せて、
「万作のなやみていかがあらん。見て参れ」
との錠意《じやうゐ》を蒙《かうむ》り、御前より馬に鞭《むち》くれ、勢田の辺りまで行くほどに、怪《あや》しや蘭奢待《らんじやたい》の薫《かほり》しける。この名香《めゐかう》は外に給わる人なければそれと諾《うなづ》き、数十《すぢう》の従者《ぢうしや》を路次《ろじ》に残《のこ》し、ただ一騎《いつき》、薫《かほ》りにしたがひ、

橋《はし》に行きかかる。欄干《らんかん》のかげに人の見へければ、主水正鞭《むち》を指揮《しき》して高《たか》らかに、「それに渡《わた》り給ふは不破氏《ふわうじ》ならん。上田主水正、上意蒙りてまかりしが、いかにも由《よし》あらんと見るからに、君《きみ》の御前はおのれよろしく申し候わん」と馬《むま》を返《かへ》して去《さる》。

万作《まんさく》は尾形に向《むかひ》て、「足下《そつか》の志《こころざし》の深きにめでて仮寝《かりね》の夢《ゆめ》を結《むす》べども、今《いま》は君《きみ》の御気色《けしき》いかがあらん、計《はか》りがたし。これなんおのれと見てこころ慰《なぐさ》め候へ」と下《した》の肌着《はだぎ》をあたへ、石山へ帰る。

尾形は泪《なみだ》とめかねて、「生涯《しやうがい》の望《のぞ》みたんぬ。今は活《いき》て何かせん」と欄干《らんかん》に腰《こし》かけ、腹一文字《はらいちもんじ》に切りひらき、身を水底《みなそこ》に沈《しづ》む。

漣《さざなみ》よする琵琶《びわ》の湖《みづうみ》は、あしたに網《あみ》する猟舟漕《りやうせんこぎ》つらね、ゆふべに白魚追《しらうをお》ふ篝火焼《かがりびたき》つづけて業《わざ》とするなるが、不思議や、尾形の尸骸志賀《しがいしが》の浦《うら》まで流《なが》れよる。浦人《うらびと》「水中に異《こと》なる薫《かほ》りするよ」と網《あみ》をいれて、引上《ひきあげ》見れば、年壮《としわか》なる男《おのこ》の、白綾《しらあや》の大振袖《おおふりそでき》着たるぞ、「いぶかし」と様々《さまざま》にいひもてはやす。

この話不破《ことふわ》は聞《き》きて便《びん》なく思ひ、間嶋《まじま》をもて密《ひそか》に亡身《なきがら》を乞得《こいゑ》させ、志賀《しが》の里寺《さとてら》に葬《ほうむ》りぬ。

その後《のち》、文禄四年《ぶんろくしねん》、久継《ひさつぎ》公養父《やうふ》太功《たいかう》と不和《ふわ》とならせたまひ、高野山《たかのやま》に切腹《せつぷく》まします時、恩臣《おんしん》の面《めん》々、「死出《しで》の御供仕《ともつか》ふまつらん」と座《ざ》を組《くみ》けるに、

「汝等《なんじら》、思ふ話《こと》あらば、あから様に申せ」との上意なり。

各々黙《もく》す。万作《まんさく》すすみ出、

「御詞に任《まか》せ奉らん」

とて、しかじかのよし言上《ごんじやう》し、

「今まで恩霊《おんれい》の御眼くらませし事のかなし」

と泪《なみだ》にむせびける。殿下も殊《こと》に袖《そで》をしぼらせ給ふ。

万作《まんさく》は、「御先仕らん」と短刀《たんとう》を左《さ》の脇壺《わきつぼ》に突立《つきた》て、

諸共《もろとも》に朽《くち》なばくちよながらへて

のこるもつらきあだしうき名《な》の

と読《よみ》もおわらず、ふゑ掻切《かききつ》て死《し》す。

初《はじ》めより間嶋権之作《まじまごんのさく》は縁側《あんがわ》に畏《かしこま》り居《ゐ》けるが、余《あま》り泣《なき》て双眼《りやうがん》共に盲《しい》けるが、主命なればちからなく、入道《にうどう》して存命《ながらへ》、万作《まんさく》が跡弔《あととむら》ひける。程経《ほどへ》てぞ、この話《こと》、人《ひと》にも語《かた》りて世にもりし。

四方義草巻之二終

四方義草巻之三

梅《むめ》の方鏡《かたかがみ》を投《なぐ》る話

此在父必此有子《ここにちちあればかならずここにこあり》と。

福山《ふくやま》の家《いへ》に笹野《ささの》右衛《え》門太《もんた》郎《ろう》・右衛《え》門次《もんじ》郎《らう》とて比類なき勇士《ゆうし》あり。元和《げんわ》年中浪華の軍《いくさ》に兄弟ながら出陣《しゆつじん》してけり。父才蔵《さいざう》は年まかりて、主人正成《しゆじんまさなり》と倶《とも》に国に残る。

夏の戦ひに、兄なる右衛門太郎組打《くみうち》して、敵《かたき》の首《くび》は捕《とり》しかど、城《しろ》より放《はな》す鳥銃《てつぽう》に中《あた》り死《し》しけるよし、親《おや》の元《もと》に聞こへし折節《をりふし》、父《ちち》は碁《ご》をうつて居《い》たりしが、妻《つま》なる梅《むめ》の方泣《なく》々、

「かくこそ申し来たりし」

と周章《あわて》しく語《かた》れば、才蔵《さいざう》聞きて、

「不仕合《ふしあはせ》、是非《ぜひ》なき事にこそ」

とて碁《ご》をかこみけり。相手《あいて》の人、

「まづ碁を止《やめ》たまへ」といへば、

「苦《くる》しからず。たとえ止めたりとて死したる者のかへるものかは」

とさらぬ体《てい》なれば、妻《つま》の言《いふ》、

「弟の右衛門次郎は何《なに》となりつらん。あな心憂《こころう》や」と口説きければ、

「次郎は去る四月晦日の攻寄《せめよせ》に討死《うちじに》しけるよし、昨日《きのふ》城中《じやうちう》にて聞《き》き帰りし」といへば、妻女《さいじょ》は取乱《とりみだ》し、

「情《なさけ》なき事かな。かくとばかりわらはに露聞《つゆき》かし給わぬぞうらめし」と声《こゑ》の限《かぎ》りふし沈《しづ》む。

父は不興《ふけふ》し、

「かかる義利《ぎり》にくらき事やある。そも侍《さむらい》の家には戦場《せんじやう》の討死《うちじに》は極《きはめ》の前《まへ》なり。活《いき》て帰るはよき仕合《しあわせ》なり。もし死《し》すべき場所《ばしょ》を逃《にげ》帰らば、何程悲《なにほどかな》しかるべき。かほどの事知らぬ御身《おみ》にはなかりしが、年《とし》よれば鈍《うとく》なるものかは。おのれも心の内は若《わか》かりし時《とき》にもおさおさ劣《おと》らぬと思ふなれど、外よりは「次第《しだい》に老《おい》に耄《ほれ》ける」と言《いわ》れん。いと口惜《くちをし》き事なり」

と言ひしとかや。

この人は兵法《ひやうほう》の達人《たつじん》、弓矢《ゆみや》の名人《めいじん》にて、人も赦《ゆる》せし武士《もののふ》なりき。いまだ蟹江《かにゑ》才蔵《さいざう》と言ひし往昔《むかし》、主人正成《しゆじんまさなり》の勘気《かんき》をうけて、湊川《みなとがわ》の辺《ほと》りに暫《しばら》く蟄居《ちつきょ》したる事あり。

その頃柴田《しばた》数家《かずいへ》北国に割居し、美濃《みの》なる神弁侍《かんべんじ》従《ぢう》と牒《てふ》じ合《あわせ》、真《ま》柴久吉《しばひさよし》を傾《かたむけ》んと計《はか》る。久吉公、志《し》摩《ま》津《づ》が嶽《だけ》に砦《とりで》を築《きづき》、堅《かた》く柴田を押《をさ》へ、自尾《みづからを》垣《がき》に発向《はつかう》せんとする。家臣《かしん》加堂《かどう》の一統《いつとう》、福山《ふくやま》・池田《いけだ》・栗田《くりた》・藤堂《とうどう》なんど、各々武功を顕《あらは》さんと誇《ほこ》る。

才蔵気《さいざうき》を焦焼《いらち》、

「おのれ主の不興蒙《ふけうかうむ》りたりとも、見へ隠《がく》れにかしこに趣《おもむ》き、花々《はなばな》しく高名《かうみやう》して、勘気《かんき》の赦免《しやめん》を乞《こわ》ん。それに付けても、一騎《いつき》討《うち》の勝負《しやうぶ》には立派《りつぱ》なる武具《ぶぐ》に逸物馬《たくましきむま》こそほしけれ。さなければ眼《め》にとまる働《はたらき》はかたし。今は浪人《ろうにん》の身にて軍用調達《ぐんやうてうだつ》もままならず。四百ヶ種《しゆ》の病根《やまい》より、ただ貧《まづしき》のひとつのみぞものうき」

いにしへ、判官義経公用金《はんぐわんよしつねこうやうきん》に事欠《かき》、橘次《きつじ》兄弟《けうだい》の富家《ふか》を頼《たのま》れし事まで思ひあたり、牙《きば》を咥《かみ》て憤《いか》る。

妻《つま》は余《あま》りにやるせなく、身《み》を遊里《ゆうり》に売《うり》て夫《おつと》の望叶《のぞみかな》へんものと、密《ひそか》に神崎《かんざき》の里《さと》なる忘八《くつわ》の長《おさ》を呼《まね》き、黄金《こがね》五片を得て我が身を換《かへ》んと談《だん》ず。長つくづく聞きて、「おのれが家《いへ》に妓女《ぎじよ》数多《あまた》有《あれ》ば、さして望《のぞみ》なし。糸竹《しちく》を志《こころざし》給はば白拍子《しらびやうし》にはいかがあらん。また外方《ほか》にも問《とひ》見給へ」と辞《いな》む。

その心底《しんてい》、容色《やうしよく》のすぐれぬをいとふなりと思ひければ、口惜《くちおし》くも恥《はづ》かしく、奥《おく》へかけ入りて、身の面貌《かたち》は誰恨《たれうら》みん様《やう》も

なくあきらめても、思ひ苦《くる》しむは女子の情《じやう》にて、また鏡取《かがみとり》出してつくづく見るからに、「我《われ》ながらも、眉尻《まじり》の黒痣《ほくろ》のこよのふ眼《め》に立《た》つぞ、うらみなれ」と思わず持《もち》たる鏡《かがみ》を縁先《ゑんさき》へがはと投《なぐ》る。勢《いきほ》ひ余《あま》り、水洗鉢《てうづばち》に当《あた》り、蓋《ふた》も家《いへ》も韲《みぢん》に砕《くだけ》散る中《うち》より、黄金三片《こがねさんへん》出たり。一片は今《いま》の世《よ》二十片《へん》に相当《あた》る。

妻《つま》は夢《ゆめ》かとばかり押《おし》いただき、「誠《まこと》や、わらは嫁《か》するの日、母《はは》の言《の給ふ》、「すべて女《をんな》の道《みち》に三つの戒《いましめ》あり。幼生《いとけのふし》ては父母《ちちはは》に随《したが》ひ、嫁《か》しては夫《おつと》にしたがひ、老《おい》て子《こ》に順《したが》ふ。この話身《ことみ》は死《し》しても忘《わす》れまじ。鏡《かがみ》は女《をんな》の魂《たましゐ》なり。片時《かたとき》も放《はな》さず、異《こと》あらば見よ」との詞《ことば》」、再《ふたた》び思ひあたりて恩《おん》を謝《しや》す。これをもて夫《おつと》の立陣《しゆつじん》を思ふままに支度《したく》して見立《みた》てける。

さてこそ才蔵《さいざう》、家《いへ》を出《いづ》るに妻子《さいし》を忘《わす》れ、軍《いくさ》に臨《のぞ》んで身《み》を忘《わす》れ、死《し》を極《きは》めて、尾垣《おがき》の城攻《しろせめ》に、この人の剣先《きつさき》に向《むか》ふ者活《ものいき》たるはなく、我ながら員《かず》もしらず。敵《かたき》を切落《きりおと》す首毎《くびごと》に笹《ささ》の葉《は》を内甲《うちかぶと》に挟《はさみ》て、後《のち》

の証《しやう》とす。

その働《はたらき》比類《ひるい》なかりければ、正成《まさなり》も勇功《ゆうこう》を感《かん》じ、本知《ほんち》に一倍《いちばい》を加《くわ》へまして召出《めしいだ》す。真柴《ましば》より賞《しやう》とし、蟹江《かにへ》を改《あらた》め、笹野才蔵吉高《ささのさいざうよしたか》と賜《たまは》る。

かかる剛士《がうし》なれば、老《おい》ても駑馬《どば》にてはなかりき。当世専《とうせいもつぱ》ら唄《うた》ひはやす戯場操《しばいあやつり》なんどに、盛衰記《せいすいき》と題《だい》する俗説《ぞくせつ》に、梶原景季《かじわらかげすへ》が愛妾《あいしやう》、神崎《かんざき》に身《み》を沈《しづ》め、祈誓《きせい》して三百片の金《こがね》を得《ゑ》る段は、この梅の方の事跡《じせき》を書認《かきしたた》めたるものか。

熊人《くまんど》、勝間《かつま》が勇《ゆう》を伏《ふく》する話

周防国《すはうのくに》なる名家《めいか》大内氏《おおうちうじ》、なか頃《ころ》の守《しゆ》を大内式部太輔義任《おおうちしきぶたゆうよしとう》といふて、寛荏大度《くわんじんたいど》の人にて、家《いへ》の子良《こらう》等数多扶助《どうあまたふぢよ》しける中《なか》に、勝間《かつま》の兵衛《ひやうへ》とて力猛《ちからたけ》く飽《あく》まで肝太《きもふと》き侍《さむらゐ》有りける。

ある日《ひ》、私《わたくし》の事《こと》ありて沼田《ぬまた》といふなる所へまかりし帰るさ、領内《りやうない》の百姓《のうふ》の摺違《すりちが》ひさまに太刀《たち》の鐺《こじり》に当《あた》るとて大《おおい》に怒《いか》り、

「汝等《なんじら》、御領《ごりやう》の土民《どみん》として我に失敬《しつけい》するは、館《たち》に不礼《ぶれい》するなり」

と、太刀の背《せ》にて三人四人打ちたりける。

百姓等つぶやき、「余《あま》りの権勢《けんせい》かな」と言ひけるを、

「不礼のうへに詞返《ことばかへ》すぞ、奇怪《きくわい》なれ」

と向《むか》ふへすすむ者を一太刀《ひとたち》に切放《きりはな》す。

「すは、御家臣《ごかしん》とて無法《むほう》の手討《てうち》は赦《ゆる》さじ」

と言《いふ》ままに、百姓等一統《いつとう》に手毎《てごと》に棒《ぼう》・斧《おの》・鎌《かま》なんど振《ふ》り、群雲立《むらくもた》つて懸《かか》る。

勝間《かつま》は少《すこ》しも峩々《おく》せず、

「憎《にく》き者の振舞《ふるまひ》や」

と言《いふ》ままに左右《さゆう》の手《て》に両刀《りやうとう》をかざし、縦横《ぢうわう》に切り廻《まわ》る勢《いきほ》ひ、さながら修羅王《しゆらわう》の如《ごと》くなれば、百姓等数多疵蒙《あまたきづかうむ》りて、八方《はつぽう》に逃散《にげちり》けり。

「さもこそあらめ」

と勝間《かつま》は異《こと》なく帰りけれど、余《あま》り夥《おびただ》しき騒動《そうどう》にて、郡代目附《ぐんだいめつけ》より大守義任《たいしゆよしとう》に訴《うつた》ふ。兵衛《ひようへ》が狼藉《ろうぜき》に極《きわま》りぬれば御前《ごぜん》に召《めされ》て糺明《きうめい》有らんに、

「誰《たれ》、勝間《かつま》を引立《ひきた》てこよ」

とあれど、

「日頃兵衛《ひごろひようへ》が武勇《ぶゆう》、死《し》を極《きわ》めて働《はたら》くならば」と誰《たれ》も人も譲《ゆづ》りあひて、

「扣《ひかゆ》る彼《かれ》を捕《と》らん者は、湊一郎《みなといちらう》・同藤太《おなじくとうだ》・大和田連《おおわだむらじ》ぞよからん」

と撰《ゑり》出さる。

この三人は武者修行《むしやしゆぎやう》して武勇試《ぶゆうこころ》みける程《ほど》の侍《さむらひ》なれ。義任召《よしとうめし》て、

「汝等《なんじら》、勝間兵衛《かつまひやうへ》を引き立て来《きた》らんや」

とあれば、三人は踊《おど》り勇《いさみ》、

「御家臣員《ごかしんかず》も知《し》らぬ中《なか》おのれ等撰《らあり》たまひ、仰《おお》せ蒙《かうむ》るからは、面目《めんぼく》なり。畏《かしこま》り奉《たてまつ》る」

と、組子《くみこ》の足軽《あしがる》つれて向ふ。

「かかるからは、勝間鬼神《おにがみ》なりとも手取りにならん」

と各待所《おのおのまつところ》に暫《しばら》くありて、

「湊《みなと》・大和田《おおわだ》とも、勝間が為《ため》に手《て》もなく切《きら》れたり」と聞こゆ。

三人かく脆《もろ》く負《まけ》るなれば、一家中互《たがい》に眼見合《めみあ》わせて、重《かさね》て詞《ことば》を発《はっす》る者なく、ここに馬渕熊人《まぶちくまんど》とて耳順《にじゅん》に近《ちか》き老臣席《ろうしんせき》を進《すす》み出《いで》、

「おのれまかりて勝間兵衛《かつまひやうへ》を携来《たづさへきた》らん」

と、杖《つへ》を静《しづか》に突《つき》て勝間が宅《たく》へ行《ゆき》て見れば、兵衛は、「けふや一世《いっせ》の勇《ゆう》を振《ふる》わん」と血《ち》に染《そみ》たる大太《おおた》刀真向《ちまつから》にかまへ、眼《まなこ》は爛《らん》々たる星《ほし》の如《ごと》く四方《しほう》を白眼《にらみ》、広縁《ひろあん》に立ちたる勇壮傍《ゆうそうあた》りを払《はら》ひ、これなん、威《い》は山岳《さんがく》を働《うごか》し、気《き》は虎狼《ころう》を呑《のむ》とも謂《いふ》べき。

熊人《くまんど》つつと側《そば》により、

「頼《たの》む御方足下《おんかたそつか》を召給《めし》ふ。去来《いざ》、おのれに付きて来《きた》り給へ」

と肘《ひじ》を持《もち》て静《しづ》々歩《あゆ》む。兵衛は、五体縛《ごたいばく》せらるるかとばかり手《て》不働《すくみ》足《あし》不働《しびれ》、我《われ》ながら勇気《ゆうき》衰《おとろ》へ、酔《ゑゑ》るごとく馬渕《まぶち》に牽《ひか》れて大内《おおうち》の前に出《い》づ。義任《よしとう》、元《もと》より優美《ゆうび》なり。

「勝間が罪《つみ》は憎《にく》むべきなれど、罪《つみ》を知《し》りながら他《た》へ走《はし》らざるは、大丈夫《だいじやうぶ》の志《こころざし》なり。三軍《さんぐん》は得易《ゑやす》く一将《いつしやう》は求《もと》めがたし」

と、流石《さすが》誅《ちう》を加《くわゆ》るに忍《しの》びず、終《つい》に馬渕に預《あづけ》ながら、守《まも》りの番《ばん》も付《つけ》ず、牢居《らうきよ》も不拵《しつらはず》、ただ客人《きやくじん》の如《ごと》く、出入座臥《おきふし》勝間《かつま》が心のままに赦《ゆる》し置《お》きける。

かくて月日の立《た》つままに兵衛熟々《ひやうへつくづく》思ふは、「我一生《いつしやう》このままに埋《うづも》れ果《はて》んは口惜《くちお》し。如何《いか》にもここを遁《のが》れ出《い》で、再《ふたた》び発跡《はつせき》の方便《てだて》を廻《めぐ》らさん」と密《ひそか》に旅《たび》の用意《ようゐ》して、馬渕が城《しろ》に泊《とま》り番《ばん》の夜《よ》を考《かんが》へ澄《すま》し、家内《かない》の寝静《ねしづま》るをよくよく伺《うかが》ひ、裏《うら》の小門《こもん》より忍《しの》び出《い》で、足《あし》に任《まか》せて走《はし》る程《ほど》に、凡七八里《およそしちはちり》も来《きた》ると思へば、端《はて》なく海辺《かいへん》に行《ゆき》かかる。ここは防州《ぼうしう》と長門《ながと》の境《さかひ》なれば、「夜《よ》明《あけ》なば船《ふね》かりて渡《わた》らん」と道脇《みちわき》の石《いし》に腰《こし》かけ休《やす》む。

はや東雲《しののめ》の頃《ころ》にもなりぬ。「伯父《おじ》をたよりて都《みやこ》にや登《のぼ》らんか。朋友《ほうゆう》を尋《たづね》て鎌倉《かまくら》へやまからん」と兎《と》つ追《おい》つ思案《しあん》する後《うしろ》より、

「勝間氏《かつまうじ》、常《つね》に勝《すぐ》れて早起《はやおき》し給ふ。おのれ今御城《いましろ》より帰りし」

と言《いふ》は馬渕《まぶち》なれば大《おおき》に驚《おどろ》き、傍《あた》りを見れば、海辺《うみべ》と思ふはやはり馬渕が庭《にわ》なり。泉水《せんすい》の脇《わき》の石《いし》に腰《こし》かけてひたもの頭傾《かしらかたぶけ》、手《て》を組居《くみゐ》たるなり。勝間《かつま》魂《たましゐ》天外《てんぐわひ》に飛《とぶ》心地《ここち》しけれど、さらぬ体《てい》に会釈《ゑしやく》しぬ。

密《ひそか》に召仕《めしつかい》を招《まね》き、

「昨夜《さくや》変《かわ》りし事はなかりしか」

と問《とへ》ば、

「実《げに》も、夜前《やぜん》二更《にこう》の頃より頻《しき》りに物音《ものおと》の聞《き》こへ候まま、そと覗《のぞ》きければ、泉水《せんすい》のふちを足《あし》をはかりに廻《めぐ》り給ふて何やらん独言宣《ひとりごとのたま》へども、おのれらもふらつきて眠《ねむ》り候まま、それより跡《あと》の事は夢《ゆめ》にも見ず候」

と言ふに、我《われ》ながら忙《あきれ》て、「さればの事よ」と言ひて止《やみ》ぬ。

「兎《と》にも角《かく》にも、馬渕が生《いき》て有らん内は遁《のが》れ出る事かたし」と思案極《しあんきは》め、ある夜《よ》馬渕が熟睡《じゆくすい》を探《さぐ》り窺《うかが》ひ、忍《しの》び寄《より》て胸先《むねさき》を刺透《さしとふす》。

混《こん》々と白《しろ》き血《ち》流《ながれ》て息絶《いきたへ》ぬ。

「これこそ数《す》年気《ねんき》海丹田《かいたんでん》を練養《ねりやしの》ふ心術者《しんじゆつしや》」

と心《こころ》に感《かん》じ、太刀《たち》を鞘《さや》に納《おさむ》るに、不思議《ふしぎ》や、一片《いっぺん》の白雲舞下《しらくもまいさが》り兵衛が面《おもて》に覆《おおひ》かかり、行《ゆく》先《さき》を遮《さへぎ》り一足《ひとあし》も歩《あゆ》まれず。切払《きりはら》へどなを弥《いや》

倍《まし》に覆懸《おおひかか》り、後《のち》には、「五体《ごたい》も巻《まき》すくめらるるよ」と労《つか》れ苦《くる》しみ、一声《いつせい》「喝《かつ》」と叫《さけ》びければ、忽然《たちまち》と白雲散《しらくもさん》じ、馬渕莞爾《くわんじ》として、

「如何《いか》にや、兵衛殿《ひようへどの》。足下《そくか》、我《われ》なりと先《さき》に刺《さし》給ふは鞠《まり》なり」

兵衛《ひやうへ》が眼《め》に白雲の覆ふと思ふは、馬渕が扇《おおぎ》を開《ひらひ》て向《むか》ふへ立《た》ち廻《まは》り、再三顔《さいさんかほ》に押当《おしあて》たるなり。

ここにおいて勝間兵衛《かつまひやうへ》、山《やま》を抜《ぬく》の剛気《ごうき》頓《とみ》に発起《ほつき》し、

「主君《しゆくん》は殊《こと》さら、足下《そくか》かくばかり情《なさけ》あるに、おのれ害心懐《がいしんいだ》くこそ返《かへ》す返《がへ》すも恥《はづ》かしけれ。今ぞ道利《どうり》を明《あき》らめたれば、我一心天地《わがいつしんてんち》に誓《ちか》ひ、主家《しゆか》十《ちう》代《だい》の武運護 奉《ぶうんまもりたてまつ》らん」

と言《いい》も果《はて》ず、自害《じがい》してぞ死《し》にける。

性剛強《せいごうけう》なれば発起《ほつき》もまた速《すみやか》なり。終《つい》に一社《いつしや》に祝《いわ》ひ込《こめ》、勝間《かつま》の宮《みや》と号《がう》し、今に錦帯橋《きんたいばし》の傍《かたわら》に在《あり》とぞ言伝《いいつた》ふ。

されば大内家《おおうちけ》、義任《よしとう》よりいよいよ武威《ぶゐ》盛《さかん》に繁昌《はんじやう》し、義弘《よしひろ》の代《よ》に至《いた》り陶尾張入道《すへおわりにうどう》が為《ため》に血脈家名断絶《けちみやくかめいだんぜつ》す。闇《あん》に、勝間兵衛が詞《ことば》の如《ごと》く、十世を経《へ》て亡《ほろ》ぶも一個《こ》の奇《き》なりし。

四方義草巻之三終

四方義草巻之四

占部《うらべ》孫太《まごた》、鶯塚《うぐひすつか》を築《きづく》話《こと》

難波なる大江の辺《ほと》りに鳥羽《とば》善雄《よしを》となん言ふ豪家《がうか》あり。百事富《とみ》て飽《あけ》ども世継なし。女子一人養《やしなふ》て民子といふ。吹弾縫針《すいだんほうしん》幼きよりよくし、天然の美形《びけい》は粉黛《ふんたい》をからずして艶悝《ゑんり》なり。都の医院《いいん》の男に甲斐陀《かいだ》競《きそふ》といふ者を、媒介《ばいかい》、養子《やうし》に勧《すす》む人あり。

善雄言ふ、

「未《いまだ》その人を見ずはその約《やく》はかたし。ただ何となく我館《わがやかた》に客《かく》となりて滞留《とうりう》あらば、可否《かひ》も知らめ。婚姻《こんゐん》の縁《ゑん》は一概《いちがい》。親なりとて押すべからず」と。

この話《ことば》媒介《いかい》より甲斐陀《かいだ》に告《つぐ》。競《きそふ》元より大志有り。

「善雄の詞《ことば》公論《かうろん》なり」とその旨に随《したが》ひ、鳥羽の館《やかた》へ来る。

民子はその頃《ころ》いまだ無心なるが、熟覧《つくづく》競《きそふ》が風流に溺《なれ》、頻《しき》りに春情《しゆんじやう》発《はつ》し慟気《どうき》を覚《おぼへ》、愛憎《あいぞう》のおもむき自《みづか》ら悟《さと》り、「身、生涯《しやうがい》も競《きそふ》に任《まか》す」の思ひをなし、動止《どうし》に情を含《ふく》む。

競《きそふ》も背《そむ》く心なけれど、善雄夫婦《ふうふ》の目忍びて色を貪《むさぼ》るの性《せい》ならねば、閨房《けいぼう》を窺《ねらふ》事なし。すべておふなのおのこに懸想《けそう》する、従《したが》ふべくもまづいなむ。民子はいざやふ月の雲隠れも、独《ひと》り灯《ともし》の下に涙《なみだ》

枕《まくら》につとふ。

「我が不賢《ふつつか》を嫌《きら》ひ給ふとも、かくばかりの心尽しは露汲《つゆくみ》わけて給はらんもの」と、ある雨の徒然《つれづれ》に玉琴《たまこと》引きよせて、雪をあさめる肘差伸《ひじさしのべ》、指に八ッ橋てふ玳瑁《たいまい》の爪《つめ》かけ、調子《ちやうし》を雲井に建《たて》、慕《れん》々たる鶯声《おうせい》縷《いとすじ》の如《ごと》く、高く低く艶《あん》に優《ゆう》に、弄斎《ろうさい》の曲《きよく》をかんなでける。

「山の端に、いかな夜も、人こそしらね、寝間《ねや》は涙《なみだ》の淵《ふち》となる」と諷《うた》ひ、心に競《きそふ》が気《き》強《つよ》きをかこち、また繰《くり》返して「ねやは涙の淵となる」と、瞳《ひとみ》をこらして競の方を見遣る。

民子が情含粧《なさけふくむけは》ひ言外に溢《あふ》れ、愛憐《あいれん》のこころ頻《しきり》におこり、「かしらより水かけるよ」と思わず貌《かほ》あからめて差伏仰《さしうつむく》。

長《おさ》の悴《せがれ》、判二《はんじ》なるもの、兼《かね》てより、「競《きそふ》なくんば深閨《しんけい》を嫁《とる》」といひ、「豪家《がうか》の財《ざい》も我がものにすべかりし」と、讒言《ざんげん》の鎌磨《かまとぎ》たてて、形《かたち》なき草も刈枯《かりから》さんと眼つけて居れば、これ幸ひに継母に告げて、

「さても甲斐陀殿はよからぬ行跡《かうせき》かな。

行末館《やかた》の世嗣《よつぎ》と約し給ふとはいへ、いま客分《かくぶん》なり。諺《ことはざ》にも「寄宿は奴僕《ぬぼく》に腰《こし》かがめる」といふなるに、深閨《しんけい》にこころ通じ、剰《あまつさ》へ御両方の見給ふもおそれず、琴曲《きんきよく》によせて尾籠《びろう》に戯《たはむれ》給ふ。いますら御両方を呑《のみ》給ふ。家督《かとく》の後はいかばかりの狼藉《ぜき》あらんと計り奉る」とまことしげに言ふ。

さなきだにも偏執《へんしう》はおふなの情、妹背《むつまじ》を憎むは老嫗《ろうば》の見にて、心意《しんい》の煙胸《けむりむね》に満《みち》、あらぬ事まで心曲《まが》り、婢女《はした》・禿《かぶろ》に言含《いひふくめ》、あし様に言《いひ》はやす。

衆口金を消《けす》ならひ、善雄《よしを》もはじめこそは耳《みみ》にかけざりしが、疑《うたが》ふ目より事誤《あやま》つ。それ楠正行《くすのきまさつら》ごとき希代《きだい》の名将すら、林蔭《はやしかげ》を伏兵とおそれし事もあり。まして肉眼《にくがん》をや。終《つひ》に「破縁《はあん》せん」と心起《おこ》る。

甲斐陀《かいだ》、早くも気色を暁《さと》し思ふに、「縁組《こと》不熟《ならず》して都に帰らば、不容《いれられざる》の笑《わらひ》引くも耻《はづ》かし」と心迷《こころまよ》

ひ、友なる占部《うらべ》の孫太といふ人に語《かた》る。

占部《うらべ》、性直《せいちょく》に、強《つよき》を押さへ弱《よわき》を赦《すく》ふおのこなれば、憤《いきどを》り計りて言ふ、

「足下《そこ》密《ひそか》に民子を誘《ひひ》て出よ。おのれ力《ちから》の限り隠《かく》し、影《かげ》も見せじ。善雄不仁なりとも人面なり、悔《くゆ》べし。かくして手段《しゅだん》いくらもあらん」

競辞《きそふぢ》して、

「たとひ王侯《おうかう》に登るの事たりとも不義はせじ。おのれが不賢《ぐまい》を悔《くゆ》るに、まして人を累《わずらはさ》ん事は死《しす》ともしのばじ」

占部《うらべ》憤《いきどをつ》て、

「足下《そこ》時務《じむ》に疎《うと》し。周《しう》の武王殷《いん》を撃《うつ》。孟子《もふし》すら不義といわず」

再三再四《さいさんさいし》甲斐陀《かいだ》権道《けんどう》をとうたるを見て、「止哉止哉《やんなんやんなん》、祝融氏《ひのかみ》に家門を焼《やか》れてなを残灰《ざんはい》を掻《かく》は破鉄《ふるくぎ》を拾《ひろ》ふなり」と歎《たん》じて、「しからば足下進退《そこしんたい》を神に祈れ。丹誠《たんせい》あらば応《おう》あらん」

競《きそふ》、これに従《したが》ひ、便舟を得て讃《さん》の金比羅《こんぴら》権現に詣《もふで》、占部《うらべ》、「今は心易《こころやす》し」と善雄《よしを》に会ひて不道を責《せめ》、善雄詞《ことば》なく誤《あやまり》の詫状書きて謝《しゃ》す。

一月を経て競《きそふ》帰坂し、破縁は元よりの覚悟《かくご》にて、占部の猛気《もうき》も信《まこと》より起《おこ》るなれば再《ふたた》び都にも帰らず、占部の許《もと》に寄りて、発跡の時節《じせつ》を計る。

善雄は、甲斐陀の退身《たいしん》の日より民子が動止《ふるまい》面に笑作《ゑみ》れど次第に容枯《かたちかれ》、眼《め》うるみて、床《とこ》に臥《ふす》。殊更、

占部《うらべ》の許《もと》に競《きそふ》のあるに心よからず、「もしや若気《ふしぎ》の短慮もあらん」と急に婿《むこ》を撰む。民子はいよいよ伏し沈《しづみ》、父母の詞《ことば》も背《そむ》きがたく、また甲斐陀《かいだ》を忘《わすれ》かね、一身孝《こう》と操《みさほ》のふたつに弁《わきま》へかね、涙玉《なみだたま》をつらぬき、終《つい》に身まかりぬ。

乳母《めのと》なる千代《ちよ》、占部《うらべ》の許《もと》に走《はし》り来て、泣《なく》々競《きそふ》に語れば、「さても民子の前、けふを限《かぎ》りのあした、わらはを枕のもとに招き、くるしき頭《かしら》をあげて、「玉の緒《を》もけふばかりと覚ゆるぞ。あだし野の露《つゆ》と消《きゆ》るは覚悟《かくご》にて、思ひ置く事なけれども、心に懸るあり。我が為《ため》に甲斐陀《かいだ》君に伝《つた》へよ。不幸にして中途《ちうと》に別《わか》れ奉るも、いまは誰をか恨《うらみ》ん。わらはが心を憐《あはれ》み給はば、来たる世に夫婦の縁《あん》を結び給はれ。百年泉下《せんか》に蓮華《れんげ》台半《だいなかば》分かちて待ち奉らん。これのみぞ迷《まよ》ふなれ。また思ひ出し給ふ事もあらば、我となん見給われかし」と、玳瑁《たいまい》の琴爪一双を奉る。「つたなきみづぐきも形見と思ひ給へかし」と短冊《たんざく》取り添へて得さす」

競留慕《きそふりうれん》の涙雨のごとく、短冊手に取り見れば、

言《こと》の葉《は》は長し短《みじか》し身のうさを
おもへば濡《ぬ》るる袖のしら露《つゆ》

甲斐陀《かいだ》夢とも幻《うつつ》ともかきかねて、「おのれ由縁なき気連《けれん》によりて一女子を誤《あやま》つ」と無常《むじやう》を観《くはん》じ、薙《ち》髪脱塵《はつだつぢん》し、一慎居士とみづからあらため、雲水に身を任《まか》す。

占部《うらべ》も民子が操《みさを》をあわれみ、浪華《なには》より長柄へ通ふ街道《かいどう》の傍《かたはら》にかの琴爪を埋み、一基の石碑《いしぶみ》を建《たて》、「操女民子之塚」と証《しやう》す。黄門定家卿《さだいへけう》の秀詠によるにや、いつの頃よりかよんで「鶯塚《うぐひすづか》」と。碑は苔《こけ》むして塚を覆《おほ》ふとも、令名世を照《て》らし、往来《おちこち》の人をして袖《そで》をしぼらしむ。

阿波《あは》龍祐《たつすけ》奇難《きなん》に遇話《おふこと》

昔日《そのかみ》、明智光秀、織田《をだ》の父子を害《がい》するの罪《つみ》四海に不容《ゆるさず》、山崎に敗《はい》する頃《ころ》、なをも余徒《よとう》を屠尽《かり》くさんと、羽柴《はしば》の命《めい》を承《うけ》て、光秀の本城坂本をかこむ寄手《よせて》の中、池田輝政《いけだてるまさ》の被官、阿波丹内左衛門龍祐《あはたんないさえもんたつすけ》といふ者、一番乗《さきがけ》の高名を心がけ、宵《よい》より独《ひと》り陣営《ぢんゑい》を離《はな》れ、城の塀下《へいか》に忍《しの》びより、明《あく》るをまつ。城将明智左馬介光任《あけちさまのすけみつとう》は、十分に寄手をなやまさんと心を配《くば》り、「夜討の忍びや懸《かか》らん」と自身《じしん》夜廻りして、矢狭間《やさま》より城外を見やるに、塀《へい》の下に武者一騎《いつき》有るを見て、「誰《たそ》」と咎《とが》む。阿波は「便《びん》あし」と思ひ、返答《いらへ》もせず忍ぶ。

左馬介朧《さまのすけおぼろ》かげに透《すか》せば、一面の交ある阿波丹内左衛門《あはたんないさえもん》なり。光任《みつとう》、櫓《やぐら》に伸《のび》上り、「そこに渡り給ふは阿波殿《あはどの》と見るはそら目か。かくいふは左馬介光任《さまのすけみつとう》なるが、説話する事あり。出給へ。鳥銃《てつぽう》ここにあり。足下《そこ》の死生は我が指頭《しとう》にかかる。麁忽《そこつ》はあらじ」といふ。

阿波《あは》も忍ぶに難《かた》しと思ひ、

「いかにや、明智殿承らん」と答《こた》ふ。

左馬介言《さまのすけいふ》、

「足下《そこ》、心を静《しづめ》ておのれが詞《ことば》を聞け。我《われ》むかし明智殿と主従《しうじう》の約《やく》してより、生死を倶《とも》にして、影《かげ》の形《かたち》に随《したが》ふごとく、ある時は汗馬に鞭《むち》くれ、鎗刀《そうとう》に血《ち》そそぎ、強《つよき》を撃《うち》、堅《かたき》を砕《くだ》き、矢石《しせき》をおかす事数《かず》しらず。匹夫《ひつぷ》より一城の守護《しゆご》となる弓矢の一道は、誰《たれ》はづかしとも思ひ候わず。いま、主君《しゆくん》、一度不義の汚名《おめい》取り給ふより、下《しも》つかたおのれらまで天地の憎《にく》みうけ、身を容《おく》の地なし。百度《ももたび》の高名、千度の勇功《ゆうこう》もみな確執と成る、智者《ちしや》は名をかくし勇者は功《こう》をくらます。盛名《せいめい》の下永くおるべからず。おのれは城を枕《まくら》に死して、知遇《ちぐう》の恩《おん》を報《むくは》ん。足下《そこ》、けふ蓋世《がいせい》の尊命《そんめい》ありとも、明日一歩の背《そむき》あらば、百日の苦労《くらう》も一朝の霜《しも》と消《きへ》ん。実《まこと》に智者の所為《しよい》にあらず。おのれを監《かん》と見て、後来永久《えいきう》を計《はか》れ」

と、一封黄金《わうごん》三百片を投与《なげあた》ふ。

この詞《ことば》阿波が胸中《けうちう》に徹《てつ》し覚えければ、これより仕を辞《じし》、古郷紀州《きしう》に帰り、武器《ぶき》を算盤《さんばん》に換ゆ。交易《かうゑき》するに、稲買《いねかへ》ば麦高くなり、布求《ぬのもとむ》れば糸の価《あたい》下り、年の不祥《ふしやう》に逢、兎くれ角くれして三年たつ内、思ひの外に囊中《のうちう》空しくなりぬ。「かくては終《つい》に困に窮まらん」とまた思ひかへ、外国に交易せんと産物《さんぶつ》多く蓄《たくわへ》、交趾《かうち》へ渡る。

船に積込《つみこみ》、追風に友綱解《ともつなとき》、帆《ほ》を張《はつ》て走《はし》る。薩《さつ》と日州の界《さかい》なる葛良山《かつらやま》の灘《なだ》に至る。ここは海の洲崎《すさき》

へ切れ、岸突出《きしつき》し、岩は屏風《べうぶ》を立てたるごとく、樹木繁茂《じゆぼくはんも》し、数株《すぢう》の松は汐風《しほかぜ》によまれて、屈曲《くつきよく》根をあらわす。「絵《ゑ》も及ばぬ閑雅《かんが》の景《けい》みん」と龍祐《たつすけ》が艫《とも》の間に立ちたるに、雲の色俄《にはか》に変《へん》じ、風の手忽《たちま》ちに翻《ひるがへり》、喝《かつ》と一声の沖鳴《おきなり》、狂風船を吹き傾《かたむけ》る。

帆足《ほあし》に撃《うた》れて龍祐《たつすけ》は身を倒逆《さかさま》に空中《くうちう》へ飛び、いきほひ鞠《まり》の急揚《はづむ》ごとく遥《はるか》の松が枝に掛留《かけとめ》らる。上は峩《が》々たる巌雲《いわほくも》を突きて聳《そびへ》、下は漫《まん》々たる白浪風を蹴て起《おこ》る。漂船《ひやうせん》は見るが内に沈《しづ》む。

「身死地に陥《おち》たり」と漸《やうやう》眼さだめて見れば、枝上つらなり茂《しげ》り、畳敷《たたみしき》たるごとくあらゆる鳥の羽翼《うよく》を重ね積《つみ》て、数限《かずかぎ》りなし。

「これなん鷲《わし》の巣《す》なり」と思ふに、果《はた》して空中《くうちう》より一個《いつこ》の荒鷲羽《あらわしは》打ちて飛び来る勢《いきほ》ひ、阿波を喰《くろ》ふ気色《けしき》なり。龍祐《たつすけ》、左の肘《ひぢ》を伸《のば》し鷲の頂《うなぢ》を捕《とり》とどめ、右の手に単《たん》刀抜《とうぬき》出して刺《さす》。金味《かなあぢ》の利《とぎ》、武の鍛錬《たんれん》に、鷲叫《さけ》ぶ声《こへ》海陸に響《ひび》き渡り、身振《ふる》ふて死す。

そもそも、日州は椎茸《しいたけ》の名物なり。一

国の百姓採《とつ》て家業《かげふ》とす。この日、鷲《わし》の叫《さけ》ぶを聞きて集《あつま》る百姓数百人、

「あれよ人なり。いざ赦《すく》へ」

と言《いふ》ままに、腰綱《こしつな》くり出し、荷畚《にふご》を岩間《いはま》よりおろし、龍祐《たつすけ》を難《なん》なく赦《すく》ふて、由縁《ゆかり》を問《とふ》。しかじかのよし語《かた》る。

里人憐《あはれ》み、喜《よろこび》て言《いふ》、

「我が国は椎茸《しいたけ》の名産《めいさん》にて、岩の狭間《はざま》の茸《たけ》もつともよし。わきて、この葛良山《かつらやま》の尾《を》先《さき》は曲折樹木茂《じゆもくしげ》し。南面《なんめん》は海面《うみづら》吹き、晴日の恵《めぐみ》も強《つよ》く、茸の厚大《かうだい》なる事これに双《なら》ぶ名品なし。おのれらも常《つね》に語《かた》りあひて惜《おし》めども、悪鳥《あくてう》を恐れて採事《かること》あたはず。大人これをのぞき給ふからは一郷の福《ふく》なり。謝《しや》する所をしらず。事あらば承らん」と。

ここにおいて龍祐急度《たつすけきつと》思ひあたり、

「我《われ》こたび希有《けう》の難《なん》に遇《あふ》。辛《から》ふじて一命を全《まつと》ふするのみ。これより古郷に帰り、再《ふたた》び業《げう》を計《はか》らんと思ふに聊《いささ》か話有《ことあり》。鷲《わし》の巣《す》にある鳥の羽根《はね》を得て土産《とさん》にせんと。汝等《なんじら》取りてたびてんや」

里人等《ら》、「これより容易《やすき》の事やある」と議して、熊手《くまで》・斧《おの》なんど手毎《てごと》に提《さげ》て巣をおろすに、鳥の羽根数年積《つみ》たる事山のごとく、阿波指揮《しき》して、「余鳥《よてう》はよけよ」、山鳥《やまどり》・雉子《きじ》・鷹《たか》・鷲《わし》の羽翼《うよく》ゑらみ取るに、夥《おびただ》しければ、数個《すこ》の駄荷《だに》に拵《こしら》へ、引きかへして都《みやこ》に登る。

この時四海一統《しかいいつとう》、真柴《ましば》の世となり、国々の諸侯令《しよかうれい》を承る。太功《たいこう》、元より活《くわつ》を好《この》み給ふにより、諸士、我《われ》おとらじと武を磨く。「鷲《わし》の尾《を》に刷《はい》たる矢もて射《い》ば、的穴三すじに割《わか》る。山鳥《やまどり》の矢は、風音ひびき渡りて敵《てき》を呑み、雄雉《ゆうち》は日に映《えい》じ金光顕《きんくはうあらは》る」なんど、数寄《すき》に誇《ほこ》る時なれば、阿波が持ちたる羽根、価《あたい》を論《ろん》ぜず所望するからに一羽も残らず、千金集《あつま》る。

龍祐《たつすけ》の一計《いつけい》果《はた》して的《あた》り、良田《りやうでん》を求めて子孫《しそん》のはかり事をなす。左馬介《さまのすけ》が死を傷《いた》んで、紫野《むらさきの》なる橘《きつ》州和尚《しうおせう》にだくし、光任《みつとう》が追福を営《いとなむ》。いまに、大徳寺に浴室《よくしつ》の施あるは、龍祐《たつすけ》の祠堂なり。俗誤《ぞくあやま》つて明智光秀施主《せしゆ》なりと伝《つた》ふ。

龍祐《たつすけ》の子孫《しそん》は国崎に住《ぢう》し、阿波何某《なにがし》とて連綿《れんめん》たり。

四方義草巻之四終

四方義草巻之五

甘利左衛門《あまりさゑもん》、信義《しんぎ》を全《まつた》ふする話《こと》

治究《ちきはま》つて乱《らん》に入り、乱極《きはま》つて治に帰るは、天地自然《あめつちおのづから》の妙用《みやうよう》なり。陰陽《いんやう》の機密《きみつ》必《かならず》しも始末《しまつ》あるをや。足利《あしかが》なる室町《むろまち》の花の御所繁栄《はんゑい》も、山名《やまな》・細川《ほそかは》の確執《くはくしつ》より四境蜂《しきやうはち》のごとく起《おこ》り、列国瓜《れつこくうり》のごとく割《わか》りて、各郡干戈止時《かくぐんかんくはやむとき》なし。

永禄時《ゑいろくのとき》に当《あた》つて一個《いつこ》の英勇《ゑいゆう》あり。甲州《かうしう》の大守武田大膳大夫法性院信玄《たけだだいぜんのだいぶほうしやういんしんげん》これなり。微弱《びじやく》の甲府《かうふ》より起り、西に戦《たたか》ひ、東に軍《いくさ》して、鬼神不思議《きじんふしぎ》の神策《しんさく》をおこなひ、攻《せむ》れば勝《かち》、戦へば撈《とお》。中古弓矢《ちうこゆみや》の名家《めいか》と称《とな》ふ。これが家臣《かしん》に剛勇深智《がうゆうしんち》の名士《めいし》有りて、おふよそ古今高名倍臣《かうめいのばいしん》、武田家よりおふきはなし。

侍隊将《さむらいたいしやう》の中に甘利左衛門尉信音《あまりさゑもんのじようのぶおと》といふ士《し》あり。性篤実《せいとくじつ》に詞《ことば》少く、利あきらかに、しかも武勇絶倫《ぶゆうぜつりん》のおのこなり。軍《ぐん》を牽《ひゐ》てむかふ所、一度も不覚《ふかく》の名をとらず。実地《じつち》を踏《ふん》で虚名《きよめい》に誇《ほこ》るの心なければ、花美《くはび》の威名《いめい》なし。

ある日、閑暇《かんか》に乗《じやう》じ鬱散《うつさん》に狩《かり》せんと、腰《こし》に飯器《いいけ》つけ、手に鳥銃《てうぢう》《てつほう》を提《さげ》て、霧《きり》立ち登る朝《あさ》ぼらけより天目山《てんもくざん》にわけ登り、谷を潜《くぐ》り、嶺《みね》を越えてかけ廻《めぐ》り、「臥猪《ふすい》の床《とこ》やある、角《つの》ぐむ鹿《しか》やあらん」と尋《たづぬ》

るに、その日は追ふて西山に傾《かたむ》くまで兎《うさぎ》ひとつの得物もなければ、大きに不興《ふけう》し、とある岩上に腰《こし》かけて精気《せいき》を養《やしな》ふ所に、遥《はるか》谷のあなたに一声《いつせい》の猪《い》の叫《さけぶ》を聞く。眼尻《まじり》を返して見れば、首より尾筒《をづつ》まで三広《みひろ》もあらんと思ふ年経《としへ》る猪の爪牙《そうげ》磨《みがき》立てて鳴《いば》ふに、かたへの洞《ほら》より同じ頃なる熊一疋《くまいつぴき》勢ひこふでかけ出、猪と喰《く》ひあひ争《あらそ》ふ。

信音《のぶおと》、「これこそけふの得ものよ」と鳥銃《ちやうぢう》取り直し、瞳定《ひとみさだめ》てねらひ付けしが、きつと心付き、「両《りやう》虎《こ》争ふて費《ついへ》に乗るなり」の格言《かくげん》おもひ出し、ためろふ内、熊《くま》と猪《い》はこんず流して挑《いどむ》に、猪の勇《ゆう》態に及ばず、終《つい》に喰ひ伏せられてたをる。熊も漸《やうやう》精魂《せいこん》衰《おとろへ》て息巻《いきまき》して立つを、あやまたずはたと打つに、月《つき》の輪《わ》に当《あた》つて死《し》す。

信音藤縄《のぶおとふじなは》たぐつて目印置き、「一日の不興《ふけう》取り戻したり」と独《ひと》り笑《わろ》ふて帰る。

跡より、「甘利氏《あまりうじ》、信音殿《のぶおとどの》」と呼《よぶ》もの有り。

「不思議《ふしぎ》なり」とふり帰れば、身の丈六

尺有余の山伏、眼色《がんしよく》黒く骨太《ほねふと》く、眼《め》の光《ひかり》矢を射《い》る、その様《さま》尋常《よのつね》ならぬが近々と歩行寄《あゆみより》、

「不佞《やつがれ》、烈州巡歴《れつしうじゆんれき》の者なるが、今宵《こよい》貴家《きか》に一宿乞《いつしゆくこは》んと思ふ」

左衛門少しも辞せず、肯《うけが》ひ牽《ひい》て宅《たく》に帰る。

山伏の言《いふ》、

「久しく浴せず。願《ねがはく》は湯をかし給へ」

「安き事なめり」

と近習《きんぢう》をもて、玉《たま》ぎるばかり湯玉《ゆだま》立つを桶《おけ》に汲《くみ》入れて、庭上に置く。山伏、心よげに、数盃《すはい》の熱湯《ねつとう》を首よりそそぎかけ、数日の労疲《ろうひ》頓《とん》に忘《わすれ》たり。

それより薬石《やくせき》《ゆうはん》を喰《くろ》ふ。一度箸《はし》を揚《あぐ》れば椀中空《わんちうむな》し。鯉魚《りぎよ》の羹《あつもの》七椀、飯器《いひけ》五升を喰尽《くらいつく》して、また酒を乞ふ。

「心得たり」と一升汲みの匏盃《ほうはい》出すに、滔《とう》々とたたゐて十五盃。少しも酔《ゑい》る気色《けしき》なし。左衛門はは

じめより「曲者《くせもの》なり」と見てければ、山伏に向ひ、
「貴《き》客《かく》、凡《およ》そ何ヶ国めぐり給ふ」
「されば五畿五ヶ国より発《おこ》り、摂《せつ》河《が》泉《せん》播《はん》に越《こへ》、四国に渡り、中州を経《へ》て関《くわん》八《はっ》州《しう》を見たり」
「しからば、今や干《かん》戈《くは》の時。各《かく》国《こく》の険《けん》阻《そ》風《ふう》土《ど》の厚《かう》薄《はく》、諸家の剛《がう》憶《おく》、弓矢の手《て》振《ぶり》もしり給ふらめ。願《ねが》はく《はく》はきかん」

山伏居《い》直《なを》り、まづ花の御所利《り》害《がい》、松永・三《み》好《よし》の存亡より及び、各国大将の賢《けん》愚《ぐ》まで、細《こま》々《ごま》と語る。舌《べん》説《ぜつ》滔《とう》々流水のごとく、先《せん》見《けん》眼《がん》力《りき》手に取るごとく、聞く人をして耳《じ》目《もく》を驚《おどろか》す。信《のぶ》音《おと》深く感《かん》心《しん》し、「貴《き》客《かく》の明《めい》察《さつ》、誠に不《ふ》朽《きう》の金《きん》言《げん》なり」と称《しやう》して止《やま》ず。

山伏重ねて、
「不《やつ》佞《がれ》、諸《しよ》国《こく》の論《ろん》を聞くに、当《とう》太《たい》守《しゆ》信玄公は近《きん》代《だい》弓馬の達《たつ》人《じん》、神《しん》変《へん》不《ぶ》思《し》議《ぎ》の名《めい》将《しやう》なりと、天下のものゝふも首を縮《ちぢめ》て恐る。

おのれ思ふに、智《ち》仁《じん》勇《ゆう》の名将とはいふべからず。父信《ちちのぶ》虎《とら》を追ふて孝《かう》を欠《かき》、諏《す》訪《は》頼《より》重《しげ》を討ちて仁を失《うしな》ひ、小女を奪《うば》ふて暴《ぼう》を示す。この三ッの罪《つみ》は智もて覆《おほ》ふべからず、勇もて押《おす》べからず。以後神《しん》出《しゆつ》鬼《き》没《ぼつ》の妙《みやう》計《けい》天を縦《たて》にし地を横《ぬき》にするの能《のう》有りとも、天が下一《いっ》統《とう》の成《いさ》功《おし》なるべからず。

攻むれば取り戦《たたか》へば勝つの軍は、あながち信玄の軍《かし》慮《こき》にあらず。旗《き》下《か》に智勇の侍《さむらい》数《お》多《ふき》ゆゑなり。しかはあれども、武田家の称《しやう》ずべきは、股《こ》肱《かう》の腹《ふく》臣《しん》左右に満《みち》、是《これ》が不《ふ》能《のう》は彼《かれ》補《おぎな》ひ、彼《かれ》及《およ》ばざるは

是《これ》がまし、互《たがい》に君家の為に得失《とくしつ》を論《ろん》じ、損益《そんゑき》を評《へう》して、私の意地《いぢ》なし。忠と義を知《し》るの外余情《ほかよせい》なし。これしも武田家の厚福《かうふく》にして、信玄の不存《こぼれ》幸《さいわい》なりと思ふ。おのれが肉眼《ひがめ》か、否《いな》」

左衛門熟頭《じゆくとう》して答《こた》へず。

山伏重ねて、

「おふよそ武士の、陣《ぢん》に臨《のぞ》み敵《てき》に戦するの時に当つて、鎗《やり》を提《さげ》て備にかけ、組み打ち分捕《ぶんど》りするは隊下《たいか》の一歩《いつぽ》卒《そつ》の業《わざ》にて、一師《いつし》の侍大将《さむらいたいしやう》とはいふべからず。人数預《あづか》る士《し》となりては、持国《ぢこく》の戦ひ、他国《たこく》の攻討《せめうち》、山に陣し、川に屯《たむろ》するまで、みづから勝敗存亡《しやうはいそんばう》の廟算《びやうさん》なくんばあらじ。漢《かん》の張良《ちやうりやう》いづれの軍にも勇功名《ゆうかうめい》なき類か。足下《そこ》の常に眼《め》付《つけ》給ふ主計《かずへ》はいかん」

甘利答《こた》へて、

「されば、信玄公の軍令《ぐんれい》に、軍馬を出す前に目算《もくさん》あり。攻働九天之上《せむればきうてんのうへにうごき》、禦陰九地之下《まもればきうちのしたにかくる》、故名将《ゆへにめいせうは》勝而後《かつてのち》ニ戦《たたかふ》。これを武田家の七重《ななへ》内習《ならし》といふ。おのれ深く歎伏《たんふく》す。陣に臨《のぞ》み敵の機《き》に応《おう》じ、左に備へあるは右に構《かま》へ、朝まだきに討《うち》、夕まぐれに懸《かか》り、不意に起《おこ》るは時の持計《じけい》にして、千軍万戦七重《せんぐんばんせんななゑ》内習《ならし》より外《ほか》に眼《まなこ》なし」

山伏歎伏《たんふく》して、

「格論《かくろん》を聞きたり。足下《そこ》の英名《ゑいめい》もむなしからじ。今宵投宿《こよひとうしゆく》の報《ほう》に少しの法《ほう》を授《さづけ》ん。千取形《ちどりかた》と号《なづけ》、孫《そん》武士《ぶし》もいはずや、「教導《きやうどう》にあらざれば、敵国を攻むる事あたはず。千取形の伝《でん》は、他国に兵《つはもの》を行《やる》か、

忍びて閑道《かんだう》を過るか、あるは闇夜《あんや》に山坂を越えるなんどに、この法《ほう》によれば、奇妙《きみやう》に方角・道数《みちのり》・険易《けんい》の直曲《ちよくきよく》まで、はじめても熟《じゆく》したるごとく、少しも迷《まよ》わず、益少《あきすこ》しきにあらず」と。その略《りやく》に曰《いは》く、「天地人の三ッ三角に立ち、東西南北の四方に立ちて、日月の二光《にくはう》、木火土金水《もくくはどごんすい》の五形《ごぎやう》を合はせて南極より繰《くり》、糧草《りやうそう》の積《つみ》四六を除《のぞき》、険易《けんい》は土《つち》よりはじむ。方角はひんがしより起《おこ》る」秘決等悉《ひけつとうことごと》く口授《くじゆ》し去る。

原隼人《はらはいと》塩尻《しほじり》の砦《とりで》を争《あらそ》ふ話《こと》

これよりしてぞ信音《のぶおと》は、不思議《ふしぎ》に他国の地利《ちり》を察《さつ》し、ひとつも違《たが》ふ事《こと》なし。信玄他邦《たほう》攻伐の時は恒例《がうれい》に、左衛門先陣勤《つとめ》、陣払ふはいつも跡を承て、一度も不覚《ふかく》の話《こと》なかりき。ここに、村上左衛門義清が勇臣《つわもの》に楽岩寺《らくがんじ》右馬丞《うまのじよう》、塩尻の切所《せつしよ》に砦《とりで》を構《かま》へ、五百騎の兵を引きて籠《こもり》、よりより武田の境内《けいだい》へ騎出し、稲刈《いねかり》、踏田《こねた》あるは放火《ほうくは》して悩《なや》ます。武田家の目代より防《ふせぎ》の人数出せば、楽岩寺早《はや》く機《き》を見て軽《かろ》く引揚《ひきあげ》、一度も籏《はた》の手を交《まぜ》ず。信玄の命《めい》としてこの砦《とりで》を抜《ぬか》んと、跡部《あとべ》大炊介七百の騎引きて向《むか》へども、右馬丞も謀略《ぼうりやく》の武士、手を変《かへ》て攻むれば術改《じゆつあらため》て防《ふせ》ぐ。四ヶ月を経《へ》て落《おと》す事《こと》あたはず。信玄、攻切の遅《おそ》きを憂《うれ》ひ、一日諸士《あるひしよし》に向ひて、

「誰《たれ》か、跡部に替《かは》つて楽岩寺を討たん」

と声《こへ》の下より、

「やつがれまからん」

と乞者《こふもの》あり。

諸人これを見れば、当時《とうじ》若手の勇士と赦《ゆる》されし原隼人《はらはいと》なり。甘利左衛門も斉《ひと》しく進《すす》み出《いで》て、「向《むか》はん」と乞《こ》ふ。互に争《あらそ》ふ色《いろ》有りてやまず。

信玄両臣を撫《なで》て、

「争ふも志勇の励《はげ》む所、何《いづ》れに是《ぜ》非《ひ》の論《ろん》なし。この上は両人一同に向ふべし。互《たがい》に気を合して成功《せいこう》を速《すみやか》にせよ。功《こう》によりて賞《しやう》有らん」と、「互に功を奪《うば》ふべからず」と、御前において意地を含《ふく》むまじき神文認《したた》め、酒に和《くは》して汲《くみ》かわす。

左衛門手勢二百騎、隼人手勢百二十騎を引きて塩尻に至り、印剣《いんけん》出して跡部に替り陣を構《かま》ふ。隼人評《へう》し曰《いは》く、

「今、味方三ッの勝有《かちあり》。「跡部五百の兵もて落《おち》ざる砦《とりで》、三百二十騎をもて破《やぶ》らん」と思ふ勇気《ゆうき》あり。敵は「五百すら呑《のむ》に、まして三百余騎をや」と侮《あなど》るの隙《ひま》あり。これ一ッ。味方新《あら》たに囲《かこ》んで兵威《へうい》あり。敵は久しく籠《こも》つて鬱《うつ》気あり。我伸《のび》て彼屈《かれかが》む。これ二ッ。味方、今宵陣《ぢん》して明日懸《かか》らば、「早く落して労《つかれ》を休めん」と奮勇有り。敵は「よも五三日は城攻めあらじ。その隙《ひま》に頃日の労《ろう》を慰《なぐさま》ん」と

油断《ゆだん》あらん。これ三ツ。兵は神策《しんさく》を貴《たつと》む。明日朝霧《あさぎり》の黒《くろ》みより懸《かか》り、一刻《いっこく》攻めにせんはいかん」

左衛門うなづき、

「大いによし、大いによし。微妙《びみやう》の先見《せんけん》なり。しからば寅《とら》の刻に兵糧認《へうろうしたた》め、卯の一天に城に懸らん。そも主君《たのむかた》の御前におゐて足下《そこ》先に詞《ことば》かけ給ふなれば、大将と定めて正面《おふて》より攻め干し給へ。おのれ副将《ふくせう》の任《にん》なれば、搦手《からめて》より向わん。機《き》あやまたず鼓《つづみ》もて牒《てう》じ合せん」

と軍談止《ぐんだんや》む。

左衛門は陣所を堅《かた》め、「不意の夜討ちや懸《かか》らん」と、遠篝焼捨《とをかがりたきすて》物見置く。五更の鼓《つづみ》聞きて三軍を調ふる折から、原隼人が陣営《ぢんゑい》に三度鯨波《とき》を発《はつ》し、人馬喧《かまびす》し。左衛門不思議て、

「隼人も勇武の達者《たつしや》。夜討ちせらるるおのこにあらじ」

とつぶやく節《せつ》、遠見の士《し》懸けつけて、

「さても原殿《はらどの》は先の約《やく》に違ひ、今夜二更に支度《したく》し、最早《もはや》砦《とりで》に仕寄せられ、今の鼓《つづみ》は懸《か》かりなり」

と訴《うつた》ふ。

「こは透《すか》されたり」

と一騎懸《きかけ》に懸けつくれば、搦手《からめて》の守兵も正面に加《くは》はりしと見て空虚なり。追々左衛門が手勢仕寄するまま、信音《のぶおと》塩合を見切りて、

「すは足長に懸《か》かれ」

と風擁《ふうよふ》して采揚《さいあぐ》れば、合軍吐奮《とふん》して踊《おど》り込《こみ》、勢《いきほ》ひ雷光《らいくはう》のごとく、忽《たちま》ち陣砕《ぢんくだけ》、三軍猛《たけつ》て、勇《いさん》で切り立つる。

一門崩《くず》れて千門全《まつた》からず。楽岩寺剛《がう》なれども、一個《いつこ》双に敵する事あたはず。怒気《ふんき》天に突《つき》、倒髪甲《とうはつかう》を通ず。滾《こん》々たる血鎗振《けつそうふ》り、大きに叫《さけ》び、

「我に遮《さへぎ》る者は死なん。避《さけ》る者は活《いき》ん」

と終《つい》に一条の血路《けつろ》を切り開き、残卒《ざんそつ》をまとめて本城に帰る。

原・甘利、事なく楽岩寺を追捕《ついほ》し、砦を破却《はぎやく》して、その日帰陣《きぢん》して言上す。信玄斜《なゝめ》ならず喜《よろこ》び、

「即刻《そくこく》の攻切、両臣の勇武なめり」

と両人に賞《しやう》し給ふて甲乙《かうおつ》なし。

甘利左衛門、原をいぶかりて、

「それ功を一人に奪《うばは》んと抜け懸けするは敗《はい》の基《もとい》と、兼《かね》ても御館に重く禁制《きんぜい》の掟《おきて》なり。忘るる原にはあらねども、御前にての争《あらそ》ひを根《ね》に持ちて忠《ちう》を思わぬは憎《にく》むべき」と。

ある人この話《こと》を隼人に告《つぐ》る。原大きに嘲《あざけ》り笑《わら》ひ、

「三十六計、不意を貴《たつと》ぶ。詭《いつは》るもまた兵の道なり。味方《みかた》の甘利すら合戦《かつせん》は明卯の時と思へばこそ、さばかりの楽岩寺も油断《ゆだん》して一刻に責抜《せめぬき》たり。抜け懸けとはいふべからず。実《じつ》に甘利老練《ろうれん》の士ならばこの義を解《とい》て伏すべきに、返《かへ》つて怒《いか》るは量狭《りやうせま》き偏執《へんしう》なり」

と言《いふ》。

また、人あつて、この詞《ことば》を甘利に語《かた》る。これより両士不和《ふわ》と成りて互に怒気含《ふんきふく》む。「柱石《じうせき》の臣の確執《くわくしつ》は国の衰微《すいび》なり」と馬場美濃守高坂弾正《ばゞみのゝかみこうさかだんじやう》なんど種《しゆ》々扱《すく》へど、義ある侍は意地《いぢ》また深く、決《けつ》して和睦《わぼく》せず。左衛門は隼人と面会する事に、「睨合《にらみあふ》もむやくし」とや思ひけん。一子の佐兵衛佐《さひやうゑのすけ》に家《か》督《とく》願ひ、入道して閑斎《かんさい》と改めて出仕せず。

ここに、信玄の若君勝千代《わかぎみかつちよ》誕生《たんじやう》の賀義《かぎ》に能興行《のうかうぎやう》あり。一家中に御酒給はる。閑斎《かんさい》も、

「久々なれば参殿《さんでん》せよ」

と別使《べつし》者《しや》下されば、いなみ難《がた》く、その日は御殿《でん》に参る。

満座《まんざ》歌舞《かぶ》の盃《さかづき》を飛ばし、喜《よろこ》びを尽《つく》し、各《おの》々暇《いとま》給はり御前を立つに、信玄声《こへ》かけて、

「いかにや、傍《かたがた》。九十九、十八、目の上下はあるらん」

とある。各《おの》々思ひがけなく猶予《ゆうよ》に、原隼人進んで、

「白木《しらき》の弓に社《こそ》あらめ」

と言ふ。信玄快然《くはいぜん》として、

「明察《めいさつ》出来たり」

と即《そく》智を感《かん》じらる。

閑斎宅《かんさいたく》に帰り、左兵衛佐《さひやうゑのすけ》を呼ばれ、

「御前の、九十九、十八、目の上下とあるを、原《はら》の「白木《しらき》の弓《ゆみ》」と判《はん》じたる意《こころ》、汝《なんじ》知るや否《いな》」

「されば再三考《さいさんかんがへ》るに、いまだ知《し》れず」

閑斎言《かんさいいふ》、

「九十九は百の字の一郭《くはく》取り、「白」の字《じ》なり。十八を合はすれば木なり。いろは四十余字《よじ》の内、あさきゆめみしの「目《め》」の上下は「弓《ゆみ》」なり」

左兵衛佐、手を拍《うつ》て感《かん》ず。

閑斎使《かんさいつかい》をして原を呼《よび》、隼人は、不和《ふわ》の閑斎《かんさい》の招《まねき》に応《おう》ぜぬは臆《おく》するなりと、使者に先だつて来たる。閑斎密室《かんさいみつしつ》へ請じて言《いふ》、

「足下とおのれ、塩尻の軍より不快《ふくわい》となりて音信絶《いんしんたへ》、けふ御館にての機智《きち》驚《おどろき》入る。それに付けて、おのれに千取形《ちどりかた》の法あり。これを伝へんと普《あまね》く諸士を試みれどその器《き》に当《あた》る人なければ、今に黙止《もだし》て我が胸裏《けうり》にひめ置きぬ。今足下《そこ》に授《さづけ》ん間、この法に足下の智恵《ちゑ》を加《くは》へて考合《かんがう》あらば、大きに主君《しゆくん》の為に益《ゑき》あらん。意地《いぢ》と忠義《ちうぎ》は別《べつ》なり。不和《ふは》はいよいよし」

と、千取形の法《ほう》、秘授口決《ひじゆくけつ》まで委《くわし》く伝へ、

「詞《ことば》かはすもこれ限《かぎ》りなり」

と言《いふ》。

原大きに喜びかつ感《かん》じ、甘利が忠義を照《て》らさん為、または我《われ》一生、恩忘却《おんぼうぎやく》せまじと誓《ちか》ひ、差物《さしもの》の紋《もん》に千取形を付くるはこの謂《いわれ》とぞ。

さるにても甘利、君の為におのれが意恨《いこん》を忘《わす》るるは、後世の美談《びだん》とす。

四方義草巻之五大尾

寛政五癸丑年初春

三都書林

京三条通麩屋町東入　岸田藤兵衛

江戸日本橋三丁目　前川六左衛門

大坂心斎橋南久宝寺町角　松田長兵衛

同南谷町小谷筋　大久保平兵衛

同北久太郎町堺筋東　浅田清兵衛

解説

勝又基・木越俊介・野澤真樹

『向燈賭話』解題

1　書誌

○底本　東洋大学附属図書館（哲学堂文庫）本　請求記号T二一八九

○体裁　半紙本四巻一冊

○ステイタス　転写本

○表紙　後補　薄茶色無地　縦二十三・〇cm×横十五・七cm

○外題　後補。表紙左肩の無地題簽に墨書。「向燈賭話」。

○構成　序①（無題）漢文　一丁半（一～二、裏白紙）　序②「向燈賭《かうとうと》話序《はのじよ》」漢字平仮名交じり文　一丁（三）　序記「于時元文己未年十二月／於《おゐて》二麻布北隅《あざぶのほくぐうに》一中村満重書之気《き》之《の》知怒《しれぬ》仁也《ひとなり》」　総目録「向燈賭話上編惣目録」三丁半（一～三、裏白紙）　尾題「惣目録終」　目録「向燈賭話上編巻之一目録」半丁（一、裏白紙）　本文「向燈賭話上編巻之壱」十八丁（一～十八）　尾題「向燈賭話上編巻之一終」　本文「向燈賭話上編巻之二」二十二丁（十九～四十）　尾題「向燈賭話上編巻之三終」　目録「向燈賭話上編巻之四目録」半丁（四十一、裏白紙）　本文「向燈賭話上編巻之《ママ》」二十二丁（四十二～六十三）　尾題「向燈賭話巻之四終」　目録「向燈賭話上編巻之五目録」半丁（六十四、裏白紙）　本文「向燈賭話上編巻之五」二十三丁半（六十五～八十八、裏貼付）　尾題「向燈賭話巻之五終」

○行数　序①五行　序②八行　本文八行

○丁付　あり（構成の項で記述した）。
○印記　「甫水井上氏蔵」（方陽朱）、「御大典記念図書甫水井上円了」（長円陽陰朱）、昭和五十一年二月の東洋大学図書館受入印ほか。
○備考　匡郭、柱記、奥付なし。序①末に切り取って補修した痕跡あり、削除か。総目録の巻之五末に、二章分消した痕跡あり。巻之一目録最終章左に一章分消した痕跡あり。本文中に書き損じを墨で塗りつぶした箇所が散見される。下小口に「向灯賭話」と墨書。ルビは書写者のものと、別筆のものが混じる。目録の章段下に朱で丁数を書き込む。
○諸本　他に現存を知らない。

残念ながらこの本は、完全な形態を残しているものではないらしい。その不完全さは、主に二点に整理できる。

第一に、巻の記載が乱れている。各巻の目録題、内題、尾題下に記された巻数を整理すると左図の通りである。とくに注目すべきは第二冊で、内題と尾題との数字が異なる。

第二に、目録が乱れている。総目録、各巻頭、本文のそれぞれが一致していないのである。

冊次	目録題	内題	尾題
第一冊	一	一	一
第二冊	目録なし	二	三
第三冊	四	記載なし	四
第四冊	五	五	五

翻刻では省略したのだが、原本には各巻目録とは別に、総目録が付されている。しかし、現存本文が二十章であるのに対し、総目録には四十六章も記されているのである。

この溝を幾分か埋めてくれる資料がある。東北大学狩野文庫所蔵の写本『秉燭奇談』（十三巻二冊）である。序跋文、著者署名も無いながら、そこに収められる六十八話には、『向燈賭話』『続向燈吐話』と重複するものが少なからず見える。近藤瑞木「写本から刊本

へ――初期読本怪談集成立の一側面」（『都大論究』第三十二号、東京都立大学国語国文学会、一九九五年）はこれを『向燈賭話』の「異本と思われるもの」（十五ページ）であり、『向燈賭話』から抄出し、改題したものとしてほぼ間違いない」（十七ページ）ものとする。ちなみに近藤稿執筆時はまだ『続向燈吐話』は発見されていなかった。

『秉燭奇談』の存在を視野に入れて、『向燈賭話』の目録を左に挙げる。△を冠したのが、総目録のみで現存本文には無い章段（計十八話）。▲を冠したのが、『向燈賭話』本文には無いが『秉燭奇談』でその内容を知ることができる章段（計八話）である。

〔一之巻〕

仙洞へ献茶器　金沢の妖女　火車の談　浜野の雷火　▲（秉五の一）生玉の敵討　▲（秉五の二）内藤宿の盗人　△僕が妖術　△総州の革冑　△奥州の鉄鎧　△海尊仙　▲（秉四の五）老鼠の怪　▲（秉四の六）厠の妖鼠　△山鶏の怪異

〔二之巻〕

羽州温泉の刃傷　鶏の毒飼　油煙の白蛇　死霊と偽為盗　子に愛て罪を悔　岸の和田の仙　猿の藤葛　猿鉄砲を盗　老猪　牛狼を刺殺す　厠の貂

〔三之巻〕

父兄の讐を報ふ女子　蝙蝠の怪　亡霊女の家へ来る　赤坂の蜘の囲　犬を殺して怪を去　△総州の卑仙　△偽て女を謀り却而其身を亡ふ　▲（秉十三の三）老女の死怪　△斬罪の怨念　△上州朱の婚礼　△古井の蝮蝎　△猫が嶽の蝮蝎　△亡魂寺へ来る　△蛇同類を呑　△囚人の愛情

〔四之巻〕

△非人の盗賊　△湖水の大地　△羽州断弦の怪　▲（秉一の五）桑名の死霊　△渡嶋の危難

〔五之巻〕

▲（巻三の一）房州の浪人　▲（巻三の一）箱根の妖僧

この他にも、ルビがが後人によって付されたものであるらしいことを指摘しておく。

2　作者

作者について知るには『向燈賭話』およびその続編たる『続向燈吐話』の序跋文に頼るしかない。また分かることも、せいぜい姓・中村、名・満重、号・資等といった程度である。ただ、もう少し想像をたくましくするならば、自序でその住居を勘助畑（六本木二丁目）と言っていることがヒントになる。後代のものだが尾張屋版切絵図によれば、勘助畑の箇所に「小役人」と記されている。これにより、作者・中村満重は下級幕臣だったと推測しておきたい。

3　内容

全二十話の怪談集。自序によれば元文四（一七三九）年十二月に成った。

近藤瑞木「玉華子と静観房――談義本作者たちの交流」（『近世文芸』六十五号、日本近世文学会、一九九七年一月）は、この写本が江戸の談義本作者たちの間で出回っていたことを指摘した。彼らが出版した著作に、『向燈賭話』所収の逸話が利用されているからである。

では、該書の写本そのものとしての特徴についてはどうだろうか。書名『向燈賭話』や序文に見える通り、該書は咄を賭けものにする、つまり「咄の点取り」という遊びを基盤に生まれた書物らしい。じっさいに各話の舞台を確認してみると、編者の居住地である麻布を中心とした江戸山の手エリアに集中していることがわかる。この地域的偏りは、賭け物としての有効性を考えたものではなかっただろうか。より身近かつ具体

的な地であるほど、エンターテインメントとして効果的だからである。このことを踏まえて、拙稿「都市文化としての写本怪談」(『怪異を読む・書く』二〇一八年十一月、国書刊行会所収）では、江戸山の手武士階級が内輪のために作ったエンターテインメントであるこの『向燈賭話』は、後に現れる黄表紙などといった江戸戯作の先蹤をなしている、と位置づけた。そしてこうした内輪向けの文学は、写本こそがふさわしく、江戸戯作の発生に写本の存在は無視できないと提言した。

いっぽうで該書には、地方の怪談も少なからず収録されている。こうした逸話も、怪談の会において、地方出身の人物からもたらされたもののようだ。たとえば巻二の四「死霊と偽り盗をなす」は、まさにそうした様子を書き留めている。編者の隣に下総国生まれの物好きがいた。言葉が訛り、いつも周りから笑われていた。ある雨の日、三四人で集まって物語している際、その男が来て、いつもの訛った言葉で「こんな事があった」と語るのを聞くと、初めは可笑しかったが、後には面白く感心した、というのである。巻五の五「犬を殺して怪を去る」も、近所に住んでいた下総出身の者が語った地元の事件である。

また該書の巻四には動物の出てくる怪談が多い。これは座の話の流れによるものであったらしい。巻四の三「猿の藤葛」は、編者らが怪異の事を談じて一夜を明かしている際、咄が鼬、老猿、夜衾、老狼など、さまざまな動物に及んだと記している。

また、いくつかの章段に話末評語が付されていることも注目される。巻一の二「金沢の妖女」は加賀藩士が娶った妻の逸話である。夫が江戸勤番の間に一家の長が彼女へ横恋慕し、血で書いた恋文を寄越した。断りの返事をしたものの男の思いはますます募り、狂乱のごとくなったため、この男は捕らえられて斬罪になった。これ以降、女は夜中にこっそり外出するようになった。夫の帰国後も外出するので問い詰めると、夢うつつで何も覚えていない。仕方なく妻の父へありのままに語ると、父は親族の恥になると考え、妻を呼び戻して、密かに刺し殺してしまった。妻を寺へ送るさいには雷雨がおびただしく降り、人々はかの長の恨みだろうと噂した、という話である。

この話末に付された評語は、横恋慕した長を批判するのかと思えば、なんと被害者たる女に対して矛先を向けるものであった。このような非業の死を遂げるということは、この女は外面こそ良かったが、裏では不義不貞を働き、讒訴して他人を死に至らしめたりしていたにちがいない。世俗の雑談は、かならずしも事実を伝えるとは限らず、このように（女を善人とするような）偽りを伝えることがある、というのである。よく見る怪談の教訓とは明らかに一線を画したものである。これも、この事件が語られた座で漏らされた感想が反映しているのであろうか。

さて、写本怪談という特色を考え合わせてもう一つ興味深いのは、人名や地名を憚って記さない箇所がある点である。

享保初年、番町辺、その姓名を聞しかど、憚り有て記さず。　巻一の三「火車の談」

武州川崎の宿に近き所、一寺有り。寺号も聞しが、僧侶の噂、児女子の忌嫌を憚りて記さず。　巻五の三「亡霊、女の家に来る」

下総の国の者、通り三丁目に住居せしが、元文初年、それが語りしは、わが国と上総の国の境に、その村をも慥に知り侍れど、いまにも人存命にて、しかも縁拠の者も間近き町に住めば、顕はには云がたし。　巻五の五「犬を殺して怪を去る」

すでに近藤が指摘している通り、『向燈賭話』が談義本作者たちに利用されて板本に利用されるさい、固有名詞が匿名化される傾向があった。当時の出版統制によって実名を挙げることは制限されていたので、この匿名化は当時にあって自然なものである。いっぽう写本では、実名を憚りなく書き表すことが、その特徴であるとされてきた。実録体小説はまさにそういった小説であるし、『向燈賭話』にも、実在の人名は数多く登場する。しかしその一方で、写本においても、ある程度実名を憚る意識があったというのは、出版時代の写本とは何か、という問題を今後考えてゆく上で興味深い事例である。

『続向燈吐話』解題

（勝又基）

1　書誌

○底本　国文学研究資料館本（三井家旧蔵資料）　請求記号ＭＸ３０１／１／１・２

○体裁　半紙本十巻二冊

○ステイタス　転写本

○表紙　後補　茶色無地　縦二十三・〇cm×横十五・九cm

○外題　後補。表紙左肩の無地題簽に墨書。「奇談 続向燈夜話　壱より五迄（六より十迄）」。巻数を記す箇所には貼紙を用いる。

○構成　第一冊

〈第一巻〉序「続向燈吐話序」漢字平仮名交じり文　一丁半（裏白紙）　序記「元文庚申年初《けんぶんかのへさるのとししよ》春《しゆん》　資等書《しとうしよす》」　目録「続向燈吐話巻之壱／目録」一丁　本文「続向燈吐話巻之壱《そくかうとうとわけん》」三十五丁半（裏白紙）　尾題「続向燈吐話巻之壹終」

〈第二巻〉目録「続向燈吐話巻之弐／目録」一丁　本文「続向燈吐話巻之弐《そくかうとうとわけん》」二十九丁　尾題「続向燈吐話巻之弐終」

〈第三巻〉目録「続向燈吐話巻之三／目録」一丁　本文「続《ぞく》向《かう》燈《とう》吐《と》話《わ》巻《けん》之三」三十丁半（裏白紙）、尾題「続向燈吐話巻之三終」
〈第四巻〉目録「続向燈吐話巻之四／目録」半丁（裏白紙）本文「続《ぞく》向《かう》燈《とう》吐《と》話《わ》巻《けん》之四」二十六丁半（裏白紙）尾題「続向燈吐話巻之四終」
〈第五巻〉目録「続向燈吐話巻之五／目録」一丁　本文「続《ぞく》向《かう》燈《とう》吐《と》話《わ》巻之《まきの》五」二十丁　尾題「続向燈吐話巻之五終」

第二冊

〈第六巻〉目録「続向燈吐話巻之六／目録」半丁（裏白紙）本文「続《ぞく》向《かう》燈《とう》吐《と》話《わ》巻《けん》之六」二十三丁半（裏白紙）尾題「続向燈吐話巻之六終」
〈第七巻〉目録「続向燈吐話巻之七／目録」半丁（裏白紙）本文「続向燈吐話巻之七」二十三丁半（裏白紙）尾題「続向燈吐話巻之七終」
〈第八巻〉目録「続向燈吐話巻之八／目録」一丁半（裏白紙）本文「続《ぞく》向《かう》燈《とう》吐《と》話《わ》巻《けん》之八」二十丁　尾題「続向燈吐話巻之八終」
〈第九巻〉目録「続向燈吐話巻之九／目録」一丁半（裏白紙）本文「続《ぞく》向《かう》燈《とう》吐《と》話《わ》巻《けん》之九」十九丁　尾題「続向燈吐話巻之九終」
〈第十巻〉目録「続向燈吐話巻之十／目録」一丁　本文「続向燈吐話巻之十」二十四丁　尾題「続向燈吐話巻之十終」

○行数　序九行　本文九行
○奥付　なし
○印記　「文部省図書之印」（方陽朱）「北滝」（方陽朱）「万喜」（方陽朱）花王（朱文）ほか
○書入　第二冊見返しに墨書「評曰　幻化虚誑能巧言／猶狐狸欺常化人」。同裏見返しに墨書「続向燈吐

話」。ともに後人によるものであろう。

○帙　旧蔵者によるもの。紙製。薄茶色無地。表面に「続向燈夜話　二冊」と墨書。

○備考　丁付、匡郭なし。ルビは明らかな誤りが多く、転写者あるいはさらなる後人によって付されたものと思われる。ごく僅かながら、朱でルビを訂正している箇所も見られる。本文の各章に章題はなく、代わりに一行空けて一つ書きで始める。

○諸本　他に現存を知らない。

2　作者

該書の作者が『向燈賭話』の作者と同じ中村満重であることは疑いない。資等なる人物の自序には、以前記した『向燈賭話』に漏らしたものを集めて『続向燈吐話』を記したと明記されているからである。

3　内容

全十巻に計百二話を収める。タイトルに「続」とあるとおり、『向燈賭話』の続編として書かれたことを疑う必要はないだろう。該書は正編が書かれてから時をおかずに書かれたもののようだ。序文の年記は元文五年（一七四〇）正月。正編たる『向燈賭話』の序文の年記は元文四年（一七三九）十二月だったから、そこから一ヶ月しか経っていないことになる。たしかに、本文中には「元文五《げんぶんご》年《ねん》の春《はる》の事《こと》なり」（巻六の三「上野国の人横難の事」）など、序文より後に書かれたと思われる記事もある。にしてもさほど時が経ってのものではない。成立年時は元文五年（一七四〇）の年内と考えて大過ないだろう。

あまり時を隔てずに編まれた続編だけあって、内容も、正編と同様の特徴がまま見られる。江戸山の手を

舞台にした怪談を数多く掲載し、さらに全国各地からの逸話も収める。巻十の七「女髪の怪異の事」のラストシーン、逃げた妖怪のものと思われる女の髪一摑みが屋根の軒に残っていた、というくだりは、秋成『雨月物語』の「吉備津の釜」の先例として注目される。今後の典拠論に何らかの助けとなるのではなかろうか。

その一方で、皮肉なことであるが、いわゆる狐狸妖怪の現れない逸話群が目を引く。

上野国で、ある百姓の娘がふとした勘違いから弟を殺してしまい、逆上した母親はその娘を殺す。子供二人を同時に失った夫婦は、それでもなんとか立ち直ろうとするが、無慈悲としか言いようの無い結末を迎えるに至る、という巻六の三「上野国の人横難の事」。

信濃国で、少女時代から盗癖のあった女がいた。ようやく更生したかと見えて家計を助けるようになり、父親も安心したある夜、旅人を家へ泊めることになる。そこで彼女の悪癖が再び頭をもたげてしまう、という巻七の三「女ぬすびとの事」。

但馬国の富家で、盗人が捕らえられた。聞けば、百人から成る盗賊団の一味であるという。助けてくれれば今後、家の難儀を救うという約束で、咎めなく解放することになった。七八年も経ったある日、盗賊団の首領が訪れて、「因幡、美作の盗賊達が連合で当家を夜討ちに来る」と知らされる。そして、富家の屋敷を舞台にして但馬の盗賊団と因幡、美作の盗賊団との籠城戦が繰り広げられる、という巻七の四「盗人恩を報ゆる事」。

これらは今考えられている典型的な江戸時代の怪談とは趣が異なる。しかしながら、これを怪談でないと断ずることは難しいだろう。読めば、骨太の迫力で人間そのものの恐しさを伝えてくるからである。こうした話柄が混在する背景はなんだろうか。やはり想起させられるのは、噺の点取り、という場である。目の前にいる聞き手を引き込み、恐がらせるという目的の下では、狐狸妖怪や幽霊の有無は怪談の前提条件ではなかっただろう。

さて、該書は比較的新しく国文学研究資料館が収蔵した本である。そのため、この書物によって従来の研

究が補足できた面がある。先述の通り、近藤瑞木は『向燈賭話』が江戸の談義本作者たちの間で出回っていたことを指摘した。これに加えて畑中千晶の口頭発表「『花実御伽硯』の粉本——写本『続向燈吐話』の利用について」（日本近世文学会平成二十八年度春季大会　於明治大学）は、この『続向燈吐話』も同様に複数作者の板本著述に利用されていたことを明らかにした。さらに畑中は、同一の逸話を複数の作者が利用しているケースを取り上げて、それぞれの利用法の違いを明らかにした。この他にも、まだ多方面から考究する余地のある作品だと言うことができるだろう。

（勝又基）

『虚実雑談集』解題

1　書誌

○底本　矢口丹波記念文庫本（請求記号〇四八一）
○体裁　袋綴　半紙本五巻一冊（合綴）
○表紙　後補　青色無地　縦二十二・四cm×横十五・五cm
○題簽　なし
○構成　巻一は序一丁、目録一丁、本文十九丁。巻二は目録一丁、本文十九丁。巻三は目録一丁、本文十七丁。巻四は目録一丁、本文十五丁半。巻五は目録一丁、本文二十三丁、跋一丁半、刊記半丁、

広告三丁。
○序　「虚実雑談集序／……／恕翁」
○目録題　「虚実雑談集巻之一目録（〜巻之五目録）」
○内題　「虚実雑談集一（〜五）」
○尾題　「虚実雑談集一終（〜四終）」巻五は尾題なし。
○柱題　「雑談集巻之一（〜五）」
○跋　「（序題なし）／……寛延二己巳とし冬／蘭室／虚実雑談集跋」
○匡郭　すべて四周短辺　縦十八・三cm×横十二・六cm（巻一内題丁にて計測）
○行数　序七行　本文十行　跋七行
○挿絵　巻一は見開一図、半面四図。巻二は見開二図、半面一図。巻三は見開三図。巻四は見開二図、半面一図。巻五は見開三図、半面四図。計二十一図。画工名の表記なし。
○刊記　第五巻二十六丁裏に「寛延二己巳年冬／江都書林／日本橋南壱丁目／須原屋茂兵衛板」。
○広告　「千鐘坊鐫梓略目録」

2　作者

作者は講釈師の初代瑞龍軒恕翁。彼については、延広真治による『日本古典文学大事典』「瑞龍軒」項が詳しい。それによれば、本名は滋野茂雅。貞享四年（一六八七）江戸麻布に出生、天明四年（一七八四）三月二十四日没、九十八歳。当時、「孔子が出て講釈をしても瑞龍軒ほどには聞く人があるまじ」（明和二年〈一七六五〉刊『小夜時雨』）と言われるほど人気を博したという。

なお、恕翁の著書の一つである『なぐさみ草』（寛政元年〈一七八九刊〉。石川武美記念図書館蔵）には、該

書を文化五年（一八〇八）に入手した大田南畝による、次のような書き込みがある。

瑞龍軒は軍書講釈師なり。古は太平記よみといひて、古戦ばかりを物語せしを、慶長元和の頃の後風土記などをよみしは、此瑞龍軒公に願ひてよみはじめしと云事、亡友菅江の物語なりき。ありがたき志なるべし。かかる事なくば、いやしき市井のもの、後代はじめの有がたき事をしるもの、あるまじき也。此書は講席にて鬮《くじ》などに出せしものならん歟。志道軒の無一草のたぐひに似たり。

それまで講釈は『太平記』をはじめとした古い戦ばかり語っていたが、恕翁の申し出が許されたおかげで、『三河国後風土記』などといった徳川家の物語を語るようになった、というのである。

3　内容

該書を開けば、まず巻一の四「あやしき獣《けだもの》の事附白蝶あゆみし事」の挿絵、大きな蝶の化物が侍に襲いかかる図柄に度肝を抜かれる。奥州二本松藩士の庭に、人間の背丈ほどの蝶が二本足で現れ、斬りつけると飛び去ったという。この話に限らず、巻一には諸国の怪談が並んでいる。その「諸国」は日本を飛び出てさえいる。巻一の最終章「義秀《よしひで》の社《やしろ》、朝鮮に有《あ》る事」は、釜山にある朝比奈義秀を祀った社についての怪談である。対馬藩士が倭館にこれを移そうとすると、触れた者はみな患った。そして義秀は託宣で「私は日本を出てこの地で終わるつもりだ。朝鮮の者は私を敬ってくれる。どうして移設しようとするのか」と憤ったという。

巻二以降は、怪異譚に混じって、人物伝や碑文に関する記事も混じるようになる。

人物を挙げれば、盤珪・覚彦（巻二の四）、雲居（巻二の六）、道円（巻二の十四）、鴛河長賢・橘三紀（巻二の十九）、江村専斎（巻三の七）、伊藤仁斎・東涯（巻三の十）、常陸の貞女・紀伊の孝子・江戸の忠臣（巻三の十三）、木食弾唱・弾誓（巻四の十七）、深草元政（巻四の十九）、豊臣秀吉（巻五の五）、三浦道寸・武田信玄

（巻五の六）、冷泉為相・為久（巻巻五の十二）、烏丸光栄（巻五の十三）、細川幽斎（巻五の十四）、広沢長孝（巻五の十五）。と、文人を中心として幅広く言及されている。

碑文を挙げれば、壺の石碑（巻五の十七）、楠正成の墓（巻五の十八）、藤原家隆の墓（巻五の十九）、江戸飛鳥山の碑（巻五の二十）と、これも多彩な選択がなされている。

こうしてみると、巻を追うごとに怪談以外の話題が割合を増してゆくことが分かる。じっさい序文にも、その雑食性は次のように宣言されている。

山さけて、海に入り、海《うみ》あせて、陸《くが》となり、或いはあやしきことをも、かたる人有り。或いは人のよしあしを数《かぞ》へいふなど、心《こころ》にとまることども、そこはかとなく、やや書《か》きつけをき侍る。

延広はすでに先の辞典項目で該書を「備忘録めいた」と形容している。たしかにそうした面を無視することはできない。

ただし、それを認めた上で、書物出版にさいしての工夫をも見て取っても良いであろう。もとは雑多な書き留めでありながら、怪談を前方に、碑文の引用などは後方に配置することで、より興味を引く本作りを目指したものと考えられるのである。

（勝又基）

『玉婦伝』解題

1　書誌

『江戸本屋出版記録』には、本作について「同（稿者注、安永）四未四月／玉婦伝／墨付七十五丁／文母／前五冊／板元売出し／西村源六」[1]とある。同記録は主版元と江戸の販売所とが異なる場合は二つの書肆名を併記するが、ここには一つの書肆名しか記されていないので、「板元」「売出し」をともに担う主版元が江戸本町三丁目・西村源六（文刻堂）であったことがわかる（刊記では左から二番目に記載）。

○底本　国立国会図書館蔵本
○体裁　袋綴　半紙本五巻五冊
○表紙　縹色無地表紙　縦二十二・〇cm×横十五・八cm
○題簽　「奇談玉婦伝　壱（貳、参、四、五）」（左肩、四周双辺子持枠）
○構成　巻一は序（和文）一丁、惣目録一丁、本文十二丁半。巻二は本文十一丁半。巻三は本文十四丁半。巻四は本文十七丁。巻五は本文十五丁、刊記半丁。
○見返　なし
○序　「奇談玉婦伝序……爾時安永四未年孟春／東都飛花窓／文母戯述／文母」
○目録題　「奇談玉婦伝巻之一」
○内題　「奇談玉婦伝巻之一（〜五）」

○尾題　「奇談玉婦伝巻之五大尾」
○柱題　「玉婦伝一（〜五）」
○行数　四周単辺　序七行　本文十行
○挿絵　巻之一、三〜五に二図、巻二に一図。全九図。画工名の表記なし。
○刊記　「安永四年未歳正月吉日／書林／京堀川錦上ル町／西村市良右衛門／大坂順慶町／柏原屋清右衛門／江戸本町三丁目／西村源六／同本白銀町一丁目／小林半蔵」
○蔵書印　「味哉堂図書記」（成女高等女学校第三代校長宮崎修氏旧蔵書）　他貸本屋印二種
○諸本　本書の底本とした国立国会図書館蔵本以外に、諫早市立諫早図書館・諫早文庫に巻三のみの零本が所蔵されるが、国内には完本の所蔵が確認されていない（旧下郷文庫蔵本は戦災により焼失）。海外ではアメリカ・スミソニアン協会フリーア美術館所蔵のプルヴェラーコレクションに完本がある（未見）。

2　作者と書肆

本書の作者・飛花窓文母（享保八年〈一七二三〉生、寛政十年〈一七九八〉没）は、江戸・雪中庵蓼太門の俳諧師である。[2] 天明二年〈一七八二〉刊『望の花』の序と、後に文母が同門の俳諧師・月巣追善のために編んだ『心一つ』（寛政三年〈一七九一〉刊）によれば、天明二年、駿河国安倍郡・時雨窓の庵主月巣が帰郷を余儀なくされた折、文母が駿河国に赴き時雨窓庵主を継いだという。『望の花』はこれを記念して編まれた書であり、『玉婦伝』と同じ「飛花窓」の号も見えるが、天明二年以降、文母は主に「時雨窓」の号を用いている。『雪門中興発句分類』（安永五年〈一七七六〉刊）に文母の句として「価なきものとこそみれ内裏雛」（「雛附曲水」）、「うごかせば竹に雨ありけふの月」（「月」）などが載る。[3]

安永四年（一七七五）正月刊の『玉婦伝』は、文母が時雨窓庵主になる前、江戸住みのころの作品である。文母は先に触れた『心一つ』以外にも複数の俳書の編集に携わっているが、読本の著作は現在わかっている限りこの『玉婦伝』のみである。雪門の俳諧師・文母がなぜ読本の筆を執ることになったかという問題について、版元との関わりは一考すべきことと思われる。

本作の版元である西村源六は、明和末より文母の師・雪中庵蓼太率いる雪門の俳書の中心的な出版元であった。西村源六から刊行された俳書には末尾に「雪中庵俳書目録」を付すものがある（柿衛文庫蔵・明和六年跋『蓼太句集』〈初編・二冊〉など）とともに、天明・寛政期には裏表紙見返しに「俳書房（俳諧書舗）西村源六」と記すものが見られる。また、『玉婦伝』よりも後に文母が編んだ月巣追悼集『心一つ』も西村源六から刊行されている。

その西村源六の出版物は、俳書以外にも往来物や節用集など多岐にわたる。とりわけ前期読本の嚆矢とされる都賀庭鐘の『英草紙』『繁野話』に関して、江戸での売出しを担っている点は留意されよう。出版の経緯については資料を見いだせないが、雪門の俳諧師・文母と「俳諧書肆」西村源六とが深い関係にあったこと、西村源六が上方版の読本を学ぶことのできる立場にあったことは確かである。江戸の初期読本のなかでも早い時期に刊行された本作の成立に、右のような書肆・西村源六の性格が関わっている可能性は想定してもよいであろう。

3　内容

以下に各編の梗概を示す。

一　轆轤首争レ婚《ろくろくびこんをあらそふ》

鐘撞きの娘・香蘭は容貌美麗で管弦に通じ、求婚する男が絶えなかった。しかし、持ち上がった縁談はこ

とごとく破れ、香蘭と両親は困惑する。奉公人の権東六・槌の慰めにより香蘭は元気を取り戻すかに見えたが、実は破談の原因はこの二人が流した「鐘撞きの娘は轆轤首である」との噂のせいであった。香蘭は権東六から真相を聞き出し、権東六の脇腹を短刀で突いて意趣を晴らす。轆轤首の疑いが晴れ、再び三十六人の男が香蘭に求婚したが、香蘭は全員を退ける。その後、香蘭の噂を聞きつけた西国大名の若殿・靭負之助より求婚を受け、二人はめでたく結ばれた。

二　従㆓泉下㆒《せんかより》養㆑母《ははをやしなふ》

江戸の商家の息子・位太郎は吉原の遊女・三ッ瀬と深い仲にあったが、位太郎に縁談が持ち上がり、二人は心中を決意する。しかし約束の日になり、位太郎は三ッ瀬が他の客とともに命を絶ったことを知り激怒する。三ッ瀬は位太郎のことを想い、古くからの馴染み客との心中を選んだのであった。三ッ瀬からの手紙で真実を知った位太郎は心を改めて許嫁と婚儀を結び、三ッ瀬の母を実母のごとく養った。

三　傷㆓二女情㆒《じじよのじようをやぶる》

難波の商家の息子・直次郎は商売の損失から妻・靏女の制止を振り切って江戸へ出稼ぎに赴く。直八と名を改め手代として勤めることとなった富家には美しい姉妹がおり、そのうちの姉・雛女は継母・鳴につらくあたられていた。鳴と衝突した雛女は家を抜け出し死を決意するが、同じく家を出た直八によって命を救われる。やがて二人は結ばれるものの、病に罹った直八を助けるため雛女は吉原に身を売る。雛女が年季を終えたある日、雨宿りのため二人の住処を訪れた女は、直八の昔の妻・靏女であった。直八は二人に養われて遊び暮らし、浪人・横尾田軍五右衛門の妻・徳女と不義の仲となる。靏女・雛女は諫めに応じない直八を見限り、出家する。後に徳女にも捨てられ、零落《おちぶ》れた直八が二人の草庵に赴いて助けを求めると、二人の尼僧は盆の水を庭にこぼし、「覆水盆に返らず」の故事を暗に示した。

四　二女失而治㆑国《じじようせてくにをおさむ》

山城国深草に住む浪人の娘・花子は東国の太守・篠田家の奥方の目に留まり、篠田家に奉公することとな

る。太守が没し、その子・葛城之助殿が後継者となるが、婚儀を結んだ奥方との間には子が出来なかった。一家は悩んだ末、花子に側室になるよう勧める。しかし花子にも、もう一人の側室千代との間にもやはり子は生まれない。この難局に乗じ出入の医者が唆し、左弁という淫婦をあてがって葛城之助殿を酒浸りにする。左弁は葛城之助殿の子を妊り、側室の花子・千代に激しく悋気した。ある日、花子・千代は北野天満宮参詣を口実に家を出て、ともに命を絶つ。書き置きには左弁の心を清くし、若君の安産と御家長久を願う旨が記されていた。二人の死により左弁の心は和らぎ、葛城之助殿も正気に戻って篠田家は長く繁栄した。

五　毒蛇怖二金龍一《どくじやきんりやうをおそる》

荒尾歌門太郎雪照は妻・小宰相とともに上総へと下る途中、盗賊に襲われる。盗賊は雪照主従によって退けられるが、小宰相は夫とはぐれ、山中を彷徨《さまよ》う。その道中、大河を渡ろうとしたところで小宰相は大蛇に遭う。矢口大明神の名を唱えると、身につけていた金襴の帯が解け、大蛇は恐れをなして逃げ去る。大蛇には金襴の帯が金龍に見えたのであった。その後、助けを求め逃げ込んだ小庵の主に言い寄られるも辛うじて逃れ、たどり着いた矢口村で、小宰相は奇しくも夫・雪照との再開を果たす。夫婦は矢口大明神の加護に感謝し、雪照は帰国の後に盗賊を残らず討ち果たした。

本作は序文に「賢愚邪正」の男女隔てなきことを説き、「遠つ国遠い往古《むかし》にあらぬ新たなる」話を集めたものという。『玉婦伝』の題は作品が貞実な女の逸話五つから成ることによる。そのうちの巻一「轆轤首《ろくろくびに》争レ婚《こんをあらそふ》」については近藤瑞木の論考があり、『当世武野俗談』「本石町鐘撞の娘ろくろ首」（宝暦七〈一七五七〉年）、『遊歴雑記』三編巻之上「石町鐘撞堂の応報」（文化十三〈一八一六〉年序）等に見える実説を典拠とすることが指摘される。[4] このことは「新たなる」を集めたという序文の記述にも合致し、他の話についても実説との関わりを検討する必要があろう。

本作は江戸出来の初期読本であり、各話の冒頭には漢文訓読調の文体や、和漢の典拠の利用が目立つ。ま

た、巻五、荒尾雪照の妻が盗賊の襲撃によって夫とはぐれ、様々な苦難に遭いながらも新田大明神の加護により再び夫に巡り会うという話は、都賀庭鐘の『繁野話』（明和三〈一七六六〉年）五「白菊の方猿掛の岸に快骨を射る話」に似る。庭鐘作品や少し後の江戸読本『奇伝新話』（天明七〈一七八七〉年）等に比べれば漢語・白話語彙の利用は格段に少ないが、「一声叫びて」（巻二・巻三）等、和文脈では見られない語を『繁野話』『奇伝新話』と共有する点も留意されよう。作者文母の念頭には庭鐘作品をはじめとする読本があり、本作をそれらに近づけることは少なからず意図したであろう。

一方、本作の所々に見える七五調の行文は右に挙げた読本には見られない特色である。七五調は五話全てに少しずつ見えるが、とくにそれが目立つのは巻二で、最も長いものを抜き出してみれば、「三々九度の／蝶花がた／嫁は名さへも／よしの方／花の盛りの／妹背山／睦みかさなる／八重桜／初めにかはる／中よしの／三ツ瀬がことも／打ちあけて／筆に残んの操の命毛／芳野は感涙／袖にみち……」と、浄瑠璃の詞章にも似た調子で場面を展開している。また、「思ふ図（に乗る）」（巻一他）、「あじな連理と成りにけり」「しら化け」（巻三）等の俗語を用いる点は、むしろ演劇や浮世草子の文体に近似する。話の内容に目を向けると、巻二に心中の種明かしを遊女の手紙に託す手法があり、これと同様に話中に手紙文を挿入する方法が『御伽比丘尼』巻一の三「あけて悔しき文箱」（貞享四〈一六八七〉年）、『風流夢浮橋』巻二の四「口のさがなき輪《くるわ》の物ざた」（元禄十六〈一七〇三〉年）、『世間妾形気』巻三の三「二度の勤は定めなき世の蜆川の淵瀬」（明和四〈一七六七〉年）[5]等、複数の浮世草子に用いられている。七五調の文体、俗語の利用と併せて、本作は浮世草子や演劇に親しんだ作者が先行する読本に似せて著した作品であり、浮世草子と初期読本との連続性がうかがえる特色を有するといえる。

また、特筆すべき趣向の一つに、各章の題が挙げられる。一「轆轤首争ㇾ婚《ろくろくびにこんをあらそふ》」、二「従二泉下一《せんかより》養ㇾ母《ははをやしなふ》」、五「毒蛇怖二金龍一《どくじやきんりやうをおそる》」等は話中に何らかの怪異が描かれることを予測させる。しかし、話を読み進めていくと、轆轤首や幽霊はどこにも登場しない。一に関していえば鐘撞の娘が轆轤首であるとは下僕の流言であり、

二は遊女が義理に引かれて心中し、間夫とその両親が彼を哀れみ遊女の母親を養ったことを、遊女があの世から母を養うと言い換えたもの、五において大蛇が怖れた金龍とは、女の身からほどけ落ちた金襴の帯であった。本作の内容は怪談よりも奇談と呼ぶべきもので、鬼神や妖怪の類は話中に登場しない。右に挙げた章題は読者の予測と話の内容との落差を狙ったものと考えられ、上方を中心に怪談を主とする奇談系読本が行われていたことにも関連する趣向である。ただし轆轤首や幽霊、金龍を描かない一方で、狸による障化や大蛇（巻五）が描かれる点には、当時の怪異観の一端が窺える。

4　参考文献

近藤瑞木「鐘撞の娘轆轤首——近世奇談の世界」（『日本文学』第四十四巻二号、一九九九年二月）

【注】

（1）『江戸本屋出版記録』上巻（ゆまに書房、一九八〇年）六〇八頁
（2）生没年は『俳文学大辞典』（角川書店、一九九五年）に拠る（村上龍昇執筆）。
（3）引用は京都大学文学研究科図書館・潁原文庫蔵本（潁原／Ho／271）に拠る。
（4）近藤瑞木「鐘撞の娘轆轤首——近世奇談の世界」（『日本文学』第四十四巻二号、一九九九年二月）
（5）『御伽比丘尼』は古典文庫『御伽比丘尼』（一九八五年）、『風流夢浮橋』は古典文庫『初期浮世草子二』（一九九四年）、『世間妾形気』は『上田秋成全集』第七巻（中央公論社、一九九〇年）に拠る。

『閑栖劇話』解題

（野澤真樹）

1　書誌

○底本　国立国会図書館蔵本
○体裁　袋綴　半紙本五巻一冊（合綴）
○表紙　白茶色無地　書型　縦二十二・七cm×横十五・七cm
○題簽　古今奇談閑栖劇話　四　（左肩、四周双辺子持枠）
○構成　巻一は序（漢文）二丁、序（和文）二丁、本文十三丁。巻二は本文十三丁半。巻三は本文十四丁半。巻四は本文十四丁半。巻五は本文十三丁、跋一丁、刊記半丁。
○見返　なし
○序　「閑栖劇話序／……／天明癸卯歳孟春／蘇門烏子書」（漢文）「序／……／天明三年孟春／四方山人」
○内題　「閑栖劇話巻之一（～五）」
○尾題　「閑栖劇話巻之五大尾」
○柱題　「閑栖一（～五）」

○跋　「跋　朱楽菅江誌／……」
○行数　四周単辺　序跋五行　本文十行
○挿絵　各巻に見開二図。全十図。画工名の表記なし。
○刊記　「天明三癸卯歳孟春／東都書肆／神田岩井町　川村喜右衛門／神田富山町　中邑善二　板（両書肆の中央）」
○広告　巻四最終丁裏に「〔西国一覧〕卯地臭意」「〔緒説《ママ》弁断〕俗僻反正録」「〔古今奇談〕水の月」「〔教訓〕にくまれ口」の広告あり。
○蔵書印　「大野屋」（惣八）の墨陽円印あり。
○諸本　上田花月文庫蔵本は国会図書館と同板。それ以外の諸本は未見。

2　作者

本作は内題下署名に「二流間主東随舎」とあるが、これは栗原幸十郎のことであり、この人物については、近藤瑞木「講釈師の読本――東随舎栗原幸十郎の活動」（『人文学報』301、一九九九年三月）に詳しい。右によれば、東随舎こと栗原幸十郎は浪人であり、『耳嚢《みみぶくろ》』の記事などから「屋敷廻りの軍書講釈を生業とし、相学者や医者をも兼ねていた」ことが判明する。その作品の特色として「舌耕家の著者らしく、講談、落語、咄本に類話のある説話が散見」し、「実質的には巷説や咄本的話材に負う部分が大きい」とされる。『耳嚢』の著者・根《ね》岸鎮衛《ぎしやすもり》と交流があり、その話の提供者であったこと、また『閑栖劇話』に序跋を寄せる大田南畝、朱楽《あけら》管江《かんこう》らとの交流などについても近藤論文に詳しい。

『閑栖劇話』は東随舎の刊行作品としては最初のものであり、板本としては他にもう一作『聞書雨夜友』（文化二年〈一八〇五〉刊）がある。写本としては、『思出草紙』（享和元年〈一八〇一〉序）、『落葉集』（文化三年〈一八〇六〉序）、『憎まれ口』（文化四年〈一八〇七〉序）、『いらぬ世話』（同）『誠感集』の五書が確認され

る。

3　内容

各巻二話ずつ、計十話を収める。最後の一話（「陰徳陽報」）を除き、他九話の題は全て「〇〇談話」という風に統一されている。

全体として市井で起こった出来事を採集した趣があり、人の行い、とりわけ悪心がもたらす問題などを中心に、いずれも興味の引く話として構成する。自ずとそこには、金や色といった人欲や驕慢、嫉みなどが関与する話柄が多くなる。これに加え、各話末尾に作者による評が挿入され、教訓が示される。『選択古書解題』において水谷不倒は、「短篇ながら、それぞれ構想に見るべきものがある」、「概して面白い話に富んでいる」とし、「勧懲主義が透徹し、自然に其主旨に合致する説話が、選択されている文章も拙ならず、一巻に二話、編纂の手際も善く、巷談もの中、勝れた作の一である」と高く評価している。

以下、各話の概要について記す。

第一話　蛇松談話

「蛇松」と呼ばれる松の根元に住みつく大蛇をめぐる話。この松を神木として寄進しようと蛇のいない間に抜くが、寄進先に移し替えるに先立ち、そこで普請をしていた人々の前にかの大蛇があらわれたので、皆驚き騒ぐ。吉郎兵衛という男がこれを殺そうとするが、他の者に止められ投げ捨てる。その夜、吉郎兵衛は発熱し苦しむがすぐに回復した。やがて、蛇は移し替えられた松に住み着き、今に至るという。本話は蛇の復讐を描くことに眼目はなく、蛇による祟りめいた挿話はあくまでその不可思議さを描くための一要素に過ぎない。また、寄進先となっているのは、ある人の尽力によって高田の戸塚村の宝泉寺の境内に築かれた新富士なのだが、これが前半に克明に描かれ、いわゆる高田富士の形成過程の逸話としても興趣を添える。末

尾では、移し替えられた蛇松になおも住みつく蛇の様子が、あたかも眼前にいるかのように描写され、こうした点に東随舎の語りのうまさが凝縮されているといえる。

第二話　淫婦談話

夫の留守中に密通している女性が、寒中のこと、女性を心配して戻ってきた夫を無下に扱う。これを見た密通相手は呆れ、女性との縁を切ろうとするが、女性がそれを受け入れず果ては刃傷沙汰に……、といった話である。こうした女性像は『宿直草《とのいぐさ》』「女は天性、肝太き事」と同種であるが、本話の場合、女性を殺した密通相手の自首やその後も描かれ、説話的な要素をさらに発展させ、一つの事件としてまとめている。

第三話　盗賊談話

鎌倉杉本寺の辺りに医業を営む尾崎氏が二人の回国修行者を雨宿りさせた折、身の上話を聞くこととなるが、両名ともに博奕、盗賊といった悪に手を染めた過去を明かすのであった。

第四話　仇報談話

佐倉城下の浪士・伊藤郡八はある時、通りがかりに遭遇した刃傷沙汰を首尾よく収める。これにより名声を高めた郡八であったが、ある晩、酒席にて酔った勢いで自身の過去の話として、かつて三人を殺害したことがあると言い、その詳細を語る。これを聞いていた座中の一人が郡八こそ自分の父を殺した仇と知り、仇討ちを果たす。

第五話　災難談話

富裕者・伊藤小左衛門が吉三郎という男に、禁制である長崎の抜荷を持ちかけられ、断れば害を受けるのを恐れ一時しのぎに協力すると請け合う。しかし事が発覚、小左衛門も磔となり死ぬ。小左衛門が愛した丸山の遊女・貞歌は彼の後を追い自害した。

第六話　幽魂談話

前半は淀屋の成功譚。後半は、彼が十分な富を築いて以後のこと、家禁を破って伊勢参宮をした年季勤の

幼童を、折檻した折に殺してしまう。その後、次代の辰五郎の時に盗賊に入られ、これを境に没落してしまう。後にその盗賊が捕縛され、不思議な幼童に導かれて盗みに成功したことを白状する。

第七話　佞婦談話

江戸の遊女屋の娘・つるは国守の元へ宮仕えし、寵を受け男児をもうける。これにより父は元の士分に戻ることもできたが、やがてつるは殿の寵がみのという女性に移るのを妬み、呪詛や策略で追い落とす。みのは実家へ返され自害、諸事に不審を抱いたみのの父が訴えるに及びつるの悪事が露見、追放となった。つるはその後、その蓄えた財産ゆえ貴家に嫁いだという。

第八話　慈計談話

深川の材木屋の娘・八重は国司に側仕えとして勤めるが、奥口番の男と密通する。この家では不義密通は死罪となるゆえ材木屋は悲しみに暮れていた。そこへ法師が訪れ千両で娘を救うというので、その通りにする。法師は主の家に行き、さる祇林の名を笠に着て娘の助命を乞う。これに驚いた主家はすぐさま実否をかの祇林に糺したところ、祇林では偽りであることに気付くが、評議の結果、その志に感じ法師の言うとおりであると返答する。これにより八重は無事に実家に返され、法師は約束の千両を受け取り事の次第を明かした上で祇林へ謝罪に行く。祇林ではかえって法師を称美し、その罪を問わなかった。

第九話　主害談話

築地の薪を商う家の娘が、親が養子にとった吉兵衛を拒み、庭働きの半七と密通、やがて駆け落ちする。しかし困窮ゆえ進退窮まり、半七が故郷で稼ぐ間、娘は武家奉公をしながら待つ。待てども便りをよこさぬ夫に絶望した娘は実家に許しを乞い出戻り、吉兵衛と結婚する。一方、半七は放浪の末思わぬ金を手にしたので、奉公先を訪ねるが妻はおらず、やがて現状を知り恨みを抱き、吉兵衛夫婦を殺す。当初、検使に対し密通の男女を殺したと主張していた半七であったが、やがて全てのいきさつが露見し、三年の獄中の後本人も理に服し主殺のため刑に処せられた。

第十話　陰徳陽報

常陸国の農夫・伊右衛門は人の難を救うことを生きがいとしていた。ある時、重病の修行者を救い、家内の反対を押し切り介抱する。しかし次第に病が重くなり、死を悟った病者は自分の素性を語る。それによれば、彼はもと深川の富裕な商人であったが病ゆえ七年前に自ら家を出、諸国をさまよっていた。その上でこのような形で死を迎えられることを伊右衛門に謝し、大金を与え遺言を残す。それに従い伊右衛門は亡骸を収め碑を建立、さらに江戸に赴き、男の息子夫婦に全てを語る。これに感謝した息子夫婦は伊右衛門に金子を与えようとするが、固く断られる。やがて、帰国した伊右衛門のもとに男の息子が訪れ、伊右衛門の功徳を称え、村中の評判となり、伊右衛門自身も富み栄えた。

なお、近藤前掲論文によれば、第八話「慈計談話」は講談「天保六花撰」、浄瑠璃「男作五雁金」の類話である。

序文において大田南畝が「君と一夕の話《はなし》、十年の書《しょ》を読むにまされりとは、ふるきからうたの詞にして、むべ《ママ》かたりする事ぞうれしきとは、やまとうたにも見えたり」と、黄庭堅（山谷老人）の「官如一夢覚　話勝十年書（官は一夢の覚める如く　話は十年の書に勝る）」、ならびに「埋火のあたりに冬はまとゐしてむつかたりする事ぞ嬉しき」（堀川百首・隆源）を引き、「はなし」に言及している点は注目される。右に続く、「唐《から》の大和の才《ざゑ》かしこくとも、劇談《げきだん》する事あたはざるは、書物簞笥《しょもつだんす》に異《こと》ならず」という一節は、おそらく東随舎の講釈師としての力量を称揚したものだろう。

また、朱楽管江による跋文においても、「いでや人間噺食《にんげんはなしくは》ふの癖《くせ》ありて、唯《ただ》めづらしきをもてこのめるならん。さればこはがるくせとして、化物噺《ばけものばなし》を聞きたがるも、まことに世上のならひといふべし」と、やはり「噺」が主眼とされている。さらに、「今東随舎が閑栖劇話を閲《けみ》するに、はなしの様《やう》な噺にして、前代未聞《ぜんだいみもん》の噺のたねとせんのみ」とあり、本書の魅力が「噺」の有する面白さにあることを喧伝しようとする点は序文と共通している。

なお、『聞書雨夜友』奥付の広告によれば、本書は「板木消失仕候間この度猶亦奇談を書加再板仕候」とあり、文化期に再板されたようであるが、この板に該当する本は筆者未確認。

（木越俊介）

『四方義草』

1　書誌

○底本　国立国会図書館蔵本
○体裁　袋綴　半紙本五巻一冊（合綴）
○表紙　縹色無地　縦二十二・七cm×横十五・九cm
○題簽　よもきくさ（左肩、四周単辺）
○構成　巻一は序一丁半、目録一丁半、本文六丁（うち挿絵見開き一丁）。巻二は本文十丁（うち挿絵見開き二丁、以下各巻同じ）。巻三は本文十一丁。巻四は本文十二丁。巻五は本文十三丁、刊記半丁。
○見返　「洛其窓子著／古今奇談四方義草全部五冊／浪華書林　泰文堂　秀月堂　通章堂　合梓」。堂号の下部に「泰秀通合梓印」の朱陽方印あり。
○序　「奇談四方義草序／……／寛政五癸丑初春浪華一夫柏村文行誌至信 文行」
○内題　「四方義草巻之一（～五）」

○尾題　「四方義草巻之五大尾」
○柱題　「○よもき草　序ノ一（本文部は　壱の一～）」
○跋　なし
○行数　四周単辺　序七行　本文十行
○挿絵　巻一は見開一図、巻二～五各見開二図。全九図。画工名の表記なし。
○刊記　「寛政五癸丑年初春　三都書林／京三条通麩屋町東入　岸田藤兵衛／江戸日本橋三丁目　前川六左衛門／大坂心斎橋南久宝寺町角　松田長兵衛／同南谷町小谷筋　大久保平兵衛／同北久太郎町堺筋東　浅田清兵衛」
○蔵書印　「大野屋」（惣八）の墨陽円印あり。「胡月堂印」（大野屋惣八）朱方印の上から重ねて「永東」印。
○諸本　早稲田大学附属図書館蔵本、関西大学中村幸彦文庫蔵本いずれも国会図書館蔵本と同板。

2　作者・板元

作者・前田其窓子については未詳。序を寄せる柏村文行は「至信」の印から、『浪華郷友録』（寛政二年〈一七九〇〉刊）「書家」の項に「安土町浪華橋北横」住としてみえる柏村忠三その人であるが、これ以上のことは未詳。

なお、本書は見返しに「浪華書林　泰文堂　秀月堂　通章堂　合梓」とあることから、刊記にみえる大坂三肆の相合板とみられる。ちなみに、これら松田長兵衛・大久保平兵衛・浅田清兵衛は、本書の前年に絵俳書『常盤草』（呑秋庵編）を板行しており、跋を柏村文行が寄せ、巻末広告に『四方義草』の名も見える。なお、堂号のうち、通章堂は浅田屋である（井上隆明編『改訂増補近世書林板元総覧』青裳堂書店、一九九八年）が、他二書肆がいずれの堂号に該当するかは未詳。

3　内容

近藤瑞木「怪談物読本の展開」（『西鶴と浮世草子研究』2、笠間書院、二〇〇七年十一月）は、安永から寛政期にかけての上方の読本のなかに、「書名に、「古今（今古）〇〇」などと冠するものが多く、白話ないしは文言の中国小説を主要典拠とし、雅俗折衷文体を基調とし、主として歴史小説のスタイルをとり、知識的性格が強く、作者の思想の寓意されていることが特徴」とする一群を認めているが、本書は中国小説を典拠としているかはともかく、いわゆる「古今奇談もの」の末期に位置する作品であることは間違いない。

書名については、序に「四方義草《よもぎぐさ》とは何《なん》ぞや。蓋《おもふに》、麻《あさ》に傍《つれ》て直《なをき》に至《いたる》の意《こころばせ》を取也《とるなりし》」と記されているように、諺「麻の中の蓬」に由来し、本書の読者を善へと導こうとする意図が込められているようである。木越治「「師」としての前期読本――『四方義草』を視座にして」（『日本文学』66・10、二〇一七年十月）は、文学史的な観点から、この書名に内容ともども『英草紙』からの影響を認め、「草にちなんだ文字や語句（はなぶさ・しげる・ひつじぐさ―よもぎ）を書名にするのも手本にしている」と指摘する。加えて、本書所収話の多くが「義」に関わる主題を有する点からすれば、書名に「義」の字が盛り込まれているのも偶然ではないと思われる。『英草紙』の序文にも、「此の書義気の重き所を述ぶれば」、「これより義に本づき、義にすすむ事ありて」とあったことを考えれば、やはり『英草紙』の系譜上にある作品であることが、この点からも確かめられる。

以下に、各話の概要を簡潔に記しておく。

第一話　由比氏《ゆゐうじ》、黄門為香卿《こうもんためかけう》を押話《おすはなし》

宮中においてその智をもって知られた世尊寺為香であったが、ある時、自他ともに認めていた琵琶の腕が由比雅楽介に全く及ばないことを痛感する。これを機に、身近な者は決して本音を言わないことを悟った為

香は、帝にその旨を諫言する。

第二話　林氏《はやし》の室《しつ》、義《ぎ》を厲《とぐ》話

忍術に秀でる林伴世《ともよ》は、弟子である舟田光国と板持逸風のいずれに相伝するか葛藤するが、「交《まじはり》は人の信、忍術は一芥《がい》の遊芸」という妻の一言により、忍術を放棄し、両人との信を選んだ。

第三話　不破《ふわ》万作《まんさく》艶情《ゑんじやう》之話

真柴久継の寵愛を受ける不破万作に、尾形某が思いを寄せる。万作は密かに尾形に思いを遂げさせ、尾形は思い残すことはないと自害する。その後、久継が高野山にて最後を迎える際に、万作はこの秘密を明かし、詫びながら自害した。

第四話　梅《むめ》の方鏡《かたかがみ》を投《なぐ》る話

笹野才蔵は、子の戦死にも動じない屈強の者であったが、若かりし頃、主の勘気を受け蟄居中に戦さとなり、出陣して赦免を乞おうと願うが、貧窮によりままならない。夫のために妻・梅の方は身を売ろうとするが拒否され嘆き、鏡を投げたところ、中から金が出現、これにより才蔵は武勇を示し、主に再び召し抱えられた。

第五話　熊人《くまんど》、勝間《かつま》が勇《ゆう》を伏《ふく》する話

大内家の勝間兵衛は、領内百姓とのいざこざにより御前に召されることになる。彼の力の前に家臣達がことごとく屈するところ、馬渕熊人が軽々と連れ出す。勝間は熊人のもとで謹慎するが、あの手この手で脱出をはかり、ついには熊人を殺そうとするものの、全く歯が立たない。この一連のことにより勝間は発起し、主家を十代にわたり守護することを約し自害した。

第六話　占部《うらべ》孫太《まごた》、鶯塚《うぐひすつか》を築話《きづくこと》

富豪の鳥羽善雄は、娘・民子の婿候補として薦められた甲斐陀競を寄宿させる。やがて、民子は競に懸想するが、競は立場を重んじこれを受け入れない。そんな様子を悪しざまに讒言する者により、ついに善雄は

破縁とするが、競から相談を受けた占部孫太は義にかられ善雄を責め、謝罪させる。一方で善雄が他に婿を選ぼうとするのを苦にした民子は病に伏して死ぬ。孫太は民子の形見である琴爪を埋め、操女として塚を築いたが、やがて鷺塚と呼ばれるようになった。

第七話　阿波《あは》龍祐《たつすけ》奇難《きなん》に遇話《おふこと》

阿波龍祐は戦地において、旧知の敵方の者に、主君に一途に忠義を尽くすことの陥穽を諭された上に三百金という大金を与えられ、致仕し、交易をはじめる。しかしことごとく事業に失敗、さらに海上で舟から飛ばされるが、九死に一生を得、知勇を発揮し、鷺などの羽根をもとに大もうけした。

第八話　甘利《あまり》左衛門《さえもん》、信義《しんぎ》を全《まつた》ふする話《こと》・原隼人《はらはいと》塩尻《しほじり》の砦《とりで》を争《あらそ》ふ話《こと》

信玄の臣で武勇に秀でた甘利左衛門は、ある時謎の山伏に遭遇、軍談を交わすうちに「千取形《ちどりがた》」なる法を口授され、これによりさらに戦功をあげる。その後、信玄が攻めあぐねる敵に対し、原隼人とともに陣を構える。互いに翌朝奇襲をかけることを約すが、これに反し原隼人は抜け駆けの夜討ちをしかけ大勝利を収める。これが遺恨となり、両者不仲となったが、ある時、酒宴で信玄が示した謎かけに対し隼人が難なく解いてみせたのに感服した甘利は、「意地と忠義は別」として千取形の法を隼人に口授しながらも、絶交を貫いた。

典拠については、第三話「不破万作艶情之話」が、『新著聞集』（寛延二年〈一七四九〉刊）五の二十二「不破万作恋情」からのほぼ丸取りである（木越治前掲論文）。さらに、第四話「梅の方鏡を投る話」の冒頭における二子の死をめぐる挿話は、同七の十二「老父囲碁二子の死を聞く」（『古今犬著聞集』一の三十九「山岸岩之助武勇の事」と同）に拠っている（木越俊介「前期読本の有終」『怪異を読む・書く』国書刊行会、二〇一八年十一月）。また、第一話「由比氏、黄門為香卿を押話」は、『英草紙』第一話「後醍醐の帝三たび藤房の諫を折く話」を強く意識している（木越治前掲論文）。

なお、水谷不倒『選択古書解題』は、本書を「信義・節操を主題とした美談が、多く集められている」とし、「神仙・幻術の類、一も狐狸・霊魂を扱わず、又如何なる部分にも、因果・勧懲を説かず、而も風教に益する意義に於いては、人後に落ちぬ点、作者の見識を見るに足る」と高く評価している。

（木越俊介）

勝又　基（かつまた　もとい）

一九七〇年静岡県生まれ。一九九三年金沢大学文学部卒業、二〇〇一年九州大学大学院博士後期課程修了。博士（文学）。明星大学日本文化学部専任講師、同准教授、ハーバード大学ライシャワー日本研究所客員研究員を経て、現在、明星大学人文学部教授。

日本の孝子伝、落語・講談、江戸時代の写本文化、江戸から現代にかけての昔話絵本などを専門とする。

著書に『落語・講談に見る「親孝行」』（NHK出版、二〇一三年）、『孝子を訪ねる旅』（三弥井書店、二〇一五年）、『親孝行の江戸文化』（笠間書院、二〇一七年）、編著に『怪異を読む・書く』（国書刊行会、二〇一八年、木越治と共編）など。

木越　俊介（きごし　しゅんすけ）

一九七三年石川県生まれ。神戸大学博士課程修了。現在、国文学研究資料館准教授。専攻、日本近世文学。

江戸時代後期の小説・出版の研究を中心に、井原西鶴の小説の研究なども行う。

著書に『江戸大坂の出版流通と読本・人情本』（清文堂出版、二〇一三年）、『武家義理物語』（三弥井書店、二〇一八年、共編著）、論文に「『新斎夜語』第八話「嵯峨の隠士三光院殿を詰る」と『源氏物語』註釈」（『江戸の学問と文藝世界』森話社、二〇一八年二月）、「前期読本の有終――『四方義草』と『一閑人』」（『怪異を読む・書く』国書刊行会、二〇一八年）など。

木村　迪子（きむら　みちこ）

一九八三年埼玉県生まれ。お茶の水女子大学大学院博士後期課程修了。博士（人文科学）。現在、お茶の水女子大学基幹研究院研究員・国文学研究資料館客員研究員。専攻、日本近世文学。

近世前期の仏書とその出版に関する研究を行う。

論文に「浅井了意作『戒殺物語・放生物語』について――中国浄土教思想との関係に注目して」（『国文学研究』第一八六輯、二〇一八年一〇月）、「浅井了意『密厳上人行状記』について――典拠・執筆姿勢・影響」（『近世文藝』一〇一号、二〇一五年一月）など。

野澤　真樹（のざわ　まき）

一九八七年奈良県生まれ。京都大学大学院文学研究科国語学国文学専修博士後期課程修了。大谷大学文学部文学科任期制助教を経て、現在、ノートルダム清心女子大学文学部日本語日本文学科講師。専攻、日本近世文学。博士（文学）。

上田秋成初期浮世草子とその周辺の作品を中心に、近世後期の大坂出来の浮世草子、滑稽本等を研究する。論文に「『加古川本艸綱目』と『諸道聴耳世間狙』――モデル小説の方法」（『國語國文』第八六巻五号、二〇一七年五月）、「寛政期「河太郎物」の原点――『諸道聴耳世間狙』に描かれた河太郎」（『日本文学研究ジャーナル』第七号、二〇一八年九月）など。共著に『上田秋成研究事典』（笠間書院、二〇一六年）。

丸井 貴史（まるい たかふみ）

一九八六年岐阜県生まれ。上智大学大学院博士後期課程修了。現在、就実大学人文科学部講師。専攻、日本近世文学。博士（文学）。

近世日本における白話小説受容を中心に研究。

著書に『白話小説の時代―日本近世中期文学の研究―』（汲古書院、二〇一九年）、『秀吉の虚像と実像』（笠間書院、二〇一六年、共著）、『上田秋成研究事典』（笠間書院、二〇一六年、共著）、論文に「「白蛇伝」変奏――断罪と救済のあいだ」（『怪異を読む・書く』国書刊行会、二〇一八年）など。

森 暁子（もり あきこ）

一九八〇年神奈川県生まれ。お茶の水女子大学大学院博士後期課程修了。現在、お茶の水女子大学グローバルリーダーシップ研究所特任アソシエイトフェロー。専攻、日本近世文学。

近世軍書を通して、戦国時代から近世へ至る時代の武士（兵学者）の著作と武家文化を中心に研究。

著書に『関ヶ原合戦を読む 慶長軍記翻刻・解説』（勉誠出版、二〇一九年、共著）、『秀吉の虚像と実像』（笠間書院、二〇一六年、共著）など。

李 奕諄・クラレンス（リー イジュン・クラレンス）

一九八四年シンガポール生まれ。コーネル大学博士課程修了。現在、コロラド大学ボルダー校助教授。専攻、近世文学、国学、思想史。

十八世紀思想史における読本や国学のほか、近世の医学史の研究に従事。

著書に『上田秋成研究事典』（笠間書院、二〇一六年、共著）、論文に「医学と怪談――医学的言説に基づく怪異の源泉と奇疾の診断」（『怪異を読む・書く』国書刊行会、二〇一八年）など。

木越治責任編集

江戸怪談文芸名作選　第五巻

諸《しょ》国《こく》奇《き》談《だん》集《しゅう》

二〇一九年九月一日　初版第一刷　印刷
二〇一九年九月五日　初版第一刷　発行

校訂代表　勝又基・木越俊介
校訂者　勝又基・木越俊介・木村迪子・野澤真樹・丸井貴史・森暁子・李奕諄　クラレンス
発行者　佐藤今朝夫
発行所　株式会社国書刊行会
〒一七四―〇〇五六　東京都板橋区志村一―一三―一五
電話：〇三―五九七〇―七四二一　ファクシミリ：〇三―五九七〇―七四二七
HP　http://www.kokusho.co.jp　E-mail　info@kokusho.co.jp
印刷所　三松堂株式会社
製本所　株式会社ブックアート
装幀　長井究衡
ISBN978-4-336-06039-6

怪談おくのほそ道　現代語訳『芭蕉翁行脚怪談袋』

伊藤龍平訳・解説

四六判／二九二頁／一八〇〇円

俳聖・芭蕉、怪異に出くわす。芭蕉とその門人を主人公として、江戸時代後期に成立した奇談集『芭蕉翁行脚怪談袋』を、読みやすい現代語訳に、鑑賞の手引きとも言うべき解説を付してお届けする「もう一つの〈おくのほそ道〉」。

妖術使いの物語

佐藤至子

四六判／三四〇頁／二四〇〇円

読本、合巻、歌舞伎、浄瑠璃、マンガなど様々なジャンルに登場する、妖しくも魅力的な妖術使いたちと、彼らが駆使する妖術の数々を、妖術を使う場面を描いた魅力溢れる図版とともに、縦横無尽に語り尽くす。

幕末明治　百物語

一柳廣孝・近藤瑞木編

四六判／三〇四頁／二八〇〇円

時は明治二六年、場所は浅草奥山閣、三遊亭円朝、五世菊五郎、南新二ら、大通連が一堂に会した。ハーンの著作の原話としても名高い、明治二七年刊・扶桑堂版『百物語』が、読みやすくなって、ここに復活！

よみがえる講談の世界　番町皿屋敷

四代目旭堂南陵・堤邦彦編

四六判／二二八頁／二四〇〇円

家宝の皿を割った罪により命を奪われたお菊は、亡霊となり、夜な夜な井戸端に姿を現し皿の数を数える。「ひとーつ、ふたーつ……」。だが皿屋敷の怪異には、この屋敷にまつわる怖ろしい因縁が隠されていた……

税別価格。価格は改定することがあります。

怪異を読む・書く

木越治／勝又基編
A5判／四八八頁／五八〇〇円

秋成や庭鐘、西鶴、綾足をはじめとして、漱石、鏡花、秋聲、そしてポオやボルヘス、ラヴクラフトなどを題材に、気鋭の近世・近代文学研究者たちが、《怪異》がいかに読まれ書かれてきたかを、これまでにない視点から解き明かす！

怪奇骨董翻訳箱 ドイツ・オーストリア幻想短篇集

垂野創一郎編訳
A5判／四二〇頁／五八〇〇円

ドイツが生んだ怪奇・幻想・恐怖・耽美・諧謔・綺想文学の知られざる傑作・怪作・奇作十八編を収録した、空前にして絶後の大アンソロジー。ほとんど全編が本邦初訳!!美麗函入。

江戸の法華信仰

望月真澄
四六判／二五七頁／二六〇〇円

法華信仰抜きで江戸文化は語れない！ 江戸で〈祖師〉といえば〈日蓮〉を指すほど人気を博した法華信仰。町人の願いに応えた現世利益の数々やその信仰形態を豊富な写真とともに紹介する、江戸の法華信仰ガイドブック。

完本 万川集海

中島篤巳訳註
A5変型判／七五二頁／六四〇〇円

伊賀と甲賀に伝わる四十九流の忍術を集大成した秘伝書。知謀計略から天文、薬方、忍器まで忍びの業のすべてを明らかにする。初の全文現代語訳、詳細な注のついた読み下しに加え、資料として原本の復刻を付す。

税別価格。価格は改定することがあります。

定本 **上田秋成研究序説**

高田衛

A5判／五三二頁／一二〇〇〇円

昭和四三年にごく少部数が刊行されたきり、長らく入手困難であった、近世文学の泰斗・高田衛の原点であり代表作である、上田秋成をめぐる研究書が遂に復刊なる。原本に新たに『春雨物語』に関する論考を付した決定版。

児雷也豪傑譚 全二巻

高田衛監修／服部仁・佐藤至子編・校訂

菊判／六八二頁・六四四頁／揃五八〇〇〇円

京極夏彦氏、延広真治氏推薦！ 蝦蟇の妖術の使い手にして永遠の「ヒーロー」児雷也の活躍を、遠大かつ雄渾なスケールのなかに描きだした、江戸期合巻中の最高峰が、原本の全挿絵とともについによみがえる。

白縫譚 全三巻

高田衛監修／佐藤至子編・校訂

菊判／七九二頁・七六〇頁・七一二頁／揃八八〇〇〇円

変幻自在の妖術を操り、御家再興と九州平定を誓う、美貌の妖賊・若菜姫の活躍を壮大なスケールで描いた、全九〇編にも及ぶ合巻中の最大にして最高の傑作伝奇長篇。原本の挿絵も全て収録。

昭和戦前期怪異妖怪記事資料集成 全三冊

湯本豪一編

A4変型判／上・中＝各五〇〇〇〇円、下＝五五〇〇〇円

明治期、大正期に続く、怪異妖怪記事シリーズ三部作がついに完結。太平洋戦争終結までの昭和二〇年間の怪異記事四六〇〇件を集大成。妖怪学をはじめ、民俗学、歴史学、文学研究の第一級資料。上・中・下巻の全三冊を刊行。

木越治責任編集

江戸怪談文芸名作選　全五巻

四六判・上製函入

＊

第一巻　新編浮世草子怪談集

校訂代表：木越治（金沢大学名誉教授）

収録作品＝「玉櫛笥」「玉箒子」「都鳥妻恋笛」

近世怪異小説の鼻祖浅井了意の衣鉢を継ぐ林義端の手になる奇譚集の至宝『玉櫛笥』『玉箒子』と、隅田川物伝奇長編の傑作『都鳥妻恋笛』を収める。

第二巻　前期読本怪談集

校訂代表：飯倉洋一（大阪大学教授）

収録作品＝「垣根草」「新斎夜語」「続新斎夜語」「唐土の吉野」

都賀庭鐘作の可能性が浮上している佳品『垣根草』、早くから名を知られながら紹介の遅れていた『唐土の吉野』、高踏的な内容の『新斎夜語』正・続二編を収録。

第三巻　清涼井蘇来集

校訂代表：井上泰至（防衛大学校教授）

収録作品＝「古実今物語」「後篇古実今物語」「当世操車」「今昔雑冥談」

清涼井蘇来は、後期江戸戯作の成立を考えるためには欠かせない作家である。これまでほとんど紹介されたことのない彼の作品を一巻にまとめ、その精髄を知らしめる。

第四巻　動物怪談集

校訂代表：近衛典子（駒澤大学教授）

収録作品＝「雉鼎会談」「風流狐夜咄」「怪談記野狐名玉」「怪談名香富貴玉」「怪談見聞実記」

殺された鼠が人間に化けて復讐する話、猿に変じた人間がもとに戻る話等、動物が怪異の主体として活躍するファンタスティックな物語を多く収録するユニークな一巻。

第五巻　諸国奇談集

校訂代表：勝又基（明星大学教授）／木越俊介（国文学研究資料館准教授）

収録作品＝「向燈賭話」「続向燈吐話」「虚実雑談集」「閑栖劇話」「玉婦伝」「四方義草」

地域色豊かな多彩な怪談・奇談を一挙に集成して怪談が成立するまでのプロセスを辿り、諸国奇遊の旅へ誘う一巻。